周百义文存

第一卷

周百义 著

长江出版传媒

长江文艺出版社

图书在版编目（ＣＩＰ）数据

周百义文存 （一、二、三卷）/ 周百义著. -- 武汉：长江文艺出版社 2014.10

ISBN 978-7-5354-7367-7

Ⅰ. ①周… Ⅱ. ①周… Ⅲ. ①中国文学－当代文学－作品综合集②编辑工作－出版工作－文集 Ⅳ. ①I217.2②G232－53

中国版本图书馆 CIP 数据核字(2014)第 146521 号

责任编辑：杜东辉   责任校对：陈 琪
封面设计：徐慧芳   责任印制：左 怡 包秀洋

出版：长江出版传媒 长江文艺出版社
地址：武汉市雄楚大街 268 号   邮编：430070
发行：长江文艺出版社
电话：027—87679360
http://www.cjlap.com
印刷：武汉中远印务有限公司

开本：710 毫米×1010 毫米 1/16 印张：93.25 插页：12 页
版次：2014 年 10 月第 1 版   2014 年 10 月第 1 次印刷
字数：1415 千字

定价：132.00 元（套）

上世纪 80 年代，在家乡

天才就是勤奋。

——马克思

时间就是性命。

——鲁迅

人最宝贵的东西是生命。这生命，人只能得到一次。人的一生应当这样度过：当他回忆往事的时候，不至于因为过去的碌碌无为而羞愧，也不至于因为过去的虚度年华而痛悔。在临死的时候，他能够说：我的整个生命和全部精力，都已经献给世界上最壮丽的事业——为人类的解放而斗争。

——奥斯特洛夫斯基

一九七四年五月十八日于余店学校

上世纪 70 年代当小学代课教师时写在读书笔记上的座右铭

目 录
Contents

成人小说

少年小说

散　文

第一卷 成人小说

空　房

一

一觉醒来，妻子猛地睁开眼，见白惨惨一片铺在床头，窸窸窣窣的纸声、呼哧呼哧的出气声在外间屋响起。

"老乡！老乡！"

老乡是她的丈夫——离休在家的县商业局局长莫运兴。二十年前，她随丈夫到了这楚头豫尾的大别山中。岁月流逝，丈夫的称呼由运兴、妮她爹、他姥爷交相替代，不知从哪天起，是谁先叫起"老乡"。那浓浓的豫北方言，立即唤出了一幕幕有声有色的回忆：大平原、玉米林、独辫儿姑娘、光膀子的后生……每人嘴里都沁出了酸酸的甜甜的红薯味儿、芝麻叶味儿、小米汤味儿。此生此世，怕再也没有任何称呼能替代这两个字了。这种独特的表达方式，不仅有地域特色，还有几分老夫老妻的亲昵，几分相濡以沫的依恋。但是，老两口近来却有些生分。妻子竟像刚过门儿的新媳妇，觉得丈夫的言语举动不可捉摸，甚至还有几分不近人情。

一九八〇年，老莫离休时，局里按当时标准给他盖了一百平方米住房。谁知去年上边又下了个文件，规定局级干部至多不得超过七十平方米，多余面积不退者按十倍罚款。

这时候，老莫的大女儿、二女儿已经出嫁，小女儿在外地上学，老两口守着一大片房子，断电时黑黢黢的还有些吓人。两人一合计，退就退，反正留房子也不能打滚。

谁料房子腾出来后，老莫去单位走了一遭，忽然又变了卦。当天夜晚，他自个儿又搬进去一些零星家具。

妻子盯着丈夫古怪的表情问："怎么？房子不用腾了？"

"不腾，就是不腾！怎么，你也巴着我……"

妻子噎得喘不过气来。一开始，老莫怕妻子不同意，口口声声："我这革命几十年了，应当为大家带个头。"现在，是他自己变脸反悔，转过来却把气儿往妻子头上撒。

没离休时，老莫每天守在局里。回到家，妻子将洗脸洗脚水样样捧到面前。他很感激，说："等我离休了好好报答你。"哪知眼下几十年没红过脸的夫妻却隔三差五为一些鸡毛蒜皮的事叮叮咣咣。起因往往都在老莫。妻子听人说，更年期人性子会比往常烦躁，一问医生，年过花甲还有什么更年期！她又担心丈夫是高血压，催着去医院查，结果血压偏低。几十年的老夫老妻现在倒反起目，妻子提起便伤心。她眼窝浅，动不动就流泪。这一次，没有例外。

"只要你……有钱付房租，你留着打……打滚……"

老莫先是不吱声，继而冷不丁爆一句："让给谁都行，就是不能让给他，你知道——"

房子是商业局新上任的张局长要住。张局长原是县委组织部的干事，在县委机关内有一套房子，可人家现在说，找个僻静地方办公，中午留着打个盹，找同志谈谈心，又有什么可非议的呢？再说，不提"扶上马，送一程"，一间房子，总该照顾一下吧。不然，人家能不说，"你瞧，老局长在台上时，大道理讲了那么多，这乌纱帽一摘，比群众还群众了。"

老莫却压根儿没打算理睬别人怎么议论，他认准的理，十头牛也休想将他拉回头。他不腾房且不说，还跑到县纪检会反告了新局长如何如何。房子不腾本来就是违背上级精神的，现在反而没理找个理，纪检会书记很恼火。

到了月初领工资的时候，商业局按照纪检会指示，对老莫动真格的了，一张纸条儿，罚款三十元。老莫捧着余下的几张"大团结"，哭也不是，笑也不是。

大女儿、二女儿闻讯赶来了。她们态度鲜明，坚决站在母亲一边。

"不该花的钱就不能花。你和俺妈省吃俭用，省一点钱都去交房租，人家不说你神经病才怪呢！"女儿们劝说。

"不就是这几十块钱的事吗！"老莫宽容地冲女儿们一笑。他不屑于争辩，她们毕竟是孩子。

女儿们心里却清楚，父亲是对离休有意见，找碴儿出气。眼下发牢骚是时髦，退下来的干部十之八九都是这种精神状态。可你有意见，也不能冲着自家票子出气呀！

"你不想退就别退，反正俺们没钱补你这冤枉窟窿。"女儿们下了最后通牒。

结果让女儿们料到了。你想，老莫虽说每月一百零三块，可去掉水费、电费、老两口伙食费、妻子医药费、小女儿在外读书用费，再加上这三十元罚金，这钱哪能支派开。所以，半个月一过，老莫的财政支出便红灯闪闪。从不过问柴米油盐的老莫，也明显感到了经济危机的巨大压力。

这天，妻子半夜醒来，见丈夫趴在桌子上不停地写呀写，枯瘦的手上青筋条条凸出。她虽没文化，但明白丈夫是在写信，是在为工资的事儿写申诉信。

老莫的工资打从队伍上下来那时起，二十年来一个子儿也没加。一九七九年和一九八〇年，有过两次调资的机会，妻子知道丈夫爱面子，有话倒不出来，怕被人耍了，于是千叮咛万嘱咐，过了这个村怕没这个店了。可第一次，到了投票前一刻，他上厕所，一泡尿把一级工资尿没了。第二次，两个家庭困难的同志相持不下，他又把自己的那一份发扬"风格"了。

离休后，老战友来，他才知道当初转业后工资还应当上浮一级的。老莫找了有关领导，也没有结果。老莫想不通：五类分子能摘帽或改正，俺这"冤假错"却无人解决。琢磨来琢磨去，感到委屈。他在屋里骂娘，发无名火。可是，骂归骂，过了一阵儿又自我解嘲：就算那时没被小日本打一顿，俺没跟皮定均走，眼下还在玉米林里趴着。

妻子体谅丈夫，安慰道："年三十打个兔子，有它过年，没它也过年。"

可眼下，妻子不明白丈夫为的是哪门子，这边儿，一个劲把钱不光彩地往外摔，那边儿，又苦巴巴地写信申诉增加工资。她真怀疑，丈夫是不是老糊涂了。

外屋一丝儿声息也没有了，妻子担心丈夫坐久了，肺病根儿又动了，腰上的枪伤耐不住。她披衣下床，这才发现老乡不见了，桌上丢着零乱的纸笔——他一定寄信去了。

二

这是一幢规格还不算低的平房：天花板，砖墁地，沿墙根儿涂了一米高淡蓝色的调和漆。不过，房子里没什么陈设，显得空荡荡的。院子里，除了几株不太值钱的夹竹桃、月月红、四季栀，便是葱、蒜、韭菜，还有一棵早就生长在这里的香椿树。

按当地习惯，春天里香椿树叶儿采下后，用开水烫，切碎，拌上香油，是餐桌上一份不可多得的好菜。眼下已是秋天，这树叶儿早已老了，但前不久老莫却意外发现，这树叶儿虽然有些硬，要切成碎末儿，加上作料，味道还不错呢。为此，他节约了一笔菜金。

这会儿，妻子发现他正站在高凳子上，用长竹竿在折树顶上绿叶儿。这叶儿长得没有折得快，眼下只有树顶还有叶儿。

自从房子付罚金后，老莫重新调整了家庭开支。首先，他降低烟卷档次，二角一的改为一角四；接着，减少吸烟的数量，由三天一盒改为每周一盒；后来，索性宣布戒烟，没几天，他又在厨房里发现了"新大陆"，用吊罐做饭时，从节煤出发，罐口压一个铝盆预热温水。同时，使用过的油锅，留着下次炒菜，也可省少许食油。这一系列措施，对他那收支不平衡的财政危机多少也有着缓解作用。

他正聚精会神地折树叶儿，忽听妻子在厨房"啊呀"一声，接着水池边闪出了妻子臃肿的身子，她的手上正举着一根秤。老莫从妻子的表情上，意识到了自己买麸子的失误。

过去，妻子不管从市场上买回了什么，总爱校一校秤，少个一两半两，便出去和别人论个山高水低。老莫常取笑妻子是小市民作风。现在，他突然领悟了妻子校秤的重要性和必要性。

他飞奔出去，一会儿骂骂咧咧赶了回来——卖麸子人早已走了。人心不古，老莫损失了一两半麸子。他站在妻子面前，如同一个做错了事的孩子。

"信寄出去了？"妻子安慰他，没话找话。

"现在怕已装上了邮车。"老莫乐滋滋的，像换了个人。

"你先寄出去的信，赶明儿怕就有消息了。"

"是的，是的，一定会有的。"

"上边要是同意加工资，那过去的还补不补呢？"

"那……不提了不提了。我不是早说了，就算咱那时没被小日本打一顿，还在土坷垃里趴着……"

妻子诧异丈夫的大度。过去一提补加工资，他总是兴致勃勃，话儿没完没了，眼下却变得不在意。既然如此，夜里觉也不睡又是为了啥呢？这个老头，真是让人难以捉摸呵。

三

其实，老莫并不是忘了他寄出去的信，而是一天比一天迫切地等待回音。开始他是在家里等着邮递员，现在他担心会不会照单位住址投，便一次又一次往局里跑。

商业局距他家有一条街。每天下午四点钟光景，老莫便穿着呢制服，挺着胸脯，穿过繁华的农贸市场，一边走一边和熟人打招呼。

这身黄绿色的呢制服是从队伍上穿回的。当局长时，除了盛大节日，一般很少穿，自从离休后，这件衣服好像和他突然又增加了什么缘分，在不适宜穿这种衣服的季节，他竟也像去接受检阅，出门必穿。

在负责收发的老张头那儿，他站住了，好像是无意地向信箱瞥了一眼。

"老局长，今日信还没到。"老张头堆着笑脸，他很荣幸老局长这样重视他的工作。

收发室对面是商业局的"振兴公司"。这个公司说是安排单位待业青年，其实里边并没有一个，眼下是张局长一个在外地的小姨子负责。

"他们的生意还好吧？"老莫瞟着对面问。

"嗨，别看经理是个女的，听说玩得转，钢材、水泥、木材……什么都经营。今儿早上，嘟嘟嘟又运来一大汽车。"

"一个女人，到哪儿去弄这么多东西呢？"

"人家有姐夫，"老收发凑上来耳语道，"还愁什么呢？嘻嘻，只愁没个不显眼的地方，好睡觉，好放票子……你就成全他们一下。"

老莫笑了笑，背着手，踱进振兴公司门面内。营业员都是新雇来的，他们并不认识个子不高、其貌不扬的老莫。男男女女正拥成一团打情骂俏。

这时，邮递员摇着车铃进了商业局大门。老莫在货场上若无其事地浏览一番，又折了回去。他从人群中挤了进去，自个儿捡了份报纸，一边巡视着标题，一边谛听着老收发那边的动静。

"老局长，今儿又……"老收发挺难为情地望着老局长，似乎信是让他给耽误了。

"唔，唔。你瞧，欧阳臣这小子混上军区司令了，那时和我滚上下铺……嗨！辽宁又抓了大贪污团伙。"

老莫大声品评着报纸的内容，尔后优哉游哉地往回走——他并不是专门为信来的呵。

刚过街口，老莫便碰上了气喘吁吁的妻子，"三……三瓣嘴儿……"话未说完，泪便溢出来了。

刚离休时，妻子也曾劝他像隔壁的离休在家的农机局钟局长一样，好好喂兔子。老莫一笑了之："革命一辈子，老了喂兔子?"他不屑为之。那阵儿，他还天天往局里跑。后来，他的办公桌撤了，他骂了一回娘，从此不去了。写回忆录，他喝的那点墨水不够。种花养鱼，他从没这份雅兴。叔伯侄儿请他回家乡走一走，有两次车票买了又退掉了。这一阵，老莫才悟出点什么，主动找老钟匀了几只兔子，亲自动手做了一排简易兔笼，买了几本科学养兔的书籍，什么麦乳精、牛奶，老莫本人没受用过的，兔子都受用了。每到夜晚，老两口儿闲聊开来，话题往往在兔子身上。老莫挺有把握地声明，这下付房租绝对没问题了。

岂知天有不测风云，老莫万般仔细，还是出了疏漏。兔子闹肠炎，五只兔逃出了一对。现在他一听妻子提到这小东西，心便往下一沉，丢下妻子兀自小跑回去。

关在两个笼子里的兔子蹿到一块去了，有一个栅栏门被挤得七零八落。他想检查一下兔子，谁料这一向温顺的小家伙竟扑上来咬。

妻子哭哭啼啼地从外边回来了，红丝丝的眼睛盯着丈夫："我早就对你说，凡事都有个避讳，不能叫……你不听! 你不听! 好，这回让你说对了……省得白天惦着它，夜里也惦着它。"

这当儿，老莫飞快地去找来了老钟。

"哈哈哈! 老莫呀，你瞧……哈哈哈!"

从老钟的手势上，老莫恍然大悟：公兔是动了情拼命找老婆。他剜了妻子一眼，自己耳根竟热热的。

夜里，围绕着这对兔父母的未来，老两口儿展开了讨论。

"三瓣嘴儿一个月就生毛毛呢!"

"嗯，听说多的一窝五六只。"

"兔毛快涨到六七十块钱一斤了。"

"没准还要涨哩。"

"嗐，这回房子钱不仅可以捞回来，有多的，还可以给家里寄一点儿……"

老两口一个在里屋一个在外屋，一应一答，编织着希望的花环，消磨着漫长又寂寥的夜晚。

四

"我梦青了!"

清早,老莫一睁开眼便乐滋滋地叫。

"家里怕要来人哩,梦青见亲,可灵着了。上一回……"妻子说。

自从父母去世后,老莫已经几年没有回去了,回信总是说忙,其实大半是经济的因素。老莫是很思念家乡的土地的,很想在光光的玉米地里再听上几场自演自乐的豫剧。

在他们家乡,豫剧是男女老少都能哼上几句的。每逢秋后,玉米穗儿挂上了树,一个庄子的戏迷便凑到一起。道具很简单,舞台就在庄稼地里。老莫家有十几亩地,一家人省吃俭用供他读了两年初中,在这个戏班子里他成了文化人,又导又演。这一天,他主演《薛仁贵征东》。当情节进展到王三姐住寒窑一十三年这一出时,台上人未哭,台下人却流了泪水。那就是邻庄的俏姑娘,老莫现在的妻子。后来,老莫跑到皮定均的队伍里,打孟良崮、解放徐州、过江南、渡鸭绿江,整整十一年,她像王宝钏一样苦熬苦守。如今在家乡,他们夫妻俩成了传奇性的人物。平素,大人教育孩子都用老莫做榜样:"有本事,也去挎盒子炮,吃皇粮。"人们传说他家风水好,才出了他这样一个大官,说他混的票子花不了,住的房子能打滚,大肉白面吃腻了。

但老莫遗憾的是他没有儿子。"不孝有三,无后为大",他一直觉得有愧于父母。过了不惑之年后,家乡人极力怂恿他收养一个义子,他选定了那个会写戏的侄子。据说,他俩长相很相似。

侄子终究没有来,原因是户口难以解决。但在老莫的心中,这侄子已经做了他的儿子。他在家乡读书、娶媳妇、盖新房,老莫尽管手头不宽裕,也总是设法周济一下。

"是不是他要来呢?"他心里想。

老莫的梦真是应验了。第三天,侄子真的来了。他担任了村塑料厂厂长,刚刚去广州采购原料,这次绕道来,一是接伯父伯母回老家,二是来和"振兴公司"谈一笔生意。

"怎么?你们也办了工厂?"老莫盯着侄子。

小伙子从口袋里摸出一张报纸,这上面报道了他们村的经验。

"无工不富，无商不活……哎呀，产值这么多！"老莫喜吟吟地望着侄子，"俺家乡也能办工厂，不赖不赖，你这个厂长当得不赖。"

饭后，当小伙子提出去商业局"振兴公司"时，老莫脸突然往下一沉，不快地说："哪儿不能去，偏找那地方！"

一句话把小伙子说愣了，他打量着伯父撇下的眉梢、凸起的颧骨，不知怎么解释才好。好一会儿，他才问道："那公司不是你局里的么？"

"这公司，那公司，我不信工人不做工，农民不种地，光这些公司能产钢材、水泥！"

小伙子笑嘻嘻地说："现在正提倡疏通商品流通渠道，工厂光生产，没人给销售怎么行呢？"

"我不管渠道不渠道！"老莫又提高声调，"都这样搞，还像个社会主义？"

"大伯，现在……"

"现在又怎么！你们都上月球了？告诉你们，有我们在，你们别再想搞资本主义，除非从我们身上踏过去！"

"老乡！"妻子见丈夫越说越没谱儿，便劝说道，"侄子是来接你回去住，不是来听你上传统教育课。有啥话，早晚啥时不能说，偏……"

"是我的侄子，我想啥时说都行。"老莫眼珠一瞪，"年轻人要走正道。我们莫家祖祖辈辈都是本分人，饿死迎风站，穷死不倒威，掂棍讨饭也不能踏那些发不义之财人家的门。"

小伙子恍然大悟，伯父如此大动肝火，原来是不乐意让他去和"振兴公司"打交道。他马上诺诺应着，再也不提去的话了。

第二天，小伙子自个儿去县城溜了一圈，回来便提出要伯父伯母准备一下，他必须赶回厂了。奇怪的是，一直惦念着家乡的老莫，不顾妻子的再三撺掇和侄子的诚意，断然决定暂不回去。究竟为了什么，他也没说出个子丑寅卯。

侄子走的头天晚上，他亲自下厨房给侄子做家乡人爱吃的捞面条、薄饼馍，去街上买回了点心，并按以往家乡来人的习惯，准备了一小笔路费。

第二天，侄子去车站了，老莫心里空落落的。这时，他才发现给侄子买的东西和路费，他不仅没要，还给他留下了两条好烟。他坐卧不安，起身追到车站，跟在那徐徐行驶的车子外，边追边问："你的生意……"

"这边已经把货发走了。全部！"侄子从车窗里探出头来说。

五

侄子走后，老莫很是不快了一阵儿。但是没多久，他盼信的心情便超过了这一切。

每天下午，他便像个要去赴约的姑娘，早早地穿好呢制服，不时地看看手表，然后倚着大门，等那墨绿色的邮车从门前掠过，他便挺起胸脯，满怀希望地到局里去。每一次，老莫从局里回来时，不消打听，从他的神态上妻子便能明白几分。

这一天，门外有人叫，声音很急。老莫丢下手中的东西，急忙朝外奔。

"是局里叫我赶快去，一定是上边有了回音。"老莫挺有把握地对妻子说。

足足过了三个多小时，老莫才回家。

"老乡！"妻子急问，"上边咋说的呀？"

奇怪，老莫好像没听见。他沉着脸，没理睬妻子，径直进了屋。他一屁股坐在凳子上，压得凳子咯吱吱响。

"日他姐，想搬纪检会唬我，没门，老子枪子里钻出来了，还怕这些龟孙子！"他将桌子拍得山响。

一切都明白了。妻子望着丈夫日渐消瘦的面孔，不由鼻子酸酸的。

"老乡……咱胳膊扭不过大腿……你看……这样下去也不是个法，这房子……"

"不腾！我就是不腾！揭了我的乌纱帽，我看他们还敢不敢开除我的党籍！"

老莫的吼叫，震慑住了妻子，她噙着泪花定定地望着丈夫古怪的面容。叫腾房子偏不腾，还每天没完没了地写信，侄子来了，又不给一点好颜色，这老头莫非发神经了不成？她越想越害怕，终于止不住"哇哇"地放声大哭起来。

搁平常，一会儿老莫就该来抚慰妻子，这一次，他却视而不见，听而不闻，又趴到桌子上写信去了。

这一天，老莫正揣着那敬呈党中央的信准备往邮局去，商业局老收发来了。后脚未进门，他便瓮声瓮气地吆喝："老局长，老局长在家么？"

妻子一颗心又"咚咚"跳起来。老收发工作负责，平时守在门口寸步不离，今日一定是有重要事情。

老收发员径直进屋了，连招呼都没顾上和她打，老莫妻子更觉不妙。这几天，右眼皮总在跳，她相信左眼跳福，右眼跳祸。她放下手中喂三瓣嘴儿的饲料，提心吊胆往窗户下凑，一双脚竟像踩在半天云里。

"……调查组来了，要停职审查……"老收发声音颤颤的。

她腿一软，幸亏扶着窗沿，才没倒下去。她分明看见，丈夫坐在椅子上，张着嘴，软沓沓的，像一条拖到岸上的鱼。

"情况都查清了，他和小姨子勾搭到一起，利用振兴公司转手倒卖，把非法收入装入腰包。哦，这可亏了你写信去告他，开始，大家都以为……"

什么都明白了。妻子眼前回旋着丈夫写信盼信的情景，回旋着丈夫省吃俭用的往事，泪水顺着鼻翼不知不觉地流进了嘴角。

六

第二天，老莫便张罗着腾清了房子。

第二天，县纪检会关于老莫多占房屋的通报也印发下来了。通报指出，作为一个老党员、老干部，不能保持并发扬党的优良传统，多占房屋，搞特殊化，在群众中影响极坏，为严肃纪律，特……

当然，这一切老莫尚不知道。房子腾清后，商业局并没人来住，没事的时候，他常常一个人到这空房里走一走。

东西一挪光，房子显得很大。从玻璃窗上反射进来的阳光映在蓝色的天花板上，幻化出无数的光晕。那光晕恍恍惚惚，像无数小精灵在蹦跳。这光晕唤起了他一连串的回忆，他极力捕捉这情景是在什么地方见过。是队伍过长江的前夕他们住在江边一个姑娘家的清晨，还是在朝鲜清川江边的那个夜晚，唉，人老了，记忆竟如同一团渗在水中的墨汁，越晃荡模糊得越厉害。

他真想大喊一声，在这里练一练多年没用的捕俘拳。

（原载《奔流》1987 年第 6 期）

京城来了名角儿

一

　　小城不大，总共三条街道，历史却悠久得让人景仰。据志书载：黄帝之裔孙封于此，春秋时是一国之首府，唐宋元明清，历朝历代皆驻有命官。人杰地灵，子民们果然和别处不一般。单说一个看戏吧！以梆子按拍，节奏鲜明的豫剧他们嫌油，唱起来带有吴侬软语味儿的楚剧又嫌太腻。盛行于小城的，是大清道光年间已成雏形的京剧。这是正宗的国戏！这儿稍有年纪的人，无论三教九流，皆能哼上几句《群英会》、《玉堂春》里的词儿。唱归唱，论起理儿，他们只不过懂得个西皮、流水、生旦净丑之类的。真正能道出什么梅派马派程派杨派，讲出个子丑寅卯的，还是衙门日剧场卖糊辣汤的"汤糊辣"。

　　这汤糊辣本姓汤，排号老五，大名一个"悟"字。因他的糊辣汤融南北风味，且又工精料足，明码实价，颇受小城人欢迎，故得了这个雅号。他中等个儿，人精瘦，朝六十岁上数的人，还背不驼，眼不花，鹤发童颜，整天乐呵呵。他平生不嗜烟酒，单单迷上一个"戏"字。平时举手投足，皆依京剧程式。譬如上桌吃饭，动作如台步，嘴里打着锣鼓点儿："叭嗒——呛嗒"，"呛"字一出口，恰好坐在椅子上，准确合拍，没半点含糊。每次朝老伴要茶，说话也如台词道白："娘——子，茶来！"老伴也必须以台词道白回答，并且把茶准时递上，否则就闪了板，接不上下文了。一个冬天，汤糊辣跌在院子里。他本可以爬起来，可他不起来。不但不起来，索性把眼也闭上。"昏沉沉，如在梦，不晓得南北和西东……"他躺在地上慢悠悠地唱，弄得老伴啼笑皆非。他有个侄女儿，谈了县京剧团的一个小生。大哥大嫂不同意：嫌唱戏是下九流，好说不好听。他不请自到，开导带教训"人爱吃大米白面，却不希望儿孙种田，人爱吃鱼肉，却不希望儿孙渔猎，人人都爱娱乐，却又不希望儿孙唱戏。如果天下父母都不让儿孙唱戏，普天之下锣停鼓歇、丝竹之声不是要断绝么？如果唱戏的不能娶妻生子，那有谁还去干这行当呢？这京戏是国戏。一国之戏，好像人的魂儿，还有什么精神呢？当年梅兰芳出演欧美，大长了华夏志气……"后来，他办了一桌菜，把侄女的对象请来，代大哥算是认下这门亲。前几年政策放宽，允许个体经营，他一眼看中的，便是剧场门口的这块风水宝地。酒香不怕巷子深，他并不图这儿是做生意的黄金地带，图的是不用挪步，天天都能免费听到京剧团演戏，和南来北往看戏的聊上一阵儿。为这地皮，他没少给剧场经理和工商管理所"烧香"。

小城京剧迷得知这消息后，隔三差五，便往他这儿跑，汤糊辣一人忙不过来，便雇了个叫李福的小伙子做帮手，人不太多时，李福忙活便够了，他捧上个紫砂茶壶，便和那班戏友神吹海聊。这班戏友里有杀猪的，做贡面的，也有吃官饭的政府招待所事务长，剧场内管道具的。他说到梅兰芳蓄须明志，盖叫天断臂折腿，不由手舞足蹈。如果有人称好，他便用京腔吩咐："李——福，添——汤！"汤是奉送，不再多收分文。

有时候，碰上偶尔来这里光顾的后生，也会将信将疑冷不丁冒一句：

"师傅，听你说，这梅兰芳、盖叫天、麒麟童的戏你还怪熟哩！……"

这时，那帮戏友会不约而同地撂过去一句：

"嘿，瞧你！知道吗？这汤师傅人家在京城坐包厢，当票友，还和富连成社的花旦……"

话到这儿，戏友们知道说漏了气。那后生如果接着问下去，他们只得搪塞一句。至于汤糊辣何时和富连城社的花旦有瓜葛，这是内部掌握，不传。

但是有一天，一个衣冠楚楚的小伙子听他们聊起京剧，便抢过话茬，攻击京剧程式化，节奏慢，已不符合时代的发展，是死亡的艺术。这在汤糊辣的小铺子里，堪称是惊世骇俗之言。好在此人是外地客，生意场上人，大肚能容，老汤没有恼，但对他一直没有好气色。

不知是应了这后生的胡言乱语，还是气数使然，汤糊辣自从在剧场门前扎摊以来，果然未听到里面演过一出像样的戏。那班姑娘后生靠着吃国家饭，初一十五不演一场戏，半年露一次面，上起台文齐武不齐。不是导板唱成了原板，就是吊毛要到地下爬不起来。小城京戏后继无人，汤糊辣生意再旺，便也自觉无味。

老伴儿见他愁眉不展，便软语温存，寻着话茬儿安慰他："你想想：这小剧团几散几聚，伤了元气。演员们个个捧着金盏子，摔不烂，打不破，还能像你当初当兵在北平，看人家名角儿演戏……"

"北平北平！"汤糊辣自己也弄不清到底喜欢不喜欢别人提起这茬事儿。他将茶杯重重一搁，干咳了一声，是吊嗓子，还是舒舒心中闷气？

"怕什么！你要还想到北平看戏，等那一天，我陪你。说不定，还能见到你那副官娘子……"

"废话！"

"瞧你，谁年轻没有点花花草草！那文秀人家要成了名角儿，说不准还在惦着你呢！……"

老伴是在拿他开心。这些过去的事儿，本来只是永远属于他一个人，可肃反那阵，给抖搂了出来。好在老伴儿不介意。但每提一次，一连几天，他眼前总少不了文秀那身段，那唱腔哩！

二

拐过状元街，站在小市门，远远便能看见一个带黄穗儿的红字招牌。这是戏友们送给汤糊辣的，上面是贡面杨亲手写的"正宗糊辣汤"五个潇洒的柳体字。

汤糊辣的心事，大多是装不久的。只要有一出京戏，他满腹的郁闷都会随之而去。此刻，他架着云步，且走且唱："……一日怒气冲天外，大骂唐童小奴才，胞兄被你父箭射坏，兵发洛阳为何来！……"

趟出小市门，一抬眼，忽见铺子前后黑压压一堆人。李福惹事了？和哪个二愣子撕开了！他将云步改为走边，用林冲夜奔的步子疾走。到了近前，未见争吵厮打，怪了！只见众人皆仰着头，像鳖瞅蛋，死盯着墙上。

为了慰问苏区人民中国京剧团第三演出分团在赴欧洲演出之前将专程来我县演出传统剧目甘露寺群英会三岔口空城计宇宙锋将相和玉堂春四进士领衔主演著名马派嫡传弟子刘泰梅派后裔吴曼曼演出日期十一月十五日至二十五日票价一元一元五角二元

汤糊辣眯着眼，目光越过颗颗青脑壳，电传速度浏览一遍，又用记录速度，逐字逐句，把每一行舔了一遍又一遍。

京城来了名角儿？

京城来了名角儿！

他做了个甩水袖的动作，和李福道了个诺，转身便要去屠户张、贡面杨、招待所李事务那里去报喜信儿。刚走几步，又怔住了：京城距这儿几千里地，演员们一个个金贵得像宝贝蛋子，他们岂肯冒着寒风奔这儿受这份罪！嗐，说不定又是哪个混帐小子哄爹娘老子。去年，满城都嚷嚷着京城演李铁梅的要来，结果呢？老鹰叼个猪尿泡，空喜一场。

他踮起脚，见剧场管道具的文忠站在门口张望什么，急忙从人缝里挤了上去。

"怎么？不信！"文忠侧着头，诡秘地冲他一笑，"当真就是你认识京城的名角儿！……这回，是咱们新上任的兀队长请来的。人家和这刘泰、吴曼曼是莫逆之交，怎么样？"

汤糊辣又追问了一句，方明白兀团长就是河沿水埠子边兀裁缝的独儿子兀辛仁。这小子，小鸡子还搁在裤裆外时他便认识。他嘴甜，人长得也机灵，每日兀裁缝牵着来喝糊辣汤时，他免不了勺子要朝盆下沉沉。果然吉人天相，没多久他便听说这孩子被选拔到省里学吹唢呐去了。两年后，别人回来了，省京剧团团长招他做了乘龙快婿。据说，到中南海演过戏，经常和省里头头平起平坐，还在电视广播里露过面。这一回，怎么回来了呢？他汤糊辣懂，搞艺术还是大城市好。这兀辛仁高处不走走低处，是不是犯了错误。八成是男女关系吧！……

"啧！"文忠眉毛一拧，"这是改革的新鲜事儿，人家自愿留职停薪，回来振兴家乡艺术事业。你没瞧，县里一听说他回来，马上派车去省里接。红通通的文件已印出来，先……先让他干个团长，以后嘛，你等着瞧！"

"嗬！"汤糊辣拍着手说，"我早看出这孩子不一般，好了，好了！这下咱小城京剧有望了，有望了！老文，他啥时在家，你吭声，我老汤去登门拜望，请他来喝我的糊辣汤。"

"嗐！"老文用手一点，"你看，那不就是我们团长。"

这时，从斜对面文化局大院里，果然走出一个三十六七的男人。他高高的个，刀条脸，挑挑的眉，臂下挟着公文包，收腹挺胸，目不斜视，径直向这边走来。汤糊辣迎上去，叫了几声，那兀辛仁怔了一番，尴尬地笑了笑，汤糊辣只好自报姓名。

"唉哦，汤大伯！"兀辛仁微微倾了倾身子。

汤糊辣做了个"请"的姿势。

兀辛仁连声"谢谢",表示道:"改日再来,北京的艺术家们马上就要来了。我这就去找县委谷书记汇报这事儿。人家是国家级艺术家,千里迢迢,奔咱小城来,咱怎能怠慢!"

"是是,这可要招待好。演员的嗓子是大事,冷着热着,休息不好,都要坏大事儿。"

"别提这事儿,你看,现在接待组还没成立,这演员的吃、住、交通……唉唉唉!我这马上去,谷书记正在等着我……"

兀辛仁摆了摆手儿,大步向丁字街庄严雄伟的县委政府大楼走去。他步子快,钉着铁掌的火箭头皮鞋响成一片。

汤糊辣不由暗暗替兀辛仁焦急。他没动身儿,直到兀辛仁拷花呢大衣上一扇一扇的长头发看不清了才转回来。

三

不过,回到铺子上,汤糊辣还是惦记着兀辛仁操办的事儿。他清楚,这演员别看有人瞧不起,他们自己却是要怜惜自己。酒不能喝,辣的不能吃,热了要上火,冷了要咳嗽,嗓子是个命根根,千万不能倒了荐。眼下,那些大家不在了,这些活着的更是国家的宝贝。大冷天,万一有个闪失,这小城人脸可是没处搁。

心里有事,他坐立不安,便寻思着去打听。刚好,在小市门菜市场碰见了政府招待所事务长老李在买菜。他一提起这事儿,老李便夸下海口:"放心放心!"老李是山东人,嗓门大。他叫道:"县委政府调了十几辆小车,从火车站早接回来了。一根毛也没碰弯,下车都笑嘻嘻的。这伙食标准,县里安排了,按地委级干部接待,一天三顿,花多少政府报多少,每天一人少不了十块。招待所的好房子,都号给他们了。你想想,人家代表首都人民来慰问咱们,县里能亏待他们?……"

一席话,说得老汤心放进了肚子,但他还是嘱咐了李事务长几句,什么辣子不能放、酒要少劝之类的话。

晚上回到家,他便和老伴商量这看戏的事。

"我看,这铺子李福一人也照顾不过来,干脆就停几天,让这孩子也看戏算了。京城的名角儿多少年能来一回!"

老伴虽不是戏子出身,可近朱者赤,近墨者黑,她多年来从丈夫那儿也熏陶得知道什么"四功五法"之类的话。再者，要想讨老头子高兴，只有谈这事儿他才来精神。

"嘻嘻！"老伴儿突然忍俊不禁，"不知这京城来的有没有那……"

"笑什么?!"汤糊辣虽这么问，但早已明白老伴话里的意思，心里不由也动了一下。

第二天大清早，剧场门前便聚集了一群手持红绿戏票的观众。他们明知进场也是对号入座，但他们仿佛不是看戏，而是比赛谁到得早，谁才不愧是国戏的大鉴赏家，谁才是真格的小城人。

汤糊辣一家三口人也挤在里面。昨儿，他托剧场的文忠给搞了三张戏票。天蒙蒙亮，便穿戴收拾一新，早早地赶到剧场门口。但现在等到八点二十分，已过开演时间，剧场大铁栅栏门仍冷个脸儿。他正打算觅个熟人问问，忽然人群里有谁发了声喊，一呼百应，整条街道都在抖颤。这时，售票窗口探出一只手，一块小黑板挡在上面：

　　因故演出推迟到明天上午
　　持今日戏票观众听候通知

牌子推出，群情激奋：皆认为剧院预售戏票是坑人。艺术家们明明今日不上演，为什么早将票卖给我们。几百观众嗷嗷叫，要求剧院赔偿损失。剧场经理眼看众怒难犯，打开麦克风解释道：

"亲爱的观众同志们，从首都来的艺术家因为……因为长途跋涉身体欠佳，请大家谅解……"

这一下，不少人抱怨那些起哄的人。你想想，人之常情，谁没个头痛脑热！何况这艺术家冒着严寒光临小城，还不是够辛苦的。人家到这儿来又不是图嫌你几个小钱！我们有人却连这点都没想到，真丢了小城人的脸。于是，有人提议，应当派代表去慰问慰问艺术家。或者，写篇稿子到广播站，表示表示大家的心意。大家话都是这么说，但没一会儿，剧场门前人散了大半。

汤糊辣想：自己早咋没想到这份上呢? 也凑在人堆里瞎热闹！这唱戏的人娇贵着哩！别人不懂，你还能不知道么！说不定，受了风寒，他们的身子正不舒服哩！

"我去招待所看看。"他对老伴说，"艺术家要是想吃糊辣汤，咱们做一锅送去。"

招待所建在过去文庙里，离衙门口不过一百多米。他过去很少来这里，嗨！里面房子盖得气派着哩，琉璃瓦，连墙上都亮闪闪的。京城里怕是过去连这类房子也不多。他一打听，京城来的人都住在后院。他跟在几个挑炭的人后面朝里进，走到一个前后簇拥着花坛的房子后边时，忽听里边传出兀辛仁的声音：

"不行！你们不按合同上演，要负全部责任！"

"小兀同志，"一个男人用京腔慢慢吞吞地回答道，"当初你请我们的时候，把这儿的条件讲得如何如何好，可现在……这住房、伙食、剧场，我们能受得了吗？如果我们拖垮了身子，难道仅仅关系到我们个人的艺术生命！小兀同志，你冷静些，不是我们不执行合同拒演，是你们，首先撕毁了合同……"

"好！那你说，这合同还怎么修改？"兀辛仁问。

"这个嘛！也好办。每场收入，你付给我们两千元。其余开支，由你们负责。包括我们的往返车费、住宿费、伙食费。你的回扣，我们根据收入酌定。不过请你放心……"

汤糊辣正听得入神，忽然肩膀让谁重重地击了下。他回头一看，是一个穿公安服的小伙子。他的屁股后鼓囊囊的。

"你在这里鬼鬼祟祟搞什么？"

他咕哝了一句，还没说明白什么，便被那公安局的人拎着衣服朝外推。刚走了几步，外面拥进一群人，他只听人恭恭敬敬叫"谷书记"、"李县长"、"王部长"。他想仔细看看，那些脸一张张一闪而过。他揣摸道，好了，领导们来了就好了。有天大难题，再也不用兀辛仁一个人担着了。至于什么时候，那公安局的人将他搡出了大门，他却一点也不知道。

四

次日，首都艺术家终于要登台演出了。

消息是广播站的大喇叭喜滋滋地向小城居民宣布的。无处不在的声波，简直赛过春风春雨，小城人个个心花怒放。

"你听，今儿真格儿要演了。"汤糊辣朝老伴夸耀。

"演了你也看不成！"老伴噘着嘴说。

对了，今儿不用昨儿的票。汤糊辣这下可犯了难。看着人家在剧场出出进进，他可受不了。

"走，咱找文忠，好歹让他给咱开个'后门'，看能不能再弄两张票。不行只要让进去，咱站着看也中。"

谁知这辰光，剧场门前又是人头攒动，黑压压的像波涛翻涌。看来想从这海上浮过去开后门是不行了。汤糊辣叹了口气，只好和老伴远远地站着。忽然，他发现人堆里像是有个大磁铁，不少人被吸得往一撮儿挤。这儿挤罢了，那边又挤开了。他觉得奇怪，一打听，嗨！原来是有人在出售这场的票。天哟，还有这等好事！他瞟了瞟周围的人，他学别人拿眼四下瞄。有几次，他挤上去，又被身强力壮的小伙子给扒拉了出来。他一直不灰心，最后，终于从一个中年妇女手上抢了两张票。一问价，邪乎！七块。原来是黑市！他正犹豫，又有人把手伸过来要给八块他。吓得付了钱急忙朝外溜。

不管贵贱，反正有了票！汤糊辣一把攥住老伴的手，比当年初进洞房还滋润。

可惜位置不理想，最后一排，还是个角儿。好吧，要饭不嫌饭冷！总算有个位儿了。他喘了口气，一抬眼，见兀辛仁领着一群人正在台前让座。那些人他好像在哪儿见过，却一时又想不起来。他这才明白：这一场的座儿为什么这样紧张了。

终于等到开场的铃声了，汤湖辣激动得心口儿乱蹦。谁知紫红色的帷幕一掀，闪出来的是县里的一个什么干部。他对着麦克风讲起话来，他讲完了，接着出来的是一个化好了装的演员。台下凳子忽喇喇响，掌声像瓢泼大雨，众人一齐叫"刘泰"。汤糊辣估摸他就是那个马派弟子，不由肃然起敬。双方都讲了些什么，他只记住了一句，约摸是"革命友谊万古长青"。

闹台锣鼓终于敲起来了。《玉堂春》主演：刘泰、吴曼曼。幻灯将字幕一打出来，台下观众又拼命鼓掌。

这场戏，当年师长副官带着他在富连成社不知看过多少场。那时，扮苏三的是文秀。后来，文秀被副官弄到手后，有时寂寞，也让汤悟扮王金龙和他对唱。这出戏里的台词，大半他现在还能背下来。不过，马派高足和梅派后裔同台演出这出戏的事，他还是头一回享受。嗨嗨！福分不浅……

帷幕到底拉开了，汤糊辣盯着台口，心里暗暗叫好。书生王金龙上场了，苏三和公子相逢，两人一见钟情……可是，不知为什么，汤糊辣总觉得台上演的好像还差点什么，和马派梅派似乎不是一个路子。唉唉，你瞧，那扮王金龙的刘泰，云步走得像蹀步，左脚看上去有些往外踅；那演苏三的吴曼曼，水袖抖得蛮熟练，就是行云流水中没多大变化……哦哦，是不是他们行头没带齐，这王金龙的皂靴不合脚。这也难怪，京城离这儿怎远。另外，自己坐的离台口太偏，眼睛花了看不清爽……算了算了，别乱挑剔。俗话不是说"会看戏的用耳听，不会看戏瞪眼盯"吗？自己光瞪着人家择稗子干吗？对了，他眯起眼睛，屏息静气，细细地品……可是，这怪了，他总感觉王金龙唱的和京胡差那么小半拍，就像一个跛子走路，脚总是一踮一踮的，就是赶不上趟……

他睁开眼，见剧场鸦雀无声，人人聚着神儿在听戏。便兀自叹了口气：你今儿怎么啦？总是在挑人家名角儿的不是。人家总归是京城的，没吃过大猪肉，也常见大猪跑哇！你真是……

汤糊辣调整情绪，再一次闭上眼，侧着身子，凝神听……可是，这王金龙该偷气换气的地方却还一直可着嗓门，醋畅是有，却没了马派的那柔润味了，他奇了，今儿是怎么啦？抬头望望四周，大伙儿正美得为刚才这一段反西皮叫绝。那坐在前排的兀辛仁，扬着手儿给两边人指指点点，两边的人也乐得直是拍巴掌。哟哟，剧场里突然扯起了闪，全场人一惊，嗬！原来是一个人举着照相机在给坐在前排的拍照。

他扭头看看老伴儿，老伴儿正探着脖子，眼珠不错地睃着台上。一会儿，又是叹气，又是抹泪，看样子是为台上的演出感动了呢！他用肘子碰了碰，老伴竟没察觉。他只好问：

"啥样？"

"你嚷嚷啥？快看你的戏！"

汤糊辣越发怔了：是自己多年不看，品不出戏味；还是京剧眼下有了变化，和过去的就不是一个路子了呢？如果……如果说他演得不好，可怎么从省里来的兀辛仁，兀辛仁身边的那些人都在鼓掌呢？他真有些糊涂了。

他耐下性子，看到苏三起解。当苏三唱到"低头离开了洪洞县"那段西皮流水时，他胃里竟一涌一涌的。当年文秀也比这唱得好哇！别说她吴曼曼是梅派后裔。可……可别他们不是真的名角儿？但这念头一冒出，他马上就责怪自己，胡想些啥呀！

这时，他看见兀辛仁从座位上站起，向安全门外走去。仿佛是神使鬼差，他觉得现在应当去找他讨教些主意。不然，这场戏看得窝囊。

院子里是个厕所，他估摸兀辛仁是进里边去了，干脆便守在门口，等他出来好问。

　　等了一会儿，出出进进不少人，可就不见兀辛仁。汤糊辣探头朝里一看，怪了，并没有。

　　他抽身急忙又走出来，这时却见兀辛仁在院子旁边一间小屋里闪了个影儿。

　　"辛仁，"他快步赶上去，"你看今日这戏？……"

　　"噢噢，是汤伯伯呀！对不起对不起，有啥事儿回头再说。我今天正在陪县里四大机构的领导看戏。你瞧，我连上厕所的功夫都没有……"

　　汤糊辣没听他的，急忙一古脑儿把自己的怀疑摊出来。

　　"怎么？"兀辛仁嗓门很高，"你懂得什么是马派梅派吗？"

　　院子里，有几个人不知发生了什么事，闻声凑了过来。汤糊辣顾不上许多了，急忙解释："我过去在京城陪着副官娘子经常去看他们的戏。"

　　"汤大伯，是不是你年纪大了，有些耳聋眼花了？这样嘛，还情有可原。不过，你弄明白后，就不要乱讲了。这首都艺术家的声誉，可不是能随便贬低的。人家是代表首都人民来慰问咱们苏区。如果这影响造出去……"

　　"我不是那意思，我不是那意思……"

　　这时，院子里有人大声喊"兀团长"，兀辛仁应了声，又回头叮嘱汤糊辣道：

　　"县里对首都艺术家很尊重，大伯，你这看法可不能让别人知道……"

　　兀辛仁走了，汤糊辣尴尬地立在屋里。他走也不是，不走也不是，怔怔地愣在那儿。后来，屋里的小伙子拿起钥匙晃了晃，意思是要锁门，他这才悻悻地踱出来。

　　剧场里，大概正演到高潮，又是"闪电"，又是"暴雨"。这闪电和暴雨好像是鞭子，一下下全抽在他的身上。他一点看戏的兴趣也没有了。

　　一折身，他走出了大门。大门外，一群钓票的跟着他叫："有票啵？有票啵？……"

五

　　无论汤糊辣感觉如何，首都艺术家精湛的艺术表演还是得到了多数人的高度评价。小城街头巷尾，人人话刘泰，个个谈吴曼曼。在这举城同庆的欢乐时刻，县广播站每天辟一个"首都艺术家谈感受"的专题节目，请他们谈一谈对小城的印象。果然，他们对这儿的淳厚民风十分景仰。夸小城有江南妩媚风韵，又有中原豪爽气魄，实在是物华天宝，人杰地灵。今儿能到此地献艺，深感万分荣幸。

不知为什么，越听广播，汤糊辣的气儿憋得越足。实际上，一连几天他再也没踏剧场的门槛儿，他并不是和兀辛仁赌气儿，怪他给抢白了一顿。而是觉得这演员究竟是不是马派梅派，他兀辛仁应当弄个明白。别弄得让人家耍了，还落得个没水平的骂名。以为这小城人一个个都是憨大，见了京城人只会点头作揖，把先人的英名都给辱了。

“你这人真是，别人都傻瓜，就你一个懂得马派梅派！我看演得不赖！”

他老伴儿一听说他还要去找兀辛仁，便冲他叫开了。这两天，汤糊辣愁眉不展，她不知已经开导了他多少回，可你瞧瞧！

“好好好，就算是假的，你高兴去看，不高兴别看。你这几十岁的人了，管这些闲事干啥！人家不说你神经有毛病才怪！”

平时，老伴儿的话，汤糊辣不说言听计从，可也很少打折扣。可今儿，这关系到国戏和小城人形象的问题，他是认准了理儿。

据说，兀辛仁这些天住在招待所里办公。那儿立了一个“首都艺术家赴小城演出接待小组”。县委宣传部长任组长，兀辛仁任副组长。

不巧的是，汤糊辣赶去时，兀辛仁不在。几位年轻姑娘噘着嘴说：“俺们昨儿就来这等兀团长呢！”

好不让人失望。汤糊辣懊恼此行不利，正怏怏不乐，忽听隔壁有人叫。探头一望，嗬！是老戏友李事务长。

“你也问兀团长，我早就在等着向他汇报呢！”老李又是皱眉又是摇头，显得比汤糊辣还急，“这接待的事儿，具体都是兀团长抓。譬如什么车辆调度、伙食安排、领导接见、安全保卫、医疗保健……还有向宣传部门介绍情况，都是他一个人在指挥。唉唉！这兀团长亏了是领导胚子，要搁我……”

汤糊辣见他没完没了，只好打断话头，说：“兀辛仁要回来了，你就说我来找过了。”

“想托他买票是啵？没门没门！你知道有多少人在缠他。哦哦，老伙计，这戏怎么样？和你那小花旦比……”

“不行！文秀唱苏三可不是这德行。当年她让我扮王金龙，在屋里真演过。那可不是这味儿。我怕……他们不是正宗……”

“怎么？你说什么？”老李退一步，瞪着眼把汤糊辣上上下下打量一番，问道：“你今儿怎么啦？是不是哪儿有了毛病！对人家北京来的名角儿敢怀疑。这可没假，是兀团长亲自去请的。人家演出团马上还要出国呢！咱书记县长哪天不抽空儿来陪陪……再说，俺们那几个伙计看了也都说这不愧是京城的名角儿。唉，老汤，我不该问的，你天天在咱们面前论这马派梅派，你……你真是听过他们的戏呀！"

汤糊辣哭笑不得。没给人家说明白，自己倒弄得不明白了。这真是狐狸没打到反而惹了一身臊。罢罢罢！到了这份上，连老伙计们都不相信他汤糊辣了，还到哪儿去说清楚呢？算了算了，你们要捧要吹要供尽你们能耐了。我汤悟没这份福，受用不起。

他折身便走。老李追出门叫道："别急别急，兀团长回来我告诉他。"

汤糊辣依然没有回头。

回到家，他四门不出。可门口电线杆上大喇叭里一浪高过一浪的声波他无法抗拒。无奈，他天天戴着耳机听收音机，音量开得很大，耳朵震酥了时，他便吊嗓子。他那声音总是走调，让人听起来容易想到哭。

六

首都艺术家应观众演出要求，由十天延长到十五天，最后，为了赴欧洲演出，只好忍痛告别小城戏迷。这天晚上，和当初接风一样，县委县政府举行了盛大的告别宴会。次日，县委县政府主要领导亲自乘车将艺术家们送到三百里外的火车站。当这阵浩浩荡荡的小车队伍驰过衙门口后，汤糊辣黄穗红字招牌才又升了起来。十四五天，他没有抓住这样一个黄金季节到剧场门口做生意，自然引起了不少人的惋惜。汤糊辣没有解释，他淡然地笑了笑。下午，汤刚刚做好，没想到第一个顾客来的却是招待所的事务长。

"老汤！"

事务长见老汤没有往常热情，明白是上次的事儿他介了意，便主动打招呼道：

"好了，算是送走了。说是让我提前去买票，你想想，在哪儿一下子弄这么多卧铺。我求爷爷告奶奶，也才搞到三张。三张怎么办？人家几十号人。好在是首都艺术家，人家觉悟高，那刘泰和吴曼曼说，买不到算了，大家艰苦点，这卧铺车费发给我们自己处理得了……嘻！县财政为这次演出虽然补贴了七千块钱，可也没枉花。用书记话说，为振兴咱们小城艺术事业，算是交了一笔学费……"

李事务长见老汤一直没吱声，自觉再说也没趣，便嚷嚷着要喝糊辣汤。他自己捧过一碗，吸得滋溜滋溜响。

这时，剧场管道具的文忠突然也溜了进来。他手里掂着一张报纸，进门便神秘地喊道。

"老汤老汤！"

汤糊辣顺着他的手指，在这张报纸第六版的右下角看见了一则简讯：

中国京剧团第三演出分团由著名艺术家刘泰、吴曼曼率领赴欧洲七国演出载誉归来。

"你看看，这消息蹊跷不蹊跷，他们前脚才走，这后脚报纸上就说他们从欧洲回来了。我看，这报纸编辑该打屁股：明明是赴欧洲演出，却印成载誉归来。"

李事务长接过报纸端详了一番，冲着文忠不屑地说："才不是你说的呢！是赴'中州'演出，他印成了'欧洲'。"

汤糊辣苦笑一声，正想说什么，那兀辛仁风尘仆仆地闯了进来。人未进门咋唬声便传了开来：

"汤伯，你不是要请我吃糊辣汤吗？今儿我来了！"

汤糊辣用鼻子哼了声，把报纸扔给兀辛仁。

兀辛仁瞥了一眼，习惯性地将长头发一甩，不耐烦地说：

"嗜！连这也不知道，到这儿来的是大刘泰，出国演出的是小刘泰。懂吗？这是艺名……"

啧啧！李事务长赞许地点了点头。

汤糊辣清了清嗓子，正打算问什么。那兀辛仁看了看手表，拿起桌上的公文包，大声说：

"唉呀！汤大伯，来不及了。县委谷书记等着我去商量件事儿。你把糊辣汤准备好，我一定来，一定来！"

汤糊辣没有吱声。他待兀辛仁走出铺子后，突然可着嗓门用京腔大叫了一声：

"正——宗——糊——辣——汤——吧！"

(原载《福建文学》1987 年第 10 期)

客从台湾来

一

一封信，一封被揉得皱巴巴的信搁在燕家四兄弟的饭桌上。

信是从中国台北寄的，绕了个大弯儿，好不容易才送到这儿来。信皮是繁体字：中国光州城南三十里燕家冲刘余氏收。地址不详，不过，费些周折还是找到了，可就是"刘余氏"没处寻。姓余的女人是不少，时下谁还这样称呼呢？

台湾当局允许老百姓回大陆探亲，这山旮旯里的人们也早已从电匣子里听到了。本来嘛！咱大陆上早就呼吁"三通"了。大陆台湾是一家，四十年了，何必还妻离子散，违逆天伦人情呢！好在燕家冲日出而作日入而息，感叹一番后，也就很快忘了。直到风传隔岭余家冲回来了一个台湾阔佬后，冲里人才从惊愕、羡慕以至生出几分妒嫉。说是那阔佬给他的三亲六戚捎回了不少美金和洋货，连那八竿子也打不着的远房亲戚，也讨了不大不小的便宜。好些从余家冲观光回来的人谈起这码事，仿佛也沾了些洋气，神采兮飞扬。这封经燕家老四口袋上插了两支钢笔的民办教师燕守贵捎回的信，自然而然，给燕家的午餐，增添了不多不少的佐料。

弟兄四人正滔滔不绝，六十四岁的老娘余翠娥端着一盆菜进来了。这阵儿她本在三儿子家吃"轮供"，今儿老大家造新屋，兄弟几个来帮忙，她也来给大媳妇打下手。听见儿子们吵吵嚷嚷，她好不纳闷。

民办教师扬了扬那封皱巴巴的信，牙痛一般，淡淡地说："台湾的，乡邮员在找主儿。"

"哦……哦……这台湾来的信，能……能看么？"

余翠娥双手颤抖，嘴唇哆嗦，她显然没有听过电匣子。

"娘，眼下政府欢迎他们回来看看，没啥的，说是县里对台湾来的人像待大宾一样。"

敦敦实实的老二守华心慈，人憨厚，见娘吓成这样儿，忙不迭地解释。

"噢，娘！"老大守荣忽然想起了什么，问，"'文革'那阵，不是有人说咱家和台湾有瓜葛么？"

"真的！"民办教师忙做娘的思想工作，"眼下不像过去哩！谁家有海外关系，说话口气都要变粗哩！……"

余翠娥摇摇头，恍然若失，仿佛被儿子窥见了什么，慌慌的，一边折身向外走，一边丢过来一句话；"他……他早死了。"

儿子们于是忆起娘有个前夫叫刘七。解放前，是这一带的小炮队大队长，解放那阵，跑得无影无踪。"文革"中，有人抖出这件事，说刘七去了台湾。后来亏了八爷出面作证，说刘七死了，是他已去世的弟弟当年亲手击毙的，才免了那场横祸。

"对了！"民办教师叫道，"如果依刘七，咱娘不就叫刘余氏么？"

"说不定，他没死呢！说不定，这信就是写给咱娘的呢！……"

于是，众兄弟一齐叫嚷，把信拆开看看。

二

吾妻翠娥余氏，自民国三十八年弃家出走，至今已四十载有余。一水相隔，音信杳无，吾至今不知你生死何处……关山迢迢，梦牵魂绕，难忘结发之情。吾长夜难寐，盼能一见，以遂白发之愿。如尚健在，请给一字，吾当驭风前往……

没错，信是写给老娘的。原来，解放时，这刘七的队伍被解放军打垮了，南逃之际，他惦念结发妻子，曾派人半夜潜回燕家冲，翠娥当时怀有身孕，老母又病危，便回绝了来人。"文革"中，八爷伪证，七八成是为他们母子计。这点翠娥没向儿子挑明。刘七在地方上办了些不光彩的事，自己后又改嫁，提这些实在没趣。不过，这封彼岸来鸿搅乱了她的方寸。一日夫妻百日恩，这刘七至今还惦挂着，也怪让人牵心动肺的。小儿子一封信没念完，她已如痴如醉，泪流如注了。

"贵，你快写封回信啦！"

三个哥哥一齐盯着民办教师，焦急、迫切中还透出几分乞求。

信很快发走了。民办教师亲自送到县邮局，把母亲刘余氏翠娥四十年的思念寄到了海峡彼岸。

之后，燕家四兄弟自然而然沉浸在喜庆之中。但不足一周，一个新问题却突出到四兄弟面前：老娘的前夫来了，他们应当称呼什么才恰当准确而不失亲切呢？这问题当然是喝了不少墨水的燕守贵悟出的。

"叫表叔！"还是老三守富，快人快语。

"不好！"民办教师断然表示，"一个'表'字，便把彼此关系疏远了。姑表舅表还是姨表呢？人家不是说，姨表不算亲，死了姨娘断了根么！"

"对对！老小分析得有道理！"老大守荣表示赞同，"我看，叫大伯好。"

"也不行，你知他年龄比咱爹大还是小。再说，外国人不喜欢称年龄大，台湾虽说不是外国，但洋气比咱大陆沾得多。"

"那——"老二守华搔了搔头皮，"我看……我看……咱娘既然和他是结发夫妻，咱们也不如外，见面也叫……叫爹算了。"

一时，屋子里静了下来。三兄弟皆做沉思状。他们都清楚。这个确实有点太牵强，中国人别的可以宽容，但血缘关系很较真。把一个与自己骨血无关的陌生人叫爹，实在有点骂人。不这样叫，又怎么称呼才合适呢？弟兄四人面面相觑。

"这事还是让老小分析分析，人家是知识分子，比咱大老粗强。"

老小冷笑一声，这是老三耍滑头，出难题他做。实际上，叫一下也无妨，反正自己亲爹也不在世了。

"嘻，叫'爹'多难听！"民办教师嘴角浮出一丝嘲弄和讥讽，"土里土气的，爹，爹！现在书面语叫'爸'，懂吗？"

称呼算是彻底解决了。第二天，老小去学校时，不免喜形于色。校长自打知道他的属下有一个令尊要从台湾来时，十二分关心这项接待的准备情况。询问客人起居、饮食、日程安排。他以领导身份告诫燕老师，这可是给台湾同胞的第一个印象。

民办教师顿时懊悔兄弟们讨论时竟忽略了住在何处这样一个重大问题。放学后，他急急奔回，拟定马上再召开一次联席会议。岂知妻子未听完补救措施便吼道：

"败家货！明明财神爷到了，你还打算朝外推！到时瞧吧，他们不和你抢才怪呢！"

守贵小嘴顿时成了个"O"字。他从心底里佩服娇妻的先见之明。

但是，他下午去学校的路上，冲里的袁二嫂却向他报告了一个伤透脑筋的"喜讯"：大嫂已经在收拾新房准备接待台湾爸爸了。

守贵一悸。这大嫂果真是个人精！他踌躇一番，决定先去探探虚实。

弟兄四人成家后，各自在湾子前后觅了块地盘起宅子。眼下，大哥的新房已落成，灰色的瓦脊和黄色的砖墙耀人眼目。平心而论，如果客人住这儿，是再合适不过了。可是……

"哦呀，老四来了！"胖大嫂汗水涔涔，一边清扫新房中的残砖断瓦，一边叹道，"唉！你看你看，弄啥都是老大家上。你燕家有客来，出面便落在长子身上。唉！好事捞不上，麻烦事倒揽了不少。我还没顶你哥一句，哎哟哟，上来便要打人……"胖大嫂用手揉揉腮帮子，仿佛那儿依旧痛。

守贵附和着笑了两声，沿新房兜了一圈："大嫂，既然这样，我们做兄弟的也不忍心老是麻烦你和大哥。不行的话，去我家算了。房子虽说旧一点，可我那环境比你这好。再者，你和大哥没进过学堂，和人家谈话，怕没共同语言。"

正说话间，老三守富闯了进来。他也从别人那儿知道了大嫂在收拾房子的事。

"不行！"老三开门见山，"俺娘这俩月轮在咱家，俺爸回来了，没话说，应当去我那儿。"

这回，大嫂和老小感到了共同威胁，立即组成联合阵线据理反驳。兄嫂三人你一言我一语，摆事实，讲道理，最后发展到冷嘲热讽，抖陈谷子烂芝麻。其实，老三虽希望台湾客人能给他带点什么，实际也没抱太多奢求。在兄弟几人中，他总觉大家没把他放在眼里。这一次，他要争口气。

有好事者立马去报告了老二守华。这守华闻知后又羞又恼，放下耘田的家什，两腿黑泥朝湾中奔。

"放开！"老二当门大吼一声，指着扭成一团的兄嫂三人，历数他们的劣迹。"抢什么？咱娘你们怎不抢？一个月三十一天便叫吃了亏，天没黑就把娘朝外送，今儿怎么都恁大方！也不怕人家指脊梁沟……"

"什么什么？"

胖大嫂双手叉腰，有老三老小撑腰，她自然豪气陡涨。

"你嘴放干净点，放干净点！你骂谁？你骂谁！"

老二压根儿没把这个女人放在眼下，他依旧慷慨陈词，一不小心，手指儿点到大嫂那鼓胀胀的奶子上了。胖大嫂趁机朝老二身上撞去。

"你们欺负人啦！你大哥不在家，你安的什么心啦！……"

老二的女人也闻讯赶来了，出于本能拨开丈夫挡住大嫂，两个女人顿时你撕我拽，文斗武斗齐头并进。三兄弟想阻拦又无处下手，只好在一边呵斥。两个女人直打得伤痕累累披头散发才算罢休。

老大从山里打柴回来后，听了妻子的汇报大为光火。依他本意，接娘的前夫到自家来住，多半是从长子身份出发。没料到老二会打上门来。他便派人传过话去，要老二家负责医药费、疗养费、误工费，否则要经公。两家各执一端，互不相让，末了只好去请燕姓家族上威望最高的八爷来公断。

八爷七十开外，人虽清瘦，一对眼睛却煞是有神。他年轻时读过几天"子曰"，翻烂了半本《周易》，也念了几天"汤头歌诀"。这乡里算命卜卦看风水拿骨接腕样样拿得起放得下。他为人人缘好，又极疏财仗义，在燕姓中颇有威望。前几年修谱盖祠堂，他手一挥，燕家冲燕姓几千口人无一反对。平时冲上冲下娶媳妇嫁女邻里纠纷子不孝女不贞请他去公断，无一人敢说个"不"字。这一次，在燕家四兄弟四妯娌联席会议上，他捻着几根稀疏的山羊胡子，听过三方四国振振有词的汇报后，一言未发，拂袖要走。四兄弟知道族长惹不起，他一发话，燕家几千口人吐口唾沫也会把他们淹死，便苦苦挽留。八爷人虽不走，可依旧不坐，瘦脸上浮出几分愠色，十分激动地教训道：

"有朋自远方来，不亦说乎！这是圣人遗言，也是人之常情。可……可你们弟兄四人，也算是炎黄子孙，燕家骨血，却做出这般辱没先祖的举动，惭愧呀！惭愧呀！且不说这刘七在地方上有过人命债，当年也干了些伤天害理的事，眼下时光递嬗，物换星移，咱从人伦亲情言，前嫌可弃。他刘七愿意回来看看，咱燕家冲人欢迎，旧事不提，可你们……客未进门，兄弟却阋于墙，生怕这份好献不上！唉！"

八爷说完这番话，依旧拂袖而去。弟兄四人妯娌四人怔在一边，懵了许久。这时，隔壁隐隐传来压抑不住的哭声。声音苍老、哀怨，搅得兄弟四人心中一刹那蛮不是滋味。

三

不过，燕家四兄弟争抢台湾客人的消息不知被谁泄露出去，经那敏感的县广播站记者渲染一番，皆成了沟通海峡两岸的佳话。县里新成立的"台湾事务办公室"传下指示，客人愿到谁家去，根据党的一贯政策，尊重本人自由。

回信月余，台湾客人仍没到，燕家四兄弟便有些惶恐。他们担心刘余氏翠娥不是指老娘，担心台湾客人中途变卦，更担心大陆或台湾政策有变……

"不会的，不会的！"民办教师接受众哥哥咨询，出示新近收集的报纸杂志上关于大陆台湾两岸亲人相聚的有关材料。其实，他心里也毫无把握。

怀疑归怀疑，但他信心依旧不减。并且提前两天将老娘从三哥家接到自家来了。为了这个重大战略决策，他在被窝里反复做了妻子几夜思想工作。动之以利，晓之以理，这在燕家四兄弟轮流赡养老母之日起，可谓是石破天惊之举。老三家虽也怀疑老四这番孝悌别有用心，但日复一日未见台湾爸爸踪影，也就顺水推舟了。

老娘来后三天，民办教师的耐心和自信心便有所动摇。为了证实此番提前供奉老娘是否有必要，他就台湾来信真伪问题，又一次找到刘余氏。

"娘，这封信上真写的是你过去的事？"

老娘虽才六十有四，可含辛茹苦哺养四儿子俩闺女，已如一炷快要燃尽的蜡烛。腰背佝偻，形容枯槁。

"贵，还提这些做什么？我已是黄土埋到脖颈的人了。这四十年都过了，还在乎见不见这一面。再说，他走后，我已随你爹，论妇道，我对他有愧。你们……你们就不要在娘心上戳……戳了。"

没料娘这般不积极，燕守贵几乎失望了。但他转念一想，娘这么说，岂不是充分说明这客人没有什么可怀疑的？！他不由悲中有喜了。

他又认真计算了一下日子，台湾爸爸从收信动身，差不离该来了。他和校长打了个招呼，上午的课调到下午，每天早上，便去八里外的胡桥接城里发来的班车。

这天上午，守贵正目不转睛注视客车上鱼贯而下的旅客，忽有一人撞来。他正要发作，扭头却是三哥守富。三哥敞胸袒怀，一头大汗，仿是长跑而至。

客车驰去，兄弟俩好不扫兴，正待寻个茬儿返回，见大嫂又一身光鲜而来。

"哦哟哟，是两兄弟呀！"大嫂又是招手又是叫，"你们也误了车呀？唉哟哟！听说乡里进了一批好化肥，我正说要坐车去呢！"

两兄弟心照不宣，各自叹息一番，又怏怏而归。

谁知燕守贵刚返回学校，校长索命一般，拽住他大叫："好你个守贵，让我好……好找，你爸到……到家了。"

四

一辆草绿色的吉普车停在他家屋场上，车上却不见人，惊喜之余又平添一阵紧张。

正慌慌进门，却撞见湾里三四人。个个恭喜贺喜——吉普车在他大哥二哥三哥门口绕了一圈，末了还是停到他家的门口。

（你守贵名不虚起，终是守得住"贵人"哩。）

燕守贵好不得意，面子上却是十二分谦恭。这点他懂。

堂屋正中，果然坐着一个头发花白的陌生老人。老人腰板虽硬朗，一脸枯槁却写下了旅人心力交瘁的神情。从电影到电视中，港澳人、外国人都是西服革履、气宇轩昂的，他？……

"守贵，还不叫——"

大哥守荣也学城里人派头，中指和食指间夹着一根长把过滤嘴烟，笑嘻嘻的，冲他招手。

"爸——爸——"

守贵的声音很低，很细，仿佛有些害羞。全不如他独自练习时那般字正腔圆，感情充沛。

台湾客人倏地起身，一双干瘦的大手热乎乎地攥过来，松弛的眼泡里，含着一汪亮亮的泪水，嘴唇翕动几次，低低地应了。

很快，又有人介绍，来的还是县上人，台湾客人便是他们吉普车送的。燕守贵眼前一亮，寒暄，握手，大声吩咐三个嫂子和自家女人做饭招待客人。燕守贵毕竟是见过世面的。

开饭时，爸爸被让在上座，可眼睛一个劲向屋里瞄，守贵不解，探头看看。原来是娘还坐着发怔。

他会心地急忙奔进去搀娘。忽然，他瞟见了屋角两个带轮子的大提包，一个嵌有暗锁的小皮箱。

呵呵！皇天不负有心人。没错吧！小皮箱里一定是……一定是美元、英镑之类的了。东西不多。不过，许是吸取那些先来人的教训。高档消费品乡下还用不上嘛！……怎么样？县里人都来了，说不定，把头上"民办"二字抠掉也有指望了……

"娘！娘！"

燕守贵正沉浸在幸福的遐想中，大嫂二嫂三嫂一迭连声涌进来了。她们皆来请娘出去吃饭了，一群好不贤惠的媳妇。但守贵从她们警觉的目光里，明悟了众嫂子的苦心。

饭后，县上人跳上车，屁股冒烟走了，燕家兄弟妯娌收拾完毕不约而同涌到娘屋里来了。众人目光虽闪闪烁烁，但焦点皆投射在那皮包箱子上。

台湾客人早已会意，但他仿佛有什么难言的苦衷，几番欲言又止，始终面露愧色，犹豫再三，方打开旅行包。

一会儿，燕家老小每人手上多多少少都捧了几件印有洋文的礼品，但是，众人认为，台湾爸爸决不仅仅带了这么几个电子打火机、录音机、项链、儿童玩具。嵌有暗锁的小箱子，一定是令人炫目的高档贵重礼物。

燕家老大、老二、老三心下虽也希望台湾爸爸能周济一下他们不宽裕的生活，但一看客人那局促不安的神态，心中便有些虚。想开溜，但又抗拒不了女人们那坚定的目光。

刘余氏心下明了众人不散的缘由，她也看见了刘七脸上越堆越厚的尴尬，末了只好佯问道："老七，你坐了这长时间车，是不是……歇一歇……"

这天夜晚，刘余氏和她的前夫在热心的儿子媳妇的撮合下，这对恍若隔世的老夫妻，重温了四十年的相思梦。他们相对而泣，倾叙不尽的眷恋，唏嘘人生的无常，夜过三更，依旧毫无倦意。

小儿子守贵的卧室和娘虽一墙之隔，但因土坯墙隔音性能良好，对枕边话乃至耳鬓斯磨则无甚了了。小皮箱里究竟装有何物，对他们仍然是一个具有诱惑力的谜。

"去去，你起来到娘的门口听听。"

媳妇挺焦心。小两口儿在床上翻来倒去烙烧饼，恨无穿墙越壁之特异功能。

丈夫不语。少顷，捏了媳妇肥臀一把，道："胡扯些啥！哪有儿子去听娘的房？这……你去合适。"

媳妇反应灵敏，迅速掐了丈夫一下，"真个有你的！媳妇去听老公公的房？"

后来，儿子媳妇商议决定，两人一齐去。

一阵窸窸窣窣，他们蹑手蹑脚，光脚丫，踮着脚尖，轻轻抽开了门闩，轻轻沿墙边儿踱到娘的门口。

"……这四十年苦了你……翠娥……我以为这些你看不到了，我只能带进坟墓。没想到，你有儿有孙，比我活得还好。这些东西，我算是交到了你的手上……"

"老七！……"

忽然，窗外哗然有声，传来了什么东西跌地的摔打声。守贵夫妇急忙抽回手脚，匆匆朝自个房中奔。

"我说，那箱子里还有好东西哩！……哼！外边一定是你的几个哥嫂也在听。"

媳妇咬着丈夫耳朵嘀咕。

五

刘七回来快七天了，每日里几乎不得闲。除了去祭祭祖坟，到亲朋故旧家走动走动外，便是接待乡里、县里的来人。这些人有希望和他合资办企业的，有希望他投资赞助公益事业的，也有希望他能帮联系到国外留学的。对来人的要求，他既不拒绝，也不积极。无论对方提出什么具体问题，他总是模棱两可，似是而非。这一来，大家愈是敬重，认为这区区小县小乡，地处偏僻，刘先生是不愿光顾。汇报上去，有关领导也就愈加重视。后来，有人建议，拟采取迂回战术。正面既然攻他不下，不妨通过燕家兄弟做做工作。

这天，燕守贵正在上课，校长火急火燎来召他，言县乡领导接见，快去快去。

燕守贵浮想联翩，以为头上"民办"二字抠掉之时已至。欣欣然，疾步如飞。

"燕老师！"

他尚在门外，校长办公室里便迎出几个弥勒佛般的干部，个个笑嘻嘻地冲他叫。语气极亲切，极温和，甚至有几分谦恭。

"我们想请你出面，在刘先生面前斡旋一下，企望刘先生不忘乡梓，为建设家乡出力献策。"

燕守贵当了七八年"教瘪子"，哪一次见了芝麻绿豆大的小干部都是毕恭毕敬，生怕谁一句话踢了他的泥饭碗，这次居然县乡领导来求他，他得意非常。

"这个……怕不好办，我听家父讲，国内已有好几家大企业要他投资，咱这儿穷乡僻壤，不知……"

"燕老师!"几个弥勒佛又感情充沛地叫了他一声,"这一点我们估计到了。如果不困难,我们还不会找你呢!这就看你肯不肯……"

"守贵!"校长扔给了他一支烟,插嘴道,"你看,这是咱县经委的刘主任,乡经联社的白主任,他们都亲自来了。你一定要在刘先生面前多美言,啊!拜托了拜托了!"

"这个嘛……我可以回去做做工作。"他眼前闪过了那个神秘的小皮箱,语气一转,说,"家父不是不支持家乡建设,他是在斟酌、考虑,这几天,他正在四处考察。资金嘛!他带有一个……十分保密的……"

"哦……哦……"

"啊……啊……"

刘主任、白主任激动地上前双双攥住燕守贵的手,连声道:"这太感谢了!这太感谢了!你令尊有什么要求,你家中有什么困难,只管讲,啊,只管讲!"

燕守贵此番云天雾地渲染一番,待回家路上,不免有些后怕。自己大包大揽,万一老头子不同意怎么办呢!吃晚饭时,他委婉地透了个底,不料刘七神色黯然,扒了半碗饭便撂下了筷子,惹得坐在一边的刘余氏也皱着个眉头。

饭后,燕守贵神不守舍,反复琢磨自己在饭桌上的言行。反省再三,也未梳理出什么唐突之处。老头子是不是害怕大陆政策还会有变,才不愿和政府打交道?也罢。他想,只要把资金悄悄拨到他们兄弟名下也就得了。届时,办工厂开矿山,政策允许嘛!不过,这是老头子离开大陆之后的事了。

定下大政方针后,大凡县里乡里再找他出面和刘七商议此类事,他也半推半就,含糊其辞,既不让对方死心,又不让别人抓住口实。一时里,他愈闪闪烁烁,别人便愈穷追不舍。他简直成了台湾财团的总代理,大公司的新闻发言人。县乡领导频频光顾,校领导便整日把他当神敬。原本随意压到他头上的体育图画课,很快另交他人。

事既如此,他对刘七不由分外尊重。几个哥哥曾多次要接"爸爸"去住几日,他以母亲名义,坚决阻止。对于刘七饮食起居,他细心照料,一日三餐,指令妻子罄其所有。他相信心诚神自知。

一眨眼二十天过去了,刘先生要哭的要笑的要忏悔的要缅怀追思的都历经过了。他几次流露要返回台湾去,无奈燕家几兄弟执意挽留,情是真情,他不好过分拂了众人意思。但这天饭后,刘余氏郑重地告诉四个儿子:

"你们……老七这次顶真要走了，他来的时候，时辰有限制，我看，你们就再也不要留了。"

但是，燕家荣、华、富、贵四兄弟还是各尽心意，先后又说了一番客套话。人非草木，孰能无情。这刘七虽非亲生父亲，但相隔四十载，花甲之年又来寻觅结发之妻，四兄弟不能不为之感动。

刘七要动身的这天晚上，燕家大小人丁皆相聚刘余氏房中。饯行的晚餐吃过了，告别的话也说得不多不少时，至十点有余，孩子们呵欠连天，大人们煞有其事又说又笑空前融洽友好。刘七面露难色，刘余氏也窥透儿子媳妇迟迟不走的心事。欲说还休，不说不已。

"守贵，你不是明早还要送人到胡桥吗？干脆你先睡吧！。"

老大老二老三脸皆着火般灼热，急忙寒暄几句，拖着还眼巴巴的自家老婆，低着头没入夜色。

明儿要走，最后时刻刘七仍没打开小皮箱分发美元之类的东西，燕守贵失望万分。回到卧房，隔壁那对又要分离的老夫妻断肠的喁喁之声却又唤起了他几分希冀。是不是在交待那些未分的款子？辗转再三，小两口子于是旧戏重演，光着脚丫儿，屏气潜行。

"翠娥！"

"嗯。"

"我想把话和孩子们挑明算了，何必……让孩子们还蒙在鼓里？"

"老七，你不要说。你走后他们慢慢就明白了。你不知道……"

"翠娥……"

"……"

果然还留有一手！

钻回被窝，燕守贵趁兴和妻子美美地快乐了一番。

六

天未透明，刘七尚在生离死别的梦中，燕守贵已刷洗完毕，收拾齐当。他庆幸昨儿独自揽下了送"爸爸"去胡桥坐班车的差事。

岂知他打开中门，便见村口走来了族长燕八爷。刘七回来的次日，即去拜谒了这个燕家之首。据说两人关在新盖的祠堂里谈了半晌，刘七出门来神情恍惚。

燕守贵马上料到来者不善，一定是像县乡领导一般，希望客人集资捐款，续谱修祠堂之类。他飞奔上前，拦住八爷来路。

"唉呀！"八爷右拳击在左掌心中，叫道，"我说好要送刘七一阵的，飘洋过海，回来一次不易呀！……怎么这早便走了。他真是把我说的那番话沉到了心底？唉！刘七啊刘七……"

燕守贵接着惋惜叹嗟一番，又寻个借口，连劝带哄送走了八爷。

谁知一进门，大哥二哥三哥已直挺挺地戳在房中。燕守贵连叫不妙。

"哎，你看，你们拖家带口都很忙，不像我在学校，当教师嘛！还是我送还是我送！"

其实，他的三个哥哥此番并不是还带有什么要钱的幻想。昨晚出得门去，便皆觉惭愧，担心伤了老娘一颗心。兄弟三个便相约今早定要亲自送客人一程。

这时候，刘七也已收拾便当出得门来。燕守贵蓦然窥见客人小皮箱竟然没有带上，他心里"咕咚"一响。一会儿，便听他在房中叫道：

"哎哟坏了，我的自行车怎么啦？"

他昨晚准备好的送客人的自行车不知什么时候轮胎竟然没有一点气了。他万分沮丧，咕哝道："你看，我计划好还要赶回学校上课的……"

望着燕守贵一派诚恳的神态，刘七便坚决不让守贵往那么远送。两人互相表白，说得眼圈都发了红。老大老二老三便站出来了，人人皆说守贵你真忙就不要去了，你的心意尽了，这份劳我们代了。谁让你当劳什子教师呢！

最后守贵还是坚持送到了村口，送到了村对面的小山岗上。挥手道别，互祝珍重。待客人一转身，他便飞奔而归。

娘的小门虚掩着，里面透出痛不欲生的哽咽声。四十年相思梦，一朝人去室又空。燕守贵怔了一下，最终还是闯进了门。

"娘……他……"

燕守贵迅速瞥见了，神色凄凄的娘正抱着那个小皮箱。皮箱半开半合，欲遮又掩。

燕守贵心旌摇曳，他掏出平时不多用的小手绢，趁给老娘拭泪之机，一只手伸进了神秘的小皮箱。

美元？兑换券？一箱子硬扎扎的纸片。他不失时机地抓了几张出来。

他简明扼要地安慰了老娘几句，便兴奋异常地踅进自家卧房。

为了充分享受这巨额资金给自己带来的幸福，他压抑着遏止不住的喜悦，缓缓地，漫不经心地，轻轻从口袋里掏出那沓美元或兑换券。

但是，他立即瞥见，纸片酷似信封。那上面虽无详细地址，但都赫然写着"刘余氏"三字。

他发狂一般撕开一个信封——

吾妻翠娥，久违了！这是我写给你的第四百二十三封信。这封信你不会收到，我也没法寄出。不过，我只要掂起笔，便好似在向你当面倾诉衷肠。前几日，我们一千多荣民去国府门前请愿，要求增加津贴。我们过去为他们卖命，现在老了，有家不能归，温饱没保证……

他又迅速抖出另一封，内容也大致相似：思亲，思家，盼望回归。

良久，他用拳头狠狠地捶打了一下自己的脑门。

（原载《大西南文学》1988 年第 6 期）

红 麻 林

一

一个女人低沉急促的声音，扰乱了渡口清晨的宁静。

雾气，几十平方公里的库面上蒸发的雾气，正抱成团儿向岸上滚来。乳白色的、湿漉漉的雾，裹住了水库中半岛上的村庄，田野中的秧苗和岸边连绵不尽的红麻，也罩住了摆渡人的两间小茅屋。

茅屋靠着山坡。乌桕树新做成的门板上，是刚换上的暗锁。按说，摆渡人平时起得很早，就是那些没人坐船的冬天，他也一个人早早地拿出船桨，穿个挺薄挺薄的衫子，"嗷嗷嗷"地在水库边上吼上一阵。现在，已过了夏至，这一早他去了哪里呢？

其实，此刻他在屋里。这个三十八岁精力旺盛的单身汉，脱了个赤条条，正大字形睡在竹席上。肌腱突起的手臂上、腿杆上，泥一道汗一道，没个人模样……

"癫孩……万乐呀！"

女人颤颤的低声部，手指儿扣动门板的叮叮声，在神秘莫测的雾中回响。

癫孩是他的外号。小时候很苦，父母早逝。日子好些后，没人管没人问，他只好吃百家饭，靠百家门，日久天长，养成了个懒性子。脸不洗，澡不洗，一年到头臭烘烘的。亏了支书王明远，把他交给了老艄公，调训得有个人模样。直到领布票时，支书才随便给他起了个名——张万乐。

万乐终于被由轻转重的敲门声唤醒了。他套了个裤衩子，从门缝朝外一望，心头咯噔一下：这女人，大清早摸来了，莫非……

来人是南翠霞，王明远的第二个老婆。五年前，王明远的前妻得急病突然死了。三个月后，王明远便娶进了肚子已经遮不住的南翠霞。南翠霞自恃比王明远小一二十岁，凭年龄这个家可以把拿把攥。谁知不尽然，不到一年，她在王明远面前就变得服服帖帖……同时，她到渡口来，一见癞孩身上那一疙瘩一疙瘩肉，不由想起王明远那一副架子，说话声儿，不知不觉就变得那么软软的，柔柔的，每次从渡口过，没话也说上三句。

"瞧你！"南翠霞盯着万乐裸露的上身，笑嘻嘻地说，"我还以为大清早你被哪个女人勾去了呢！"

张万乐咧了咧嘴，算是回答。他从门后摸出船桨。

"怎么，连让到屋里坐下都不说。好，好！今儿我哪儿都不去了！"

"你……去哪儿？"万乐瓮声瓮气。

"瞧你哟！啥时能学会说几句贴心话！我告诉你吧，昨晚上，你明远叔问我：'万乐的亲事跑得啥样了？我说呀，差不多了，俺家侄女那头，有点活动味了。'"

张万乐想起来了，南翠霞上次曾说过，她娘家有个侄女，和丈夫刚离婚，她好像要给他牵个红线。

"成不成，酒三瓶。你这个啬鬼，我快跑破了两双鞋，可连你一口热水也没尝过。你看，你看，我大清早奔你这儿来，你拿个船桨，立马要赶我走。算了算了，我这个媒人当不得！"

万乐不是那种一分钱攥大半的啬鬼，也不是那种不想女人的假男人。三十八岁了，出门进门像个影子，饿了没人做饭，渴了没人烧水，累了乏了也没个知疼知热的问两句，他何尝不想讨个老婆，哪怕讨个只要是女人的人。可是，他的名声不好啊！

他曾经有过一次恋爱，一次想起来痛心的罗曼史。那是老艄公临死时，拉着他和独生女儿小玉的手搭起的红线。

艄公老伴死得早，小玉一直跟着爹。万乐刚来时，小玉嫌他脏，闹着赶他走。万乐发个狠，跳到水库里，洗得浑身放光才上来。万乐懒，清早不起床，小玉老早便会在床前嚷得山响。艄公不在家时，一个两个过路客，万乐不屑送，小玉便用拳头捶得万乐背像打鼓。艄公捕了点小河鱼，让万乐提到城里卖。小玉相跟着去，两人一路上斗嘴：一会儿天崩地裂，一会儿风平浪静。刚来时，万乐瞧小茅屋那个孤零零的样，一天三顿稀饭和红芋，早就没打算在这儿久待。后来，舍不下小玉，懒性子不知不觉也丢了。

一眨眼，小玉十六岁了，老艄公见渡口房子太窄，女儿大了不方便：加上南来北往，各色人等都有，就把小玉送到隔岭婶娘家。谁知没两年，老艄公撒手去了。临死时，他挑明了女儿的心事。原来，她也早从心里爱上了万乐。

可那时小玉才二十岁。村里说，年纪轻，应当响应党的号召，实行晚婚。这样，他俩的婚事给搁下了，小玉还住在婶娘家。不过，隔三差五，她来看看万乐。后来，支书王明远不知怎么忽然发了善心，把小玉安排到大队茶场去了。

小玉去大队茶场头两个月，还来给万乐洗衣服。可后来，她忽然变了心，一个晚霞烧红半边天的傍晚，她忽然从茶场跑回来，跪在万乐的面前，双手捂着脸："万乐哥，我对不起你呵！……"三天后，一个打鱼的在下游捞起了她的尸体。

因为是秋天，小玉尸体还没腐。但奇怪的是，她肚子鼓得特别大，有人报了公安局，法医一解剖：天啦！她肚子里还有一条小生命。不用说，人们自然想起了万乐。幸亏支书王明远出面，为他说情，才算没让他去蹲大牢。于是，万乐由此坏了名声，他的婚事，就这么搁下了。

这会儿，南翠霞的话，他不敢全信，可又没缘由不信。这些年，有谁关心他，主动为他提亲呢？谁知等他真要请她进屋时，这女人又"喷儿"一笑："万乐，算了吧！你真有这份心意，等回来后我再来。"

说着，她扭动着过于肥大的屁股向渡口走去，上船后，她突然叫道："哎呀！你看我这记性，光惦着去给你做媒，差点把你明远叔的事给忘了：他叫你早饭后立马去一趟呢！"

万乐"嗯"了一声。

二

王明远支书家的房子在庄东头，上下两排十二间瓦房，一个干干净净的院子。他这土墙机瓦的平房，十年前在村里算得上是一流的，现在，有人盖了两层三层楼，一般的也是将土墙换上了绵砖上顶，他这房子就显得寒酸了。有时上边来检查工作的县、乡干部，乡税务所、工商所、派出所的老熟人们也劝他说："老王，把这屋子扒了，盖座现代化的小楼吧！你是大队支书，咱乡第一个万元户，先做个样子给大家看看，眼下又不像过去……"王明远每逢这时便叼着烟斗，眯着眼，慢吞吞地对大伙说："是啰，要盖要盖！不过，我那万元户水分大，不像我儿子……"

王明远前妻留下的两个儿子，眼下都已成了家。大的最开始是在县五金公司当采购，后来留职停薪办公司，一转眼在城东盖了座精致的小洋楼，家里请了两个保姆，日野工具车买了一两部。二儿子原在队里锅厂当厂长，队里企业承包，他自个儿都给揽了过来，成立了大别山实业公司。这会儿，也在岳父庄上盖了座小洋楼。他仿照大哥的样子，家里买了录相机、空调机、全自动洗衣机……这两个儿子，原来都归在王明远的名下，现在，王明远见到老熟人，却一再声明早就把他们分了出去。并且压低嗓门说："俺那口子容不得呀！"分没分，反正外人不知道。不过，都替他遗憾，如果王明远不分家，这个乡就会爆出一个十万元户、二十万元户的大典型了。

眼下，王明远和南翠霞面前的一儿一女住在一起。责任制前，他每天忙得难以归家，现在，一年三百六十五天，他一大半在家里。他不会种花，也不会养鸟，种庄稼，他不用动嘴，便有人给他干。他当了二十多年支书，吃过不少人家的宴席，学会了一手烹调的好技艺。每天晌午一顿饭，他自己下厨，鱿鱼海参，乌龟王八，蒸煮熘炸，他自得其乐。他爱听豫剧，也会来那么一句两句。每天吃罢饭，他便沏上一壶本地有名的"银山沟"，躺在沙发上，打开录音机，听一出"曹孟德煮酒论英雄"。

这会儿，他正躺在沙发上听录音，门口狗叫。他明白，张万乐来了。

他没有起身，只是用手指了指茶壶，自个儿仍旧眯着眼睛，津津有味地听曹操和刘备的那段对话，两条腿一上一下打拍子。

"王支书，你找我有事么？"张万乐终于耐不住了。

"啊啊！"他又坚持听完最后两句，才"啪"地关上机子。"是这样的，我找你来，主要是想商量一下，你茂松哥在城里搞了条两吨机船，想在库上跑运输。这船得交个贴心的，我想来想去，你最合适。你看呢？"

张万乐眉棱儿跳了下。他听人说，庄里王长兴和别人已合伙买了一条船。他再弄一条，不就把人家挤了么？再说，长兴咋能是他的竞争对手。

"渡口咋办呢？"张万乐想托辞推掉。

"那容易，我另找个人得了，你作个价。"

渡口是个苦差事，风里雨里，日里夜里，还混不上几个大钱。这些年，有人劝他出去，他也动过心的。有时，望着在水库上"突突"驶过的机船，他便盼望着能有那么一天，自己也能坐在挡风玻璃后驾驶那玩艺。可一走过老艄公的坟前，十分的念头便去了五分。"修桥补路，行善积德，俺干的就是这份事啊！"当张万乐从老艄公手上接过船桨时，他曾这么叮嘱说。

张万乐没有吱声，两个眼皮上下不停地眨动。

王明远觉得万乐动了心，便接着说："你翠霞婶正张罗着给你娶亲，听说有八八九九了。如果定稳了，你就抓紧办。唉，一眨眼四十的人啰！房子你一时盖不起，就住我这儿，东厢那两间一直在空着。"

"王支书，你让我想想……"万乐犹豫了一番，还是没有表态。

"那也行，万乐。这些年，你没安上家，这责任在我，我时常对你翠霞婶说，这是我最大的遗憾。那时候，你在外讨饭，我把你安排到艄公那儿，本想一步步给你弄得像个样，唉！谁知小玉的事刚了结，又碰上王长兴那桩……万乐，你茂松大哥他们在外，我面前只有你小弟小妹，他们都还小，我有啥事儿，以后你搬过来就多担待点。"

万乐"嗯"了声，站起来说："渡口那儿怕有人在等着，我得赶回去了。"

王明远离开了沙发，"行。只是有一件事我还得交代一下，昨天夜里，有人把谢家大洼我那片红麻给糟蹋了。两亩红麻本来不值什么，砍掉我不心疼，只是这事儿后边有些文章。乡里派出所今儿就会来人，到时，你给证明一下。"

"证明什么？"

"有人看见了，是王长兴昨天夜里去干的。他忌恨着计划生育那桩事儿，在报复我呢！"

"我又没看见……"张万乐声明。

王明远好像没听见张万乐的回答，抄起手在屋子里来回走了两步，慢条斯理地说："按讲，长兴是我的亲侄儿，做叔的有什么不对，他当面说，当面骂也行，可'儿大不由爹'，我做叔的话他更不听。那时候，他去砸你的锅，闹翻了天，我阻止他不依；计划生育那阵，俺侄媳死了，这本是医疗事故，可他怪我。到乡里、县里去告，和做叔的反目，说了些野话。我看在他爹面上，没和他计较。谁知这阵子他还在忌恨着我……唉！年轻人不知这事犯法呀！"

三

这已是六月天气，虽然还没响午，但日头已有些毒。张万乐沿着柳棵子，急急往渡口去，经过一片库水淹没过的荒地时，他看见前面有个女孩在剁猪菜。从那一俯一仰的姿势上，他看出是巧巧。不知为什么，他心里猛一热，脚步不知不觉放慢了。

小巧巧长得像他，鼻子眼睛嘴角儿，简直像从一个模子上印下来的。村里人开玩笑，说这是万乐"做"的。他长兴结婚七八年没孩子毛，这种不是从张万乐那儿借的还有什么？开始，人们当笑话编，后来，传的人多了，连长兴也有些信。有一次，不知谁的话把他惹恼了，他跑到万乐渡口来，把万乐的锅盆碗钵砸了个精光。

有人同情万乐，怂恿他："你去找他算帐，别便宜了他！这是血口喷人么！你一个单身汉，还没讨婆娘，这事一扬出去，将来哪个女人还敢嫁你？"

他没去，巧巧是他的。

那时候，小玉死后，没有女人再敢沾他，单身女人，没伴儿谁也不让他摆渡。万乐很伤心，跳进水库也洗不清呵！

但巧巧娘不怕（那时候还没有巧巧呢）。她常常一个人让万乐送到对岸去。不过，刚开始上船后，她总是坐得远远的，眼睛不敢往万乐身上瞅；后来，慢慢挪近了，搭讪着，和万乐说些话儿。"嗯。嗯。嗯。"万乐两眼望着前方，双手划着圈儿，小船"嗖！嗖！嗖！"在水上飞。巧巧娘抿着嘴暗暗地笑。再后来，巧巧娘从这里过时，瓜果梨枣，总爱给万乐留一点。有一天，巧巧娘去万乐屋一次，出来便邪乎："唉吔吔！你屋里活像个狗窝哩！"

自从老艄公死了，小玉死了，万乐又变懒了。守着恁大个水库，衣裳被子快渴死了。屋里床上地下摆开了杂货摊，他没心过日子哩！谁知巧巧娘第二次进屋时，屋里变戏法一样收拾得清清爽爽。但这次巧巧娘又从床头边抖出两件破衣裳。"瞧你，猪扯狗拽的样儿！"她从身上掏出针和线，一顿饭工夫，补了个熨熨帖帖。

有一阵，巧巧娘半个多月没来，听过渡人说，她挨打了，是丈夫打的。这女人，过门后七八年不养娃子，丈夫这阵子动不动找个茬儿和她怄气。娶个女人真是玩的么？不生娃子还是个女人！众人愤愤然。万乐听了，倒是很同情她。要是万乐替她挨一顿打也愿意。又过了一阵儿，巧巧娘终于又到渡口来了，万乐说了两句向着她的话，她却"格格"笑了，"哪有那门子事呀！"

那年春上，万乐怕夜里点灯费油，一个人早早地睡了。正睡得迷迷糊糊时，却听见谁在窗外叫。万乐以为有人要去对岸，忙起身开门。谁知门刚闪了个缝儿，一个人影便扑了过来。

一股香喷喷的味儿骚撩得他差点走了辙儿，他要去点灯，被她叫住了：

"俺……俺今晚就在这儿陪你……"

从话音里,万乐听出了是谁。

一个光棍汉,煎熬了这么多年,见了女人还不像猫儿闻腥。万乐却不敢,且小玉的眼睛天天在望着他。"只穿朋友衣,莫沾朋友妻",见了长兴,怎么向他交待。

"万乐哥,我……我求求你……"

她扑进了万乐宽宽的怀里,小手儿箍得紧紧的。"我……不是我不生,是长兴他……太不行了……"

万乐豁朗了:她是幻化一个做母亲的梦,是不愿再挨丈夫的打呵!

后来,万乐果然从巧巧身上看到了自己,不过有点遗憾:女孩儿家,不应长得像他哩!所以,当长兴砸了他屋里的东西时,他没去声辩。他想,连让人家出口气的机会都没有,不是太不公平了么!

谁知巧巧娘却死了。

得知巧巧娘的噩耗,张万乐如五雷轰顶。长兴能趴在妻子的尸体上大哭一场,他却没这份权利。只有在夜半人静时,他才找到巧巧娘的坟,扑在上面嚎啕如雨。

所以,他后来每当见了巧巧,便傻了一般望着她。他想问她家里的事儿,问她想不想读书,想给她买点儿什么。巧巧不懂事儿时,万乐问什么她答什么,还叫他"叔叔",亲他脸,让他抱,后来,大约明白了什么,见了万乐便跑。每逢这时,万乐心尖儿便像谁拽了一把似的。他从此再也不敢到巧巧面前去了,只能远远地,远远地望上巧巧一眼……

"撑——船——的——"

张万乐正瞭着巧巧出神,忽听对岸有人叫。他把手搭在额头上,见是一个穿白衣服,戴大檐帽的。他身板儿像电样一颤:派出所来人了。

"万乐——是我呀!"

大檐帽身边还有个女人。"南翠霞,这个臭女人!"他骂道。

他犹豫了一会儿,折身从屋里找了把斧头,一摇一摆地向渡船走去。

"船——漏——水——危——险——啰!"

库面上有东南风,对岸的叫骂声、诅咒声传了过来。他蹲在仓里,"吞儿吞儿"笑了。

谁知没一会儿,水库里传来了"突突突"的响声。万乐抬起头,见对面飞驰过来一艘汽艇。他认出那是水上巡逻队的。

"妈的，你找死！"

汽艇上跳下了罗顺，他一边骂一边朝这边来。看样子，他要好好教训教训张万乐了。

"碰上了修水库没搬走的石头，你瞧。"

张万乐沮丧着脸，指着船底一个大窟窿。

四

这天晚上，王明远亲自动手，做了八个菜招待罗顺。罗顺和他是老朋友了，好得可以合穿一条裤子，自然也不例外。两人老虎杠子公鸡虫喝干了两瓶沶水大曲，差不多都有了七八分醉。半夜时分，王明远觉得胃里不好受，趿着鞋挪到院子里，用手指儿一个劲抠嗓子眼。

用这种方法催吐，这是他在酒桌上总结出来的经验。逢年过节，村里人排队请他，他一连吃了八张席，席席不醉，也就是用这种解酒法。

他打了"酒坛子"，抬头吸了口凉气，忽然，他瞥见墙头上有一个白影子。那白影子像个人模样，在墙头上下舞动，跃跃欲飞。

王明远初看以为眼花，后越瞧越真切，不由"妈呀"一声，光着脚丫朝屋里跑。

他曾听人说，水库老槐树下有个白衣仙姑现了真身。王明远曾叫南翠霞悄悄地去那儿讨过药，求了签。那签是上上签，主福多吉，乐得他花十块钱买了一捆黄裱纸尽心。十五、清明、七月十五，凡是给祖坟动土烧纸的事儿，都是他亲自去。他笃信，是他祖坟风水好，才庇荫他在龙井村几千号子人上做主……

罗顺正在梦中，王明远的叫声惊醒了他。他不知怎么回事，腾地坐起身，从枕头下摸出手枪，"砰砰"就是两下。子弹不知飞到什么地方去了，吓得王明远趴在地上，浑身似抽去了筋。那南翠霞在床上缩成一团，更似鬼嚎一般。凄厉的哭叫声，叫得人身上起鸡皮疙瘩。

罗顺到底在队伍上吃过几年饭，他提着枪跑到门外，却什么也没看见。他嘲笑还趴在地上的王明运，"你……你一定是说酒话！"

"我……我没醉，谁哄你谁是王八蛋！"

王明远赌咒发誓，又起身绘声绘色地表演影子如何上下舞动，把个罗顺也听得咋嘴伸舌。

闹腾一番后，见没什么动静了，两人又上床睡觉。大约过了五六分钟，屋顶上忽然像下了冰雹。"噼哩啪啦"，一阵紧似一阵。王明远没敢吱声，他用脚踢了踢罗顺。哪知罗顺刚才将手枪放在枕头下面，保险没合上，他一紧张，"砰"的一声子弹从床头平射过去，只听"轰轰"两下，房子里像爆晌了两颗地雷。

顿时，他们都明白了，这是有人蓄谋报复威胁他们。罗顺自知寡不敌众，滚到床下，大气也不敢出。直到东方泛白，他才看清，子弹打倒了桌子上的两个暖水瓶。

五

"听说，王明远叫人把他侄子给抓起来了！"

"是呀，说是马上就要带走了。"

"唉呀！这可苦了巧巧……"

清早，张万乐睁着布满血丝的眼睛，送第一批去对岸的人时，忽然听见有人议论庄里抓人的事。他暗叫"不好"，跳下小船，便向庄子里跑。

从渡口到庄子约摸有二里地，万乐为了节省时间，专拣一条少有人走的小路走。

小路边是一片坟地，那里葬着小玉和巧巧娘。往常打这里过时，万乐总要在她们坟前立一会儿，陪陪她们的魂儿，诉诉自己的寂寞。今儿不行了，他连头也没回。

他跑进了一片红麻林。去年红麻俏，今年家家都种了。一片又一片，像绿色的布幔，团团围住了龙井村。

蓦然，红麻林闪出了一块空白。那空白上，像刚刚发生了一场激烈的战斗。约摸有两亩大的一片土地，横七竖八地躺满了被斩断的红麻棵。

他清楚，这是王明远的一块红麻。

"没有王书记就没有你哩！"老艄公活着时，常常这么提醒他，"知恩不报非君子，万乐，古人都这么说哩。"是啊！那时，他一边点头，一边默默地刻在心上。王书记可是天底下第一个大好人呢！没有他，能有他张癫孩今天么？还不知讨饭饿死到什么地方去了呢！没有他，万乐能在这儿拿上个大队整劳力的工分吗？要报答王书记呵！撑船的小伙子。

这机会终于有了。有时，王书记要用船运一些东西。麻袋装的、箱子包的、沉甸甸的有、轻飘飘的也有。从这边到那边，从那边到这边，万乐帮着装、帮着卸。他听话着哩！王书记高兴了，也会夸他一句两句："这孩子有出息！"

然而，随着时光的流逝，王明远在万乐心中的分量越来越轻了——从什么时候开始的呢？是从小玉莫名其妙的死？是南翠霞的迎娶？还是从他万乐为他运载大包小包那天起？

……他迈开大步，从这片空白上穿过去。脚板儿踩得红麻秆啪啪作响。他突然想喊、想叫，想亮开嗓门，"嗷嗷嗷"地吆喝上一阵。

"快交待，你为什么要砍红麻？"

王明远的院子里，传来了呵斥声。

"好，好！万乐来了！"

王明远迎了出来。他太高兴了，卧蚕眉下的鹰眼闪着光。

"罗所长，张万乐可以作证。不怕他再嘴硬！"

王明远一字一顿，他完全认为胜券在握了。

"是这么样？"派出所长罗顺问。

没想到，万乐却平静地说："告诉你们，砍红麻吗？与长兴无关，那是我干的！"

六

又是一个多雾的早晨。

渡口上，小船已经解开了缆绳。

张万乐戴着晶亮的手铐，蹒跚着走上了码头。他支撑着身子，回头望了一眼岸上黑压压的乡亲，心里忽然涌出一种酸楚的味儿。

王长兴腿有点瘸，胳膊不好使，但他坚持要将万乐送到对岸去。

巧巧也来了，是长兴让她来的。她穿了件娘做的花布褂儿，临出门时，她又问爹："我叫他啥呢？"

小船太小。张万乐钉上的那块新木板，缝儿用棉絮塞了，但还没过桐油。罗顺、万乐上去后，巧巧只得留在岩上。

船就要离岸了，巧巧忽然想起手上的小竹篮。竹篮是她娘过去常用的，里面装的是万乐爱吃的菱角。她跑下坡，脱口叫道："干爹爹——"

岸上的人怔住了。他们看见万乐的身子颤了一下，泪水走珠般往下落。

长兴用船桨接过小竹篮，将它轻轻放在万乐脚下。

两个男人的目光蓦然相遇了。

八年了，那包含着异常复杂内涵的目光呵！像白云卷着白云，波浪推着波浪。

船起动了。岸上一片嘈杂声，唏嘘声。

巧巧沿着水边往前跑，她一次又一次地呼喊着："干爹爹——我等着——"

万乐折回了身。他的眼睛模糊了。

透过模糊的泪眼，他又一次眺望着渐渐远去的渡口，村庄……

（原载《海燕》1987 年第 8 期）

显 影

日光灯熄了，月亮还没有升起来。窗外一树高高的玉兰花，浓浓的艳香，撩拨得人心旌摇曳。我们四个而立之年又到珞珈山上读书的"插班生"，耐不住春夜的寂寞和悠长，上床之后，便大谈牛仔裤探戈萨特意识流马尔克斯魔幻寻根弗洛伊德，谈儿子女儿政治改革贪官污吏老教授发脾气，但最多的还是谈女人，并相约着谈自己的罗曼史。这大约可归之于"里比多"在作祟，受"移情说"之影响，王君与李君昨夜已经坦白过了，他们理直气壮地催促刘君："快讲，讲一个带刺激味儿的！"

刘君蜷在帐子里窃窃地笑，声明道："小子不才，平生所遇女子，实在不敢恭维。今晚精神会餐，恳请另聘高明。"

"得了得了，你小子写了两篇臭文章，居然在这儿抖什么小说笔法。你不老实坦白，我们非让你做梦也见不到老婆！"

刘君无奈，假模假样清了清嗓子，不慌不忙说："诸位，我要讲的这个女子，既无落雁沉鱼之貌，也与现代淑女无缘。是个什角色，我还没琢磨透。反正，我原原本本讲出来。诸君若今夜失眠，恕本人概不负责。"

这是六年前的事情了。

那时，我在大别山里一所农村中学执教。这学校，坐落在一个大山窝窝里。距县城七十里，离最近的乡机关也三里余。我们学校教师不少，就是性别太不成比例：三个女性中年纪最轻的一个三年前已做了妈妈，我们六七位发育正常的男性公民，早已到了"君子好逑"的年龄。业余时间大家也常到一起喝酒打牌，但还是难以消除心头那莫名的空虚。因为谁都清楚，眼下尽管提高教师地位的浪潮日高一日，但那温度还不足以使小镇上的营业所、粮管所、医院……几位待嫁的姑娘将我们列入候补男朋友之列。

这一天，我们正在吃饭。忽然，老校长放下饭碗叹了口气，说道："教育局来电话，又给我们分来一个女的……"

我们的老校长姓江，五七年因为写了篇《希望尊重人的价值》的文章，被划为右派，六〇年"摘帽"。三中全会后，他任这所农村中学校长。他之所以不希望学校来女教师，是因为前几年分来过一个女中师毕业生。一进校门她就恋爱、结婚、生孩子、独生子女产假……这对扑下身子抓升学率的老校长来说，痛心疾首。你想想，这样一所农村高中，招收的又都是基础极差的学生，能每年考上十个八个大学生，靠的是什么？"革命加拼命"！

老校长万万没料到，他无意中一句牢骚，却"一石激起千重浪"。餐桌四周，至少有五位男同胞的脸上，升起了灼灼的星。

于是，平素好如一人的"快乐的单身汉"，打破了以往遇事集体行动的习惯。一连几日内，他们忽然都有了不少重大事情，使得他们必须一天两次去到小镇西头的停车场。至少有两三位青年同胞神经衰弱了，夜里失眠。

一个美妙的黄昏，当西天的云霞唤起了人丰富的想象的时刻，疲乏的公共汽车终于吐出了众人盼望的女神……

这是一个又矮又胖的女子，柿饼圆脸，塌鼻子，一对肉眼皮下，扑闪闪飞着一对黑蝴蝶，一嘴又大又稀的黄牙，看样子非用硫酸才能洗净……

"我姓肖，肖宁。"

她迎着路边成群的男青年，激动地伸出双手。许是她用力过大，被她攥住手的男青年依次抽搐了脸括肌。幸亏她没看见。她正为这庞大的欢迎队伍亢奋不已。

诸位，一个女性，形象不佳，那是个天大的遗憾。不论她本人自我感觉如何，周围的人是会为她感到难过的。

目睹肖宁尊容的那一刹那，我们几个小伙子心里很难过，为肖宁也为自己。

一伙人坐在我屋里，如丧考妣。慨叹造物主不公平，人的命运多舛。

"她怕要等着造老女坟了。"谢大光四仰八叉，自怨自艾。

"我看人蛮老实。"甘华揣摸着词儿安慰他。

"好吧！你放勇敢点……"

甘华涨红了脸。他这平素人称"假女子"的，陡然阳气上升，五爪拽紧谢大光，"你不要欺侮人。我甘华再贬值，也不至于——"

这时，肖宁进来了。

她嗓门粗，屋子里像踏响了管风琴。握手后，自个大大方方地坐在我的身边，嘴一咧，说：

"既然诸位都在这儿，我就不再一一登门拜访了。日后，请多多关照。"

"怎么？"谢大光乜斜眼问，"你还想在这儿安家落户……"

肖宁仰头一笑："你瞧我，像能进城的样么？……"

语气中，透露几分凄清。毕业分配时，有"人"的，不是留在城里，至少也可到"照顾区"。有"貌"的，找个有靠山的男朋友，也可以不必发配到这深山野林。肖宁是有自知之明的。

学校的房子，不算太紧张。老校长隔壁，便有一间新盖好的砖瓦结构、水泥地坪的房子。不知为什么，校长没表态。虽然有人已向肖宁透露了这个情报，她本人也未向老校长提出要求。反而欢欢喜喜地去了伙房隔壁那间土房。

这间土房，去年里曾吊死了一个男教师。他是被癌症折磨得忍受不住了。房子是五八年建的。年长月久，土墙凸凹不平，手一碰，泥土簌簌落下。屋顶上，隔壁窜过来的烟凝成了一串串灰吊吊，门儿一开，纷纷扬扬。肖宁一见，却乐呵呵。"一个人一间，嗨，蛮不错哩！"她忙活了半天，从屋子里挑出了三担垃圾，泼了五盆净水，在放床的墙沿糊了三层报纸，才算罢休。不过，一连几天夜里，起来小解的男生说，肖老师住室里半夜传出凄厉的呼叫声。那恐怖的声音，极似那被癌症折磨得死去活来的男教师的哀号。次日，我们好奇地问及，她却矢口否认，并绘声绘色一夜平静，梦好甜好香。

肖宁房中夜间有何举动，其实我们无心探究。那一阵儿，不仅我们无一人光顾她的闺房，连老校长"你近来生活习惯吗？"这类属于领导艺术的话儿也没有表示一句。

肖宁并不介意。她既不讲究穿戴，更不注重修饰打扮，很长一段，她几乎都穿着一件胖大胖大的灰格褂子。无论见了谁，老远她就主动打招呼。逢到我们打牌时，她总爱凑过来。有谁出牌不利，她便伸手越俎代庖，也不瞧一眼主人的脸色。谢大光和甘华抓住这"战机"，不时地挖苦她两句，奇怪的是她却比得了表扬还高兴。有时候，她挽起袖子，还动手动脚，向谢甘二人发起进攻。但往往以失败而告终。好在她并不畏惧，每每且战且退发布公告："你小心，下次——"

下次的下次，她依旧是落花流水。

肖宁在校时是学物理的，可我们学校缺的是数学教师。接受任务时，她面有难色。老校长咳嗽几声，抖了抖登有罗健夫、蒋筑英事迹的报纸，肖宁便戏剧性地改变了态度。一个月后，生病的数学教师回来了，校长又让她教政治。

尔后，历史，体育，兼伙房会计，当女生辅导员，学校团委书记……在我们这个偏僻的学校中，每天从早到晚，总看见她那陀螺一样的身影转来转去。

这学期期中考试后，老校长布置完大考小考抽考诸类事项后，破天荒地提到了肖宁："通过学习罗健夫、蒋筑英，肖老师争挑重担，这种'争做革命一块砖，哪里需要哪里搬'的精神，值得大家学习——"

老校长话音未落，教师群中便"轰"的一声议论开了。这年头，表扬谁谁倒霉，批评谁谁吃香。会还没散，谢大光便冲着肖宁又眨眼又嚷嚷："肖劳模，该你买糖吧！"

肖宁哭笑不得。她不像往常，乐于舌战。散会时，她头一低，自个儿从人缝里钻走了。

但没多久，我们便改变了对她的看法。

这年冬天，学校安上了电灯。为了控制学生作息时间，并避免有人触电，总开关安在办公室山墙上端。每天晚上学生和教师休息后，便需要一个人用梯子爬上去扳下电闸。开始，这活儿是由值日教师负责，但大家都不习惯，多半忘记了，经常电灯亮一夜。谁知过了一段，电灯却正常了。老校长很高兴，在例会上表扬了我和谢大光。说实在的，这活儿并不是我们干的。不知是谁，白白让我们赚了份表扬。

这一天夜晚，天上飘起毛毛雨。我正在脱衣睡觉，忽听院子里"扑通"一声，有人失声尖叫。

我披衣夺门而出，天啦！肖宁仰面朝天躺在泥地上，那架沉重的木梯，重重地压在她臃肿的身上。电灯准时熄灭的秘密才真相大白。

闻声奔来的男同胞七手八脚将肖宁送到小镇医院。她的腰摔坏了，样子痛苦极了。回校时，走在墨黑墨黑的路上，人们感慨不已。肖宁真是个肖宁哇！

"那梯子怎能刚巧横压在她身上呢？莫非……"人群里不知谁冒了一句。

"笑话！肖宁再傻，也不愿驮个梯子往泥地里卧呀！"

当时，不少人都恼了，七嘴八舌反驳怀疑肖宁的人。你想想，一个大姑娘，有这番举动，铁石心肠的人也要被感动啊！

肖宁住院的当儿，学校又分来了一位女教师。老校长怂恿我们去车站迎接。肖宁的实际行动，已冲淡了他对女教师的偏见。不过，正因为有肖宁，我们却失去了迎接女神的信心：凡是漂亮的，都不会分到这山沟沟里，我们不愿为再一次失望扰乱本已不平衡的心理。

谁料，生活处处充满了戏剧性色彩。这一回，我们犯了经验主义错误。新分来的女教师，决不仅止于漂亮，那完全可以用"美人儿"来称呼了。且不说大红紧身毛衣下魅人的曲线，且不说顾盼生辉的一瞥一笑，就是她从你面前走一趟，那浓浓的香水味儿，也足以使你心旌摇曳，浮想联翩。

女教师叫李虹。她的降临，在男性公民中带来了一阵骚动。人们纷纷猜测她被如此发配到这儿来的缘由。有居心叵测者还扬言：十之八九是因为桃色事件。

话虽如此，我们这伙人却无一位退避三舍。大家有事没事，总爱寻个借口朝李虹屋里凑。李虹很会唱歌，有人提议请她教跳舞，她"嘭嘭嚓！嘭嘭！"跳起迪斯科、探戈……先是在屋里，后去河滩。月光泼银，流水声声，我们像众星拱月，围着她没完没了。

老校长对李虹的举动十分反感。分工时，这个李虹执意要教自己学的数学专业，并声明非此不为。逢到节假日，她打破了我们这所学校连轴转的惯例，坚持要休息，振振有词，国家法定。这对扑下整个身子抓教学的老校长来说，无疑是一种挑战。事实上，李虹的到来，影响了一批人，特别是一些女学生。她们刻意模仿李虹的穿戴、走路的姿势、说话声调，在我们校园里掀起了一场不大不小的"李虹热"。

李虹的如此这般，使老校长益觉肖宁的种种好处，在教师和李虹面前，他不止一次地大谈肖宁如何如何。弦外之音，不言而喻。

没多久，肖宁出院了。回到学校，她放下行李，即刻去看李虹。那亲热劲儿，好像是老相识，久别重逢。三步之外，她便扑上去，紧紧抱住李虹。像对待小妹妹，问寒问暖，问长问短……

但好景不长，没过一阵儿，两人便闹起了矛盾。起因呢？不过是一封信。

学校因距离乡所在地还有二三里地，经常邮递员送信件、报纸不及时。肖宁见状早已不声不响担当邮递员任务。每天晚饭后去镇上取回报纸信件，不厌其烦，挨门挨户分发。

这天晚上，肖宁分完信，正朝办公室走，李虹拦住了她。

"我的呢？"

肖宁笑笑："怕还在路上吧！"

"怎么？刚才我也去了邮电所，营业员说有我的一个大信封。"

肖宁摊开双手，无可奈何地耸了耸肩。

李虹皱起眉头，大声嚷嚷："怎么会错呢？人家亲口告诉我的，我是——"

是什么？据热心人谢大光透露：一连几天，李虹朝镇上跑。这种对来信如此关心的反常状态，不能不使人联想到情书之类。这对我们不能不说是一种折磨。

"你看，李老师，话不能这样说，我给大家拿信又不是一天了，还会藏谁的信不成？"

"哼，那也难说！"

"这、这……"肖宁欲言又止，委屈万分。一对眼睛，润泽泽的。

次日，肖宁一如既往前去取信。回来时，她像个燕子在院中边飞边叫，"李老师，你的信！"

一个沉甸甸的信封。乖乖，情书分量恁足，怕可以入"世界之最"了。谢大光假惺惺地凑过去，仍没看清寄信地址。

事实证明李虹错怪了肖宁。可肖宁压根儿没把这往心里放。她的大度，又博得了人们的首肯。无形中，李虹成了参照物，陪衬了肖宁。

可是，里比多的冲动能使人做出种种无法思议的事儿。尽管李虹不像肖宁那样勤勤恳恳，任劳任怨，甚至性格有些怪异，可我们眼中，李虹可爱！不少男青年向李虹频频发出爱的信息，有些骑士据说已向她发动了猛烈的进攻，但她来者不拒，一如既往地友好接待每一位男同胞，友好到可以同你散步，关在屋里谈心，但总是让你可望不可即。这不能不使焦急的男性公民有几分失望，担心李虹在等待攀附高枝儿。

可怕的竞争对手终于出现了。

这年秋天，学校分来了一位男性大学生。年轻、漂亮，且是共产党员。我们学校自从前任校长调走后，还没有一个布尔什维克。这一下，人们不由自主地把他和李虹联系到一起，郎才女貌，简直是天造地设的一对。有些缺德鬼当即断言：这回该那些骑士们甘拜下风吧！

是的，那一阵儿，我们简直觉得世界末日即将来临。和大学生王剑比，我们是自惭形秽。

但几天后，谢大光忽然发布消息：李虹迟迟没有行动，倒是肖宁，主动给王剑送去一副鞋垫，一个绘有并蒂莲花的暖水瓶，大学生没有拒绝。一个溢金飞彩的傍晚，在河滩洗衣时，他们并排坐了许久……

这时，肖宁已调在学校新开办的代销店当营业员。因学校仅凭上边拨下的微不足道的办公经费，怕是连纸笔墨砚也买不齐的。于是，在公路旁边，临时搭了个小棚子卖针头线脑、文房四宝、油盐酱醋之类的小百货。为这办店的人手，老校长很是苦恼了一番。教师哪个又愿来站柜台、进城采买货物呢？后来，肖宁却主动请缨，挑起了这副重担。也怪，小店经她一收拾，泥巴柜台也大放异彩。她在醒目的地方，贴上了"百拿不厌、百问不烦"、"顾客就是上帝"一类标语，挂上了"意见簿"、"缺货登记簿"一类本本。三分钱盐，二分钱针，一块橡皮头，她随叫随到，笑容可掬。逢到进城取货，她搬出自己的自行车，架子上绑着大篓子，高卷裤腿，风风火火……

但是，仅仅凭这一点，党员大学生会为之折腰么？肖宁也许是太自作多情了。长相、学历、政治地位……天平的两端，相差太悬殊了。可有人说也许真的情人眼里出西施呢。

不过，我们倒希望肖宁和王剑好，哪怕当天滚到一个铺上我们也高兴，这样，李虹就不存在被王剑夺去的可能了。听到谢大光发布的消息后，我们每一个人的精神状态即刻如插在沸水中的温度计，欣欣然。

然而，三个月后，大学生却从车站接来了一个年轻美丽的姑娘。姑娘是他的女朋友，大学时的同学。他很幸福地向众人一一介绍。

令人诧异的是，肖宁的情绪却无任何变化，她很热情地款待了那位丰腴且又性感的姑娘。夜里，和她挤在一个窄窄的床上，悄悄地谈及王剑种种受人尊敬的地方。只有李虹，一连几天局促不安，对王剑表示了明显的冷漠。这使我们很费解了好一阵儿。

不久，我们中学组织发展工作被提到议事日程上来了。申请入党的人不少，但乡里仅仅给这里分了一个指标。这无疑应当是老校长了。从解放到现在，他的申请书摞起来怕有三尺高。可是，向群众征求党员发展对象意见时，培养对象却是肖宁。据说，是老校长发扬了风格。

这年冬，肖宁便被吸收为预备党员了。这时候，有人提出，让唯一的一个新党员站柜台怕不妥，是不是另调一个同志为好。肖宁却主动找老校长，表示作为一个党员，党的需要就是个人需要，当营业员虽然苦一点，这正是组织考验她的时候。老校长感慨万端，在餐桌上，他连说了三个没想到。没想到肖宁小小年纪办事怎稳重，没想到肖宁刚批准入党觉悟怎高，没想到肖宁一个女同志比男同志还吃苦耐劳。但过了不久，一向平静的小店里传来吵闹声。

我们蜂拥而去，见一个模样儿和肖宁差不离的姑娘，咬牙切齿，死死拽住肖宁的衣服，"你……你把俺肖家人脸丢尽了！不会教书，你就别去上学……"肖宁呢？倒和颜悦色，语气平缓："你嚷啥！也不怕影响不好。"

"你知道不好就行，俺家亲戚邻居，你过去的同学，把你说得一钱不值，你知道不知道?!"

从口气看，这姑娘是肖宁家里人。姑娘眼尖，一眼认出我们这群人中的老校长。"你……你是校长，你为啥不替人想想!"姑娘声泪俱下地说，"我姐她……她一个女孩子，能站一辈子柜台，你们为啥不站……"

老校长急急颔首，诺诺应答，连声说："我们考虑，我们考虑……"

肖宁妹妹走后老校长满面愧色："唉呀!我真糊涂。肖宁一个女孩儿家，她自己不考虑，我应当考虑呀!不说荒废了学业，她将来找对象，怕也不利呀!怪不得人家妹妹……"

当老校长在例会上宣布肖宁不再去小店时，肖宁"腾"地从座位上站起来。"我对这个决定有意见!"她胸部一起一伏，"我妹妹是个小孩。她的话，不能代表我本人，组织上也不能往心下放。革命工作没有贵贱之分。再说，我对那项业务也很熟悉了。……"

老校长决心已下，反复做思想工作，动之以情，晓之以理，肖宁才忍痛交了小店手续。盘存的最后一天，肖宁眼眶竟红红的。那表情实在令老校长感动。

谁料不到十天，乡里竟也知道了这事，他们正缺一个笔杆子，就直接找到老校长，点名要肖宁这位全才。老校长只好忍痛割爱，临走一再交待：借，不是调，否则他校长宁肯不要这顶乌纱帽，也不能放走中学这根顶梁柱。但没多久，乡里就把老校长召去了，书记作陪，酒肉相待，称赞老校长带出了一个好苗子。三巡酒后，老校长竟启口答应肖宁"上调"了。

肖宁终于走了。学校里，少了她陀螺样的身影，大大咧咧的咋呼声，少了一个与男同胞结为伉俪的可能。但餐桌边，我们却多了一个议论的热门话题：肖宁的去留问题。大伙议论一番，老校长结论似的说："我早看出肖宁是个人才，难得的人才!这姑娘，积极要求进步，组织观念强，到校第二天，便向我递了'入党申请书'——她不知道我是党外人士呢!唉!放她走，真比抓我心还难受。这样的全才就该上调。"

但肖宁如白云黄鹤，一去不复返了。乡里距这里只有二三里，但一般她很少再回学校来，除非逢到重大节日，她陪着乡领导，象征性地走一趟……

李虹呢?老校长看不惯，一而再，再而三向教育局反映：都像李虹那样，何集中学升学率可就没保证了。夏天里，李虹终于离开了何集。她没有进城，也始终没有看见她的男朋友出现。她去了一个更偏僻更遥远的地方，临行前，在油乎乎的餐桌边，她再三声明：那次和肖宁为信件吵嘴，责任并不在她。

她不是凭空胡诌，不然，第二天那封信为什么又从肖宁手上冒出来了。不过，这些小事谁还放在心上，大家哈哈哈哈，一笑了之。

谁料，等李虹办完手续，高考成绩才下来。一揭晓，嗬！李虹教的学生数学单科成绩居全县之首。另外，省《中学生数理化》杂志社还给她寄来了一个厚厚的信封。有人疑为"恋爱之最"，胆大者启开书钉，哟，原来是三本杂志，上面有李虹一篇《谈谈如何教好高中毕业班数学》的文章。老校长后悔不迭。这么有能力的教师万万不能放。但是晚了，李虹明确表示：此生此世她再也不回何集来了。

两位姑娘竟这么如流星倏然从何集消失，我们那群"快乐的单身汉"委实沉默了一段。之后，复又打牌，喝酒，吹牛，复又唱《爱情你姓什么》。偶尔，人们在餐桌边还提起她俩一句两句，只不过往往是有关李虹的。这么一天，有人从城里回来，惊讶地说："肖宁已经生了个大胖儿子，据说是六个月里生产的。她丈夫呀，又高又白，那气派，怕比我们哪一位都帅！"

许久，大家都忘了谈她。这时，我们才知道她早已调到县妇联去了。

后来，学校又分来了一位新老师。他被安排在伙房隔壁。当初，他不愿去那间房子。我们讲了肖宁，说那是"圣地"，他欣然前往。打扫卫生时，有人叫："你看，肖宁在这儿写了什么！"

那儿肖宁曾糊过一圈旧报纸，眼下，被撕得零乱不堪。残存的纸片上，隐隐约约可见不连贯的一行字。

"……克己……努力……三年五载……不达……誓不……"

我们怔住了。不，可以说我们明白了。那行字虽不过十一二个，像密码一样深奥，但因为有往事的浸泡，这行断断续续的字如泡在显影液中的底片，渐渐地，凸现了一个女子清晰的形象。

刘君讲完了故事，寝室万籁俱寂。四个男人像回到了洪荒时代，忘记了时间，忘记了存在，更忘了窗外玉兰树上已挂了一个大大的红月亮。那月亮没有光，血红血红的。

良久，才有一人在帐中大叫：

"这女子，绝了！"

天将亮时，破天荒，寝室里至少有两人磨开了牙。那声音，森然。

（原载《长江文艺》1987 年第 4 期）

头条明天见报

一

通讯干事郝志文近来很苦恼。他到县委通讯组快一年了，"豆腐干"、"火柴盒"大小的铅字见报不少，但还没在省报上过一个头条。

这头条新闻是一张报纸的脸面儿。所以，这记者、通讯员便像二茬子光棍盼媳妇一样，朝思暮想，希望能抓住一个活蹦乱跳的头条。难就难在一张报纸一天只有一个头条。这 H 省七千多万人，除了省报记者，县一级通讯组有多少？像郝志文这样盼望上头条的又有多少？这好比一根独木桥，张三通过，李四就得停下来。

郝志文知道这上头条儿的难处，可他还是整天泡在渴望之中。这不是说地区一年一度的新闻表彰会上，上头条儿的领导要在总结上提一提名字，也不是说评比时头条一篇可以算三篇，关键是不写个头条儿，咋对得起栽培、重视自己的县委刘书记呢！

刘书记今年三十七八岁，大学毕业生。人长得白白净净，别看他一副文弱书生相，可工作有魄力，有干劲。到这个县不足两年，工农业产值便拱了一截。前一阵儿，还风传他要去地区当专员、当书记了，但现在不知为何还没动窝儿。

这一天，郝志文上厕所，老远看见刘书记从里边出来。他想回避一下，假装注意着墙角一群浩浩荡荡的蚂蚁，谁知刘书记却看见他了。

"小郝，昨天你那篇报道我看了，写得不赖。"

郝志文脖根一热。那篇写交通局一个下属企业修旧利废的小豆腐干，登在三版右下角。郝志文自己差点看漏了！没想到书记却……这真叫郝志文诚惶诚恐了！刚从外地工厂调到县委通讯组那阵，发个"火柴盒"他也要高兴几天，现在，他明白对自己的要求应该是什么。书记的话虽然是表扬，可在他听来，这比批评还刺激。他又激动又惭愧，连连表示：

"哪里哪里，一块小豆腐干……"

"慢慢来嘛！"书记亲切地抓了抓他的肩膀，笑吟吟地说，"下一次，你就用点力，把豆腐块儿切大些不就得了！……怎么样？你是有潜力的。"

临分手时，书记又吩咐道：

"下午有个常委会，你来听听。"

进了厕所，书记那亲切的语调，信任的目光还在他脑际频频闪现。"参加常委会"？郝志文几乎怀疑自己的听觉。一个小通讯干事，和书记、部长们平起平坐，这事非同小可。他一想起那严肃、庄重的会议气氛，心里咚咚跳，竟如刚做了贼一般。连上厕所的任务都给忘了。怔了片刻，兀自折身回了。

常委会他参加了，书记下乡时也带着他去了。"整顿党风，面貌大变"，"深入灾区，为民解难"……稿子他"唰唰唰"写了一批，寄了一批。他认为满有把握上头条的，谁知一篇篇不是石沉大海，便是在哪个角角里露个两指宽的小脸。

头条哇头条，郝志文茶饭不思，神魂颠倒，他恨不得自己化成个头条儿，趴在报纸右上角，也让书记们高兴高兴。

不过，郝志文脑袋里的种种幻象，丝毫没向坐在桌子对面的吴子音秘书透露。

吴子音四十开外，中等个儿，黑脸膛，是县委通讯组的三朝元老。本来，这县委机关干部，多不过三年五载，便要"流动流动"，到局里、乡里任个正职或副职。吴子音却一趴就是十几年。这期间，组织部也组织人马考察过他两三次，可每一次都在关键时刻给梗住了。梗在什么地方？说起来够伤心的，为的是十年动乱时，他曾在省报上发过几个头条。

郝志文刚进县委，不少人向他介绍，吴子音是头条记者，经验丰富，工作积极，是全县公认的大秀才。郝志文对吴子音只有尊敬的份儿，时时处处，总是请吴秘书"指教"。吴子音呢？却拿出一副精致的象棋，每天邀郝志文杀两盘。开始，郝志文不好意思推却，咬着牙儿陪着。时间一长，他便想办法开溜。等到正儿八经地向吴子音请教时，他总是笑眯眯地回答："这好办，这好办，只要能把事情凑到一块便行。"涉及具体经验时，他最多说上两条什么"导语要新颖呀！""语言要简洁概括呀！"

不过，郝志文很精明，他摸索了一两个月，便很快无师自通了。他把这种感性认识上升为一句话，就是："吃透上头，摸清下头，动动笔头，大有写头。"譬如某工厂经济效益上去了，你既可以写成"党风端正带来生产大发展"，也可以写成"落实厂长负责制工厂蒸蒸日上"，还可以提炼成"重视知识分子"、"通过企业整顿"等等不下十个主题。这就好像一团面，既可以做馒头，也可以做面条，反正看上面宣传什么。

这诀窍一悟出来，郝志文的稿子果然上去了。半年光景，他发稿四十多篇，把吴秘书远远抛在后面。这也叫没有高山显不出平地，县委书记、宣传部长在不同的会议上，曾经以他为例，说明了整党后县委机关的重大变化。书记下乡，上边来了领导，也点名叫他去。这对通讯组负责人来说，不能说不是一种威胁。小郝呢？更加不敢在吴子音面前放肆，见了面，一口一声"吴秘书"。打开水扫地，比往常更勤。像这想上头条的事儿，他就更不敢露一丝风儿。

现在，吴子音去省报送稿去了。这送稿的风也不知从什么时候兴起的。据说送去的稿件命中率高。吴子音一两年未去省城了，这次大概是让郝志文给促的。何时回来，捎了哪些稿子，临走时他也没向郝志文透口音。这一来，郝志文反而落得清静。他一个人坐在办公室里，扑下心思琢磨头条的事儿，再也不愁两人眼儿对着眼儿的拘谨了。

二

清静归清静，但郝志文心里却始终平静不下来。照以往的经验，按照"盯着《人民》，瞄着外省、瞧着本县"的原则，他先搬出前六个月《人民日报》、《安徽日报》、《湖北日报》，逐日研究，特别是《人民日报》社论，本报评论员文章，他更是逐字逐句分析。然后，又翻出本省前年、去年下个月的报纸，琢磨曾经发表过的新闻。琢磨来琢磨去，拟了十余个标题，推敲推敲，还是觉得心里不踏实。于是，他从柜子里翻出了通讯组的发稿记录。

这通讯组从成立起，便立下了一条不成文的规矩：凡上报稿件，皆剪贴存档以备审查。岁月递嬗，这前后二十余年，积下来不下十大本。郝志文不怕麻烦，从柜子里一本一本扒出来，抖掉上面的浮尘，一页一页翻阅。

——王集乡钢铁元帅升帐　小高炉日产钢铁八万吨
——龙王庙乡发动群众瓜菜代营养丰富
——学大寨赶夕阳刘店村又迈新步伐
——马竹园涌现五十五个花木专业户。

——光棍堂迎来金凤凰…………

最后，当他的目光落在一则去年写的《商品粮建设基地成龙配套》消息上时，眼前倏然一亮。

这综合性报道写本县自从成为全国为数不多的商品粮基地后，县委政府如何高度重视，按照上级统一规划，狠抓基地建设，工程进展十分迅速。特别是结尾，作者展望未来，借一位技术人员的话：不久的将来，成龙配套的建设项目发挥效益后，这儿将成为一座祖国的粮仓。

"好！"

郝志文顿觉茅塞大开。

这正是"心有灵犀一点通"。郝志文在笔记本上飞速记下了《××县狠抓基地建设　今年水稻喜获丰收》的题目。他思忖：这水稻即将收割，眼下省报还没有这方面报道，如果能赶在全省其他县之前报去，这条消息保准可拿个头条。

嗨！他将钢笔掷到桌子上，幸福地闭上了双眼。他仿佛看见：书记、部长捧着载有他的头条报纸，看见了吴子音赞许中的嫉妒。到那时候，无论夸奖还是嫉妒，对于他，都是一种享受，一种满足。

三

消息很快脱稿了。

这期间，他走访了县农业局、统计局、商品粮基地建设办公室，搜罗了一部分简报，又根据座谈，总结了今年粮食喜获丰收的五条经验、六项措施。

依惯例，凡是涉及全县范围的稿件，必须交部长审查。

部长四十开外，个儿不高，又一副娃娃脸，看上去不济三十，所以虽然是县常委，在人面前总还装不起架子。他早年也曾搞过一段报道，自然比一般人体会深刻。这天，小郝将稿件送来后，他当即看了。

"抓住了新问题。"部长第一印象良好。他又重新浏览一遍后，略加思忖，"丰收的原因还不能仅仅归结于基地建设吧！譬如我们宣传口，各乡利用广播喇叭宣讲农业科学技术三百四十二次，印发各种科技资料五万四千余份，举办各种科学集会一百余场……修改补充后送抓宣传的副书记把关。这综合报道，是对我们全县工作的一个评价，一定要客观，要真实！"

关于宣传口的作用问题，郝志文马上心领神会。但是不是还有漏掉的呢？

琢磨来琢磨去，他觉得就是这个模样也已拔高不少，按有些人的说法，今年是天帮忙，风调雨顺。天爷，要那样写还叫消息么？

他硬着头皮，终于又将经验由五条改为七条，措施由六项增加到七项。开了个夜车。第二天上班便送给了抓宣传的伍书记。

伍书记也是照"四化"精神配备的大学生。不过他这大学生是学兽医的，这一段，抓宣传没人，书记们又必须有一个分管这项工作，任务只好压在他肩上。好在平时出席各种会议，材料都由秘书拟好，他念一念得了。可这次郝志文送审的报道，他不能再让别人代审，看吧？也不能一点意见不提就退回去。提点什么呢？又怕自己是外行，万一说漏了有损威信。于是，他从原则高度上批了两条。要突出党的领导，还有就是除送书记县长审阅外，再分送抓农业的副县长房二民同志审核。

一看批示，郝志文叫苦连天。

"你真死心眼，不知道复写三份，一个领导送一份么？"

妻子提醒了愁眉苦脸的他。竟乐得他当着小女儿面，吻了妻子一下。

为了慎重，他没有复写，而是工工整整用碳素墨水抄了三份。

最先批下来的是房副县长。

"待收获完毕产量核实后再报。"

天啦！这不是明明把这则报道往死里拖么？等到产量核实完，这恐怕早就不成新闻了。甭说现在实行责任制，一家一户种田，往哪儿去核？连统计局，也是通过设点推算的呢！

他左右为难，不照房副县长指示办，万一消息见了报他有意见呢？照他的意见办？……唉！斟酌再三，他想唯一的可能，只有当面向房副县长解释解释了。

找房副县长时，他在政府办公室门口碰见了一位在这里上班的老同学，他的来意还没讲完，那人便头摇得如拨浪鼓。

"算了算了！"他环顾左右，压低声音说，"你找也白搭。房副县长这样批示，其实就是不想让这消息见报。这里弯弯绕你约摸不知道，班子改选时，他和李县长都是候选人。结果……嗨嗨！苦干三年，不如上报一篇。你这一吹，不明明是往他的竞争对手脸上贴金。"

"那……我这稿子不是完了？"郝志文心里顿时凉了半截。

"嗐！瞧你，亏了还是喝墨水的，官大一级压死人，你不是已经给李县长也送了吗？……"

果然，第三天李县长也批转下来了。

"消息全面总结了我县今年粮食丰收的经验，内容很扎实，但是，夏季我县沿河几个乡有部分村受灾，在救灾款上级未拨下之前，此稿可缓发。"

虽然肯定了，实际上却是否定了。捧着那半页龙飞凤舞的指示，郝志文差点晕倒了。他把唯一的一线希望只好寄托在刘书记那儿了。

虽然有一线希望，但他的情绪还是从沸点跌到零下。这辛苦了几天的消息算是完了。怪不得平时吴子音发牢骚，你看看，一篇千把字的消息，必须经过五堂会审，才能公之于世。

书记的批示到第五天才下来。不过，没有文字，是办公室小通讯员来叫他的。

"小郝，来来，这儿坐。"

书记竟冲他站了起来。他指了指对面的沙发，并亲自沏了一杯茶端过来。

"我从地区开会刚回来。稿子刚才我才看到。"他顿了顿，指着白气袅袅的茶水，示意小郝喝茶。

小郝连连点头，端起茶杯，但没有往嘴唇边送。

"有进步，基本反映了我县各条战线的形势和人的精神面貌。从点到面，事例很充分……"

郝志文目不转睛，捕捉着书记一上一下的嘴唇。茶杯里烫人的茶水流了出来，他竟然一点也没感觉到。直到书记合上了嘴唇，他才像临产的母亲谛听到婴儿的第一声啼哭，在痛楚中激动得眩晕了。

"这份稿子你打算怎么办？"书记问。

"我……准备马上寄。"

"寄？"书记反问道，"新闻要讲究时效嘛！我看，你最好马上送去……哦，我让办公室给你派车。"

郝志文受宠若惊，出门时，连说声"谢谢书记的关心"的话都忘了——后来回忆起这情景，他很是后悔了一阵子。

四

这天晚上七点四十五分，县委吉普车以最快速度，将郝志文送到了五百公里外的省报招待所。

招待所坐落在一条僻静的街上。刚建时，两排平房都住不满，现在拆掉一幢建了三层楼，仍然经常爆满。郝志文掏出介绍信，好说歹说，那服务员也没允口。后来，摊出吴子音的名字，服务员"哦"了一声，在水牌上翻了翻，竟又拨拉出了空床位。

这招待所叫人方法很有点现代化，院子里，安有扩音喇叭，服务员打开扩音机，在麦克风上叫了两声：

"吴子音，有人找。吴子音，有人找。"

一会儿，一个人趴在二楼栏杆上叫："老吴又喝醉了，找他上这儿来——"

郝志文好生奇怪，在家时，吴子音自称滴酒不沾，这会儿，为啥"又"让黄汤灌迷糊了呢？那送稿的事，他怕是没有指望了。

郝志文跨进满屋酒气的房间，吴子音正在鼾声大作。

"哦……哦……"吴子音在梦呓中断断续续地说，"我吴子音又要上头条了，上头条了……"

"嗨嗨！"郝志文不经意地笑了笑。这老吴，真是说酒话。"听说他明儿是有一条要上。"刚才趴在阳台栏杆上招呼他的那人说。

"什么内容？"郝志文将信将疑地问道。"不清楚。"那人摇摇头。看着吴子音那鼾声大作的醉态，郝志文越发不信了，上头条，上什么头条，怕末条也续不上。

五

翌日清早，吴子音仍在酣睡，郝志文已爬起床，草草洗涮后，便跑步向报社方向奔去。

半夜醒来后，郝志文回忆起吴子音上头条的这句话，无论真假，使他生出几分后怕。万一吴子音真发了头条，那他这篇消息就一时上不了，总不见得一个县连着上两篇头条。万一真那样，岂不前功尽弃?!

报社距招待所只隔一条街，早晨行人稀少，郝志文片刻即赶到了报社大门口。

阅报栏上，当天的报纸已由夜班编辑张贴出来了。郝志文屏息静气，目光如炬，当务之急，向头条位置扫射。

——基地建设结硕果　丰收又创新纪录

××县水稻总产达八亿斤左右。

下款署名：本报通讯员　吴子音

喀嚓嚓嚓！电光石火，山崩地裂，郝志文眼前倏地闪过一个漫长的黑夜。头条，头条！自己朝思暮想、苦心经营、满怀希望的头条，竟被一个酒徒像变魔术似的不谋而合轻而易举夺走了。我的天啦！郝志文重重地叹了一声，吓得旁边一个人惶恐地注视他许久。

他呆呆地伫立着，竟不知下一步应当如何办才好。活了三十多岁了，郝志文第一次觉得自己过得多么窝囊！世界上许多让人炫目的东西，原来并不是值得苦心经营的。自己是被谁耍了呢？一丝悲哀，浸遍了他全身的每一个细胞。

"笛——哇！"

一声怪声怪气的喇叭声吓了他一跳，他抬起头，见巍峨的报社大楼顶，有不少鸟儿在盘旋，是什么鸟儿？安徒生的夜莺吗？瞧，它们一只只飞降在张着大口的窗户里了。窗户的每一扇玻璃都很亮。是哪一扇后面坐着可以决定稿件上头条的编辑呢？他想：如果把自己这些天的希望失望、且悲且喜的经历写出来，是不是也可以成为一个头条呢？

（原载《上海文学》1987 年第 4 期）

水　难

一

　　丁字街，坐北向南，是一县之首脑机关。

　　这儿旧传为战国时四君子之一的春申君黄歇旧址。宋朝以来，即辟为州署。历朝历代，修修添添，添添补补，到了眼下，虽然已有拔地而起的两座钢筋水泥办公大楼，但明崇祯年间知州徐应春重修的卷棚、银库尚存。现代建筑与民族传统风格互为映衬，使这座历史悠久的深宅大院增添了几分参差美，和这几年文明礼貌月中建起的雕塑、花圃更加和谐、统一。不说在这里办公，假若能躲过门卫的盘查，从这里走一遭，也会使人感到赏心悦目，心旷神怡。

　　和谐归和谐，但每天清早，七点至八点光景，正对县委大楼，旧司库房左侧，却有一阵喧闹和激动人心的时刻。

　　这儿是锅炉房。

　　当灰色屋脊上那高耸的烟囱疲乏地吐完最后一口轻烟，锅炉房小小的场地上，已蠕动着三条颇为壮观的长龙。男的、女的、老的、少的；大腹便便、精明干练的；踌躇满志……一张张不同表情的脸在闪动，一双双攫取的眼睛向锅炉房门口——一个干瘦、佝偻着腰的老头的手上。老头是这儿的锅炉工。姓龚，人称老龚头。他的手上，此刻正提着一串已被汗渍、岁月抚摩得闪闪发亮的铜钥匙。准确点说，七点零五分，老龚头咳嗽两声，铜钥匙"哗啷啷"一响，那三条长龙便开始紧张扭动。众人目光如注，刷地移向三个骄傲、矜持的水龙头。终于，水龙头像一个患气管炎多年的老者，用力清了清喉咙，吐出一口温吞水，接着才是激动人心的颂歌。

　　"姐，你把这壶提去。"

　　"奶，你拿的吊壶呢?"

"先送走，先送走！"

水龙头前，人头攒动，热气腾腾。男女老少，动作敏捷。暖水瓶、铝茶壶、小铁桶……前赴后继，络绎不绝。但是到了七点二十五分，"龙身"还不见收缩。"龙尾"几个五十上下的男人大约等得不耐烦了：

"这怎么得了，我还等着去政府开会呀！"

"唉哟，天天为水打仗，这样下去还能行！"

"老何，现在干什么都讲个改革，你们体改办也想想办法，看这县委怎么办才能保证大家用水，又不耽误时间。"

老何是一个胖子。用他自己的话说，身体不好，虚胖子，下巴都"病"成双的了。他慢慢回过头冲后面一个说话的年轻人一笑，又转身对旁边一条龙上一位五十上下却还十分精干的男人努了努肉嘟嘟的嘴：

"喏，尤主任在这儿。水的问题，你向他反映，归他管。"

尤主任咧开一嘴漂亮的牙，不介意地笑了笑，说："行啊行啊！何主任吩咐了，我们一定照办。……首先，你们体改办每月先交五十元茶水费。"

体改办归政府管，政府新大楼尚未竣工，新成立的一些机构只好朝县委大院挤。但这些人工资关系都不在这儿，喝水却又不能少谁一瓶。尤副主任曾派机关会计上门逼他们交茶水费，他们嘴上"好好好"，实际上至今分文未掏。反正公对公，县委政府本来是一家，双方也就都不那么认真了。

"唉哟唉哟，水流怎么变得这么小哇？"

"坏啰，一会儿轮到我们可别又没开水了！"

…………

他们再也顾不上这么半真半假地开玩笑了。两人立即集中精力，抓紧向前运动。八点零五分，当县委机关家属抢开水完毕，那些姗姗来迟的各部各办秘书干事，只好望着风烛残年的水龙头致礼默哀。那三个当初矜持的水龙头用力咳嗽几声，便寿终正寝了。

"天啊！今日我比昨天提前五分钟也没有打着开水，这叫我们一上午怎么过啊！"

"后勤几个人干什么去了？连水也不给别人喝，真不像话！"

……

这时，一直倚在锅炉房门口的老龚头，打量着边发牢骚边晃荡着空水瓶向大楼走去的秘书干事，腰佝偻得更加厉害了。一股羞惭、愧悔的神情爬上了他那干核桃脸上。

二

凭第六感官，尤副主任知道身后有个人。

是锅炉工老龚头，没错。老龚头佝偻着腰垂手而立，嘴唇翕动着。

"尤主任，这水……"

老龚头今年六十一了，按规定，六十岁可以退休，但他没儿没女，老伴前些年已经去世，他尽管身板儿一日不如一日，有好几次曾晕倒在锅炉旁边，但他始终未提退休一事。对这座大院，他有着深厚的感情。三十几年前，他还是个二十郎当岁的小伙子时，便来到这儿当公务员：扫地、烧开水。

他清楚地记得，当年，这机关里连县长也才不过十几个人。一个煤炉，一把大吊子壶，老龚（不，那时叫小龚）逐屋逐人送开水。那时好像连县长都很少在屋，大伙儿喝水也没有现在干部们这个海量。一天烧个七八壶，连洗带喝，也就足够了。后来，约摸过了四五年，机关里添了几个科。铜吊子壶供不应求，厨房里用烧饭锅烧开水，一天烧个一锅两锅也够了。到了文革时，县委、政府合并，成立什么革委会，锅电不行了，办公室去买了个一点五吨的锅炉，一天烧上一锅炉，洗用皆有了。现在，政府早又分出去了，锅炉一天一锅反而不够了，这一阵儿，办公室只好决定一天烧两锅炉。

烧两锅炉老龚头并不叫累，关键是现在两锅炉也保证不了各部办用水。什么落知办、党史办、对台办、打经办、苏区办、整党办……

他不止一次地向主管后勤的办公室尤副主任反映：锅炉太小，得换了，得换了！尤副主任比老龚头后进这个大院，当初也是通讯员。每逢老龚头送水，他便抢着去拎。他有个头疼脑热，老龚头像个大哥哥守候在他的身旁。后来，小尤调到外单位去了，转了一圈后，又回了县委大院，不过这一回成了老龚头的顶头上司。但尤副主任为人谦虚谨慎，还特别重感情，平时在老龚头面前，丝毫没有一丁点儿官架子。

"老龚，我们正在研究，责任不在你，你放心……"尤副主任习惯地亮了亮那嘴漂亮的牙。

尤副主任分管后勤，机关没水喝，他何尝不急呢？现在的干部，不像顺口溜里唱的"一包烟，一杯茶，一张报纸看回家"。一杯茶解决不了问题！秘书干事们常年泡办公室，喝水的能量正日益增长。

其实，一点五吨锅炉，少说一点，也要烧个一两千斤水。这县委大院即使加上临时机构，人员比解放初增加了近十倍，但人均也还不少于十斤水。再大的肚子，有谁半天一气能喝十斤开水呢！问题之关键，从去年春开始，为了方便县委领导上班，在机关和家属院之间，新辟了一个偏门。家属院中的男女老少，从偏门挤进来，抢在工作人员上班之前，把开水都拎到家里去了。本来办公人员不断增加，人均用水量日见提高，又斜刺里冲出这支用水大军，这怎不叫老龚头告急、尤副主任操心呢？

这大院里住的实际上并不都是县委干部家属。通晓内情的人知道，这干部调进县委，无论是秘书还是干事，都是提拔的标志。三年五载，倘若不弄个局长副局长干干，别人便怀疑你没工作能力，或者犯了什么错误。因此，干部免不了出出进进，可家属却大多不动窝儿。实际上，他们放出去后哪一个不是在某局某委当个"长"呢！房子绝对不差。但他们一个个不动窝儿。用电、用水、安全保卫，哪一处能比得上县委机关大院呢？

尤副主任也曾指示办公室象征性地下过一个干部调出、家属迁走的通知，但始终没人出面去落实——山不转水转，说不定某一天人家又转进来成了你的上司呢！这也不是没有先例。有的家属虽然搬走了，但房子私下又转让给某侄女、某外甥。县委新调进的干部没处住，只好向政府、财政局申请盖宿舍楼。楼是盖了两幢，家属安下了，可眼下县委机关一二百人的茶水费，无论如何也满足不了这庞大的家属用水需求呀！

用水就用呗！尤副主任明明看见，有些干部一家几口人都来了。暖水瓶、吊子壶，甚至大铁桶都用上了。难道他们也像干部一样养出了个喝水习惯不成？尤副主任暗暗做了个调查，原来他们把水打回去洗澡、洗衣，留着做饭……天哪！

尤副主任也曾私下考虑过几种方案：堵住偏门、发水票、出公告、派人制止……但方案尚未出笼，文明礼貌月中的一起"公鸡"事件，使他失去了一大半信心。

那时，县委大院里家家喂鸡，户户养兔，整日鸡鸣之声不绝于耳。有一家鸡窝，盖到了新来的县委书记住室窗下。半夜鸡叫，吵得书记不能安眠。老尤奉命，发起个打鸡运动。告示贴出，措施严厉，违者派人追杀毒杀打杀，大部分人家执行了。但这天，忽然有一只公鸡，昂首挺胸，悠然地跑到县委大院花坛里散开了步。这还了得！老尤喊来两位干事，三个人穷追猛打，消灭了这个顽固分子。岂知晚上，前任县长的老婆就骂上门来，嚷嚷道："你真是个绝户头！办事不留一点后路……"老尤没有儿子，这辈子只有一个闺女。

尤副主任闻声哭笑不得，老婆气得捶胸顿足。

前车之鉴，不可再覆。这大院里，不是书记，就是县长家属。他们即使退到二线，也是个顾问。另外的，不是在公安局，就是在劳动局，哪一天说不定落在别人手里……

谁知老龚认死理儿，他见老尤不吭不哈，干脆搬了个凳子，坐在他的办公桌前，兀自抓了根香烟，边吸边说：

"老尤呀！咱俩都是拎壶把出身，你也知道，干啥吆喝啥，大伙没水喝，你叫我这个老脸朝哪搁？研究研究，这话我听你说了十遍，今日你不给我个准信，我就坐在你这儿不走。"

老尤见这老头当众抠出了他当年拎壶把的历史，脸上松弛的皮肤不由一阵紧张。但他没露声色，"呵呵"笑道："那好那好，晚上去我家，叫你弟媳炒几个菜，我还有瓶'泸州大曲'，咱们喝一盅。"

老龚头见老尤不扯正经的，脸一拉，正想说几句难听的，改革办主任何胖子端个空杯子缓缓地走进来了。尤副主任眉梢一挑，站起身迎着。

"好好好，我正要找你呢。老何，这开水问题，也属于你们改革范围，你回去发动群众拿个方案，谁要有好办法能解决县委机关喝水问题，我不但不问你们要那每月五十元的茶水费，我们办公室还出钱，设'改革建议奖'。我亲自把这奖金送到门上。怎么样？"老尤盯着何胖子，仿佛逼他马上表态。

老何鼓着嘴儿矜持了片刻，然后迅速追问了一句：

"真的？"

"真的。"

"奖金多少？"

"不少于五十元。"

"好，你这大主任君子一言，驷马难追。我今日这水也不再讨了，回去给你拿个方案。"

说着，老何转身出了办公室。

三

何主任腆着肚子回了改革办，向全体工作人员发布了这个好消息。

办公室里，爆发出了一阵热烈的欢呼声。有人建议让主任先把钱要过来，有人计划这五十元钱应当买些什么，也有人担心老尤说着玩的……

这改革办里，十之八九是从各单位退下来的干部。让他们回去抱孙子，年龄还不够退休线，县委政府只好将他们集中到这儿来商讨改革大计。八个工作人员，除了管收发的小罗，其余七个皆是局级副局级。好在他们站在同一地平线上，平时议论起谁上谁下街上白菜小葱涨价皆有共同语言，感叹今不如昔发发牢骚堪称知音。但牢骚不能天天发，每天除了看报纸，惊呼某地某人拾到钻石地里挖出金元宝，便是银行被窃火车相撞唉呀呀了不得。当然，各单位报来的改革经验、丰硕成果还需修改整理补充提高，还需油印下发上报地委省委。久而久之，生活不免有些单调。现在老何带回来这样一个有关切身利益的大好消息，每个人的情绪"呼啦"一下上来了。

"发水票！"一个人说。

"象征性地收费！"另一个补充。

"保证工作人员用水，家属不能……"一个家住外边的原粮食局副局长叫道。话说了半截他又止住了。改革办里有几个人也住在这大院里呵！

"推迟烧水时间……"

众人你一言我一语，谁也不服谁的气。

老何端坐一旁矜持不语。他在县畜牧局、卫生局、教育局、水利局等单位都担任过一二把手。他深知这当"班长"的关键时刻不能随意表态，便静观辩论向纵深发展。一会儿，眼看主"票"派占了上风，渐渐和"象征收费派"统一了战线，不由暗自称许。他把握局势，在方案即将脱颖而出时，他说话了：

"我……"

他"我"字刚出口，眼前忽然闪现出尤副主任那副神秘莫测的情态。"不对！"他想，这老尤是个滑头，为什么这县委大院用水问题他不想办法，偏偏设个什么奖？是不是下圈子，好把责任推给我们改革办呢？不行！

他庆幸刚才还没表态。没错，这方案不能由我们拿。你想想，万一老尤把用水制度公布出去，故意嚷嚷着是我们的主意，这大院里家属一齐骂我们，他老尤不是坐收渔翁之利么？怎么向儿子的岳母、女儿的公公交待呢？他们可是都住在县委大院呵！再说，儿子的岳母又和张县长是亲家，女儿的公公妹妹一大家人也在这大院……得罪一家，可是得罪一大片呵！

"我说，"老何依旧慢吞吞的，显示出他当领导多年，素养深厚，胸有成竹。众人一看主任要表态了，期望的目光扫过来。特别是"主票派"，认为老何必定站在他方无疑，得意神色溢于言表。

"刚才我仔细推敲了一下，"老何顿了顿，询问的目光扫视了一番众人，"这奖金数为什么也是五十呢？我们改革办人员工资不在这儿，老尤已经用玩笑的口气向我要过这笔钱。这一次是不是他下套子让我们钻？其意是让我们用自己的矛去攻我们自己的盾？"

众皆称是。于是，矛头一转，大家齐心协力攻击起老尤：扒灰头、骚狐狸、九头鸟……众皆庆幸此番仰仗老何英明，才没有上当云云。

四

改革用水方案尚未诞生，老龚头却病了，是在烧锅炉的时候突然晕倒的。据说，送医院的路上，他仅仅说了一句话，内容还是关于如何让大家都能喝上水。

老龚突然病重，锅炉停烧，在县委大院引起了一片骚动。从家属院到办公大楼，开水与大家关系太密切了。整天没有开水喝，让人们还怎么过呀！

这天下午，县委办公室是例行政治学习，报纸念了一张，大家话题便转到了老龚头身上，转到开水问题上。

"这老龚头上午还在张罗着烧水，没想到……"

"这开水不能少，我看得赶快找个人顶他的班。"

"找个人？用水问题不订个制度，派两个人也不一定有水喝。我看老龚头的病完全是累的。"

"堂堂一个县委，连开水问题都解决不了，还谈什么领导全县人民搞四化？……"

老尤深有同感。他适时地站出来接过了话头，把改革办背弃诺言，推卸制定用水方案的事兜了出来。

县委办众人照例攻击了一番改革办是退休办、养老办、扯皮办。那些人研究来研究去，有谁见过一处干真格儿的？改革办连开水问题都研究不好，干脆，撤掉算了！

"我看……"

这时，一直坐在角落里的办公室打字员小文姑娘，眨了眨她那圆圆的大眼睛，扑闪扑闪几下弯弯的睫毛，嗫嚅了几声，见大家没注意她，又垂下了头。

坐在小文身边的是尤副主任，他知道小文是刚从文化局调来的，说话办事还不大胆，便鼓励道：

"你讲吧！你讲吧！"

小文鼓起勇气，抬起头说："我们上学时打开水就是凭票，学校每天给每人发一张，不够自己掏钱再买。这样，大家用水就知道节约了。如果我们县委也采取这种办法，我看——"

老尤不等小文话音落下，便击掌称道："小文这个方案简便，大家讨论讨论，看行不行。"

众人异口同声，称赞这个方案实际，符合改革精神，有创见，有开拓性……

"哟，没想到小文姑娘小小年纪，考虑问题还很周到呢！"有人夸奖开了。

"我们不食言，这个改革建议奖，就颁发给小文同志。"尤副主任大声宣布。

"我看不能这么无声无息地发。要发，就在全机关大会上发。气气改革办那些大滑头，让他们明白：我们县委办是藏龙卧虎之地，连小文姑娘她……"

"对，对！"

五

小文姑娘的改革建议终于要付诸实现了。机关黑板上，已经写上了"关于改革用水问题的通知"。铅印开水票，也已经从印刷厂取了回来。可惜的是，老龚头没能回来投身于这场改革。医院检查，老龚头是晚期肝癌，癌细胞已经扩散到腋下了。

尤副主任毕竟和老龚在一块共过事，并且得到过老龚头的照顾。听到这个不幸的消息，他难过了一个夜晚。他叮嘱护理的同志，一定要尽力照顾好老龚头。老龚头虽然没有职位，但毕竟是县委的老同志。几十年如一日，兢兢业业为党工作。他无论提什么要求，一定要尽量满足。

尤副主任百忙之中也亲自到医院去了一次。老龚头并不知道他自己患了肝癌，见面第一句话便问："改革用水的方案出来没？……"

尤副主任感动得泪水差点涌出眼眶。他连连点头，回答道："马上就要实行，马上就要实行。"

老龚头兴奋异常，撑着床头要到地上去。谁知癌痛已经折磨得他精疲力竭，脚没着地，人便晕倒了。

从县医院出来，尤副主任一路上惦念着开水问题。一定要抓紧解决，一定要抓紧解决！只有尽早解决县委用水问题，才能告慰老龚头即将逝入冥冥中的魂灵，也才能解脱他心中那一丝隐隐的愧疚。

奇怪的是，他走进县委，经过锅炉房时，水龙头前只有寥寥几人。这正是下午打开水高潮时分，这儿为什么没有往日的喧哗和热闹了呢？

"他们说……他们说……"

小文正拎着四个瓶子来打开水。她似乎考虑有什么不妥，支支吾吾好一会儿才回答尤副主任。

"大伙说，老龚头在这儿烧了几十年开水，癌细胞说不定扩散到锅炉里去了。大家不敢……不敢再喝。"

"真的吗？"尤副主任追问道。他突然也觉得小腹右侧隐隐发痛，难道……

果然，县委大院一片惶恐。虽然有人指出，癌症尚未查明可以传染，但大多数人坚持认为：老龚头患的是肝炎转变的肝癌。癌症不传染，肝炎难道不传染吗？他的肝炎能转成肝癌，别人就能保证不转化吗？于是，从书记、县长、秘书、干事到他们的家属，纷纷赶到县医院体检。特别是那些平时抢水最为积极的人家，一家老小如临世界末日。有几位老太婆，捶胸顿足，泪水澎湃，后悔不该害了儿子媳妇，何况还有奶伢伢的小孙子……

改革用水方案到底又没派上用场，印好的水票可怜巴巴地蜷在尤副主任的椅子旁边。一天一锅炉开水就绰绰有余，何必还兴师动众去发什么水票呢？

（原载《上海文学》1988 年第 7 期）

牌坊街轶事

　　蓝底白字搪瓷牌：牌坊街。

　　街不算长，近千米，凌空却架了三座石碑坊。一为嘉靖壬午年立周仁举人坊，一为万历庚戌年进士杨所修三世都宪坊，一为举人张荣宗妾陈氏节烈坊。勿庸置疑，这三座牌坊的主人，用现在的话说，皆是超群出众的"典型"，堪为一乡之表率的。

　　果然，那牌坊立在那儿，像一本生动形象的教材，牌坊街后人一代代夜夜读，天天看，颇沾了几分灵气。据说他们秉承先人遗风，民风淳笃，子弟卓异，也是一方楷模。于是，三乡八里的乡党进得镇来，远远瞥见高耸在鳞次栉比屋宇之上的石牌坊，崇敬也便从头发梢里爬出；倘踮着脚尖在麻石路上从石牌坊下走一遭，灵魂似乎都在受到拷问：你孝义乎？你节烈乎？你卓异乎？

　　这是二十年前的光景，现在，牌坊街上无牌坊。只有三十岁左右的人，方能清楚忆及石牌坊的伟大形象，方能记得二十年前那个令人扼腕叹息的清晨。

　　那一天，牌坊街上空，忽然响起让人肃然起敬的时代最强音。平素尊崇伟人的小街居民，纷纷涌出门，不由疾呼："哎呀呀——"

　　这时，众人才发现那嵌着钦批圣旨的石雕上，蠕动着一团活的生灵。那生灵臂上的一圈红，在丽日蓝天下灼灼生光，刺得人脖子下生风。蓦然，有人争先恐后地宣布：

　　"花四，那是花四！"

　　这花四是街口花银匠的后人。爹死娘嫁，撇下他这个孤儿，靠政府救济，街邻相助为生。这花四自小聪颖，从小学到初中品学兼优，一直是学校标兵，宣传队的台柱子，街坊邻居教育儿女的榜样。平素这么一个温柔敦厚的孩子，破四旧竟走在他们前面，这行动自然让人眼热。

花四人不大，胆却不小，七八丈高处，行走如履平地。他一边口中念念有词，一边将绳索一端系在"圣旨"上方一块镇石上。立马，有人踊跃革命，飞奔去抓住绳子下端。花四下来后，几十双手一齐用劲，"轰轰!"花岗石雕塑訇然倒地。麻石街上，似乎发生了一场三级地震。紧接着，烈女坊、举人坊，也纷纷被打翻在地，再踏上一只脚了。

从此，小街易名——红卫街。

那石牌坊卧在地上，先是有人上去践踏，歇脚乘凉，后来有人上去拉屎拉尿，倾倒垃圾，等到小街上派仗打完了，人们才觉得这石头玩艺儿误事。恰好那时到处要建语录台，写什么"阶级斗争，一抓就灵"之类的标语，人们便废物利用，用架子车拉去做基石。

牌坊石终于被抬得一块不剩了，但人们却已习惯了在老地方倒垃圾、泼剩水、丢女人用的劳什子……这自然引起邻近人家的反对。大辩论、大骂娘、大打出手……明火执仗不行，便借助夜色，趁对方稍有麻痹，男人们放风，东张西望，声东击西，女人们匆匆忙忙将红红白白倾在麻石路面上。第二天，另一家又瞅准时机，"哗!""噗"死狗死猫丢将过去。再后来，双方大概有些厌战，便仿国际惯例，将街道中心不知不觉辟为"公海"，任其倾倒废物。于是，四邻相安无事。

如果这样和平共处下去，牌坊街（前两年又恢复了原名）居民也还可堪称君子风度。

这一天，牌坊街的主人们一如往常，揉着惺忪的睡眼，正待将昨夜放的剩水，洗用的废物往大街上泼，忽见门上有粉笔大书的标语：

"革命群众个个要牢记，讲究卫生人人要注意!"
"金猴奋起千钧棒，打扫大街不停闲!"

红艳艳的太阳升起后，有胆大者，聚在一角窃窃私议：有说是"清污"又开始了，有说是"严打"的预兆，有说是"文革"重演。众说纷纭，莫衷一是。牌坊街西头张举人后裔、制糖专业户张万元，踊跃站出来表示，由他代表牌坊街居民，立即向街道支部、镇派出所报案。

张万元雄赳赳、气昂昂快步走向街口，快到了他先人贞节牌坊遗址时，忽见一群人在围着什么议论纷纷。

张万元个子不高，人又精瘦得用针挑不出一丝肉，他用头在人墙钻了几个方位，也未打开通路，只好退将出来。但里面"叮叮叮叮"响声，使他不知是何异物，愈发刺激了好奇心。于是，他只好微微蹲下身子，深深运了一口气，然后，脚尖着地，"腾"地跃将起来，终于瞥见人群中心好像是一个当年红卫兵模样的人，在墙上疾书。

他揉揉眼睛，再一次运气，再一次引体向上。一而再、再而三，他终于看清里面是一个四十岁左右的男人，旧军衣，蓝帽子。帽檐上，胸脯前，皆挂着金灿灿、红彤彤、光闪闪的宝物。那宝物有圆有方，有长有短，有大有小，约摸不下四五十枚。再一凝视，竟发现黄衣人是十几年未见的花四。

"哦哟哟！"

花四者，化石也。十几年前，这小城东边金岗台下，考古队发现了寒武纪化石标本。这时，恰逢花四正担任红卫兵组织的一员宣传大将，急需在战报上写一些"砸烂狗头"之类的文章。或许他有意模仿文豪，竟取这花四化石之谐音做笔名。久而久之，随着他的大作四处传扬，这笔名便取代了他的真名。只是这十几年，化石究竟去了何处，牌坊街人不得而知。只是谈古的时候，人们才回忆起他当年曾经英勇地挎着从武装部抢来的盒子枪，押着街公所走资派去游街，曾经开着县委的小吉普，一头撞在牌坊街的拐角……更让人难忘的是，他曾和一个小妞儿演"老两口学毛选"，那身段儿，那唱腔儿，曾使台下多少妙龄姑娘春心大开，为之折腰。但后来，化石突然从小城消逝了。有人说他情场失意，有人说他招工去了外地，有人说他武斗死在他乡……

但化石终于又出土了。

究竟他住在哪儿，吃在哪儿，人们无暇顾及。每天清早，太阳刚刚洒在牌坊街头时，他便准时出现了。先是面向东方，三跪三叩，然后是南方、西方、北方。礼仪完毕，便扛着一把磨损得十分厉害的铁锨，或者一把扫帚，开始打扫卫生。

他很认真，从东到西，从西到东，扫得很仔细，也很吃力。他双手按着扫帚；右手在前左手在后，"哧一哧！哧一哧！"上身四十五度旋转。他这每一旋转，帽子上、胸脯上的宝物便"叮叮叮叮"响个不休。化石眯着眼，仿佛沉浸在这美妙的乐曲中，越扫越有劲，越扫兴致越高。他把"公海"上人们遗弃的劳什子，一古脑推到街角垃圾箱里。有时候，阴沟不知被什么堵塞了，牌坊街上洪水滔天，化石却喜形于色，好像怪不容易碰上了这么个好机会。便"嗨嗨"几声，直奔下水道口。捋胳膊，挽袖子，准备赴汤蹈火，腰弯下去了，却又想起什么。再"嗨"一声，小心翼翼地去掉帽子，端端地送到净土上，转回来，再弯下腰，倒又想起什么。再"嗨"一声，细心地脱掉脏儿八几的黄军衣，露出里面大窟窿小洞的旧衬衣，端端地送到高台上。然后，回到阴沟前口，先跪下左腿，再放下右腿，干瘦的手臂闪了一下，便没入污水中，他不眨眼，嘴依旧张得很大。有一次，他竟掏出了一个没成形的死孩子。他拎着死孩子，从牌坊街上招摇过市。这时，有一个穿着牛仔裤，哼着情歌的现代女郎从他面前经过，他跃出，拦住，央求道：

"我……我们的孩子……"

姑娘作死人叫，披肩发根根直立，折身鼠蹿。除了清扫街道，化石还有一项最重要的任务，便是即兴在牌坊街新漆的铺面上发表大作。

"三中全会真英明，

革命生产一齐抓。"

除了政治题材的，他也写一些有关婚姻恋爱的："月儿弯弯照高楼，青年男女手拉手。自由恋爱人人喜，父母包办太陈旧。"

化石创作这些大作时，常常有些男女争相一睹为快。化石对自己能拥有这广大读者暗自欣喜。高兴之时，也自己充当解说，抑扬顿挫，身子一俯一仰，其乐陶陶也。

化石日复一日、月复一月地打扫垃圾，宣传革命主张，牌坊街人倒习以为常，因为他的存在，对卖糊辣汤、制糖果之类的并无威胁。有他和没他，牌坊街人并没谁介意。但是有一天，一群男女却找到了他。他们是镇上清洁工。其中一位肌肉松弛的老太婆管辖这条街。

"谁……谁让你来的？"

这伙人将正在扫地的化石堵在一座废墟里，团团围住，厉声喝问。

化石左顾右盼，惶惶如丧家之犬。忽然，他跪在瓦砾堆里，头如捣蒜。

"我该死，我该死！枪走了火，秀不该死！学毛选是她教我的……"

"什么秀不秀！我们问你，谁让你来的？"

"是秀。"化石两眼骤然如注，眼神里掠过一丝往事的积淀，"她的像章挂……挂在这儿，我一抓，就抓……她说我不该又抓别人的，我说没没没……她不信，说身子给了我，要……嗯嗯嗯！"

化石突然抱头痛哭。

老太婆和他的同伙没有逼问出个所以然，只得悻悻而去。后来，有人来函到镇政府，请求帮助查找花四，人们才知他是从煤矿回来的，并无要抢清洁工饭碗之嫌，老太婆和她的同伙才算放心，化石打扫卫生才由非法转入合法化。

如果化石就这样勤勤恳恳扫下去，牌坊街居民也就会永远相安无事地过下去，清洁工老太婆也会心安理得地每月领取她那份俸禄。

这一年，有了文明礼貌月，是三月。

第二年，又有了文明礼貌月，还是三月。

每逢这一个难忘的三十天或三十一天，牌坊街贴上几条花花绿绿的标语后，牌坊街居民们才想起这儿曾经是树为风范的卓异之地，曾经有过辉煌而灿烂的历史。于是，在大会小会及喇叭的招呼声中，民风民俗蓦然淳厚起来。死狗死猫、女人用的劳什子、剩水也不再泼向"公海"了。邻里相见，脸上由阴转晴，叶二在麻石路面上摔了一跤，居然有两三个人去扶。据统计资料表明，曾清除垃圾一百吨，出动人工一千一百五十个，拾金不昧折款五百二十元，做好事七十七起，民事纠纷较往年下降百分之六十……

三月一到，化石无地可扫，形同失业。他只好把这份能量用在创作上。诸如："大别山哟高又高，牌坊街哟长又长；文明礼貌进了门，大家见面乐呵呵。"

虽然直露，但比过去有所进步。据说，上报材料上还引用了这首诗。

四月，当牌坊街上残渣剩水又开始泛滥后，化石便弃文从工，全副披挂打扫卫生。这一天下午，化石前后左右忽然增添了不少手持铁锨扫帚的人，但他却没发现，兀自自扫自乐，沉浸在"叮叮叮叮"的美妙乐曲中。等到他扫到当初掏出一个死孩子的阴沟口时，仿佛想起了什么，不由抬头沉吟片刻，这一抬头不当紧，他蓦然发现不远处墙拐角里有一挺机枪在瞄准他。

化石先是惊恐地张开嘴巴，继而瞪着两眼，两只干瘦的手缓缓举起，突然绝望地叫道：

"不要开枪，不要开枪！秀，我的秀在这儿，不要开枪！"

他向后摆手，又突然捂住了胸口那个最大的宝物。

机枪仍"咔咔"地倾泻着子弹。

化石突然举起扫帚，奋不顾身向前扑去。

其实，化石是错觉，他把摄像机当成机枪了。

文明礼貌月中，县委宣传部的第一大才子朱秘书从镇党委报来的材料中发现了这个几年如一日，义务打扫街道的好典型，欣喜非常。他通过电话又了解了一些细节问题后，便写了份经验材料报向地委宣传部。省电视台驻地区记者站偶然获知了这个信息，马上派人来，要抢拍一条表现精神文明的好新闻。

记者到了县委后，宣传部通知镇党委配合，才知道这义务扫地是一个神经不正常的人干的。这下他们可犯了难，不让摄像吧？可那材料地委已经转发，再矢口否认等于自己打自己耳光。允许记者去拍吧？万一露了馅，不是等于承认县委宣传部在欺骗上级吗？于是，他们只好叮嘱记者，这个典型死活不愿别人宣传，要拍也只能悄悄干，不能惊动对方，岂知……

岂知这摄像唤醒了化石记忆中的什么，没等记者反应过来，他已扑了上去……

好在旁边有几条彪形大汉，他们七手八脚，将化石按倒在地，记者才得以脱身。

半个月后，省电视台播放了这条新闻。在解说词中，特别提到了化石是带病坚持数年如一日义务打扫街道的。

牌坊街上，大多数人家都已经有了电视机，当他们在屏幕里看见自己生活的小街，无异于外星人降落到地球上一般觉得新奇、激动、兴奋。正积极要求入党的张万元欷歔再三，化石都能上电视，他觉得活得好窝囊。

牌坊街人很是荣耀了一阵子，无异于当年那三家先人树牌坊一般热闹。

没想起这宣传逐步升级，地委宣传部奉命组织一个"两个文明建设巡回报告团"。地委书记看过这条新闻，为化石的事迹所感动，便指示要好好宣传。自然而然，这报告团不能没有他。

精神传达到县委，宣传部又一次着急。材料上了，电视上了，不去报告团，怎么向地委交待呢？何况那化石同志身体还没痊愈！

"部长，我看这样——"朱秘书灵机一动，觉得应当如此如此。

部长微微额首，不由暗自称道。

根据县委指示，镇党委立即指示牌坊街所属街公所物色一个了解典型情况的同志。碰巧，这天张万元正到镇里办事，他闻讯自动请缨，并列举了最有利条件一二三。镇上考虑他积极要求进步，第二天，便通知他作准备。

张万元是近年靠做糖果发财的。他人不高，脑子却很精明。他制糖个小、粒多，正好适合农村走乡串户小商贩针上削铁，所以销路甚广。近年来，他钱赚了不少，遗憾的是没有像先人一样殊荣光彩，顶多只能算个肉里肥的土财主，所以咋想咋不是味。这次总算有了个人前走动的机会，不由心花怒放。当夜喝了个酩酊大醉。他鬼使神差却抓了把扫帚上街体验生活。

这几日，化石生病，街上"公海"骤然沉渣泛起。张万元手持扫帚，跟跟跄跄，奔到麻石路面上，且吐且扫，且扫且吐，一条街没扫上十米，他的酒便醒了。这一清醒，浑身却没有一点劲儿。面对"公海"上连绵不绝的垃圾，他不由望而生畏，过去嫉妒化石的份儿无影无踪消失净尽。

但这夜扫垃圾的生活充实了张万元宣讲的材料。每到一个单位，他都能绘声绘色地大谈如何不怕脏不怕累，数年如一日坚持义务打扫街道，如何顶住流言蜚语，甚至谈到那次从阴沟口如何掏出一个死孩子的……

本来，这张万元是替身，谁知讲到后来，人们把他当成了化石，合影留念，签名题字，还有几位大龄女青年，打听到化石至今仍独身后，大胆地寄来了情意绵绵的长诗，表示对典型人物的钦慕。有两位甚至附上了玉照，其情可鉴。张万元老婆早已人老珠黄，收到情诗玉照后他也不免怦然心动，夜晚想入非非……

这一天，巡回报告团来到城关镇作报告。张万元第一次受到父母官的热情接待，受宠若惊之余，他不免也有几分衣锦还乡之感受。次日，坐在镇机关大礼堂高高的主席台上，面对黑压压攒动的人头，他又兴奋又激动。好在这十几天来他对自己扮演的角色已烂熟于心，并又有了天才性的发挥和想象。

这时候，大礼堂听众鸦雀无声。说者绘声绘色，听者出神入化，无人发现，此时，有一个人正撅着屁股往台上爬。

"老两口，学毛选，学了一篇又一篇……"

爬上台扭来扭去的是化石。

那天，自从"机枪扫射"后，他便旧病发作，哭笑无常。镇里从不扩散不良影响的愿望出发，将他关在礼堂后的一间闲房子里。这两天，他头脑少许有些清醒，张万元的演讲他已听明白几分。他不相信礼堂上还有一个化石，便掰开门板钻了出来。不期这舞台是他当年演老两口学毛选的地方，一眼便又勾起了他对往事的回忆。

化石的突然出现，张万元始料未及。尽管立即有几个人上台将化石拖了下去，但他那绝望的嚎叫声，彻底破坏了他和听众的情绪。何况这礼堂里有不少人早已认识化石，张万元再贪天功为己有，便有人不耐烦听下去，离开座位悄悄开溜。尽管张万元已久上沙场，但碰上这情景，他一紧张，也竟然晕了过去。

令人遗憾的是，从此后，便再也无人看见化石的影子了。有人说他被送进了外地精神病院，有人说他返回了煤矿，也有人说他发病从阳台上跳下来摔死了……虽然众说纷纭，事实是他真的不在牌坊街了。只有当人们被"公海"上的西瓜皮、死狗死猫等等绊了一跤后，人们才想起曾经有过那么一个全身戴满宝物的"化石"。

令人欣慰的是，张万元真的成了"化石"的替身。自从上次昏厥之后，他忽然落下了个病根，大白天，他常常恍恍惚惚地做梦。

"化石、化石，我来了！"

他好端端地坐在制糖作坊里，会忽然对着前方招手。其实，前边并没有什么。

"我别的什么没想，我想的是为人民多办点好事……"

他常常自言自语重复那次报告中的语言，然后，抓到铁锹或者扫帚，把麻石路面上的烂菜皮什么的，一古脑儿往前扫。他不像"化石"，写得一笔好字，能写些"清洁卫生要注意"之类的杰作。他只会唱一句不知从哪儿听来的"虫，虫，我是一条虫"。他既没有"化石"胸前那些"叮叮叮叮"的玩意儿，也没有化石那些罗曼史，当人们问起秀，他只会说：

"我那次从阴沟里掏出一个死孩子……"

其实，到后来，他弄不清是化石掏过一个死孩子，还是他掏过一个姑娘生的不足月的私孩子；他是化石，还是化石是他。

还有点小小悲哀的是：到公元一千九百八十五年，文明礼貌竟不再"月"了。张万元扫也就算扫了，没有人来对他打"机枪"，也没有人来请他去作"报告"，更别提找一个可资替身的典型了。牌坊街，一切依然如故。街口蓝底白字搪瓷牌上写的仍然是：牌坊街。

（原载《滇池》1988 年第 9 期）

盼

　　　　草原上的鲜花哪里去了／鲜花被姑娘们摘了去了／美丽的姑娘哪里去了／她们去找自己的士兵去了／勇敢的士兵哪里去了／他们都躺入坟墓里去了／凄凉的坟墓又到哪里去了／坟墓被鲜花掩盖住了。

——摘自美国乡村歌曲

　　街不算短，逶逶迤迤，沿穿城而过的小河，少说也有上千米。可惜美其名曰"华侨街"，宽，驰不过一辆卡车，窄处拉架子车也要小心翼翼。一街两厢，无高楼大厦，更多的是用砖头黄泥仓促糊就的棚屋。一面临河，一面紧挨昔日的旧城堞，更有甚者，房屋凌河而架，上看青天朗朗，下闻流水汤汤。

　　"华侨街"上无华侨，这是本城市的尊称、戏称。这儿的住户，大多是历次运动下放的市民。这两年落实政策，纷纷返回城镇。无奈旧房大多已扒已拆，他们觅了这沿河宝地，或搭或盖，"侨"居于此。

　　华侨街上的居民，无吃薪水的政府公职人员，也没有本县首脑的三亲六戚，他们大多数是街道小厂的工人，贸易市场上的小摊贩，拉车负担的搬运工，清扫街道厕所的临时人员……偶尔有个别贩黄金跑广州发了财的，也另择宝地乔迁城区中心。

　　这三教九流杂居之地，一般而言，邻里关系是比较和睦的，尽管有时为一寸土一块砖，一句话一瓢水也会指爹骂娘，拼刀跳河，可不过三日，见了面还是寻个茬儿，咧咧嘴以示前嫌尽弃。

　　你看，华侨街今儿便出现了前所未有的友好气氛，那条平时污泥浊水，坑坑洼洼的街道，用黄沙垫得平平展展，那些常常搁在屋前屋后的屎盆尿罐，也不知藏匿到什么旮旯去了。从街口到街尾，男男女女，老老少少，洗得头光脚净，穿得齐齐整整，比什么文明礼貌大检查、过年过节还要生色几分！

　　街中临河的卖菜张家，更是张灯挂彩，喜气盈门。三间黄泥砖头砌就的简陋房屋，经白石灰一罩，焕然一新，刚刚油漆过的大门上，金箔剪就的双喜字，耀人眼目，一群群穿红着绿的少男少女钻出钻进，把个悠悠扬扬的歌声洒得满地皆是。

卖菜张今儿更是不同一般，平时脏兮兮的旧的卡褂压得平平展展，一脸堆笑。他不时聆听几句从老伴那儿发来的指令，指挥一班自愿服务的姑娘小伙散烟发糖、谢酬宾客。卖菜张的老伴耿秀英和瘦骨伶仃的丈夫恰好成反比，她丰硕壮大，那举手投足的气派看上去决不像是菜贩子的女人。今儿，她那在军校毕业的儿子要按照家乡风俗行结婚大礼了，她却像个娇客一般，陪着两个女人在一边嗑瓜子，喝香茶，唠唠叨叨。只有当卖菜张来请示汇报时，她才偶尔吩咐一声。

耿秀英身边的两个女人，一个戴着一副眼镜，文文静静，镜片后慈爱的目光中透出一种睿智和深沉。她叫邬远宁，是这个县城重点中学的历史教员。另一个小巧玲珑，穿着朴素，眉眼中透出一种温和与谦逊。她是县委组织部长的老婆，工商局第七副局长郑永红。

九点三十分光景，华侨街上响起一片嘈杂之声，通向县城幸福大道的路口上，一群男女簇拥着一个英俊的青年军人和一位美丽端庄的姑娘走了过来，不知是谁叫了一声，卖菜张门前便爆响了鞭炮声。三个女人霍地立起，同时看了看表，脸上皆呈现出一种庄严肃穆的神色。她们互相搀扶着走向门外……

这片紧挨铁路的红房子，平时是岑寂的。它不像附近那个站台，贮满了人间的生离死别。一天，这儿忽然喧闹起来。每当一辆军列在此停靠，便有无数男女蜂拥而至。

这儿是兵站。眼下，中越边境自卫还击战已经结束，开往前线的部队，陆续北撤。这儿，便成了补充给养的一个基地。

不知是谁，知道了他的亲人要从这儿经过并且要逗留半个小时。他或她的到来，给无数个军人的父亲、母亲、妻子、儿女以及他们的亲属一个启迪。他们纷纷从四面八方汇集到这儿，一定要亲眼看一看，亲手摸一摸刚刚从死神那边走回的亲人。

于是，每当运兵车远远地驰来，兵站的空地上，铁道两边黑鸦鸦的人群像气流推涌，磁石吸引一般，聚拢着，移动着，一阵又一阵呼喊压住了汽笛嘹亮的声音。人们扑向尚未停稳的列车……那些有幸觅到了亲人的男女们旁若无人地肆意呼叫、肆意嚎啕，似乎要把战争给他们带来的生理和心理上的压抑统统释放出来。

耿秀英也在人丛中寻找着自己的儿子。儿子从前线曾给她拍了份电报：近日返勿念。"近日"究竟是么时候？她在欣喜之余又有些担心。儿子是要回了，可电报上又没说他伤没伤，万一少条胳膊断条腿，五官破了相……她被这种念头吓了一跳赶紧摇了摇头，好像要摆脱什么看不见的东西似的。

后来，到菜场替换老头子时，偶尔听一个买菜的女人谈及三百里外候兵车的事，便把菜收了，匆忙朝家里跑。老头子一听睁着几夜未睡熬得猩红的眼睛吼："既然毛毛从那儿过，你还磨蹭什么！"老头子也想来的，可他们家不是"铁饭碗"，不贩菜，灶下就不冒烟了。

她拦住一辆运货的卡车，连夜奔三百里外的车站。车上，她情不自禁地诉说感动了司机，那个古板的老头，径直开车将她送到了兵站。

她个子高，不用踮脚便把车厢的每一个窗口，每一个窗口里的大部分面孔都扫视一遍。她很失望，不明白列车为什么这样短。

车门边，有一个战士和亲人相逢了。一家人抱头大哭。耿秀英虽以性子硬知名，但她听不得这哭声。一听鼻子便发酸，泪水便拼命朝眼眶外溢。

忽然，她似乎听见有谁叫自己。在这陌生的地方，有谁认识她呢？她的每一根神经都兴奋起来。儿子？毛毛？毛毛！儿子！她四下逡巡：到处是和儿子一样的军人……

有人用膀子碰了她一下。哦，刚才她的目光总是朝军人身上扫，按说她早该看见的郑永红却从她的知觉中漏掉了。

"你，来看儿子？"两人异口同声。

郑永红抓住了耿秀英的手，亲热地摇着，她不管经常挑选蔬菜的手习惯不习惯握手。

她们是在县邮局认识的。那时候，仗已经打起来了。耿秀英收到儿子最后一封信时，儿子已经过了边界，正向谅山挺进。她一连好些天叫呀，念着儿子的乳名，毛毛呀毛毛哇毛毛欸毛毛哩……好像儿子早已成了烈士，她这辈子再也见不到亲骨肉了。那两天，卖菜张怕毛毛娘有个三长两短，搁着钱不赚整日在家陪着她，编着话儿安慰。女人鼻涕眼泪一大把哭着上来和他拼。

——不是你身上掉下的肉呵你不心疼！

卖菜张让女人抓让女人咬，女人哭累了打累了倒在他怀里喘气。后来卖菜张听人讲美国佬知道开仗的事儿，便抱着家里的一个木壳收音机拧来拧去，老两口饭不吃水不喝守着听。谁知越听越害怕，美国娘儿说中国军队损失一万多。这一万多能说没有毛毛吗？耿秀英抱着收音机像抱着儿子，毛毛欷毛哩毛毛哇毛毛哟地叫个不停。

华侨街掌鞋的欧阳家收到了儿子阵亡通知书，街道干部和武装部把五百元抚恤金送上了门。耿秀英盼着儿子来信又怕邮电局来人，每回送信的姑娘从门口过她心里便打鼓。中国军队从越南往回撤了，耿秀英没有收到儿子的阵亡通知书，收到的是街道分发的烫金慰问信。臭豆腐王家收到了儿子从前方的来信，华侨街家家户户像过了节，说王家的儿子抓了几个越南佬，立了天大一个功，勋章足足有小白碗口大。耿秀英这才想起应当去邮局看看，儿子来了信是不是丢在那儿没人送。

第一次，她溜进了邮电局信件分发室的后门。这才发现，门外走廊里，已站满了人。每个人的脸上，都写着焦渴的期盼。

头几天，耿秀英每日准时到邮局分发室外去候，后来有人干脆到县城外去等，见着邮车时才急着往回赶。耿秀英有时耐不住也跟了去。

这一天，路边停着一辆吉普车，邮车一过，它便紧紧地跟了上去。邮车司机以为小车要超车，急忙闪到路边，谁知小车又不超，邮车一开动，它又跟着。邮车司机恼火了，把方向盘一丢，跳下来拦住小车去路。结果呢？小车司机下来解释：车上坐的是他们的郑局长，夫人病了，却惦记着儿子的信。组织部长担心妻子病情加重，特权一次，自己掏油钱，让小车载着她来这儿候邮车。

众人一听叽叽喳喳，有骂的有叹的。耿秀英却满心怜悯：不论当多大官，总归是女人，是女人便会心疼儿子。到了邮局，耿秀英仿佛便多了一份帮人家局长打听儿子信件的任务。结果，这一天耿秀英收到了儿子电报。当她举着电报从郑永红面前走过时，两个女人都哭了。

堂屋正中，一幅"天地君亲师位"高高悬挂。红蜡纸儿、麦秸儿粘就，色彩鲜艳，字迹醒目。右联是："香烟篆就平安字"，左联是："烛焰开成福寿花"。中堂前的八仙桌上，两支"龙凤呈祥"的红烛正抖着劲儿往上跳。军人和姑娘面朝中堂，喜悦中透着肃穆。

一拜天地，二拜国家。九十度鞠躬。国家兴亡，匹夫有责。何况军人呢？三拜双亲。

主婚人高亢的声调已经落下，新郎新娘还怔怔地立在那里。卖菜张恭顺地望着妻子，妻子耿秀英一只手牵着郑永红，一只手牵着邬远宁。新郎和新娘马上心领神会，他们庄重地面向母亲们。主婚人抑扬顿挫的声调又响开了。

先拜父亲，再拜母亲——三位母亲，面对着军人加儿子的大礼，慈爱的目光已盈满了晶莹的泪。母亲，儿女的母亲，军人的母亲呵！她们怎能忘记那些漫长而共同的等待呀！

兵车开走了，小站，留下了欢乐、欣喜，更多的，却是未能如愿的人们和怔忡不安的心。

下一列兵车何时能到？耿秀英不得而知。就这般回去，告诉老头子，说运兵车已经看见了，老头子要问："咱们的毛毛呢？他怎么样呀？"我该怎么回答呢！这时，耿秀英想到了一面之识的郑永红。

"回？回什么呀！连个儿子毛还没见到呢！走，跟我一块，保你有地方住。"

县城驻这儿的转运站的头头认识郑永红。他脸上堆着笑，拱着手把郑永红迎进了屋。

可是，这儿到处堆满了人。转运站的头头从一个房间走到另一个房间，无可奈何地摇摇头，咕咕哝哝几句，便走进了另一间房子里。

耿秀英进了屋发现要想找块地方躺下去很困难，她在屋子里打量许久，最后是一个四十多岁的男人挪了挪屁股，才腾开一块巴掌大空地。

她太困了，屁股一挨地睡意便上来了。约摸刚刚睡熟，她便梦见了儿子。儿子掂着一支冒火的冲锋枪向越南人扫去。儿子好勇敢哟，从村子里、河床里冲出来的敌人怪叫一声都仆倒在地。奇怪的是，儿子却没有冲进村，没有发现躲在一个大碾盘后的母亲，他高喊着"冲啊杀啊"，顺山脚朝右边抄。耿秀英急忙举起双手高喊："儿啊！你妈妈在这儿啊！"她从噩梦中醒来，发现自己正抱着那个四十多岁男人的一只臭脚。

"唉哟，快，快！又一列兵车进站啰！"

不知外面谁叫了一声，这边屋子里马上群起响应。无论男女老少，一律触电一般跳起，一窝蜂朝外涌。耿秀英一边蹬鞋子，一边大叫睡在床上的郑永红。其实，郑永红比她更利索，这会儿已经抢到门外去了。

此刻大家心情相同，你不让我也不退。结果一群人卡在门上，吭哧吭哧，咋咋呼呼，耿秀英两脚腾空，任凭两边人各显神通。稍后，如大浪决堤，众人皆溃在门外地上。一眨眼，又如鸟兽散去。

耿秀英跌在下边，动作故不如压在她身上的人。她懊恼不已，以为这番就她掉在后边了，谁知抬起头，见还有一个女人正在地上摸什么。

"邬……邬老师……"她认出了，是儿子的历史教师——寡妇邬远宁。

"眼镜我的眼镜挤丢了……"

对了，耿秀英记起当初她是蒙着对墨水瓶底儿的。那时候，为了能将毛毛转到重点班，她曾大着胆子闯到学校去找过这个女人。这个女人就是从墨水瓶底打量她，不容置疑地告诉她：你家毛毛程度太差，要进我这重点班还不行！

耿秀英瞅了历史教员一眼，脖子一拧便走了：哼！离了王屠户，连毛吃猪？她走出学校大门后啐了一口。

今儿没想在这里碰见了。

"真……真倒霉……"

历史教员声音哀哀的。没有眼镜，她可是寸步难行。

耿秀英心里怦然一动，她折转身，弓着腰也朝地上搜索开了。不巧的是，这门外路灯坏了，四处漆黑一团。两人摸了好一会儿，仍不见踪影。耿秀英只好说："车子怕已进站了，走，我挽着你。"

军列仍停在她们熟稔的兵站里。像往常一样，她们激动不安，惴惴地扫视着一扇扇洞开的车窗，一张张似曾相识的面孔，从第一节到最后一节。

没有眼镜，历史教员的困难可想而知了。从第一节车厢开始，她便用焦灼的呼唤代替那双眼镜的功能。

"刘维鸿——刘维鸿——我是你妈妈来了——"

急切、哀怨、渴求的呼叫声，在嘈杂的人流上空游弋、徘徊，显得格外悠远、深沉。

从列车尾部往回走时，她的目光在每一个缀着帽徽的军人脸上逡巡。她凑得很近，只差一点点，干燥的唇便要吻到战士脸上了……走了几处，邬远宁听见都是谈前方死人的事儿。她不敢听，可又想听，那儿，毕竟和她的亲骨肉联系在一起。但她从哪儿都没听出儿子一星半点确切消息。她自己倒像被子弹击中一般，差点儿站不住了。

"这……这是咱们县……县的……"

耿秀英拉着那郑永红，不知该介绍什么身份才合适。

邬远宁认识郑永红。为了给丈夫平反，邬远宁不知去了多少次组织部长的家。她争辩，她流泪，她说过十分难听的话。终于，丈夫的"反革命案"

平了反。如果不平反，她苦苦守了这么多年的儿子不会去参军，她也不用在这儿苦巴巴地候。世界上的事就让人捉摸不透。莫非祸和福真的是一对孪生兄弟。

军列拉了声长长的汽笛，又抖擞精神驰向了前方。三个女人依偎在一起，不知不觉中，手儿攥在一起了。好像是为了从对方身上获得一些勇气，以便驱走心头的畏怯。

婚礼继续进行。行过大礼，照主婚人安排，是应该撒帐了。

撒帐是此地的风俗：由一儿女双全的男人，用枣子、栗子、桃子、李子、花生朝新郎新娘头上抛撒，以求"早（枣）生贵子"。一边撒，一边唱。等办婚礼时，华侨街上几位秀才征求过卖菜张夫妇俩意见，认为这一程序太有点落后，希望予以改革。不料卖菜张嚷嚷道："我和他妈当年就是这样，咱才有个白头到老唻！"

秀才诸人见卖菜张食古不化，担心固执己见会败了他们二老的兴，便诺诺应答。眼下华侨街刚添了个胖儿子的成衣商伍顺子踌躇满志地托出个红漆方盘，故作姿态夸张地清了清公鸭嗓，顿时，一把五颜六色的果实飞到了军人和姑娘头顶上空。

> 一把果子撒上天，
> 新郎新娘笑开颜。
> 军人沙场良缘系，
> 今番秦晋结百年。
> 二把果子撒到新人头，
> 新人携手回家游。
> 乡亲父老多荣兴，
> 保家卫国……杀敌寇。

卖菜张一听不对劲儿，这撒帐歌啥时全变成了新词儿呢！他挤过去碰了碰主婚人，主婚人似乎未听见，故意不紧不慢地咳嗽几声。

伍顺子心领神会，金手腕儿在空中耀人眼目。他微眯双眼，兀自沉浸在自己创造的喜庆氛围中。

三把果子撒到新人腰，

新人腰有个大儿包。

早早生个胖儿子，

子承父业福禄高。

卖菜张一听喜得咧着嘴，情不自禁地回身瞥瞥自家女人。但老伴的眼神茫然，思绪仿佛离开了眼前这场隆重的婚礼……

转运站，拥挤的小房间内，悬在屋梁上的二十五瓦电灯泡突然熄灭了。而三个倚在一起的女人谈兴正浓，她们并未因黑暗的降临而打住话头。本来，她们不是一个文化层次，对工作，对这个世界的品评，对人生，她们不会有共同语言，但却因为她们有一个女儿身，才使她们谈起自己创造的生命时，一个个滔滔不绝。

耿秀英——

唉哟，我那毛毛呀，你不知有多性急！才八个月，他就急着要到外边看热闹。那一天，我帮他爹守鱼摊时，这家伙突然在我的肚子里蹬起来了。我头上大汗直流。一个买菜的女人见我那样子明白了，忙张罗着要我旁边一个拉架子车的快把我朝医院送。我忙摆手：不用，不用！那女人大约也是个"铁饭碗"，她不知道，毛毛他爹摆上一天菜摊也不过弄个三两块钱，拿啥给我交住院费呀！他们见我不去，又把我朝屋里架。过门槛时，我只觉胯下一热……哎哟哟，我那毛毛就出来了。

邬远宁——

我生俺那维鸿时，已经三十二了。人家说，怕是要难产，弄不好大人有危险。我想，只要有个儿子，危险就危险呗！女人不生不育，还算个啥女人哎！维鸿他爸也盼个儿子，后来，我有了，他高兴得像个孩子，一天几次问我要吃什么。孩子还没动静，他就趴在我的肚皮上和孩子说话……可是，等到我快临产时，孩子爸却被抓走了……

郑永红——

我那国强呀，和你俩的都不一样。还没生下来，就好像要和我作对。两个月时，动了红。到医院打针、吃药，好容易保住了，再也不敢大动。我就请了长假在家休息。谁知物极必反，运动太少，营养吸收太多，产前一检查，医生说孩子至少有八九斤。我的天啦，医生硬给我划一刀。开始我有点犹豫，后来，人家告诉我，取出来的孩子大脑不受损伤，长大聪明些。我咬咬牙，只要孩子好，哪怕挨十刀，我也心甘情愿。

耿秀英——

俺那毛毛哟，说话不知几早！还没到半岁，就妈妈妈妈叫开了。头一次，我还不敢信，再听听，哟哟，真是俺儿喊我啰！这孩子就是有个毛病，从小爱尿床。他爹一试到被窝里湿漉漉的便叫：毛毛又放盐排啰！我嚷他：你叫啥？吓着俺毛毛咋办！毛毛他爹咧着嘴嗨嗨一笑，卧在儿子尿窝里又呼噜开了。

邬远宁——

俺维鸿从小就听话、老实，知道体贴我。不过他也常常问我他爸爸去哪儿了，说人家都有爸爸，为什么他没有爸爸。有一回，外边孩子欺负他，骂他是反革命的狗崽子，他和别人打了个头破血流。回来见了我一滴眼泪没掉，头一句话便向我要爸爸。我说什么呢？只好如实告诉了他。孩子这下却哭开了，泪水把我的衣服都湿了一大片，抱着我的腿紧紧地不放。我想做父母的太对不起儿子，搂着儿子也是哭。最后，儿子倒安慰起我来了：妈，我以后不惹您生气，您别哭……

郑永红——

俺那国强果然比我和他爹聪明。上学时，班主长年年总是他当。回来后教训他爹，你怎么怎么！好像组织部长让他当才对。我说，好吧！你好好读书，将来大学毕业回来接你爹的班。谁知他高中毕业头一年没考上大学。征兵开始后，非缠着我要当兵，我说还复读一年啊！哪知这孩子自己和带兵的活动好了。

耿秀英——

到底是当官的办事容易些。俺家毛毛参军可是把俺老两口急坏了。俺和他爹商量，时下当兵也要开后门，咱破上几个钱，也得把儿子送走。街道办、镇机关、征兵办、接兵的首长……俺能送的自己送，俺送不上的请人搭线。好容易报上了名，体检时又让人给顶掉了。这下我可不愿意，一状告到征兵办那儿。我把咱儿子在其他医院检查的结果一摊，嗨，复查！当然咱毛毛没问题。

邬远宁——

俺维鸿从小可没想到要当兵，他想当历史学家，想研究人为何要互相仇恨、互相残杀？后来，那边打仗了，维鸿要去参军，他说，光坐在屋子里研究不行，他要亲自去看看。他爸爸冤死了，我害怕再失去他。他却很坦然地对我说：妈，儿子万一有什么不幸，你不要悲伤。以后你再讲到历史上发生的每一次战争时只要能告诉学生，你的儿子是为了研究如何消灭战争而牺牲的便行了。

…………

这是第九天了，三个女人送走了一辆又一辆军列，陪着别的女人经历了一场又一场悲欢离合，可她们，还在苦苦地盼望，仿佛只要心诚，世界上没有等待不到的。何况这是他们生下的儿子。

今儿，她们相约到二里外的兵站去，据说，上午还有一辆兵车要从这儿经过。

路上，三个女人又谈起了这场战争。

耿秀英忽然喊道：天啦！好端端的，打什么仗呀！

郑永红插嘴道：不是咱们要打，是越南侵犯咱们边界，咱不打行吗？可这一打，俺们……

邬远宁在一旁一声不吭地走着。

耿秀英又说：打就打，男人们胸脯一挺就上去了，可让俺们这些女人，日日夜夜陪着受罪……

"你说的不对，男人也和女人一样，你们瞧——"邬远宁也开了口。

铁道边，蜷曲着一个男人。脏兮兮的头发，划破了屁股的裤子，和他身下的白塑料布一衬，愈加显得分明。

这个男人耿秀英认识，头一天晚上，她曾把他的腿杆子当儿子搂。后来，这人却不见了。听人议论：他嫌转运站离兵站太远，干脆睡到铁道边来了。据说，他患了癌症，日子不会长了。他极希望命归黄泉之前，能和儿子道个别。

那男人瞥了她们一眼，突然身子一滚、一仄，立起便沿铁道飞跑。边跑还边叫："火车来啰！火车来啰！"

三个女人心头一喜，举目扫去，一列火车吐着烟气哐嗒哐嗒地由远处驶来……

有一天，军列终于给她们送来了儿子，不过，这是耿秀英的。只有一个。

战争还没有结束。

（原载《福建文学》1988 年第 10 期）

夜　惑

叫，嘹亮、急切、凄惶……

叫声如潮漫过了江河大学五月美丽的夜空，妙龄少女几分夸张几分宣泄的锐叫扇开了一扇扇沉默的窗户。

叫声从我的头顶倾泻而下。准确一点说，声源来自我们这幢男女学生混住的五舍二楼法律系女同胞的寝室。

夜惊！

是窃贼闯入，是一楼某男性公民误入女性王国？还是哪对恋人无视众室友又重蹈亚当与夏娃的覆辙？

有声援自他楼来。呐喊声，口哨声，盆碗缸杯敲击声从一幢楼传染到另一幢楼，女孩儿的锐叫化成了滔天洪峰中的一朵浪花。

（风景线，大学风景线。）

有人进屋来。

刘君——刘永清的帐子中浮起了抑扬顿挫的磨牙声。这是他的功课，这位来自小县城首脑机关的年兄，入校不久，即发掘了这幕保留节目。他老兄也不愧是"机关"的优秀工作者，楼上这些异性带有某种煽动性足以让人充分发挥想象的锐叫他竟丝毫不为之所动。

"是一个穿花裤衩的男人……"

楼上的女孩儿和对面宿舍楼的关心者大声议论刚才的事儿。

床在摇晃。我的上铺——"准高干子弟"蔡小虎嘎嘎地笑了：

"这些妞儿们……"

"真有这等事吗？啊——真有这等事吗？"

刘永清停下手中正在搅动的牙刷，定定地打量我，好像是我又在编造天方夜谭。

"这些女大学生也真不像话！我看，八成又像上次，留哪个男孩在寝室同居。这……这能说是社会主义大学生！"

刘君终于明白了。他一明白便愤愤然。他一愤愤然，脸上肌肉便四处走动，颧骨下面凸凹不平。

"哟，刘大主任又发指示啦！怎么，昨夜不是你去女同胞那儿检查工作了嘛！"

蔡小虎从帐子里探出一个眼屎八叉的光葫芦头，不咸不淡地撂出一句。这家伙，对谁都摆出一副"玩世不恭"的样儿。

刘永清宽厚地笑了笑。他整天随身带着这"修养"那"传记"，肚量大约给武装出来了。看来，蔡小虎这句不冷不热不咸不淡的话不过又给了他一次操练的机会。

"小虎，这玩笑可不是随便开的……哎，我得走了。"

刘永清拿起一张纸，认认真真贴在门上。

> 有关干修生联谊会筹委会活动安排请午饭后到梅园 8 舍 303 房面议
>
> 刘永清
>
> 即日

蔡小虎冲着匆匆掠过窗口的刘永清，抑扬顿挫有腔有板地念，语气极似讲先秦文学史的老学究。

在我们柳园五舍 108 房间，三个人之中，刘永清是忙人。他常常慨叹，在苍天县委工作时，他虽然仅仅是办公室的一名副主任，可这个位置顶顶重要。大至国计民生，小至领导外出派车，几乎整个县委都交给他了（那样子如果没有他，苍天县便无法运转）。政务繁忙，压得他喘不过气，他便想躲一躲，一躲躲到大学里来了。他听人说，大学里风景好，除了念念"关关雎鸠"、"古得拜"，闲暇尽管打打球，看看电影，和如花似玉的妙龄少女故作严肃地谈一谈人生啦社会呀，说得女孩子儿直瞪白眼儿。你说说，要多悠闲有多悠闲，要多舒心有多舒心，且有了日后升官必不可少的资本（内部掌握，不外传）。岂料刘永清没这种感觉，甚至有点大失所望。一进大学，他便咋看咋不顺眼，咋想咋不明白，高等学府，传道授业解惑的地方，怎么男男女女敢当着人面手拉手，敢一扭脸儿就嘴啃嘴？不可思议，不可思议！有一次，他出于不可推卸的责任感和使命感，向一对躲在树丛里搂搂抱抱的学生耐心讲了一番如何树立正确恋爱观的道理，岂料那对恋人不待他把话说完，更加放肆地表演了一个创纪录的长吻，差一点把刘永清当场气昏过去。以后，他再看见这类事体，只好远远地吐上一口唾沫，或者狠狠地跺上一脚。

他为此发挥自己在办公室时写材料的特长，上书校长大人、教育部高教司长，痛陈利弊，字字泣血，岂知一月有余，刘永清未收到只言片语的答复，报纸广播里也没报道他的真知灼见，校园里少男少女依然卿卿我我舞场上勾肩搭背上课时想走还是照走，刘永清失望之极愤怒之极。想当初在苍天县委他不时视察视察指示指示，在各种请示汇报申请计划上签一个颇具权威性的意见，咋也没想到现在，他刘永清会成了一个可有可无无足轻重的人物！用句时髦的话说，他心里无处不充溢着一种"失落感"。这时，他才意识到上学或许是个错误。他几次萌生退学的念头，马上投身于那轰轰烈烈扎扎实实的工作。但转而一想，自己上学是组织派来的，培训费交了，亲朋好友各级领导都寄予了好多好多希望，他又不敢"轻举妄动"了。

刘永清如此这般忧国忧校之情报效无门，久而久之，不由积郁成疾。半年不到，他便落下一场病——磨牙。一夜磨罢，次日昏昏沉沉。有人提醒，是肚子里有蛔虫。他吞了三四一十二包"驱蛔灵"，丢下几根粉红色尤物，然而，磨牙之声仍不绝如缕。尤其是白天有了什么不快，夜间牙齿便生旦净丑一齐登场：吱啦啦，咯吱吱，咕咕咕……

不过，刘永清毕竟在领导岗位上久经严峻考验，明知山有虎，偏向虎山行，为了拯救少男少女，为了施展抱负，他发起组织江河大学干修生联谊会。虽然还在筹备阶段，宗旨也并不专为此等区区小事，但刘永清私下已反复琢磨施政纲领，此等事宜列为当务之急。

当然，这是刘永清正式当选为联谊会长以后的事情了。

"你们……有一定的工作经验，我们想听听你们的意见。"

学校保卫处来了两个人，神态严肃地进了我们108。陪同他们的，有我们干修生班的年轻女辅导员。女生安全受到威胁，校方甚为重视。

刘永清清了清嗓子，语调沉重，从党风校风谈到昨晚女生夜惊之事。每说一句，右手朝胸口抓一把，大约表示此乃肺腑之言。末了，拳头朝桌子上一播，咬牙切齿道："我要抓住这个流氓，非把他砸成个肉饼不可。"

辅导员吓了一跳，但马上会意地和保卫处的同志交换了一下满意的眼色。

我也如法炮制了一番废话。

"蔡小虎，你谈谈吧！"

我们表态时，蔡小虎一直在看《梦的解析》。这家伙，碰见弗氏的书便买，张口闭口便是"弗洛伊德说"，简直快成了江河大学的"弗氏学"权威了。他显然对我们的谈话不感兴趣，有几次，起身要走，被辅导员叫住了。

"不就是这些事么？弗洛伊德说，性是人一切行为的原动力，这个闯进女生寝室的家伙，八成是性压抑导致的……"

蔡小虎虽然和我们住一块，实际并不是我们班的学生。据他自己发布消息说：家父是县政协副主席。眼下衔虽不高，但在国民党军队里当过少将。他有个姑姑在台湾，姑父是台北前警备司令。不管是哪一党哪一派，总之是将门。言下之意，他当是"虎子"。故举手投足便有"高干子弟"的大家风度。他本不想来受这份读书的洋罪，可老头子受"孔孟之道"的毒害太深，总认为"唯有读书高"。蔡小虎学了两年，学分还有混够，我们入校后，他便"转业"到了我们班，享受干部进修的待遇。这家伙哥们一帮，妹子一群，像个嬉皮士，整天出出入入，我和刘永清深受其害。忍无可忍，由刘永清出面，语重心长情辞恳切地指出其危害性，这小子不仅不接受意见，还在我的面前攻击刘永清道："那芝麻绿豆大的官算个屁。"气得我们大骂。

刚才，他的一番谬论又说得众人哭笑不得，保卫处的同志收起笑容，正色说道："蔡小虎同学，我们这儿是社会主义国家的高等学校，对性的问题应当有个正确认识，你——"

"什么？"蔡小虎不等他们把话说完，便把弗老夫子的书朝桌上一摞，"你今儿把话说清，我蔡小虎怎么啦……"

女辅导员急忙解释道："不要误会，这事与你没关系，没关系。"

蔡小虎仍不放过，大声吼道："你以为你潜意识里想的什么我不知道？……不瞒你，我有点性压抑，不过，我蔡小虎再耐不住了，也不至于半夜去钻女生寝室！……对吗？你们刚才一进门，我就知道是来找我。有证据吗？唉！"

女辅导员急忙叉开话题，表示绝无此意云云。

晚上，刘永清却悄悄告诉我，保卫处是怀疑上蔡小虎了。

上午，我一个人正在寝室看书，有人敲门。急，且重。

我不情愿地扭开门锁，门外站着一个中年女人，一个矮而且丑的女人。这女人颧骨很发达，好像偷了两个来亨鸡蛋藏在里面。

"刘永清呢？"

她不是问，简直是审，好像我把刘永清藏到了什么地方。她未等我回答，便径直走进屋，把手上的提包朝刘永清床上一撂，"骗我说去接，哼！"

这时，刘永清恰恰回来了，他双眼一亮，惊惊咋咋地叫："小芸，你怎么走的？让我扑了个空！"

这时，我才明白这女人是刘大主任的夫人，怪不得她这般颐指气使哩。

刘永清仿佛是要立功赎罪，加速度打来了洗脸水，沏上了一杯麦乳精，拿出了珍珠霜、电梳子，讨好地冲夫人谄笑。别看这女人又矮又丑，笑脸还难现呢！

看来，刘永清要想博得夫人一笑，还需进一步采取安抚措施，我寻了个借口出得门去，果然，才到窗下，便听刘大主任梦呓般地唤："芸芸，芸芸……"

到了傍晚，刘永清和尊夫人便融洽如水了。在夕阳映照下的古典风格的校园里，两个人手拉着手儿，亲热劲不亚于热恋的少男少女。不时地，刘永清在小芸耳畔嘀咕一句，逗得那矮女人故作娇嗔又打又骂。

这一夜，我和"高干子弟"积了份功德，把房子腾给了刘永清和他的小芸。

一阵杂乱的惊叫。

叫声此起彼伏锋利如刀，女孩儿快意地宣泄又一次叩醒了五月的蓝夜。

"又是一个穿花裤衩的男人……"

"小虎，小虎！"

我试探着唤了唤一同借宿在 125 房间的蔡小虎。他和刘永清都有一条足可作证的花裤衩。

"这些妞们……"

蔡小虎趿着鞋，哼哼着从外面进来。

清早，我不想去却又不能不去寝室取上课要用的教材。寝室门关着，我迟疑着敲还是不敲门。

"……你这人也真是，夜里我一直在搂着你，能去哪儿呢？"

"你刘永清要小心，你要敢在这大学里和哪个骚蹄子吊膀子，可别怪我李小芸不留情面！"

"岂敢岂敢！"刘永清低声下气地表白，态度诚笃，"我要是在这儿图谋不轨，不仅对不起您，更对不起李部长的栽培……"

"哼，知道这点就行。你不要以为你今后有了文凭就翘尾巴。"

这对老鸳鸯，看样子会没完没了的。我假模假式地清了清嗓子。

保卫处又来了人。

蔡小虎被叫到保卫处去了。

蔡小虎骂骂咧咧地回来了。

刘永清窃窃地冲我笑。

"嗨，还是弗老夫子说得对，人总是要寻找适当的方式转移性压抑。"

蔡小虎抖抖手，狡黠地扮了个鬼脸。既表示他对弗氏学的精通，又说明他寻找到了有力的佐证。过了一会儿，他见我不感兴趣，便自我解嘲地宣布道：

"刘永清也在找人学跳舞了。"

我不信。刘永清对这种借跳舞之名行吊膀子之实的活动深恶痛绝。蔡小虎这小子一定在借机糟蹋刘永清。

"嗨，我亲眼所见，如有一差二错，本人愿负法律责任。刘永清缠着一个女孩在体育馆下面学。嗨，这家伙乐感也太差鼻子了，我一听便知那是华尔兹。哟——这样，嘀哒哒，嘀哒哒，嘀哒哒！脚尖着地，上身旋转。你等着吧，人家到时候成了舞会王子，你怕还是个舞盲呢！"

果然，一连几天，我发现刘永清走路步子都有了节奏感。人坐在凳子上，脚尖也点个不停。我试探着掏他的秘密，这小子笑而不答。我也佯装糊涂，骂起跳舞的狗男女。刘永清果然上了当，解释道："这也看参加舞会的人动机纯不纯。跳舞嘛！现代社会公共关系也少不了的。"

但他始终没承认自己学跳舞的事，我也没看见他在公共场合一展身手。

紧急通知

　　干修生联谊会筹委会五次全会研究决定，为了联络友谊，促进学习，交流工作经验，兹定于本月二十七日夜八时召开联谊会成立大会。届时，将民主选举会长副会长，请全体干修生同学准时参加。地点：五区食堂二楼。

另：会后将有乐队伴奏舞会。

中国江河大学干修生
联谊会筹备委员会

驾轻就熟。刘永清能当上副主任，受到李副部长——现在的老岳丈的青睐，不能说与他公文写作之娴熟无关。他得意地拟好通知，象征性地征求了一下我们意见，然后将"乐队"改为"海狮轻音乐队"之全称。接着，龙飞凤舞，援笔成篇，彩纸墨字，醒目之极。几分钟后，此重要消息便发布到江河大学每一角落。

别看晚上不过是选举一个干修生联谊会会长，可是正因为这联谊会是"干修生"的，特别因为是精明干练的刘副主任亲自组织的，会议便显得意义重大，会场也布置得热烈隆重。过去油腻腻的、餐桌摆得乱七八糟的餐厅，眼下也收拾得焕然一新：水磨石地板锃光明亮，五彩花纹清晰可辨；迎门廊柱上，红底白字会标引人注目；四周墙壁上花花绿绿的标语既渲染着气氛又有点蛊惑人心；饭厅上空，锡箔纸结成的十字彩球令你心旌摇曳，以为这又步入了人生的某一重大转折点。更让人兴奋的是海狮轻音乐队低回淡雅的乐曲，弥漫缭绕在大厅上空，却又无不沁入你的情绪之中。

刘永清是筹委会成员，又是联谊会发起人，无疑问是今晚选举大会主持人。好在他在一县之首脑机关便处于重要领导岗位，组织调度大大小小的会议可谓训练有素，今晚这几百人区区小会他游刃有余。这阵儿，他正站在主席台下边向每一个认识的和不认识的入会者点头致意，不时小声向操办会议的同学吩咐一句两句，有时，也无伤大雅地和女同学开一开玩笑。

"高干子弟"蔡小虎也来了。他是冲着跳舞来的。刘永清叮嘱过，选举开始后，饭堂铁栅门将会关住，要想跳舞必须提前入场。

选举开始之前，是每一个竞选者上台发表施政纲领。别瞧这个什么"长"既不加工资又不多住房，却有不少人还很看重。他们一个个"粉墨登场"，胡吹乱侃，许诺上台"执政"后将如何如何。也有人大谈黄埔军校培养了国共两党栋梁，我们江河大学干修班也是集中了一批民族精英。天下者我们的天下，国家者我们的国家，大有领导中华非我等莫属之气概。这番话煽动得下面选民小眼放光手舞足蹈豪气陡涨。

最后一个才是刘永清上台发表施政纲领。本来，他近水楼台，主持会议，又是筹委会负责人，他可以首先上台演讲，以便给选民留下一个强烈印象。他没这样先声夺人，而是台上台下为竞选者做服务工作，带头为竞选者鼓掌，指挥搞摄影的同学选择最佳拍摄角度……

刘永清终于上台了。他慢吞吞地踱到话筒前，用食指弹了弹，又抬起头环视下面的选民。悠游自如，信心充沛。他不像其他竞选者，一上台便用粗嗓门先给选民强烈刺激。他声音压得很低，好像在和选民促膝交谈，亲切而又具体。他着重抓住了"干修生"之特点，强调干修生到大学来深造是为了今后担负重任，所以，每一个人都要培养自己的领导意识。他这次来竞选，便是希望为今后胜任工作争取一个实践机会。

台下顿时泛起七嘴八舌的议论，刘永清大约估计他的讲话获得了预期效果，便提高音量强调道：

"我希望全体干修生同学投我一票，我决不辜负大家的期望！"

竞选演说结束后，举行无记名投票。

"刘永清这下稳操胜券了。"

旁边不知是谁这么感叹，蔡小虎却不甘寂寞，冲那声音撂过去一句："这不一定。"

两人正想理论理论，唱票的已宣布了结果。妈的，真让蔡小虎这家伙说中了。刘永清很惨，拢共才得了11票。我真怀疑这里面还有他自己的一票。

这下对刘永清打击可是太大了。我想：为了成立联谊会，他呕心沥血，废寝忘食。这真是人心不古，连"建会元勋"都给踢了。

岂知刘永清并不像我估计的那么感情脆弱，唱票员宣布结果，全场鼓掌通过时，他仅仅怔了一下，脸上有那么一丝不自然，但迅即又恢复了刚才的坦然。他老远伸出手去，和当选为会长的同学握手言欢，大声表示："祝贺你！作为一名会员，我一定服从你的领导。"

舞会开始了，音色丰富的电子琴奏出了明快的《多瑙河之波》。蔡小虎盯准一个丰腴的女孩，不失时机地伸出右手，第一个优雅地旋进了饭厅中央。刘永清的舞技听说已炉火纯青，这次却迟迟没有去施展现代"公关"的魅力。终于有一个三十出头的女同学主动去邀请他了，刘永清迟疑了一下才托起别人的腰。也许情有可原，他学得较娴熟的舞步竟给忘了，他总是踩女同胞的脚。

舞会很晚才散，蔡小虎拖着我，尽兴方回，回寝室时，未进门便闻刘君的传统节目已经端出来了。

刘君什么时候回来的我们不得而知，但我们知道他不是刚睡，不然他的保留节目不会上演得这样有声有色，简直不亚于一个大型的室内交响乐团了。

这部音色丰富、音域宽广、旷世稀有的乐曲将要对音乐发展史产生何等影响，这也许有待后人去研究，去评价了。

一声期待已久的呼叫。

叫声唤出了"咚咚"作响的脚步声。有男人沙哑夸张的吼声响彻夜空：

"抓住他，抓住他！"

"永清，永清！"我叫道，"快起来，那家伙给捉住了。"

奇怪，刘永清没有吱声。这家伙！

床板在摇动。蔡小虎不知是爬上还是溜下来了。

楼上的喧哗渐响渐烈，我禁不住响声的诱惑，也纵身入了奔腾呼叫的人流。这幕人们心向往之足以热血沸腾的活剧马上就要上演了。

踢踢踏踏，推推搡搡，上楼，上楼！按捺住渴望已久的心，举目望去——天啦！在拥挤的人堆里，被人扭着胳膊的，竟是刘永清刘大主任——一个穿花裤衩的男人。

"我没进去，我没进去！……"

刘永清声嘶力竭，拉直了的语音竟如跌在陷阱中的困兽在吼。

扭着他胳膊的是学校保卫处的那两个人。他们在此已经等候很长时间了。

一个月后，刘永清的夫人带着一个小伙子找我们来了。他们是坐"上海"来搬刘永清行李的。

"真想不到，俺那永清会得这种病……"

小伙子送行李出去时，李小芸冲我们感叹了一番。她泪汪汪地表示，连她来学校的那天夜里，刘永清也从她怀里挣出去游了一番。

刘永清是夜游已确凿无疑。他几次进女生寝室后，据女生说，他并未动手。他是呆呆地立在房子当中的。

校方对此果然没有深究。刘永清有病，一个人怎能免得了三灾八难呢！刘永清只好休学回去养病了。

于是，我们陪李小芸作沉痛状唏嘘一番。

搬行李的小伙子返回了。他一一和我们握手，寒暄再三，临别时，他瞥了眼李小芸，叮嘱我们道：

"我们刘书记十分怀念这校园学生生活，要不是工作太忙，他这次一定会回来看你们了。刘书记让我捎信，希望你们老同学能常去走走。"

这时，我们才知刘永清已经高升了。"高干子弟"蔡小虎怔了良久。这一次，他再也没提弗洛伊德如何如何了。

（原载《山东文学》1988 年第 10 期）

黑 月 亮

一

她从梦中惊醒了。

这是一个熟悉而陌生的梦：一个似狗非狗的庞然大物，从莽莽苍苍的大山里窜出来，滴血的眼睛中，喷射着贪婪攫取的光芒，弧形的嘴巴喷吐一缕一缕黑雾……

一种莫名的恐惧辐射到身体的每一个部位，她伸出了手——

她没有摸到什么。丈夫蜷缩在床的右边，一缕匀称舒缓的鼻息，正有节奏地渗透出一种惬意和满足。

她渴求保护和安慰，想抱住丈夫那魁伟的身子，但是，她的指尖儿还没有触到丈夫肌腱突出的臂膀，又下意识地缩回了手。

这种扫兴的事儿究竟从什么时候开头的，叶叶也难以说清楚。她只依稀记得，新婚之夜丈夫一番销魂之后，支起身，蒙蒙眬眬的醉眼忽然变亮了。惊愕、疑惑、愤然。"你……你……"他像牙疼一样，话都不成句。

叶叶被羞涩和新奇所笼罩，沉醉在丈夫所给予的欲仙欲死的快乐之中，丈夫的表情变化她并没在意。

第二天夜里，丈夫便给他讲了一个姑娘失贞的故事。

这时，叶叶想起丈夫昨夜那惊愕的神色。是呀！自己为什么没有那种痛楚呢？

她十分纳闷，自己虽然和"秀才"相爱过，接过吻，但并没有作过别的什么呀！她想向丈夫声明，话到了嘴边却咽了回去。这事儿怎么说得清呢！

可是，当时还在派出所工作的丈夫——罗得成，不管妻子作何反应，他一如既往，步步深入，像审讯罪犯一样，展开攻心战、阵地战、游击战……。最后，连叶叶自己都怀疑当初是否真的有什么过线行为，是不是接吻也会导致处女失贞。久而久之，她觉得有愧于丈夫，丈夫的无礼和蛮横，她竟渐渐习惯了。她只希望有个孩子。但是，每一次丈夫都像今晚这样，留给叶叶的是一个女人渴望却又诅咒的刻骨铭心的折磨……

窗外，冰清玉洁的月亮，款款地移到了大别山的上空。乳一般白，烟一般轻的月光，柔柔地泻到叶叶缀着泪珠的脸上。她如往常一般侧过身子，独自吞咽着苦果。她再也不能入睡了。

院墙外，两柄长剑般的汽车灯光劈了过来，隆隆的轰鸣声辗碎了小镇的静谧。是谁天未亮就出车了？是秀才吗？你听，从这门口过时，还一如往常地按了两次喇叭。准是他！这秀才，也怪可怜的。刚翻过身，娶下了媳妇，可还没两年，媳妇又撇下了一个女儿去世了。一个男人，起早摸黑四处跑，日子也怪凄惶的……

"唉……唉……"

东厢房里，传出微弱的呻吟声。

二

叶叶奔过去时，见婆婆正趴在地上。

婆婆去年跌了一跤，半边身子瘫痪了，大小便也失禁了。这可苦了叶叶。她每天要到小学校去教书，还要回来烧饭、洗衣，侍候丈夫和婆婆。这几年，民办教师年年考试，每回总要刷下去一大批。去年，叶叶也差一点被刷下去了。如今在乡里管水电的丈夫却不屑地说："回就回，教书又不是个什么好差事！"

叶叶喜欢教书，喜欢和孩子们在一起。她虽是高中毕业，但那时闹革命多，学东西少。当年教民办是当支书的爹一句话定下的。去年婆婆一瘫，真正苦的却是叶叶。

婆婆身子弱，昨晚做肉汤时，叶叶多留了半碗给婆婆。没想到婆婆长年卧床，消化功能忒差。天快亮时，肚子痛，想叫媳妇，又不忍心。自己使着劲儿朝床下蹲，谁料半边身子不听使唤，脚尖儿还没着地，人便坠了下来，肠子里的脏物也趁机一涌而出。

叶叶两年没生育，婆婆明里暗里不知唠叨了多少次。婆婆只有一个儿子，不能没有一个传宗接代的孙子。她给送子娘娘许愿，请人找单方，办法想尽了，媳妇肚子就是不见鼓。有一次，甚至气咻咻地怂恿儿子把这个不中用的媳妇"休掉"。等到她卧床不起，媳妇白日黑夜给她洗呀擦呀，她才想起了叶叶的好处。就是亲生闺女，又能怎样呢！

"叶叶，你和德成……又去检查了吗？"

"娘，这事儿你不要管，我和德成都没毛病。"

"你看，没毛病也不生，准是……准是送子娘娘不允……"

叶叶怎么回答呢？她偷偷看过一些书，知道怀孕要赶上日子。可丈夫高兴了就那个，也不讲个时辰。叶叶趁他在兴头时，也提出过这话茬儿。他那时啥话都愿讲，也讲得入情入理，兴致一过去，叶叶再提起，他便不冷不热、不咸不淡地冒一句："去问你自己！"问自己什么呢？叶叶既明白又不明白。她明白丈夫话中有话，不明白自己新婚之夜为啥没和别的女人一样……

叶叶给婆婆洗净换好，鸡已经叫开了，她估摸做饭还早，抓紧点儿，还能把婆婆换下的脏衣服洗洗。

洗衣服在镇子脚下的青龙河。

青龙河从大别山里泻下来，急急地、匆匆地从镇子旁边绕过。

这时节水浅，叶叶虽然不会水，但知道没有危险。索性脱掉鞋子到深处去洗，但她还没走上三步，河对岸"哗啦"一声，有什么掉到了水里。

朦朦胧胧的晨曦中，晃动着一个人撒网的身姿，那飘逸的网，弧形的手臂，像一幅贯注着灵气的剪纸……银白的鱼儿在跳，河面上荡起了一圈一圈的涟漪……

渐渐地，叶叶看清了，撒网的是一个男人，一个中年男人。他只穿一个花布裤衩，一个红色的背心。他很专注，沿着河岸，向叶叶这儿溯来……

崽子！是崽子！她呼唤，她自责，忘了捶衣棒已随水漂走了。

崽子出狱了。可他总是要追悔那天夜里为啥要从牛栏边走过，为啥去惊惊咋咋地大叫一声，惹得罗德成醋劲大发，诬他为"强奸耕牛犯"。崽子已三十多岁了还没有讨上媳妇，人们也以为他或许是打熬不住了，才做这"破坏农业学大寨"的事。

叶叶胡乱将婆婆的脏衣服揉了揉，抬起头时，河面上早没了那一圈一圈涟漪。

三

叶叶小跑回家，还是迟了。罗德成横眉瞪眼地端详着叶叶裤子上的水。

叶叶生火做饭侍候婆婆，忙得马不停蹄，等到学校的上课钟响了，叶叶才扒了两口饭。

只要走上讲台，叶叶一切烦恼一切痛苦就化为乌有了。那五十六双眼睛是清泉、是太阳，能洗去烦恼，照亮人生，可今儿教室里增加了一汪清泉一轮太阳，叶叶好生诧异。

"老师，她是我妹妹。"

叶叶知道，回答这话的是"秀才"的侄子。

不对不对！叶叶分明看见，这张似曾相识的脸印着自己青春的梦。

"老师，她是俺叔的丫丫。丫丫爸爸出车了。"

丫丫，丫丫！如果没有爹爹的蛮横和专制，如果没有自己的幼稚和软弱，没有罗排长的战友粗野的热情，丫丫可能属于她和秀才初恋的结晶了。

现在，丫丫竟闯进了她熟稔的记忆，闯进了她渴望做母亲的心房。叶叶拢过丫丫，情不自禁地重温着久违的爱。

但有一天，丫丫没有来，她采来的花儿，从家里捎来的食品，孤零零地在她临时休息的房子里冷落了一天一夜。

"老师，俺叔……俺叔不让带丫丫来。"

"……那丫丫她……"

"俺叔用一根带子把她拴……拴在床上……"

"秀才呀秀才，你恨我，我知道。"叶叶在心里呼唤着，"我忘不了你的情你的爱，忘不了你的温柔的痴心，也忘不了你的恨你的痛苦……"

这一天，叶叶像霜打的树叶，念书不知念误了几处，做菜时不知放了几次盐。丫丫身上的带子拴在她的心上。她想去秀才家，出了门又退了回来。对！去秀才侄子家家访。她找到了借口。

秀才家她太熟悉了。当年一颗心系在这院中的柿子树上。如今柿子树砍了，茅草棚拆了，立在那里的是红砖楼房。可惜楼房虽宽，只拴了一个丫丫。叶叶从楼下巡视到楼上，几多赞叹几多哀怜：秀才呀秀才，你这是什么日子，钱能代替温暖和女儿吗？

"你……"

"回来了？"

"什么风把你吹来了，助理夫人？"

"丫丫好可怜，一个小人儿孤苦伶仃。"

"哟哟，到底是干部人家，关心他人比关心自己为重……"

"秀才……"

"秀才不需要怜悯和施舍。助理夫人，你还有事吗？"

"我没事，我没事，我是自作自受。"叶叶记不清怎样放下丫丫，又怎么走出秀才家。

第二天叶叶便恶心呕吐。叶叶说这是报应，活该死了才好。谁知道去医院一检查，胖胖的女大夫却恭喜她有了小宝宝。叶叶摇头，婆婆高兴。罗德成光是笑，笑得让人捉摸不透。

"你啥时怀的孕？"

坚持干完了那事之后，水利助理罗德成抚着妻子的肚皮问。

叶叶明白他又要在鸡蛋里挑骨头，推开他搁在肚皮上的爪子，转身丢过一个背。

"你今儿去哪儿了……怎么，不认！你的事儿我清楚，秀才这狗日的摘了花，还种了果……"

叶叶怒火中烧，不知是肚子中的孩子给了她力量，还是秀才给了她希望，她一反往常，手一撑，端端坐定，一字一句斥道：

"我今儿倒要你说清，是零刀碎剐还是一次出售！福你享了，罪我受了，我叶叶还有什么不是，你说个清，道个白！"

水利助理在女人面前从来没有栽过，何况今晚要得到的他已得到。他一腿扫过去。可怜叶叶飘落地上，霎时股间一热……

四

做母亲的梦已经化为云烟了。从医院出来，叶叶义无反顾地住进了学校。水利助理在婆婆的威逼下，也送来过鸡汤，送来了假惺惺的忏悔。可叶叶要儿子要女儿要做女人的权利！

学校好静呀！

门外是谁来了？是清泉是太阳还是那个假惺惺的罗助理？

晚风送进了一个久违的身影。叶叶以为这是幻觉。

秀才一步步艰难万分，五尺大汉竟扭怩如二八少女："叶叶……叶叶……"

叶叶不愿唤醒那沉睡的回忆。她压抑着奔涌的大潮，关闭了感情的闸门，假装没看见。

"叶叶……"秀才忘情一叫，跟跟跄跄奔来。

叶叶已是泪流如注。

"叶叶，我知道，你都是为了我。"

"好哥哥，别再说！"

"叶叶，叶叶……"

"好哥哥，千怨万怨怨叶叶，当初该和你远走高飞，就是殉情化鸳鸯也千古流芳。"

"叶叶……"

两人正情绵绵，意切切，忆往昔，叙今朝，恩恩爱爱，忽然，门板儿拍得震天价响。

"嘿嘿嘿！好你个秀才，你太岁头上动土，竟敢欺负到我的头上！"

水利助理不愧当过排长，干过派出所，一顿拳脚交加，打得秀才抱头而走。水利助理打兴正浓，一把揪起叶叶，如飓风掠地，可怜叶叶趴在地上，只会呻吟打滚……

一纸离婚书抛在叶叶面前。

已经退到二线的叶叶爹闻讯赶来了。他本想来给女儿撑腰，寻水利助理问个青红皂白。一听叶叶和秀才搂着如何如何，他一言未发，趁着夜色溜回了家。

叶叶有个婶子是个心直口快的人，她把叶叶爹教训了一番。

"亏了叶叶是你亲生女儿！马还有个失前蹄的时候，人怎能没个一差二错！叶叶被打成那样，你连女儿的面也不见就回来了，唉！"

婶子拿着手电筒寻到了学校。

"妮子，谁都有个走滑脚的时候，你婶年轻时……你就在他面前认个错，下不为例，或许他能回心转意。况且，他也有不对的地方，新社会了，国家的人，怎么动不动就打呢？你只要再怀个毛毛……"

叶叶没料到，婶婶大老远赶来是劝她要"认错"，她好心寒意冷哟！她极冷静地说："婶子，他要离就离，我不去求他。强扭的瓜不甜。我舍不下的，倒是婆婆——不！他那个病在床上的老娘。"

叶叶在离婚判决书上签了字。清理双方财产时，娘家陪送的那份嫁妆她全划到了助理娘的名下。她拉着瘫在床上的助理娘抽咽了半天，临了对助理说："娘身子不好，你要寻就抓紧寻一个贤慧的，好侍候娘……"

水利助理只用鼻子哼了哼。

　　等到叶叶办完离婚手续，一年一度的民办教师考试又来了。叶叶去了心病，一个人在学校里日夜复习，到了考试这一天，她胸有成竹地进了考场。谁知后来她的民办教师被刷了。

　　她去找乡文教助理，文教助理乜斜了她一眼，严肃地说："选拔民办教师，是从德智体三方面考虑，过去，我们从教育同志出发……"

　　叶叶勿需再问，她明白了文教助理的潜台词。书不让教了，去哪儿安身呢？去找秀才？不，这正好给水利助理增加了口实。再说，自从水利助理和叶叶闹离婚的事传开后，他再也没有露面，好像是有意在回避。

　　正在这时，婶婶闻讯来接她了。

五

　　叶叶转了一圈，又回紫云冲了。不管婶婶是多么体贴，面对熟悉的山和水、屋和树，面对着洒下了少女梦幻的一草一木，叶叶踌躇了。

　　婶子看出了叶叶的心思，她把自行车铃按得如走火一般："走走走！我还等着回家烧饭呢！"

　　她故意牵着叶叶从稻场人多的地方走，见到了人便高声大嗓地嚷："怎么，没伤到我叶叶的一根毛嘞！贱东西，陈世美，看我将来不捶断他的狗爪子！"

　　叶叶家在塆子中间，高门大院，是塆里最气派的房子。奇怪的是，天还没黑，红漆大门就已关得严严实实。

　　婶子叫了几声不见人应，又用手"咚咚咚"去擂门。分明听见有人在屋里窃窃私语，但门儿就是不开。

　　叶叶再也抑不住她胸中的一腔苦水了，她趴在小时候捉迷藏的大枫树上，哽咽着，无处倾诉的痛苦，噬着她破碎的心。

　　叶叶住进了婶子家。

　　她一连睡了几天，迷迷糊糊地听见爹来过，已经出嫁的姐姐也来过。她听到婶子教训爹爹的声音和爹爹苍老的叹息声。她没有应声，她也不想应声。她感到太疲乏了，她觉得人活在世上竟是这般累，这般无聊烦恼。想到极痛苦处，她的泪水便快活地在脸上奔流。

　　婶子一有空便来开导她："女人活在世上是不容易，要生儿，要育女，男人逛妓院嫖婊子算不了什么，可女人万一有个闪失好像天要塌地要陷。叶叶，学你婶子，挺起腰杆做人！你越缩头缩脑他们越指指戳戳，你还自己糟践自己干啥？要活个样子给他看看。过一阵儿，碰到合适的，我再给你找一家，有这堆灰，还愁驴不打滚……"

婶婶的一番话，说得叶叶耳热心软。这时，爹爹又有些回心转意，亲自来把女儿接了回家。叶叶心绪渐渐平静下来。

到了秋上，稻子割了，麦子种了，叶叶爹请了几个人，在大路边盖了个小百货店，他担心叶叶多年没干啥农活，耐不下这份苦力；再者他没干大队支书，进项少，家里入不敷出，开店卖卖针头线脑，也好补补亏空。

叶叶当了几年民办教师，脸皮薄了，见了顾客面，也不会主动介绍自家商品。开门半个月，满打满算，收入不足 50 元。谁知她教的那些学生还念叨着她。听说叶老师在开店，走几里地来买她的纸笔墨砚，还一口一声"叶老师"，喊得亲，叫得甜。猛一听学生依旧这番叫，叶叶心中暖融融的，暖流泻过，不由又有几分凄凉，几分惆怅。学生来来去去，叶叶心中时喜时忧，三五日不见，又像缺少了什么。好在这些学生一宣传，远远赶集上县的都知道这儿开了个小店，叶叶的生意竟红火起来。

小店门口是去乡所在地的必由之路，公路旁边，是一片学大寨时栽下的茶林。眼下茶树已有半人高，修剪得像一个个蒸熟了的馒头。不知为什么，每当看见这弯弯曲曲的小路，看见馒头似的茶林，叶叶心里便夹杂着几分怆然，几分斩不断理还乱的情愫。

那时，秀才和她一个班读书。秀才学习好，人极聪明，就是家里太穷，常常饿着肚子上学，叶叶想帮助他，但又胆怯，害怕同学知道后取笑，也害怕秀才瞧不起她。后来，她从一本连环画中受到启发，把家里带出来的馒头、红薯，人家送给他爹的蛋糕、饼干，悄悄地丢在秀才经过的这条小路上。当她藏在茶林中，第一次看见秀才捡起她丢的食物大吃大嚼的高兴劲儿，心里酸溜溜的却想哭。

这样，一个不断地放，一个总是莫名其妙地捡，丢的人有心，捡的人摸不着头脑。秀才也极想找出这个恩人，但他决没想到叶叶。叶叶爹是大队支书，老师和不少学生都捧着她，而秀才却不搭理。他认为干部子女都是草包。他学习好，心气傲——这个书呆子所以大家叫他"秀才"。

叶叶对此并不介意，秀才的冷漠，反而更激起了她要暗中帮助他的献身热情。这一天傍晚，叶叶放学后抄小路，提前又来到了这条必经之路上，当她像往常一样，正朝一块横在路中的石头上放蛋糕时，秀才突然从石头后站了起来。

"你？"

"你！"

两人都怔住了。秀才平时那高傲的目光里溢出了深深的忏悔。

以后，每天上学，在这儿，两人都能见上一面。他们好像有什么默契。

半年后，秀才退学了。他家里太穷，不仅仅是交不起学费。

但是叶叶一直惦着秀才，隔三差五，寻个茬儿去秀才家走走。一来二去，叶叶爹看出了些奥妙，他教训叶叶。

"女孩儿家，老往人家跑干什么？"

叶叶不示弱："人家又不是地主、富农，我去怕什么！"

叶叶爹知道女儿大了，来硬的收不住女儿的心，便把秀才派到远远的红石山水库去做活儿。这时，叶叶高中毕业了。她趁爹到县上开学大寨会时，也去了红石山。

红石山水库的指挥长和叶叶爹是老交情，他见叶叶来了，很是惊讶。让叶叶尽管四处走走，干不干活都不要紧。叶叶却要求去广播室，还没过上三天，又特意把秀才也要到了广播室。

秀才更加感激。两人工作上互相配合，学习上互相切磋。从早到晚，形影相随，一刻不见，便好像掉了小魂儿。人们免不了背后指指戳戳。一传十，十传百，有人甚至说他们早已耕云播雨了。

叶叶爹从县上回来后，听说女儿去了水库，当初还为女儿主动要求参加劳动窃喜，及至听到指挥长传回叶叶和秀才的风言风语，他才明白叶叶至今还在想着那穷小子。召回女儿，秀才也被派到大坝抬石头去了。

见不到秀才，叶叶忧心如焚，坐卧不安，正在万般焦躁的时候，婶婶托人给她提了门亲——对方是部队上的一位排长。

提起"解放军"三个字，叶叶就肃然起敬。打小时候起，她便觉得解放军一个个都是人尖子：英俊威武，勇敢坚强。何况还是百里挑一的年轻排长呢！她怦然心动之余，不由又想到了秀才。她觉得这事应当和秀才商量一下才好。如果秀才挑破那层纸，勇敢地向她求婚，那她就坚定信心，管他什么排长连长都不见了。

谁知等她跋山涉水赶到水库，秀才却不在。工地上人们似乎也知道了叶叶和排长的事，有几个大胆的还嘻皮笑脸地向她讨过喜糖。叶叶本想等秀才回来的，一见这架势只好当天又回家了。

　　哪知婶婶已经买好了去部队的车票，叶叶犹豫不决。婶婶便一个劲开导她："答应不答应是另一回事，到部队去玩玩，见见大世面，又有什么不好。"

　　谁料叶叶和婶婶去到部队的当天晚上，那边早已接到叶叶爹爹的信，摆好了迎亲架势。在那帮威武有力的年轻军人的推搡下，20 岁的叶叶糊里糊涂地做了罗排长的妻子……

　　这枚发霉了的苦果，叶叶吞咽得多么苦啊！

　　这天，叶叶到县城进货，为学生们挑选了各种各样的学习用品。为了挑选物美价廉的文具，她跑遍了大半个县城。待她赶到汽车站时，谁知班车已经走完了。

　　她又倒回南门口，南门口是通往她家的必经之路，她想在这里候过路货车，碰碰运气。

　　她气喘吁吁地从北关赶到南关，寻了个干净地方，一屁股坐在那儿喘气。但刚坐下，身后的汽车喇叭就嘀哩嘀哩地叫了起来，挡住了路。"你叫个啥？干吗这般财大气粗！"叶叶没好气地丢过一个不屑的眼神。

　　汽车停下来，车门里探出了一个人头。

　　"哟，是叶叶！快，把东西提上来。"

　　原来是秀才。学校相见，燃起了她对秀才久违的恋情，尽管后来丈夫百般折磨她，她想，只要秀才需要，哪怕是一个眼神，她也会不顾一切扑到他的怀里。可是，自从罗助理抓住他和叶叶重温旧情的把柄后，派出所去人教训了他一顿，他再没敢去找叶叶了。虽然后来他获知叶叶被赶出学校，离婚回了娘家，他也没露一面。对此，叶叶感到失望，感到薄情。

　　"怎么，碍了你的路？"叶叶冷冰冰地问。

　　"叶叶，还在生我的气……"

　　秀才跳下车，不管叶叶答应不答应，抓起她的提包便朝驾驶室放。

　　"叶叶……"声音温柔而又亲切，饱含着男子的追悔。

　　一声"叶叶"，叶叶心中那戒备、仇恨的堤防便崩塌了。连她自己也不明白，多日来积攒的怨恨和决心忘掉他的誓言到哪儿去了！她仿佛身不由己，腾云一般坐上了秀才的汽车。

　　一路上，叶叶只淡淡地应了秀才几句话，倒是秀才喋喋不休地说个不停。究竟说了些什么，叶叶一句也没往心下记。

　　下车时，也是秀才帮叶叶卸下货物，帮叶叶把货物送到小店里。他很知趣，告辞一声便走了。机器发动后，他又从驾驶室里探出头，大声对倚在门框上的叶叶说："以后你再需要进城办货，交待一声就行了。"

汽车鸣了下喇叭，消逝在车轮扬起的灰尘中。

这时，叶叶才感觉心中突然空落落的。她像被人抽去了什么，颓然跌坐在凳子上。接着，她便后悔：没有给秀才倒茶，没有打水让他洗脸，也没有问他肚子饿不饿……

这以后，她每天便盼着有汽车从门前驰过，盼着能见秀才一面。哪怕她夜里正在睡觉，偶尔听见汽车喇叭声，她便触电般支起身子，直到车轮隆隆辗过她难耐的寂寞。

这一天飘起了雪。雪片干燥，急切，一会儿便抹了个漫天皆白。秀才大清早去了县城，天傍黑也未转回。叶叶右眼皮一直在跳，魂不守舍。十点多了，她一点睡意也还没有。叶叶爹一觉醒后，见女儿店中灯火通明，放心不下，披衣踏雪前来，叶叶正端坐在店中，木板门虚掩，远远听见踏雪声，错以为秀才到了，急急开门，一见是爹，臊得脸通红。

半夜时分，汽车的引擎声响得满世界一片光明。叶叶立在门后，待秀才前脚刚踏进门槛，她便扑了上去……

像初恋的男女一样，两片湿润的嘴唇凭着第六感官在寻找对方的呼唤。秀才的双臂好有力呵！叶叶好久没有感受到男人这份不拘一格的安慰了。

她像一片白云，在秀才的手臂上升腾飘逸。她微眯着双眼，沉浸在幸福的眩晕中。白云徐徐降落，降落在一片充满生命活力的高原上。这高原在蠕动，像史前地壳在天翻地覆。

"你……你不能！"

叶叶从微醺中回到了现实世界，按住了秀才伸向她最隐秘部位的手。

"叶叶……叶叶……"

叶叶娇喘吁吁，几番挣扎，终于从磐石一般的秀才身下挪了出来。

"秀才哥……我叶叶不是那种人。你真要对叶叶有意，你去找个人，明媒正娶。"

"叶叶……你……你还不相信我……"

六

叶叶终于又改嫁了。

叶叶和秀才的婚礼好隆重呵！垮子里黄花闺女出嫁也没有这般红火。

一辆崭新的东风大卡车披红挂彩，驮着吹吹打打的民乐队进村了。鞭炮放得好多哟！从村外一直响到叶叶门前。车是秀才自己开的。到了叶叶门前，他使劲儿揿了足足三分钟喇叭。那喇叭有情有义，仿佛是一个男人在心底呼叫：

"叶叶，叶叶！我接你来了！"

叶叶比黄花闺女出阁还认真：上头，铺红毡，远房哥哥按照传统的风俗，将她抱到汽车的踏板上。想起离婚之际不敢回家的情景，想起爹爹拒绝开门迎她回家的情景，叶叶流下了幸福的泪水。她没想到会有今天这隆重的时刻。

汽车正驰向村外，她的身边，便是终身相托的秀才，是曾经爱过、恨过、恋过的亲人，要不是怕影响秀才开车，此刻，她真要身不由己地扑过去，闭上疲倦的双眼，憩息在秀才宽大的胸怀中。

最后一个客人出了院子，秀才那深情的目光移过来，叶叶便沉进了爱的急流中。

她不知自己是怎样被秀才抱上床的，只觉得自己像一片轻飘飘的羽毛，在蓝湛湛的天空中飞升；只觉得自己像一团柔软的泥，在一片温情的大手中变幻着不同的形状。她欲仙欲死，欲哭欲笑，甚至怀疑自己的存在，怀疑世界上存在的一切……

婚后，她体味到了做一个女人的幸福，体味到了心心相印的甜蜜。很快，她又变得丰满了，乌黑的头发浇油般闪亮。爹爹来看她，早先的愁容已烟消云散。婶婶来看她，连声说叶叶好造化。叶叶饱尝了爱的甜蜜，又加倍将温情还报给秀才。她起早摸黑，把小楼上下、屋里屋外，收拾得干干净净。秀才要出车，她赶早下碗热腾腾的面，煮上几个荷包蛋，秀才出车未归，再晚她也倚门等候。

丫丫过去是她的学生，现在成了她的孩子。师生加母子，叶叶待她好仔细哟！八九岁的女娃子，正是穿红戴绿的时候。天蓝运动衫，大红蝴蝶结，活泼又可爱，把丫丫装扮成一朵花。

但是，她也盼着自己再能生个孩子，再嫁的女人允许生吗？她悄悄去问和自己要好的余老师。余老师的丈夫在乡里管计划生育，得来的消息使她兴奋了好久，她不打算先告诉秀才，等他做了爸爸再让他知道。那时，他一定会高兴得搂着叶叶兜圈子。

可是，这一夜秀才一反常规，回来很晚。叶叶把饭菜热了两次，到镇口等了两次，才看见夜空有了一道光柱。那光柱扫来扫去驱走了黑暗，也驱走了叶叶等待的焦躁，伴随着隆隆的引擎声，叶叶的心激动得快蹦了出来。

她迎着汽车走过去，想突然拦住车，秀才一定很诧异很惊喜的。车灯扫到了她身上。她忘情地招手，忘情地呼喊。车速减慢了，叶叶欣喜地跑向车门。她想，秀才一定会伸出那双有力的大手，将她抱进驾驶室。

但是，等叶叶快活地跳近时，车子却"呼"地一下急驶而去。伫立在无边的黑暗中，叶叶霎时陷入了没有时间和空间的洪荒世界里。片刻她回过神来，又轻轻地自我解嘲地苦笑了一声。唉！何必这么多心，一定是秀才没有看清楚，没有听见是她叶叶的声音。

她暗暗嘲笑自己的多疑，拂了拂晚饭后才洗净的头发，沿着公路快步往家里走。

车子已静静地停在门外。秀才呢？门口没有他，屋里也没有他。丫丫说，爸爸睡了。

叶叶心头"咯噔"一下：秀才不舒服？

秀才连脏衣服也都没脱，兀自大虾米般地蜷在干净整齐的床上。若在平时，叶叶该批评他了，今儿她只一迭连声地问："你怎么了？你怎么了？"

秀才没吱声。叶叶伸手摸他的额头，却嗅到了一股酒气。

"秀才，你……你开车怎么还喝酒？"

叶叶扳过秀才的肩膀，颤颤地追问。酒后开车出事的，可大有人在啊！

"你……你别管我！"

秀才打掉了叶叶搁在他肩上的手，酒气和着怒气一齐喷出。

叶叶蒙了。结婚快半年了，秀才从没用这种口气对她讲过话！今儿，是喝醉了？还是……

这一夜，叶叶一直未合眼。

秀才也在床那头翻来覆去。

此后秀才大变，说话没好声气，还无端乱掼东西。有时竟通宵不归。他过去像个贪吃的小猫，如今一倒床便睡，任凭叶叶万般温存，也鼓不起劲头。她不知秀才在外面碰见了什么不顺心的事，听见了什么不快活的话，饭吃不下，觉睡不香，变着法儿掏问秀才，秀才却不吱声。问急了，他便吼一句："问你自己去！"

这语气，和罗助理多么相似啊！叶叶不寒而栗，却百思不解。她夜夜做噩梦，梦中总是看见那个似狗非狗的庞然大物。她隐隐觉得自己一生大概和这个怪物一定有什么联系。不然，为什么每当生活中出现不快时总是梦见它呢？

每每从噩梦中惊醒后一种神秘的恐惧感便袭上了她的心头。她本来不信什么鬼神，不信冥冥中真有什么主宰着自己的一生，可今天她仿佛预感到了什么不祥。她想到了儿时听奶奶讲过放鞭炮和驱赶天狗的事，去买一挂鞭炮。可拿到什么地方放呢？不年不节，平白无故放鞭炮，不是惹人议论么？她犹豫再三，还是用报纸将鞭炮包了起来。

秀才又是好几天没回家了。过去出门，到哪儿，装什么货，需几天时间，秀才都要告诉她。叶叶近来碰了几次壁，也懒得再问了。可秀才真的音讯杳无，她又牵肠挂肚，怕他有个三长两短，怕车子路上出毛病，她正想找个地方打听打听，镇头的马婆倒先问她来了。

马婆家在镇东头开了一个小百货店，过去只经营一些油盐酱醋、香蜡纸炮之类，近来却卖开了布匹成衣。叶叶以为马婆又让秀才捎带什么货了，忙拉她坐。马婆关心秀才，叶叶自然视为难得的知己。

"我……我家娟娟坐丫丫她爹的车……说是到汉口，两天就回来。今儿……今儿……"

叶叶什么都明白了。前一阵，娟娟总朝家里跑。她满以为娟娟才20岁，见了叶叶一口一个姨，搭车去买点货，乡里乡亲的，还不是理所应当。谁料到，这一走四五天，一个男人和一个女人倚在一辆车上……叶叶尽管担心，但总希望自己是误解。或许是车子坏了？或许是谁身子不舒服？秀才这一段脾气不好，该不是因为娟娟吧？

第六天，秀才和娟娟回来了。娟娟穿着大红套裙和高跟鞋，下车时，嗲声嗲气地装出一种不敢下的样子。秀才赔着笑，一只手托着她的腰，小心翼翼地来扶她下地。

这一切，叶叶都看在眼里，她估摸秀才一定是被娟娟迷住了。

夜里，叶叶炒了几样可口的菜，拿出半瓶"竹叶青"，想让秀才美美地吃上一顿。秀才总算回来了，她心里什么都明白，却不愿挑穿撕了男人的面皮。婶婶告诉她，没有一个猫儿拿着干鱼当枕头的，就看自家女人能不能收住丈夫的心。叶叶正在房中洗澡时，秀才推门进来了。秀才的眼睛定定地落在她的身上，接着就凑了过来，急急地给她擦干了身子……

事后，叶叶在秀才耳边娇喘喘地追问娟娟的事，秀才却一直哼哼着不回答。过了一会儿，他竟打起了鼾。

叶叶想：不说我不怕，只要从今后不和那骚狐狸勾搭就行了。

谁知没几天，娟娟便找到家里来了。她没有穿那件大红套裙，而是衣衫不整，恹恹的，红着眼泡进了门，坐在秀才对面一言不发。叶叶心里烦得很，面子上又不愿发作。她估摸这女子八成是出了什么麻烦，故意寻个事儿，想支使秀才出去。谁知秀才好像没听见叶叶的吩咐，而是讨好地对娟娟说："怎么？哪儿不舒服？有啥尽管说。"秀才起身上楼，娟娟也跟了上去。

叶叶不放心，蹑手蹑脚地跟了去。只听娟娟哭哭啼啼，秀才却像哄孩子一样低声下气："小乖乖，别哭，别哭……"

叶叶再也忍不住了。她举手擂门，谁知一拳上去，门儿訇然洞开，娟娟正坐在秀才怀里，一双手勾着秀才的脖子，小屁股扭得像筛豆子。

叶叶怒火中烧，抓起门后的一把扫帚便去打那骚狐狸。谁知扫帚还没落下，反被秀才夺走了。

"你……你……"叶叶气得说不出话来。

"怎么？"秀才眼睛一横，"红眼病么？我找个黄花闺女玩玩你眼红？"

原来如此！叶叶气得浑身颤抖。

"你……你不是人，我……我当初不是没对你讲清！"

"讲清？你讲清什么？水利助理为啥和你离婚？……你当我不知道？哼！让人家笑话罗助理！让人家以为我怎么怎么了！你说说，我当初摸都没摸你一下，你到底和谁干了？哼！我还天天惦着咱那情哩，岂知道，你早就被人家掏空了身子……"

叶叶万箭穿心，只觉眼前一黑……

七

她醒来时，不知是谁将她抬到床上了，屋子里却空无一人。客厅里"三五牌"木钟有节奏地向她讲述着刚才的一切：娟娟、秀才、黄花闺女、不是处女……断断续续的记忆，终于联缀成一片。

从此和秀才分手，回到紫云村，和爹爹厮守终身。可是，人家会怎样在背后指戳呢？助理你离了！秀才你又离了！不是作风不正，怎么一个个男人都不要你呢？也许还会有人会说生理毛病啦！命中克夫呀……光唾沫就会淹死人。

流言仅仅击倒她叶叶倒不要紧，还有爹爹呀！和罗助理离婚，爹爹便闭门不见，再和秀才分手，爹爹不是更觉无颜见人么……不能回，死也不能再踏入紫云村的地界。父亲一把屎一把尿将女儿拉扯成人，女儿不能尽孝，也不能给父亲丢人！

她辗转反侧，左思右想，也觅不出一个万全之策。

"咣，咣——"

木钟报时声在她一片混沌的思绪中敲开了一片天地。"我叶叶做过啥见不得人的事呢？我为啥总是要一次又一次地忏悔，一次又一次地反省呢？我为啥总要像泥团任人揉搓？她坐起身，撩了撩额前散乱的头发。想占我叶叶的巢，没门！她相信，只要找到娟娟的娘，绝了这骚女子的路，秀才便能回心转意。

门外太阳好强啊！叶叶好一会儿才睁开眼睛。这时，太阳已偏西。她在屋里已经躺了多半天了。

一家杂货店围了一圈人。叶叶无心看热闹，忽然，那人圈里有人叫。她回头一看，是余老师。

"这先生真灵！"

"叶叶，你怪不走运的，让先生瞧瞧啥时转运。"

叶叶想。算算命也不要饭吃，不由得动了心。

"哦，有福求福，无福消灾。不知您大嫂今天是卜卦还是……"

卜卦的老头蓄着一绺花白胡子，神清骨瘦，端坐一旁。五指并拢，架在膝盖上，嘴中念念有词，脸上却无一丝表情。

"我……想圆个梦。"叶叶怯怯地说。老头"哦"了一声，仿佛从冥冥中返回，他微眯两眼，若无其事地轻轻摇晃着花白脑袋，待叶叶叙述完天狗吃月亮的怪梦后，他双眼霎时炯炯如注。

"嗯——这个梦有来头。男为阳，女为阴。月亮者，女子也。天狗嘛……"

"天狗是……是什么？"叶叶预感到了什么。

"大嫂莫慌，来，再给你占一卦。"

卜卦人从地上拿起乌黑锃亮的竹筒，"哗哗哗"一摇，叶叶怔了怔，不知拈哪根好。三个手指捻了捻，滑腻腻的，伸了两次又缩了回来。最后，她侧过头，用力夹出了一根。

卜卦老头接过叶叶手上的竹签，用两只手捧到二尺开外，眯眼端详一阵，又凑到鼻尖下，目光从头到尾浏览一番。一支不足半尺长的竹签，他足足审视了两三分钟。

叶叶一颗心"怦怦"乱跳，仿佛生死祸福全系于此签。她趁老头没在意时，掠了一眼，见签头上刻着几道杠杠。她不知道那杠杠代表什么意思，听那卜卦老头嘀嘀咕咕，也不知所云。但后面一句"无所终也"，却听得清清楚楚，忙追问："怎么样叫'无所终也'？"

卜卦人迟疑片刻，道："嫂子，恕我直言，你家阴阳失调，阳气太盛，不可从也。这天狗性情顽劣，怕的是……"

"师傅，师傅，你……你说我该怎么办好？"叶叶听出自己的声音在发颤。

"……依我之见，大嫂还是避避为好。阴阳失调，不可从也。从则凶。"

叶叶眼前顿时金花四溅，卜卦人的鼻子眼睛全然分不清了。她跟跟跄跄，沿着通往镇外的小胡同。可究竟到什么地方去，她全然不知，去找娟娟较量的事更是忘得一干二净。

这时已是秋末，镇外的田野早已收割尽净，只有道路两旁的白茅、蒿蓼摇摇曳曳，绵延到青龙河边。

青龙河已没有往日那般喧嚣，瘦了几分的河水寂寞地不肯前去，袒出水底柔弱无骨的水藻和不知忧愁的小鱼。秋风掠过，本已惨然的青龙河又添了几丝忧郁的皱纹。

叶叶漫无目的地沿着青龙河边彳亍而行，白茅缠不住她，卵石挡不住她。跌倒了又算什么？

她脑海里、心灵中只回旋那天狗吃月亮，黑月亮！

天意！

"阴阳失调，不可从也……"怪不得一个又一个男人总待自己不好，原来，原来天狗要吃月亮啊！这能怪罗助理，能怪秀才，能怪娟娟吗？

天意，天意呵！

她移动到青龙潭边，一屁股跌坐在一块石头上。

既然是天意，就认命吧！任凭秀才嫖婊子，勾女人；任凭秀才打骂，像条断了脊梁的狗一样苟延残喘吧！但是，她眼前总是闪现出水利助理和秀才那使她寒彻肺腑的目光。那目光像一把锥子，搅动着她的五脏六腑！

她再也不能忍受那目光的挖和剐了。怎么办？回爹爹那儿去。不！不行！爹爹已是风烛残年，再也经受不起风刀霜剑的逼煎了。

"呼啦！——"

潭里跃出了一条烂银般的小鱼。荡起的涟漪，搅得余霞绮丽无比。叶叶这才发现，青龙潭原来是这般光彩夺目，怪不得总有人下去享受终生哩！

她起身一跃，身体划出一个美丽的弧形。随即织锦般的潭面便开出了一朵洁白的莲花……

八

迷离恍惚中，叶叶觉得自己在向天空飞升。前前后后，皆是柔软的手掌托着她，她想唱，但总唱不出声，就像梦中被魇住一样。耳旁风声呼呼，身子柔弱飘逸……

"叶老师，叶叶——"

声音很遥远，柔而且细。是谁？是奶奶？还是娘？

她艰难而缓慢地启动着滞重的眼皮。一个男人，一个似曾相识的男人，用一只腿跪在她身边。她记起了，这是青龙潭边。

"叶叶，刚才在胡同里你撞了我，见你脸色不好。我……我追来了……"

她记起了：这人是"崽子"。她深深愧悔，当初一声惊叫，竟让人家冤枉蹲了大牢。现在……

"崽……你不要……不要救我，我……我还要去……"

"叶叶，我知道，他们嫌弃你，编排着咒你。你……你怕啥？我……我还不是活过来了？"

"崽子！"叶叶突然失声痛哭。

崽子不知所措，他打量着自己粗大的手掌，然后小心翼翼地撩开叶叶濡湿的头发，笨拙地擦拭叶叶涌泉般的泪水。谁知他越拭，叶叶眼里的泪水越旺。

"叶叶，"崽子搜索着词儿安慰叶叶，"你何必走这条路呢？天下四条腿的畜牲不多，两条腿的男人还少么？你何必非要在一棵树上吊死呢？再说，天下的男人也未必都和那些人一样……"

秋末的夕阳把最后一缕亮色豪爽地涂在这对男女身上。崽子颠三倒四、语无伦次地絮叨，却使叶叶不知什么时候停止了啜泣。她睁大着那双乌黑的眼睛，凝视着崽子蠕动的厚嘴唇。嘴唇里流出的虽然是些简单不过的道理，叶叶却觉得说出了女人生存的人生要义。

当崽子蓦然发现叶叶的眼睛注视着自己时，嘴里再也吐不出一个词儿了。

他从来没有这么挨近过女人，从来没有这么长时间和一个女人说心里话，慌乱中，他去扶叶叶的手，触到了叶叶酥软高耸的乳房，竟像被火烫一般缩了回去。

"我……我送你回……"崽子低着头，寻着话儿。

"……"

"你不是劝我不要吊死在一棵树上么？"

"……"

"崽子！"叶叶抓住了他的手，"你……你不嫌弃我吧？"

"叶叶，你是……好人！……"

"崽子！……"

夜幕降临时分，沿着青龙河，一男一女结伴向下游走去。他们到哪儿去呢？

不知道！连他们自己也不知道。他们并没有考虑等待着他们的将是什么，但他们却一直在走下去，走下去……

（原载《处女地》1988 年第 5-6 期）

窑　神

一

"法力无边的窑老爷，你保佑我们上山平安……做柴大顺……窑窑好货……财源茂盛……"

深山，野林，一道呜呜咽咽的山泉。我们四个烧窑汉，一拉溜跪在一片刈去柴草的荒坡上，面向冥冥的上苍，面向神秘的山谷，五体投地。四颗黑脑壳的上方，一刀火纸，一炷卫生香，抖抖地燃；一盆岗尖岗尖的大肉，一盆白如凝乳的豆腐，飘散着袅袅的白气。

干啥呢？祭窑神。上山前，吴老先，领我们上山烧炭的主儿——一个五十多岁的老光棍汉儿，眨着三角眼，用牲口市场上经纪人的目光打量我。

"秀才，上山懂得规矩吧？"

我急忙点了点头。昨天，我从顺江那儿，已经知道了很多这方面的禁忌。譬如上山祭窑神啦，吃饭敲葫芦瓢呀，死、伤、疼、刀、红、血、滚、桶、斧头等字眼都要变个方式表达，譬如"红"要念成"黑"，"石头"叫"九头"，"弯刀"叫"扁嘴子"，"葛藤"叫"蒋子"……据说，违反了这些禁忌，便要受窑神惩罚。

窑神是个什么模样？像李老君长须髯髯，仙风道骨？还是像慈眉善目、普度众生的观世音？吴老先说不上，大块头的顺江也说不上。"窑神就是窑神呗！你信便得了。反正，是天上派下来的，这山上啥都归他管，怕是比俺村长权还大。"接着，老先努着尖尖的下巴，十分神秘地悄悄告诉我，有一年，他在庐山烧炭，祭祀时酒肉数不足，触怒了窑神，结果，"拈锈"（收集木柴）时风雨大作，阴气惨惨，窑柴"发"了山，有两个伙计当场送了命。还有一次，一个伙计说话不恭，进窑时炭窑崩塌了。

老先没进过学堂，赤贫，那年头却管过学校，会背"老三篇"。他不管老师，单管学生，有谁上课迟到了，上课和老师顶嘴，他揪住便打、便骂："搂你狗日的，先生话不听你还听谁的……"有一次，他竟打了大队书记的宝贝儿子。

顺江却不信。他拇指和中指一捻，脆响。"屁，老子才不信，那时在队伍上，枪毙几个反革命，别人不敢，我手一举，去了。叭叭叭。有人说，顺江，死鬼会缠着你呢！嗐，我煞气大，一个也没见——不过，在老先面前，你不能破了规矩。"

我怎么敢呢？入山随俗。惹恼了老先，一句话，"滚！"我还不是乖乖地爬回去。进山烧炭，是我死缠活缠，他才允口的。高中毕业后，我在家闷得慌。爹娘唉声叹气，哥嫂指鸡骂狗，谁让他们一家供我，我三年也没跃上龙门呢？命啊！我只配和清风明月、山魈鬼魅为伍了。

嗡嗡祈祷声，在薄暮笼罩的山谷里飞旋。深深的树林里，有什么在窜动。真的有超自然的生灵么？飒飒飒飒，一阵带有寒意的秋风卷着林子里的潮气、树木腐烂气息盖过来了。

祭窑神，我原来还以为这手续很繁琐，像做佛事，过道场，打龙潭祈雨，要大锣大鼓，闹三天三夜。其实，没供什么牌位，也没立什么神像，面对即将辟为窑场的土坡，按人头，一人一斤大肉，一斤豆腐，就这么轻轻巧巧地将窑神贿赂了。

这支起的两腿间，蓦然，我看见了西山顶上窥视着我们的一轮落日。苍山如海，残阳似血，一种难言的滋味在我的胸中涌动……山谷底部，有一缕淡蓝色的炊烟升起来了。那一定是这山的主人家——一个死了丈夫，拖着一儿一女的寡妇……

"吃神福啰"

有谁发声喊，抬头一看我身边皆不见人了。老先、黑皮、顺江一人捧着一盆供菜，笑笑地一扭一扭，向溪边刚搭起的草庵走去。夕阳把他们身子拉得长长的。想起他们刚才的那份虔诚样，我想笑。

肉块儿足有一指厚，没酱油，白生生的，咬一口油直流，大伙儿吃得却十分快活。盆里不多的时候，老先夹了一块，吩咐道；

"从明儿开始，俺们就开工。大家好好干，这一趟咱不会白来……"

二

开工的第一天是筑窑。

烧炭时，地下须有一个形如碉堡的土窑。这土窑既要通风，保证木柴能燃烧，必要时还能用石板堵上，让木炭慢慢"熬"得不沾一丝烟火气。

筑窑有两种办法：一种是在地上夯实一块地基，然后人钻进去，一寸一寸挖——这要好黄土地。一种是在地上架些木柴，上敷泥土，夯实后，点火烧掉下面的柴草。我们选中的这块依着山溪的土地，土质黄中透红。老先说："夯吧！"

"咚！咚——"用葛藤拴住的大青石在我们手中举起来了。这边一响，对山就应了。一声未落，一声又起。咕咚——咕咚！林子里，扑簌簌，有鸟儿在飞，有四只腿的在撒欢打窜。

一座好窑，就如铁匠的炉，织匠的机。炭烧得成色如何，不仅看窑的风口大小，还要看出烟筒留的位置高低。更关键的是，这窑必须牢实。不然，到了冬天，山寒水冷，炭窑如有个万一，再筑新窑须待来年春了。那样，窑蛮子只好收摊滚蛋，垂头丧气自认倒霉。

好在老先烧了几十年窑，用他自己的话说，烧窑的炭可以堆一架山了。这筑窑的活儿，经他手还从来没出过差错的。

"咕咚！咕咚——"

四根藤子，紧如弓弦，陡然又一齐松下，黄土地上，戳下了一个力的痕迹。

> "哎吆哎嗨哎
> 哎吆哎嗨吆嚎嚎……"

不知是谁，带头哼起了号子。大青石起落的节奏顿时加快了。

"那个伙计们那——"

老先哑着嗓子，忽地发一声喊。众人忙应。

大伙正在兴头上，忽然，大青石失去控制，落在我的脚前。我抬起头，哟，顺江他……

一层乳白色的雾霭正沿着谷底升起，五彩缤纷的山梁上，有一团墨绿色的投影在移动：是个人，是个女人！顺江刚才一定是注意那儿，手中的葛藤忘了拽。

"你们——"

老先正要发问，目光忽然也被吸引过去了，上山两天来，我们还没有碰见任何一个人，特别是女人。在家做活时，男人们用来排遣一天的劳累，忧愁，消磨生活的艰辛和困顿的法子就是谈论女人。

> 栀子开花也呀七匹叶呀嗬，
> 乖姐戴得满头白，
> 小郎问姐要花戴，
> 低下头来由你摘，
> 莫说奴家舍不得。

蓝衣女人竟悠悠地唱起了山歌。歌声飘过山谷，恍惚迷离而又缥缥缈缈。

蓝衣女人且唱且走，她分明已经看见了我们在注意着她呢。快到了通向我们这儿的路口，忽然又折了回去。

"老先，人家刘嫂来看你呢！"

顺江诡谲地冲老先做了个怪样儿。上这座山买林子时，顺江和老先曾一块儿找过刘嫂。

真的吗？老先又要讨老伴了。听塆里人说，老先曾经娶过女人，那日子过得也蛮快活。那女人，是老先五九年在大路上捡的，一个抱着儿子的讨饭女人。一年后，这女人给老先生了个女儿，一家人，苦日子过得也像拌了蜜。谁知六二年，这女人的前夫又找了来。他们没离婚。这女人饿急了，领着儿子来大山里逃个活命。老先很难受了一阵儿，但他还是让女人回去了，小女儿留给了他。父女俩相依为命，苦熬苦挣了二十年。三年前，女儿出嫁了，老先又成了一个人。他能和刘寡妇配成对儿，倒是天造地设。不过，听说这女人前夫死时，欠下了一笔债。她婆家人说，债不还清，是不准她改嫁的……

"哎嚎哎嗨嚎——"

老先突然又喊起了号子。想不到，他的哑嗓子变得这么清爽、高亢。整个山谷，颤颤的，都有他的精神了。笨重的大青石，像注进了什么精灵，在我们的手上，尽情地翻飞。

三

炭窑筑好后，我们便全体出动，上山"做柴"了。这烧炭的第一道工序，就是把生长着的树木砍倒，截成三尺左右的树棒。没有电锯，我们凭着双手，用斧头，用扁嘴刀，一下复一下砍。窑柴砍下后，便开始往炭窑运，那儿叫"窑田"。这山很陡，没有路，能够插脚的地方，我们便用一种三角形的背架一次又一次往窑上背，碰到悬崖绝壁，或山势陡峭的地方，只能把窑柴一根一根往下扔，一次又一次转运，这叫"拈锈"。窑柴运到窑田后，才由人爬到窑里，开始装窑待烧。

上山前，老先绘声绘色地向我讲述了这烧窑的过程，压低着声调问："你怕不怕？"

说心里话，我有些怕。塆里进山烧窑的，蛇咬刀伤，缺胳膊断腿回来的不少。但塆里乡亲们年年倒了霉，第二年，收完稻，种罢麦男人们又不断捻往山里钻。不赚点钱，来年春荒，红白礼份子，吃油吃盐，这钱往哪儿讨？山里人呵，虽说责任制了，人活泛了，可人多田少，以前又把山砍荒了……不过我知道，像铁塔黑皮哥，老婆病在床上，三个孩子都在上学，他不能不去的。这白脸顺江自从被队伍遣送回来后，再也没有人敢和他攀亲。一眨眼，三十多了。隔岭一个姑娘在家里出了丑，顺江闻讯托人说媒，人家已经贬值等着嫁出去的姑娘，听说是他，张口还要五百块聘金……

"你们敢去……我，何况还有窑神呢！"我觅着词儿。其实，我也盼着攒点钱，出去闯闯大世道。

"好样的！"老先眯着三角眼夸奖我。

于是，我担着铺盖卷，篓子里盛着锅盆碗盏，跟在老先屁股后，一头钻进了这大别山的旮旯里。

于是，我们终于有了第一窑木炭。那是三天后的一个黄昏，土窑疲乏地吐出了最后一缕青烟。

"法力无边的窑老爷啊……感谢你的大恩大德……"

五体投地。我们又一拉溜儿跪在窑前，感谢冥冥窑神的恩赐。

"吃神福啰！"

我们雀跃着。昨天，老先打发顺江去十里外的一家小店购回了让人垂涎的冻猪肉、白豆腐。这在塆里人的饭桌上，可是经年少见的。

"从今后，如果没有炭贩子上来，我们白天烧窑，夜里把炭送下山……"

老先用力嚼着大块的肥肉，浑浊的话从嗓眼里油漉漉地吐出来。

夜里，我的脑勺约摸刚挨着枕头，便被黑皮喊醒了。睁开眼，蒙蒙眬眬，草棚外人影晃动——他们已帮我用麻绳系好了炭篓。

一柄眉牙儿月撅在松树顶上，踏着碎碎的月光，我高一脚低一脚跟在老先的屁股后。不知是谁，把我这挑炭的面子捡去了，减轻了我不少的重量，但我还是趔趔趄趄，东摇西晃。我不明白，精精瘦瘦的老先，平时走路腿脚就不方便，这会儿为啥这利索！

涉过一道干涸的谷底，又攀上了一面笔陡的山坡。我蹬住一块石棱，刚刚吁了口气，一低头，见炭窑里微微泛红，一股暖气四散开来。"怎么？木炭又复燃了么？"

我一声叫，老先回过头来。

"快，快用那东西浇！"

我还没闹明白，老先已转回身，从肥大的裤腰里掏出了他的东西，像重机枪扫射一样，冲着泛红的炭篓狠狠扫去。我急忙仿效他的举动，上来增援……好险啦！在这山势陡峭的地方，没有存放炭篓的位置，附近也没有水可以灭火，如果任其燃烧，不一会儿，便会烤断麻绳，其后果将不堪设想。

虚惊一场，我们又上路了。约摸走了三四个小时，天微明时分，我才看见了山下的村庄。这时，路边的竹丛里，突然蹿出几个人影，几双手用力抓住我的扁担——哦，他们是山下的农民，炭贩子。

一个公鸭嗓争来抢去，终于以十二块一挑击败了对手，乐滋滋地买下了我这挑炭。

"秀才，还退两块钱给这位大哥。"

我莫名其妙，不解地盯着走过来的老先。

"我们路上……用那活……"

哦，为了那两泡尿要退钱给别人么？这老头儿，人家愿出大价，又不是我给他加的码，再说，你不讲，别人又怎么知道呢？

他叫了一声。他是窑主，我必须服从。

回山的路上，老先跟在我的后面，絮絮叨叨地说："秀才，咱按着心窝想，可不能吞人家的昧心钱。那炭贩子也是农民，说不定人家妻儿老小也盼着这趟能赚一点呢！你说是不？"

我真没想到，平时吹胡子瞪眼的老头儿，心竟这么细。

"秀才，你不是爱写点'啊'什么玩艺么？"

因为有了收入，顺江格外高兴。一路上，他一会儿说个俏皮话，一会儿讲个当兵时的趣闻，逗得大伙笑语满山。瞧，他又冲我来了。

"你……你不是要挖什么素材么？来，我念一段词儿，你看绝不绝，怕比你那美气多了。"

"顺江,你是不是谝和团长女儿亲嘴的事呀?"

顺江耳根红了。他装着没听见铁塔黑皮的话,自个儿唱开了:

> "俺村有个张秀才,
> 来把老娘门拍拍:
> 拍拍拍拍就拍拍,
> 老娘不是那货色。"

我估摸顺江是编排我的。操起扁担便去捅,他做了个投降的姿势,辩白道:"谁骂你谁是王八蛋。"

> "俺村有个张秀才,
> 来把老娘门推开;
> 推开推开就推开,
> 老娘不是那货色。"

这算什么民歌呢?一个自作多情,一个死活不理睬。寡妇是贞节烈女,得了!我撇了撇嘴。

> "俺村有个张秀才,
> 进了老娘门里来:
> 进来进来就进来,
> 老娘不是那货色。"

唱到这里,顺江忽然停住了。

"完了?"我急忙问。

"还没有。唉!你们又觉得没意思,算了算了。"顺江卖开了关子。

"你唱嘛……"黑皮也等得不耐烦了。

> "俺村有个张秀才,
> 爬到老娘炕上来,

上来上来就上来，

老娘不是那货色。"

绝了！这《寡妇歌》！

铁塔黑皮也悟出味儿了。他把扁担丢到一边，兀自像水牛一样笑得乱吼。

我估计还有下文，便嚷嚷道："顺江顺江，还有呢？"

"哗啦！"

前边响声震耳。我急抬头，见老先正横眉立目，三角眼睁得像个牛铃铛，一脚将一块石头踢到山下去了。那石头腾挪飞跃，弹出一两丈高，山谷里打了一场地雷战。

"坏了！"我们一齐叫，"他对我们唱《寡妇歌》有意见呢！"

我们急忙低下头，再也没敢放肆，悄悄从他身边绕过去。走了好远，才见他悻悻地跟上来。

他回来时，捧了一兜煮熟了的玉米棒子，顺手扔给我们一人一个。

"这是刘嫂送的。"他说。

看来，他绕到谷底刘寡妇家去了。也许是报个开张大吉的喜信吧！我想。

四

夜，风雨大作。怒吼的林涛如千军万马，又似海潮决堤，声势惊心动魄。

风声撼醒了我们，小草庵里，打破了以往清早不说话的惯例，叽叽喳喳议论着这风声一过。冬天就该来了炭不愁卖了，炭价就可以涨起来了，这么，早先算计的开支便不会落空了，大家正高兴，黑皮忽然话题一转，说起他多病的女人，顺江接着又惦起年迈的父母。老先叹了口气，自言自语：

"这风，茅屋怕被吹得够呛了……"

"老先，你不是两间瓦屋么？"

"我……我说的是人家……"

老先没有撒谎，他在惦着谷底刘寡妇的房子，一个女人，没有了男人，在这深山老林，日子是够艰难的。看来，老先真对她有了点意思呢！

"唉哟，后沟那堆窑柴还没弄下来呢！"

老先似乎察觉我们窥见了他内心的秘密，忙寻了个话头。大家一听，再也睡不下去了。这后沟窑柴现在不运下来，万一大雪封了山，后悔也来不及了。

后沟很陡，且乱石丛生。我们几乎匍匐在地上，依靠抓着砍伐后的树兜往上攀，由于刚下过雨，石头滑腻腻的，连平时干涸的小沟小壑，也汩汩地流水。我们走一步退半步，好容易才爬到目的地。

有一堆窑柴，从上往下扔时蹦到一处悬崖半中腰搁住了。要到天晴，下去一个人用木杆撬一下就得了。现在呢？石崖经雨一淋，亮亮的，我和顺江感叹一番，只好作罢。

老先这时却从右边过来了，他探头一望叫道："哎哟，这不弄下去多可惜。"

我们一齐说，石崖滑，如果有个万一，就不好交待。一堆窑柴，丢了事小，人可是大事。

"什么？你们说什么？你以为这山上的树，风一吹就长起来了？烂掉不算啥？！"

我们再劝，老先就火起来了。

"不过，要下去你也不行，五十多岁了，手脚不灵便。"我们说。

"去去去！"老先自己去找了三根葛藤，拴在腰上，"这总可以吧！"

真拿他没办法！我们只好拽着葛藤，一寸一寸地将他放下去。一会儿，崖下就传来了"扑通扑通"地扔窑柴的声音，传来他吆喝我们拽葛藤的声音。

返回时眼看老先到了崖顶，我们三人松了口气。谁知这时老先脚下一滑，"呼"地一下，整个身子又溜了下去。

好险啦！幸亏两块石头卡住了老先的身子，要不然……

我们一齐呼叫着，好一会儿，老先才应了一声。他极力想爬起来，但最后还是丝纹未动。黑皮说："坏了，老先摔坏了。"

顺江自称从队伍回来后学过按摩推拿，便又找了几根葛藤，表示下去营救老先。一会儿，他在下边叫，"没伤着骨头。"

但老先就是坐不起来。

商量来商量去，我和黑皮在上面拉，顺江在下面推，好一会儿，才将老先拽到顶上来。

"我不该清早乱说呀！我不该。"他脸色苍白，头上汗珠如豆，看样子腰部摔坏了。

抬回到棚子里后，老先懊恼不已。躺在铺上，他用拳头砸着树干，一直在骂自己。

一连几天，老先未见好。我们主张把他送下山，请医生诊治诊治。他死活不依，说："我领你们上山一场，回去怎么交待呀！还有，刘嫂她——"

我们只好罢了送他下山的念头。

这一天，我们正在装窑，黑皮在窑外嚷嚷："山下上来了一个女人！"

顺江不信。但还是带着一脸黑灰从窑里爬出来。他眯眼睃了一会叫道：

"刘……刘寡妇呢？"

刘嫂约摸四十来岁，瘦瘦的身子，穿着山下少见的蓝士林满大襟褂，裤子膝盖处补了两个黑补钉，但显得干净利索，高高的发簪上，插着一根猩红的簪子，亮亮的。这簪子好像是老先托一个炭贩子捎来的。

刘嫂话音很"蛮"，带有山地人轻佻的舌尖音。她一边和我们打招呼，一边四下瞄——她在找老先呢！

当她听到老先在崖上摔坏了的消息后瘦削的双肩抖了一下。她抛下我们，自个儿径直向草庵跑去。

"你——"两人异口同声。

老先分明已听见刘嫂的声音了。她早已仰起了头。两人的眼神，像电光石火，倏然相撞。我还从没看见老先有过这样的神情。

"秀才，快装窑柴！晚上等着点火呢。"

黑皮扯着嗓子叫。我知趣地跑开了。

过了好一会儿，刘嫂出来了。她眼圈红红的。

"你们帮忙，老先伤不轻，在这儿拖累你们……我看，还是把他抬到我家里……"

还有什么说的。我们一齐叫好。

刘嫂家在谷底，五间草房，山环水绕，林木掩映，环境倒很幽雅。进了屋，却感到空洞洞的，只有两个十二三岁的孩子迎上来。孩子鞋尖蒙着两块白布，这令人想起主人的不幸。

老先安顿在西屋里，我们还没道谢，刘嫂就先感谢我们了。又让座，又沏茶，我们起身时，她硬塞给我们一捆做菜的干豇豆。

"嘻嘻！"

出门后，顺江便笑了。他鬼黠地冲刘嫂房子眨了眨眼，问我："你想知道《寡妇歌》的下文么？"说着，他便摇头晃脑地唱开了：

"俺村有个张秀才，

他把老娘腿掰开……"

黑皮没等他唱完，就骂开了：

"你这狗东西，你当人家刘嫂是那种人？你混帐。"

黑皮跳起双脚，骂他满嘴喷粪，撸起袖子要揍他，顺江这才闭起"狗嘴"。

"算了算了！"我说。他俩再打坏一个，那我们炭窑只好散伙。

五

入冬后，窑上的炭果然好卖多了。炭贩子像蚂蚁一样，沿着山路向窑上拥。苦涩的山里人呵，只要有能挣几个钱的机会，上天入地他们也不放过。

老先不在，这出窑的活儿，又烤人，又累人，顺江却一改过去干活时挑挑拣拣的毛病，主动地承担过去了。这令我和黑皮感动了好一阵儿。

炭在窑里一般要烧三天三夜，等到烟囱上没有一丝烟色后，才打开窑门，用安有木柄的铁钩子，从窑里把通红的木炭勾出来，埋在早已准备好的柴灰里，让空气隔绝，木炭冷却，然后，再装进垫有笋叶蒿草的炭篓里。

过了两天后，顺江却提出要提前出窑。黑皮不允，说那样柴火头子没烧净，人家生火时屋里还会窜烟。

顺江一听，嘴瘪得像个蛤儿："你真是弹琵琶掉眼泪——替古人担忧。这炭你黑皮烧得起么？还不是城里、镇上拿工资的烤。熏熏才好呢！把他们身上的傲气、官气熏掉，俺老百姓才快活。"

"怕……怕不本分，窑老爷会惩罚的。"黑皮显然有些动心，不过顾虑还没打消。

"窑老爷，窑神？哈哈哈！你以为我跪在那里就信了么？我怕老先赶我下山……什么这神那神，早些年，天天敬神，他奶奶的，弄得家家穷得丁当响，我那小妹害病连拣副药的钱也没有，要不然……我不信，我信我自己！"

"顺江，老先知道会发火的。俺山里人，别的不讲，怕还要讲点良心……"

"良心？良心几块钱一斤？你少给我来这一套！眼下嘛，软的怕硬的，硬的怕不要命的。良心算什么？你到市场去看看，假烟、假酒、假话、假事，干啥不玩假。你可就忘了，你去粮店卖粮，那狗日的压咱的级，卡咱的秤，让咱毒日头下等了七天七夜。你去质问那些人，还讲不讲良心，那人咋说？……"

黑皮最怕人家提到他卖粮。为了卖粮，他和老婆打了一架。气是出了，结果，一脚踢到老婆腰上，从此，给她留下了个病根。

黑皮再也没吱声了。

烧炭的时间从此由三天三夜减到两天两夜。出窑的周期缩短了，炭的数量也就相应增加了。同时，顺江又采取了一项"多快好省"的新措施：从窑里勾出的炭，放在泼了水的湿柴灰中，不仅可以缩短熄灭冷却的时间，还能增加炭的重量。至于用来填篓心的碎炭，干脆用水泼灭。

新措施使我们的收入明显增加了。每天晚上，顺江都乐滋滋地计算：按这种速度，年内多出个三五千斤炭没问题了。

这天，雪后初晴，满山都亮堂堂的。我们正在出窑，山路上走来一个人。我们都庆幸：这下好了，炭贩子又能上山挑炭了。后来，那人到了近前，哟，这个佝偻着腰的是老先。他拄着个拐杖，深一脚浅一脚地走得十分艰难呢！

大家都丢下手上的东西，一齐奔下去将老先搀到窑前来。几天没见，我们都像久别重逢的亲人，嗓眼里热辣辣的。

老先的手抖抖的，从上到下把我们每一个人的身子都扫视一遍，然后，沿着土窑，左瞅瞅，右看看，最后，见没什么，嘴咧开了。

"不错咧，不错咧。"他夸奖起我们了。

忽然，他的目光凝固在放炭的地方了。他踉踉跄跄地奔过去，失声叫道："怎么？炭……炭都烧成这个样子！唉哟，篓子里都上冻了！"

老先的拐棍在地上捣得叭叭响，"黑皮，你们都给我过来！"他吼道。

我们知道不好了，大家迟疑地走了过去。

"这……这是你们干的事么？！"

黑皮的堤坝顷刻就崩溃了。他断断续续地供出了顺江"多快好省"的几项措施。

"窑神啊！"

老先推开拐棍，猛地一下跪在雪后泥泞污黑的窑场上，向着那冥冥的上苍，向着那超然的生灵，涕泪纵横，一遍又一遍虔诚地呼告着：

"你惩罚我吧！窑神，你惩罚我吧！显示出你那无边的法力，惩罚我这不肖的子孙……不，我不该走哇！"

夜里，老先没有回到山下刘嫂家，也没有吃我送去的饭。他早早地钻进了棚里，但这一夜，他似乎都没有安然入睡。

六

炭窑崩塌了！

黄中透红的坚固的炭窑，顶部突然垮下来了。

垮下的炭窑，像一座被炸毁的碉堡，像一具被肢解的尸体，孤零零的，狼狈地躺卧在那里。

不幸啊！在这冰雪封冻的季节，对于烧窑人来说，没有什么比炭窑崩塌更不幸了。毫无疑问，等待着窑蛮子的，是卷起铺盖，灰溜溜地下山，让伙计们、乡亲们指着脊梁骨取笑、诅咒。他们带给妻子儿女的，只能是暂时还不能兑现的美好愿望。

清早，最先发现炭窑崩塌的是顺江。

他最初并不相信自己的眼睛，昨晚还是好端端的炭窑，一夜之间，怎么会开个偌大的天窗呢？

闪电一般，他想到了窑神，想到了窑神惩罚人的种种传说，一种不可名状的恐惧，攫住了他脆弱的神经。天啦，他膝盖一软，扑通瘫在地上。

"窑神，你饶恕我吧，你饶恕我吧……"

他绝望的呼声，滚过了白雪覆盖的山谷。

下山的噩运，就这样降临到我们头上了。我们焦急地等待着炭贩子，贱价处理了那批不合格的存炭，送去了应付给刘嫂的款项。

这是一个冬天的早晨，群山萧疏，寒风凛冽，我们最后一次祭祀了窑神，便收拾好用具，卷起铺盖下山了。

几天来，顺江一句话也没说。他一直战战兢兢，害怕窑神显灵报应他。连夜里屙屎撒尿，他也不敢走出棚外。昨天晚上，他拉着我的手，眼泪巴巴地说："秀……秀才，路上万一有个三长两短，你给我担……担待些呵！"刚才祭窑神时，他整个身子都伏在地上，那样子比谁都虔诚。

老先呢，本来腰没好透，刘嫂眼巴巴地盼他还住下去，他坚决不肯。其实，他回家还不是光杆一人？这会儿，他还要一直走在我们前边。那根铁拐李做成的拐杖，捣得地皮叭响。

山谷里，寒风卷着杂草在呼啸，有一只苍鹰，企图穿过那里，但一直没得逞。谷口左边，仿佛有一株松树，近前，我们才看清是刘嫂。

"兄弟。"刘嫂迎了过来，她哀怨的目光搅得我心乱，"怨我命不好……冲撞了窑神，又连累了你们，这窑……那判山的钱，我……我不能收这么多……"

判山的钱，就是购买林木的钱，听老先说，这是他烧了几十年窑，还从没碰过的便宜事儿。本来，刘嫂只要七百的，老先说，不能趁人之危，硬是塞给她八百块。

"你们一家老小都眼巴巴地盼着。这债，我……我以后慢慢还。"说着，刘嫂从怀里掏出一沓钱。那是我们昨天结账才付给她的。

"刘……刘妹子，你不要难过。"老先伸手挡住了刘嫂的钱，说，"不……不是窑神，是我，踩塌了窑。"

"你——"我们三人一齐追问道。

老先没有回答，他的三角眼里，射出两道凛然不可侵犯的目光。片刻后，他仿佛想起了什么，轻轻地对刘嫂说：

"妹子，你等着，我腰好后，会再……再来的。"

说罢，他扬起头，拄着拐杖，艰难地一步一步向山下走去。

"吴哥！"刘嫂又叫道。她浓浓的山地口音里，充满了一个女人的无限寄托。

"你不说爱听我唱山歌，爱吃我泡的酸豇豆、盐辣椒么？我等着你，我等着你，明年春暖花开，我等着你回来呵……"

一种庄严神圣的感情，突然充溢了这寒风呼啸的山口。顺江没有再说什么，我和黑皮也没有再说什么。我们默默地绕过刘嫂的身旁，向山下走去。一路上，老先的身影，一直伴随着那神秘的窑神，在我的眼前晃动。

> "手挟栏杆口叹一声，
> 良言解劝我的情人，
> 野花虽好不长久，
> 船头跑马你莫行……"

山谷里，荡来了刘嫂若有若无的山歌声。歌声咿咿呀呀，和着山风，扬满了大山的沟沟岔岔。

那一定是为老先唱的。

（原载《花溪》1988 年第 10 期）

遗 憾

一

不知从何年何月起，每个县都有了通讯组（全称是中国共产党×××县委员会通讯报导组），它荟萃本县三至五名写作高手，负责向上级新闻单位报道本县大好形势、先进事迹、模范人物……别看这通讯组在机关中没有某部某办响亮，但知情人清楚，它是"党的喉舌"，一般由书记兼组长，宣传部长、办公室主任兼副组长，具体业务呢？由宣传部牵头。

H县也是如此。

H县委通讯组和宣传部合署办公，办公室就在那座扒掉旧城隍庙盖起的三层新楼上，坐北向南，落地钢窗宽敞明亮。四个月前，李干事因为一起"失实稿件"被调到本县最重要的灾区负责文教工作。接替他的，是从外地一家工厂新调来的王振怀。

王振怀三十四岁，中等个儿，刀条脸，说起话，眼皮一眨一眨，反应极快。他刚进县委大院时，楼上楼下纷纷猜测他是某书记的姨外甥，某部长的姑老表，其实，他是凭着一摞从文革以来积攒下来的大作被现任女部长相中的。他暗自得意：眼下到处都说风气如何如何不好，俺没送一分钱，居然万事顺遂，真是三生有幸！他上任后，益觉女部长恩德难忘，决心以努力工作相报。于是，他白日夜里连轴转，一股劲抓了批好稿子，在省报、省电台、电视台上接二连三为本县露了光彩。在上一次宣传部工作例会上，同志们也说："振怀虽然调来不久，但工作扎实，成效也不小……"连他到基层单位采访时，人们知道他的身份后，也无不羡慕地说："王干事，您的大作已经拜读，出手不凡，不错不错！"

其实，王振怀还不是"干事"。当初他以为干事就是办事员，后来才知道干事是"准局级"的职务。他也曾纠正过别人几次，但人们总觉得直呼其名对领导不尊重，依旧"他行他素"。久而久之，王振怀也就习惯成自然了。其实，自从传闻工资改革要马上进行后，县委组织部已抽调了大批人员，对诸如王振怀之类没有职务和年纪偏大级别偏低的同志晋级考核，意思是有了职务津贴，如果同志之间工资距离拉大了，将会不利于调动积极性。所以，熟人们见了他，既羡慕又嫉妒，说他好运气，刚到通讯组便赶上了个好荏口，这次至少也要弄个干事当当了。

这真是"春风得意马蹄疾"！王振怀前些时心顺手顺，不仅制造了一批小"豆腐干"，还史无前例地写了篇六千余字的报告文学。

报告文学中的女主人公，是县妇幼保健所的一位中年女护士。她身患癌症，手术后仍坚持工作，在人少任务重的情况下，为不少妇女和儿童解除了痛苦。当王振怀从县卫生局办公室主任那儿了解到这个线索后，凭他的新闻敏感，立即判断这是一份不可多得的好材料。一曲共产主义精神的凯歌……一不怕苦，二不怕死……又一个蒋筑英罗健夫……整党整风的丰硕成果……随着他的潜意识流动，一行行闪光的语言立刻跳了出来。

可惜的是，当他找到这个面色蜡黄、身材枯瘦的女护士，询问她坚持工作的思想动机时，她竟然说："我……在家里急，觉得不如到单位热闹。"经过王振怀反复耐心诱导，她也只能说："俺治病时，单位花了不少钱，俺不报这个恩死了也不闭眼……"

得了得了！学了这么多年英雄人物，连一句精髓也没掌握！幸亏王振怀没有把这些写进去，不然报告文学就砸锅了。他熬了三个夜晚，酝酿、推敲，以最快速度，将稿子寄到北京一家影响很大的《巾帼》杂志编辑部去了。凭他的写作经验，自我感觉良好！下一步便是等着那散溢着香喷喷油墨的杂志了。所以，最近几天，每当穿绿衣服的邮差车铃一响，他的心便跟着乱跳。

这一天，他正伏案疾书，忽听走廊上有人声。他以为是收发室的老头，折身旋风般冲出去了。

走廊上，阳光很充足，除了三棵盆栽的黄杨球，还有一个就是看上十眼也会忘掉的姑娘。

经女孩的提示，他端详了一会儿，终于辨认出了，她是和朱秋兰一起上班的孟芸芸，一个从卫生学校毕业不到一年的实习护士。

"王干事，俺……俺想找你问个事……"姑娘靠着淡黄色的铁栏杆，绞着双手低声说。

王振怀虽说已三十四五岁了，但在姑娘面前，仍不敢造次，特别是在这谈色色变的一县之首脑机关。于是，他在喉咙里问了一句：

"你找我有什么事呀？"

"我……我没说那句话……"

愕然！王振怀皱起眉头打量着姑娘。

"我……对朱秋兰啥时说了那句话……她是护士……"

姑娘眼圈红了，嘴角微微向上运动。

究竟孟芸芸说了句什么话，王振怀记不清了。去采访时朱秋兰周围的同志领导、她的丈夫儿子，还有患者，都介绍了不少情况。他足足记了一大本。谁知孟芸芸说了句什么呢！

"你……你在报告文学中写……我的同学全国都有……你让我今后怎么活呀！"

孟芸芸捂起脸，突然失声大哭。她的后一句话，被抽搐得特别长。

"怎……么……活……呀……"

一个姑娘，特别是一个极其年轻的姑娘，在县委大楼上放声嚎哭，太引人注目，太容易让人联想到桃色新闻了。人不伤心不落泪，一定是姑娘受了委屈啊！顿时，整座县委大楼，响起了吱吱呀呀的开窗声，叽叽喳喳的议论声，无数双眼睛里射出的惊奇、诧异、愤懑的目光，随着响声一齐向这边投来。

平时，王振怀到基层中，哪一级领导不是毕恭毕敬，左一个"请王干事批评"，右一个"请王干事指导"呢！今儿，一个年方二九的卫校毕业生，竟敢在大庭广众之下出他的洋相，是可忍，孰不可忍！一怒之下，王振怀竟忘掉了自己的身份，用最刻薄的言词挖苦她，斥责她，恨不得将她从楼上推下去……

后来，组里的钱秘书、孙干事赶出来，将他推推搡搡拉回了办公室。

当他一屁股碰上那把鸭绒垫的椅子，王振怀便后悔了：刚才为啥不让孟芸芸到办公室慢慢谈呢？组织部和宣传部在同一层楼上，小不忍则乱大谋啊！

懊悔之余，王振怀想起孟芸芸提到的那句话。一句什么话呢？值得她如此动感情！她是从哪儿知道了报告文学上有这么一句话，莫非她已在哪儿看到了那本杂志？

他想到了县卫生局办公室雷主任。雷主任从部队刚转业，三十来岁，首次见王振怀，便将他写的"总结"，在部队团里小报上登的顺口溜送给他指正。说他爱好文学呀（只是这两年太忙）！说他工作也想动动呀（言下之意能去通讯组最好），甚至把他和老婆昨夜生气的事也讲了个来龙去脉，大有相见恨晚的滋味。

王振怀虽说到通讯组不久，却在基层结识了几个这样的"知音"。他乐意有人为他提供报道线索。因此，和办公室主任先后走动了几次。为了配合报告文学发表，增加先进人物重要性，主任还表示，先以局党委名义发个文件，号召全县医务人员向她学习；并要去了报告文学原稿，立即动手在卫生局门口办了两个向朱秋兰学习的大专栏。

王振怀觉得应当立即给他挂个电话，是不是孟芸芸从他那儿看到了什么？

二

这时，宣传部曾部长从外边回来了。

曾部长四十来岁，虽说是县常委，但一点也没个架子，待人慈祥得像个老妈妈。平时，无论什么人找她，她都极耐心接待，哪怕你啰嗦半天，她依旧是慈眉善目，轻言细语。即使是难缠鬼，说话拌着枪药，她也不脸红。因此，人称他"曾菩萨"。女同志，心恁细，平素部里福利呀，同志生灾害病，红白喜事呀，她都亲自过问，甚至对每一个细节都考虑得十分周到。

"大家都停一停，来来来，咱们先开个会。"

曾部长眉心皱成了"川"字，进屋后，环视众人，用少有的严肃口吻宣布，孟芸芸来哭来闹的事，她分明已经知道了。

钱秘书、孙干事心照不宣，椅子挪过来了，嘴上却说："有什么部长指示一下不就得了。"

"刚才的事我已经听说了，"部长叹了口气，接着，她从孟芸芸来闹谈到新闻工作的严肃性，三中全会以来党的实事求是作风，以及目前正在进行的整党学习。最后，她语重心长地说："李干事的教训我们不能不认真吸取。"

所谓李干事的教训，通讯组内无人不记忆犹新。这李干事叫李晓明，在县委通讯组一共干了八年，陪了三任县委书记，可谓立下了汗马功劳。去年，这个县有一个乡发生了殴打教师事件，凶手是乡里一个干部的儿子。县里虽派人调查过，并发文处理，结果迟迟没有落实。教师不服，告到北京一家大报社去了。报社派了个记者下来，找到县委书记，书记当即表态，从重从快，打击凶手。这时李晓明在场，事后便依此写了篇《县委书记重视教育，多年积案半日解决》的消息发到了那家报社去了。谁知书记事儿多，记者走后，他忙忘了。消息见了报，这边仍没动静，教师们联名又写了封信，报纸在头版发表了这封信并加了编者按，指出"ＸＸ县委主要负责人不落实知识分子政策，文过饰非……"结果把正要进地委班子的书记一脚端了。宣传部长为此在书记面前挨了一顿训，李干事自然而然被"充实"到基层单位去了。

王振怀联想到自己，马上意识到部长后一句话的重要性。他急忙解释。报告文学是文学性和新闻性相结合的体裁，人物的语言、行动和心理活动在特定的情境下可以给予某些合理想象。譬如孟芸芸那句话，她究竟说了没说，作者当时又不可能去录音。为了说明这番话的权威性，他还从抽屉里搬了两本教科书出来。

"振怀。"部长亲切地叫了一声，"我不管你是什么'学'。你写的是真人真事，她本人不承认说了的话，你写了就不是实事求是。唉！你前一段工作是令人满意的，可这……"

坐在一边的钱秘书清了清嗓子，不慌不忙地说："部长的指示很全面。我只补充一点，孟芸芸年纪很轻，居然敢到县委大楼来闹，这里，是不是有什么背景？——我看值得考虑。"

"对，对！他们是不是知道了李干事那件事，也向杂志社写去了什么信？这……"孙干事补充道。

接着，他们又怀疑到朱秋兰患癌症是否属实，大家都认为，目前不少干部职工钻国家空子，小病大养，无病装病，这朱秋兰如果患了不治之症，眼看活不多久，她不精神崩溃就算好样的，哪还有心思上班？退一步想，她即使患了癌症，还在工作，一定是另有什么打算。

一席话，把王振怀说蒙了。眼下不择手段骗取荣誉的事还少吗？前不久，报上不是披露了江苏有一个工程师，将黄铜棒当做外国奖品，熬上了全国人大代表么？这朱秋兰患了癌症，他也仅仅是听说。至于真的是不是胃切除，将直肠与食管连在一起，他当时忘了要医院证明看。谁把自己得癌症当玩笑开，他当时这样想。至于朱秋兰自我介绍，手术时刀口从脐部一直到肋下足足一尺多长，王振怀也没好意思让她撩开衣服看……万一这典型有假，那闹出去可真是名声扫地啊！

"部长，你看这怎么办？"他感到了后怕。

"振怀！"部长语重心长，"为了稳妥起见，你先发个电报给杂志社，如果还没刊登，稿子让他们缓发。电报最好是加急的。钱秘书，你带几个同志去认真调查一下，让每个和朱秋兰一块工作的同志都写个证明，万一将来杂志社追查，书记问起这事咱们好有个交待。"

三

本着组织上一贯的回避原则，王振怀本人没有参加调查组。好在眼下任何事保密程度都不高，准备和他建立统一战线的孙干事，时不时找个机会，悄悄地将调查情况透露给他。

他断断续续得知：卫生局党委为了慎重起见，已撤回了向朱秋兰学习的文件，撕掉了已经贴在墙上的专栏。办公室主任并口头向书记作了检查。他说原稿他看过后，也觉得有些问题，碍于上下级关系，才没有指出来。现在看来是个错误。妇幼保健所所长、副所长以及和朱秋兰一块工作的同志，都忘记了当时向王振怀介绍过什么。虽然王振怀采访本上记的有，但他们大多已经否认了。理由是当时没有回忆清楚。人们并且提出了新的问题：譬如朱秋兰本人是医务人员，懂得公费医疗规定，为什么还找人开诸如蜂乳之类的补养品呢？做计划生育手术时，朱秋兰一个人做了三百多例不错，可也有别的同志配合呀！这不是贪天功为己有，动机不纯吗？至于朱秋兰，据说调查组派去后的第二天，她便没有上班了。她丈夫出来讲，是病情恶化……

在县委这边，自从孟芸芸到县委大楼哭闹，调查组派出后，孟芸芸和王振怀的矛盾便被演义成为各种生动的风流趣事。有时，人们正眉飞色舞地说什么，王振怀一走近，大家即刻换了话题。无非是关于物价、天气的小把戏。有时，王振怀站在楼下，大楼上每扇窗户便贴上了鼻子。他仿佛听人在议论："喏，喏！就是他——"弄得平素上楼下楼噔噔响的王振怀，步子软得像踏上了一堆棉花。

俗话说："好事不出门，坏事传千里。"县委大院内的这股传闻，也很快蔓延到了王振怀妻子所在的纺织厂。中午，王振怀一进门，妻子便蛾眉倒竖，逼他交出奸情。接着扑到怀中，又撞又撕，鼻涕眼泪流在一起。等到醋瓶子流尽后，王振怀才晓以利害。她闻声一屁股坐起来，泪眼蒙眬："啊——让你和李晓明一样？这个小破鞋，等我去和她算账！……"

连王振怀初中时的几位同学也赶来了。他们哥们义气，一齐愤愤不平地叫骂："好人不香，坏人不臭，这是什么世道！等我们去收拾那小婊子……"

懊恼，沮丧！王振怀如热锅上的蚂蚁！一句话，就是为了一句话！他万万没料到竟惊动县委上下，掀起轩然大波！几天来，他食不甘，夜不寐，惶惶然，白日竟恍恍惚惚做起梦，梦里已经被流放到乡下。他声辩，他抗议但周身四处竟如处在太空失重条件下，拳头打去，自己反而退了几步……

这天早上，妻子差他去买只鸡补补身子。菜市场上，隐隐听见有人叫。他回首一瞧，忽见朱秋兰立在身旁，不由下意识地惊叫一声，抽身欲逃，那人却又唤了一句。

"王……王干事。"

分明是一个男人粗哑的喉音。他仔细端详，见是一个二十上下的男孩。

"您……找过我。"

哦，对对，这个脸上布满粉刺的男孩，是朱秋兰的儿子。

"俺妈想见见您。"他说，"俺爸说，您工作忙，我们就没去打扰……昨天，俺妈昏迷不醒，老是念叨……"

是不是应该去看看她呢？王振怀在报告文学中不是还评价这位"被死神攥在指缝中的人"，是一根蜡烛，是一只春蚕，临终也要滴尽最后一滴泪，吐完最后一口丝吗？何况，当初采访她时，她并不答应让别人写的。她总说自己没做出什么成绩，二儿子接班手续办妥后，她还是打算退休的。现在，一个患了癌症的女同志，临死之前陷入了这种不尴不尬的地步，按说是需要一种心灵的慰藉。

"我……太忙。"

连王振怀自己都感到奇怪他怎么会说出这种话。是怕踏入卫生局、妇幼保健所那个是非之地？还是怕那个不起眼的孟芸芸？怕朱秋兰责怪自己？都不是。怕什么？他说不清。

四

事情往往就怕有个偶然。

调查组即将结束调查的这天，王振怀忐忑不安地从老收发手上接过了一个邮件。大信封，沉甸甸的，像一本厚厚的杂志。

但封皮上，有邮局的一张改退批条。

"邮资不足，退回原址。"

天啦！这原来是王振怀寄向杂志的稿件。

多少番忧虑，多少夜不眠！为了你，为了你！王振怀像一个母亲惩罚不听话的儿子，怀着无限惆怅的心将信皮撕了个粉碎。

气恼之余，他又翻了翻稿子。不知为什么，他从头到尾看了三遍，竟没找到孟芸芸自称没说的那句话……

"嗨！"他叫了一声，恨恨地将报告文学丢进了废纸篓。

部长听说稿件退回后，舒了一口长气。她依旧是那么轻声细语，和蔼亲切："振怀，没捅出乱子就好，不过，历史的教训值得注意。这件事，充分说明了我们工作还不仔细，新闻工作是党的喉舌，万万不可掉以轻心啊！"

为了总结经验教训，调查组回来后，还就朱秋兰问题向县委作了专题汇报。

岁月如流水激荡，时光能抚平一切。这场莫须有的虚惊在县委大院，在王振怀心中渐渐被忘却了。他像往常一样，带着相机、采访本去各单位总结先进经验，发掘好人好事，报纸上，又接二连三出现他的"豆腐干"。

这一天，春光明媚，桃李芬芳。已经任命为干事的王振怀从大街上过，迎面撞见了那个满脸长着粉刺的年轻人。他臂上戴了黑纱。

"王干事，"青年人喃喃道，"我……我妈临死前，还遗憾没见到你。她说……她给你带来了麻烦，黄泉下，怕也难以瞑目……"

王振怀——不！王干事怔住了。他的嘴，慢慢地成了个"O"字。那个"O"字里，似乎包含着人生某种无法言说的滋味。

古老的簪子河

"咚！咚！咚！"

十二支三眼铳在县委门口登场了，那粗犷的嗓门，使响成一团的鞭炮声陡然变得更加辉煌。

"向专业户学习！"

"谁致富谁光荣！"……

年轻的县委书记，走在一群披红挂彩的万元户前面，带头呼起了口号。他那富有号召力的手臂，扬起了这次夸富游行的高潮。

"表嫂！——刘云霞！……"

我站在一辆停在路边的汽车上，向那群披红挂彩的万元户呼唤。我能在这最隆重、最光荣的时刻和分别五年的表嫂相逢，该是多么令人难以忘却呵！

一张张洋溢着自豪的面孔从我的眼前掠过了：养猪万元户……养鱼万元户……农民企业家……表嫂，表嫂那个"养花万元户"呢？

我从人海里挤了进去，站在最前面的位置上，仔细地端详着。

没有！为什么没有？刚才，在县委门前的光荣榜上，不是明明写着"伏山乡石家冲养花万元户刘云霞"么？县广播站的大喇叭里，不是正播着万元户刘云霞致富不忘乡邻的消息么？

游行结束后，我揣着一脑子疑问，匆匆去县委招待所，没料表嫂那个乡来带队的干部摊开双手告诉我：他们离婚了，就在最近。

我不信！

十年前，杏花飘飞的三月天，大别山里二姨捎信来：表哥娶了花嫂嫂。据说，表嫂是山外刘家花园人，表哥去她家买花时相识的。那刘家花园，几百年前就种花，湾里大人小孩，谁也会说上个百儿八十种花名、习性、特征。前些年，有一家画报上还专门登过那些养花姑娘的照片。那照片上的姑娘呀，长长的发辫，弯弯的刘海，一对对大眼睛就像花瓣上的露水珠。哎哟哟，我立时三刻就想去看看花嫂嫂。她敢情就是那画报上的俏姑娘。

> ……
> 十月叹郎茶花开，
> 门口搭个望郎台，
> 一天望三趟哟，
> 小郎子哥。
> 不知你哪路来。

这一天，我搭晚班车往二姨家赶，下车后走到垮前簪子河时，忽听河面上飘来时断时续的山歌声。

我循声望去，见河边一个穿红衣的女子正在洗衣。酽酽的山歌声，随着她的捣衣声一起往外流。

> 冬月里叹郎腊梅开，
> 手扒梅枝望郎来，
> 三更才去睡呀，
> 小郎子哥，
> 听见风声又起来……

那女子吟吟呀呀，不时停下来抬头向我的来路张望，忽然，她"啊呀"一声惊叫，跳起来向下游追去——原来，棒槌让河水抢走了。

她跑着跳着，身材儿十分灵活，一对喜煞人的长辫子在背后飞舞着。凭着夕阳，我看清了她有一张俊俏的鸭蛋脸，脸上还有粉嘟嘟的茸毛——比那画上的女子还美呢！

痴情的妹子！我捂着嘴溜了。要不是盼着去见新表嫂，我一定上前瞧瞧她是谁家的姑娘。

二姨院中刚卸下花蒂的青杏在向我招手了。我三步并做两步，正待推门，忽见一根长竹竿跃跃欲试，伸向杏树枝。

是谁？胆敢打二姨才卸花蒂的青杏！这是姨夫临死时栽下的杏树呵！大办钢铁那一年，一群人掂着锯子、斧头来砍树，二姨扑上去，发誓人在树在。

那些人知道二姨的倔脾气，奈何不得，也只好悻悻地走了。我小时候在姨家时，为了吃几颗青杏，曾挨过二姨的巴掌。那只有每年五月杏子成熟时，二姨才挨门挨户送一升黄亮亮的甜杏子，说一遍二姨夫栽树的往事……

我拥门而进，呵！站在桌子中一只板凳上的竟是二姨自己。

"二姨……你！"

我奔过去扶稳正在摆动的板凳，仰头不解地望着全神贯注的二姨。

"好。扶稳。扶稳，好！"

二姨毕竟已是快近花甲的人了。她吃力地举起竹竿，"啪啪！"竹竿在杏枝上舞动。许是才落花蒂的杏子太小，打了几次，一颗杏子也没掉。

"唉！"二姨擦了下额上的汗珠，叹息了一声。直到这时，她才发现是我来了。

"你想吃么？"二姨气喘吁吁地爬下凳子，我问。

二姨神秘地笑了笑，昏黄的眼睛里闪烁着快活的光芒，脸上的皱纹舒展了许多。她张了张嘴，正要说什么，忽然门外传来质问声。

"好呀文松娘，还瞒着我们！"

话音未落，进来了右边隔壁的孔奶。她怀里抱着不满周岁的小孙孙，一迭连声地嚷：

"啥时发红蛋给我们？是'踏门子'么……"

二姨光是笑眯眯地望着孔奶，伸手接过她怀里的小男孩，干核桃一样的嘴不停地吻着孩子的小苹果脸。

"是'踏门子'么？多少天了？怎么，不承认！你打这杏子干么事？老东西，还能是你自己要吃！……"

二姨并不恼，冲着怀里的孩子，模仿着童稚的口气："喔，等满堂有了小弟弟，发红蛋还能少了你么？喔！"

二姨说这些话时，不时抬头望一望左边的院子。她高声大嗓的许诺，仿佛是冲着那边说的。果然，院子那边响起了摔东西的声音。我听说过，那边院子里是二姨夫的堂兄弟。五个儿子，势大气粗，曾多次骂二姨"克夫"，逼着二姨改嫁，想吞下二姨夫留下的房产。

"是呀是呀，敢不给我们满堂。"孔奶又一本正经地询问二姨，"啥时有的，是这月还是上月？我算算，是儿还是女？"

哦，我明白了！是表嫂有喜了！怪不得二姨打青杏，怪不得她那么大声地冲着左边院子说笑呢！像娘说的，二姨十年来守着表哥文松这个独根儿，不就是盼望着抱个小孙孙！

正在这时，河边我碰见的那个穿红衣服的女子进来了。她和孔奶打了个招呼？望着我，问二姨："娘这是——"

"嫂！"我没有犹豫，跑上去接过她手上的衣服，说起河边听她唱歌的事，她脸竟红得像朵杜鹃花。她故意岔开话题，问几时动身，几时到的，语气软和得像燕子呢喃。这时，我才知道表哥进城给队里买喷雾器去了。怪不得她唱那些可怜巴巴的歌哩！

我们嬉笑了一阵。我帮表嫂朝竹竿上晾衣服时，说起二姨打杏子的事，把孔奶的话复述了一遍。

开始，嫂子还装着一本正经的样子，后来，用手捂着脸，嘟囔道：

"瞧俺娘，人家刷牙就有爱引起呕吐的毛病，她呀！"

我不信，冲着表嫂皱了皱鼻子："哼，到时候呀，小宝宝不给我喊姑，我才不饶你呢！"

"你这个嚼舌根的，也不怕嚼烂了舌头将来没人要！"表嫂隔着衣服，伸手要来捂我的嘴。

"一天望三趟哟，

小郎子哥……"

我学她在簪子河边唱山歌时的声调，绕着衣服躲着唱，后来，我干脆跑进了屋。

哟，谁知我跑进了表哥表嫂的新房。你瞧瞧，屋子里布置得多么整齐利索。第一件跃入我的眼帘的便是帐子里那张胖娃娃抱着大桃子的年画。嘻，还不让人家说，帐子里挂这个干什么呀！

"芸妹，娘叫吃饭呢！"

表嫂倚着门框叫我。她分明已经看见我打量那张画了，所以故意不进门。

二姨亲自催了一遍。我才相信。

吃饭时，表嫂不时探头朝外望，门外一响起脚步声，表嫂便放下碗，跳起来去看，一副焦急不安的样子。二姨为了我专门炒了盘鸡蛋，我夹了两块给表嫂，表嫂也没吃，一直放在碗边。后来，她借口不想吃，又夹给我。嘻，我才不吃哩！我知道表嫂是想留给谁的。

吃过晚饭，天已经黑了，表嫂争着和二姨洗碗筷。洗完后，她探头望望天，从房屋里掂出一件衣服，一把手电，“娘，芸妹，我去迎迎文松。”说着，她闪身出去了，一缕淡淡的歌声留在小院里。

“瞧他俩！”二姨欣慰地笑了，“像对小鸳鸯，一会儿也离不得。”

夜里，我和二姨睡。半夜里，听见表嫂的门响了几次，鸡叫时，听见院子里传来两个人的对话声：

“你为啥还没睡？”

“你为啥半夜往回赶？”

“你呀……”

表哥和表嫂感情恁好。他们怎么会离异呢？是怨表哥么？不可能！那年月，表嫂家因为在房前屋后种花的事，被说成是“破坏以粮为纲”。表嫂爹被批判、挨斗。最后还被抓进了大狱。表哥不怕担风险，主动找表嫂求婚。你想想，独木桥都过来了。现在阳关道上还会翻车么？俗话说：“人穷气多。柴湿烟多。”凭着表嫂种花，表哥家甩了穷帽子，盖了楼房，安了电话，成了远近闻名的富户，他们不缺钱，不缺物，为什么还会有这种悲剧产生呢？我百思不得其解。

蓦然，县委大院那边又传来了锣鼓声，我的心一沉……

记得我高中毕业后，下放时，让自由选点。我选了二姨那个村。表嫂温柔贤淑，有她做伴儿，我咋也不会惦家了。

那个秋天的午后，我刚翻过二姨家塆前的织女峰，便听见河谷里响起了锣鼓声。走进村子，发现不少乡亲朝二姨家涌。

二姨家有啥喜事？莫非是表姨添了小宝宝！那次表嫂呕吐，二姨空欢喜了一场。这一回，该了却二姨心愿了吧！

“恭喜文松娘，添人进口。得子得孙！”

“都喜，都喜！屋里坐，屋里坐！”

哦哦！这不分明是二姨抱了孙子！该死的表嫂，早也没透个信儿。

这时，锣鼓谱儿由“水泼浪儿”换成了快节奏的“得胜还朝”，孔奶奶从人群里走出，双手托起一个圆柱形的红布包裹，神色庄重地递给二姨，二姨小心翼翼地捧过去，好像里面是一触即碎的玉器，是菩萨赏赐的不可亵渎的圣物。

“云霞——”二姨转身朝屋里叫。

不知为什么，片刻，表嫂才低着头，迟迟疑疑地走出来，仿佛心上有什么隐衷，不愿见众人似的。她脸上的表情，说不出是哭还是笑。

"来。抱回孩子。"

孔奶和二姨异口同声地吩咐道。

"冬冬锵，冬冬锵……"

锣鼓声似乎是响到了高潮，我明白了，红布包裹里是孩子，是表嫂盼望的孩子，是我的侄儿或侄女。可我又有点纳闷：既然是表嫂的孩子，为什么要由孔奶率领着一群人敲锣打鼓送来？莫非这是山村特有的风俗！

"啪!"红布包裹里的孩子突然从表嫂的手中滑落到地上。我的心一下子跳到嗓子眼。

奇怪！孩子并没有发出"呜哇呜哇"的哭声。表嫂无动于衷，冷漠地望着孔奶又从地上托起孩子，机械地伸出了双手。

又是一片恭喜声。我趁二姨忙着招待众乡邻的当儿，从人缝里跟随着表嫂进了屋。

表嫂大概没看见我跟在后面，进屋后随手关上了门。接着，门缝里传出了隐隐的抽泣声。

我推开门，见表嫂真的伏在床上，两肩轻轻地抽搐着。孩子，却放在一边。

"哟嫂子，你的'杰作'呢?"

我疑心表嫂和二姨在生气，便编排着话儿，想尽量冲淡这不快的气氛。

话儿一出口，我便看见：表嫂的床头边，红布包裹里，竟是一个已被摔碎的青皮白瓤的大冬瓜。

哦哦。我忽地忆起小时听说的古老的乡俗：村子里。谁家新娶的媳妇不开怀，村邻们便从地里偷来一个冬瓜送去，希望这家人添一个冬瓜一样的胖儿子。

外面嚷嚷着要吃红蛋，喝喜酒的声音一阵阵飘进屋来。那声音是多么热诚而又善良呵！

"文松家，文松家！孩子呢? 孩子呢?"

孔奶进来了。她抬高嗓门从门外一直嚷到门里。

"这冬瓜儿灵验得很哩！过去，咱奶的一个娘家堂妹子不生。村里人送了个大冬瓜儿。哟！第二年便引来了个胖娃娃。"

孔奶一边说、一边比划着。脸上的肌肉习惯性地颤抖着。小时候来姨家，常见她激动时便是这个样。

表嫂噙着泪花，微微地点着头。那神色，也说不上是相信还是不相信。

这时，二姨进来了，见了我，惊讶地叫了一声，又吩咐表嫂：

"灵芝，谢谢孔奶！"

孔奶临出门时，还一遍又一遍地叮嘱表嫂：冬瓜儿千万要一直放在床上，什么时候怀里有了喜，才能"请"下来。

表嫂紧抿着小嘴，静静地听着，孔奶和二姨的脸上都洋溢着喜悦的光彩。

"表哥呢?"

众人走后，我问起表嫂。

"他……"表嫂咬着下嘴唇，嗫嚅着，"他不让人家送冬瓜儿。娘骂了他一顿。他……一赌气到水库工地去了"

"嫂，这冬瓜儿?……"我不敢直接说它灵不灵。

"我知道这是孔奶的好意。可……可她也叫我去人家新娘子床上摸过红萝卜，说是只要摸到了中间的那一个就行了。这冬瓜儿，怕也就那么回事。"她顿了顿，突然睁大眼睛问我，"妹，我要真的不生孩子怎么办呢?"

"说哪儿话!"我安慰她，"你又没灾没病，怎会没有孩子呢? 你会有一个孩子的。"

"嗯。我真担心……"

"瞧你!"我截断她的话，"真要没有，也没有什么要紧，周总理不是没有孩子么?"

"周总理是周总理，我是在大山窝窝里呀! 咱娘只有咱姊妹三。偶尔和队里人顶起嘴，别人就把这挑出来，骂俺家没有男孩是'绝户头'。何况你二姨呢? 为了文松守了二十多年寡，听说条件顶好的主儿她也不愿改嫁。图个啥，图个姨夫的根儿不能断，可我……"

"哎哎哎!"我担心再说下去表嫂精神上受不了，便嚷道，"别这时候盼呀盼。到时大的哭小的叫，违犯计划生育规定，还要倒霉呢。"

表嫂苦笑了一声，说："俺妹真会说话，真是那样，我拼着倒霉。也要多生两个。你没瞧，左院里文松他老爹为了想这份房产。巴不得你二姨夫这一门断子绝孙哩! 大前天，为了一只鸡的事，又咒骂你二姨'克夫克子'。他们见我没孩子，乐坏了哩! 娘一人在屋里哭命苦，常常向什么观音老母许愿。"

这时，二姨在外面叫了。我不愿表嫂再胡思乱想，拉着表嫂上外去，出门时，表嫂红着脸问我：

"妹，你是高中生，你该知道，人家讲，这女的不生。医院可以治，有这回事吗?"

"嗳，对了！"我连连地用手指敲着额头，"你看你看，我咋忘了提醒你一声呢！"

二姨望着我俩的高兴劲，脸上乐得像开了朵菊花。吃饭时，她望着表嫂，吩咐道：

"云霞，明儿你去把文松叫回来。"

"嗯。"

表嫂抿着嘴儿笑。

簪子河的流水日夜不停，一转眼，花开花落，又是一年了。表嫂床上的冬瓜放得不能再拖下去了。她的身子还依然是那么小巧玲珑。表嫂这下急了，脸上的红晕急剧地消逝。悬胆似的小鼻子两边，隐隐地浮现出两块灰黑的晕斑。她想和表哥一块去医院检查检查了。可从这重重叠叠的大山里到省会至少有千儿八百里，两个人去来的车费、住宿、吃饭，还有检查费，少说也要三二百元钱，农村里穷得买盐的钱也靠从鸡屁眼里抠，哪儿去找这笔现款呢？表嫂和表哥一合计，去村东逮了两条猪娃，表嫂起五更睡半夜，抽空儿打猪菜，翻山越岭去捞水葫芦、水花生给猪当饲料。不料两条小猪中途生病死了一头，另一头勉勉强强喂大了，在十里外的柳镇卖肉时，又让市管会敲了一杠子。表嫂辛辛苦苦喂了一大年猪，除了本才收入四五十元钱。这一天，我从表嫂的房屋前过，听见表哥和表嫂在里面商量。

"咱俩一块去。这点钱……"

"不要紧，咱想想办法嘛！……我那件毛衣虽说旧了点，可也还值十多元钱。噢，我还有这对辫子。"

"云霞，我再穷，也不能让你去铰辫子卖呀！"

"嗯——辫子……很误事。我早就想铰了！就是你不让。这回……"

"云霞！"

剪刀"喀嚓"一声。

"云霞！……"

表嫂东凑西借，终于拼够了一百四五十元钱。这一来，她的鸭蛋脸上又洋溢着按捺不住的喜悦；点墨般的眼珠里透出希望的光芒。过了九九重阳节，他俩向队上请了假，带上足够十多天吃的干粮，满怀信心地沿着簪子河走了。

送别了表哥表嫂，从簪子河边回来，我听见院里谁喃喃有声：

"孩子他爹，你保佑保佑文松早早得子……"

依着门缝，我瞥见二姨正跪在杏子树下，微眯着两眼，虔诚地向着杏树祈祷。

可怜的二姨，为了盼一个孙孙，每天里头发不知白了多少。自从已经腐烂的冬瓜儿从床上抱下来后，她便停止了拆洗旧衣服的劳作，丧失了观察表嫂腰身、饮食的信心。望见村里人家的孩子，常久久地站立不动。有一回，隔壁孔奶的小孙子满堂喊"奶奶"，她竟在院这边失口应了一声。当她觉悟后，不由老泪纵横，几天像掉了魂儿一般。

"噼——啪！噼噼啪啪！"

忽然，左边院子里传出了热闹的鞭炮声和女人孩子们的嬉闹声。

"要红蛋——！要红蛋——！"

哦，是表哥的堂兄又添了个孩子，今儿正三天，照风俗"洗三"呢。

二姨站起身，用手托着头，在院子里踉踉跄跄，我急忙奔进去扶住她。

"哟，是个大胖儿。"

"你瞧，长得多富态！头大耳门宽，长大好做官……"

隔壁的嚷嚷声随风一阵阵飘过来，我明白了：二姨听不得这种声音，受不得这种刺激。我扶着她走到床边，安慰道：

"二姨，表哥和表嫂不是到省城医院检查去了吗？有什么毛病，保准可以治好，早早晚晚，你还是要抱孙孙的。"

二姨长长地舒了口气。

十几天后，表哥表嫂回来了。不巧，我这时招工去了县化肥厂。后来听说，他俩检查生理上都没有什么毛病。我真从心眼里为他们高兴，为二姨高兴。

日日里，我便惦记着表嫂了，惦记着表嫂未来的小宝宝了，日子咋过得恁慢呢！二姨村里一有人进城，我便打听表嫂的消息。谁知道，又过了一年，依然杳无踪影。只是听说，表哥的堂叔家为了霸占二姨的房地基，又使蛮拉横，用"绝户头"、"断子绝孙"之类的话来气二姨一家。是呀，表嫂要有个孩子，这些人的嘴不是自然被堵住了吗？

同车间的孟大姐知道了表嫂云霞不生育的事后，热情地荐举了一种用白酒煎棉籽的土单验方。我想：何不征求一下表嫂的意见，让她诊治试试呢！轮休的当儿，我乘车去了二姨家。

"姨，嫂呢？"

我一进门，东张西望，也没见表嫂的影儿。

"二妹子出嫁，她帮忙去了。"二姨没好气地说。

是的，表嫂心灵手巧，人模样儿又俊，三乡四邻的闺女出嫁，娶媳妇过门，常有人来接她去支应的。这何况孔奶家和二姨家是近邻，二妹子和表嫂挺不错呢！不说接，表嫂自然也会去帮忙的。

果然，右边院子里人声嘈嘈。村子里的妇女小孩们潮水般流向孔奶家。爱看热闹的男人，也远远地站定比比划划。

"噼里啪啦！"鞭炮声炸开了沉寂的山村上空。我随着人流挤去，果见二妹子头上盖着一块红布，由她的亲哥哥抱出了门，朝一顶新扎的轿子中放。梳理得整整齐齐的表嫂，从旁边拿起红绿丝线，匆匆奔过来攀扎轿门。忽然，病中的孔奶扶着一根竹节拐杖走出来，一只手颤抖地指着表嫂：

"放下！放下！"

众人被孔奶的呼叫声惊呆。抬嫁妆的放下了肩上的扁担。蹲下起轿的又直起了身子。

孔奶颤巍巍地挪动着步子，竹节拐杖在地上捣得"叭叭"响。她一步一挪地移到表嫂面前。

"你、你放下！"

表嫂惊诧地望着孔奶，又低头望望自己身上，望望轿门，不知有什么地方出了纰漏，忙伸出手去搀孔奶。

"你，"孔奶抽回了手，脸上的肌肉颤抖着，气喘吁吁地说道，"不生不育，出嫁这吉利的事儿……"

表嫂的脸色骤然变得灰白，手巾的丝线悠悠地飘落在孔奶的脚下。她呆呆地站立着，既没辩解，也没走开。她显然已经明白孔奶说她不生孩子不配再为二妹子送嫁的事儿了。

见表嫂泥塑木雕一般的神情，我赶紧走上去扶住她。我隐隐地感觉到：她的整个身子都在颤抖。

送亲的队伍已经出村了，"噼里啪啦"的鞭炮已经在山村的上空消失。表嫂姗姗地走回屋，坐在床边，既没有哭，也没有吭一声。

我知道表嫂心里十分难过，便劝她说：

"嫂，你就好好哭一场吧！憋在心里，会憋病的。"

表嫂没有流一滴眼泪。她呆呆地坐着，深潭一般的目光平视前方，仿佛要看穿什么似的。

我正要还说点什么，忽然听见外面传来二姨追打鸡子的声音。

"懒婆娘，人家喂鸡还生个蛋，我养你干什么！"

"咯咯咯!"

随着鸡子腾翅飞蹿的声音,表嫂的身子神经质地抖动了一下,成串的泪水无声地从她的眼眶里朝外涌。

第二天清早,表嫂的两只秀眼明显地陷落了下去,眼圈上布满了黑晕……

"妹,人何必要托生个女人呢?"

分手时,表嫂突然这样问我。

我该怎样回答她呢?……

我终于悟出了:表哥与表嫂离婚,十有八九是因为表嫂没有生育。"不孝有三,无后为大",几千年的封建世俗,都把女人当做传宗接代的机器。表哥呀表哥,表嫂没孩子,已是十二万分的痛苦,现在你又让年过三十的她独自吞吃这枚苦果,岂不给表嫂冰上加霜!你难道没想到,是表嫂给你带来了财富,给你带来了荣誉,给你带来了幸福?……惋惜和愤慨之余,我突然想起表哥这个万元户家是安有电话的,便即刻拐进一家熟悉的旅社。

从话筒里,我听见对方总机在不停地呼叫表哥。好一阵儿,没听应。那位挺负责任的女话务员转告我:"这几天他家的电话一直没人接。"

我决计去石家冲走一遭了。

又是傍晚,在簪子河边。当我遥望那幢被晚霞涂抹得富丽堂皇的小楼,望着暗蓝的天幕下闪烁着光芒的电视天线,我更加怀念善良勤劳的表嫂,不由忆起河边初见她的一幕。

忽然,透过披拂的柳丝,我蓦地看见当年表嫂洗衣唱歌的石堤边,有一个熟悉的身影在徘徊。

是表哥!喔,什么时候,他竟变得这样苍老:乌黑的头发半数花白,眉梢眼角布上了隐隐的鱼尾纹。

我叫了一声。片刻,他才如梦初醒,缓缓地侧过身子。

我绕着弯儿问起有关表嫂的事儿,他先是低着头,两手不停地绞着,支支吾吾,不愿回答。我耐不住性子,单刀直入,质问起他这件事儿。他若有所思地盯着夕阳下忽明忽暗的簪子河水,忧伤地向我讲述:

"责任制后第二年,云霞见政策活了,便回刘家花园讨了点花种,在咱门口那一亩七分鸡叨地上种上了月季呀桂花呀。头一年,咱便收入一千多元。第二年,咱一下扩大到五亩,收入上万元。咱除了捐一部分给小学校,给乡邻们免费送点花苗，余下的钱咱还盖起了楼房，安上了电话，成了山里第一个先富起来的人家。省里、县里领导来过，报社、电台记者来过。热闹归热闹，富裕归富裕，可湾子里还免不了有人说风凉话。特别是二妹子婚后一胎生了对双胞胎，对云霞刺激更大。每当她忙完了活儿回到屋时，一个人总是呆呆地望着屋里电视机、收录机、电话机。有时夜间，她常常突然惊叫一声。我明白：她是心里有块病疙瘩。我便安慰她：有孩子没孩子都不是什么大不了的事，咱有钱，还愁老了没人养活。云霞总是苦笑一声，没说啥好歹。还在夏天，她就给我和娘的旧棉衣拆洗一番，给我赶了双千层底的棉鞋。起早贪黑，把地里花丛中的草锄了一遍。云霞自从来咱家后，一直这样勤快，我就没介意。她打算走的这夜，把外边欠咱的花钱，几笔预订的合同书写得清清楚楚地压在桌子上，后来，才上床蒙着头睡了。半夜里，待我醒来后，见她捧着俺俩的合影照流泪。这样的事，我见得多了，劝她也没用，我也没介意。天亮后，她夹了几件换洗衣服，说想回娘家看看。我想：她闷在家心里不畅，换换地方也许好些。我送她出门，见她总是一步三停，舍不下什么似的。过了簪子河，她站在对岸向这边望了很久。这天下午，我正没精打采地嫁接桂花，电话响了，是乡政府打来的，让我去一趟。

"我去乡政府办公室，忽然见云霞也坐在里面。我进去后，她低着头，连招呼都不打。我正纳闷，一个干部从里间小屋走出来，指了指椅子示意我坐下。他瞟了云霞一眼，问我：

'离婚是你也同意了的吗？'

'怎么？离婚！'还没转开圈儿，云霞已抢先说道，'是我提出来的。'

"那干部苦笑了声，说：'刘云霞同志，你是我们乡物质文明的标志，率先致富的带头人，你不久又要作为县三级干部会上的特邀代表去大会上发言……这样……'着，他又讲了一番婚姻法上离婚的规定，希望我们慎重考虑。他的话还没落音，云霞便转过脸来，用一种几乎是乞求的口吻说：'文松，你……你就同意离吧！看在这些年的情分上，看在娘的分上。你就答……答应吧！钱再多，不……不能代替会生孩子的女人的……'

"这一次，因我坚持不离，加上乡里干部的一再劝解，云霞才作罢。不过，她并没和我一块回家，一个人又到刘家花园去了。

"一去三个月，云霞没回一趟，村里杨家八婶娘家也在刘家花园。她回家时见过云霞，说是她还委婉地询问这边情况。后来，我去找她，她不见。再后来，八婶告诉我：云霞又寻了个主儿，还是个军人，面前只有一个小男孩。

云霞还请她给参谋意见呢。没几天，她又到乡里提出和我离婚。好！你不念旧情，我也没啥再念的。一气之下，我签了字。谁知过了一段我才隐隐约约知道，云霞压根没有准备嫁什么人……这时我才明白呵！"

表哥用拳头捶着脑门，哽咽着："我真糊涂呀！……云霞到咱家十多年。福没享上一天，活没少干一件。她养花种树，让咱家富了起来，可现在，她……却孤单单地走了。娘虽盼孙心切，可云霞这一走，她像掉了魂儿，每天少不了念叨云霞两句好处，后悔当初不该给她难堪。我也常想：结婚十年没孩子，有人笑话我娶了个'不下蛋的鸡'，骂我'绝户头'，但我从没在她面前拉过一次脸，现在，她不该走呀！……"

表哥悲惨的呼告，在迷蒙的山谷间回响，在曲曲折折的簪子河上飘荡，我还能再去指责表哥什么？！

一年一度的中秋明月升起来了，远山，层层叠叠的远山遮住了人们的视线。刘家花园在哪里？表嫂云霞在哪里？往日的恩爱、幸福在哪里？

两岸的牛郎织女峰沉默着，只有簪子河，只有源远流长的簪子河在一年一度的中秋明月下，一如既往地奔涌着、奔涌着……

（原载《卧龙》1988 年第 2 期）

玫瑰三愿

一

一袭云其纱绛色旗袍，愈发勾出了这个十八女郎窈窕的曲线。那微微波动的部位很扎人眼，特别是高师的男生们，被女郎倩影搅得神魂颠倒。他们不敢瞧，却又不由自主地偷偷瞥上一眼。甚或有几个胆大的，以种种借口邀请她参加这诗社那学会，终被她眼角里射出的不屑的余光吓退了，不过，这几个男生转了个弯儿便叫"值"。他们是想正面瞻仰一下她那美得炫目的尊容，听她金口吐出一句两句玉音。

姑娘姓文，名静，高等师范艺术系国画专业二年级学生，因为她画得一手好玫瑰，又唱得一曲时下最流行的"玫瑰三愿"，便风靡了高师校园，赢得了一个"玫瑰女"的外号。

> 玫瑰花，玫瑰花，
> 烂开在碧栏杆下。
> 我要那妒我的无情风雨莫吹打，
> 我要那爱我的多情游客莫攀摘，
> 我要那红颜常好不凋谢。
> 好教我留住芳华！

这曲儿温柔清新，哀婉凄清，但经文静金铃子一般的嗓子唱出，全没了那人生无常的滋味，整支曲子都洋溢着一种华美、典雅的光辉，仿佛是那满园子玫瑰都像这姑娘一样灼灼夺目，令人向往。

不过，这美艳雍容的外号送给文静并不太恰切。她虽家境殷富，但自幼丧父，寡母受族人排挤的遭遇，少小无父的孤单，滋养了她生性孤傲内向的脾气。她平时少言寡语，不喜与人交往，甚为不屑周围一些男生廉价的奉承和有些女生的自轻自贱，整日喜欢徜徉在自己设计的情感世界中。但对公益事业，譬如募捐赈济灾民，资助穷苦同学，她倒也不甘落后。

这"玫瑰女"后来成了我的二姨。

二姨的故事我对妻婚前婚后已讲了不下十遍。说起她年轻时的风姿和才华，我也有几分窃喜。

<h2 style="text-align:center">二</h2>

姨要来了。

妻刚从产房出来，妈妈便接到姨从乡下写来的信。妈妈如释重负："有你姨来照料，我就轻闲多了。"

妻卧在床上，一脸倦容，但妈妈的情绪传染过来，她便高兴地告诉还没睁开眼睛的女儿，"咱还没见过姨姥呢！哦，对不对！"

姨已经多年没来了，妈妈自然高兴万分，她忙不迭地给姨张罗床铺，去集贸市场买姨小时便爱吃的蘑菇，掰着手指头计算姨何时起程，何时到达，可是过了好几天，仍不见姨的踪影，妈妈和我们都急了，担心姨路上有什么差错，或是家中走不脱。其实，我们知道，姨父死后，大表姐二表姐相继出嫁，家中只有一个快四十岁的表哥和姨两个人。姨并不存在家务拖累一类的事。

这一天，我家门口来了个佝偻着腰的老太婆，她立在台阶下，不关风的嘴里呼唤我的名字。此时家中只有妻一人，妻从淡绿色的窗纱缝中打量，以为是乡下又来了个农民找我申诉什么，便不友好地冲外嚷我不在。中午下班时分，有人告诉楼梯口有一农村老太婆等我。这一段上访群众特别多。他们也摸到了窍门，上班时不找，偏觅下班缠磨。我闻讯便往后退。岂知那老太婆竟攀援而上，走两步，叫一声，直到我听清她是在叫我乳名后，我才想起来人怕是二姨。

从侧面看，我几乎不敢认这黑衣老太婆会是二姨。几年不见。腰已佝偻了，嘴瘪得像个蛤蜊，如果和我妈妈站一起，谁也不会说她是妹妹。

姥姥在世时，姨一年中少说也要到妈妈这儿来上一两次。虽然，我们家也并不宽绰，但比姨那乡下强多了。姨每每到这儿来时总是面黄肌瘦，住上十天半月，身子便见好转，回去时，再捎上几件我们兄妹穿旧的衣服，揣几块妈妈塞给她的零花钱。但自从妈妈退休去到爸爸那儿后，姨却少到妈妈那儿去了。姐妹俩三五年不见面，妈妈惦得慌。妈妈每次去信催，姨总是含糊其辞。我估摸农村实行责任制后，乡下日子好过一点了，表哥外出做工，姨要看家的缘故。

妈妈却摇摇头，说不一定。

这次，姨是真的来了。她八九分是冲着我的女儿来的。一进门，她不顾羞惭的外甥媳妇的解释，兀自抱过我的女儿。左端详，右端详，苍老多皱的脸上浮动着一层少见的红晕。"姐，你看这小宝宝像谁？……怎么？我怎么看有些像我小时候！"姨呈现出一种和她这个年龄不相称的激动，且看且问："叫什么名字？你们给她起了没有？……什么，凌圆圆？俗！明末有个陈圆圆，和吴三桂说不清道不明，还叫圆圆干什么！路上我便想好了，姓凌，就叫'凌波'得了。清朝女子梁蕉卿不是有首《湘湖采菱曲》么？起首一句便是：吴江女儿采菱花，凌波绰约如朝霞。这'凌波'二字便把女子行走时的风采写活了。另外，这姓与名搭配和谐、妙趣自得，还有种一往无前、对未来充满信心的意蕴。如何？"

二姨这一番分析，妈妈连连颔首称是。妻竟当即改口唤小女儿：

"凌波，叫姨姥！"

三

姨到来的次日，她便罢了妈妈的照顾产婆和婴儿的工。她指出妈妈汤煨得不好，小儿的尿布烫得不净，捆包时手重……妈妈笑笑，甘愿退到一旁。听妈说，打小开始，妹妹便比姐姐有主意。穿什么颜色的衣服，会不会某一个同学，甚至饮食起居，梳妆打扮，做什么都是妹妹指挥姐姐。姥娘活着时便说："这姊妹俩呀，生颠倒了。"妈妈这人素来不爱动脑筋，据说上到初中便退学了——读书便头疼。刚解放时，政府起用有文化的人，有一个同学问她："你怎么不去谋个职业呢？"妈妈说："我找妹妹商量一下再说。"恰逢这时姨随姨夫去了乡下，百十里地，消息不通，妈妈无从请示，左等右等，妈妈的同学做主给她报了个名。就这样，妈妈当上了吃皇粮的教师，虽也清苦，但和终生趴在土坷垃里的姨比，就算是天壤之别了。

姨许是年轻时便精明的缘故，这般年纪，腰佝齿落，仍利利落落。这屋里侍候产婆、照顾婴儿，我们一家人的饭菜，都是她包了。除此之外，她依旧有闲空儿。于是，便指挥我妈妈去街上扯几尺白布、红布，买五色丝绦，她要给我的小女儿绣花兜兜了。

姨眼睛已经花了，穿绣花针时，插了四五次，仍不奏效。妻有几分怀疑，安慰姨道："俺毛毛要早出世便好了。"

姨笑而不答，只好请我们代为穿针。

穿针都看不见，还能谈得上绣花吗？我们都在诧异，姨却飞针走线，似看非看，枯皱的无名指儿微微翘着，引得五色丝绦在白布上翻飞。须臾，便见一朵花儿栩栩如生。定睛看去，是一枝水灵的玫瑰。

一屋子人赞叹不已，妻起身首先探过头瞻仰。

"姨，刚才没见你描样儿呀？"妻问。

"二姨人家是艺术系高材生呗！"我沾沾自喜。

二姨闻声身子抖了一下，动作渐渐慢了下来，手指儿仿是也不如先前灵活了，待她抬起头时，便见她仿是入得梦中，昏花的眼睛中目光更见散淡（这曾是一双多么迷人的秀眼呵）。忽然，她"啧"了一声，顿时，白布上洇了一个红团团。

是针扎到二姨自己手上了，闻声过来的妈妈会意地瞪了我和妻一眼。

二姨解嘲地笑了，只不过这笑很勉强。她自言自语道：

"好吧，就在这儿还绣一朵红玫瑰。"

绣这几朵花时，二姨不知是有意经心些，还是怀疑自己的能力，竟将花绷子端到鼻尖下，一针二针，全无了刚才飞针走线的风采。有时候，为了扎准一针，试探了三四下。

女儿的兜兜绣好了。红玫瑰、白玫瑰，三只两只蝴蝶，点缀着一派春意。女儿系在小肚子上，活鲜鲜的，给小生命增加了几分灵气。

我知道，这是浸濡了二姨指血的缘故。

二姨细心，我那小宝宝待她也格外亲。自打她睁开眼后，二姨一走近，她便睁定墨黑墨黑的小眼睛，静静地凝视着她。后来，要尿尿，要吃牛奶，不是二姨动手，她便哭个不止。妈妈为此脸上也涌现过几丝黯然，许是嫉妒，但她乐于让"贤"。二姨却似真的有了个亲孙女儿，细心劲儿没法说。牛奶热不热，口尝不放心，什么时候都要经她滴在手背上试试才行。

妻满月后，接着要继续她的电大学习，这样，小女儿的一应事务更是"历史地"搁在二姨肩上。小女儿一日大似一日，洗、换、喂，日渐增多。有一天，妻误了给小女儿喂奶的时间，小女儿嚎啕不已。抱起走动，喂牛奶，皆不济事。我只好驱车急去寻妻，待和妻匆匆赶回，岂料到得门前，并未再听见小女儿嘹亮的呐喊，倒是一支低沉婉转的歌声从屋子里飘出。

> …………
> 我要那妒我的无情风雨莫吹打，
> 我要那爱我的无情游客莫攀摘，
> 我要那红颜常好不凋谢，
> 好教我留住芳华。

歌声已不够圆润，音韵变化中已有几分变了调，但对已往的岁月流逝的慨叹，对人生无常的诅咒却浸濡在每一个音符中。是二姨在唱，她唱得很动情，以至我们走进去她也没有发觉；而我们的凌波儿也听得很专注。她睁定墨黑墨黑的眼睛，注视着二姨翕动的嘴唇，兰花瓣似的小嘴一开一合，仿佛是听懂了什么，也在体味其中的滋味。

我想小凌波的表情只是一种条件反射的结果。她不会听懂，我也不希望她过早地去听懂这支曲子的含意。人，能够更长一些时间留在童年为好。

四

我的爸爸要从他和妈妈居住的五百里外的小城市赶来了。他在共产党掌握政权之际便离开日益败落的大家族投笔从戎了。因为众所周知的原因，他一生不得志，退休后，懒得回家乡，便在那座破败的小城定居。妈妈和他分居了 30 年（恰恰和共和国同龄），到了在讲台上说话中气不足时，才和他结束"牛郎织女"生活。爸爸和妈妈分居，除了社会的原因之外，我说不清，他们之间是不是还有别的原因。

二姨来后，妈妈一直未当面提及爸爸。妻有一次和女儿"谈话"，说起爷爷长爷爷短，说起二姨待外孙女儿如何如何好，爷爷要知道了一定会赶来看看。正在大声和妈说话的二姨突然缄默了。当她意识到自己失态时，苍老多皱的脸上竟浮现了一抹红云。但那只是一瞬间，妻和妈妈大约都未及瞥见。

从姥娘那儿，我过去已隐隐得知，二姨上高师时，有不少同学追求她。论门第才华人品，般配她的也有，但她一概拒之不理。姥娘有时也提醒她，有好的也可以找一个，真是没中意的姆娘可以托人在外面觅。二姨始终不置可否。高师毕业后，她被一所艺专聘去教书，我妈妈和爸爸凭媒妁之言订婚后，她突然宣布也找好了——对方是一个乡下地主的儿子，读高中时曾追求过她。未来的姨夫并不理想，属于纨绔子弟一类，二姨过去曾对他嗤之以鼻。她这番选择，很令她的同学和姆娘诧异。但二姨的脾气倔拗，她认定的事任谁也说服不了。爸爸和妈妈结婚之后，她便也很快辞掉了艺专的教席，一顶轿子去了乡下。姆娘言语之间透露，二姨过去一直在恋着我爸爸——她后来的姐夫的。她和我爸爸是高师同学，因为沾点亲，便叫我爸爸表哥。在高师时，他们虽然不在一个系，平时少来往，但寒暑假回到家乡却经常到一起。不知什么原因，别的同学都拼命追求我姨，我爸爸——她表哥却未向她求婚。她心气儿傲，更不会主动表白。爸爸和妈妈订婚。她一时里万念俱灰，才囫囵找了个人。

二姨的这些心事，她到老也未向人提及。姆娘也只是从她的蛛丝马迹中猜出些端倪。

二姨抱着凌波站在穿衣镜前，左右顾盼。凌波见镜子中有一个人儿，伸手去抓。抓来抓去，空的。她叫起来了。

二姨正忙着整理衣领。她身上的衬衣是妈妈给的，暗花。二姨当初嫌太鲜了，不愿让衣领露出来，今儿，她却朝外抻了抻。当她发现小外孙女儿窘迫地叫时，慌慌的，恐是被人窥见了什么秘密，紧紧将我的女儿抱在怀中，枯皱的脸庞上凸现出一层少见的光泽。

"表哥，来洗洗脸呀！"

中午，我下班尚未进门，便听见二姨在屋里叫。叫声很亮，其间显出一种压抑不住的心愿。此时，姨枯皱的脸上，因牙落而瘪得如蛤蜊的嘴上一定又镀上了一层那种亮亮的光泽。

"表哥，他们说小宝宝像我小时候，像吗？我看不像。……"

"像，我看像。"爸爸一定在搂着小孙女，看一眼二姨，又看一眼孙女。"眼睛最像你年轻时，黑，且沉，让人捉摸不透。"

妻从另一间屋进去了。她嚷嚷道："人家这小丁点儿，什么深不深！你这爷爷呀，扯到哪儿去了？"

二姨和爸爸都笑了。我们一直随妈妈长大，很少见爸爸，也很少见他这样开怀地笑。

笑声惊动了厨房里的妈妈，她探出头，不解地问："你们笑什么？"

吃饭时，我和妻囫囵扒了一碗，便腾出手来轮流照顾小宝宝。这件事，自二姨来后，她一直"大权独揽"。今儿她和爸爸说个没完没了，无偿转让了这份"专利"。

"二姨，你为啥不和妈妈一样也出来参加工作呢？"

妻插了一句。二姨的大致经历我早已告诉过她，可今儿她一听二姨和爸爸又谈起上高师时事儿，仿佛是为了证实，她竟又抖出这番话。

其实，我知道：二姨随那个地主的儿子去了乡下后，也不是没有机会离开乡下。大军南下时，当地政府动员二姨和姨夫这两个知识分子参加革命，送去了灰衣灰帽，二姨动了心。岂知二姨夫得知后却一口回绝，之后，二姨也曾说服过姨夫，她想出来教她喜爱的美术，结果，公公婆婆二人相继患病死去，二姨又生下了第一个儿子。适逢土改又开始了，佃农们索要土地押金，又将他们扣下做人质……

"这个……一言难尽。"二姨性子倔，平时从不在人前提及，"我不信是命，可我又到老还是这个样子，嗐！……"

"你没老。"爸爸笑着说，"我看你还是唱《玫瑰三愿》，风靡高师那模样。"

"是吗……"

二姨笑了。但笑声大多是从鼻子喷出来的。

五

二姨和爸爸的怀旧，妈妈自然理解，她不但没介意，相反，还当着他们的面开玩笑，说自己这一辈子的婚姻完全是误会。

妈妈也许忘了，她这番以胜利者身份讲的心里话，却深深刺伤了二姨这个不幸者的心。那天晚上，二姨没有如同往日，边看电视边和爸爸忆旧。晚饭后，她独自守在凌波的床前，我去叫她时，她佯称在缝裤子。其实，二姨已经给小宝宝缝了足够穿几岁的大大小小不同样式的裤子。妈妈大约也意识到什么，亲自去叫了一次。这时，中央电视台在播放《红楼梦》了，二姨也是半个"红学家"，对这部片子每一集都不放过。但这晚她也没有出来。

晴雯撕扇子时，我们听见二姨在屋里叫了一声，后来，见她慌慌张张到外面来收小宝宝洗净晾干的尿布。这时扮演晴雯的演员那佯嗔似怒的表演维妙维肖，我们也没介意二姨在里面忙什么。

电视结束后，妈妈匆匆进屋去了。片刻，听见她在屋里叫了一声。一会儿，二姨的嗓门大起来了：

"……我放的？是我特意将你的孙女儿放在尿上的？"

"妹，你今天怎么啦！谁说你特意的？"

接着，妈妈和二姨你一句我一句，声音越来越高。我们一齐起身去劝，二姨气鼓鼓地到前面院子临时借的房子去休息（爸爸来后她搬去的）。

妻和我又赶到二姨睡的小屋子里坐了一会。我们劝了二姨一通，都是六十开外的人了，在一块还能见几面呢，何必伤了和气。说来说去，还不是为了一个共同目标——怜惜小宝宝么？千错万错，怪我们外甥太粗心。看在宝宝面子上，二姨千万别介意。这诸如此类的话，我们嘟囔了一大堆。

二姨斜坐在床板上，两眼毫无目的地望着窗台。窗台外是蓝宝石般的夜空，夜空里镶嵌着亿万斯年的星星，要说的我们都说了，她没有应一句，待我们起身要走时，她才低低地道："不怨你妈妈……怨我……你们都回去休息吧！"

次日，天蒙蒙亮，我仿佛听见门外有人走动。接着，有金属碰击声，我没介意。天亮后，不见姨来，吃饭时，仍不见姨来。我们估摸在怄气，便怂恿爸爸去叫。结果，爸爸很快回来了。

二姨走了。桌子上压了一张纸条。纸条上什么也没有写。

六

我急忙赶到汽车站。早班车都已经走了，停车场空空荡荡。一种失望和懊悔顿时溢满我的心头。我不知姨早晨吃了什么没有。一百多里山路，公共汽车颠来簸去，六十多岁的人了……

但几天后，二姨便来了信。她没有抱怨妈妈，意外的是她在信中一直在忏悔自己的"任性"，"至死也不改悔"的脾气。信的末尾，她写道：

"强强（姨唯一的儿子）终于说定了一个媳妇。媳妇虽不太聪明，做姑娘时不检点，怀里已经揣上了一个。好在儿不亲孙子亲，看来，不要几个月我也要做奶奶了。"

二姨的欣喜之情，溢于字里行间。

只有我们的小凌波常常无端地啼哭。开始，大家束手无策。有一天，妈妈无意中唱起了二姨最拿手的《玫瑰三愿》，小凌波竟破涕为笑，墨黑墨黑的小眼珠定定地睇视着妈妈一张一合的嘴。

> ……我要那妒我的无情风雨莫吹打，
> 我要那爱我的多情游客莫攀摘，
> 我要那…………

小凌波好像喜欢上这首歌了。她在笑，而我的心却想哭。这是一支属于二姨的歌。

（原载《长江文艺》1989 年第 11 期）

弥　合

深夜里，刘馨被一阵剧烈的响声惊醒。她不知地球上发生了什么事，本能地抱住身边八岁的女儿。

好一阵儿，天没有塌，地也没有陷，倒是从公公婆婆的卧室里，传来了一强一弱的争吵声。

"我不去，我偏不去！"

"你小声点，你小声点行不行！静儿娘俩一会儿又给吵醒了。"

"你他妈的睡觉也不让人安神，啰嗦个啥！大运不调回不行么？在哪儿不都是工作……"

刘馨渐渐听清了，又是为丈夫调动的事儿，老两口吵开了。

丈夫在外省一个偏远山沟里的三线工厂，结婚十年，调动了十年，女儿都八岁了，至今没个着落，刚开始，也有几个单位答应接收，可对方却不放。说大运是技术骨干，要不刘馨去；要不过两年再说，现在同意放了呢？这边又找不到接收单位。人满为患，别说你是个技术工人，是个工程师又怎样！

分居，分居！一个结了婚的女人的独身日子是多么单调而又漫长呵！春夏秋冬，日复一日，年复一年，孤独、寂寞且不说，女儿的照料，公公婆婆的头疼脑热，买米买面，扛煤气罐……该女人做的，还是男人做的都一古脑儿撂在了她的肩上。刚结婚那阵，刘馨像个面捏的胖娃娃，文静、秀气，见了人连句大声的话也不敢说，现在，仿佛雌雄同化，走路说话办事都和男人一样，风风火火，大大咧咧。有一次骑车上班，和别人撞了。那愣头青见她是个女的，脏儿叭叽的话和拳头一齐朝外撂，刘馨迎将上去，从小伙子娘的那东西一直骂到她的姑奶奶。小伙子被吓跑了，刘馨身上挨了几拳。她却觉揍得舒坦。大半年没碰男人的身了，想挨几拳也没缘分。前不久，碰见了一个几年未见面的女朋友，那人硬是不敢认她，说你刘馨怎么像换了一个人，那身膘到哪儿去了。当真女人没男人的滋润便不行了么？她苦笑了一声，回去翻出结婚前的照片，果然和镜子中的自己判若两人。很少掉泪的她为青春的一去不复返蒙头大哭了一场。

到丈夫工厂去，哪怕当临时工，吃盐菜，也比这守活寡强。刘馨下过这决心，可公公婆婆又不愿去。那儿是大山沟，除了山还是山，且吃杂粮。老两口儿去住过一段，不习惯，又转回来了，后来，婆婆心疼儿子，答应媳妇，可公公死活不去。他不容商量地叫嚷："我不愿葬在那个大山沟里。我一个人在这儿，死了有人把我拖到火葬场就行了！"

婆婆和公公分居了大半辈子。婆婆退休后，好不容易才调到这儿来。婆婆平时虽和公公疙疙瘩瘩，每天总吵个不停。但真要她撇下老伴一个人和媳妇走，她又不忍心。

……刘馨翻来覆去，再也难以入眠。她打开床头灯，两点半。她干脆披上衣服，拿过女儿的半截毛衣。

"娘卖Ｘ，又没有水。"

伍云栋晃了晃两个水瓶，一股无名火不由升起。

他的习惯，是早晨沏一杯茶，慢慢地呷，慢慢地品。吃饭不吃饭视当天情绪定，饿了，溜出门朝南走，小吃摊上随便买点麻花烧饼什么。自从媳妇和婆婆从家乡调来，他的三十年生活规律被打乱了。

房子里静悄悄的，媳妇上班去了，孙女上学去了，老伴她……大约上街买菜去了。他踱到厨房，见灶火上坐着小半锅稀饭。他拎起锅耳子，如数倒进垃圾盆中。

老伴退休后到这儿来已经四年了，不知为什么，他还总觉很别扭，睡觉时床里面有个人，他不习惯，睡不熟。半夜醒来，望着床里面隆起的被子，他常常幻化出很古怪的形象：那是一头蹲着的牛，或是一堆土丘。被子动弹一下，他竟然感觉在发地震。他只好自己又买了一张钢丝床，支在下面。夜里没瞌睡，他便捧着一本书，灯光雪亮，老伴不能入眠。他便嚷："要不习惯你自己还回乡下去。"

老伴第一次听这话眼泪都气出来了，苦苦望了三十年，头发白了，才结束牛郎织女生活，你说话怎么这不讲良心，我回哪儿去？咱把话摊到外面让人评评。接着，她便罗列院里谁谁谁老头多体贴人，谁谁谁老两口多融洽。

伍云栋这下便不吱声了。别看他在屋里闹分裂，到了单位，他吹起儿子媳妇老伴，怕是天底下也难寻。

但是，不少时候他也对家中老伴儿媳孙女还是产生一种梦幻般的隔膜感。这是我的一家人么？我老伍怎么和他们有关系！即使兴致蛮好时，他和老伴孙女一块散步，正说话间，他不是怔怔地打量身边的老伴，便是独自岔到别的路上去了。

用他老伴柯子芳的话说：他心里没有我们。

捧起碎成三块的玻璃板，柯子芳叹了口气。

玻璃板是丈夫昨夜捶碎的。他正在看书，柯子芳提起儿子调动的事，不知他为啥发那大火。

玻璃板下压着他们年轻时的合影照。柯子芳咬咬牙节省下几天买菜的钱，托人放大到八时的。

照片还是五十年代的。那时他们都很年轻，刚刚有了一个孩子，柯子芳也正打算朝丈夫这儿调。暑假时，她从乡下学校跑来，丈夫带着她去游市郊的灵山，返回的时候，在当时市内最大的海燕照相馆拍的。

那时照相时兴男的坐在一张椅子上，女的倚在后边。不像时下，夫妇俩头挨头，显示出万般的亲昵。实际上，当初她的整个身子都贴在丈夫宽厚的背上，是摄影师让她站开点，说两颗人头要错开。没想到这个老摄影师竟像一个巫师，一句不吉利的话，隐喻了她三十年夫妻的分居。反右派、大跃进、反右倾、四清、"文革"，丈夫自从五七年被划为右派后，虽然去了帽，保住了一个饭碗，但有何资格谈解决夫妻分居呢？好在当时中国盛产牛郎织女，大家互为榜样，也就心安理得了，柯子芳只好带着两个儿女，辗转在千里外的山沟里。儿子招工走了，女儿出嫁了，她也退休了，才算结束了这种分居生活。年轻夫妻老来伴，柯子芳只希望身边有人说说话，晚年有个归宿便行了。但她没料到，丈夫对她的到来并不欢迎。

她了解过，丈夫并没有外遇。三十年，他一直这么独身过下去。而她也对得起丈夫，那一切轻佻的诱惑和浮浅的许诺都被不屑拒绝了。两人都忠实于那最初的结合。感情的河流没有因岁月的流逝而掺上任何一丝不洁的色彩。

何况，她有工资，经济上她不需要丈夫的支持。为什么四年了，两个人的关系还像一架几双手按动的琴键，奏出的总是乱糟糟的不合谐音呢？有时候为芝麻星一点儿事，两个人便吵得不可开交。而最使她伤心的，便是丈夫反复使用，自诩为杀手锏的一句话："住不惯你回去！"

回哪儿呢？女儿出嫁了，自己难道还回到乡下学校，青灯独坐。笑话！

你伍云栋结婚前的甜言蜜语你婚后的恩恩爱爱难道被无情的岁月抹杀了？你伍云栋人的感情人的良知难道被残酷的分居毒害了？我一个老婆子还去哪儿呢？

她找出了这张记载着幸福的照片，她希望照片能复活丈夫死寂的记忆，所以，她把这张合影摆在丈夫的床头边。

她现在仍然相信：石头也能焐热。她找出了一块胶布，粘住了那破裂的玻璃板。

"爷爷……"

伍云栋正在厨房里为上午老伴买的一捆发黄的青菜争吵时，门外传来了孙女儿露露的叫声。

伍云栋的一腔怒火被孙女儿的甜甜的呼唤熄灭了。他心头一热，忙应了一声，尾音拖得很长。

"爷爷，你的信。"

伍云栋抱起孙女儿，见信皮的落款，便知是儿子从工厂寄来的。

柯子芳从屋子里抢了出来。

儿子信中谈的还是申请调动问题。他电大已经毕业，可以算为知识分子了。厂里对他夫妻分居的问题更加重视，考虑到照顾二位老人，他还是想调回父亲所在的地方，希望父亲能找找过去的老同志，哪怕请客送礼，只要能打通路子就行。末了，他提示父亲，过去和父亲一起划过右派，一起下乡劳动的黄伯，现正在无线电厂负责，如果找找他，兴许能解决。

这一类信，儿子不知写过多少次了，伍云栋一句也没听进去。他这会儿兴头好，正和孙女儿做鬼脸，扮美猴王摘桃子。

过了一阵儿，他忽然想起锅里的蘑菇。

蘑菇已经盛起来了，老伴这会儿正在炒青菜豆腐。他用筷子挟了一片尝尝，脸色顿时成了猪肝。

"大茴……你放没放大茴？"

柯子芳"哦"了一声，立即意识到自己犯了一个大错误。刚才，她一直沉浸在儿子来信的内容中，想象着儿子写信的神态：渴望、失望、惆怅、沮丧、等待……她把伍云栋无论什么菜都要放大茴的习惯给弄忘了。

"你……我知道你们心里没有我。"

伍云栋很委屈地嘟哝了一声，把早已准备好的大茴怒气冲冲地倒进蘑菇里。柯子芳知趣地端起了煤炉上快炒好了的青菜。她心境好的时候，大多是忍让着不和老伴发生争执。团圆四年了，争吵了四年，她已经感到很疲劳，很厌倦了。

吃饭时分，刘馨回来了。工厂里分了二十个无铅松花蛋、两瓶通化葡萄酒，公公爱吃这些东西，她抽空儿送了回来。伍云栋单独吃过了饭，喝过了酒，蹲在屋里迷盹，媳妇的声音他听见了，松花蛋和葡萄酒的味儿很诱人，但是不便马上起来，在媳妇面前，有时他还要装装公公身份的。

媳妇好像放下东西到隔壁吃午饭去了，伍云栋忍耐不住，悄悄抬起头，不料媳妇正立在床前看儿子的来信，四目相对，他自觉没趣，掩饰道：

"大运来的信，我正打算去你黄伯那儿看看。"

公公主动谈起儿子调动的事儿，刘馨喜出望外。过去，她也把希望寄托在公公身上，好言好语商量过，公公哼哼几言，事后便没了下文。婆婆看不惯，她常常提醒公公。可每次提醒都带来一次局部战争。今儿，刘馨怎不乐呢！她便把丈夫来信谈到的问题，诸如需要送什么的安排又强调了一遍。

次日，柯子芳一反往常，早晨没有先做饭，而是给伍云栋提前烧了一壶水。为了不耽误孙女儿露露上学，她又专程去街上买了两个馒头。这样安排，多花钱，多费些力，但只要老伴高兴，能去为儿子调动跑跑，她心甘情愿。

九点左右，伍云栋磨磨蹭蹭起床了，刷牙、漱口，泡上一杯茶，敲开两个松花蛋斟上一杯媳妇昨儿拿回的"通化"，情绪蛮好。柯子芳暗自庆幸，趁他用手绢擦嘴时，掂出了媳妇买回的四瓶"泸州特曲"，讪讪地说："你不是答应今儿去老黄家么？……"

"啊……啊！"待他伸手来掂酒瓶时，又说，"我和他这等关系，让我提东西去送？"

伍云栋抢白了柯子芳一句，轮了轮眼睛兀自向外走去。

站在行人如织的人行道上，伍云栋又犹豫了。他那帮难兄难弟会面，大多谈什么房子窄、孙女入托难、上学难、买煤难、买菜难，谈什么妯娌不和、婆媳不睦之类怨天尤人的事，伍云栋坐在一边，只有听的份。他单身一人，没有家室之累，往往笑这帮伙计是染上了"时代病"，一个个可以获"牢骚冠军"称号。有人回击他，你老伍坐着不嫌腰痛，家属调来了你看看。他便夸老伴如何如何，儿子如何如何，一个个有出息有作为，他老伍不是不考虑，是轮不到他费神。众人便眼睛放光，又羡慕又嫉妒，眼馋他老伍有福分。

老黄有个女儿，先前他倒霉时，女儿在外面被人无意中误伤了一只眼睛。长大后小伙子便有些嫌弃，他女儿便迟迟嫁不出去。一听说老伍的儿子这般有出息，便托人捎话想和老伍结为亲家。伍云栋拍着胸脯说："这家我当了。"尔后，他也扮着未来公公和黄家小女交谈了一些未来家庭之设想，以亲家身份在伍家混了不多不少几顿饭吃。谁知等他写信向儿子"报喜"，言黄伯不久还要"出山"，黄家小女可爱之极，儿子回信道："不敢高攀。"他上高中时便和一女同学，现在的刘馨定下了终身大事。

好一阵儿，伍云栋在老黄面前抬不起头，老黄却不介意，安慰他道："儿女之事我们岂好强求。"老黄复出后，女儿迅速定了一个东床。男方是一个浓眉大眼身板很帅的小伙子，如今儿子已经读幼儿园大班。

这时去向老黄求情调儿子，伍云栋不能不懊恼那门"未遂"亲事。如果儿子娶了黄家小女，女婿之事，还需他伍云栋饶舌！

这时，对面新开辟的公园里响起了震天价响的铜管号声。伍云栋怔了怔……

刘馨今天比以往任何时候都高兴，车间里机器轰鸣，钢铁撞击的噪声，顷刻化成了富有生命力的悦耳的音乐声。车间里的小姐妹们从她车床前经过时，都不由自主地睁大眼睛。一个个问她刘馨服了什么药，今儿变得这么年轻漂亮。刘馨笑而不答，更增加了几分神秘感。后来，一个结过婚的女人揭发道："那一定是你男人回了。"众女子皆笑这揭发者大约深有体会。

今儿不是丈夫回来了，而是公公捎回了音讯：黄伯已答应研究接收露露爸爸之事了。最近两年，这种模棱两可的许诺也觅不到人说了，这种答复不能不意味着有百分之若干的希望。

于是，她悄悄地告诉婆婆，既然露露爷爷在为露露爸爸调动的事操心，家里的事让着他一点，生活上调理好一点，超支部分，由她来出。具体呢？可以压缩一下露露的牛奶用量，她每天中午不在工厂食堂买饭……

儿子调动在柯子芳心中是头等大事。和丈夫分居三十年的苦楚，她已经尝够了，而且现在仍在体味。儿子和媳妇又已经分居了十年。十年，有多少个晨昏暮晚，有多少个日日夜夜，十年虽然是一个具体的、有着一定限度的概念，但对于一个女人，一个男人，那每一分每一秒都是不可度量的无穷大。特别是一个女人，人的一生有多少是属于她们的呢？所以，媳妇有时候在她面前发发牢骚，叫嚷几句不能团圆便要分离的话，她都能体谅。她梦中都想为儿子调动出力，可是她这个从穷乡僻壤退休回来的女教师，在这个中等规模的城市中，哪儿不是一片陌生的世界呢！媳妇是个工人，在社会上也没有权力，没有地位，儿子调动，只能仰仗在这儿趴了三十多年的丈夫了。

伍云栋对于家中微妙的变化似乎也有所察觉，他似乎又恢复了单身时的种种自由。他自己表示的每月五十元生活费，延期拖了许久，老伴竟然没有如往常连续发最后通牒。他乐在其中。日子又变得有滋有味了，呷完了"通化"，他又开始呷原定送给老黄的"泸州特曲"，家庭之累，与他几乎不存在了。

大约过了半个月，伍云栋又去了一趟老黄家。他告诉媳妇，老黄已经将收下露露爸爸的打算拿到厂里讨论了，不过现在还没决定。

刘馨和柯子芳对此既高兴又担忧。是否收下露露爸爸，看来全在此一举了。婆媳俩商量：瞒着露露爷爷，再买点时鲜东西给黄伯送去，人是感情动物，何况老黄和露露爷爷患难与共了两三年，他还是会讲点交情的。

不料这话伍云栋全听见了。他说，这有啥瞒我的呢？送点东西，顺带催催也无妨。老黄的口味我清楚，他和我一样，爱吃无铅松花蛋，喜欢呷点酒。我看"通化"和"泸州特曲"就行了。

媳妇俩喜形于色。柯子芳嗔怪道："瞒你干什么？不是怕你原则么！"

松花蛋和酒送去了。是伍云栋自己拎去的。

"唉哟哟，看你背上的灰……"

水声哗哗，刘馨趴在热水池边，任凭同车间的一个小姐妹狠劲给她搓背。她忙，也没人给她搓，一个冬天，背上的灰垢怎不多呢！

"要是大运哥在家，嘻嘻！……"

是的，要是大运在身边，大运一定会给她搓。要不然两个人搓在一起多不痛快。

刘馨叹了口气，感伤地对小姐妹说："幸亏你找了个在一块的男朋友，不像我们那时，傻！好像爱情能代替一切。……"

"馨姐，我那个讲，报上登了，夫妻分居的状况我国已解决了百分之八九十。"

"屁话！百分之八九十，那百分之一二十就不算人了？"

水声哗哗，沉默片刻后，那个小姐妹又转换了话题。

水声哗哗。刘馨没有吱声，她只觉得整个身子都变清爽了。

"馨姐，答应我，明天我们一块去公园玩。"

"你这个小东西，原来你是在讨好我，另有所图！……"

水声哗哗！

"三八"妇女节。又过了大半年，时间在等待中度过了两百多个日日夜夜，露露爸爸的调动还在黄伯工厂中"研究"。这其间，刘馨又让公公捎去了几次松花蛋和酒，好在每一次都带回令人振奋的消息。

今儿早晨，伍云栋又带着松花蛋和葡萄酒去黄伯家了。刘馨不由格外高兴。昨儿已经决定不和那般无忧无虑的小姐妹们去疯玩的，公公走后，她突然改变了主意。

公园距她家不远，刘馨躲在公园大门外的一丛女贞树后。她要让厂里的小姐妹们意外地大叫大嚷。

九点半了，小姐妹们连个人影儿也不见。刘馨这才想起，自己出来太晚了。

进得公园。果然厂里的小姐妹们正在湖对面草坪上跳舞。哦，怎么还有男的？对了，这些疯丫头，一定是把她们那一位都拉来了。

去不去呢？刘馨犹豫了。如果大运在身边，她一定把他也带上。当年上高中时，他俩也在一起跳的……

"馨姐！"

湖对面的小姐妹们突然发现了她，她们又是招手又是呼喊。

呼喊声惊动了湖这边的一些人，他们纷纷扭过头去看是谁在叫。

刘馨正待朝湖对面奔去，忽然，她发现不远处露天花亭里有一张熟悉的面孔。

这个人她刚才就看见了，不过那是背影。只能看见一个人在那儿自斟自酌。

刘馨的大脑轰然一声如石破天惊，她骤感春花凋谢万木萧疏。一切幻想，一切希望，均化为清风化为流云无影无踪。

变态！她在心里诅咒着。

她不管湖对面如何呼叫如何失望，她恍恍惚惚挪出了公园挪回家。

婆婆不在屋，只有床头柜上合影照里公公婆婆热烈幸福的目光在注视着她。公公的眼睛好大好亮呵！美男子哩！怪不得婆婆三十年一直跟着他。

刘馨面对公公单纯真挚的目光却苦笑了一声。照片虽然是新翻拍的，光泽尚好，人物栩栩如昨，但压在上面的玻璃板却破坏了整个画面的和谐与宁静。

玻璃板是捶碎后拼接的，虽然弥合很好，但抹不去那几道裂痕。

公公回来了。门外响起了伍云栋的大嗓门："你黄伯呀！——"声调酷似丈夫大运。

顿时，女人的哭声从窗口融进了朗朗的"三八"节的天空。

（原载《三峡文学》1989 年第 6 期）

刑　期

　　她杀了人，杀了和丈夫公开同居的女人。然后自首，然后……

　　案子很快批了下来：死刑。

　　按狱规，判了死刑的犯人要砸上脚镣手铐，要押在防范严密的死囚牢。砸脚镣时，在场的人都发现她的肚子比刚入狱时鼓多了。女看守用过来人的口气说，她是不是怀孕了？男看守说，屁！要那样该她阳寿未尽。医生用听诊器触了触，证明了女看守的猜测。

　　她的脚镣手铐在一天早晨太阳升得很高的时候被取掉了。自从她关起来后再没照面的丈夫也出现了。在一番严厉的训诫之后，丈夫上来抓住了她溃烂的手脖。

　　她这才明白，根据一条什么法律，她还能活到孩子出世一年之后。自从被收押入狱，她的精神便彻底崩溃了。尽管她早已预料到杀人偿命，至于女人那一月一次的劳什子啥时没了，她全没在意。

　　她是被男人牵出监狱那堵高高的围墙的，有一辆板车停在门口的阴影里，她是被男人抱上车的。

　　"你是啥时怀上的？"

　　男人喑哑地问，车轴辚辚地响。十四年了，他也没能将她的肚子弄大。男人绝望了，打她，骂她，嫖女人，在家里公开地姘居。她忍了，有一天却忍不住了……她没想到，他更没想到，她不是不下蛋的"母鸡"。她只知道，有那么一天晚上……

　　她没有回答。

　　回到家，丈夫又像刚结婚的丈夫，软语温存，尽心侍奉。丈夫杀鸡剖鱼，一碗碗捧到她面前。她几个月没有沾过油腥，这会儿一吃便吐，吐得五脏六腑都要出来了。吐过后，她又吃。每吃一口，她便念叨一句："儿呀，娘这是为你吃的。"

开初，这女人还时时想起日后的事，想那挨枪子的滋味，想那将来葬在地下的滋味，后来肚子越来越鼓，临盆的日子越来越近，她便把这些事丢到脑后去了。她整日里张罗着未来孩子的小衣服，兜兜呀，小布褂呀，小夹被呀，尿布呀，虎头鞋呀！她白天做，夜里做，足足做了一大堆。丈夫问：能要这么多？女人说：你不懂。说这话时，她那苍白的脸上竟泛起了一丝红晕。

自从丈夫把她接回家后，她一句也没有抱怨丈夫，一句也没有抱怨那个女人。倒是丈夫时常在她面前忏悔，忏悔他不该鬼迷心窍，毁了这个家，毁了妻的一生。这女人一声没吭。

有一天，门外有警车叫。这女人正在给孩子做棉衣，一根针全扎在左手的食指上了。她头脑里一片空白，随后瘫在床上，把从外边进来的男人吓了一跳。

其实，警车是从这儿经过。

不足十个月，孩子降生了，早就请好的接生婆赶到家里来了。三十多岁的女人，在牢里又受了些苦，生孩子很难。女人在床上折腾了两天两夜，有几次差点昏了过去，她也没叫一声。接生的女人说："叫一叫吧，叫一叫好受呀，我当初……"女人没叫。女人生孩子等于进阎王殿，生死难卜。她不怕，她已是去签了到的人，大不了一死。

第三天，她却怕了。她央求丈夫把她送到医院去，她央求医生给她做剖腹产手术。她不是怕死，她是怕时间长了把肚子里的儿子折磨死了。

丈夫征得监视人的同意，把这个女人拉到医院里去了，医生在她的肚皮子上划了个一尺长的大口子。医生知道她是死囚犯，口子大小反正也不担心女人丈夫指责日后太难看。

孩子很容易地取出来了。但男人多少有些失望，他希望要个男孩。他知道自己生育能力不行，就是将来再婚怕也不能保准再播下合格的种子。这女人却非常高兴，是男是女她都高兴。女孩长大了找个主儿，免得受娘的牵连，她更放心。

男人是个初中生，早就给孩子起了不少名字。什么"立志"呀！"卫国"呀！他只想到会是个儿子，起的全是男孩的名字，倒是这女人想到了。她端详了丈夫很久，用产后虚弱的声音说："就叫'忘娘'吧！"

男人没肯定也没反对。

忘娘命大。这女人身子弱，加上精神不佳，内分泌失调，没奶水。这女人入狱后，早已宣布开除了她的公职，丈夫几十块钱薪水，为她补身子早已拉下了亏空，没钱给忘娘买牛奶，这女人只好让丈夫用糯米加鲜米做米粉。这正是冬天，用开水调出来的米粉糊糊很快便凉了。尤其是夜里，一夜要起来好多次。这女人不愿让丈夫熬夜，她总是自己爬起来，常常一夜夜不能睡觉。男人说，到时你就叫醒我吧！看你熬成了个什么样子。女人勉强笑了笑。她想：以后我睡的日子多着哩，怕是想熬夜也熬不成了。

一般说，男孩像母亲，女孩像父亲，可她的忘娘却特像她。大大的眼睛，高高的鼻梁，小嘴像个上弦的月牙。这女人每天除了吃饭那一会儿，整天总是将忘娘抱到怀里，哪怕是忘娘睡了。那样子，好像有谁马上要将她的忘娘抢走似的。

这忘娘仿佛"忘"不了娘似的，两个月时，便时时离不得娘，一时三刻，便哇哇大哭。只等这女人叫上一句"毛哎宝哎"，那忘娘便不哭了。夜里睡觉时，小身子总是靠着这女人的心脏，一刻也离不得，哪怕睡得再熟。

四个月时，这忘娘便会和娘笑了，天天要娘逗，一笑一对酒窝，小身子在襁褓里扑腾。半岁时，便会含含糊糊地发出"妈"的音节。实际上，这是婴儿无意识自然发出的声音，可这女人偏偏认为是叫她。这忘娘每叫一声，她便应一声。她应一声，忘娘受了鼓励便再叫一声。这女人便对丈夫说："你看，俺忘娘会叫了哩！"丈夫这时便扭过脸去。院子里，时值桃杏花开，一树红，一树白。

六个月时，忘娘便会在床上翻身了。七个月时，忘娘会手上抓个小铃铛摇了。小铃铛是这女人用小铁盒做的，一摇"嘭嘭"响。满屋子里，整天是"嘭嘭嘭"的响声。

桃子红的时候，狱里来人"看望"了这女人。这些人来的时候，女人正在床上玩"抵牛"的游戏，这女人笑得比忘娘还开心。当她抬起头时，笑立即凝固了，消失了，怔怔地立在一边。忘娘不知怎么回事，叫嚷，哭闹，还要和这女人做游戏。

有一天，忘娘睡熟后，这女人悄悄出了门。她虽然悄悄的，还是被对面监狱委派监视的一个老男人发现了。这老男人每月从监狱里领十块钱监视费，他很负责。他想叫，可又怕惊动了这女人，不叫，又怕这女人逃脱了，便只好紧紧尾随其后。

这女人来到后山，在一片没有树林的荆棘茅草丛里端详来端详去，面向着她自家的屋脊。后来，这女人发现了不远处的老男人。她便叫开了，这老男人便趁机走拢来。

"这儿……这儿可以葬野鬼吗?"

这地方把非正常死亡的人都叫为野鬼。这老男人松了口气,他明白了这女人的用意,便胡乱回答了一句。

十个月时,忘娘不仅会叫妈也会叫爸了。她不光吃米粉,连大人吃的面条、米饭也能吃了。夜里撒尿的时候也少了,常常临睡时换个尿布,一直到天亮还是干的。十一个月时,这忘娘便要下地了,天天想走,可就是走不稳。这一点让这女人很放心不下。十二个月的头几天,这女人便把忘娘的衣服都清了清,单是单,棉是棉。她丈夫这次才发现,女人给忘娘做的衣服并不仅是现在穿的。这女人把衣服按忘娘的年龄捆好,一共是八捆。到了十二个月的中旬,这个女人夜夜都不睡,她一夜到天亮大睁着那双忧伤的眼睛注视着自己的作品。她有时和忘娘不停地对话,说什么连她丈夫也听不清。十二个月的下旬,这女人忽然发现忘娘的双膝有些朝外撇。找来医生,医生说这是胎带的,问是不是怀孕时腹部受到过什么猛烈挤压?医生画了个图,说婴儿在子宫里时是蜷着的,硬器挤压后,胎儿双膝变形。医生又问有什么挤压吗?好好回忆回忆。这女人叹了口气,问医生能治吗能治吗?医生说到大城市里可以矫形。这女人又问现在能做吗?医生说越小越好做。这女人开始还有点高兴,后来见丈夫闷不作声,她才如梦初醒。晚上,这男人睡意蒙眬中听这女人对忘娘说:"儿呀!我真真害了你……"

十二个月的最后几天临近了,这女人的丈夫借钱给她做了身新棉衣。棉花絮得很厚。丈夫给她调理着做些可口的饭菜,把家里唯一的一只鸡也杀了。这女人却不吃,她一个劲喂忘娘,一个劲往丈夫碗里夹。

十二个月的最后期限到了。这正是大冬天,雨和雪夹杂着,奇冷。这女人过去丰腴的身子只剩下一副骨头架子了,显得新棉衣很臃肿。这女人和她丈夫也弄不清什么时辰监狱里会来人,那身棉衣一直穿着。一天夜色降临的时候,警车响了。这女人身子酥了,怀里的忘娘跌在地上,却没哭。

女人觉得脚下的地和头顶的天,都在急速地旋转……

(原载《飞天》1990 年第 5 期)

功　臣

1

　　当吴顺根大汗淋漓爬上两县交界的长埂岭时，十年前修筑的那条宏伟的灌渠旁边，争夺用水权的械斗正打得热火。

　　这是小满和夏至之间的一个日子，旱了三十多天的日头，这会儿格外撒泼，无数把挥舞的铁锨、锄头，耀出一片灼人的白光。此起彼伏的呐喊声在山脚下滚来浪去，双方的队伍重复着冷兵器时代的雄姿，屡战腾起的尘土，大纛似的在空中神秘地漂浮。

　　吴顺根说不上是激动还是紧张，握锨的手竟微微有些颤抖。吃过早饭后，他如果不是瞒着娘，假装头疼上床睡觉，如果不是爹和哥哥的掩护，他不可能跳后窗到达这里。他不知这场抢水战已经打了多久，他担心来得太迟，失去了这个建功立业、一显身手的好机会。不知是山下此起彼伏的呐喊声唤醒了他原始的嗜血欲望，还是被即将投入的生死搏斗所震慑，他突然感觉喉咙发痒，四肢的血呼啦一下涌向了大脑，他可着嗓门冲着山下吼道："嗷嗷嗷——"

　　招募抢水队员时，吴顺根是偶然碰上的。那天，他没事去乡里闲逛，恰好碰上了去开会的村长。因为有次到粮管所交粮时，那个验质的小混蛋欺负乡里人，故意压质压价，吴顺根一怒之下扬言要揍他。结果村长知道了，村长不分青红皂白教训了他一顿，从此吴顺根对这个矮个子村长没有好感。现在，尽管村长身边有个漂亮妞儿，吴顺根也没打正眼瞧。谁知村长主动叫他了。村长亲切地叫："顺根老弟，给帮个忙。"吴顺根这人最讲义气，他认为人活在世上就是要混个"仁义"二字。从古到今，他最佩服的也就只有一个关云长。公对公他没劲儿，给人帮忙两肋插刀。上一回和人打架，吴顺根就是帮一个并不多么玩得来的人出气。结果打伤了别人，吴顺根掏了二十多块钱药费。这一回，吴顺根不知是为了"仁义"二字，还是有点怕村长，或者村长身边有个漂亮妞儿，他竟答应了。好在这次帮忙不一般，据说这任务是县里逐级布置的。吴顺根被村长带到乡政府，穿白大褂的医生给找来了，量血压，听心脏，简直和参军一样。最后还给了一张纸，按照村长的指点，用红印泥戳了个手指印。吴顺根没轮上当兵，但他想打仗写血书也不过是这个味儿。村长嘟嘟嚷嚷还说了这条件那待遇，顺根不在乎那些，全没有往心下记。他想，干吗这样大惊小怪的，不就是万不得已时去教训一下邻县那些打算抢先用水的家伙么！没想到回家后，娘不答应。顺根几乎磨破了嘴皮子，娘死活也不松口。她说俺不要那份光荣，不要那份钱，俺要儿子！并威胁说，要死俺娘俩一块去死。吴顺根那时正陶醉在一种被人重视的氛围中，小学毕业这多年，在土坷垃里爬来爬去，差不多被人给遗忘了。好不容易有了这么一个出人头地的机会，肝脑涂地他也在所不惜。他去怂恿爹，爹和哥哥站到了他这一边。爹以不容置疑的权威口气说，吴家的人，说话算数。男人嘛，不能吐出的唾沫又舔回来。哥快嘴快舌，截过爹的话头驳斥娘：俺家五亩田不也正等水么？俺弟是县里选去的，将来有水还不是俺先用。再说，还有补贴，差不多等于一亩田的稻子。娘说水俺不要钱俺不要俺要儿子，说着泪珠子啪嗒啪嗒往脚背上砸，砸得吴顺根再也不敢提去打架的事儿。

现在，吴顺根终于摆脱了娘的监护，辉煌地出现在格斗激烈的战场。艳阳高照，阴霾散去，荣耀在向他走来。他挥舞着磨得锃亮的铁锨，扑向邻县那些和自己一样年轻的男人之中。他听见自己二十二岁年轻的声音在空中缭绕。

2

吴顺根不知道自己怎么躺到了医院里。他睁开眼，四周一片白色的世界，冰冷冰冷的，像有一年冬天跌进了冰窟。后来，他看见了输液架，戴着白帽的漂亮护士，闻到了淡淡的来苏味儿，听到了夜莺一般的声音。这时，他想起了电影中的一个镜头。

不过，他眼前最先浮现的是一把染血的铁锨，当他冲进对方的人群中，砍倒了一个愣头青小伙子后，这把铁锨便挟着一股血腥气向他扫来。那时，他刚刚打倒一个二十多岁的小伙子，那小伙子长满青春疙瘩的脸很奇怪地完全扭到了一边。他喘了口气，刚想拄着铁锨把站一会儿，便看见了那个五官变了形的小伙子。那小伙子不过十六七岁，厚嘴唇上长着一撇淡黄的茸毛。吴顺根怀疑他是哪所学校的高中生。高中生怎么也来抢什么水呢？吴顺根想劝劝他。他还未张口，那把血腥气的铁锹便恶狠狠地劈向他。他闪得快，铁锹擦着他的天灵盖滑下去。吴顺根十分清楚地听见铁锹扫击到了他的后脑壳，发出一种迟钝的并且响亮的声音，好像有一年邻居房倒屋塌发出的咔咔声。活了二十二年，吴顺根才知道头脑里会发出这种天籁般的声音，他想认真地品味一下，但却很快跌入了一片浑沌的遥远世界。他没想到那个世界的另一端连着这个白色的天地，这个他从未光临过的地方。对于在乡野里滚爬大的吴顺根而言，心头涌上的并没有一丝一毫的惆怅。

门口出现了几个男人，有胖的有瘦的。胖的肚子里像扣了个盛稻谷的箩筐，瘦的活脱像稻田里吓唬麻雀的稻草人。这几个人中，有人提着香蕉苹果奶粉什么的，一进门脸上便堆满做作的微笑。那些人挨着病床站站，每人床头柜上放一袋慰问品。在这些病号中，吴顺根算是重的了，所以在吴顺根床面前多站了片刻。他刚才听人喊"章书记"什么的，他估摸这章书记一定是县里的头头，他很想看看县里书记是个什么模样，以后在田畈里干活时，也好有个吹牛的资本。谁知一拉溜几个人，他认不清。他估摸书记官大，肚皮一定也比别的人大，便噙着泪花对床头边的一个大肚子连声说："谢谢县里书记！"大肚子指着瘦子笑道："书记是他。"这时，那个最瘦的人扭过头来，两手朝下按了按，笑容可掬地吩咐："躺下躺下！身体重要。你们是功臣，为我县今年水稻丰收立下了汗马功劳……"接着，又问吴顺根多大年龄了，在哪个乡哪个村。吴顺根慌里慌张，窘得脸通红也没表达清。书记一行人走后，他后悔了好一阵儿。

他眯着眼，琢磨了好一阵。这个章书记或张书记臧书记常书记说他不是县里书记，是哪儿的书记呢？一定是谦虚吧！听说上边再大官见面也称"同志"，这章书记或张书记臧书记常书记一定是不愿别人称他官衔。不是县里书记怎么会说"为我县"呢？他不知书记们是不是还转回来，他自己很不满意刚才语无伦次的回答。他很想再有条有理地向书记复述一遍，不然，这个"功臣"当得未免太窝囊了。

他翻了个身，想看看领导们去了哪里，到底还有没有可能再到这屋里来。这时，隔着大大的玻璃窗，他却看见了爹、娘，还有哥哥。娘的鼻子瘪瘪的，嘴变成了奇怪的形状，好像整张脸都压到了玻璃上。爹和哥哥的手像风中的树叶，害怕顺根不理睬似的。在这种场合见到亲人，尽管是功臣，顺根鼻子里还是涌动着普通人的酸味儿。恍若隔世，抑或是凯旋，他也很渴望朝夕相处的亲人站在他的床前，他扮出一副英雄气概。他招手，又点了点门。结果亲人无动于衷，哥哥指指小护士，摆摆手，顺根才明白是护士不让进。他有点生气，后来又渐渐觉出不见的神秘。

顺根从落下地至今，还没有住过医院，更没有享受过这样的待遇，他记得读小学四年级时害了一场大病，在床上糊糊涂涂躺了几天几夜，队里的赤脚医生用银针在头上、脚上扎过后，给了六粒白色的小药片。刚巧第二天顺根清醒些了，那六粒小药片娘没舍得让他吃。直到前年变黄、发霉了，娘才打算扔掉。结果还是拌进了猪食里，顺根娘说，猪吃食有些呛。现在顺根是功臣，今非昔比，最好的药，最好的医生，最精心的护理措施。吃饭，连撒尿，都由护士到床面前服务。吃饭倒好说，护士用汤匙喂，顺根张嘴吃就得了。有点不习惯，不过吴顺根望着水葱儿般白的小护士，嗅着淡淡的发香味儿，不习惯也就习惯了——其实，他的伤势还没有严重到这种地步，顺根也就趁机装装功臣的派头。可是撒尿有些困难，小护士站在一边，顺根那东西有点作怪——尿不出来，半天尿不出来。尿不出来也罢，小护士就是不走，还鼓励道："慢一点，慢一点。"顺根见护士这么耐心，越发尿不出来。这时候，顺根便想，幸亏当初没听娘的话，幸亏械斗时表现勇敢，不然，这辈子怕也难有尿不出尿的时候。

天擦黑的时候，顺根家里人趁护士去吃饭的工夫，悄悄溜进了病房。顺根不知道爹娘还守在这儿，他以为爹娘们等在这儿是打算接他回去，急忙解释道："不要紧，这药费是公家付。"顺根娘虽说才五十开外，可操劳过度，头发半白，牙也掉了几颗。进了病房光是落泪，一句也没提药费什么的，一双手抖抖地在儿子头上摸索："毛呀……听说死了几个……我……"顺根爹打断话头："二毛，这水让俺们争来了。"他哥又抢着说："埫里人都夸你哩！说不定，咱埫里三五天都会用上水的。"他爹又补充道："水来得及时，俺那五亩田今年肥施足，少说也比去年多打个千把斤。"吴顺根这时想起满床头柜罐头、苹果，忙让爹娘和哥哥吃。娘看着满柜子的东西，说："毛，那是留给你吃的。""吃不了吃不了！"吴顺根挣扎着要爬起来给爹娘和哥哥拿水果。这一带不产苹果，他们没吃过这种圆圆的红红的果子。吴顺根见哥哥怔，忙指点道："啃，啃！"他哥不放心地试了试，果然一口咬下一大块。

这时，吃饭的护士回来了，蛾眉倒竖，吆喝道："你们怎么钻进来了，快出去快出去！病人感染了怎么办？快！"

顺根家里人一个个攥着个苹果，做贼一般朝外蹿。

一连几天，胖子瘦子果然又有不少光临。他们都到病房里站站，说些诸如早日康复之类的话。有一天，一个胖子随着一群人例行问了几句后，却责怪起来了：

"我说农民兄弟呀，有什么问题不能通过组织解决呢？要相信党组织，相信人民政府嘛！怎么能头脑一热，别有用心的人再一挑动，你们就动起手呢！这还有没有一点法制观念呢？——"

胖子走后，吴顺根越琢磨这话越生气。这抢水明明是领导要我们去的，怎么到现在又怪我们"农民兄弟"！伸手放火，缩手又不认，这还像领导吗？当初村长找他时，要不是说是为咱县帮忙，他吴顺根会去拼这个命吗？现在好了，老鼠钻风箱，两头受气，真他娘窝囊。晚上，那个小护士喂饭时，吴顺根发起了牢骚。小护士俯下身，压低声音说："别生气。怕什么，你们是功臣，谁也不会否认……"

又过了一天，吴顺根算算照理水该放到了他们后隆村，便说起了插秧的事儿。岂知他这话让小护士误解了，担心他是想出院，便十分慎重地劝阻道："不行不行，这是领导交给我们的任务。你们再有个好歹，我们负不了责。"顺根怕给小护士添麻烦，急忙声明。谁知小护士仍然放不下心，又去报告了值班医生。医生很快便赶来了，开导带告诫："既来之则安之，我们要相信科学嘛！匆匆忙忙出去，留下后遗症可是谁也负不了责。"直到吴顺根一再声明听从安排才罢休。

约摸是第六天头上，病房里又送进了一个病号。那人昏迷不醒，陪同的人吴顺根倒认识——他有一个姑姑在顺根塆里。陪同的人说，灌渠的水进了县境后，又有几个乡争了起来。谁都希望先用，谁都害怕到时水库又关了闸。结果又动了手，他的叔伯哥哥就是早上打伤的。吴顺根惦着他家的五亩田，忙问："到底哪个乡赢了？"那人笑了笑，说："那还有哪个乡！"吴顺根自然明白是这人乡里先争去了水，便一脸怏怏不快，暗自骂乡里人不争气，要是他在家会如何如何。

这时，护士和医生来检查刚到的病号。他们一个个鼓着嘴儿、没一丝笑意，吴顺根好生纳闷。小护士平时笑眯眯的，这会儿怎么变了副嘴脸？

"押金交齐了吗？"

"正在借正在借。"陪同的人满脸堆笑，忙不迭地回答。

小护士和医生没再问第二句话，转身便走。陪同的几个人跟随着他俩不停地求情："同志，同志，人命关天，钱少不了！"

吴顺根虽然刚才还有些恨这个乡的人，这会儿见医生不管他们病号的事，对他们那种束手无策的样子也动了怜悯之心，便关心道："他不也是为公吗？"那些人没好声气地说："人家是县医院，不买乡里那壶油！"吴顺根"哦"了一声，明了其中的区别——他自然又想到自己的身份。说心里话，休息这几天，他身子骨也差不离没多大毛病了。原来想到反正有县里拿钱，还有这么个如花似玉的城里妞儿伺候，住个三月俩月也行。这么一想自己是县里功臣，至少这思想水平不能等同于老百姓了，人家医生护士是关心，自己怎么就不坚持一下原则呢！

小护士再来时，吴顺根坦白了自己的思想，还扬了扬粗壮的胳膊，晃了晃脑壳，逗得小护士"喷儿喷儿"笑。

小护士去请示值班医生，值班医生又去请示了住院部主任。最后，给他做了遍全面检查，值班医生送出院证时，又叮嘱道："要是感觉还有什么不适，早点还到我们这儿来，噢——"

3

吴顺根没什么手续要办，说走就走，将床头柜里吃剩下的罐头、苹果用网兜一装，便提着去了汽车站。

当天下午三四点光景，他便回到了乡政府所在地。这儿是汽车终点站，到他家后隆，还要步行七八里地。

下车后，顺根见镇西头乡提灌站四周围了不少人。这个大型提灌站，负责向好几个村送水，顺根所在的村自然也靠这里。他不知发生了什么事，怔怔地朝那边张望，考虑是不是有必要去看看。

"嗨，还在愣什么愣呀！快，快回去叫人。前隆要抢先用水了——"

那人显然看错了人。不过顺根一听却急了，事关切身利益，他拔腿朝提灌站抄近路跑去，急得那人在一边骂街。

提灌站机房建在一道土岗上，土岗下是一个蓄水的小水库。这时候，机房里外挤满了捋袖子伸胳膊跃跃欲试的农民，有几个乡里干部模样的人唾沫四溅地和一群满身泥水的人解释，旁边，则虎视眈眈地站着乡派出所的人。隔得远，吴顺根听不见那乡里干部在说什么，倒是土岗上的农民不停地举着铁锨、锄头什么的一个劲吼叫："不行，不行！打个狗日的——"

空气十分紧张，大有一触即发之势。几个干部头挨头嘀咕了几句后，其中一人从人缝里钻出去，过了一会儿，那些喊打的后隆人吼叫声渐渐低了下去。

顺根以为后隆终于胜利了，松了口气，一个模样儿似曾认识的人感叹道："怎么样？软的怕硬的，硬的怕不要命的，他前隆仗着书记的岳丈在他们那儿，想抢我们前头，怎么样——"

那人鼻子里噗哧笑了声，说："你老弟做梦吧！后隆人服输了——乡长找到村长，动了组织命令，后隆人没谁敢当出头鸟了。"

啊！吴顺根气不打一处来，你村长怕丢乌纱帽，出卖我们后隆，我吴顺根可不怕。这水要不是我拼命，还有你们用的时候吗？

他拨开人群，提着罐头苹果，昂首挺胸朝提灌站机房走去。他在医院里时，换了套城里人整齐的衣裳，加之手上提着鼓鼓囊囊的东西，人们也不知他要干什么，也就乖乖地闪开一条路。

"准备开机了，抓紧时间！"

"是……前隆还是后隆？"

"按乡里研究决定的送，当然是前隆。"

顺根一听急了，他夺门闯了进去，伸开双手，拦住欲去开机的师傅。

一屋子人怔住了，但很快明白了吴顺根究竟要做什么。一个干部模样的人不屑地扫了他一眼，手一挥，命令道："别理他，快开！"

情急之中，吴顺根要去拽拿着启动绳的师傅，结果衣领被后面的乡干部抓住了。吴顺根挣扎了几下，干脆转身将手中的苹果和罐头朝干部砸去。

也许是没有防着这一手，干部腰上挨了一下，慌忙朝右面退。右边是一道几十度的斜坡，粗大的水管沿着斜坡将头探进小水库。那干部退到斜坡上，脚一滑，竟骨骨碌碌朝下滚，很快将水库溅出一个大大的水花。

提灌站外，响起了一片欢呼声。

这戏剧性的结果，吴顺根完全没有料到。他不知是得意还是在回味，竟傻乎乎地站在机旁，看着别人飞快地跳下水库，七手八脚地将落水者抬到岸上。看着那干部像个落汤鸡一耸一耸地朝上面爬。

他看得正有滋味，衣领忽然又被人抠住了。抠他衣领的是乡派出所的人，他回头便知道了。他挣扎，派出所的人朝他头上敲了一下——简直和械斗时挨的一下差不离，他便老实了。反正他想，我是县里功臣，没有我拼命，你们去争屁的水。看你能把我咋样，他差点说出了声。

派出所的人显然没有想到这一层，一边一个连挟带搡拥着他朝外走。吴顺根嚷嚷着要拣掉到地上的罐头和苹果，派出所的人不允。派出所的人用脚将那个网兜踢得直打滚。吴顺根听见了玻璃的碎裂声。

吴顺根很慷慨地随着派出所的人朝外走，他没再反抗，他想，不行我跟你们到县里去讲理。

提灌站外，人们还在兴高采烈地议论着刚才落水的人。等到吴顺根和派出所的人走远了，有人才悟及刚才一定是这个小伙子将干部推到水里去了。其中有人认识吴顺根，一传十，十传百，后隆的人对这个平时爱惹是生非的乡党不由刮目相看，他们很快觉得惭愧，便有人号召去劫下他们的英雄。不过，派出所的人也估计到了这一点，架着吴顺根飞快地朝停在不远处的一辆吉普车跑去。

吴顺根进了吉普车后，才想起应该下去，家里五亩田等着他回去插秧。吴顺根却没能下去，派出所的人没让他下去。派出所的人很有这方面的能力。吴顺根不再挣扎时，有人冲他脸啐了口唾沫："狗东西，敢打我们乡长！"吴顺根正喘着气，他这时才知道刚才推了乡长，才知道推了乡长或许并不是件好事。

"我不推了，我要回去！"他有几分后悔。

最后，吴顺根不叫了。

吉普车开得飞快。吉普车径直驶进了县看守所。吴顺根离开县城不过三四个小时，现在他又回来了。尽管县医院里并不拒绝他，他还是住到了高墙电网的铁栅栏里。

关在一起的人问他为啥进去了，他没说推了乡长，他说他为了争水。那些人很阴险地笑了，有个家伙提了提裤子，猥亵地做了个"放水"的姿势。

吴顺根没有行李，好在这是夏天，光膀子还热得流汗。热极了，饿极了，吴顺根就慢慢地回味医院里美好的时光。他很遗憾那兜苹果和罐头没能带来去。

4

后隆的人最终还是打听到了吴顺根的去处。

吴顺根为了后隆人共同利益身陷囹圄，很是感动了那个村的父老乡亲。

后隆人咽不下这口气，他们村里的精明人四处奔走，分别去找县上、地区里的所有可以利用的关系。电报和电话在空中忙碌，语气恳切的帖子直接递到了书记、县长的案头。还有人号召给吴顺根送慰问品，两个诚挚后生在看守所门口站了半天和一夜。但看守所有规定，不准未审理的人犯和家属接触。不过几经周折，通过关系还是递进去了，是粽子、煮鸡蛋之类的。吴顺根一样也没舍得吃，全分给了同监的人——那个让他"喝水"的高大蛮武的男人还挺不好意思。

后隆人很聪明，他们在递给县委政府的帖子里特别提到了吴顺根在与邻县争水时负过伤的事实。他大脑受过伤，神经或许不正常，并且刚从医院出来云云。有位抓水利的副县长动了恻隐之心，批示请县看守所"酌情放人"。

这批示几经周折到了看守所。看守所长那天小儿子过生日，喝醉了，给拖了一天。等到通知吴顺根"审查"结束时，他已在这里待了四天。

吴顺根身上没有一分钱。他那笔不多不少的补贴不知何时不翼而飞了。他步行朝家里走，五十里，他差点走了一天。

吴顺根终于看见熟悉的村子时，已近黄昏时分，袅袅升起的炊烟，温柔得几乎令他落泪。他这时看见属于他们村的田野里已经全插上了秧，那种绿中透黄的新秧。他突然改变了快些回家和爹娘亲热的念头，决定到他们家种的五亩责任田去看看。他要看看他为之拼命争来的水是怎样蓄满那些寄予无限希望的稻田的。田野像一面大大的镜子，他想起学校里的造句。

出奇的是，吴顺根家两丘并在一起的稻田里并没有水，这是他走近时才发现的。干涸的田垄中间，孤零零地蹲着一个老人。酡红的夕阳，将那佝偻的身子泼上了鲜血般的色彩。吴顺根认出那是爹。

"村里争水，你……你哥被打伤了，结果……"

吴顺根没有听完爹的哀诉，便跌坐在坚硬如铁的田垄里。后脑壳被敲击过的地方，"轰"一下又发出墙倒屋塌的声音。他喃喃道："早知道……"

（原载《芳草》1991 年第 8 期）

记者走了之后

一

和省报记者一声"拜拜"之后，几天的劳顿一下子砸向了郝志文。

安排住宿，要交通工具，介绍情况，陪同采访……从记者抵达宫县之日起，郝志文的每一根神经都绷得紧紧的。终于，这一次接待采访的任务结束了。说不上"圆满"吧，但可以称得上"顺利"。他不由舒了口长气。

郝志文从工厂刚调到县委通讯组那阵，部秘书夏长天闲聊时曾透露，有一次省里广播电台来了位女记者，县委书记一时疏忽忘了去探望，记者走时办公室又没有派小车送。结果她回去后写了篇内参，把宫县捅了个一塌糊涂。县委书记因此影响了提拔到地区去。

从郝志文进通讯组之日起，究竟接待了多少记者采访，连他自己也说不清了。中央级、省市级、地市级；通讯社、报社、电台、电视台；党报、专业报、机关报；社长、台长、编辑、记者……级别不同、单位不同、身份不同，但在郝志文眼里，是神都一样敬。谁知哪路神会降灵呢？订房子，要车子，陪吃陪喝，准备礼品，他都要考虑一应周全。

郝志文此刻蜷在藤椅里，待大气喘匀后，便搬过了这几天的报纸。通讯组重要，县委办公经费虽然紧张，还是恩准他们订了大大小小十几份报纸。郝志文先浏览一下每份报纸的大标题，重要的择到一边，回头再细细品味；一般的社会新闻，他溜上一眼则扔过去。

——《冒充记者行骗　马脚终被识破》

当他翻到《羊城晚报》时，蓦然，一条并不太显眼的标题攫住了他。

冒充记者？郝志文的眉棱闪了几闪，目光急急追踪而下。

本报陕西七日电（特约记者尚家发）一个冒充我社记者行骗十余县罪犯刘大宝昨在陕西被抓获。

刘大宝原系广州钢丝厂工人，曾担任过我报业余通讯员。他利用各级政府、机关、工厂企业对记者的尊重，假冒《羊城晚报》记者，去到陕西临潼、宝鸡、天水……

消息未念完，郝志文便有几分紧张，不知为什么，他忽然联想到刚刚送走的"省报记者"李震，他……他……

二

那天上午，郝志文正在部办公室和负责收发的女干事论白嘴，忽然电话铃响了，急且响得特别长。

"喂，我是省报的。"

郝志文一听，好似触电一般。刚才那副极不耐烦的语调立即无影无踪。

"您什么时候来呀！我们十分欢迎，十分欢迎！我们马上派车去接。"

对方回答已经到了。郝志文来不及去后院向书记汇报，拔腿便朝楼下跑。

招待所是新近才扩建的。前院的老房子，招待一般来往客人，举行乡村一级会议，后院才是规格较高的贵宾楼。这儿的服务员、炊事员都是经过精心挑选的。

因为郝志文经常领记者来光顾，那些花枝招展的女服务员和他混得很熟。她们嗲声嗲气地通报"郝部长"，不光没见记者，连记者毛也没见一根。

郝志文好不诧异！难道有谁吃了虎心豹胆敢开这个国际玩笑不成？他既不敢相信记者没到，可又为不见踪影感到蹊跷。正纳闷，忽听门外传来宣传部章部长少有的笑声。

须臾，部长拎着一个旅行包，和一个年轻人出现在门口，部长肚皮大，可这会儿却微微凹了下去，讨好地笑，声音很腻。他旁边那个戴变色眼镜的小伙子显得很老成。

原来，记者径直找到宣传部了。

年轻记者热情、软软的手紧拉着郝志文，亲热、随和。他自我介绍，木子李，雨辰震，此行来主要想给宫县办一个专版，请郝干事多多关照云云。

郝志文受宠若惊。平时记者来，举手投足，盛气凌人，郝志文精心服务，有时还会遇到白眼。眼下这个小记者怎客气，真叫人感动。

记者刚刚住下，外面一片人叫"书记好"。

书记也是来拜望记者的。书记姓部，刚刚踩在四十岁的线上，可谓年富力强，仕途无量，他上的是农机学院，但对党的宣传工作却深为重视。每次记者到这个县，他不管多么忙，总要专程拜访，亲自作陪招待。

"我这儿条件差，请多包涵！啊哈哈……你坐你坐！哦，年纪还不大呀……刚从大学毕业，好，好！欢迎以后多到我这儿来，我的朋友有好多是做新闻工作的……"

大肚子部长不失时机地介绍道：

"咱们郜书记最关心新闻工作，我们宣传部通讯组由郜书记亲自领导。"

郜书记矜持地点头、微笑，然后，收起笑容，吩咐郝志文：

"老郝呀！李记者第一次到我们这儿来，一定要照顾周到一点。哦，哦，给李记者再添点水……需要什么情况，下去想看看什么，你主动一些，要是李记者向我反映你不积极配合，可当心我打你屁股！哦哈哈……"

郝志文鸡啄米般点头。他知道书记不会打屁股。通讯组不是没捅过漏子，哪一次不是书记给担保过去。

寒暄一阵后，所长亲自来请记者用"便饭"。郜书记带头，用手拥着李记者，像老朋友一样。不知为什么，这个小记者不胜酒力，书记一杯酒敬上，他便脸色赤红，害得在一边斟酒的郝志文"工作失职"。过去，不管哪儿的记者来，郝志文拼着醉也要激对方喝个尽兴。

"老郝，你再陪李记者喝一盅。"书记命令道。

"我不行，不行。"

李记者说着竟将酒杯藏到了桌子下。

"好，老郝，你失职，李记者不喝，我罚你三杯。"

郝志文遵命，一口气喝了两盅。李记者见状，同情老郝，咬咬牙喝了一盅。宣传部长一看"工作"打开了个缺口，便嚷嚷着要李记者也赏他的光。堂堂部长说了，李记者也不敢不给面子。一会儿，几个人乘胜追击，把个李震喝得大秃子不认二秃子，一个劲儿伸大拇指，卷着舌头说：

"好，好样的！够朋友！这专版……我……我一定办好……"

将李记者扶到卧室后，郜书记和章部长细细地检查了一下卫生间和床上床下。这时，李记者已经鼾声大作，不省人事，郜书记和章部长会心地一笑，指示郝志文，"帮李记者把脚洗洗，那样睡舒服些。据报上介绍，洗脚还可以减轻疲劳。"

郝志文刚才虽也喝得迷迷糊糊，不过对书记部长的指示却听得真切，他显得十分乐意，用手背量量水温，把李记者的每一个脚趾头缝里皆用手巾擦洗得臭味全无。

当天夜里，郝志文没有回家去给女儿讲故事（尽管他已经答应给女儿讲《皇帝的新衣》）。李记者血液里的酒精正发挥作用，出于尊重、职责和爱护，郝志文留下来以备不时之需。果然，李记者夜里大呕了两次，宫县的王八娃娃鱼宁溪大曲不甘寂寞奔涌到郝志文一脸一身，又淋漓尽致地挥洒在红色地毯、真丝被面上。

次日，李记者否认了昨夜的悲壮行为。他说没有醉，只不过头有些晕，多睡了半天觉。郜书记、章部长皆哈哈一笑，连连称道："你没醉，你没醉!"

紧赶慢赶一个星期，专版内容便写出来了。材料送宣传部章部长和书记审阅后，基本认可。但章部长有一条重要意见，即希望县委书记和主要负责同志都站出来写几句。宫县各行各业取得这么大的成就，与党的领导是分不开的。

李记者认为这条意见太重要了，他认为要写就请郜书记写。

郜书记微笑着应允了。他让宣传部先搞个材料给他作参考。章部长表示坚决照办，但这个光荣任务又历史地落在郝志文身上。

郝志文对这种报告和新闻的综合性文体烂熟于心，结果熬了一个通宵，修改了三四一十二遍，用一千八百字概括了这个县在十一届三中全会以来的巨大变化。书记阅后，亲自改动，增补了五个字，其中包括他签名时龙飞凤舞的那三个字。

李震一看，称赞书记有文才，可惜做了县委书记，搞文学恐要超过王蒙张一弓刘心武，当记者怕穆青也要拜在门下。文章概括力特强，不愧是领导，居高临下。夸得个郜书记酡颜生辉。

专版一应齐全后，郜书记又一次亲临宴请时，李记者才委婉提出，每个县专版皆要付两千元钱。不过，这个县从领导到群众对新闻工作都十分重视，他打算回社后向总编辑作一专题汇报，届时最多收一半。

书记部长一听，皆道"哪里哪里"。尽管李记者言词恳切，再三谦让，在他坐进了郜书记专用的"华沙"后，两千元硬扎扎的票子从玻璃窗缝中还是塞了进去。

三

郝志文搁下报纸，越想越觉得李震和那个记者骗子有惊人的相似之处。

按照他平时总结某单位时常用的数字罗列法，这李震的疑点不下五六处。

一、他认为李震下来之前报社、地委没有专电联系，有悖常情。这不是李震改变作风，而是不了解记者下来时的套数，和那个冒充《羊城晚报》记者的骗子一样，而是到了地方才挂个电话。

二、他没有出示记者证、介绍信之类证明身份的材料。尽管过去其他记者也不出示，通讯组也不会那么失礼地去察看记者的证件，但这个李震却提也未提。

三、别的记者下来都处处显示出上级机关的办事能力、水平，而李震却不提一点反对意见，表现出一种无知者的谦逊。

四、这次接待他的住房并不是招待所规格最高的（省地各种检查团占完了），可他却连连称赞条件不错。可见他四处流浪时的窘迫。

五、他不胜酒力，可见不是四处走动的记者。

六、专版费用不要支票，只收现金。理由：银行不让取大钱……

天啦！

这事传出去怎么办啦！共产党员、国家干部、县委副局级干事，警惕性竟如此之低，将一名骗子待为上宾，这……这可怎么向舆论界交待呀！那些嫉妒自己的，那些自己反对过的，能不幸灾乐祸，如果再有人捅出去，岂不成了一条让人茶余饭后哂笑的新闻？

怎么办？否认自己这几天在家，否认曾经接待过一个叫李震的骗子？……但愿这一场喜剧、闹剧、丑剧是一场梦，一场子虚乌有的幻象。

"章……章部长……"

思考再三，郝志文认为还是诚恳态度、及时向领导承认错误，争取宽大为好。

章部长正在练鹤翔庄。练功可以减肥，他便请人传授技艺。无奈早晨刚学的几步他已记不甚清楚，他六根不净，没有达到出神入化的地步，郝志文一叫，他即复了常态。

"我……我捅了个漏子。"

"什么？"章部长失声惊问。这一阵书记对宣传工作很不满意，多次约见他，希望宣传部工作能有新起色，并暗示党代会下半年如期召开。如果宣传部依然故我，他"章"字之后怕要抠掉"部长"二字了。

"这个省报记者……是骗子！"

郝志文一口气罗列了六大疑点，并出示了《羊城晚报》。

章部长没有吱声，瞪大两眼盯紧《羊城晚报》，深深地嘘了一口长气。接着，转身去关住了部长室的门，压低了声音说：

"这事儿你暂且保密，其余接触了这个骗子的同志由我找他们通气……书记那儿，你暂不要去汇报。"

郝志文没有料到部长这样体恤下级，宽以待人。一时里，他感动得差点流下了泪。

感动之后，想起后果，郝志文仍是心有余悸。碰见熟人，人家朝他笑一笑，瞪一眼，他便思忖好一会儿，这笑容里，目光中，是不是包含着嘲讽？碰见有人叫，他更是心惊肉跳，以为书记要找他谈话。有时和人谈话，说着说着竟忘了下文。晚上回到家，老婆要和他亲热，他不忍拂了老婆兴，可无论怎么调情终是来不了劲。老婆累得气喘吁吁，一赌气丢个背给他。怪他嫌老婆丑了老了，不如人家黄花闺女。八成是当了官，有了外心，他赌咒发誓，老婆才止住哭泣，可依旧不能动作。

这一天，他瞟见部书记迈着八字步过来了，急急忙忙朝办公楼里钻。谁料部书记也是到楼上去。两人在楼梯拐角撞上了，郝志文一声书记没叫出口，部书记却先称呼他了。

"老郝呀，这几天怎么见不到你的面啦？这几天，省报那边是不是有什么消息了？"

"没……没有。"

"我这几天反复考虑，我那个讲话还缺少一个内容：即如何发挥旅游资源优势，带动第三产业发展。你挂个电话去问问，如果专版还没上，请省报编辑给补上。中央这一阵正在强调这个问题，这一点很关键，很关键！"

"这个……"

郝志文欲言又止，差点道出了专版恐已告吹的噩耗。

他喏喏应答，心中不由更加焦虑。天啦！纸能包得住火么？他真不知道，这以后日子该怎么熬。

四

"老郝，老郝！"

两个星期后，郝志文正躲在通讯组办公室里向隅而坐，忽听章部长在走廊上大叫。声音宏大、急迫，简直有些失态。这在一部之长的领导生涯中，可谓绝无仅有。郝志文立即从这强大的声波中，体味到了人生的悲哀和不测。他整个瘫在宽大结实的藤椅中，差一点昏厥过去。

"专版……专版发了！"

章部长挥舞着省报，欣喜若狂，跳跃而至。

"这是部书记的讲话，这是八年对比，这是未来展望……"

郝志文夺过报纸，闻了闻，飞快地瞥了一下，可着嗓门大叫：

"万岁！李震不是骗子！万岁！"

章部长臃肿的眼泡里闪着晶亮的泪花，他深有感受地补充道："我们那两千块钱还是用到了刀刃上。"

（原载《草原》1991 年第 2 期）

露珠，你在哪里

一

他，H 市一个小有名气的诗人，近日十分苦恼。半月前，岳母和妻子拌嘴，一撒手走了。这就苦了诗人，妻子上班，他必须每天领着自己吵吵闹闹的小儿子，许久没有写出一首较为满意的诗了。俗话说"人怕出名猪怕壮"，前年，他有一首诗在省里获奖，一时轰动全市。因此，便有许多人关注着这颗新星。亲朋好友见面，免不了要问："近来又有何佳作问世？"诗人心急如焚，巴望早早从家务中摆脱。

他想请一个保姆。

前几年，每月出个十元八元，在附近农村找一个保姆，是不费什么难的。可现在乡下人挣钱机会多了，城里人再花那多钱很难找一个愿进城的乡下人了。

天无绝人之路。

这一天，他正在屋里给小儿子擦屎屁股——忽听有谁敲门。

"你找谁？"

他从高度近视眼镜片后打量着门外一个亭亭玉立的少女。

"听人讲，你们要请一个保姆……"

女孩儿倚着门帮，睫毛扑闪了几下。

"是啊！是啊！人在哪儿？"诗人喜出望外。

"我……就是。"

"你？……"诗人不解地打量她：一副动人的女孩儿脸蛋，脑后扎一个流行的刷把，绿帮半高跟鞋，恰到好处地衬出了她那正在发育的身材……

"你叫什么名字？"

"露珠……"

"什么？露珠儿！"诗人惊叹道，"多么富有诗意的名字啊！是你父母起的？"

"……我不知谁是我的亲生父母。听养母说，我是她一天清晨从路上捡来的。"

"哦哦！是从那闪烁着露珠的原野上……"他习惯地扬了扬手。

"爸——爸——"

诗人的小儿子至今还伏在凳上。诗人这才发现，自己手上还捏着擦了儿子屁股后的手纸。他向女孩儿不太好意思地笑了笑。

叫露珠儿的女孩儿被诗人和善的笑声感动了。她见屋里没人，便主动走了进去。

诗人将儿子领到另一间屋去，转身见女孩儿在扫地上的屎，急忙上前拦住女孩儿，连忙声明："我自己来！我自己来！"

女孩儿怔怔地望着诗人，低声问："这么说，你不要我了？"

"哦哦！要要！你先歇着，你先歇着——"

中午，诗人的妻子——一个比他小 7 岁，慕名下嫁的某处长的女儿下班回来了。她见屋里有一个女孩儿，出于女人的本能，怔了一下。

"工资她怎么讲？"当丈夫告诉女孩儿是自动要来当保姆后，高兴之余她首先想到了这个要害问题。

"女孩儿说，有个糊口的地方就行了。我看，不能亏待人家。"

"哦……哦！……这样安排，先试用两星期。"诗人妻子不容丈夫分辩，声明道，"我家里原来用过两个保姆。"

"她家里怎么会让她出来呢？"

一会儿，诗人妻子又琢磨到这个保姆来得太容易，简直使人不相信。你想：一个十四五岁的女孩儿，种地、养鸡、卖菜……眼下干什么不是钱呢！

"我问过她，她支吾着总不肯说。"诗人说。

二

试用期间，诗人妻子给露珠规定了具体的任务：择菜、洗衣、拖地板……当然，最主要的还是领她的儿子——蹦蹦。

诗人的儿子是全家的"太阳"。从早到晚，全家人围着蹦蹦转。"牛奶？""不要！""饼干？"……"不要！"……上次就因为摔了一个花瓶，外祖母拍了他一下，惹得诗人妻子和自己亲娘干了一架。蹦蹦外祖母临走气愤地说："我看你把孩子惯成什么样！我看将来有谁给你领！"

也怪，蹦蹦到了露珠的手上，没几天却变得俯首帖耳了。诗人有点纳闷，不由暗暗留神。

每天清早，露珠洗刷完碗筷，便领着蹦蹦到院子里玩。院子里有株美人蕉，黄中泛红的花序，硕大的绿叶。露珠拎来一壶清水，掌着蹦蹦的手，让他浇。细碎的水珠儿，泛着七彩的光芒，从绿叶上，从花儿上滚进泥土。"哟，蹦蹦乖，从小就会劳动！"她找了一个树棍在墙上划了一道。"好蹦蹦爱劳动！记着。"蹦蹦咧着小嘴，学露珠也洗了手，然后，规规矩矩地坐在小凳子上。"姑姑唱。"露珠从美人蕉后走到院子中，小手儿拢在胸前，"春季里来春呀春季乐啦唉哟儿唉海哟……"歌声圆润，唱腔朴实，带着女孩子的天真和烂漫，带着田野上的清风和温馨。"姑姑，再唱——"蹦蹦乱拍着胖墩墩的小手。露珠又从美人蕉后走出来。"好，下一个节目：'小放牛'。"露珠嘴里唱着锣鼓谱子："咚咚锵咚咚锵……"她上台了，一个人翩翩起舞，红彤彤的鸭蛋脸闪烁着细碎的汗珠，那个用手绢儿扎在脑后的刷把，频频起舞。乐得蹦蹦坐在一边小身子也直摇。跳罢了舞，蹦蹦扑在露珠怀里便撒起娇，"姑姑，我要吃，我吃饼。"露珠小脸儿一板，将手别在背后，"蹦蹦，姑姑订的规矩，你不是也点头同意了吗？"露珠捋起袖子，手腕儿一扬，"你看，时间还不到呢！来，我们该学习了。"蹦蹦皱着眉头，但一会儿就同意了。"起立——坐下——"露珠当教师，蹦蹦当学生。露珠扬起小手，"老师好！""同学们好！"露珠向院中的一排小凳子和唯一的学生蹦蹦上课了。

> 小猫咪，
> 上河西。
> 扯花布，
> 做花衣……

诗人把自己观察露珠教孩子玩的情况，夜里告诉了妻子，夸奖露珠简直比上过幼儿师范的保育员还懂得儿童心理。

"哼，这些当保姆的，一来挺卖劲，时间一长……"诗人妻子在丈夫面前总是这么"三年早知道"。她显然也有点喜欢露珠。

两个星期后，露珠还是转了"正"。

一天大清早，露珠出去了。

"你看你看——刚刚说定，她便变了。"诗人妻子为了证明自己的话无比正确，揪着还睡在床上的丈夫的耳朵。

快吃早饭时，露珠回来了。手上捧着鲜活活水灵灵的野菜。她没有瞥见诗人妻子"多云转阴"的脸，兴冲冲地讲。

"嘻，昨儿我领蹦蹦玩，发现城河边长了可多可多的地菜。要在我们乡下，人们早就剜去了。"

"露珠，你剜野菜干什么？"诗人想替露珠儿和解。

"吔，你们连这还不知道！地菜烫着吃，加上个蒜苗辣椒，又香又脆，味儿可美呢！"

"要吃你自己天天吃！"诗人妻子没好气地说。

中午，露珠真的自己动手烫了盘地菜。诗人尝了一筷，哟，色香味俱佳。他连连称道，感染了诗人妻子，也尝了尝，吃惯了鱼肉的她，觉得味道确实好，破天荒地夸奖了露珠。

"哟——想不到你还有这样一手！"

她哪里知道，露珠还有不少"一手"呢！

诗人院子中有棵树，他们并不知这叫"香椿"。露珠将嫩叶儿摘下来，开水一烫，腌着吃，包饺子吃，炒鸡蛋，味儿清香馥郁；削掉的莴笋皮，露珠剥掉里面的筋，腌起来，香油一爆，脆蹦蹦，甜丝丝的，诗人夫妻俩大开胃口，食欲猛增。

诗人屋中不少老鼠，为害甚烈，柜子中诗人妻子一套刚从香港捎来的时新套装，让母老鼠做窝咬了个稀巴烂。用药毒，开始还生效，后来老鼠根本不吃；买关笼，商店一时无货。露珠儿却有办法，她找了几块砖，用极细的竹签支住，下面压上香饵。头一夜压了五条大老鼠。第二夜，露珠儿将红砖用开水烫了烫，照样又压了四条。从此，好长一段时间，老鼠再也不敢公开活动了。

诗人妻子想给儿子织一件毛裤，因为上班忙，开了个头只好又搁下了。露珠站在一边看了一会儿便灵通了。第一天下班，露珠织了一截；第二天蹦蹦就穿在身上了。柳叶儿边，小鸭戏水图，鲜活极了。

"这么灵巧的姑娘，她家养母怎么舍得让她走呢？"

诗人和妻子从心眼里喜欢露珠了，她们不由得担心这么难寻的一个小保姆会不会长远干下去了。

三

诗人夫妻俩的担心并不是多余的。

这一天，一个乡下女人在窗外打听诗人的名字，露珠在厨房里洗涮，她听见这熟悉的声音，破天荒地打碎了一个碟子。

乡下女人是露珠的养母。

诗人夫妻俩听说乡下女人要露珠回家时，不由惊慌了。他们才知道露珠是私下从家里跑出来的。

露珠从厨房里走出来了，她没叫妈。

乡下女人主动迎上前去："珠儿，你让妈找得好苦。"两滴浑浊的泪水从眼角挤出来了。

"我不回，我不去那个人家！"露珠不容商量，断然决定地表示。

"珠儿，"老女人拉住露珠的手，"以后再说那事，先跟妈回。"

露珠从老女人手中挣出了自己的手，字字如珠："我不回，我要凭自己的双手挣钱还他。"

诗人夫妻从这养母养女的对话中渐渐听明白了。这老女人开始自己没孩子，对露珠还不错，后来她自己连生了两个儿子，为了贪财，将露珠许给了队里一个比露珠大十岁的有钱的光棍男人。这男人不光有肺病，脾气还坏。露珠儿不答应，可这老女人已经用了那个男人家里不少钱财。人家捎话明年就要迎娶，露珠养母不答应，男方便逼着还钱。所以，露珠逃出来了。一是挣钱还账，二是躲避男方的纠缠。

"那不行，婚姻自主嘛！"

诗人妻子从自身利益出发，首先截断了乡下女人的话。

"嘿嘿，你们还不知道——那男的不错哩！会篾匠手艺，还有个叔在外面当干部，就是年纪大点。不过，露珠儿去了也不会受罪。"

乡下女人仍不放松她的宣传攻势。

"享福、受罪我不管，反正我不答应。"露珠又大声宣布了。

"那——"乡下女人粗眉一拢，嘴角下撇，"今天你答应也罢，不答应也罢，你得跟我回去，走！"

"我不回！"露珠扭头抱起蹦蹦往外走。

乡下女人跃起身子去拦露珠，差点碰上了蹦蹦。

"不回？我养你十多年，你给我饭钱！"

诗人看出了乡下女人的来意：能叫露珠回更好，露珠不回，也要这份钱。他怕事情闹下去惊动四邻，便扶了扶眼镜上前说：

"大娘，我看，露珠真要不愿回，你也别勉强，这露珠的工钱——"

"那不行……多少钱一月，我……"

乡下女人嘴里虽不饶，语气却缓和许多。

"十元。"诗人妻子不耐烦地说。

"那……那我下个月来拿。"乡下女人笑意盈盈。临走时，她从衣袋里拿出二尺红绸带，难为情地递给露珠。露珠怔了一下，她的眸子上，霎时涌上了一层云翳。

"妈——钱我给你留着——"

露珠趴在窗口，向正远去的乡下女人挥手喊道。

四

感谢诗人夫妻俩的解救，从这以后，露珠俨然像这家的小主人一样，分内分外，事无巨细，她全料理得缕缕顺顺。

只是经济上的事，诗人妻子还不放心让露珠去办。在她的印象中，保姆没有一个不贪钱的，何况露珠这样一个卖工赎身、急需钱财的乡下小女孩。

这一天，诗人妻子破天荒地给了露珠一元钱，叫她去马路东头的小杂货铺称二斤盐。

诗人以为妻子没有零钱，忙着在兜里摸："我这儿……"

"你别管！"妻子狡黠地睃了丈夫一眼。

诗人明白了，妻子是在考验露珠。

一会儿，露珠哼着歌儿回来了。她把盐倒进刚好装二斤盐的广口瓶，小手从口袋里掏出一大把零票子。

"一角、一角五、三角……哎呀，她明明说找六角六，这怎么成了八角六呢？想必是刚才人多，她光顾着拉呱。"

露珠将六角六分钱放在诗人妻子面前，拿起多余的两角钱，说："我再送给她。"

"你——"诗人妻子放下锅铲说，"又不是你多要的。"

露珠不知是不是没有听见这句话，她拔腿跑出了门。

　　饭菜都做好了，露珠还没回来。诗人妻子唠叨着："你看这丫头，她哪是送钱，明明是当我们面不好拿，出去找个借口……"

　　诗人不相信，他抱着蹦蹦顺马路向东走。

　　小杂铺门口围了一拨人。老远，诗人便听见露珠在叫："是你！是你！我亲眼看见的。"

　　他三步并作两步赶去，见露珠被几个不三不四的小流氓缠着。他拨开人群，大喝一声："放开她！"拉起露珠的手便向外走。

　　"吓着了没！"诗人见小流氓悻悻地走了，关切地打量着露珠。这时，他才发现露珠的外衣被小流氓用刀片划了一道长长的口子。

　　"谁叫你狗咬耗子多管闲事。"诗人妻子抱怨露珠，"只要不偷你的就行了。"

　　露珠觉得十分委屈，到了嘴边的话又噎了回去。她咬着嘴唇，抱起蹦蹦便向外走。

　　饭后，诗人拿来了他妻子一件旧上衣。

　　"我不要！"露珠正在一针一线地缝自己被划破的裤子。

　　衣服放在露珠床上，几天了，一直未见她穿。诗人提醒了她几次。后来，露珠将衣服叠压得整整齐齐又送来了。

　　诗人猜测露珠儿准是怕将来用衣服抵工资，忙解释道："这是送给你的。你瞧，你身上一直是这两件衣服……"

　　"这衣服是我上山挖药换钱做的。"露珠低声说。

　　"你太可怜了……"诗人感叹道。

　　"什么？我不可怜！我为啥让人可怜我呢？我有一双手……"

　　露珠的眸子里闪射着自信的光芒。

　　本着同情露珠，诗人和妻子商量，提前预支了两个月的工钱给露珠。意思是让她自己做件衣服。

　　谁知当天下午，露珠又将钱送来了。二十四元钱压得平平展展，四角一点折皱也没有。

　　"我妈没来，这钱……还放在你这儿……她找人家要钱，也是乡下前两年太穷了。"

五

　　眨眼又过了两个月。

一天，诗人妻子发现上个月买回的一斤米黄色腈纶毛线少了二砣。她翻遍了柜子的上上下下。后来，她猛然想起了露珠。这斤线都是她缠成砣的。

"露珠决不是那种人，你再去好好找找。"诗人说。

"哼，你别看她装得老实，不出声的狗才咬人！"诗人妻子愤愤然。

"你别这样瞎嚷！"诗人发火了，"你有什么凭据？"

诗人妻子发疯似的去露珠的小屋里翻。哈，露珠床上就有一框米黄腈纶线。

"你看见这柜子里的毛线了吗？"她叫回了露珠。

"没有。"露珠平静地回答诗人妻子。

"啊！小小年纪……这是什么？"诗人妻子从背后拿出"赃据"。

"这是我自己买的。"露珠极力装得自然，却更显得慌张。

"哟，天下有这么巧的事！你去哪儿买的，说！"诗人妻子证据在手，理直气壮。

诗人愕然了。他去露珠说的商店问了问，可毛线专柜三个营业员都说忘记了。

"叫她滚，我们家不养这样的贼！"诗人妻子吼道。

晚上，诗人为了缓和僵局，去到露珠小屋里，说："你去向蹦蹦妈赔个不是。"

"我没拿！"露珠撅着个嘴，仍然那么固执。

诗人无可奈何，叹了口气。

第二天清早，诗人和妻子起床后，见大门闪了个缝儿。不知什么时候，露珠已经走了。诗人妻子仔细检查屋内物品，发现那框放在桌子上的毛线不见了。

六

露珠不辞而别，打乱了这个小家庭已经习惯的生活规律。烧饭、洗衣、领蹦蹦……全落在诗人夫妻俩的肩上。这时，他们才觉得失去了那勤劳聪颖的露珠该是多么大的损失。诗人更希望露珠某一天清晨还出现在他家院子里。

一个星期过去了，诗人夫妻俩算死了心。露珠刚来时，为了腾房子，小屋里的食品柜搬到住室里来了。他们决定还恢复原来的样子。

这一天，夫妻俩刚挪动食品框，一只半尺长的大老鼠从里面跑出来，钻进柜后的一个大洞里。诗人急忙找了一个火钳去捣。感觉里面软绵绵的，他夹出一看：哟，是米黄的腈纶毛线！

夫妻俩相对而视，叹了气，跌坐在一边。这时，外面送信的邮局工人喊诗人领邮件。每天，诗人都要收到一大叠从全国各地寄来的信和杂志。

诗人用提兜装完信和邮件，正要转身走，老邮工却又从后面拿出一个包裹。

诗人看了看地址，认真回忆一下，也想不起那里有什么熟人。可上边收信人的地址和他的姓名都写得清清楚楚。他只好盖章领下了。

"啊！"当包裹打开后，诗人夫妻俩愕然了：包裹中是一件米黄色的孩子腈纶毛衣。大小尺寸完全是按照蹦蹦的身子量的。

毛衣里，抖掉了一张纸片。诗人一眼便看出，是露珠的笔迹：

　　　　这是我给蹦蹦打的一件毛衣。我刚学着打，你们别笑话。

纸片上没有署名，只画了一株美人蕉。叶片上，滚动着一颗晶莹的露珠。

"啊！露珠！"诗人感慨万千。

诗人的妻子惊诧地望着丈夫。她知道丈夫灵感触发时，常常是这种激动的样子。

七

抒情诗《露珠，你在哪里?》在省报发表了。马上，不胫而走，震动了全国。读者为诗人诗中汪洋恣肆的感情所陶醉，纷纷称道这是近年来不可多得的一首好诗。省电台配乐朗诵，各报刊争先发表评论，有些记者，还登门请诗人谈创作体会。

不知为什么，诗人这一次缄默不语，一概谢绝。

有些记者急中生智，找到诗人妻子。诗人妻子面有愧色，只向记者透露了一个情况。丈夫写诗时，常常去院中对着美人蕉出神。记者赶去看了看，只见那硕大的叶片上，滚动着无数晶莹透明的露珠，阳光下，闪闪烁烁，像洁白无瑕的珍珠，进射着七彩的光芒。

碑

　　秋风猎猎，逶迤重叠的群山中，一只苍鹰驮着夕阳向马文礼飞来。马文礼提着双筒猎枪，立在陡峭的山脊上，回首向河沟里倚着吉普车头的老司机招了招手，顶着秋风夕阳，迈开长腿向左边一片开阔的山谷走去。

　　山谷形似一方端砚，右倚三尊笔架形的山峰，左临一汪深不可测的水潭。这里，没有岭南边那茂盛的树林，举目是低矮的山里红、铁骨木、霸王草……马文礼左手搭在额前，凭他的经验，这里是野兔、山鸡理想的牧场。他用中指弹响烤蓝的枪管，嘴里哼起了家乡小调。

　　马文礼平生只有三样嗜好：一是喝茶，二是吃辣子，第三便是打猎。八岁时，他跟着父亲上山赶画眉，学会了张网下套。十三岁，天上飞的地下跑的，便休想从他的枪口下溜过。参军后，他虽不敢随便开枪打猎，可一见到野物心里便痒酥酥的。有一次宿营，他偷偷跑到二里外的山谷中打野羊，哨兵以为敌人偷营，鸣枪报警。事后，受到了处分，这打猎的念头，他从此便深埋在心底了。前年，他从豫北调到豫南，一位老战友送了这杆猎枪。他一看成色，知是上等货。可当时积案盈尺，他没日没夜地忙，根本没有这份工夫去试试枪……

　　"嘭！"一根树条打在他的身上。他这才发现脚下的小径被萋萋的杂草、丛生的野藤淹没了。他皱了皱眉头，四下张望——

　　"马书记，今儿走哪条路？"

　　刚上车时，老司机也这么问。

　　当时，马文礼没有马上回答。出了县委大门，他脱掉猎枪外套，老司机才眉飞色舞地嚷："哟，你这个大忙人也知道歇一歇了！"

　　是的，一个县的一把手，上百万人口，能不忙么？屋里等着马文礼批示的，过问的事儿还多着哩！不过，这两天他心绪不宁，不管坐在办公室、家里都觉得烦躁不安。两月前，省委一纸电报，他这个地委委员算免了，现在，地委工作组又来了，民意测验，座谈，上上下下都在谈改革。说来好笑，他竟两夜没休息好，血压一量，突地升高了。所以，趁下乡，他带上猎枪绕道山里，是打猎，还是散散心，连他自己也说不清楚……

他弯腰紧了紧脚上的布草鞋，选择一条斜向谷底的方向，用枪管拨开没顶的霸王草，一步一步向前搜索。

晚风，调皮地在草叶上打着唿哨，高耸的笔架峰，经晚霞一涂抹，残岩断壁、飞瀑古松历历在目。一行南归的大雁，举行凄清的告别仪式，抬着"人"字，擦着峰尖掠过……这情景，这地形，马文礼似乎早就在哪里见过，一时，却又总记不起来。

四七年秋，马文礼所在的部队随刘邓首长挺进大别山后，他曾带领一个工作队在山里住过。他仿佛记得，那地方叫响水潭，属于国民党的泰风乡，红军时是六区，那村子后边，也有一座笔架形的山峰……不过，这满山遍野都是密密麻麻、遮天蔽日的森林。

"扑通！"马文礼没注意脚下，踏滚了一块石头，身子跌在草丛里，猎枪摔在一边。他骂了声，两手支撑着想站起来，谁知右脚一滑，身子不由自主地又跌下去。这一跌不当紧，草丛里一块硬东西硌着他的腰，他疼得咬着牙只吸气……

马文礼的腰上有一块枪伤，因为部位太深，当时临时医院条件差，弹头至今没有取出。他清楚地记得：冬天里，白崇禧的国民党军队封锁了大别山。一天傍晚，敌人偷袭响水潭。工作队的十一位同志掩护村里的乡亲，沿一条干涸的溪谷向笔架峰撤。当时，晚霞满天，秋风阵阵，一群南飞的大雁被激烈的枪声惊得四下啼叫。夜幕降临时，他们撤到了峰下一个山谷中。敌人咋呼着乱开枪，封锁了谷口上山的道路。为了掩护乡亲们突围，半夜时分，马文礼率领两位队员，摸向敌人的岗哨。激战时，一颗子弹击中了他的腰部。他醒来后，满天繁星，一耳松涛，东方已经隐隐现出鱼肚白。他抓住一根树枝想站起来，腰部却疼得撕心，一伸手，滑腻腻的。他跌坐在地上，决心爬也要爬离开这个地方，免得天亮被敌人发觉。次日上午，一个村外的小河边，一位乡亲救了他，用担架将他送到四十里外的临时医院，这颗子弹作为纪念品就这样留下来了……

"该死的！"马文礼骂了声。他干脆坐在地上顺手拣起一块石头向谷底扔去，似乎要借此发泄心中的不快。石头落处，山谷里响起隆隆的回音。一只灰黄色的野兔从草丛中窜出。

马文礼倏地立起。谁知等端起猎枪，野兔已跑得无影无踪。他拨开草丛向对面山梁追去。

一百米外，马文礼大口大口喘着气，两条腿像绑着个棍，坠了个铅锤，额上的汗珠不耐烦地朝外挤。

"我这个马长腿真不行了么？"他轻轻地问自己，又不容置疑地摇了摇头。当年在队伍要送什么信，人们会一齐说："叫长腿去。"和兄弟连队举行联欢活动，赛个跑呀，跳个高呀，人们也说："叫长腿去。"因为他生下腿长，行路如风，爹妈没给他起名，"马长腿"作了大号。直到解放后，他要当书记了，那喝过墨水的老婆说："当了书记，人家还腿长腿短地喊，要多难听有多难听，改了吧！"改就改呗！长腿反正还是长腿，前年县城老年组赛跑，马文礼还是得了个冠军。

"呱——呱——"

一群乌鸦从悬崖间飞出，在山谷上空盘来旋去，似乎发现了什么猎物，马文礼本来不相信什么兆头吉利不吉利的说法，可还是下意识地朝天上开了一枪。

不知为啥，到了他这个年龄，对什么似乎都特别敏感，爱计较。过去，他喜欢人家在他的称呼前加个"老"字，好像那标志着自己的资历。眼下，他一听别人这么喊，就觉得对方是别有用心，他才五十八岁哩，离六十还有一两年，怎么算老？连家里的老伴也一个劲催他快考虑将来的房子，四下打听他不当书记了出门还派不派车。从街上走一趟，回来就说，谁谁见了她没从前亲热，谁谁老远迎面岔开了。二女儿也来信，让做爹的在退休前将她的丈夫从昆明调回来。好像他们掌握了内部情况，他马文礼铁定要从一线退下来的。说个心里话，他马文礼不是为老婆孩子才掂着脑袋干革命，他也知道当年十七八岁的小伙子就当排长连长，可他总觉得干了几十年，老了撂成个光杆，弄个有名无实的"顾问"，心里觉得那总不是个滋味。

"砰——"

山鸣谷应。乌鸦惊叫着四散了。草丛里，两只野兔竖着耳朵并排从左边掠过，草尖上掠过了一道细细的波浪。马文礼又举起了猎枪。

他看见兔子打了个滚，马文礼刚才的不快好像被一下"滚"没了。他不顾一切奔去。

奇怪，地上仅仅留下一撮兔毛。刚才是看花了眼么？前面有一堵黑黑的东西。

他拨开草丛，地上有一块斜置的石碑，上面迸掉了一片石屑。嗨！真扫兴。

马文礼气恼地踢了一脚，石碑上的浮土被踢走了一片，上面隐隐露出了字体。他好奇地瞄了瞄，发现是个"马"字。揭掉下面的青苔，竟是"长腿"二字。奇了，天下会有这等同名同姓的事？

他干脆放下猎枪，用双手拂掉整个碑上的浮土和青苔。

马长腿烈士永垂不朽

响水潭全体乡亲敬立
一九四七年十二月一日

沉默，久久的沉默。

垂暮的晚霞从西山又挣扎着露出个脸，山谷一下子变得辉煌了，生动了。马文礼那已经被岁月的尘土掩埋的记忆，也被照亮了。

是的，这是给他立的。响水潭就是工作组当年住的地方。也难怪乡亲们会给他这个大活人立个墓碑啊！那一年，他在部队医院养好伤后，随军南下了。解放后，五八年大办钢铁时，他带着省冶金厅的工作组到这里监督烧炭放"卫星"，没顾上去找响水潭的乡亲。"四清"时，他又带领一个检查组来这个县住过一段，没多久又上外地去了。"文化革命"中，他作为"走资派"下放到大别山里劳动改造，那时他连熟人都不想见，更没心思去当年驻的小村子找乡亲们了。这次从豫北又调到豫南，他也向办公室主任打听过，可三十年我们区改社、社改乡，名称十有八九都变了，连他也不知道这个响水潭在哪个地方。前不久，有一个老乡农会主席写信给他，告村里干部多吃多占，不是共产党作风。后来他自己又找到县里去了，自称刘邓大军南下时工作队任命他的。会不会是响水潭的老乡呢？他头脑中也闪过一丝这样的念头，可那时马文礼没见他。他正为地委班子里没了他的事苦恼呢！谁想到……

秋风阵阵，霸王草一束束花絮仿佛在他的心头摇曳。晚霞，如火的晚霞在山尖上燃烧，映红了半个天际。马文礼怔怔地望着石碑，突然觉得一阵惶惑，一种从未有过的不安。战争年月里，面临着死神，他也从没有过这种感觉……

"现在我真的死了，人们还给我立碑吗？"

他大声地问自己。他觉得，面对石碑，是要有一股勇气的。

"立……碑……吗……吗……"

山谷不知趣地回应着。

山下，司机揿响了喇叭。马文礼看了看表，到了约定时间。他蹲下身，满怀深情地抚摸石碑，然后，大步向山下走去，向那片绚丽的晚霞走去。

枪杆上什么也没挂，他却觉得沉甸甸的。

（原载《报晓》1984 年第 1 期）

小小说二题

失灵的水龙头

"嘀——嗒！嘀——嗒！嘀——嗒！"

管理员郭子安趴在办公室副主任的厨房外听了听，很快便判断出是水龙头在漏水。

郭子安四十开外，中等个儿，今年刚从乡下调到县委机关，分工抓水电和房屋修缮。未来之前，他便听说县委大院内水电费亏空，办公费的三分之一全让它给吞了。上任伊始，他打破大锅饭，给每家每户都安上个水表电表，谁知一个月后一算，电耗下降了，水费却丝毫没减少——机关总表和各户用水总数相差悬殊，想起机关责任制上的规定，郭子安诚惶诚恐。谁有粉不朝脸上搽呢？他几天几夜都在琢磨，这水是从管道漏了，还是水表有问题……嗨嗨，谁知毛病出在这儿。

为了证实自己的重大发现，他又挨家挨户去听那"嘀嗒"声，书记……副书记……县长……副县长……组织部长……宣传部长……十之八九，都是水龙头有毛病。

回到办公室，他向分工抓后勤的副主任汇报自己的分析判断，因为副主任在上周例会上还强调这个问题。谁知胖主任不相信，直到郭子安说出了在他家门外也听到漏水声的事实后，胖主任才如梦初醒，"是么？真是么？那好办……你在告示牌上写个通知……让大家用水后注意关紧龙头……大家工作太忙呵！"

郭子安照此办理，下午，告示牌上便出现了"请住户关紧水龙头的通知"。

第二个月，水表厂来查过水表，会计算了账，唉呀，总表和用户表还是对不上茬口，岂止是对不上，几乎还不到二分之一。

郭子安急了，上班后，他又去各家各户厨房外听壁脚。果然，不少人家还有那种"嘀嗒"声，连胖主任家也没例外——唉唉！兴许他们没用惯水龙头，你看你看！

下班后，等各家各户打开厨房时，郭子安便赶去了。他挨门挨户检查、叮嘱，把机关用水浪费情况，龙头漏水之弊端，一一宣讲。他并当众表演拧紧龙头的示范动作，轮到陈书记家时，也没例外。出门时，陈书记破天荒地和他握了握手，好像还夸奖了一两句。可惜，他没听清说什么。第三个月，谁料总水表和各户用水数仍相差悬殊。郭子安急了，只好又去听壁脚，果然又属于龙头漏水。他不由想起水厂发的那份布告上好像提到过用滴水的方法偷水的事，他转念一想，不可能！这县委机关内，哪一家不是人尖子，小一点也是个干事、秘书，说他们偷水，这是罪过呵！况且他们的老婆孩子都常在家，哪一次，都表示龙头拧得紧，别说滴水珠，就是水分子、水原子也滴不出来，这一定是龙头失灵。唉！这是哪个工厂生产的下脚货呢？

于是，他郑重其事地给办公室写了份报告，关于更换水龙头的……

（原载 1988 年 7 月 28 日《集体经济报》）

夜，女儿还没回来

玉兔爬上了东山，素荣还没回来。做娘的不免有些担心。

"娘——"小女儿素秀打扫完鸡圈，没好气地冲着娘叫，"人家是有事没办完哪！"

她特意把"有事"两字说得重重的。

她娘听出小女儿话中有话。这些天，她发现素荣总惦着朝岭那边高中时的男同学王志远家跑，说是去向人家取经，学习饲养技术。会不会是借口呢？女儿已经是许了婆家的人，万一女儿又有别的想法，该怎么向老亲家交待呀！

素秀将腿搁在一张椅靠子上，故意把收音机拧得大大的。喇叭里，正巧传出《我们村里的年轻人》的剪辑录音："你爱我吗?""爱。""嘻嘻嘻!"

娘皱了皱眉，轻轻地只啧嘴。现在电影，男的和女的见面就搂搂抱抱。唉呀，女儿大了，万一去岭那边有什么不成体统的行为，做娘的脸朝哪儿放呢!

"秀，你知道你姐去那边干什么吗?"她又走到小女儿面前认真地问。

"去看人家兔子，西德长毛兔呗!"

做娘的这回没听出女儿的弦外音，她有些当真，不由嗔怪道："这丫头，吃五谷想六谷，家里这五六百只鸡都缺饲料，又去看什么稀的（西德）稠的!"

"人家那兔子可不是一般兔子。"

娘心里动了一下。她知道女儿是有心眼的。前年高中毕业后没考上大学，找回一些书天天瞧，当养鸡专业户。去年，养鸡赚下的钱还掉了老账，现在银行里还存有五百块，这日子女儿难道还不满足，又要打别的主意吗?

她转念一想：觉得这不可能。女儿因为养鸡去年还当了县里模范，她不会再搞别的。去岭那边看长毛兔是个幌子，她一定另有打算。

她去到女儿的屋，看见素秀正趴在桌边看一封什么信，嘴角笑吟吟的，便问：

"你看见有人给你姐来信吗?"

这问题素秀其实早就侦察过了。这些天，除了部队上的那位给姐姐寄过什么"致富报"、"市场信息"外，别的也没什么。不过，素秀认为这不能说明问题，她故作神秘地嚷：

"这隔一条岭还用写信吗!?"

对了，两村只隔一条岭，女儿真要有那个意思，见面什么不能说呢? 不，不行! 她做娘的可不允许女儿丢人现眼。她决计去找那个姓王的父母。告诉他们：自己家的素荣可是有主儿的了。

她刚走出院子，就见月光里立着苗条条的大女儿素荣，怀里抱着一团会动的雪。

"娘，你看——"

做娘的这才看清，女儿搂回了一对兔子。

"娘，这就是志远送给俺家的西德长毛兔。'市场信息'上讲了，兔毛国外又有了新市场。这比喂鸡强。鸡子要吃粮食，兔子喂它青草呀、树叶呀都行。咱们今年先喂它一群，明年……等他复员了，让他也来……”

做娘的听乐了，女儿到底是有远见的人。自己不该错怪了她。

黑暗里，素秀倚着门框儿，小嘴像个"O"字，姐姐的话，她听得一清二楚哩。

夜空里，玉兔升上了中天，小小的农家院落，显得更加皎洁，清幽。

（原载 1985 年 8 月 28 日《信阳日报》）

第一卷　少年小说

温暖的泉水

1

哟哟，天底下有你这样的"服务员"吗！

"你咋反悔呀？你去不去呀？"

一个"小不点儿"的男孩拿眼盯着我说。接着，伸手拎起我装书的一个提包拔腿跑开了。

"你要不到俺家去住，我就不给你这个……"小不点儿站在十几步外的一块石头上，挂着一根竹竿，举起我的提包下"最后通牒"。

嗨，还有这样强迫人家到他家下"店"的！我对刚才劝我到她家住宿的胖女人解嘲似的笑了笑。

"哼！他一个毛头孩子也开店？"胖女人望定我，忿忿不平地数说着，"他会烧锅做饭吗？他会洗衣服吗？他那两间小茅草屋能住得下吗？"

看来胖女人很为我抱不平，竟气得五官收缩，一起一伏的肚皮，把身上的蓝涤卡衣服衬得更小。可我没时间再向她解释，急急忙忙拎起地上的另一个提包，朝男孩赶去。

"同志，咱家原来就住过两个南阳来洗温泉澡、治皮肤病的干部，你要不愿在清明家住，什么时候搬到我那儿都行……"胖女人在后面热情地喊道。

……我后悔刚才在温泉边，不该和叫清明的男孩搭讪，不该一开始就答应到他那儿去住。你看，胖女人家原来就住过外地来的同志，条件一定很好，可现在……

经过一眼眼喷涌不息的温泉，绕过一座绿竹簇拥的新墓，在一片毛竹林边，我终于赶上了清明。正想喘口气，一条小短腿狗，从树蔸里窜出来，冲着我没命地吠叫。

"嘘——花！"清明一声断喝，叫"花"的小狗咽下了后半截"汪汪"声。

这时，清明吆喝了一声"到了"。

我东瞅西瞧，只见毛竹林里，立有孤单单的两间草房，这就是清明的"店"吗？我更觉失望。

门没锁，清明把我的东西提进屋，回头见我正在发愣，小眉头一蹙合，可怜巴巴地说："叔叔，你是不是觉得住不下？……你可别这样想。我这儿没人吵闹，安静，你一定喜欢这地方！"

我没吱声，心里却想：安静是安静，可吃饭、洗衣该怎么办呢？我又不是住一天两天就走，掏钱住店还能不选个好地方？不过，我明白这会儿要走也不是容易事，你瞧他那个孩子气，不想点办法是不中的。

我托故坐车头晕，想到外面换换新鲜空气，一个人背着手踱到竹林外边。这正是八月中秋，别处早已山寒水瘦，可眼前一片山峦却依旧花红草绿。近处的峡谷里，吞吐着一缕缕一团团如烟似纱的雾霭，那正是日夜不停的温泉散发的热气吧？我无心考究眼前这片山水，心里乱糟糟地翻腾着该在哪儿住宿这件事。

"小乖乖，不要怕！啊，坚持下去嘛！"竹林里边，传来清明的说话声和小狗低低的吠叫声。"听话，唉唉！小乖乖，你爸爸妈妈要活着，一定会夸你的。唉唉！"

我转回去，没见其他人，只有清明坐在竹荫中，将小花狗按在一个木脚盆里，把一缸子一缸子水朝小狗脱毛的地方淋。

"别动，别动！好，好！"

显然，刚才是清明和小狗"说话"。

他见我疑惑不解地看他，粲然一笑："这是别人扔的一条小狗，浑身长满了癣。你看，毛都掉得花花搭搭的。嘻！所以我叫他'小花'。"

"那——你用水浇它干什么？"

"这是温泉水，可以杀菌。"

哟，给小狗治病！想必这孩子也从报纸上见了那篇介绍大别山温泉可治多种病的知识小品。

这时，小花在盆里又动弹起来。清明恼了，弓起中指在小花头上磕了两下，呵斥道："该死的，动！我早知道不捡你回来，让你死掉，叫你喂狼！"

我心里不禁一动。这个小男孩，却有一颗博大的同情心。

不知不觉的，我想搬走的念头去了几分。

2

清明见我不准备走了，小嘴乐得像个九月石榴。他一阵风似的从外边搂回柴火，扒在鸡窝边，好一会儿才掏出仅有的两个鸡蛋，挺遗憾地瘪了瘪嘴。他要动手做饭了。

这样一个小男孩会做饭吗？我绾起袖子，要去帮忙。

"哎哎！"清明嚷起来了，"别来别来，你歇一会嘛。"

他一边一本正经地吩咐我，一边干开了，啊，他真的挺内行，你瞧，柴火撅得短，架得空，火苗儿不带一丝烟。

我插不上手，只好作罢，拐进了里边一间屋。

一进门，我吃了一惊：迎面墙上，一张放大了的照片，几乎和我上大学时在校园湖边那丛翠竹旁拍下的照片差不多。相片上的主人，青春勃发，眼神里充满信心和力量，胸前一枚白底红字的校徽，熠熠闪光。

在这深山峻岭之中的小茅屋里，难道有这么一个知识分子？那么，他又是清明的什么人呢？

我不解地打开相片下挂着的白纸本本，跃入眼帘的，是密密麻麻的蝇头小字：

> 东沟，五十五度八。西山，五十七度。凤凰头，五十九度……

七六年这一年，记得最详细。有时，一天竟量了四五次。

是谁？这样详细地记下了这里温泉的温差？是照片里那个人吗？我又翻了翻后边的，从去年开始，笔迹十分稚嫩，显然像一个小孩写的。毫无疑问，是清明了。

我又取下了另一本。这上面，却端端正正地写了一首又一首诗词。最后一首，是咏温泉的：

> 重重高压下你来到地面，
> 毫不保留地用一腔激情温暖着人间。
> 在冰雪寒冷中你默默地消逝，
> 满川花红草绿是你欣慰的笑颜

⋯⋯⋯⋯⋯⋯

我正细细品味，清明却在外面招呼吃饭了。

等我出去，见石板小桌上已摆好了饭菜。

"你家里人呢？"我望着桌上仅有的两双筷子问。

清明好像没听见，一个劲招呼我坐，朝我碗里夹菜。

我又询问了一遍，清明还是没应。我敏感地察觉到了什么。

"我有一个奶奶，在村西头。我已经送饭去了。"吃着饭，清明低低地说。

吃罢饭，收拾碗筷时，清明突然问我："叔叔，人死了，他活着没干完的事，别人接着干，他会知道吗？"

我怎么回答他呢？这孩子似乎有什么隐衷。望着他那乞求的目光，我不置可否地说："也许会知道的。"

清明竟快活地笑了。他是当真了，还是求得别人的安慰？回到里屋，他又不着头脑地问我一句："叔叔，物理、化学好学吗？你教我行呗？"

我摇摇头，故意说："我不识字。"

"嘻，你骗人！"他像是抓住了什么把柄，洋洋得意地说，"我早知道啰！我早知道啰！你要不识字，带那么多书干啥？"

呵，小家伙原来早就发现了我的秘密。我将他拉到面前，说道："教你可以，不过，你得回答我几个问题。"

他将手一下伸到我面前，要和我打手击掌，表示说话算数。

"多大了？"

"十三。"

"上几年级？"

"我？⋯⋯还没，不！"清明有些语无伦次。

我惦起了那本写有诗词的自编课本。

"我没上学，是爸爸教我的。"清明脱口而出。

"你爸爸？"我马上联想到照片里那个年轻英俊的大学生。

"不——我爸爸，我爸爸⋯⋯"清明一下扑在我的怀里，失声痛哭起来。

我后悔不应触动清明痛苦的心弦。但是，他爸爸现在到底在哪儿呢？

3

第二天，清明好像把昨天的事全忘了。早饭后，他掰着手指头，一句一句叮嘱我：

"叔叔，洗温泉要有个长期准备，不能三天打鱼两天晒网；洗澡时不能怕烫，在水里泡个二三十分钟才能行……"

清明那种一本正经的样子，使我禁不住暗暗地发笑。

"笑！"清明发现了，又接着吩咐开了，"叔叔，我可不是和你说着玩的。上崖时不抓紧穿衣服，当心会感冒哩！再个，温泉里含有大量硫磺，冲到嘴里可不好受……"

我去过不少城市乡村，住过不少旅馆招待所，可我从来没见过这样的"老板"，比专门学校毕业的服务人员还周到。

快晌午时，我带着温泉里浸泡后那种舒适的疲乏感回来了，可是屋前屋后都没有清明的人影。我左等右等，等到下午一点钟光景，清明才回来。

"嗬！叔叔，让它们来慰劳慰劳我们啰。"清明人没进门，就在外面欢呼起来。

他头发湿漉漉的，手里举着一串不知从哪儿捉来的黑乌龟。

"看你，跑哪儿去了，这时才回来？"我故意埋怨他。

"到山上鲢鱼河去了。这鲢鱼河接着温泉水，鱼呀鳖呀，比别处多些。可我奶奶说，鳖不养人，乌龟才是大补品。我一想，有鳖还能没乌龟，你看——"

他咧嘴笑了，满口洁白的细牙在闪闪发光。那笑声，是从心窝里蹦出来的。有几滴水珠，从他耷拉在额头的发梢上震得滚落下来。

清明换过了衣服，便风卷残云般将乌龟开肠破肚，加上佐料放在陶罐里。灶膛里红黄色的火苗呼呼地朝外探着头，装乌龟的陶罐发出有节奏的响声。约摸过了一个多小时，清明就端着香喷喷的清炖乌龟过来了。

"叔叔，你吃。奶奶说，乌龟是强壮身子的。洗温泉澡的人，身子受不了。你瞧，这山里没啥好吃的。"

像一阵清风拂过我的心头，我简直像置身在那清冽冽、热腾腾的温泉中了。我一个人怎么吃得下去？我说什么也吃不下去呀！

谁知清明先是哀求，后来竟流下泪花。

"叔叔，吃下吧！不然身子受不了，你会走的。叔叔，你别走……我抢你来，就是让你当我的老师呀……"

哟哟，天底下谁见过这样的服务员呢！

4

清明因为下河受了凉，第二天，浑身发烧，迷迷糊糊老是说胡话。

"泉……泉……五十八……五十八……"

我害怕了，这孩子病成这个样，他奶奶为什么也没来看一下呢？幸好，临来时我带了点应急药品，清明服下了几片阿司匹林，中午烧才退了些，可他还一个劲轻声念叨着"泉"和"五十八"。

下午，我洗温泉澡回来，床上落了个空被筒。清明呢？这时，不知小花从哪儿钻出来了，朝我摇头摆尾。我问了声清明，它好像知道似的，低着头，一个劲儿顺着那天我来时的路跑。

小狗莫非真知道清明的去向？它和主人是有缘分的。我半信半疑地跟着它，一直进了那掩映坟墓的竹林。

果然，清明正肃穆地立在那里，喃喃地说着什么。接着又提起小杉木桶，到坟下不远处一眼温泉打来泉水，他举起小桶，把如珠似玉的水花缓缓地洒在坟前的草地上。

一团如烟似雾的水气随风卷过来了，笼罩着绿竹新坟。眼前的一切，顿时缥缥缈缈。

墓里埋的是谁？清明这个十二三岁的孩子，这番举动让人无法捉摸。

清明发现了小花，接着看见了我。顿时，他好像不是上午发高烧时的清明，变成了另外一个人。他兴高采烈地举着一封信，奔到我面前，眉飞色舞地说："来信了，来信了！"

我接过信封，只见上面写着：武汉地质水利学院。

"叔叔，我就料定今儿会来信的。你看，这里可以建一座电站啰！"

"可以建电站？"我不解地问。

"是的。叔叔，你看，信上说了，如果在泉眼地方钻一口深井……"

哦，他说的是地热电站。怪不得，小家伙烧得糊里糊涂的，还惦记着这回事。

"清明，这是你的主意吧？"我兴奋地拽住他手上的小竹竿问。

"唉唉！"清明失声叫起来。他抽出我手上的竹竿，递给我一看，啊，剖去一段竹子的地方，竟有一支温度计，我立即想起初遇清明那天，他蹲在温泉边用小竹竿放到水里面的情景。那小纸本本上一笔一笔的温差记录，就是这样记下来的。嘀，多么有心计有抱负的少年！

5

这以后，我再也没有想搬走的念头了。每天，我按时去温泉洗浴，按时给清明讲课。清明呢，除了经常去他奶奶家，就是去量水温，回来后端端正正记在小本本上。我们谈山区建设，谈温泉的开发和利用。从他谈话中，我知道了他因为家庭情况没有上学的原因。可是，每当我提起他屋里的那张照片，清明就像扎住嘴的葫芦，一言不发，只有提到那个叫我到她家住的胖女人时，清明才像打破了蛋的喜鹊，话头没完没了。

"哼，她是从钱眼里爬出来的！自从有人来温泉治病后，她民办教师也不干了，把老婆子赶走，自个儿开店。她开店呀，恨不得把住的人刮下一层皮才罢手。那两个南阳来的叔叔临回时，她一天找人家要二块五的住宿费，还有什么茶水费、洗衣费……"

这话，清明说过两三次。每一次说到最后，他都攥起小拳头，一副义愤填膺的样子。我心里总想：不管怎么说，不应背后谈论比自己年纪大的人。这样下去，是不好的。

果然，没过多久，一天清早，胖女人骂上门了。

"清明，你这个小兔崽子，你跑得了和尚跑不了庙！"

我心一惊：清明惹了什么祸？

骂骂咧咧的声音近了。只见那胖女人蛾眉倒竖，双手叉腰，唾沫四溅。

"小清明，你给我出来！你狗咬耗子，你姑奶奶家的事，要你充什么汉子！你伸手摸摸胎毛水干没干……"

当她知道清明不在家时，又转过身来向我告状："大清早，小东西跑到我家，偷走了我的二斤果子。嗜，欺人太甚！才几天，尾巴又翘起来了。"说着，她拿出两包点心让我看，"你瞧瞧，这可是有凭有据，我才从他手上夺来的。干部同志哟，你可多注意……"

我婉言劝走了胖女人，又觅了一个小孩领我去找清明。我估计这时候他许是躲到他奶奶那儿去了。

果然，在村边一间旧碾棚里，我听见清明在说话。

清明见了我，莞尔一笑，好像刚才根本没去拿别人的点心，好像压根儿不知道那胖女人骂到家中去的事。他对床上半卧的一个老奶奶说："奶，这就是我说的那个老师。"

这就是清明的奶奶！原来她卧病在床，所以一直没见她去看自己的孙子。

"大娘，你养了个好孙子，又聪明，又能干……"我随口说道。

清明顿时脸红了，忸怩不安，再也坐不住了。他借口回去看门，一个人先走了。

清明出了门，他奶奶也夸奖起孙子来了："清明这孩子，心眼儿就是好。活脱脱像他爹。我不能下床，你瞧，他哪天不来个两三回。说起话来，让人心里暖烘烘的。昨儿，还用他爹那个大学里给他寄来的什么'金'，给我买了二斤果子。唉！亲孙子又能怎样！"

我疑心听错了。清明不是她的亲孙子？他爹在哪个大学？我又追问了一句。

"唉，清明是个苦命孩子。他爹像你一样，也是文化人。奸臣当朝时，两口儿一并儿落难到这山里。以后，生了清明。为了孩子，两口儿一商量，让她妈带着清明改嫁了。清明五岁时，才又跟着别人跑回他爹这儿来。大前年，朝里奸臣垮了台，清明爹原来蹲的大学要他回去。我不过在他受难时偷偷帮了一点忙，他爹就叫我和他们一块走，谁知……清明爹得了啥癌症，去了不久，又回来了。去年……去年葬……葬在温泉边。"

我倏地想起那丛竹林掩映的新坟，想起坟头袅袅升腾的温泉雾纱……

"他爹忘不了温泉呀……"说到这里，老大娘已泪水纵横，"刚来时，就对咱山前那片不知流了多少辈子的热水贴上劲了。先是用小瓶瓶将水寄到他同学那里，用啥法子一试，说这水可以治病。我这个瘫了四五年的老妈子，硬是他爹背上背下，给我洗好的。七六年，闹地震，山里山外家家户户日夜不安，清明爹不怕挨批，用根小竹竿往水里一放，就告诉咱们不要怕。从大学回来后，更是把劲儿贴在温泉上，说是可以发电点灯……他爹去世了，那个大学里答应抚养清明上学，叫清明去，可清明说他爹活着还有啥没干完，不肯去。同志，你和他爹一样，是文化人，你的话，清明准听，你劝劝他，他年龄还小，路还远着呢，叫他去上学吧……"

多么可亲可敬的清明父子呵！我辞别了大娘，刚出门，却碰上了手里正掂着个纸包的清明。

"叔叔，你咋啦？"清明大概见我的脸色有什么变化，忙不迭地解释，"你是不是以为我真偷了那个不讲良心的胖女人的果子？叔叔，怪我早没告诉你，胖女人就是我这奶奶的亲儿媳妇。奶奶的儿子在煤矿工作，这女人虐待奶奶，不给吃，不给穿，为了开店赚钱，把奶奶一个人赶到这里。没想到，昨儿我给奶奶买的两包点心，她也掳走了……”

怪不得清明对胖女人一贯不满。望着清明手上的纸包，我欣喜地问："你又去拿回来了？"

"哼，她还能拿走？"清明诡谲地眨了眨眼睛。"我让她老鹰叼个猪尿脬，空喜一场。"

清明笑得捂起肚子。

6

又过了半个月，我身上的不适消除了。我要辞别温泉，辞别清明了，我掏出四十元钱，作为住宿费交给清明。

清明原封不动地塞在我的提包里。

"不在你这儿住，我也要到别处寄宿，反正回单位可以报销。"我一个劲地向他解释。

"什么？"清明追问了一句，突然两眼一动不动地注视着我。他那深潭般的眸子里，显出从来没有过的深沉，一种他这样年龄不应当有的深沉。

"住了两个多月，清明是不是嫌钱太少了？"我胡乱地猜测着。

"叔叔，"清明无限深情地喊道，"这钱我不能收。公家是谁的？公家不是我们大家的嘛！爸爸给我编的课本，头一课上就有'祖国'二字。叔叔，你说，这公家有你，不也有我嘛！"

我还有什么可说呢？这一刹那，我这个搞了多年文字工作的人，倒显得嘴笨词拙了。

我要离开四季常青的竹林，要离开竹林间那两间小屋了，清明执意要送我，已经毛羽丰满的"小花"也跟着来了。一路上，我说一句，清明点一下头。到了那片绿竹林边，我提议去他爸爸坟前看一看。

"叔叔，你知道了？"清明眼睛亮了一下。

我采了一把野地里金黄的野菊和火红的枫叶，轻轻放在墓前的石碑边。坟墓后边，又涌过来一缕缕一团团白色的温泉水蒸气，连绵不断的雾霭，好似挂了千万匹轻纱。袅袅升腾的雾气中，我仿佛又看见了那个经常在坟前告慰亲人的清明：小巧的杉木桶里，奔泻出清冽的泉水，晶莹的水珠，带着七彩的光芒，一滴一滴，悄没声息地消失在青草丛中。……

……叔叔，人死了，他活着没干完的事，别人接着干，他还会知道吗？……

我的耳畔，隐隐响起清明那幼稚的话语。

我走了。一路上，闪现在我面前的，是清明，是清明那双温泉般的大眼。

（原载《百花园》1983 年第 6 期）

远去的喜鹊

喜鹊，喜鹊，你那铜绿色的翅膀，驮走了我童年多少美好的记忆。

"来，我替你！"

十四年前，我和外祖母随着当教师的妈妈下放到大别山里一个偏僻的小山村去。这个小村子叫蒋家塆，奇怪的是，村里人都姓吴。四五十口人，共一个曾祖父。我们去时，他们仿佛事先有什么约定似的，都远远地看着，连小孩子也不来找我玩。十一岁的我，那时该有多么孤独和寂寞呵！每当妈妈和外祖母上队里干活，我便一个人坐在门槛上，望着远处苍黛迷蒙的大山，追忆着县城小学校那迷人的铁塔，藏满蟋蟀的城墙根……

这时，隔壁墙头上，常常露出一个喜眉喜眼的女孩儿姣好的面容。她梳一根独辫儿，从碧绿的梅豆叶间朝我打量。

"枝儿，你朝那边望什么？"

"你管得着吗？我玩。"

"怎么，我是你老爹，你爸是我堂哥，我还管不了你？"

"嘻，比我还小一岁，别充大人儿。"

"好，好，你这个枝儿和我犟嘴，娘——"

女孩儿嘴说不怕，可还是急急忙忙溜下去了。

　　老爹老爹，下田吃麦，
　　锣鼓一打，尾巴一撅，
　　……

女孩儿俏皮地唱着什么歌谣，显然是报复刚才那个比她小一岁的老爹。

"娘，枝儿又骂我。"

那个当老爹的男孩在告状了。

"谁骂你了？我唱着玩儿，你不信，我还唱。"

> 扯囊囊，拜小姐，
> 小姐穿个破油鞋。
> 油鞋破，两半个，
> 猪打柴，狗烧锅，
> 鸦雀担水崴了脚，
> 唉哟唉哟疼死我。
> …………

小院子那边简直像安了个戏匣子。听着女孩子那像蘸了蜜一般的儿歌声，我不由暂时忘却了一切。

有一天，院子那边突然抛过来一把黑油油的板栗。我一颗一颗捡起来又扔过去。可是一眨眼，那板栗又扔过来了。我纳闷了。

> 小白鸡，上草垛，
> 没娘孩，死难过，
> 打到地上捡柴火，
> 一捡捡到晌午过。
> 白馍不给吃，
> 黑馍吃半个。
> 叫他接，他不接，
> 打他小手冒了血……

啊，是枝儿一个人在院子里唱儿歌。这板栗，毫无疑问是她扔过来的了。那她为什么要把板栗扔过来呢？是她吃不了吗？还要"打他小手冒了血"！我真不明白。

一个有着月光的夜晚，门外稻场上响起一片孩子们的嬉笑声，多么诱人的月光！多么热闹的场面！我忍不住向门外走去。

刚出院门，黑暗里闪过一个娇小的身影。

"你不能去。"

我听出来了：是枝儿。我像害怕瘟疫一样，急忙躲开她。小时候，一个男孩儿该是多么害怕和女孩儿在一起说话呵！似乎世上任何事也没有比这更丑的了。

"我老爹他们说了……"

我不等她话说完，便匆匆向那群正在嬉戏的男孩走去。

枝儿的老爹，大大的脑袋，后脑勺上留一个一翘一翘的小辫子。见我去了，便热情地邀我玩"卖狗"的游戏。

这"狗"怎么"卖"法，我在县城里自然是从不知道的。村里这些平时冷落我的小伙伴们能这样和我亲热，我简直是受宠若惊了。

按照小辫子的吩咐，他让我扮卖狗的主儿：衣襟后面牵着一群豁着牙、赤着脚的小男孩。小辫子呢？自然扮买狗的老板。

明亮的月光下，我带着这群"小狗"绕场一周，嘴里念道：

> 好大月亮好卖狗，
> 卖到镇上买烧酒。
> 走一步，问一步，
> 俺问老板买狗不买狗。

小辫子站起来问："你这狗一顿吃多少？"

"二排缸。"我按事先吩咐回答道。

"太多了。"小辫子摇头晃脑，又指着另"一条狗"。

"一盏子。"

就这样，我唱着歌儿绕场一圈，他就买下一条。一会儿，衣襟后的"小狗"只剩一条了。我正按吩咐，准备去找"老板"要钱，稻垛后，忽然闪出了枝儿。她嚷嚷道：

"来，我替你要钱！"

她一把推开我，抢到我面前。这丫头，也真霸道！看戏看尾，这"卖狗"到最后了，她来横插一杠子……

"不行，哪有你女孩儿的事？"

"枝儿，你老爹我叫你过来。"

小辫子小手别在背后，一本正经地训斥枝儿。

"你们串通好了……"

那些孩子一齐"嗷嗷嗷"叫着，枝儿的话让人一点也听不清。

这时，村里大人招唤孩子回去睡觉了，玩"卖狗"的孩子们一下子散了伙。只有枝儿喳喳喳地还和小辫子吵个不停。进了院子，还听她在嘀咕。嘀咕什么呢？这个小枝儿。

村东有棵银杏树

一场挺有趣的游戏让枝儿搅散了，一连几天，村里的男孩再也没有来喊我出去玩儿。我觉得十分扫兴，大清早便独自顺着小溪，向村东那棵高高的银杏树走去。

银杏树矗立在许许多多泡桐、槐树、桃树中。进村的头一天，我就发现它了。这时，晨光里，笔直的树干泛着银灰色的晕圈，墨绿色的树叶闪闪烁烁，仿佛抖动着无数亮晶晶的琉璃珠子。风儿一吹，树叶儿窸窸窣窣，我真疑心，那枝枝叶叶里藏有一个挺会唱歌的小女孩哩！我走到它面前，仰起脖儿，才看清那扇形的叶片里，藏着无数圆圆的果实，比枣大，比桃小，一个个露着杏黄色的小脸。我不由自主地咽了口唾沫。

"嘣！"

我的头上落了个什么。我"唉哟"一声，见小溪里弹进了一个圆球。哟，这不是树上的果实吗？我顺着小溪跑着跳着追下去……终于捞上来了，我迫不及待地朝嘴里送。"嘣！"头上又不偏不斜落了一个。奇怪！我用手儿搭起凉篷向上看——

"咯咯！咯咯咯——"

谁在笑？四周没有人，只有近旁的小溪里流水哗儿哗儿响，只有树叶儿窸窸窣窣个没完没了。

"咯咯！咯咯咯——"

我搔着头皮，谛听着从什么地方传来的女孩儿的窃笑声。

"咯咯——"

我终于发现了，繁密的树冠里坐着一个小姑娘。她身上的衣裳和树叶儿颜色差不多，只是从那根垂下来的辫子上我认出了是枝儿。

太欺负人了！我示威似的扬了扬小拳头。

"咯咯，有本事上树来呀！"

女孩儿揶揄地向我招着手。

我咬着牙，发誓上树去让她知道我的厉害。可我抱住树干才上去不到二尺，又哧溜一下滑下来。一连几次，都是这样。

"来呀！咯咯——"

女孩儿笑得树枝儿簌簌地抖，没等我明白怎么回事，她手朝树上一扣，"哧溜"一声，便立在我的面前。她光着小脚丫，细眉儿一跳一跳的，一双大眼睛狡黠而又大胆地注视着我。

我倒没有那份勇气上前揍她了。

"咯咯，连树也不会上，你瞧——"

她像个小猴精，一眨眼，又三蹿两蹿跃到银杏树顶。她将五指交叉，扣住一个横斜的树干，双脚一蹬，悬空挂在树上……

"你知道吗？我刚才扔下去的白果生的不能吃。"

啊啊！望着树丫上荡来荡去的枝儿，我下意识地摸了摸口袋里的"白果"，心儿不由怦怦地跳起来。

"傻瓜，你知道吗？那天我老爹他们让你卖狗，是早就串通好了的，等你要钱时，他们唤'狗'咬你哩……怎么，你不信？我亲耳听到的。"

枝儿身子一荡，双脚勾住树干，"哧"的一声又落到我面前。

"你知道怎么咬你吗？就是揉你、推你。我听他们说了。"

我痴呆呆地望着枝儿薄薄的嘴唇，考究她的话是真还是假。

"他们说你家是外姓，怕你将来坏村里的事，想赶你家走……嗯，我不怕！咱俩好，我不和俺老爹小辫子好。你爱听我的歌吗？"

枝儿身子斜靠着树，连珠炮一般质问我。

我一个劲地点头，感激得连一句话也说不出来。我明白了，枝儿是为我好。

"你还不会上树，是吗？山里人怎能不会上树呢……"

枝儿蹙着眉头，那样子很替我难为情。

我仰头望了望笔直的银杏树干，盼望马上能坐在那繁茂的树叶间。我想：那上边一定可以看见全村，可以看见通往县城里的那条山路……

"来，我教你爬树！"枝儿一定看出了我的心事。她两手抱树，两个脚巴掌蹬在树上……我被她的机灵劲儿吸引住了。

"来嘛——"

她跳下树，将我推到树边。

我还能不上吗？我模仿她刚才的样子，手脚交换着向上攀登。爬了一丈多高时，我向下一看，哎哟！地上都在转。我抱定树干，死死地不敢动弹。

"胆小鬼！脓包！"枝儿三下两下蹿上了树，腾出一只手，托着我的双脚，"上呀！上呀！"

我咬着牙，一寸一寸地向上挪，快到了那根横枝时，枝儿双手一勾，凌空先跃了上去，她骑在横枝上，伸出一只手来。

我颤颤抖抖地拉住枝儿那有力的小手，爬到她面前。

啊！清风掠过来了，树叶儿唱起来了！天是那么高，那么蓝；大地又是那么富有色彩。错错落落的村庄，弯弯曲曲的山路，三三两两的行人……两只黑白相间的喜鹊飞过来了，"喳喳喳喳"围着我们叫个不停。小喜鹊，你也替我们高兴啦？我大声地嚷着——

枝儿的小手突然捂住了我的嘴。她狠狠地瞪了我一眼，指着树冠上一个斜出的枝干："你瞧——"

花花落落的枝叶里，横嵌着一个刚搭了个底儿的喜鹊窠。

"它们要在这儿搭窠，孵小喜鹊哟……我刚才就是来看它们的。"

真的吗？我的眼前，立即出现了那毛茸茸、唧唧叫的喜鹊。这可是城里从来没玩过的……

"我们下去吧！喜鹊不敢落下来了。"

我跟着枝儿正往树下溜，只听村子里有人喊：

"枝儿，好哇！你又找他去了！"

是枝儿老爹，他又发现我们了。这个小尾巴！

枝儿拉着我的手，顺着溪边的小竹林向里跑去。一会儿，我们便进入那绿色的屏障里了。

枝儿说："以后有什么事，你就来这里找我。"

喜鹊孵鸡

喜鹊在银杏树上喳喳叫着飞来飞去，没几天工夫，一个圆柱形的喜鹊窠儿搭好了。

这一天，枝儿偷偷给我送来烧熟的白果，我问她：

"喜鹊什么时候孵小喜鹊呀？"

"早哩。明年开春银杏树抽出叶儿时，它才下蛋。'三月三，鸦雀老鸹飞过山'，你急什么？"

冬天过去了。银杏树上缭绕着一层淡淡的绿雾。两只喜鹊，喳喳叫着，更加忙碌了。有一天，只有一只喜鹊立在枝头上，枝儿告诉我："喜鹊妈妈准是在下蛋了。"

第二天，趁枝儿去她姨家，我大着胆儿爬上了银杏树。真的，喜鹊窠里有一个椭圆形的小蛋，淡青色的壳子，还有少许灰褐色的麻斑，我要不是想着那活蹦乱跳的小喜鹊，真想把它带回去。

我正忘情地欣赏这颗光滑的喜鹊蛋，两只花喜鹊并着肩儿从外边觅食回来了。许是害怕我取走了它们的小宝贝，花喜鹊惊慌地呼叫着，斜着翅膀向我冲来。我赶忙下树，一失手，跌了下来，屁股摔得火辣辣的疼。

过了惊蛰的一天下午，枝儿在隔墙那边又唱了起来：

月亮走，俺也走，
俺给月亮背挎篓……

这是枝儿的暗号。她准是叫我有事。

到了银杏树下，枝儿从兜里掏出四个鸡蛋，说："我要叫喜鹊孵鸡了。"

"怎么，不孵小喜鹊了？"

"还孵。喜鹊一窠六个蛋，我们只给它留两个就行了。"

"你孵鸡干什么呀？"

"不告诉你。"枝儿诡秘地冲我一笑。

她将鸡蛋放在小筐里，用一根又细又长的小麻绳儿系住筐，带着麻绳的另一端向树上爬去，一眨眼工夫，便上到了那高高的银杏树顶。

"你注意些儿。"枝儿向我吆喝着。

小竹筐缓缓地上升着。

花喜鹊在窠里喳喳地叫，一齐向枝儿扑去。

枝儿很沉着，一寸一寸地向喜鹊窠挪去。我见她从窠里向外拿了四次，又从筐里向窠中拿了四次。一会儿，系着绳子的小筐又慢慢地放了下来。

喜鹊蛋，四颗淡青色而又带有麻褐斑的喜鹊蛋，我摸了摸，还温温的呢！

一会儿，喳喳惊叫的喜鹊恢复了平静。喜鹊妈妈又回到了窠中。

枝儿叹了口气，拉着我的手说："走，到竹林里去。"

"喜鹊妈妈知道别人换走了她的几个宝贝，为啥还照样伏在上边？"我问

"嘻！它……谁知道……想做妈妈呗。"

到了竹林中的小溪旁我们停下了。枝儿跑到竹林里寻了把脱落的干笋叶，放在靠近水边的鹅卵石中。

淡蓝色的烟雾升起来了。枝儿将四个喜鹊蛋用黄泥糊起来丢在火中。

"那两个小喜鹊多咱会出呢？"我还是想着银杏树上的小把戏。

"鸡、鸡，二十一；鸭、鸭，二十八，喜鹊比鸡多比鸭少。"

"嘭！"

火堆里炸响了。

枝儿用带钩的竹枝从火堆里拨出了一个小泥团。她抓起来，用两只手儿不停地簸着。然后一掰，一颗喷着热气的喜鹊蛋便露出来了。她剥下壳儿，递到我嘴边。

"吃呀！"

让一个小女孩喂我？我犹豫了一下。

"怕什么呢？"枝儿问。

我张大嘴巴，但只是轻轻地咬了一点点儿。嗯，真香！喷喷香！我接过来递给枝儿，枝儿用贝壳似的小牙，轻轻地剔了一点儿。

"嗯，香，真香！——不过，我从前吃得太多了。"枝儿咂着嘴唇，仿佛不愿多吃，"你吃吧！"

"嘻嘻！"

竹林簌簌地响。有人窃窃地笑。

> 小两口儿，手拉手儿，
> 一直走到大门口儿……

我听出了，是村里的几个孩子。

"别理他们，是小九那几个，没有咱大头小辫子老爹。"

枝儿又将一个喜鹊蛋剥好送到我面前。

我却再也吃不下去了，怕让人家说：一个男孩和一个小姑娘在一起……

> 花喜鹊，尾巴长，
> 娶了媳妇忘了娘。
> 将娘背到后山底，

媳妇抱到被窝里……

这些坏蛋，他们不远不近地跟着我唱。可枝儿，还跟在后面叫：
"等等我——"

远去的喜鹊

月亮走，俺也走，
俺给月亮背挎篓……

枝儿又在隔壁院子里唱儿歌了。我心里痒痒的，枝儿是不是说花喜鹊该出窠了呢？这些天，我常常见银杏树上的花喜鹊每到中午时吱吱喳喳地叫上一阵。这一只从窠里跳出来，那一只从窠里跳进去，喜鹊爸爸和喜鹊妈妈也真公平，养起宝宝来，一个样儿。

我耐不住了。可是刚出门口，便碰见了大头小辫子的枝儿老爹。他晃着小辫子问我：

"是去找枝儿吧？"

"不是。"我竭力否认。

"嗯——我知道，你们好。我看见了，你们俩一起上银杏树看喜鹊，还有人告诉我，你们俩一起在后边竹林里吃什么……"

"没有没有！"我的头摇得像个拨浪鼓。

"哼，没有去！我不信。我亲眼看见枝儿每天到银杏树下看喜鹊。她还问俺娘，就是枝儿奶，什么喜鹊怎么孵鸡呀！得多少天啦……你说，她告诉你没有？"

"没有没有！"

"没有？我不信！……你敢去树上赶走那窝喜鹊吗？"

……我犹豫了。我知道枝儿是多么喜欢喜鹊……可是，我要不去，我不就算承认了我和枝儿好吗？

"好，我敢去！"

我想骗枝儿老爹一下，去树上做个样子。要知道，在那种年龄，无论是谁也不愿承认和一个女孩子好哟。

枝儿老爹却十分认真地晃着小尾巴跟定我。"上呀！"他手别在背后，乜斜着眼睛盯着我。

我慢腾腾地往上爬……怎么办呢？我能赶走喜鹊吗？枝儿孵的小鸡，毛茸茸的小喜鹊……该死的枝儿老爹。

我爬到了喜鹊窠边，哦，枝儿的小院子墙头上，正趴着一个人儿朝我家院子里望。是枝儿吧。她一定等急了。

"赶呀！你赶呀！"

枝儿老爹催促我。

……我想：即使暂时赶走喜鹊，一会儿它们不就回来了吗？

"不算！你能将喜鹊蛋拿下来吗？"枝儿老爹又生了鬼点子，"哦，我说你不敢吧！"

……拿两个喜鹊蛋，只拿两个，鸡蛋一个也不拿。我咬着牙。

喜鹊爸爸和喜鹊妈妈经过一番挣扎，终于飞离了窠儿。我闭着眼睛，颤颤抖抖地伸手从喜鹊窠里抓起了那两个温温的喜鹊蛋。喜鹊在头上不停地大叫，我的手抖得越来越狠。下树时，两个喜鹊蛋从我的手里坠落了。……回村的路上，远远地看见枝儿，我便躲进了路边的篱笆后。

下午，忽然传来了枝儿从银杏树上跌下来的消息。等我知道赶到银杏树下时，人们已将枝儿用担架抬到县医院去了……

我搂定银杏树，心儿跳得咚咚的。枝儿，你那样会爬树，为什么会从树上面跌下来呢？

我仰头望望银杏树，银杏树默默地站立着，只有银杏树叶让风儿逗得窸窸窣窣作响，仿佛在叙说着什么。忽然，我发现树上再也没有那对喜鹊喳喳的叫声了。我身上的血液，好像凝固了一般。

我屏住呼吸，向银杏树上爬呀爬。

"学文，你下来！"

枝儿的老爹，不知怎么发现了我。他一边向这儿跑一边喊着。

我不理睬他这个大头小辫子！我和枝儿好，我偏和枝儿好。

"学文，枝儿让我告诉你，花喜鹊都飞啦！飞啦……"

什么？喜鹊飞了！我像钉在树上一样，再也没有勇气向上爬了。

枝儿老爹站在树下，气喘吁吁地告诉我："俺娘说，不该……不该拿完了喜鹊蛋……喜鹊的爸爸和妈妈才飞……"

啊！什么？

我两手一松，从树干上溜下来了。我明白了，是我，赶走了喜鹊，使失望的枝儿从树上跌了下去……

枝儿在城里住了半个多月。这时，妈妈要回县城了，我和外祖母随着她又要搬走。

枝儿还没有从城里回来。告别蒋家塆这一天，我一个人又去银杏树上看了看那个空荡荡的喜鹊窠。银杏树叶沙沙地响，我觉得：我失去的不仅仅是喜鹊，还有比喜鹊更可宝贵的东西。

当我们搬家的车子驰出蒋家塆时，枝儿老爹甩着脑后的小辫子赶来了。他告诉我：枝儿已经知道我们家要搬走的消息了。枝儿说：可惜喜鹊窠里的小鸡没有孵出来，那是她为我们家孵的，因为她看见我家搬来时没有一只鸡。

真的吗？枝儿！

枝儿老爹跟着我们的车子走了一程。他从口袋里掏出一个白果做的口哨，说："这是枝儿送给你的。"我吹了一下，白果哨发出深沉、悠长的声音。

……已经十四年了，我再也没有机会去到那个偏僻的小山村，再也没有见到那个可爱的小姑娘。我不知村头的银杏树上是不是又住上了枝儿喜爱的花喜鹊。我多么盼望，能有那么一天，我带着童年的梦，再去寻觅那对美丽可爱的小喜鹊！

（原载《莽原》1984 年第 2 期）

陀　螺

　　看见孩子们抽陀螺，我便想起了自己的童年。童年是多么富有幻想色彩啊！一个旋转的木陀螺，其中仿佛蕴藏了世界上最甜的蜜糖和一切娱乐的欢欣。可是，每当我看到孩子们抽陀螺时，带给我的却不是愉快的回忆，而是深深的愧疚。

　　那还是九岁的时候。

　　妈妈的工作又调动了。这一回是到大别山怀抱里的一个小镇上去。我们全家，马上像放鸭人那样，连棚带圈，一齐搬去了。可是，小学校房子窄，几间破庙改成的教室都东倒西歪的。妈妈拿着调令，找临时负责人——一个中师刚分来不久的年轻女老师。这老师寄宿在学校附近，我和妈妈去时，她正在洗头，妈妈刚问了声，她便应了。瀑布般的乌发里闪出一对映得见人的杏眼。

　　"啊！陈老师，今天就来了，我以为——"

　　听了妈妈的叙述，她的柳叶眉跳了几跳。

　　"对不起，我们没考虑到你的家属——那，听说镇上只有一家做裁缝的房子挺宽绰。他一个人，父亲去年死了。我去试试看！"

　　女老师将披到肩上的黑发用一块水红的手绢儿一扎，蹦着，跳着，闪着苗条的腰肢走了。拐弯时，她回头笑了，牙很白，听外祖母说过，那叫什么"糯米牙"。

　　一会儿，她回来了，脸上像朵桃花瓣。

　　"他同意了。咯咯！没想到这么顺利。走——"

　　说着，她领着帮我们送家具的挑夫，沿着七拐八弯的街筒子往前走。我怀中抱的那只大白鹅，正被一种"咔嚓咔嚓"的声音惊得探头四望时，女老师说到了。

　　一台挺陈旧的缝纫机后，站起了刚才说的缝纫师傅。他留着分头，左边口袋上插了支钢笔。我没想到他这么年轻，厚嘴唇上的小茸毛，还是黄绒绒的。

他微笑着，挺热情地和大家握手，还朝我点了点头。可是等女老师伸出手时，他的手却像火烫一样缩了回去，脸红得像着了彩。

"咯咯咯！"女老师笑了。她扬起手指着缝纫师傅，"……还封建呵！"

师傅借故帮一个挑夫卸担子，从女老师身旁侧身溜了。

不知为啥，虽然缝纫师傅一句话没说，我却觉得他挺让人喜欢，我想他准是一个好人。

妈妈在屋里收拾东西时，我好奇地跑到前屋看缝纫师傅做衣裳。零零碎碎的布块，在他的手里像变戏法一样，从机面上往前流，流呀流的，变成了好看的裤子褂子。他那张缝纫机架子是木的，踏板也是木的，踩起来特别响。我现在才明白，刚才大白鹅探头的原因。那缝纫机踩得慢时，"咔踏咔踏"，像个老太婆在咳嗽；快时，便像夏天暴风雨后，小河里涨水了一样。后来，他看见了我，便停下机子，朝我招手。

"叔叔，你忙。"

他不应声，径直向我走来，伸手把我揽在他的怀里。许是我口袋里的那个木陀螺梗了他，他摸出来，笑了，转身从抽屉里翻出一粒铁珠子儿，巧妙地嵌在陀螺尖端。啊！这一下陀螺要长寿了。

接着，他找出一把碎布条，用机子缝在一块，然后，绕在陀螺上，放在他那裁衣的大木案子上，用力一抽，呵呵！转得风快风快的。啧啧！我玩了这么多陀螺，还没有一个转得这么快、这么长时间的。敢说，将来我和其他小伙伴们比赛时，准拿冠军了。"多好的裁缝师傅！"我心里喊道。

我望着飞速旋转的陀螺正笑啊拍手啊，外面来了一个做衣服的人。我告诉他有人来了，他没应声，我疑心他没听清，又喊了一声。可来人笑着说：

"他是哑巴。"

"啊！"我惊讶了。盯着正在忘情地抽打陀螺的他，我不敢相信。

那人碰了裁缝师傅一下。他才猛地停住已经举起的手，脸上罩上一层歉意。他真的没说话，只是抽出钢笔，在纸片上写。

他真是哑巴吗？大大的明亮的眼睛，有棱有角的嘴唇，白净白净的脸庞……我一点也没看出。

"妈妈，他是哑——巴。"

我哭丧着告诉屋里的妈妈。不知为啥，我突然可怜起他来，就像看见一只光膀儿喜鹊从高高的银杏树顶落下来那样。因为他不能像一般人那样用说话来表达自己的感情和思想了。

后来，我从大人嘴里得知：他妈妈生下他不久，便死了。他三岁时，患了什么"慢惊风"，大山沟里，没什么高明的医生治疗，眼看就要死了，他那学过一点医的父亲用灯草蘸了香油燃着朝皮肉上烙，据说因为点错了穴位，人尽管活了，却聋了哑了。

虽说他留下了这个病根，人却聪明伶俐。小时候到学堂陪着别人坐了两年，学了不少东西，一手钢笔字，写得顶呱呱。有一天，他递给我一个纸条，让我交给那天领我们来的女老师。她现在教我们三年级语文。我费了好大的劲，才丢三落四地念了念。

尹老师：
　　我想读点小说，借一本书给我好吗？

张国新
即日上

我刚把条子塞进口袋，他却又要了回去，小心翼翼地将纸条叠成一朵梅花形，重新交了给我。

尹老师看了我递上的条子笑了。她从床头书架上抽出两本书，飞也似的送去了。

啊！我没想到哑巴师傅比我们学校的学生念书还认真。他不知从哪儿找了张牛皮纸，细心地把书包上书皮。吃过晚饭后，一个人便伏在擦得透明锃亮的铜葫芦台灯下专心致志地看书。一会儿，"嘿嘿"笑上两声。笑什么呢？许是书里写得挺有意思吧！

就这样，哑巴师傅每看完一本，不是在书里夹个条子，让我带去，就是他自己跑到小学校去，和尹老师坐在一块用手比划或在纸上写什么。高兴的时候，他大笑两声。那种笑声，使人一听就知道是聋哑人。我很替他难堪，不知道，他自己是不是明白。

有时候，尹老师自己也来。她除了送书，有时还捎些小花布，让哑巴师傅教她做什么枕头套子、鞋垫子。一次，哑巴师傅叫她做件连衣裙，她不肯，后来却又依了。尹老师穿上连衣裙，美得没法形容。她那苗条俏丽的身材，乌黑的长辫子，雪白的糯米牙，红扑扑的脸蛋，配起来可真像个画上的人。

有一次，尹老师有事没来。她从枕头底下抽出一本书，让我带给哑巴师傅，并告诉我，书里夹有一个条子。放学时，我在校门口抽出来看了看：

国新同志：

　　这本刚买的书《钢铁是怎样炼成的》，作者是一个残废人。书中的事，大多是他自己的经历。这本书，我送给你。

尹　即日上

　　我看见，哑巴师傅接过书，看了那张纸条，眼睛里放出奇异的光彩。他拼命踏动缝纫机，"咔嚓咔嚓"的响声，像暴风雨经久不息。

　　望着他那吃力的样子，我写了个条，问他为什么不换个新的。每天做这么多衣服。

　　他笑了笑，却没有回答。

　　后来，我才知道，哑巴师傅是没有钱。他为人做衣服，不光替别人拼凑，收费还比别处低一两角；有时碰上了真没钱给的那些社员，他干脆连线钱都不收。

　　有一天，尹老师告诉我们班里的同学，她要调走了。放学后，我看见她坐在哑巴师傅这里。两个人，都没有笑。

　　晚饭后，哑巴师傅突然找我，双手比划着，要我把梅花形纸条交给尹老师。

　　快到学校大门的时候，几个打陀螺的伙伴喊住了我。我想起梅花形纸条，摆了摆手，表示不干。

　　昨天败给我的国平赶上来拦住我，用小手指儿朝我有节奏地点着：

　　"孬孬，大屁包，不要斗，变小猪。"

　　我的火气腾地一下蹿上来。我孬？哼，昨儿一输三局不回头的败将！行！我再来教训你。可我一摸到带有滚珠子儿的陀螺，又想起了哑巴师傅。他平时待我比亲叔叔还亲呀！看电影、进城，哪一次都带上我。还用一丁点儿一丁点儿的花布角儿，为我拼了个书包。这会儿，他兴许有什么事要尹老师帮忙呢！我把头摇得像个拨浪鼓："不行不行，我找尹老师有事。"

　　国平大概看我真不来，马上换了一副样子，满脸堆着笑，用手捧着陀螺，乞求说："星哥，一盘，好吗？一盘！"说着，他吐了口唾沫到地上，"谁要变卦谁把这舔起来。"

　　我最怕别人软磨硬缠，好吧，只来一盘，我也吐了口唾沫到地上，"谁要再来谁把这舔起来，死了变小狗。"

　　国平的技术真是提高了。一连三盘，我的陀螺都比他先倒，直到第四盘，我俩的鞭子因为天黑了看不清缠在一起，才弄了个平局。这时，我才猛然想起：梅花形纸条还装在身上。

不管国平还说些什么激怒我的话，我拔腿就跑。可是，我找遍了学校，没见尹老师的影儿。问她寄宿的那户人家，说她赶到公社办关系去了。

怎么办？回去咋向哑巴师傅交代呢？借着镇上供销社门缝里透出的灯光，我偷偷地拆开了哑巴师傅梅花形的纸条，只见上面仅写了几个字：

　　我想送你去，可以吗？

我急了，纸条儿在我手里搓来搓去，回去咋向哑巴师傅交代呢？说我抽陀螺忘了送，哑巴师傅肯定会发火的。

我沿着街筒子走了两个来回，还没想好主意。后来，我脱下只单鞋，暗想，鞋从空中落下来，鞋底朝天，向哑巴师傅说实话；鞋底朝下，说条子交给尹老师了。

我一连抛了三次：鞋底朝下。

哑巴师傅见我用手势告诉他条子交给长辫子了，乐得合不拢嘴，一把将我紧紧地搂在怀里。

我的耳根热乎乎的。是夜里，他准没看见我脸红。

我像逃学的学生突然碰见了老师那样，躲着哑巴师傅。吃过晚饭，便钻进被窝睡了。

夜里起来尿尿，我听见哑巴师傅的机子正踏得发出暴风雨般的响声。

我用手指儿堵住了耳朵。我怕听这声音。我知道这声音里包含着什么。

第二天清早，我从门帘缝中，看见哑巴师傅在屋子里走来走去，一副心神不定的样子。啊！他准在等尹老师。

第二天傍晚，他才知道尹老师走了。

夜里，哑巴师傅没吃饭，没看书，也没有奏那一泻而下的"江河曲"。天没黑，他便倒床睡了。

这年假期，妈妈又调动了工作。我们全家离开了那个小镇。从此，我再也没有机会见到哑巴师傅了。但是，一看见孩子们抽陀螺，那鞭子仿佛就抽在我的心上……

（原载《当代少年》1981 年第 8 期）

回　山

　　山是那样高，八九点钟光景，太阳才从山坳坳里挤出来。峡谷里，蓝色的雾气消散了。一条亮晶晶的小河，七拐八拐，从桃树林中奔出来，匆匆切断了这条通向小学校的山道。绿缎子般的河水，冲向行人踏脚的石块，激起白亮亮的浪花，落在秦老师沾满尘土的布鞋上。秦老师没介意，踏着石块急走几步，竟"嘿嘿"笑起来，惊得一对绿脖短尾的鹦翠贴着水面窜进岸边的林梢。

　　秦老师在这儿笑什么呢？

　　秦老师已经退休了。现在住在山下三十里外的县城里。昨天，桃花山里下了场雷阵雨，秦老师饭吃不下，觉睡不香，总是惦着小学校门前的桃花河。山陡水急，跌得快，也涨得猛，那河中一溜石墩子，山水是不是冲虚了脚？学生们去去来来，万一有个闪失，怎么得了！往日这时节，一下雨她每次都先到这桃花河来，走上几遭，试试这石墩子是否牢靠。可一个月前，秦老师退休要走了，来顶她班的，是个嘴唇上还长着茸毛的小老师。秦老师放不下那颗心，千叮咛万嘱咐，那小老师也挺认真，用个塑料皮小本本一笔笔记下来。这一个月没下雨，那小老师能不忘嘛？她家的老疙瘩①，也这么个年纪，毕竟"嘴上没长毛，办事不牢靠"呵！

　　昨天，那场雨并没下到县城。这当儿秦老师吃过午饭，习惯性地朝她教了三十年书的桃花山张望。突然，她发现山顶上盘着一团乌云，那乌云越来越浓，越来越多，她大吃一惊：桃花山戴帽，大雨准到。这可是她在山里总结出来的老经验呀。这时候，学生正在上学，那山上下来的洪水说到就到，万一山水冲虚了石墩子脚，学生不知道，可就要出危险了。这时候，小老师是不是知道到河边去看看呢？她心急火燎，忙到附近旅社挂电话。要到了总

------

　　①　老疙瘩，家里最小的孩子。

机，她才想起小学校根本没安电话。回家路上，她看那乌云已全捂住了桃花山，心里更是忐忑不安。她走到自个儿门前，手里掂着钥匙到处寻钥匙，进了屋冲罢开水又将热水瓶盖盖到水缸里去了。她眼前，一会儿是铺天盖地的大雨，一会儿是呼啸而下的河水。她一刻也坐不住了。一个人朝车站跑。可这天发往桃花山的班车已经开走，秦老师只好返回家中，倚着门缝眼巴巴地朝桃花山望，一颗心悬在嗓子眼。

三十年前，秦老师正年轻，她要求去全县文化最落后的桃花山教书。那天，雨后初晴，桃花河水面上露出若隐若现的石墩子。她赶路心切，鞋子没脱，背起行李就过。谁知到了河中，石墩子一歪，将她跌到水里，浑身衣服湿透。

从那以后，每逢学生上学放学若下了雨，她就到河边眺望。河水下去后，她第一个从石墩子上走两趟；如果山水冲虚了石墩子下面的沙土，她就跳下河用石块塞严实……

可现在是秦老师退休后下的第一场雨，你说她怎能不惦念！她给小儿子做好了晚饭，自己却一口也不想吃。老疙瘩下班后以为妈妈病了，动手做了个油煎鸡蛋，她连尝都没尝。老疙瘩知道妈的心事后，说着宽心话安慰她：那老师本子上记了，不会忘的。孩子们都是山里人，能不知道山水厉害……

但秦老师还是放不下心，她知道班里有个叫李二虎的，是河这边人，独生子，犟脾气，不管什么事儿，你说不能干他偏要试试。有一回，他听人说葫芦包蜂子厉害，自个儿偷偷用竹竿去捅，结果头被蜂子蜇得肿成个大笆斗。这回下了雨，自己不在，小老师的话他会听么？就算小老师知道去河边看看，万一李二虎一个人先溜走了呢……

十天前，秦老师班里的学生集体来了封信。秦老师恍恍惚惚记得那上面暗示着他们和小老师还不怎么融洽。这不融洽，不就要出毛病嘛！她想了想，又从箱子里取出那封信，戴着老花镜，凑着电灯又看了遍。

最最敬爱的秦老师：

　　我们桃花山三年级五十二名学生可想您了。大伙儿个个都说，您没有走，您还在桃花山。走过您的住室，我们看见您还在那里改作业；走到操场，我们听见您正在喊大伙儿去玩"猫逮老鼠"的游戏；交本子的娃妮，好几次把小老师叫作"秦老师"。秦老师，您还回山吗？班里的女同学一提起您，眼泪就朝外流。

……

小毛点了您带来的药，鼻涕没那么多了；二柱子自从吃了孵鸡的鸡蛋皮，夜里很少出虚汗；只是团头还尿床。二虎子脾气怪，小老师叫他上去演板，他不会，小老师叫他站在上面看人家写，二虎自个儿跑了。他和小老师拌嘴，说您从来就没这样。大伙儿有的说二虎对，有的说二虎子不对。后来，大伙一致说写封信问问您。秦老师，您说呢？

……

秦老师的眼睛模糊了。信上的字变成了飞舞的小星星。鼻子两边，有两条小虫儿在爬。她好像真的又回到了熟悉的桃花河边那座白墙黑瓦的小学校，学生们一张张熟悉的面孔在眼前交替出现：独辫子的大菊，豁牙子长毛，能豆豆小平，认真负责的伍云……

她想学生想得好难受呵！

秦老师这辈子本不想离开学生。从解放到现在，她一直在桃花山里教书。她喝惯了山泉水，走惯了山中路，和山里孩子在一起，血液都流得畅通些。三十年来，她教了多少学生？记不准了。她只知道这桃花山七沟八岔，沟沟岔岔都有喊她"秦老师"的。这山里学生中，没出过什么"陈景润"，也没出过什么"贾平凹"，山外也很少有人知道这桃花山里有个小教五级的秦老师，可她并不计较这些。她唯一的希望是永远和学生在一块。半年前，学校传达了有关教师退休的文件。秦老师年龄到了，办了退休手续。可她人下了桃花山，心却还留在学校。说一千道一万，她是舍不得孩子们呵！

这一夜，她翻来覆去没睡。天一亮，就搭上了开往桃花山的班车。下了车，她气没喘，一股劲爬了七里山路，来到这桃花河边。这会儿，她望着这四平八稳的石墩子，望着石墩子上小老师防备滑倒洒下的一层薄薄的细沙，悬着的心放下了大半。过了河，她一抬头，见河边钉着一块木牌。牌上写着"过河小心"四个字。字体还不十分老练。她猜准了，这准是小老师写的。

秦老师笑了。她回转身望着绿缎子一般的河水上屹立着的石墩子，欣慰地笑了。她从水面上看见了自己让笑声舒展开了的面容，也似乎看见了那个嘴唇上还有着嫩黄的茸毛的小老师胖胖的圆脸。

秦老师心里热乎乎的。她急于立刻见到小老师和孩子们。她用双手捂着突突跳的胸口，沿着岸边一级级石阶，朝掩映在桃树林中的小学校奔去。

走到操场边，她站住了。她心问口，口问心：我一进去，孩子们看见了我，这堂课还怎么上呢？她蹑手蹑脚地踱到三年级教室窗下，一听，里面鸦雀无声。她发愣了，悄悄地探起头，哦，是李二虎在演板，圆圆脸的小老师正满意地站在旁边哩！

她笑了，无声地笑了。桃树枝上，桃花儿开得正旺。无数的蜜蜂在花蕊上飞来飞去，振翅的声音，多像一首小曲儿在响。

竹溪上的笋叶船

漂呀漂，一条条精巧的笋叶船，无声地飘下了竹溪……

这竹溪七拐八弯，你看不见它从哪儿来，也看不见它向哪儿走。千万株翠竹儿将它抱着，无边的绿色将它润着。满溪里，流的尽是斑驳的竹影，响的尽是飒飒的竹声。这会儿，笋叶船顺流而下，竹溪生动了，竹影儿摇曳起来……

竹溪的岸边，跪着一个十岁左右的女孩。她的脚旁，放着一只装满衣服的竹篮，放着几条刚刚叠好的笋叶船。不知为什么，望着小溪里自个儿刚刚放走的笋叶船，她悄没声儿地笑了。

四月雨后的竹林，空气里洋溢着鲜竹叶儿清新的气息。远处，有什么鸟儿拖着古怪的声音高叫了一下。"嘎嘎咕——"震得笋尖上闪闪烁烁的露珠纷纷躲进厚厚的笋叶里。

女孩儿听见鸟叫声，小身子颤抖了一下。她收起了刚才的笑容，转过身，从竹篮里拿出了一条床单，踮着脚尖抖抖地撒了开去。水面上，立时泛起了五颜六色的肥皂泡儿……

"莲子，死丫头，去！把这条床单拿去洗洗！"

床单上"画"着一幅"地图"，那是她的弟弟传宗昨夜的"新作"。这个传宗，两岁了，还让人抱着，每天还尿床。莲子两岁的时候，可爱干净哩。她笑弟弟是地理学家，尽画地图。弟弟开始并不懂，后来明白了，举着小手便来打姐姐，嘴里还骂着不知从哪里学来的粗话。莲子领教过几回，便得出经验，不等弟弟小手打来，就身子一闪，弟弟扑了个空，倒在地上"哇哇"直哭。娘听见了，总会"儿呀"、"心肝宝贝肉呀"……叨叨个不息，然后将眼珠一斜，照例是那句话："死妞子，又惹你弟了……还不快把这床单拿去洗洗！"

于是，莲子就扛着竹篮出了门。她正盼着到竹溪边来哩！绿雾儿润着的竹林里，马上就响起了莲子脚步儿敲击石板的声音。

莲子懂得娘宠爱弟弟的心情。前些年，莲子常见娘一个人暗暗地流泪，莲子问娘为啥哭，娘不告诉她。后来，爹和娘怄气，莲子才知道人家说莲子没有弟弟，是"绝户头"。莲子又去问娘，娘搂着女儿流泪："人家是咒俺哩！说俺家老了没人送终，断子绝孙。"莲子安慰娘："有我哩！老了我养你！"莲子娘苦笑一声："你是女孩，长大是人家人。"莲子不懂，搂着娘撒娇："我不是人家人，我不是人家人！"去年，莲子添了个小弟弟，莲子娘请山后教过私塾的王老先生给起了个大名叫"传宗"，意思是"传宗接代"。莲子娘多年来锁着的眉头舒展了。莲子莲子，真的"连"来了个弟弟。莲子娘将儿子顶在头上怕跌了，含在嘴里怕化了，儿子要什么就给什么，要到哪里玩就抱着去哪里玩。开始，莲子一放学回家，娘就让她抱弟弟；后来，队里活忙时，娘就说："莲子，你请一天假领你弟弟，队上今天要……"爹娘披星星戴月亮地忙，小弟弟一个人在家，莲子能不管么？

> "春风呀遍地吹，
> 阳光呀多明媚，
> 小小翠竹快快长，
> 把祖国打扮得更加美……"

竹溪拐弯的小竹桥上，走过了一群村里上学的孩子。他们唱着歌儿，小竹桥吱吱呀呀来伴奏。莲子认出了，那个胸前红领巾像一团火苗的，是她最要好的伙伴云儿。莲子害怕他们看见了自己，忙弓着腰朝竹林退。

"莲子，你娘还不答应送你去上学呀？"

云儿还是看见她了，云儿还是这么问她。怎么回答呢？寒假里，莲子天天领着弟弟玩，连做作业的工夫都没有。开学那天，一大早，公鸡还没啼，莲子就醒了。要是往常，总是娘做好饭来叫她，现在，娘的屋里连个亮儿也没有。"真的不叫莲子去上学了吗？"莲子听见竹笆那边传来娘和爹的对话。"……传宗怎么办呢？""多聪明的孩子，谁见了谁夸。""唉，女孩儿家，养大了也是人家人，读那么多书干什么！""我总想，手心手背都是肉。""可传宗咋办？你不也说了，趁这阵儿政策灵活，咱多攒点钱给他盖三间瓦房，订一门亲么！"

莲子明白了，娘是叫她停学回家领弟弟，叫她离开斑竹园小学，离开亲爱的老师和同学。啊啊！眼泪为什么不听话，一个劲儿地往外涌呵？"阳光呀多明媚，春风呀遍地吹……"莲子的耳边，为什么总是响着南老师那好听的歌声呀？"莲子，来跳绳呀！"同学们也在喊！啊啊！莲子不再去了，莲子永远不再去了！可是，莲子的眼前老在晃动着那片绿莹莹的竹海；那排黑屋脊、白粉墙的校舍；那截发出"当当"响声代替上课铃声的旧铁轨。莲子是舍不得学校呵！她怎么愿离开那知识的海洋，离开那条通向明天的长虹呢？五岁时，莲子跟着村里的叶儿姐到学堂去玩，那个留着运动头的年轻女教师让她坐在教室前的空位上。上课提问时，莲子竟也举手请求回答。老师好奇，让她站起来试一试，谁知她回答得那么圆满、那么流利。老师让她认字，她就认；让她上台演算，她就去。年轻的南霞老师满心里欢喜她了。放学后，她牵着莲子进了茫茫的竹海。"你家莲子不一般，让她提前上学吧！"莲子娘眼里放着光，送女儿破格提前入学了。每天，她牵着女儿的小手走过竹溪上吱吱呀呀的小竹桥，春夏秋冬，风霜雨雪，从不间断。这莲子，也难怪南老师夸她聪明哩！从一年级到四年级，一直当选为班里的学习委员、三好学生，门门功课总在九十分上下。在全社算术竞赛中，她还夺得了个冠军哩！现在，叫十岁的莲子突然退学，她心里怎能不难受呢？

莲子万万没想到，第二天，南老师见她没去报到，马上找来了。那时，莲子到外面抱柴去了。回屋时，听到了屋里那熟悉的唱歌一样的声音。

"你家莲子很有培养前途。我自从教书以来，还是第一次教这样聪明勤奋的学生。如果现在让她退学，我感到十分惋惜，你和莲子爹……"

"南老师，莲子这时退学，我们心里也不情愿。可你想，现在计划生育，我们只有传宗一个，放在家里，要有个万一……"

"莲子退了学，将来怎么办呢？你们也该为孩子的前途想一想嘛。"

"女孩子家，有啥好前途。山前山后，能找个工作的不就彩云一个人么？她还是靠她爹在公社当助理的面子呢！"

"那……"

莲子听见南老师在屋里走来走去。是呀，莲子娘说到这一步，南老师还能再说什么呢！

"……大嫂，我看，可以这样，让莲子带着弟弟到学校去。"

莲子真高兴，她将手里柴火一扔，径直奔到屋里，感激的泪水盈满了眼眶……

云儿已经隐进碧绿的竹林了。莲子忘记了刚才是不是回答了她，回答了些什么？她眯起眼睛向竹溪的下游望去，笋叶船儿早就没有踪影了。她又托起了一条，轻盈地放进竹溪。马上，小溪又生动了，竹影儿又摇曳起来了。小船漂呀漂，莲子的心也漂了起来……

莲子终于又去学校了。

小学校沉在一片翠绿的竹海里。到了近前，便听得见旧铁轨敲击的"当当"声。不过，还看不见房子和人。只有那调皮的风儿，摇动着竹林时，才会隐隐露出黑的屋脊、白的粉墙。一溜儿两排教室，依次数，东边的是一年级，西边的是四年级，中间是老师们休息和备课的地方。教室里，竹桌竹椅，竹门竹窗，连同学们的书包，也是竹子编的。坐在教室里，甚至可以听见竹笋蹿上地面的声音哩！有一次，南老师的讲台上钻出了一棵大大的竹笋。毛茸茸的笋尖，好奇地打量着大家。班里的男同学害怕竹笋长大了会顶破屋顶，七嘴八舌地议论着要找锄头挖掉它。南老师听了同学们的报告，问道："笋子怎么会到教室里来了呢？"有的说，是竹林里太挤；有的说，是竹笋迷失了方向。南老师笑了。她说："竹笋儿是在追求理想哩！"接着，她从竹笋讲到同学……

现在，不知为什么莲子回忆起来是那么清晰。她背着弟弟，叮嘱了一遍又一遍：

"上课时，你别吭声。"

"好。"

"不准到处撒尿。"

"好。"

"见了老师要喊。"

"姐姐，是这样喊吗？老西（师）老西（师）！"

"嘻嘻嘻……"

怎么，竹林里也有人在笑？莲子抬头一看，是班里的同学们呵——云儿、喜子、黑妮、灵芝……怎么？后面还有一个……是南老师！南老师穿着大大的衣服，挺着身子（南老师怀着小宝宝哩）笑嘻嘻地迎来了。

上课了，莲子抱着弟弟坐在前面。一开始，传宗很听话，别人念一句，他也念几个字。可没一会儿，他就在姐姐的腿上扭来扭去了。莲子白了他一眼，他老实了两分钟。过了一会儿，他又拱着要下地。莲子拍了他一下，哟哟，他嘴一撇，眼泪水就出来了。这一下，教室里热闹了。

"莲子，把你弟弟领到外面玩一会。"南老师吩咐道。

莲子可恼火弟弟了。可她还是沉住气，变着法儿哄他。打麻麻肩，骑大马，让弟弟搔胳肢窝掏麻雀（莲子平时最怕人呵痒）……后来，传宗听见教室里整齐的读书声，才答应进去。书念完了，南老师布置了作业，同学们正在静静地写字，传宗又突然叫起来："姐，我要尿，我要尿！"全班同学，顿时哄堂大笑。一个调皮的男同学还学着传宗的腔调："姐，我要尿——"

莲子害怕这样下去会影响同学们的学习，她决计将弟弟领回去算了。谁叫有个弟弟呢！

"莲子，你到隔壁我的房间里坐着，打开窗户，就能看见这边的黑板，就能听见这边的声音。"

莲子望着南老师，感激地去了。真的，打开小窗户，南老师那富有感情的声音就像竹溪的水一样流了进来。

"再见了，亲人！再见了，亲爱的土地！

列车呀，请开得慢一点儿，让我们再看一眼朝鲜的亲人，让我们在这曾经洒过鲜血的土地上再停留片刻。

再见了，亲人！我们的心永远跟你们在一起……"

"嘎嘎咕——"

那种拖着古怪腔儿的鸟儿又从竹溪上掠过，莲子这才想起：弟弟画上"地图"的床单还没洗净。她寻了个突出水面的石块，小棒槌不停地捶着捶着，心也随着这棒槌七上八下。

本来，如果一切正常，莲子就会像这样领着弟弟学下去的。

谁知有一天，放学的路上突然下起雨，莲子虽然脱下了衣服将弟弟遮住，可回家后传宗还是病了。一个装神弄鬼的巫婆告诉莲子娘，说传宗犯了"厄"。莲子向娘解释：弟弟感冒了，可莲子娘哪里听她的呢。儿子传宗可是家里的命根子呀！她骂莲子不该领着传宗去学校，又后悔自己不该松这个口。莲子瞒着娘，偷偷去大队医院要了几颗"安乃近"，哄着弟弟吃下去。传宗病好了，莲子想：娘这下该答应自己再领弟弟去学校了吧！可莲子娘总也忘不了那个巫婆的话。这一下，可就苦了莲子了。

传宗还不到一岁的时候，每天夜里"哇哇"哭，莲子娘一夜到天亮搂着儿子不能睡。最后按别人的办法，写了个帖子要莲子四处去贴。莲子捧着一看，上面写着："天黄黄，地黄黄，俺家有个吵夜郎。过路君子念一念，一夜睡到大天光。"莲子笑得眼泪都流出来了。她知道不贴娘不允，便揣着出了门。转了一圈回来，捎了些车前菜，煎水哄弟弟喝了。几天后，传宗夜里不哭了，莲子娘逢人便夸帖子"灵"。莲子拿出藏在屋里的帖子，娘目瞪口呆。"你……你没去贴？""弟弟火气重，嘴里难受才哭哩！咱老师说了，这车前菜可以去火。"娘搂着女儿，连连夸女儿小心眼倒灵着哩！哪个知道这一回，娘却死也不肯松口了。

南老师腆着大肚皮又来了第二趟，莲子娘虽没再提什么犯"厄"的话，但也没允莲子去上学。

"南老师，你沉着个身子还来看咱家莲子，心意我领了。莲子是女孩子家，迟早是人家人。依她爹的意思，让她认几个字会写自己的名字就行了。我从小不就读了几天冬学。"

没有一点商量的余地。南老师又有什么办法再说服莲子娘呢？

莲子送南老师回学校了。师生俩在茫茫的竹海里走了一程又一程。分手时，南老师难过地望着莲子，安慰她说："我争取到这竹乡来巡回教学。"

莲子知道学校里老师少，人手紧。分配时很多人不愿到这竹乡来。有些老师来了也是蹲上一学期就调走。南老师怎么抽得出空儿巡回教学呢？可莲子还是盼着南老师来。她想：南老师说话是算数的。

一天、两天、三天……莲子盼呀盼，始终没见南老师的身影。是上边没批准呢，还是南老师忘了呢？算了吧！就像奶奶的奶奶、姥姥的姥姥一样在竹乡生儿育女，生老病死吧！可莲子不死心！她盼着上学哩！每当爹娘外出做活了，她洗刷完碗筷，把弟弟哄好，就掏出课本念书了。这儿虽然离学校很远，听不见上课的钟声，莲子家也没有钟和表，可莲子心里有数哩！一到时间，她耳朵里便仿佛响起那截断铁轨的"当当"声。"起立——坐下"，莲子又当班长、又当学生。有时，她也学南老师上课的姿态，微笑着向大家点点头。学生呢？当然是她的弟弟传宗。"再见了，亲人！我们的心永远跟你们在一起。再见了，亲人……"不知为什么，莲子一学起南老师读这段课文时富有感情的声音，嗓子就哽咽了。这课文仿佛是南老师特意教给她一个人的。

十几天了，南老师还是没有来。这一次，莲子估计南老师许是不来了。她多么想念学校，想念老师和同学呵！她领着弟弟到竹溪边，捡那从新竹上脱落下的笋叶，叠起一条条笋叶船，放到小溪里。她知道，小溪就从学校门前流过。

　　叠这种两头尖尖、上面竖着个帆儿的笋叶船，还是南老师教他们的呢！莲子至今闭起眼睛就仿佛看见：南老师灵活的细指儿上下翻飞，一眨眼，一条精巧的笋叶船便折好了。南老师用溪边的泥土捏个小人儿，放在小船里。夕阳下，一只只笋叶船划破金色的涟漪向下游驰去。这时，南老师会激动地唱起一支电影里的插曲："一条大河波浪翻……"后来莲子才知道：南老师家就在竹溪汇入的淮河岸边……

　　这一天，莲子耐不住了，她抱着弟弟在竹溪边问上学去的云儿，才知道巡回上学的事儿上边还没批下来，南老师就回家生宝宝去了。怪不得她这么长时间没来呢！莲子既为南老师要当妈妈而高兴，又为自己不能上学暗暗伤心。她听人说过：眼下只生一个宝宝的妈妈有三个月假。产假过后，南老师有了小宝宝，她还会从淮河边到这大别山来吗？何况，南老师说过她家里还有年迈的父母呢！

　　虽然这样，莲子还是十分怀念南老师的。夜里一做起梦，总是还在学校里和南老师在一块。"莲子，你把课文读一遍。""莲子，你上台来演算。""莲子，走！我们到竹溪边去玩。"只有一回，南老师领着其他同学走了，没有喊莲子，莲子哭着追上去："老师，你不带我啦？老师……"醒来却是一场梦，莲子的枕头都让泪水濡湿了。南老师离开斑竹园小学已经一个多月了，莲子又不知道南老师家的地址，她到哪儿去向老师倾诉这梦中的思恋呢？她只知道：笋叶船会流过南老师的家门前……

　　莲子吃力地拧干了床单，用手臂弯揩了揩小瓜子脸上细碎的汗珠。她托起了身边最后的一条笋叶船。

　　精巧的笋叶船在竹溪上漂呀漂，莲子站在岸边，目光追着小船。小船漂过了凤凰湾，漂过了青龙嘴，哟哟，马上就要穿过通向小学校的竹桥了。

　　咦，竹桥上走的是谁呀？两岸碧绿的竹林衬出她匀称的身材，溪上清新的风儿撩起她乌黑的头发，是南老师！是莲子日思夜念的南老师！这一回，莲子可是看得很准了。南老师，你莫非看见了载着莲子那颗心儿的笋叶船？

　　漂呀，漂呀，精巧的笋叶船，还在竹溪上漂……

（原载《少年文艺》1983 年第 6 期）

痴　野　鸡

　　孤单的老舅终于答应带我去花岭捕野鸡了。我们傍着村后的那条小溪，沿着曲曲折折的山路朝上进发。老舅肩背单管火枪在前面疾走，枪管上套着插有树枝的伪装棚频频起伏。我拎着装有母野鸡的囚笼，紧紧跟随着。

　　小溪到了尽头，几条干涸的深沟将山坡分割成了几个三角地带。老舅停住步，环顾四周，选择了一块曾被人开垦过但又废弃了的荒地，说："这里地势开阔，没有树林遮挡，就在这里诱捕吧！"

　　温润、清新的晨风从岭上吹来，山坡上弥漫着栎树叶、马尾松、兰草花混杂的气息。开阔地边缘那一抹马尾松林里，不知名的小鸟正奏着晨曲。老舅打开竹编的笼门，一直蹲在笼里的母野鸡蹒跚着走出来。望着前面绿色的草地，它的小灰眼圈儿眨了几眨，拍起了灰褐色的翅膀，似乎是在庆幸又回到了大自然的怀抱。老舅回过头叮嘱我："不要再弄出声响。"

　　说着，他从口袋里掏出一个竹筒旋制的小碗，揭开了竹盖子，里面是白色的面团。老舅熟练地将面团放在拇指上，中指圈成弓形，将面团儿一弹，在空中划了道白色的弧线。那母野鸡顿时欢叫着腾翅追去。"呃——呃——呃——"的呼叫声在溪谷、在树林子的上空回响，压住了各种鸟鸣。我感到诧异：它这一叫，不是把其他野鸡吓跑了吗？

　　近处山头的树林里，有鸟的翅膀拂动树叶的声音。老舅微眯着两眼，古铜色的脸上呈现出快乐的神采，目不转睛地注视着草坪上正搔头翘尾的母野鸡。我知道：这只母野鸡，是老舅从山上捡来的一个野鸡蛋孵的。没想到孵小野鸡是那么的费力。老舅从邻家要了个干葫芦，整日把野鸡蛋搁在里面，揣在怀里。三七二十一天，毛茸茸的小鸡出来了，老舅像得了个宝贝似的，用嘴嚼烂黄豆瓣，一天也不停地给小野鸡喂食。等到小野鸡下了地，逮蚂蚱，喂蚂蚁，春有春喂法，夏有夏调理。野鸡儿到底也没辜负老舅的一片心意，和家鸡一样地觅食，野性儿去了七八分。老舅看电影、进城，都提着野鸡凑热闹，高兴劲儿就和现在差不离。

我捂起耳朵，等待着那一声震天撼地的枪声。可是，老舅却又拿起竹碗，继续用食指叩动碗底，发出召唤母野鸡吃食的"笃笃"声。那母野鸡是多么听话，很快又温驯地边叫边朝伪装棚走来。

就在这时，眼前的草坪上，出现了一只五彩斑斓的公野鸡。红冠，皓首，深红色的颈脖，铜绿色的羽毛，十六根熠熠闪光的尾翎，像一面面锦旗迎风飘扬。嘿，好华美！这会儿它局促不安地四面张望，寻找着那神秘的声音。

老舅双手端起了猎枪，古铜色的脸上出现了少有的快意。我的心突然紧张了起来：我害怕看到这只美丽的公野鸡倒在血泊中的情景。不知为什么，一刹那间，我倒盼望公野鸡自己会知道绿叶丛中有一支猎枪正瞄准着它，盼望它马上腾身离开这里。可是，它丝毫不曾觉察，仍然神气活现地在绿草坪上徘徊，"咯咯咯"地叫个不停。

一个意外的情况出现了，那只训练得十分听话的母野鸡本来已走近伪装棚，这会儿却折转身，贴着草地掠翅飞落在潇洒大方的公野鸡面前，忸怩地用脖颈摩挲着公野鸡的尾翎。骄傲的公野鸡轻轻摇动着尺余长的尾翎，绕着母野鸡旋转着，用憨厚低沉的声音亲昵地抚慰着母野鸡。

老舅本来已放在扳机上的食指拿了出来。他皱了皱眉头，翕动着嘴唇，显然，他绝对没预料到温驯的母野鸡在公野鸡面前，又恢复了追求自由和爱情的本能。他不停地用手指在竹碗底上急促地叩动，"笃笃"的声音一遍又一遍地警告着母野鸡。可是无济于事，两只正在嬉戏的野鸡，似乎忘记了时间和空间，对这一切毫无反应。

老舅停止了叩碗底，捏着喉咙干咳了一声。两只忘情的野鸡倏然抬起了头，但是过了片刻，当咳嗽声在林子那头消失后，两只野鸡又颈交着颈、头靠着头，抖翎展翅，没完没了地亲昵着。

这下该怎么办啦？我拿眼盯着老舅。

老舅猛然站起了身，举起猎枪向草坪中央的野鸡扑去。"呃——呃——呃——"两只野鸡惊惶失措地并肩朝着马尾松林的上空飞去。我惊呆了。老舅没明没夜地精心驯养了一年的母野鸡，竟这样飞去了？可不知为啥，母野鸡只飞了二三丈远，就坠了下来。老舅弓着腰，钻进树丛，大步流星地追上去，朝那只在空中徘徊的公野鸡开了一枪。

老舅的枪法真准！你瞧，公野鸡翻了个跟斗，一头扎下了林子。呵，打中了！

不巧，当我们快要接近公野鸡时，它又侧身飞了起来。林子地上，仅散落了几片五彩的翎毛和点点血迹……

老舅叹了口气："看来公野鸡再也不会来了。"

我蓦然想起老舅精心喂养了一年的那只母野鸡，急急地问："老舅，母野鸡不见啰？"

"呵，不会的。它长期被囚在笼里，翅膀退化了。不然，它刚才为啥飞了二三丈又落下来了呢？"说到这里，老舅又叹了口气，"这几天，是不能再用它诱鸡了。说不定真会飞走了呢。"

真的，一会儿，老舅从林子里抱回了母野鸡。一路上，他嘴里不停地骂着。

我捡起地上公野鸡散落的羽毛，将一根铜绿色的尾翎插在母野鸡的囚笼上。母野鸡用嘴尖梳理着，我分明看见，它灰白色的眼圈里滚出了一粒珍珠般的泪滴。我诧异了。

下山的路上，我耳边老回响着公野鸡痴情的叫声。

半夜里，我梦中醒来，头一声听见的还是村后林子里公野鸡凄婉、急切的呼唤。

难道真是那只公野鸡吗？我问老舅。老舅先是支支吾吾，后来低沉地说："春来啦！野鸡们兴许都是这么个叫法……"

第二天，囚笼里的母野鸡不吃不喝了。老舅慌了神，小砂罐里泡了绿豆、扁豆，一粒粒朝母野鸡嘴里送。奇怪呵，母野鸡见这些，连睬都不睬一下。

第三天，母野鸡的头抬不起来了，蔫乎乎地像遭了霜打的黄瓜秧。可是，每当外面传来公野鸡的叫声时，它那垂下的头又奇迹般地昂了起来，似乎那叫声注进了它的灵魂。

老舅的脸，像雷雨前的天空，两颊的肌肉紧绷绷的。他毅然打开囚笼，双手捧起母野鸡，喃喃道："难道你们真是鸟中的梁山伯祝英台吗？"

"把它放了吧！"老舅命令我——那语气是绝顶的柔婉，绝顶的无可奈何。

母野鸡已奄奄一息，但当我抱着它迎着公野鸡的啼唤声朝村外林子里走去时，它竟触电一样立了起来。

这天傍晚，老舅扛起土枪，朝着花岭上空放了三响空枪——那是最后的一点霰弹。从那以后，老舅再也不捕野鸡了。

（原载《当代少年》1982 年第 1 期）

蓬头小鹌鹑

夏夜，凭着繁星闪烁的光芒，隐隐可见远处起伏的山峦。我趴在山坡的一块草地上，浓郁的青植物气味，一个劲朝鼻孔里钻。"呜……呜……"老舅引诱鹌鹑吹奏的土壶声，在天空中飘荡。天空像一个反扣着的深蓝色的大湖，无数璀璨的星星，落在湖水里，一闪一闪。远处若隐若现的金岗山，锯齿般的山峰倔强地朝"湖面"戳去。我一动手，碰到了老舅的脚指头。上山时，老舅千叮咛万嘱咐，诱捕鹌鹑可是个细活，蚊子叮，山蚂蟥吸，虫儿咬，都不能动弹，不能发出声响。如果惊了一只鹌鹑，这一夜鹌鹑再也不会飞来了……我咽了口唾沫，朝老舅身边挪了挪。

"呜呜呜——"老舅贴着土壶肚上磨出的小孔吹了足足有一顿饭工夫，又换了个装酒的小瓷壶。瓷壶的响声，短促清脆。老舅变换着花样，一会儿急切，一会儿迟缓，时高时低，时快时慢，先是像雄鹌鹑在叫，接着又像雌鹌鹑在叫。真的，片刻工夫，夜空中便传来了鸟儿的扑翅声。

傍晚上山前，老舅告诉我：捉鹌鹑有很多方法。一是备好松明火把，等鹌鹑落地后，突然将火把点着，然后只管朝草丛中逮那顾头不顾腚的鹌鹑好了——可那需要人多。老舅没打算这么个逮法，他光是领我到花岭南坡，拦路横挖了一条尺多深、丈余长的土沟。沟尾巴上，横着下了一道网。网底里，留了一个口。老舅讲：鹌鹑觅着"伙伴"的召唤声，会下到沟里，然后乖乖地钻进网底，像瓮中捉鳖，一抓一个。这会儿，你听，沙沙沙……附近林子里到处是鸟儿落地的声音。嗨！今晚上十拿九稳，非逮它三五百只不可。

"笃笃！笃笃！"老舅面前，又传来一种类似啄木鸟叩树的声音。糟啦！准是哪个捣蛋鬼上了门！眼看鹌鹑正朝这个方向聚来，万一它们觉察到不妙，那该怎么办？

我抬起头，盯着老舅。夜色中，老舅像一块巨石，一动也不动。土壶模拟的鹌鹑的叫声，比刚才更响亮，更急促了。四周，无数只鹌鹑忘情地朝这里扑来。不用猜，我想得出老舅这会儿该有多惬意。

忽然，蒙蒙的夜色中传来一只鸟儿拍打翅膀的声音。接着，意外的事情发生了——林子里像下了一场冰雹，四面八方，无数的鹌鹑"嘟嘟嘟"全都惊飞了。

"坏啰！"老舅倏地站起来，失声叫道。我明白了，是刚才拍打翅膀的鸟儿破坏了我们的全部计划。

老舅揿亮手电筒，耀眼的光柱罩住了沟尾张开的网。奇怪的是，一只麻褐色的鹌鹑蹲在网上，正拼命地拍打着翅膀。

"就是它！捣蛋鬼。该死的东西！"老舅伸手去抓。

令人不解的是：它全然没有逃跑的念头，老舅钩手伸到了它的面前，它依然一个劲地拍打翅膀。

"甩死它！"我提醒老舅。

"那样便宜了它！"老舅忿忿然。

这是一只蓬头的小鹌鹑。一撮细绒绒的毛儿像一朵蒲公英开在它的头顶。为了追究它报信带来的损失，老舅命令我将它带回村里，用细麻线牢牢地缚在它的脚上，只等明天晚上，捕了鹌鹑后再一块处置它。

第二天晚上，我们收拾好了捕鸟的网儿正准备出发，老舅家的二表弟小憨突然跑来告诉我们，蓬头小鹌鹑飞了。

我们赶到现场，果然见那株小桃树枝下落了一地鸟毛和桃树叶。显然，蓬头鹌鹑经过了很长时间的挣扎。由于我的疏忽大意，只注意缚牢蓬头鹌鹑脚上的麻线，结果，它拽开了拴在树枝上的线头，带着麻线飞了。

"唉！"老舅望着小鹌鹑"越狱逃跑"后的遗迹，叹了口气："便宜它了，昨晚上让我们白趴了几个小时，我要再逮住它……"

但是，我们万万没想到，晚上，当一切就绪，四周林子里响起鸟儿落地的沙沙声时，附近的灌木丛里又响起了一只鸟儿拼命拍打翅膀的声音。一霎时，本来马上就可以捉到手的鹌鹑又全部飞得无影无踪。

"真怪！"老舅跳起来骂道。

老舅揿亮手电筒，四处寻找。呀！一条白色的麻线挂在树枝上，是它！又是那只从我们手上跑掉的蓬头鹌鹑！——它腿上的线分明让树枝死死地缠住了。

我奔上去，解开麻线，将蓬头鹌鹑攥在手里，生怕它再次溜掉。老舅气恼地抓过去，要将它甩死。

老舅的手举到半空，突然静止不动了。黑暗里，只听他自言自语："小鹌鹑昨天是在这儿抓住的，按理它一生再也不敢朝这里飞了，可今天为什么……"

"是不是要找伴儿？或是迷了路？"我问。

"这——"老舅沉吟道，"从昨天它趴在我的壶边试探的情况看，这是一只上过当后又逃脱的鸟，本来，它可以纵身飞走，可它却落在网上拍打翅膀。今天，它如果是迷失了方向，为什么我们吹壶时它不动，而当其他鹌鹑落地时，它又拍打起翅膀呢？这——"

"这么说，蓬头鸟是为了大伙的生命才奋不顾身的啰！"

"嗯，也许！"

我捧过老舅手中的小鹌鹑，放在电筒光柱下。只见这个小生灵微张着嘴，轻轻扇动着翅膀，一副浑身无力的样子。我捏了捏它的嗉囊，空空的，什么也没有。显然，从昨天到现在，它一直饿着。

"老舅，将它放了吧！"我乞求道，"不然，它要饿死的。"

老舅默许了。

我解开鹌鹑腿上的麻线，心里暗暗祝福道，"伟大的小鸟，让你自由吧！"

我将它托向了夜空。黑暗里，传来了鸟儿翅膀搏击空气的声音。

这天夜里，我做了个梦。梦见清晨的霞光中，蓬头鹌鹑在一片盛开着兰花的草地上觅食，它的周围，簇拥着那些获救的小鸟……

（原载《当代少年》1982 年第 5 期）

路上捡来的孩子

　　太阳滚着火红的铁环下山了。南天门上，最后一抹橙黄色已被擦去。一只归窝的苍鹰，在用翅膀扇呀扇，似乎力图要扇走这不断流布的夜色……村子里响起了家家户户此起彼伏的关门声。

　　"路生，让俺好找，你在这里呀！"

　　听那咋咋呼呼的声音，我知道是房东马婶的女儿桃子来了。

　　"快回去呀！"

　　"我不回！"我挣脱了她的手。

　　"俺娘正到处找你呢！"

　　"我等俺妈。"

　　……村口的老桑树，模糊成一团黑影。清凉的夜露水一般弥漫着。南天门上，仙后星打着灯笼爬上来了——妈妈在哪儿呢？

　　"路生，哎哟！你站在这喝风呀？还不快回去！"

　　"我等妈——"我的嗓子哽咽了。

　　马婶将我揽在怀里，我感到很温暖。

　　"7 岁的孩子了，一口一个妈，你还想吃奶呀……"

　　马婶弓下了身子，意思是要背我回去。我不走！

　　"走呗！羞不羞。"桃子推了我一掌，马婶就势背起了我。

　　村子里的窗户一扇一扇的都亮了。明亮的灯光下，家家户户男女老少围在一起吃晚饭。我又想起了妈妈——她去山里巡回教学还没有回来呢！我不由趴在马婶的肩膀上哭了。

　　从我记事起，妈妈就一年四季带着一把伞、几本书，到这重重叠叠的云封雾锁的大山里去教书。妈妈说，摸天岭有个猎人的儿子，野人冲有个药农的女儿……他们都到了念书的年龄。

　　吃晚饭了，我仍一门心思盯着门外。马婶一个劲地朝我碗里夹菜。香椿炒蛋，喷喷香。我一点也不想吃。我惦着妈妈呢。

风儿在门外打着嗡哨。谁家的狗，应和地叫了几声。马婶也几次站起身，探头朝外望。外面有什么呢？深蓝的夜空，星星。

收拾过碗筷，马婶又该摇动那嗡嗡响的纺车了。一家人的穿衣、买油、盐全靠这张纺车呢！今晚，她却招呼桃子搬了凳子，和我坐在一起。

"从前，有一个年轻的女教师呀，"马婶要给我俩讲故事了，"还是刚解放那阵，她带着区委介绍信，扛着铺盖到这大别山里来了。那时，山里还有不少国民党残匪。这些家伙认为教师都是为共产党办事的，逮住就杀。这个女教师却不怕，她腰里揣着几颗手榴弹，照常到咱山里走村串户，发动学生入学。有一次，她领着几个学生过南天门时，中了敌人的埋伏。女教师向扑上来的敌人扔出两颗手榴弹，掩护学生钻进了密密的树林。她呢？却让敌人围在一堵绝壁上。这时，她手中仅有一颗手榴弹了。她守在路口，准备等敌人爬上来时，拉响手榴弹和他们拼。谁知那些家伙不敢上，围着又不走。过了很长时间，后来，逃出去的学生领着区中队赶到，女教师听见号声，高兴得站起来迎接，冷不防敌人射过来一颗子弹。还算巧，子弹打在她的左腿上……"

"啊啊！我知道了，你说的是我妈妈。她腿上有两块疤，一边一个。"我大声地宣布。

"是呀，就是你妈妈。那时，我还在村里当妇女主任。你妈养伤，住在咱家。路生，你妈可是好样的，这山里的每一条小路，都印上了她的脚印啊……你愿做你妈那样的人吗？"

"当然啰！"我自豪地回答。

"好，既然这样，你就不能光想拖你妈的后腿。今晚上，你就和桃子一块先睡吧！"

我还怎么说呢？往常我是和妈妈一块在西屋睡的。

桃子比我大一岁，是马婶的独生女儿。在我的印象中，她是很小气的。她有一个小笸箩，里面装有发夹呀，铜钱呀，断了一半的旧手镯呀！平时，我要多望几眼她都不依。

"来，走呀！"桃子拉着我的手，和善地瞧着我笑。

解衣服时，我突然想起我是个大男子汉。刚松开纽扣，又背过脸扣上了。

"路生，你又怎么啦？"桃子只穿了裤衩和小汗衫，趿拉着鞋，迷惑不解地望着我。

马婶闻声进来，笑了："丁点儿大的孩子，古怪什么？你和桃子睡一头。"

　　桃子将枕头推给我，自己只枕个边儿。我怯怯地望着她。忽然，她从床里拿出用布蒙着的小笸箩，说："你不是要看它吗？"

　　小笸箩诱惑着我，我爬上了床，贪婪地欣赏起她的那些"小宝贝"来……马婶又进来了，吹熄了灯。

　　半夜里，我感到脸上热烘烘的，睁开眼一看——啊，是妈妈回来了！她怜爱地注视着我，头发上散发着树叶和青草的气息。

　　"乖乖，让你好等。老林爷的孙女灵芝病得很重。要不是惦着你，我今晚就守着她不回来了。"

　　妈妈伸手接过马婶送来的水，一咕噜喝了下去。

　　我伸出胳膊要妈妈抱。妈妈笑了笑，叮嘱我："明儿大清早我还要去送药。路生，你就和桃子一块睡吧！"

　　天亮后，我醒来就不见了妈妈。马婶告诉我，妈妈天蒙蒙亮就走了。唉！我竟有点嫉妒起那个老林爷的女儿来了。

　　吃过饭，马婶下地了。我恢恢地拿出桃子的小笸箩玩起来。

　　"你……你怎么又拿我的笸箩？"桃子撅着小嘴巴，拧起眉毛，说话的腔儿都变了调。

　　"你昨夜不是亲手递给我的吗？"我理直气壮地质问她。

　　"我也没说今天还让你玩啦！"桃子说着伸手夺去了小笸箩。

　　"小气猴。哼！不稀罕。"我撇着嘴说，"我找俺妈，叫俺妈给我买挺好挺好的飞机、大炮。馋死你！馋死你！"

　　"哼！你妈不给你买，你妈不给你买！"

　　"胡扯，胡扯！"如果妈妈在，我一定要她当桃子的面表态。

　　"你……你是你妈从路上捡来的！"

　　"呸！你是你妈从树底下拾来的！"

　　"不信？"桃子像抓住了什么把柄，"你去问人家，你为啥叫'路生'？"桃子趁我发愣，举着小笸箩，骄傲地从我面前走过去了。她简直像个打了胜仗的大将军。可我不信，我要问妈妈！

　　我抬头向对面的大山望去——棉絮一样的白云翻滚着。那莽莽苍苍的大山，带子一般的小路，都淹没在云海之中。

　　妈妈，我的妈妈！这会儿，你是在攀登那崎岖的山路，还是在老林爷的家中守候着你的学生？你知道么。我多么想让你马上来证明一下：我不是路上捡来的，我是你的亲生儿子啊！

桃子在门外大声地唱着儿歌：

> 板凳、板凳，歪歪，
> 菊花、菊花，开开。
> 开几朵？开三朵。
> 爹一朵。……

我不听。我用手指堵住耳眼，跑到我和妈妈住的屋里。

啊！在放着学生作业本的一小块玻璃下，压着妈妈的照片。我拿过镜子，对着照片端详着镜子里的自己。哟，这鼻子、眼睛、嘴唇，哪一点不像妈妈呀？这个桃子，小气猴！

我又高兴起来，胡乱哼着歌儿，蹦着跳着。一对小燕子，呢喃着飞到屋檐下。

"小燕子，你说我不是妈妈从路上捡来的吧？"

小燕子朝我不断地点着头。哎呀呀，小燕子真乖。

> 小燕子呀飞得高，
> 身上带把小剪刀。
> 上天去剪云朵朵，
> 下河去剪水波波……

我唱着跳着朝外蹦。马婶收工回来了，正站在门外和谁说话。

"哎呀！天又要变了。任老师还没有回来？"

"为咱山里娃，她心都操碎了。怀路生时，我也劝她，歇歇吧！歇歇吧！可她总说，再等等！再等等！结果在半路上……"

"是哟，那次亏了桃子爹到山外开会回来经过南天门……"

我的嗓子像被谁捏住了。这么说，我真是从路上捡回来的？

我拼命地向村外奔去——

……大山，像只龇牙咧嘴的怪物，横眉竖眼地挡在路上。一团团软绵绵的云朵，急匆匆地撞过来，却马上被撕得粉身碎骨。胆怯的、可怜巴巴的风儿，贼一样从山谷里溜。小路，只有小路，在草丛里，石缝中，悬崖间钻呀钻，又从云朵里，树林梢露出了头。小路，小路！我真的是属于你的吗？……

我的腿爬酸了，我的眼望穿了。小路，好像是条没有尽头的小溪，好像是一首永远唱不完的歌，又好像是一个长长的梦……树林、树林，石头、石头……我懊丧了，一屁股跌坐在地上。这么单调、崎岖、荒凉的小路！

我无可奈何地又转回村。桃子又在村口等我，我不理她。

晚上，她回来了（我发誓不再叫她妈妈了），蓬松的鬓角下留着一道道汗迹，一进门便嚷着："小灵芝的病好啦！"

我想：真不假呀！她一开口就是这"灵芝"那"灵芝"的，连问都不问我一声。我八成不是她的亲儿子。

"好险啦！灵芝得的是脑膜炎。要是信那个巫婆的话，迟一点送到医院，恐怕就……"她兴致勃勃地讲着，我反而难过得差点掉下了泪。我想起来了：她每一次放学回来，几乎总是这个学生长那个学生短的。

"路生，路生！你咋站在墙角呀？来，让妈瞧瞧——"

"我不是你的亲儿子，你去找你的灵芝吧！"我将头一扭，差点喊出了声。

"怎么？生妈的气啦？"

她搂着我，用手在我头上抚摩着，小心地从我的头发里捡走我在山坡上打滚沾上的草梗树叶。要是从前，我会马上扑到她怀里，像小羊羔一样拱到她怀里，亲昵地叫"妈妈"。她呢，总是激动得声音发颤，抖抖地唤道："小乖乖、小乖乖……"

这会儿，我紧咬住嘴唇："不叫她，不叫她！"我在心里命令着自己。

"怎么？路生，你是不是哪儿不舒服？"她的声调有些变了，用手背在我的额头试着，又一迭连声地询问马婶和桃子。

马婶叫桃子送来晚饭，她一口没吃。其实，我倒饿了，可这时候假戏真做，却不好意思吃了。瞧她焦灼不安的样子，我想说自己没病，可又说不出口。

马婶在厨房里忙着"树筷子"，喃喃地祈祷我消"病"消"灾"。桃子呢？坐在一边茫然不解地望着我。

"任老师，路生的病很快就会好的。我把三根筷子一并，它自己就乖乖地站住了。"马婶乐滋滋地来"报喜"。一会儿，她又端来了一碗热气腾腾的面条。

"任老师，你不要急。今儿你走了这么远的路，快吃饭吧！"

桃子也给我盛了一小碗，叫我"尝尝"。我肚子早就咕咕叫了。吱溜溜，一碗面条一眨眼就下了肚。我接着又"尝"了一碗。

她脸上的愁云消散了一些,微微有了笑意。晚上,她破天荒地没像往常那样趴在桌上给学生备课改作业了。她早早地给我洗了脚,早早地陪着我睡。

"路生,把脸扭过来,和妈说会儿话。"

我不太情愿地扭过了头。怎么?她流泪了。晶莹的泪水溢出那美丽的眼角。她将我搂在怀里,哽咽着说:

"路生,你受苦了……妈妈不是不愿和你在一块,是那山上还有你的几个大哥哥大姐姐。将来等他们进了新的学校,我就可以天天带着你读书了。好吗?乖乖,你原谅狠心的妈妈吗……"

"我……我不是你的乖乖!桃子他们都告诉我了,我是……我是你从山路上捡来的。那个灵芝,还有……才是你的乖乖……"我委屈得边哭边嚷。

"啊啊!啊啊!小心眼儿,我的小心眼儿!那是我的几个学生,你……你想到哪儿去了?"

她将我紧紧地搂着,不停地吻着我的额头。

马婶约摸也听见了我们的说话声,她推门进来,笑着说:

"哎哟!路生的'病'原来还在这儿!这个小心眼儿,你知道吗?你妈妈有了你后,每天仍在山里跑来跑去给学生上课。那一天,走在半路上,你就拱着要出来。谁知道,出来的是你这个小心眼儿!……呵哈哈!"

她们这一笑,我的眼泪也笑没了。

桃子闻声趿拉着鞋子也来凑热闹。

"桃子,是你说路生不是她妈的亲儿子吗?"马婶大声问。

"是……是他要我的筐笋,我……"

全屋人都笑了,我也禁不住笑了。

"妈妈!——"我忘情地叫了一声,一头扎在妈妈的怀里。记事以来,我从没感到像这一夜一样和妈妈的心贴着这么紧。多么温暖啊!妈妈喃喃地说着什么。我很快便进入了甜蜜的梦乡。

(原载《当代少年》1983 年第 10 期)

铃儿丁当

一

秋天里，师范学校毕业后，县里分配我到伏山实习。下了公共汽车，我沿着一条九曲八弯的小河，踩着鹅卵石，紧走慢走。谷深、山高、林密。河水中映着一线青天，青天上走着个悠荡长辫子的我。行了一里多路，山势豁朗起来，小路发了岔，从草丛里四下钻。该往哪里走呢？我正着急，树丛里响起了铜铃声，"丁当丁当！"山鸣谷应。铃声唤出一条老黄牛。我高兴了，有牛就有人。

"放——牛——的——"我合掌在嘴边卷个喇叭形。

"放——牛——的——"四山应答。

"呃！"

回答的声音很近很脆，像珠儿溅在盘上。

我回过头，身边半间屋大的石块后，扎着一对小辫的女孩，正用一截木炭朝石板上写：

水 = H_2O

二氧化碳 = CO_2……

她侧过头来，问我干什么。

"到山那边学校去，走哪条路？"

"你去学校？"她惊喜地打量着我。

我点了点头。望着四周石头上她写下的各种公式符号，我说："你真用功！"

"……你……你是老师？"

她见我笑着默认了，便快活地扔掉木炭，转身用小手捏住鼻子，学牛儿"哞"地叫了一声，一会儿，脖子上系着铜铃的老黄牛就走来了。她取下牛角上的竹夹，把地上的书呀笔呀朝夹中一放，又合起来仍朝牛角上一挂："走！老师，我送你。"

"你的牛？"我问。

"这儿山大。牛儿脖子上系个铃，一步一丁当，一步一丁当；牛走铃响，铃响牛在。回去时，觅铃声就行了。"

说着，女孩儿拎走我放在地上的网兜，侧着身子，沿着曲曲弯弯的小径朝前走。

"你叫啥？"趁她换手的时候，我问。

"叶儿。"

"草叶儿，竹叶儿，树叶儿……"我打趣地说了一大串。

叶儿害羞地笑了，轻轻的笑声洒满了山道。

"在哪儿上学？"

"……"

我疑心叶儿走得快，没听见，又问了一句。她还是不回答。

突然，我瞥见叶儿黑白分明的眸子上蒙着一层润泽的泪水，眼睛是心灵的窗户，我心尖儿一颤，她小小的年纪，难道……

再三追问，叶儿才告诉我：她今年夏天小学毕业，升学考试前，妈妈突然得了急性肝炎住了医院，给叶儿准备照相的钱也只好当作药费。叶儿没钱照相，起早摸黑拾蘑菇，攒了几角钱，等她光着脚丫跑进老远的小县城照了相，又等了好多天才拿到照片，等送到学校时，说晚了，时间已经过了。

她一把攥住我的手，哽咽着说："老师，我要读书，我要读书！我小学毕业咋行呀！……"

我想起岩石上那些她从别人那里听来的分子式，从心眼里喜欢上了这个爱学习的小女孩。分手时，我告诉叶儿，"不要紧，我去向学校讲一讲……明天，你来一趟。"

叶儿迟疑地点了点头，她顺手摘起路边的一朵野菊花斜插在鬓角旁。

我刚走出十几步远，叶儿突然又喊道："老师，学校怕进不去。要是有初中的书，帮我买一套行吗——行吗——行吗——"

叶儿的声音在四山回荡。

二

学校坐落在一个稍开阔的峡谷里，依山傍水，青砖瓦房，十分整洁、幽美。接我的是一个和眉善目的老校长。他热情地领我到住室后，便告诉我，这学期的课程已经分下去了。我的任务，是带一个初一班的语文。我讲了叶儿，他笑了两声，说叶儿的情况他们已经知道。然后，眯眯笑着叮嘱我注意休息，他走了。

我很纳闷：既然叶儿的情况他们都知道了，为啥叶儿还是没上成学呢？

第二天清早，我正在屋里梳头，忽听门外好像有谁喊我。我估摸着是叶儿应约来了，站起身去开门。

"郑姐，你好！"

不是叶儿。

这女孩儿比叶儿脸盘圆些，精神些，不像叶儿的身子那么单薄；见了我，不那么拘谨，也许是她觉得比叫老师更亲密些，她直呼我"郑姐"，还一迭连声地说她昨天就知道我要来了。并告诉我，她叫李伶，聪明伶俐的"伶"。

"班里有多少男同学，有多少女同学？"我一边梳头一边问。

"我是昨天才得到入学通知的，还不太清楚。"

"你认识叶儿吗？"

"是她妈得黄疸肝炎的那个叶儿吗？她——"李伶撇了撇嘴角，不以为然地说，"上五年级时我和她前后位，后来，我妈说当心她妈的病从叶儿身上传给我了，就调了位子……"

我苦笑了一声。

"哎哟！郑姐，你怎么还编辫子？"她望着我的头发，好奇地说，"听她们讲，城里人不时兴辫子。女的不烫发，也在脑后用手绢儿扎一个刷把，是吗？郑姐。"

我笑了笑。

"郑姐，你是城里人吗？"

我诧异她何以提出这一类问题，含含糊糊地"嗯"了一声。

"郑姐，这山里人见识浅，你穿个样式新一点的衣服、鞋呀，他们就品头评足。爸爸给我的连衣裙，我才穿了一次……"

上课预备铃声响了，李伶出门时又说："郑姐，有时间到我家玩。我爸是在供销社里……"

我惦着叶儿，她不是讲好了今早来吗？李伶后面又说了些什么，我没留心听。

下了第一堂课，我突然看见窗外有个人影一闪，出门一看，是叶儿。她迎上来说："老师，我来迟了——"

屋里的学生正从两个边门朝门外挤，他们大概都认识叶儿，出了门，一齐站在远处比比划划。李伶却独自朝叶儿走来，叶儿正想张口和她说话，不料她身子一侧，没理睬。

上第二堂课时，我从宿舍里搬了个凳子，让叶儿坐在教室后边，叶儿有些犹豫，但后来还是去了。

下课后，叶儿说要出去看看牛，便走了。我回到住室，刚拍净身上的粉笔灰，老校长就来了。他还是那么乐呵呵的。开口便问我头一次上课心里慌不慌，又是安慰，又是鼓励，后来，他提到了叶儿。

"这样不合适，让她坐在教室里……"

我愕然了。叶儿这样一个文弱的女孩子，为了改变山区的面貌，自己挤时间来学一些知识，难道还有什么"合适不合适"？

"那李伶后来为什么又收了呢？"我不太理智地冲着老校长说。

"啊，小郑，你初到这里来，还不了解情况。"老校长仍是那么笑容可掬，"不是我们不收叶儿，我早就听说叶儿上小学时，是尖子生，可现在名额满了。破了这个先例，还有多少个'叶儿'也要来呢？再说，录取时，叶儿没交相片，叫我也没办法呀。唉，是个好苗子，可惜呀可惜！"

看着老校长无可奈何的表情，我还怎么说呢？

三

第二天，叶儿好像知道了学校里因为她来上学发生的事，她见了我，低语着："老师，你这套书给我，我回去……"

我端详着眼前这个纤瘦文弱的山区女孩，想象着她在家里的灶台后、油灯下、放牛时读书的情景，心里一阵阵发酸：小时候，因爸爸被错划为右派，我求学无门的时候，是多么希望有人伸出一只援助的手来啊。我决然地告诉她："叶儿，不要紧，你每天傍晚来，我教你。"

照我的吩咐，叶儿每天按时来了。她真是绝顶的聪明，我在课堂上讲的内容，你一点破，她便心领神会。每当她做完规定的题目后，便时常提一些新奇的事儿让我回答：什么天上的银河养不养鱼呀？月亮上可以不可以种稻子呀？大米能不能用机器造呀？……有时，问得我张口结舌，捧腹大笑。

时间一久，叶儿好像是我课余的精神慰藉。每天她要迟来一会儿，我就感觉少了什么。每天傍晚，当她提着那个竹编的小夹子和我告别时，我那颗日益滋长的母性的心灵仿佛得到了什么满足。

有一天，暮色已经笼罩了这个峡谷，叶儿还迟迟没有来，我倚着门朝远处密林中的小路眺望，许久，才见她纤弱的身影从夕阳中闪出来。

她满头大汗，气喘吁吁，说了声"对不起老师"，就垂下了头。

"叶儿，谁欺负你了？"我着急地问。

"没。"

"咋搞成这个样？"我盯着她缀着补钉的罩衣上新添的口子。

"吱啊！吱啊！"

这个叶儿，原来是捉鸟去了。我万万没有想到，这么个文弱的女孩，也干那些调皮男孩做的事。我叹了口气。

"老师！"叶儿抬起头，惶惑地望着我，解释道，"我来这里时，见路边一丛乱草里，传来鸟儿的呼叫声，像是遇难了。我拨开草丛，捧起一看，原来是几只刚出壳的小鸟，你看——"叶儿捧出了怀里的鸟儿。

啊！还是一群光着身子的小家伙。

"老师，这是黄莺，顶会顶会唱歌。"

"它们怎么会在草丛里？"我数了数鸟儿，共是五只。

"是啊，我抬头一看，大柳树上有个窠。我猜测许是它们趁爸妈不在家，乱动弹，从树丫上滚下来了。我想：要不把它们送回窠，不是被其他动物吃掉，就是活活冻死饿死，再说，它们的爸爸妈妈该多焦急。我虽然上过树，可爬这么高还是头一回。我将鸟儿放在口袋里，爬呀爬呀，结果朝窠里一看，窠里边趴着一个黑灰色的子规鸟。啊，是这个霸道的家伙抢占了黄莺的家。我赶走了那只鸟，刚把黄莺放进去，却转念一想，不行呀，我一走，那子规鸟不又会回来吗？小黄莺不是还要遭殃吗？……"

多善良的小叶儿！我捧着那些小鸟儿，安慰叶儿说："我一会儿用棉花给它们安个家。"

叶儿高兴地笑了，一对小酒窝漾在腮边。

这天叶儿临走时，我见她衣服太破，便把一件我穿着有些小的旧的确良褂送给她。可叶儿说什么也不收。后来，我假装发了火，叶儿才勉强拿着。

可是到秋末的光景，叶儿却十几天没来。我着急了，想去看她，可又不知她家在什么地方。一天清早，我照例去河边看书。氤氲的雾中忽然飘来"丁丁当当"的铃声，难道是叶儿来了？

是叶儿。十几天不见，她瘦多了。晨风中，纤弱的身子像一片树叶在枝上飘。她见了我，用手使劲地搓着衣角，嗫嚅着说："老师，我是来向你辞别的……"

"为什么？"我抓住她颤抖的手。

…………

"说话呀，叶儿！"

叶儿一直不吱声，眼泪像断线珍珠扑簌簌往下落。后来，她倒在我的怀里，啜泣着说："妈妈不让我告诉你，有人怪爸爸不该让我到学校来找你，说是影响了教学……"

"我是利用课余时间教你的，别理睬她。"

叶儿惶惑地望着我："老师，真的，我不能再给你添麻烦了。妈妈说，我不能和李伶比……"

"嘻嘻嘻！嘻嘻嘻！"

河边突然飘来一阵笑声。是谁？我回过头，见一群女学生也正在晨读，其中有一个倒映着连衣裙的身影。

我已经听说，李伶就是顶了叶儿的名额，才来上学的。叶儿迟交了相片，只是个借口。因为老校长的儿子是供销社主任手下的营业员。

叶儿明白了什么，转回身从牛角尖上取下竹夹子，从里边取出了什么。

"老师，我妈说，你的情俺领下了。这衣服——"叶儿捧着我那件折得整整齐齐的旧的确良上衣。

"啊！什么？"我抱怨道，"看你，这是我不能穿的嘛！又不是特意为你做的。你咋这个样？"

她歉意地笑了笑，把衣服放在石凳上，转身就走。

我喊住她，郑重地说："叶儿，真要不行，我每天到你家去辅导。"

"啊，不……谢谢老师！"叶儿突然弯腰深深地鞠了个躬，掂起小竹夹，带着老黄牛跑开了。

"丁——当！丁——当！"

峡谷中像有无数个银铃儿在摇，一声，一声，如怨如诉……

叶儿的身影渐渐隐入苍黛的群山，梦幻般的铃声却摇乱了我的思绪。

山里的小姑娘

大别山下，九曲河畔，竹篱柴扉里，牵牛花儿罩着一户人家。一个十二三岁的小姑娘，倚着门框，飞针走线，正缝补一个张了口儿的绣花烟荷包。破旧的草房中，飘溢出淡淡的花香。

"招弟姐姐，爹爹答应叫我们扯布做花褂?"

问话的是一个年纪略小的女孩，她托着圆圆的下巴，望着姐姐飞来舞去的小手，眼睛里像落了两颗小星星。

"引弟，看你，问得人烦哩! 爹答应了，爹答应了!"

姐姐招弟嘴里说烦，其实心里却早乐开了花。十二三岁的小姑娘，哪个不爱美哩! 娘还活着时，她眼馋垮里的小桂枝姐穿大方格褂。可娘说："大红大绿，丑死!"招弟那时并不知道，家里春荒就没法过，哪里有钱做花褂。后来，娘盼呀盼，"招引"来了个小毛弟，不幸毛弟和娘在月子里送了命。父女仨相依为命，饭都吃不上嘴，更不提用钱做花褂了。

"姐姐，照你说，咱们打毛栗子、摘山楂卖的钱，这回不用交给爹买米吃了?"

引弟仍是不放心，她盯着姐姐的眼睛问。她记得，前些年，她和姐姐一块上山打毛栗子、摘山楂时，姐姐也说做花褂，可是后来，钱总是交给了爹爹。你想，这一回她能不担心姐姐又会变卦吗?

"傻妹，你早上没听爹说：'招弟，这些年爹爹没给你们添一件花衣裳，今儿这卖毛栗子的钱，你们姊妹俩攒起来做花褂吧。有了责任田，粮食够吃啦!'"招弟想学爹爹那瓮声瓮气的声音，可是她的小嗓子尖，学得走了调，引得自己也"格儿格儿"笑起来。

"嘻嘻! 嘻嘻!"引弟莫名其妙地跟着姐姐笑几声。但她仍不放心，既然姐姐答应去扯花褂，可这时候了咋还不挪动身子呢? 她奔到屋里提出昨天和姐姐一块从山上摘回的山楂和毛栗子，故意摇得"哗啦哗啦"响。

招弟还是不动身儿，一针一线密密地缝着烟荷包。

"姐姐，太阳爬到老牛洼了。"

"嗯。"

"姐姐。太阳滚到老牛角了。"

"嗯。"

引弟眼前总是闪现出布店里那花点儿花条儿的五颜六色的布。她忍不住了，抱怨姐姐说："还不走，人家花布一会儿不卖了。你这一会儿急着补烟荷包干啥呢？"

"补烟荷包子啥？"招弟白了妹妹一眼，心里说，"你连这也没看见，爹爹为了让俺俩上学能交上书费，烟都戒二三年了。"

招弟是姐姐，没娘的孩子早当家。娘临断气时，一句一句地嘱咐，叫招弟姊妹俩互相体贴些，说招弟爹年轻，将来娶了后妈，姊妹俩要听后妈的话。招弟娘一撒手去了五年，招弟爹没提续娶的话，一开始闲暇时，他总闷着吸烟。烟锅儿吸得"吧唧吧唧"的，浅蓝色的烟雾几乎把他罩住了。后来，为了俩女儿学费，他又戒了烟。不知是烦闷还是对招弟娘的思念，时不时，他一个人总在那翻来覆去地端详招弟娘当闺女时绣的鸳鸯戏水烟荷包——这一切，招弟看在眼上呢！今早，招弟爹要进城卖自家地里产的芝麻，顺便换回明年种麦子要用的化肥，招弟便拿出前儿卖毛栗子的一元伍角零钱，让爹爹买捆烟叶回来吸。招弟爹不收哩，招弟撒起娇，后来才说妥：招弟爹用卖芝麻的钱自个儿买烟叶；招弟的钱还是叫她们姊妹俩选样儿做花褂。细心的爹爹挑着担子出了门，又笑眯眯地转回来，用僵硬的手指在招弟引弟身上量了又量。量这干什么呢？就像那个烟荷包一样，招弟猜不透这个谜。

招弟的小手像蝴蝶采花，上下翻飞。"嘣！"她一张嘴，细牙咬断了线疙瘩。

一对金线线银线线绣的烟荷包补好啦！招弟将荷包挂在迎门的柱子上，爹爹带着烟叶从城里回来时，头一眼就瞧见它吧！

"吱——吅，吱——吅！"

颤悠悠的小扁担响出了牵牛花儿遮挡的竹篱笆，响上了曲曲弯弯的石板路，响进了一线天的葫芦垭。

"姐姐，你说白底儿，绿叶叶的花好吗？"

一出门，引弟就踮着脚尖跑前跑后，这句话不知问了多少遍。

"就像桂枝那样的吗？"

"嗯，我想比桂枝那还好瞧些。白底儿，像……像梨花白；绿叶儿，像……像刚采下的茶树叶。"

"……不错。嗯，不错。"招弟甜蜜地想，"自己真要能穿一件那样的花褂褂去上学，同学们说不定会惊讶：哟，招弟，你也穿花褂了！怪不得天晴这么好，原来是你的新衣服照的。嗯，最好能在家里洗两水再穿去……"

"唉唉，姐姐，你咋不吭声呀？"

"啊啊！白底儿好，绿叶儿好，好！"招弟暗笑自己走了神。

"姐姐，以后年年都能做花褂吗？"

"咯咯咯！以后……"招弟脸红了。她年纪大些，毕竟多知道一些事。"傻妮子，以后大了，谁还穿花褂呀！"

"姐姐，那不穿花褂穿什么呢？不——花褂美、花褂美！……"

十里穿峡风，把引弟的话儿扬得满山满岭。

"花褂儿美……花褂儿美……"

"咯咯！"

"咯咯！"

引弟笑了，她笑大山是个"应声虫"。

招弟也笑了，她笑终于盼到了这一天。

石板儿铺的柳镇近了，黄鳝洞儿般的街筒子到了。招弟姊妹俩果然来晚了。卖栗子的人太多，买主们已经把提包装得满满的了。

挑回去不合算啦！招弟用比市价还低二分的价贱卖了。三十五斤毛栗子。七分钱一斤，三七二十一，五七三十五，姊妹俩流了三天的汗水，换回了二元四角五分角票儿、硬币儿。

"姐姐……"

引弟左右张望，生怕会有小偷突然挤来了。姐姐拿的不是钱，而是花褂子哟！

招弟用一块旧衣服上拆下来的布，小心翼翼地将钱包好，塞进用娘大襟褂子改的上衣里。她按了按鼓囊囊的小口袋，自豪地笑了。

"油炸糖糕，油炸糖糕！一毛钱买俩，买一个送一个！"

街筒子拐角，谁家开了个油货铺。卖主殷勤的招徕声，足以刺激得过往行人咽唾沫。

引弟不由自主地仰头望了望姐姐。

招弟扭过头：不听，不看。油炸糖糕再好，能有花褂子好吗？

"黄金烟叶，黄金烟叶！先尝后买，香饼上的烟叶！"

招弟眼睛一亮，她牵着妹妹循叫卖声走去了。

几大捆金黄的上好烟叶，堆在地上一块白色塑料纸上。一个40多岁的大伯，正举着一杆玉石烟嘴的烟锅，热情地邀顾客品尝。

招弟马上想到爹爹，想到爹爹那空了三年的绣花烟荷包……

"姐姐，快去扯花褂，要不一会又晚了。"

引弟拽着姐姐的衣襟催快些走。

招弟走了几步远，又回头望了望烟叶。她一直在琢磨：爹爹在城里是不是也碰上了这么好的烟叶呢？

从来没来过商店的姊妹俩，好不容易才找到那个宽门脸儿的地方。她俩不敢问，手牵着手儿望着有人从里面拿布出来，她们才跟在别人后面朝里进。

嗬，货架上，一格又一格，红的白的蓝的花的，五颜六色的布让人眼睛直花。她们俩站在一个角落里，盯着那一架架花布，从上到下不知望了多少遍。后来，她俩不约而同地看准了东边一卷白底碎花的宽布。那布好像有什么吸引力，她俩看着看着竟走到柜台前面趴着不动了。

"你们老趴这干啥？去去去！"

姊妹俩的举动，引起了一个三十多岁的女营业员的警觉。她举着一个量布的尺子，伸到柜台外，要赶走这对踮着脚尖朝里望的小女孩。

引弟胆怯地退了一步。

招弟也吓了一跳，但她毕竟是姐姐，胆大些，就红着脸辩解道：

"我们扯布——"

女营业员眉毛跳了一下。她好奇地拿眼扫视了一番面前这对穿得很破旧的山里小女孩，故意伸出手："拿钱来！"

招弟慌忙伸手从大襟里摸那个布裹的小包包。女营业员这才有点相信，她没有接钱，用尺码朝柜台一点，不太乐意地问："扯哪一种布？"

引弟这会儿胆又大了。她踮着脚，指着那挺宽的白底碎花布："就那——"

"多少？"女营业员将花布"嘭"的一下摞到柜台上。

"我俩……"招弟长这么大自个儿还没买过布，她被问糊涂了。

"花褂子！"引弟见姐姐那窘样子，急中生智，大声叫了一句。

"那——"女营业员略加考虑，熟练地叫道，"六尺。"

引弟这会嗓子里像喝了蜜。她听"嘶啦"一声撕布响，仿佛花褂子穿上了身，不禁幸福地眯起小眼睛……

"还有钱呢？"

女营业员一声叫，吓得引弟又睁开了眼睛。她只见姐姐呆呆地望女营业员点小布包里的钱。

"快拿来呀！"女营业员又催促起来，"这的确良布一元七角五一尺，六尺十元零五角，除掉你这拿来的，还少六元五角五分。"

招弟顿时像傻了一般。她从来没听过，也没想过天底下还有这么贵的布。

女营业员一看便明白了怎么回事，不由尖着嗓子训斥起来："哎哟吧，这是那儿的蛮妮子，害得我把布撕丢！今个，你不赔这布钱就别想走！"

姊妹俩吓坏了：今儿花褂子没扯成，倒惹下了一个大祸。赔钱！哪儿来这么多钱赔上呢？

引弟嗦嗦发抖，紧紧地搂着姐姐的腰。她听爹说过，公家的东西动不得，动了要逮走。她越想越害怕，禁不住"哇"的一声哭起来。

另一个年纪大些的男营业员闻声走来，问了问，对引弟说："别哭了。以后再扯布，先把价钱问清。别哭，刚才阿姨是和你开玩笑的。"

那女营业员有气，睁眼瞪了瞪这两个山里小姑娘，嘴里不知咕哝了句什么，一扬手把钱从柜台上推下来，角票儿和镍币顿时散了一地。

"呸！"出了门，招弟吐了口唾沫到地上。

"姐姐——"引弟不知是怕屋里人又追出来了，还是舍不得那卷花布，又回头望了一眼。

"不稀罕她这'凉'！"招弟愤愤地说。

她们又手牵手儿走上了石板铺的小街筒子上，刚才那种对花褂子五彩缤纷的幻想，全让这场不愉快的误会抹消了。

"黄金烟叶，黄金烟叶！先尝后买，香饼上的烟叶！"

又走到卖烟叶的地方了，叫卖声使招弟又想起了爹爹空了三年的烟荷包。她下意识地按了按口袋里从地上刚才捡起来的角票儿、镍币儿。"要是给爹爹买些烟叶回去多好。"她想。

旁边有个人正用那杆玉石烟袋品尝地上的烟叶，淡蓝色的烟雾随着他的夸奖声飘散开来。

"姐，瞧!"

招弟觉得妹妹在拽自己的衣角，她以为妹妹还是说那花褂，不愿回头瞧。

"姐，这烟叶好。"

招弟心里一动，回头问："妹，咱用这钱给爹买烟叶好吗?"

"好。"

"你别又闹着要花褂?"

"不。给爹买个快活，俺答应……反正，花褂子也做不成了。"

招弟一把扳着妹妹的小肩头，连声问："妹妹，你也这样想的，你也……"

姐姐的泪花里，有一个含笑的小姑娘在点头。

招弟和引弟回来了。

竹篱柴扉里，牵牛花儿罩着的草庐门开了。

"是爹爹回来了?!"

这对山里的小姑娘，站在塘边的柳树荫下咬了一阵耳朵。塘里的红腮鲤鱼听见，树上那只多嘴的麻雀听见，她们商量了一个"伟大"的计划：悄悄地把烟叶送给爹爹，让他突然高兴一下。

屋子里，招弟爹回来了。他正捧着女儿细针密线缝好的绣花烟荷包出神。这个中年丧妻的汉子，爱女如命。早些年，他一直想给渐渐大起来的女儿做几件好衣服，可是，力不从心。今儿，他没有买烟叶，用卖芝麻的钱，给女儿添了件"心里想"。他也打算等女儿们进门后，让她们突然高兴高兴呢!

这时，他一眼看见了女儿，举起烟荷包，忙招手。

"招弟、引弟，过来!"

姊妹俩神秘地相对一笑，膀子靠着膀子，把烟叶儿放在背后，侧身走过去。

招弟爹将两个女儿揽在怀里，左看看，右看看，好像头一次才认识。

"你们爱花褂吗?"

"不爱!"

姊妹俩异口同声地回答。

"什么?"

招弟爹以为听错了。他眨了眨眼睛，顺手从背后掭出了两块白底碎花棉布。他笑眯眯地又追问一句："真不爱!"

"花布?"

引弟失声叫起来。她忘情地伸手去接，却带出了背后的秘密——一捆金黄金黄的烟叶。

父女仨开始都愣住了，突然，他们扑到一起，紧紧地依偎着，好久，好久……

一阵穿谷风吹来，屋子里，牵牛花的香味更浓了……

八　哥

一

十岁那年，我家刚搬到柳镇，我就认识了镇南头的大林。

听妈说：他爹和我爹是从一个解放军部队里回来的，他奶奶还和咱一个姓哩，按道理说，咱两家算表亲；论年纪，我是鸡叫下地，他是太阳出才下地，他应叫我表姐。不过，当着人前，他还是叫我大名"燕琴"。只有一次，没人的时候，他才甜甜地喊了我一声"表姐"。

别看大林比我小，懂得的事儿可多呢！他不但知道娃娃鱼长得像人形：有五个手指，五个脚趾，夜里叫唤起来和娃娃一模一样，还知道啄木鸟儿是树医生，布谷鸟儿叫唤的时节该种谷子了，以及白头翁为啥白了头呀，燕子为啥每年往南飞呀，等等。

他家里喂有一对光翅膀的小雀儿，他每天放学回来，饭顾不上吃，就去草地上捉蚂蚱。瞧他那个忙样子，我问道：

"什么癫雀子，看把你……"

不等我把话说完，他急忙分辩道："'癫雀子'？哼！叫'八哥'！"

"八哥？是不是第八个哥？"

"嘻嘻嘻！"他笑得前仰后合，"不是第八个哥，这是一种鸟名，这种鸟还会说话哩！"

"会说话？八哥会像你一样说话吗？"

"嗯。"

"去去去，我才不信呢！"我把头摇得像个拨浪鼓。

他脸唰地红了，伸出小手指儿，一字一板地说："谁哄你谁是蒋匪军。"

看来是真的了。前天我们一块儿玩"打老碑"的游戏，大林就把石头当蒋匪军砸。他告诉我，他爷爷就是被蒋匪军打死的，他可恨那些坏蛋了。他还说：

"要八哥儿说话，得等它翅膀上毛儿出齐了，再把它的小舌尖儿用手拧呀、拧得尖尖的，然后教它说话，就像老师教咱们念书一样。"大林望着蓝蓝的天空，眼珠忽闪忽闪的："到那时候，八哥会说话了，清早，它会喊'燕琴，起床啰!'你要是忘记吃饭，它会喊：'燕琴，吃饭啰!'到那时，我们还可以教八哥唱歌，可以每天看着它迎着金色的霞光，张开小翅膀，飞呀飞……"

大林尽情地向我描述着。他眼里闪烁着幸福的光芒，仿佛眼前的蓝天上真有一对自由的小鸟儿。

二

从此，每天一放学，我就先到大林家去看一眼那对小八哥。有一次，妈让我去姥姥家，耽误了一天没见，我心里就老惦着。有时，妈只要一提去大林家借什么，我就一阵风似的奔去。妈说："我家燕琴学乖了。"她呀，还不知道小八哥的事呢。

每次，大林只要知道我去，他不是藏在门后，就是躲在院子里的葡萄架下，趁我不备，突然跳出来在背后大叫一声，故意逗着玩儿。接着，他又连声问："吓着了吗？吓着了吗？"他家里，不知哪来那么多烤红芋、烧斑鸠蛋之类的东西，只要我一去，大林准会捧出一点给我吃。后来，我看出了大林自己并没吃，于是，我高低不要了。可有一回，急得他差点流出了眼泪。

时间一天天地过去，八哥儿的翅膀上出毛了，轮着我在妈妈瓦罐里放上第七十三个小豆子时，八哥儿开始放飞了。

一个晴朗的傍晚，大林提着鸟笼，我用小手帕包着爹带回的四个大桃子，一块儿到镇后的花岭去。没人的时候，我拉着他的手，顺着小栗树林，踏着绿茵茵的草地，一口气冲上了山头。

啊，花岭好美呀！粉红色的、淡蓝色的、白色的……千姿百态的小花，像夜空的星星一样，散落在绿茵茵的草坪上，一条曲曲弯弯的小路，从花丛中挤了出去，通向那不远处一抹翠绿的树林。我欢呼着，伸手去开鸟笼的小门，想让八哥儿快一点出来飞翔。不料，大林一把按住我的手，说："当心有鹞鹰。"

"什么鹞鹰？"我问。

他抬头看着天空，说："是一种恶禽。它专门捕食那些刚学飞的小鸟。"

可是八哥全不知道这回事，它俩用嘴理了理羽毛，嘤嘤叫着走到笼门口，一下扑向了蓝天。

大林趴在草地上，用手肘支撑着小圆脸，目不转睛地注视着天空中展翅高飞的小鸟，警惕地看着远方。我学着他的样子，倚傍着他，也趴在那里。

不知过了多少时候，我感觉头上有什么东西在动，回头一看，只见大林手里拿着一支焰火样的映山红，正朝我头上别哩。

"表姐，你看，这天多美！"大林像个小青蛙一样跪在草地上，瞅着我笑。

我一抬头，真的，西边天上燃烧着一堆晚霞。起起伏伏的山岗，翠绿的小树林，明丽的小清河，还有那对可爱的小八哥，都蒙上了一层金灿灿的轻纱。

那晚霞一会儿像一匹大马在飞跑，一会儿马身上又骑了只小兔子……变来变去，后来又像一座大房子，霞光一缕缕地从房顶上射下来。

"表姐，那房子好吗？"

"好！比城里的屋还好。"

"咱们让全镇人都搬进去住吧……歪脖子马大爷住间小草棚，下起雨来屋里滴滴嗒嗒地漏，二顺一家七个人才两间小屋……"大林眯着眼，若有所思地数说着。

"你呢？"我问。

"咱们也搬进去嘛！连小八哥儿。"

哎哟哟，大林连八哥儿住的地方都想到了。我乐得从草地上蹦起来，不巧脚没站稳，一下又跌到地上去了。

"嘻嘻嘻！"大林笑着把我扶起来，"表姐，走！"他拉着我的手，沿着山岗上曲曲弯弯的小路，追逐着那对在空中比翼飞翔的小鸟，朝远方金碧辉煌的大屋走去。

三

半个月后，我正在院子里帮妈妈择韭菜，大林一阵风似的跑了进来。他气喘吁吁地说："八——哥——说——话——啰！"

"什么？"我追问了一句。

"八哥说话了。放学回来，我从鸟笼前走，忽听后面有谁在喊：'大——林——大——林'，声音很陌生，但能听得清楚。我回头看了一看，刚要走，又听见后面有谁喊我。啊，原来是八哥说话了！"

果然不错，等我和大林一块儿跑到鸟笼前，八哥抖了抖翅膀，就叫起大林来。

"八哥说话了！八哥说话了！"我乐得拍着手，转着圈儿在屋里跳。

"燕琴，燕琴！"大林示意我到笼子跟前去。

"燕琴，燕——琴！"

我一愣。哎呀！八哥也在叫我啰。啧啧，多巧的小鸟，你听，声音多脆呀。

"八哥。叫'表姐'。"大林逗着八哥说。他咧着小嘴，自豪地笑着。

"表——姐，表——姐！"

我心里甜极了。隔着鸟笼，我真想上去亲一亲这对可爱的小鸟。

关于小鸟，大林和我想了很多很多。什么早晚训练啦！让八哥为队里服务呀！还给它俩取了名字，大个的叫"脆哥哥"，小个的叫"巧嘴子"，并且决定：由我给它俩扎一个双层的小楼房。

"大林，八哥老了怎么办呢？"我突然想起这个问题。

"那——"大林想说什么，又停住了。他不朝我看，眼盯着脚尖，嗫嚅道："八哥可以结婚，可以生蛋，可以孵小八哥嘛！……"

"孵了小八哥给我一只好吗？"我问。

"看你！"大林睃了我一眼，说，"我有，你当然也有了！"

四

自从把小八哥的楼房扎好送给大林后，我就病了：一会儿热，一会儿冷，一连几天，不能下床。这些日子，妈妈天天去开会，我一个人在家里，要是从前，该够寂寞的，可这回，大林把小八哥送来给我做伴了。住在我编的楼房里的小八哥，就在床头，一天到晚，巧嘴子和脆哥哥楼上楼下地蹦来蹦去，隔不多时，还一声"大林"一声"表姐"地对嚷着。脆哥哥真像个"哥哥"呀，它叼起一个麦粒，朝着巧嘴子直扇翅膀……我想起大林，多像它呀！前天，他把小八哥送来后，细声细气地在我耳边说："表姐，你躺着，听我的话，啊，别急！你要和我玩，让小八哥儿替我，好吗？听我的话，啊！"

听他那种大人的口气，我禁不住笑了。

开始，大林天天放了学来，坐在我的床边，那话题，总离不了八哥。他说：鸽子可以送信，咱们的八哥也应该会送；飞机可以侦察，咱们的八哥也一定能学会。他还说：希望我的病快点好，赶明儿再把八哥带到花岭去……

可今天，他为啥还没来呢？昨天，他告诉我，他爹给他改名了，再不叫大林，而叫"卫东"了。管他什么"卫东"不"卫东"，反正我叫惯了，还是觉得叫大林好听。听说，学校里要组织什么"红卫兵"，难道大林是为了这事才改名的吗？这几天连妈妈也一直忙个不停，她一会儿把家里写有"寿"字的一摞花边瓷碗砸了，一会儿又把从姥姥家带来装梳子、镜子的雕花小提盒也扔到灶膛里了，还从橱顶上翻出几本发黄的书挟走了。

门外的日头爬上了柿树顶，床头笼里的巧嘴子和脆哥哥又一声高一声低地叫着"大林"。我暗暗盘算：大林该放学了，这会儿，兴许他正朝我家走来，屁股上的大书包一扇一扇的……我伸手打开笼门，巧嘴子和脆哥哥扑打着翅膀朝外迎去……

"打倒国民党兵痞燕林根！"

"横扫一切牛鬼蛇神！"

……

怎么回事呀！我心里怦怦乱跳。燕林根就是我爹，谁呼口号要打倒他呢？我害怕了，大气也不敢出。可是，好奇心驱使我想下床去看个究竟。我顺着墙角，溜到厨房的小窗下，朝外一看，妈呀，爹的头上戴着又尖又高的纸帽，双手被反绑着。他身边那个带头呼口号的，竟是大林的爹。

可是，那对小八哥听见人声嚷嚷，一点也不怕，叫着朝人群上空径直飞去。坏啦！人群里，有人掂着竹竿在赶它们了。小八哥绝望地叫着，一直飞出了我的视线……

晚上，月牙儿升起好高了，妈妈才掩着脸从外面回来。我问妈，爹明明是从解放军里回来的，怎么又变成"蒋匪军"了呢？妈开始不说，后来，她探头朝外面望了望，才告诉我，爹当解放军前，在家里被国民党抓去当了两个月壮丁。

究竟爹算不算"蒋匪军"，算不算"兵痞"，我弄不清。反正，我恨爹，他为啥要当两个月的"国民党兵痞"呢？大林的爹，不就没当吗！

几天后，村子里挨斗的人越来越多，连老支书也被拉出来挂了黑牌。每天，一群群的人在镇上开大会，贴标语，还唱戏，说是文化大革命开始了。也许是真的，我家对门墙上就横七竖八地贴满了红红绿绿的大标语，上面的字，歪歪斜斜的，写得很潦草，我用了读完一课书的工夫，才认出中间"八哥"两个字。我扯着妈的衣襟，问那上面写的什么，妈看了半天，脸突然唰地白了，她摇着头瞅着我："他们说，你爹喂了八哥，是资产阶级、二流子……鬼妮子，天哪！又给你爹加罪了……"

妈妈跺着脚，要我马上把笼里的八哥掼死。我真不明白，爹挨斗，怎能怨八哥呢？八哥儿有个三长两短，日后我见了大林，怎么向他交代……多可爱的巧嘴子和脆哥哥呵！我"哇"的一声哭了。

不知过了多长时间，妈妈被我哭软了心，她流着泪，同意我不掼死八哥，但要我立刻把八哥送走。

我想起了大林，八哥是他心爱的宝贝呀，我拎着鸟笼一步一步地朝大林家走去。可是，到了门口，不知怎的，我没有勇气进去。我想，爹挨了斗，见了大林，那多难为情呀，弄不好，他会不理我呢。可是，我又想：反正，我也没当蒋匪军。再说，爹昨天回家后叫我，我还没理他呢！另外，大林这么爱小八哥，他还说，他有我也有哩……我正这么想来想去，突然，像从地下冒出来一样，大林领着一群小孩，扛着小红棍，向我围拢过来。

"燕琴——"大林看了一下鸟笼，仰起了头，把手伸了过来。

"大林，你——"十几个孩子，一个个眼睛睁得像小铃铛，齐声叫道。

正朝我伸手的大林像泥人一样站在那里不动了。

"大林，她是蒋匪兵的小崽子！"

"大林，别理她！"

……

大林的眼睛里，射出了可怕的光；那只手，慢慢地垂了下来。突然，像闪电一样，他一把夺走了我手中的鸟笼。巧嘴子和脆哥哥一齐在笼里惊叫。

"你爹当蒋匪军，你——"大林眉毛渐渐竖了起来，"你还想玩八哥？"接着，好像有什么东西掼在我的脚下。

是鸟笼，是那个我跑遍了镇前镇后，抽荆条编的带楼房的鸟笼。抱着这个寄托着我美好愿望的鸟笼，我嚎啕大哭起来。我恨，恨自己不该生在这个蒋匪兵家里，要不，我这会儿不也和大林一样扛小红棍，不是可以教八哥说话吗？可我也恨大林，他为啥这样使坏呢？……

可是几天后，妈妈告诉我，大林的爹也因说了反动话，成了现行反革命，被抓到县里大狱里去了。

大林的爹也是反革命？大林呢，他该不该算小反革命？不知怎的，我这时倒想再见见大林。有一天，我看见大林低着头从镇南小巷里走出来，便远远地等着他，可是大林发现我后，却掉身躲开了。

又一天，我听妈妈和隔壁的吴奶奶说，大林妈要改嫁了。人家嫌大林太大，怕将来养不"家"，不要他，大林妈准备把他送给一个没孩子的表叔。听说大林知道后，哭得在地上直打滚。

大林要走啦！我眼前不知为啥出现了娃娃鱼、烤红芋、映山红……出现了那对活泼泼地飞来飞去的小八哥儿。

这时，我多想再看看他，多想再看看咱们那对小八哥儿。晌午，趁妈妈让我打猪菜，我一个人溜到大林门前的老龙腰柳树下，偷偷地等大林。也巧，不一会儿，大林从镇外拾柴回来了。

我放下猪菜篮，急忙迎了上去。

他瘦了。蓬乱的头发下藏着张蜡黄的小脸，腮上那对深深的酒涡也不见了。过去身上那件白净净的排扣小布褂上，沾满了脏水。他见我喊他，呆呆地扛着柴火站在那里，失神的目光打量着我。随后，他低下了头，说道："你骂我吧……听人说，你爹是好人，他当壮丁是被逼的。我爹也是……可都……"

我嘴唇动了几动，但不知说什么好。

我们默默地站在那里。院子里，传来一个女人的叫唤声，大林轻声对我说："妈妈在叫我了。"

"大林，那对八哥会唱歌了吗？"看着大林转身要走，我急忙问道。

大林看了我一眼，又低下了头。好一会儿，才从嗓眼里挤出几个字来："只有一只了。"

"怎么只有一只了？"我追问道。

"八哥闯祸了……"大林啜泣起来。

原来，大林的爹坐大狱，是因为他照大林的原名，骂了一句"该死的大林"，被八哥学了说出来，让人家当作骂"林副统帅"的把柄，告到县里了。

后来，大林又告诉我："爹被抓走后，妈妈不准我喂八哥了。可是，我清早把它们从笼子里放出来，晚上，它们自己又一块儿飞回来。就这样，过了十多天，还挺好的。昨天，却只有巧嘴子回来，脆哥哥再也没……"说到这里，大林语塞了，眼里滚出一串泪珠。

"是被鹞鹰抓走了？"

"也许……"大林抬头看了我一眼，说，"表姐，这只你拿去吧。"说着，他转身回到院里，捧出了鸟笼，双手颤抖抖地交给我。

我看了看笼里的八哥：它孤零零地伏在那里，红红的眼睛悲哀地望着我和大林。

"大林，八哥会被鹞鹰吃掉吗？"我问。

"也许……八哥气力小，鹞鹰会按住它的头，用尖尖的嘴朝它细颈上啄呀啄呀……"

我说："不！要是八哥先发现鹞鹰，它一定会飞得快快的，然后一个斜翅扎进树林……"

后来，我们都叹了口长气。

"大林！大——林！"

大林妈又在院子里叫他了。大林痛苦地看了我一眼，意思是他要进去了。我走上前去，一把拉住他的手，说："大林，留在柳镇吧！"

大林嘤嘤地哭了。

"挨炮的，又野到哪里去了！"听到叫骂声，大林挣脱了我的手，一步一回头，跌跌撞撞地朝回走去。

"大林！大林！"笼里的八哥突然站起来，凄切地呼唤着。

五

夜里，听妈妈说领大林的人已经来了，可能明早就要走。我心里像塞了块冰。梦中，总是见大林拉着我的手在哭，还说要去看小八哥。天蒙蒙亮，我就起来了，妈妈说昨天发现镇子南头有一块好猪菜，得赶早去剜。

出了门，我拎着八哥笼朝大林家跑去。薄薄的雾气中，看得出他家门还掩着，我倚着老龙腰柳树，漫无边际地想呀想的，过了好长好长时间，镇子里热闹了起来，大林家的门才"吱呀"的一声打开。

我急忙迎上去，出来的却是镇里的吴奶奶。她说天没亮大林就走了，怕的是他看见镇上的人会哭。他是从花岭走的。

花岭不就是我和大林第一次带八哥放飞的地方吗？我拎着鸟笼就朝花岭跑去，一边跑，一边呼喊着大林的名字。

可是，我爬上了花岭山顶，却不见大林的影子。我又爬上一块高高的石头，把鸟笼举得高高的，想让远去的大林，再看上一眼巧嘴子。

"大——林——"对着远山，我呼喊着。

"大——林——"笼里的八哥，也拖长声音呼唤着。

蒙蒙的朝雾，从远处的山谷升上来了，渐渐地，吞没了古老的柳镇，吞没了秀丽的青山，吞没了逶迤的山路……

（原载《少年文艺》1980 年第 5 期）

娃 娃 鱼

茂密的树冠顶住了日头，山谷里冷幽幽、空落落的。脚踩在陈年的树叶上，浸浸地响；身背后，若即若离，总听见跟随着一个人。我抬头环顾四周：林子里，笼罩着一种似纱非纱、似雾非雾的蜃气。我喉咙里发痒，想咳，又不敢作声。我后悔了，不该一个人朝这林子里跑。猛然，心突突跳了起来——

"呜哇！呜哇！——"

前面，传来了小孩哀哀的哭声。哭声活脱脱像我那两岁的妹妹盼外出的妈妈时那样孤独悲切。哦，莫不是林子那面有什么人家？我欣喜地觅那断断续续的哭声奔去。

蓦地，太阳光一下子从天空泻到我的眼前。等我眼睛适应了，才看清脚下是一条从山坳里挤出的小溪。清亮亮的溪水从岩石上跳进一个发亮的水潭，又曲曲折折地隐进下边的山谷。这会儿，小溪正被五颜六色的花儿和齐腰高的蒲草簇拥着。奇怪的是：这里压根儿没有什么人家，也没见啼哭的孩子，只有几只翅膀透明的蜜蜂和蜻蜓，优哉游哉地在花草上徜徉。

我舒了口气，暗暗庆幸寻到了这样一个美丽的地方。

小溪水真清，水底的卵石颗颗可数，白色的、黄色的、紫色的、暗绿的……变幻着无穷的图案：跃跃欲飞的小鸟，奋蹄待驰的骏马，盘根错节的古树……一朵一朵白色的花儿从蒲草间流下来了，水面上，顿时像开满了睡莲。溪水皱缬了，泛起微微的涟漪。小鸟展翅了，骏马启程了，古树长高了……蓦然，水底窜出了什么，慌慌张张地吻那顺流而下的花儿。

鱼？黑灰色扁平的身子。我揉揉两眼，没错，是鱼！微微摆动的尾巴，一张一合的宽鳃。啊嗬，在这高高的山上，居然还生长着鱼，真美气！哟，如果逮上那么一二串带回去，让舅舅炭窑上的叔叔们都美美地饱餐一顿鱼汤，该多么妙呀！

　　我蹬掉脚上的球鞋，绾起裤脚，捋起袖口，三下五除二，"扑通"一声跳进溪里。这一会，我这个逮鱼的冠军该显一显身手了。

　　是四月天了，这高山的水还死咬脚。哼，我可不在乎！我跷起一只腿，将水搅得呼啦啦地响。

　　"你要干什么?!"

　　水潭边的蒲草里，突然撂出来一句严厉的喝问声。

　　从微微摇动的水面上，我一眼就看清站着的是一个臭丫头。呵，刚才怪不得听见有人在哭哩！原来是她躲在这儿。

　　我满不在乎地用眼瞥了她一下：头上插有一朵兰草花，脸蛋就像我们写作文时常用的那个词——鸭蛋形。她个子很苗条，上穿一件白底撒花的小褂，下身让绿色的蒲草和各色花儿遮住了。看模样儿，有十二三岁。我估摸：她早就发现了我。

　　这么一个爱哭鼻子的小丫头，我才不买她那葫芦里的药哩！我故意将头一晃，冲她撇了下嘴，仍用一条腿在溪水里没命地乱搅。

　　"别这样！别这样！"她叫喊着朝我近前跑。

　　别干咋唬！你管得了这么宽么？鱼又不是你喂的！再说，你在岸上，我在水里，叫唤又中什么用？我连头都不愿朝她扭一下。

　　啊，有几条鱼钻进了一个小石缝。我屏住呼吸，悄没声息地用双手迂回包围……

　　"不要逮，不要逮！你不知道么，那叫娃娃鱼，娃娃鱼！"

　　嘻嘻，娃娃鱼！有什么娃娃鱼、鱼娃娃？许是这丫头急糊涂了，胡诌的罢！我过了年就是12岁的人了，长这么大也从没听说又是娃娃又是鱼的玩艺。

　　"扑通！扑通！"

　　这丫头竟朝我面前丢起石头来了。白色的水花溅了我一头一身，激得我眼睛都睁不开。

　　呸！没想这丫头挺厉害！这不是在欺负人嘛？我一个男子汉大丈夫还怕你不成?! 我朝岸上撤，决心上去教训教训她。

　　看来这一会儿她倒很知趣。我怒气冲冲地上了岸，她早已跑到二丈开外的一簇火红的杜鹃花后了。嘻，倒怕我了。我得意地笑了笑。回转身准备再下溪里去。

　　"喂，你的鞋！"

她那淡绿色的绸辫梢从杜鹃花后探出来了。她手里举着一双球鞋。哟，那不是我的一双新"鸡公山"么？她啥时拿去的呢？

"咯咯！要鞋呀？想要鞋就不要去抓娃娃鱼了！……"

这一手真绝！难道她早就知道我十分爱这双爸爸从外地带回的鞋不成？！我叹了口气，恋恋不舍地回头看了眼弯弯曲曲的小溪和发亮的水潭。

"哎哎！你面前有我的草鞋，穿着走，小心地上有刺扎着脚。"

真的，地上有一双半旧的麻耳草鞋。我犹豫了一番，穿上了。嗯，鞋里还温温的呢！

奇怪！我朝杜鹃花簇走去，她却也走开了。不，那不是走，简直像一头小鹿在跳。她背着一个盛满花儿的篮子，笑着，跳着，白底碎花的小褂在绿树林中飘着，头上的那株兰草花一颤一摇。我明白了，她是要把我从小溪边引开哩！

有什么办法呢？我跟着她转了两个山坳，前面出现一个翠竹环绕的村子时，她才将我的一双鞋搁在一个小树杈子上。

"以后不准再去伤害娃娃鱼了。要不然，下次我拿走你的鞋，可不给你了！喂，听见了么？"

不知为什么，回到舅舅的炭窑上，我吃不进饭，睡不着觉。一门心思地惦记着那莫名其妙的"娃娃鱼"。

本来，我不信这山里会有什么又是娃娃又是鱼的东西。那除非像安徒生写的童话里一样。可你瞧那丫头，一口一个娃娃鱼长，一口一个娃娃鱼短，好像她早就熟悉那玩艺，一百个没错……嗯，万一世上真有像那丫头说的那种东西，捉回去一只，兴许比养鸽子喂八哥逮斑鸠要美得多……

我受不了好奇心的驱使，第二天下午，我瞅了个空儿又去了。

也怪，快到了那令人向往的花溪边时，我又听见了那神秘而又古怪的孩子哭声。

"呜哇！呜哇！——"

悠长、悲切的哭声，在林子里，在山谷中久久地回荡。

莫非真是那神秘的娃娃鱼在哭？！

不，不是的，又是那个霸道的小丫头。我爬上一块大石头，从茂密的栎树叶片间，发现了她又坐在那绿草簇拥的水潭边。像前天一样，她从身边的小竹篮里，抓起一把洁白的花儿，一朵一朵地朝水里放……哭声消失了。

她有什么痛苦的心事？……

谁知我光顾探头朝前看，没留心脚下一滑，失身从大石头上滚了下来。

"哎哟！"她叫了一声，飞快地跑了过来。

"摔着了吗？摔着了吗？"

她轻轻地问我，那声音真像一只画眉崽子在歌唱。

我真不好意思让这个小丫头给我包扎摔破了皮的手指。可有什么办法呢？大拇指正流血。我只好乖乖地让她掐来一片植物叶子贴在我的伤口上。

"这叫七叶一枝花……"

她轻轻地说，轻轻地从头上解下淡蓝色的绸辫梢，轻轻地朝我的拇指上绕……

昨天的事她全忘了吗？从她那抿紧的小嘴唇，皱着的小眉头上，我没看出一丝怨恨和报复的神色。

无意中，我瞥见了她包着白布的一双小脚。这……这莫不是因为前天我穿走了她那双草鞋的缘故？哦，对了，前天她过林子时一直在跳……

"包好了！——哦，你怎么啦？"

她见我注视着她的脚，装着没事人一样笑了笑。

她的笑，我觉得比看见她哭还难受。是我让她赤脚走了那么难走的一段布满荆棘和碎石的路啊！顿时，一种钻心的愧疚啃啮着我的心。我为什么要伤害这样一位好心肠的女孩哟！……

"你别哭，怨我……"我想安慰安慰她。

"什么？我哭！咯咯咯，我哭什么呀！咯咯咯——"

我被她笑得莫名其妙。

"呜哇，呜哇！——像孩子在盼着妈妈一样地哭。"我提醒她。

"哦喔！"她小眉毛一扬，指着清亮亮的溪水，"你说的是娃娃鱼，像被谁捏住了鼻子一样地哭。你连这还不知道呀！"

我望着鲜花和绿草簇拥的水潭，望着那阳光下波光粼粼的小溪，我真不敢相信，那里会有常哭鼻子的娃娃鱼。

"你瞧，它们游过来了！哟，五个手指、五个脚趾，和娃娃一样地哭，所以，才叫娃娃鱼。咱这大山上，有水的地方就有它们哩。你知道吗？这里还有一个故事呢。"

真的，她告诉我，很久很久以前，这山里原是一片大海。海边的渔民们，男人出海捕鱼，女人在家纺线织网，日子十分美满。可是有一年，管辖着这片大海的秃尾老龙日子过腻烦了，和岸上的山神打赌，结果赌输了被一座高山镇住了大海。这一来，岸边无数无辜的渔民，都做了秃尾老龙的殉葬品。却说这海边原有一个青年渔妇，头胎添了对双生子。不幸孩子生下后，丈夫在一次出海中遇难了。她含辛茹苦地把孩子喂养大，送到了外地求学。这对孩子没辜负寡母期望，五年后才回家。可他们到家一看，大海变成了高山，妈妈不见了踪影。他们找呀找，双双坐在山顶上哭喊着妈妈。一天又一天，不知过了多长时间，他们脚下忽然出现了一个海水喷涌的潭口，里边传出他们妈妈回答的声音。这对孩子呼叫着"妈妈"跃进了深潭。后来，他俩虽双双变成了鱼，可还保持着手指和脚趾，总还是日日夜夜哭喊着寻找妈妈……

啊，娃娃鱼还有这样一个美丽而凄凉的传说。怪不得前天她那样拼命地阻挠我捉这些小生灵呢！

妈妈，啊，妈妈！我不禁想起了我那慈爱宽容的妈妈：她曾用温热的身子暖干了我尿湿的被窝，曾在打了我这个调皮的孩子一巴掌后又暗自饮泣……没有妈妈，世上便没有了空气和阳光，没有了希望和力量。我明白了，女孩讲述这个传说时为什么眼睛里蒙着一层润泽的泪水，因为，谁不为娃娃鱼无辜地失去了母爱而感到悲愤呢！

"我叫文生，就住在山那边的小村子里，有空儿去我们那儿玩玩好了。"

这时，她提起了一个扁圆形的竹筐。竹筐里，盛有少许洁白的花骨朵儿。她扑闪了一下睫毛，告诉我："我还要去采'花儿菜'呢！"

"你采这干什么？"我不解地问。

"吃呗。"

"怎么？花儿也能吃！"

"嘻！你连这也不知道！这叫'花儿菜'。蒸熟后用溪水一漂，挺好吃哩！"

"你们常吃吗？"

"不！一大篮子也晒不到一碗。山里人谁舍得吃呀……"

我请求她让我帮帮忙。她笑着应允了。

"你们麦忙假放几天？"

我跟在她身后，采摘那雪也似的含苞待放的花儿时，悄悄地问她。

"……"

怎么，她没吱声。我采下一捧花儿菜，正朝她的竹篮里放时，顺便瞟了她一眼。哟，她的脸儿全变白了。难道说，她没有上学？

"呜哇！呜哇！——"

溪里的娃娃鱼又高一声低一声地叫起来了。真的，那声音沉闷、压抑，让人觉得心酸。

文生撇下我，飞也似的跑到小溪边。她探出身子，掬起一捧刚采下的花儿，轻轻地洒在水面上。清亮亮的小溪上，顿时像开放了无数洁白的睡莲花。

我学她的样子，也朝那群正游过来的鱼儿洒了一些。活泼泼的小鱼儿，马上争先恐后地张开了小嘴……

回到舅舅烧窑的地方，我才知道，他们早就都熟悉这个叫文生的小姑娘。

舅舅告诉我：她妈妈生她时，不巧是难产。文生生下地了，她妈妈却死在那个鲜花盛开的阳春三月。

这时，满棚子人一齐叹息：说文生命苦，出世时遭那么大的劫，没有妈妈的孩子，日子是过不好的。

我这才明白：文生为什么那样怜爱娃娃鱼。她一定是很想念自己的亲妈妈。

我的心，像被谁揪了一把。我凭什么偏要一门心思地去抓娃娃鱼呢?！……我明天，一定要去小村子里向文生道个歉，哪怕让她打我一巴掌也行。

可晚上，舅舅却要我和送炭下山的人一块回去。我想起文生，高低不答应。舅舅发火了，拧着我的耳朵告诫我：这是最后一次送炭下山。以后，要去挖大寨田他没时间了。

有什么办法呢? 我要走了，我要离开文生了。舅舅和窑上的人在装炭，我站在窑边的土坎上，眺望着对面山梁上绿云似的毛竹园，眺望着密密丛林中弯弯曲曲的小道。我多么希望文生能在这时走来，我要当面请她原谅我，我不该去抓娃娃鱼的……

我的眼睛模糊了，文生也没个影儿，舅舅倒催我起程。路上，我说了想见文生一面的话，舅舅叹了口气，告诉我：

"文生爸又续弦了，新来的女人没口粮，还带来了个孩子，文生爸没办法，正准备把文生送到她城里二姨家当保姆哩。说不定这几天就要走。"

啊啊！来到这个世界上从没享受过母爱的文生，难道又要用单薄的身子去温暖那样一家人?

回到家，我拿出了妈妈给我留的牛奶糖，打算托舅舅带给文生；我摔破了当储蓄罐的泥猪，用里面的硬币，让舅舅给文生捎几对女孩子们扎辫梢爱用的绸纱条。我知道，文生家里虽然穷，她却很爱美。

这都是几年前的事了。不知道，文生吃到我带去的牛奶糖没有？文生用绸纱条扎辫梢没有？不知道，文生从城里二姨家回了没有？这几年，听舅舅说，乡下实行了责任制，农民生活好多了，文生，你也该好了吧！我的妹妹已经长大了，不再那么哀哀地哭叫妈妈了。文生，那溪里的娃娃鱼呢？还那样日日夜夜寻觅着妈妈吗？等今年学校放了暑假，我再去山里。现在，你替我先给娃娃鱼撒一些鲜花儿，好吗？

（原载《少年世界》1992 年第 2 期）

兰 花

一

"卖——兰——花——哟——"甜甜的声音飘进我梦中，是草草？我起身撩开窗帘：雨后小镇，水灵灵的；三只两只雏燕，拖着春剪翻飞。卖花女的身影不见了，声音已飘到小镇东头。

草草是我代课的中一班的学生，家住在离这六七里的方沟。最近，她总是打了预备铃好久才到校，裤子褂儿，老沾些青草叶、树刺棍，一脸汗珠，像运动员长跑刚下阵。我曾劝她，如果来回不方便，可以和毕业班的同学一块住下。她总是笑笑告诉我，等过了这阵儿再说。

一天，我已经踏上讲台上课了，好久草草还未到校，忽而，门外喊声"报告"，只见草草低着头，裤腿上沾了一大片泥。她坐到座位上后，我随便批评了她几句，谁知上了半堂，她竟趴在桌子上了。我心里老大不高兴：小小年纪，这么娇气。当时怕影响上课，我克制了。下课后，我去喊她，她从鼻孔里哼了声。她慢慢抬起头，面孔赤红，嘴唇皱起了薄薄的白皮，鼻孔闭塞了。我用手背触了下她的额头，呀！烧得烫手。你，你看我多么主观……过后，我把她搀到我的住室，她高低不睡，固执地说她要回去。

我想她可能是怕弄脏了我的被子，便动手脱她那沾了泥水的裤褂，谁知"当啷"一声，她的上衣口袋里滚出了一把一分二分的镍币。我拾起来后，她不放心，还数了数……

两堂课后，我回来一看，床上被子叠得整整齐齐，被单上连一个褶皱也没有，草草呢？后来，我发现桌上墨水瓶下压有一张纸条。

尹老师：
　　家里等我回去，请允我半天假。

学生　草草

字迹歪歪斜斜，兴许是烧得正厉害。

一连三天，草草都没来。我估摸她是病了，愁着抽不出身去看看她。可班里有几个同学说，前几天大清早碰见过草草在镇上卖兰花。一刹那，我眼前立即迭现了那明晃晃的分币，沾了泥巴、草屑的衣服，流汗的小脸……我真惋惜：草草会为这几分钱迟到，许是为了件花褂子什么的。可隔壁的女老师却说，今年乡下落实了政策，没人放下肥工夫赶趟儿做这一分二分的生意，早年这二三月里，卖花的女孩会央你买呢！

我还是定不下这份心。清早，不是分明还有人卖兰花，分明有学生看见过草草卖，这个卖兰花的说不定就是草草呢！我决计去看看了。

二

等我赶到镇东头，卖兰花的女孩已不在了。有人知道我是学校刚调来不久的老师，可能是找学生，便详细地向我介绍，卖花的是一个十岁左右的女孩儿，穿件蓝底白花小褂、扎对羊角辫，急匆匆卖了兰花，急匆匆地在供销社买了点什么，便从东边出镇了。

这不是草草还是谁？年龄、穿戴、去的方向。唉呀，这个草草！

站在镇口河石堤上，果然看见一个女孩正急急地在前边走。

我想喊，可她又融进了一抹翠绿的树林。

我转念一想：今天是星期日，干脆去草草家一趟。

草草走，我也走。曲曲弯弯、崎岖不平的小路在山岭间盘来绕去。一会儿，是一道九十度的陡坡，一会儿，是一道深不见底的峡谷。约摸出镇有四五里地，我这个上学时全师范有名的爬山运动冠军，累得大汗津津了，可也还是追不上她。到了一个之字形的路口，我正想坐下喘口气，却见前边的草草隐进了一个山坳，哟，草草要走捷径了。

这哪儿有路呀！密密麻麻的树林子，牵牵扯扯的树藤子，大大小小的石块，我扶着一棵又一棵树干，大口喘着气。树叶子沙沙响，一阵天风吹来，幽幽的花香沁人心脾，是兰草花？！在城里时，每逢这个时节，我省下每早的饭钱，也要从乡下人手里买一分二分钱的兰花带回去，插在盛水的玻璃瓶中。没想到，兰花竟长在这深山峡谷的陡峭山岭上呢？现在，我何不亲手采上一株呢！

也怪，花香扑鼻，浓得从空气中都可以拧下来了，可就是觅不见它的影儿。钻了几处刺棵子，见了几兜墨绿色的蒲形兰草棵，还是没见花儿——显然，这里已来人掐过了。是草草么？难道她每天为了那几分钱，早早晚晚爬山越岭地寻这难觅的一株二株兰草花？我倚着树干，感叹草草采兰花的不易。这时，忽听岭上一阵狗叫，抬头一看，草草已到了岭下。那儿，一片竹林里，隐隐可见人家的屋脊。那许是草草的家吧！

我忘掉了刚才的疲劳，倒回"之"字形的小路，急急忙忙赶上去。

三

三五间整洁的茅草屋坐落在一片绿竹林里，草草不见了。几声狗吠，迎出了一个包着蓝头巾的农妇。一问讯，果然是草草妈。

"老师，草草病了。"她客气一番之后，向我解释道。

我迷惑不解，草草真的病了！那刚才是谁呢？我顾不上再打听，要草草的妈带我进去看看。

"老师！"她望着我，难为情地说，"屋里脏……"

果然，推开竹编的门，草草睡屋里立即扑出一股霉烂味。瓦缸、木桶、照明用的葵花杆等杂七杂八的东西塞了半间屋。屋里光线暗，窗子安在山墙上，高，还很小。我喊了声，没人应，草草妈妈喊了几声，还是没人应。她伸手到被窝里一摸，惊叫道：

"唉呀！人呢？……这个草草，昨天烧得糊里糊涂还在说什么兰花长兰花短。她呀就爱什么花呀草呀。往年，她还采一把二把养在屋里，可今年，却又没见她叼一根放在屋里……哦，今儿刚好了点，莫非是——"说着，她扭头冲外喊，"叶儿，你姐呢？"

外边没人应。

"她是不是上街了？"我试探着问。

"不会的，不会的。早晨，还烧得烫手，一个人睡在床上……"

草草妈唠叨着，抱歉地让我出去坐。说整天忙，屋也没顾上收拾。说着，她从草草枕头底下抽出一个小本本，说："老师，你看，她病了也不安生，烧一退就在小本本上写呀画呀。我这睁眼瞎……"

是我曾看过的草草的那个日记本。我带到外面光线足的地方，只见上面

写道:

三月十二日

　　我碰见了小时候的好友杨桃，劝她还去上学。她说，十多岁了，再去上小学一年级人家笑话，又说，就是爹允了她也没二元钱交书费。说到这里，她眼圈红红的，叹了口长气。

　　杨桃多可怜呀！她和我同岁，就是她爹前些年戴着"分子"帽子，她进了学校才又被人欺负出来的。现在虽说好了，她爹也算个社员了。可一分钱掉在地上他也不敢捡回家。被斗怕的人，从哪弄钱给杨桃呢？杨桃，你就这么又涩又苦，一辈子也甜不了吗？

三月二十四日

　　放学回家的路上，我闻到了兰花香。哟，兰花开了，如果我每天利用早晚时间采一点兰花带到镇上卖，不是可以为杨桃攒书钱吗！

三月二十五日

　　今天，我起了个大早，到下山的之字岭边采兰花。刚下过雨，山上真滑。老鼠刺勾住了我的裤子，把腿上也划了一个口子。

　　等我赶到镇上，学校的预备铃已敲响了。我为杨桃，兰花只卖了五分钱。

　　杨桃，你有五分钱的书款了。

四月五日

　　今天，我数了数卖兰花的钱，再有二角五分，就够二元了。

四月六日

　　昨夜又偷偷下了场雨，我刚上山，就跌了一跤。今天怎么啦，头重脚轻的。不行，我要坚持着，今天再卖一点兰花，加起来或许够杨桃的书钱了。

　　可是，我今天迟到了。上了半堂，就迷迷糊糊的，惦记着杨桃等钱上学，我没在老师那睡。

　　回家的路上，我从山坡滚了下去。

等我回了家，才发现口袋里的硬币都掉了。

这怎么办？

四月七日

我病了。

我给杨桃攒书钱的事，妹妹知道了。

…………

我的心尖儿不禁一阵阵急跳：一个多么善良的小女孩儿啊，她像一颗露珠，用自己微薄的一身，滋润着大地，她像早春的一棵小草，悄悄地点缀着生活……

这时，草草妈从外边回来了。她说，草草到后岭去了，这会儿正朝下走来。

我合上小本本，奔到门外。

四

绿树林中闪出一个小姑娘，她咯咯笑着拽紧树条朝山下溜——咋？这个穿蓝底白花布鞋的小女孩不是草草。

"叶儿，你姐姐呢？她老师看她来了！"草草妈冲着小姑娘叫起来。

哦，她是草草的妹妹，刚才到镇上的，不就是她吗？

叶儿像草草一样彬彬有礼地对我说："老师，上街的是我。姐姐采兰花的事，一直瞒着我。前几天，我才从她的日记中看到。她怕耽误我的学习哩！"

"你姐姐人呢？"我追问道。

"姐姐呀！"叶儿抱怨道，"就是不听话。早晨，还病得睡在床上，可这会儿，却上山了。她听我说镇上兰花好卖，她想趁这时把杨桃姐的书钱攒够哩！"

"呀，她不正病着吗？"我担心地问。

"别说了，老师。姐姐呀，总惦着杨桃姐是个聪明人，就是这些年耽误了。我说，慌什么，慢慢不就攒够了吗？可姐姐却又担心学校开学好久了，太迟了学校会不收杨桃的。这会儿，她又采了一筐兰花要到镇上去卖，我不允她去，她却火了。嘻，老师，你没见过吧？她发起火来可吓人呢？"说着，她像草草一样，好看地笑起来。

"到底走了？"我急急地问。

"还不是！这会儿恐怕快到之字峡了呢！"

我眼前立即现出那条青草掩映的羊肠小路，现出那一边是悬崖一边是深涧的之字峡。一个孱弱的小女孩，提着一筐兰草花，在那上边是多么难以行走呀！

我想喊草草回来，告诉她：杨桃的书钱，可以向学校申请免费；真要再解决不了，我可以替她付上。

可是，满眼是发亮的浓绿，草草走到哪儿去了呢？

"草——草——"我扬起手臂，大声呼喊。

"草——草——"幽谷在回答，群山在回答。

山风，无边的山风从岭上拂来，清新、甜润中带着幽幽的兰香。

（原载《小溪流》1984 年合刊）

悔

童年，是欢乐的岁月，也是遗憾的岁月。

——题记

……这是二十年前的事了。

那时，我是个逮黄鳝的行家里手。

清晨，村里的一群小伙伴们，瞒着老师和家里父母，光着脚丫，踏着田埂上的露珠，在青的麦苗和黄的菜花间匍匐前进。拐过村前的龙王庙，我们便口齿不齐地唱道：

> 小麦打了苞，
> 大麦黄了梢，
> 下田逮黄鳝，
> 一逮一大挑……

当然，这只是一种美好的祝愿，真正逮黄鳝，可是有着门道哩！用我们大别山里的话说："三月竹笼四月钩，五月黄鳝使手抠。"三月里，在竹笼中放上焙干的蚯蚓和蚌肉，头天夜里，将肚大口小的竹笼埋在田里，上面插一枝翠绿的栎树枝做记号，第二天保你来取；四月就要用钩了，取一根断了的自行车或架子车钢条，在火里烧红扭弯，绑在山里砍来的细竹顶端，用蚯蚓作饵，插在田埂的石缝中、土洞里，用食指在水面上弹出"叨叨"的声音，一会儿，黄鳝便来咬钩了。这时，你慢慢地朝外移动竹竿，两眼紧盯着洞口，用食指朝那条光滑的身子一夹……五月，立夏前后，不消用钩和竹笼了，明镜般的水田里，你看吧！左一个小孔，右一个小孔，你只需绾起裤腿和袖口，用食指循着孔道朝前摸，这手指感觉要特灵敏，要能辨别得出孔道的走向。

每当抓住黄鳝后，伙伴们便用树条穿在一起，最后，像得胜的战士欢呼着去到集上廉价处理，或到后山"玩家家"办饭。当然，我们经常逃学，娃娃脸的女老师奈何我们不得，气得调走了。谁知过了年，来了个王瞎子。

王瞎子是新来教我们的老师。他眼睛近视，个子又高；走起路来，虾着腰；训起我们特厉害，我们便私下送了他这么个外号。他一来，便盯住我们不放，点名啦！评比啦！你想，我们这些小把戏受得了吗？于是，便寻了种种的借口去搪塞他。这一天，不知他怎么突然出现在我们抓黄鳝的田埂上。侯三最先惊叫了一声，等我回过头，果见弯弯曲曲的田埂上，王老师像个醉汉，挥舞着两手朝我们赶来。过田埂时，他跌了下去，但摸索着又爬了起来。坏了！他已经到了我们放鞋和篓子的地方了，这一下，他准要缴获我们的所有赃物，用这在班里批评我们了。

"小柱，你看，你看——"

突然，我看见王老师"啊"了一声，伸向篓子的手火烫一般缩了回去。

"他……怕黄鳝。"侯三小声嘀咕了一句。

嘻！还有老师怕黄鳝的。好！有门！我向侯三眨了眨眼，乘机抓起一条酒盅粗细的黄鳝向田埂上的王老师走去。

"啊，啊！蛇！"

望着王老师惊慌失措的样子，我和侯三都偷偷地笑了。我们都分明看见：王老师那平时菜青色的脸变得潮红了。

谁知王老师犹豫了一会儿，最后还是咬着牙提走了黄鳝篓。以后，不消说，他去找了我的哥哥和嫂子，哥哥气得逼着我在父母的灵牌前跪了半天；他把黄鳝篓提到教室的讲台上，让我和侯三当众出了个丑。

"这个王瞎子，特坏！"放学的路上，我和侯三愤愤地说。

为了报复他，侯三和我去田里抓了两条又粗又长的鞭杆黄鳝，偷偷地放在王老师的破水缸里。

第二天，我们估计王老师会在班里大发雷霆，谁知他好像不知那回事儿，还表扬了我和侯三上学去得早。嘻，放学后我和侯三差点笑岔了气。

一连几天，他在班里都没提这件事儿。我和侯三心里倒犯了疑：是他眼睛近视没发现，还是他正暗暗地寻这个主儿？侯三有些害怕：担心王老师将这事告到他后爹面前。他后爹正想叫他回去种田呢。

这一天放晚学后，王老师点名让我和侯三留下来。

糟了糟了，准是有人告了密。侯三哭丧着脸连连问我："咋办？"

咋办？孬蛋！好汉做事好汉当。溜得掉么？

哪知王老师好像压根儿不知那回事儿，他不着边际地问我们家庭情况，问我们学习，后来，才说："明儿星期天你们打算干什么？"

"温习功课。"我和侯三几乎是异口同声。

王老师和善地笑了。他像个小姑娘，忸怩起来："昨天我才发现，水缸里溜进了两条像蛇一样的东西。开始，我吓了一跳，后来，别人才告诉我：那是黄鳝，能吃。我做熟尝了尝，味儿还不错哩！嘿嘿，人啥时都得学习，过去……我……"

侯三和我都松了口气。

"我是想，明儿你们要去抓黄鳝，我和你们一块……如果在家温习功课，就算了。"

我和侯三不用说趁机表白了一番，今后如何如何努力学习的事儿。

当然，这是我们哄王老师的。第二天，太阳刚闪了个脸儿，我和侯三便相约着下田去捉那诱惑着我们的黄鳝了。

这天的手气特别好，我们下田没一会儿，便一人摸了一大串。我和侯三当即表示，摸够三串，上柳镇换烧饼吃。

一条大黄鳝溜进了石砌的田埂，我屏息静气，紧紧跟踪，用左手从上面同时进攻，好！我用食指和拇指使劲一捏，"哎哟！"黄鳝咬了我一口，该死的母黄鳝！我手一松，它趁机溜了。

一会儿，我感觉虎口火辣辣地疼。怎么啦？从前逮黄鳝也被咬过，可不像今日啦！奇怪！我觉得手挺沉的，不好，肿了。

又过了一会儿，头晕起来了，我只好靠着田埂，含糊不清地喊："……侯三……侯三……"

"别叫，我发现一条鞭杆啰！"

该死的侯三！

无数的金星在眼前飞舞，我喘着气，躺在田埂上。侯三咋呼着奔来了。"小柱……你装什么'羊'呀！起来，你看，咱俩谁逮的多！"

我无可奈何地央告侯三："我……怕是要死了……你，去把我哥叫来……"

"什么？死！我也死，我也死啰！"侯三两腿一伸，躺在田埂上做死的样子。

真叫人伤心！我干脆闭起眼睛，想起妈妈临死时的神态：一群人围着哭，叹息呀！烧纸呀！我要死了，别人都让去哭，就不让王瞎子去，不让侯三去。

忽然，田埂上隐隐传来脚步声，我想看看是谁，却睁不开眼睛。

"哟，你们不是在家温习功课吗？……怎么？手让蛇咬了？"

我辨不出是谁，只觉得声音怪熟，只感觉到有谁拿起我的手，放在一个热烘烘的地方。

等我醒来，哥嫂双双守在我的床前，他们不约而同地叹了口气。

"亏了王老师！"

"王老师？"

"他是来给你们辅导功课，在路上发现了你，好险啦，是五步倒咬的，要不是王老师用嘴吸你的伤，怕……"

"王老师呢？"

"他中毒了，村里人把他送到医院里去了……"

我的头轰地一炸，有一种比蛇咬还痛的震惊啃啮着我的心。是王老师？是我们故意作对的王老师救下了我，我爬下床，挣扎着要去医院。

我刚出门，便碰上哭得像个泪人儿的侯三。

"王……王老师……"

侯三颤抖着递给我一朵白花、一个本子。

"王……王老师说，他知道水缸里的黄鳝是我们放的，他买下了，这本子……"

一本沾满了泪水的笔记簿放在我的手上，我觉得，它太沉了，这页页白纸无论如何也写不完老师对我的关怀，写不完我内心深深的追悔……

……我常常想：流逝的岁月如果能够挽回，在我童年的调色板上，绝不会抹上这么一笔色彩。

（原载《儿童文学家》1986 年第 3 期）

美丽的蝴蝶

　　……一抹翠绿的竹林……一道干涸的溪谷……栎树和马尾松覆盖的山坡。身后的呼喊声渐远渐小了，十岁的秀秀仍像头勇敢的小鹿在林子里钻。多嘴的麻雀惊飞了，殷勤的山鸦雀吓呆了，勤劳的啄木鸟停止了工作——它们打量着地上踏得枯枝乱叶四下飞溅的小姑娘，不解人世上究竟发生了什么事情。

　　"秀秀，田秀秀……"

　　秀秀刚才正在村头的稻场边玩耍，听城里来的韩晶晶姐弟俩讲夏令营。可娘来叫她回去，说她"婆家"的嫂子来了。快快收拾收拾。秀秀在塘埂上碰见了那个漂漂亮亮的女人，谁知道她就是来接秀秀的呢？十岁的三年级学生秀秀，在家里只知道帮娘烧锅做饭，喂猪拾柴，在学校只知道读书学习，蹦蹦跳跳。别说找"婆家"，平时听大人们谈起结婚，生孩子，脸上便着了彩，心里架起了鼓。可前不久，屋里箱子上忽然多了一摞衣料和一扎钱，娘笑嘻嘻地告诉她："秀儿，给你提了门亲。"秀秀不待娘把话说完，就气冲冲地顶开了："我上学，我不要！"秀秀娘并不恼，仍喜眉喜眼地说："傻女子，你没看村里大菊、灵芝、小慧都订亲了么？现在儿子金贵，谁家不给儿子挑个好媳妇。将来，没人娶你，娘可放不下心……"当时，秀秀嘟噜着嘴儿不答应。在村里，她最羡慕芸芸姐了，二十一岁的人了，多少人给她做媒，她不见，自己一心读书，去年终于考上了县师范学校。谁知昨儿，娘拿出了一套新衣服，说"婆家"明儿要来人接她过端午节了。娘唠唠叨叨，去了"婆家"话怎么说，路怎么走，饭怎么吃，椅子怎么坐。秀秀这才知自己真的已经成了人家人。她求娘，娘瞪眼；她求爹，爹发怒。秀秀又羞又气，咽下了不满和委屈，只好跟着这个叫"嫂子"的女人出了门。幸好出村便碰见了骑着车子回村的芸姐。芸姐那飘舞的红纱巾给了她勇气。路上，她趁"嫂子"扭个脸儿，转身钻进了这片树林里。

　　……呼喊声终于消失了。秀秀走出一片翠绿的栎树林，眼前暮地开朗了：

一道缓缓流过山谷的明丽的小溪，一片五彩缤纷的花儿，一阵袅袅升腾的淡蓝色的蜃气，一束慈爱的七彩的阳光——秀秀顿时忘记了刚才的一切，她忘情地呼吸着山谷中自由的空气。她马上瞥见一丛淡黄色的金银花上，翩翩飞舞着一对美丽的蝴蝶。秀秀正和同学们比赛制作蝴蝶标本呢！她屏着气儿，踏着有露珠的青草，悄悄地踅了过去。

草丛里掠起了一窝鹌鹑，鸟翅震颤了淡黄的金银花，蝴蝶儿飞了，悠悠地飘落在小溪对面一丛半人高的映山红上。秀秀没有犹豫，她勇敢地跃过小石步儿，心里泛起一阵喜悦的骚动。她情不自禁地伸出手去——忽然，映山红后竟探出了一个毛茸茸的男孩头。秀秀一怔，蝴蝶竟抖翅飞走了。

"你——你赔我的蝴蝶！"

男孩儿穿一身新衣服，眉眼儿挺和顺，他抱歉地笑了笑，显出了一对玉瓷般的小虎牙。

蝴蝶儿飞上了空中，它似乎知道有人要捉它，盘旋着，久久不愿落下，尔后又朝小溪下游翩翩而去。

男孩回头扫了秀秀一眼，拔腿追去。秀秀不甘示弱。

蝴蝶飞过了小溪，蝴蝶飞进了一大片野月季丛中，蝴蝶闪进了绿色的树林……

他们是那么容易地忘记了刚才的不快。在开满鲜花的山谷里，男孩拉着秀秀的手，笑着跳着，山谷里撒满了欢乐的笑声。

突然，走在前面的男孩没留心，让什么绊倒在地，秀秀停脚不及，整个身子扑在男孩身上。

"伤着没？伤着没?！"秀秀跳起身，急急地去拽地上的男孩。

男孩脸却成了一朵花，挺不好意思地去用手拽地上的青草。

秀秀很抱歉，开始为什么那样冲人家嚷呢？她真不知怎样表白了。她一扬手，碰上了口袋里的那个红鸡蛋。

端午吃鸡蛋，这可是秀秀早就盼的。可今早她吃不下，塞在口袋里的鸡蛋一直在搁着。秀秀摸了摸，毅然将鸡蛋掏出双手捧给男孩。

男孩更显局促不安。他突然跳起身，朝树林里钻去。

秀秀还在发愣，片刻工夫，男孩捧着珍珠般的红灯笼果走回来了。他温顺地瞄着秀秀，那意思：你吃我的，我再吃你的。

秀秀还会客气吗？这是在花儿盛开的山谷里，这是在明丽的小溪边，除了蓝天，除了树林，除了簇拥着他们的空气，没有人讥笑这对孩子。他们相依着坐在一起，互相对望了一眼，便不客气地吃起来。

"咯咯！"

"嘻嘻！"

两颗心消融了，山谷里荡漾着快活的笑声，小溪里流淌着纯洁的友情。

"你怎么到这儿来了？"

秀秀跪在小溪边，一边擦着晶亮的水珠，一边冲着水里的那个男孩问。

水珠儿摇乱了男孩的身影，却没有听见男孩的声音。

秀秀又追问了一句，她诧异地望着难为情的男孩。他怎么啦？

"你逮蝴蝶玩吗？"男孩岔开了话头。

"我才不哩！"秀秀觉得委屈，"我不玩，我是制标本。"

"噢！"男孩轻轻叫了声，"你要的这种蝴蝶，我家里有好几只。"

"真的？"

"谁哄你谁是小狗。"

"我不信。你去拿给我看。"

男孩迅速跃起，但两步开外又站定了，好像很为难。

秀秀笑了。

男孩耳根有些热，他知道女孩是笑自己，他咬咬牙，仿佛下了最大的决心："真的呗，不信你和我一块去。俺家就在山那边。"

美丽的蝴蝶招引着秀秀，真是自己正缺少的那种黑底白点的么？那样秀秀就可以超过班里的大蓉了。

秀秀迟疑了一下，终是和男孩一块走了。

飘散着炊烟的村落终于到了。秀秀站在一道爬满紫色牵牛花的竹篱笆外，瞟着男孩的身影拐进了一座新盖的四合院落里。她的眼前，立即飞舞着那黑底白点的美丽蝴蝶……

"唉哟，秀秀——是你！"

篱笆拐角忽然闪出了去接秀秀的那个漂漂亮亮的精明女人。她眼睛撑圆了，惊叫着奔过来。

"她怎么到这儿来了？"秀秀怔了，一时里，她呆住了。走不是，不走也不是。

"爹，葫芦媳妇来啦！——"

漂亮女人——秀秀的"嫂子"大声冲四合院里喊。清早，她本是专程去接秀秀的，可是，半路上又让秀秀走丢了。这会儿，她还正犯愁呢。这下要接的"小姑子"自己又找来了，你说她高兴不高兴！

四合院落里拥出了几个人，有一人还举着一挂长长的鞭炮。

噼噼啪啪的鞭炮在秀秀眼前炸开了。秀秀如遭电击，单薄的小身子在颤。她明白自己闯到什么地方来了。

"秀秀，到家了，进屋里坐呀！"

嫂子笑嘻嘻地拥过来，亲亲热热地拉着秀秀朝四合院里走。

这时，篱笆外边闻声围过来一群女人和小孩，他们窃窃地在笑。

"哟哟，你瞧，葫芦的小媳妇——"

"啧啧，脸蛋怪美气。"

……

秀秀虽然低着头，却也都听见了，那些人是在议论自己，品说自己，秀秀马上觉得脖子和脸上滚动着一团团火，灼烤得她心烦意乱。

"秀秀，进屋里去。"

秀秀真不知脚该怎么挪，路该怎么走了。平时在学校里，老师点她上黑板演题，或者发言，当着那么多人，秀秀也没这么胆怯。今儿是怎么啦！

"秀秀，这是爹、这是妈，这是……"

噢噢，秀秀是懂礼貌的人，平时见了村里老少，有称有呼。可今儿怎么嗓子像被什么捏住了，连舌头也不听使唤了呢？何况，昨夜里娘还叮嘱了好几遍呢！秀秀呀秀秀！

秀秀的头嗡嗡响，心儿也怦怦地跳。她低着头，任凭葫芦嫂子摆布。

"秀秀，吃粽子！"

"秀秀，吃桃子！"

"秀秀，吃……"

秀秀面前的桌子上一会儿摆满了吃的食品，秀秀不饿哩！可她面前站着那么多人，那么多声音在劝，秀秀能一点也不吃吗？她一样尝了一口，可粽子什么滋味，桃子什么滋味，秀秀全不知道。

"唉唉唉唉，葫芦，去哇去哇！"

秀秀呆了，嫂子从另一间屋里推出的叫"葫芦"的男孩，正是自己在山谷里邂逅的那个小虎，哦哦，他就是葫芦！就是那一个无形地约束着秀秀的人！秀秀不禁有些怀疑山谷里捉蝴蝶是他故意设的圈套。

"走呀，葫芦、还怕什么丑！人家说秀秀是你自己从村子里领回来的呢！

嗨，早晨说你怕羞跑了，原来呀……嘻嘻嘻！"葫芦嫂子的嗓门好像特大，满屋子里都是她的声音。

"过来呀，葫芦，啊，嘻嘻，你自个儿去约人家哩！我看啦，你比你哥大方多了。我十岁那年上这儿过头一个端午节……"

被嫂子推进屋来的葫芦，低着头，脸红得像个紫茄子，根本不敢到秀秀身边来。顿时，秀秀刚才对葫芦的怨恨全消失了。他也不愿受这份捉弄，他刚才也是逃跑到山谷中的。乡下的男娃女娃，为啥要受这份折磨呢！人家韩晶晶姐弟俩，过得多么快活呀！……

秀秀呆呆地坐在那里想，不知过了多一会儿，嫂子又来叫她去吃饭。

秀秀嗓子发干，心里闷，食欲丝毫全无，可她怎么能说不想吃呢？她随着葫芦嫂子，怏怏地到堂屋里去。

堂屋中，桌子上满腾腾地摆着菜。一眼发现那油腻腻的鱼和肉，秀秀胃里便有什么朝上涌。

"秀秀，吃呀，这是烧鸡！"

"秀秀，吃呀，这是焖肉！"

……

分明是为了陪秀秀请来的一桌子人，一齐比赛朝秀秀碗里挟菜。秀秀听娘说过，人家挟来的菜不能再送回去了，那样不礼貌。怎么办呢？那么多人的目光在盯着自己。可怜的秀秀，咬着牙，一点一点朝肚里咽。

"葫芦，来！也给人家挟菜呀！"

葫芦嫂子故意咋呼着，周围的人，一齐恣肆地怂恿着，得意地哈哈大笑。

"怎么？……不好意思！好，好！我代替葫芦，秀秀，吃鱼！"

一大块鱼，放进了秀秀的碗里，葫芦嫂子催促着，其他人也尽职地嚷叫着，众人的盛情，秀秀，你能不领受吗？

"是她，就是她，葫芦的小媳妇，你瞧——"

后窗口上，露出了一撮孩子头，麻雀般叽叽喳喳的议论声，针刺一般朝秀秀耳朵里钻。

"小两口儿，亲个嘴儿，吧吧嗒嗒，没个底儿……"

这班调皮的娃子竟在窗根下唱起来了。葫芦嫂子，你怎么不站起来赶走他们呀！怎么？你还快活地冲着葫芦和秀秀笑呢！

地上要是裂道缝，这阵儿秀秀也可钻进去了。她那颗咚咚跳的心，简直快从嗓眼蹦出来了。只不过，嗓眼里此刻正堵着一块鱼。秀秀胃里难受，她咽也不是，不咽也不是。

"小两口儿，亲个嘴儿，吧吧嗒嗒，没个底儿……"

秀秀一紧张，一块鱼卡在嗓子口上了。唉哟，嗓子怎么痛？划着什么了？她不敢声张，想尽力咽下去得了。

"秀秀，吃呀，你怎么还客气呢？"

葫芦嫂子又在催促了，一块鱼又挟到了秀秀碗里。

秀秀分明觉得有什么卡在嗓眼上了。嗓子这会儿正火辣辣的痛，钻心地痛，秀秀抬头望了望周围人漠然的目光，听着外面孩子那一声高一声低的戏谑声，不禁想起了去年在家过端午节的情景，不禁想起了娘。她不由自主哇的一声哭了。

满桌子人惊呆了，窗台上的小鬼精吓得缩回去了，人们马上也弄清了，是鱼刺卡住了第一次上门来的未来媳妇的食道。他们慌了手脚，七嘴八舌，纷纷出谋献策：用干饭咽，用鸭爪子搔，用醋灌，可是，都无济于事。十岁的秀秀，仍在一边呜呜地哭。

后来，亏了村里的一个老郎中，用手术镊子夹出了卡在秀秀嗓眼上的鱼刺，才算平息了一场莫名的惊慌。

秀秀再也吃不下去了，她昏昏沉沉地任凭人们摆布。最后，热心的葫芦嫂子将未来的弟媳妇抱到床上去了。

一道从窗棂里射进的西斜的阳光，将秀秀唤醒了。

她乍一睁眼，惊诧自己到了什么地方。很快，她便想起了上午的那一幕。

她的手触到了枕头边一个有孔的纸盒，是谁搁到这儿的呢？她好奇地捧起，眯着眼朝小孔里张望。啊，是几只蝴蝶！其中便有那种黑底白点的蝴蝶。

不用说，这是葫芦放的啰！秀秀艰难地支起身，环顾四周，哟，门帘外边，有一个人正朝这边张望。从那温顺的目光中，秀秀也认出那是葫芦。

葫芦没有忘了山谷中的许诺，他不是骗秀秀到家里来的。这蝴蝶儿可以作证，门帘后那对温顺的目光可以作证。那么，已经逃跑了的秀秀和葫芦，是什么又将他们推进了这场令人发窘的闹剧中的呢？——十岁的秀秀真够费猜测的了。

秀秀从小孔里窥视着盒子中失去自由的蝴蝶，忽然怦然心动，仿佛想起什么。她沉吟片刻，毅然将手伸向盒盖。

门帘动了一下，葫芦轻轻地走了进来。他还不敢正面注视秀秀，故意望着旁边的什么。

"你——，这……这就是你要的黑底白点的蝴蝶。"

"它们太可怜了！"……秀秀闭了闭眼睛，缓缓地启开了盒盖。

蝴蝶在屋子里兜着圈，渐升渐高。它们用美丽的翅膀划着一个个自由的弧形，岑寂的屋子里，顷刻便充满了生气和希望。

"你……你能叫别人也不捉么？"葫芦这一次大胆地注视着秀秀汪着清波的眼睛。

"那——"秀秀回答不上了。她的喜悦的脸上，又罩上了一层忧郁的色彩。

蝴蝶儿已经寻到了飞向野外的道路，它们沿着橘黄色的温暖的霞光透进的地方，翩翩地展翅飞翔。

门外，响起了脚步声。

（原载《少年世界》1991 年第 2 期）

山野的呼唤

仿佛在一夜之间，大自然收起了单调的绿，向花岭泼出了所有的色彩：深黄色的毛栗树叶，绛紫的山楂树叶，火红的枫叶，青中透绿的山茶树叶……一阵带有凉意的秋风从高洁的天空俯冲下来，林子里涌出一阵欢呼声后，这里，那里，"扑扑嗒嗒"地响起了毛栗子、橡子带着成熟的喜悦坠地的声音……虎子在我前边的树丛里泥鳅一般地钻着，倏地，它支起右腿，竖着耳朵，凝神谛听着……一只拖尾的松鼠，蹲在一棵马尾松斜出的枝干上，用一对滴溜溜的小眼睛好奇地望着我们……虎子吠叫了一声，林子里随即泛起了一阵生命的喧嚣：藕黄色的松鼠翘起了尾巴，闪电一般从树干顶端消遁了；一只五彩斑斓的山鸡扑打着翅膀，"咯咯"叫着飞向岭东边的山谷；一片山里人种茯苓的空场上，掠过一对支棱着耳朵的野兔……一会儿，虎子在右边狂吠起来。

一丛开着毛茸茸的白花的霸王草，挡住了视线。我走上前去，拨开一人多高的草丛，发现水流冲洗成的小洞里，有一对四五寸长毛茸茸的小东西，"叽叽"地叫着，紧偎在一起。

我小心翼翼地捧起这对可爱的小玩艺。哟，三瓣嘴儿，黑黑的眼儿，是小兔娃，是刚出世不久的小野兔娃！你看，它们的眼睛还没睁开哩！

我欣喜若狂，能抓到这样一对将来会活蹦乱跳的小野兔，真是好手气！我和垸里的伙伴们向往着能逮到这样纯粹是野生野长的兔娃，已绞尽了几多脑汁啊！今儿，你看——我美美地吻了这两个小家伙一下。

刚才上山寻一种叫"硬子眼"的树条做箭弓的念头，我全抛到九霄云外去了。我扳倒刺手的霸王草，采下上面白色的花絮，盘了个又好看、又结实的兔窝。为了显示这场不同寻常的收获，我决定要抄一条狗龇牙的小路，绕到下垸去。如果不让来福和长毛们观观光，那我今夜是睡不着觉的。

虎子大概也看出我十分高兴，它简直有些得意忘形了。一路上，颠儿颠儿的，用光滑的身子朝我腿上蹭，有几次，差点把我绊了个仰八叉。

下塆的四眼狗咬起来了，虎子迎了上去。一会儿，来福和长毛俩头顶着柳条编的"防空帽"跑出来了。

"啊嗬！弓箭做好了吗？"

翘鼻子来福是我们上下两个塆孩子们比赛射箭的发起者。他呀，总是三句话不离本行。

我双手将装着兔娃的花窝捧在胸前，皱了皱鼻子，没吭声，迈着正步往前走。

来福和长毛对我的不理睬感到奇怪，悻悻地对望了一眼，责问道：

"你……你……又反悔了吗？"

"什么？反悔——"我不屑一顾地挺起肚子边应边走，"我才不干那玩意呢！射箭，有什么好玩的！"

来福和长毛一个个伸长脖子莫名其妙地朝我的花兔窝望，不过，为了表示慎重，我早在那上面盖了几枝野菊花。

"什么？你说什么？"长毛假装没听清，侧着身子追着问我。其实，他眼睛老朝我手上睃。

"射箭有什么好玩的！"我抖着劲儿毫不含糊地回答。

这一下，来福和长毛生气了，他们一起伸手拦住我，嚷道：

"说话不算话！你说，你凭什么？"

他俩一扬手，差点把我手上的花兔窝碰掉。真气人！我揭开野菊花，把兔娃朝他们鼻子底下一亮。

来福和长毛轻轻地"嚯"了一声，睁大眼睛审视一番，又扭过头互相望了望，那神态，那眼色，够有意思的了。不用说，那一会儿我是够幸福的了。

来福抓了抓他的光葫芦头，讨好似的说：

"哟，这是……这是小野兔？"

我若无其事地点了点头，用膀子推开他们，双手捧着花兔窝大模大样地走了。

"哎哎哎！"来福和长毛弯腰跟着我，一迭声地问，"在哪儿抓的？还有吗？给我们玩一会儿好吗？"

我一概不答理。

也许是我的态度激怒了他们，我听见是谁吐了一口唾沫到地上："野兔，要野兔有什么用？养得活吗？哼，总有一天会跑光的！"

"你们放屁!"太恼人了,我回敬了一句。

"放屁?兔子要跑的,跑得光溜溜的,气死小东西!"

我火冒三丈,嗾虎子上前咬,可他俩的四眼狗也扑了上来。两条狗咬成一团,我趁机拔腿走了。

回到家,我便暗下决心:无论如何,也要让小兔吃好、睡好、玩好,让野兔长得胖胖的,让大兔生小兔子,小兔子再生小兔子……哼!不叫来福和长毛眼馋死才怪哩!

我腾出妈妈结婚时带来的梳妆匣,用棉花绒和霸王草花给两只小野兔安了个舒适的小"家"。

我假装牙疼。妈妈心痛得连忙给我买了包白糖"下火"。嘻,我用米汤拌白糖,一勺一勺往小兔嘴里送。半个多月后,小野兔能够嚼动青菜叶子了,我的"牙疼"才算好。

没过多久,野兔身上那浅黄色的绒毛渐渐地显出了一种麻褐色,趴在小"家"里,墨黑墨黑的眼睛四处打量。开始,见了人惊惊咋咋的,一副随时要逃跑的样子,后来,我把它们移到一个光线较暗的僻静的屋里,它们才慢慢习惯。它们在屋子里走来走去,常常站在门槛里朝院子望,朝天空望。可惜的是,那是冬天,院子里白茫茫的,天空还飘着雪花。小野兔,你是觉得屋子里太小,想到外面去溜一溜吧!别急哩,到了春天,我要带你去那弯弯的小河,去看那青青的草地,还要带你到下塆,气煞来福和长毛哩!最好,你能表演打个滚啦,或者点个头啦……

转眼间,桃花红,杏花白,绿草芽儿探出了头。一对小野兔,仿佛知道春天来了,在屋里局促不安地走来走去。我忙了一上午从地里剜来的一点鹅儿肠、地菜,它们也只是没精打采地尝了尝。好几次,它们倚在门槛上朝淡蓝的天空张望,两只小耳朵,一会儿支起,一会儿放下,那样子,急不可待哩!

一个风和日丽的下午,我决定要满足这对小东西的愿望了。

谁知,我把它们带出来了,它们却挤成一团,望着对面那浮着绿叶的树林,望着荡起几片桃花瓣的河水,望着一团聒噪着掠过晴空的麻雀,傻乎乎地瞪着眼。虎子来了,在草地上打滚,尥蹶子,小野兔们这才有了生气。哼,真没看出这两个小东西跑起来像小流星哩!你瞧,连常常爱逞能的虎子,也累得伸出舌头,胡子上挂满汗珠。有几次,如果不是我拦住这两个小东西,还不知道它们要跑到什么地方去呢!

啊啊！我真没想到：从山坡上的小土洞里捧回的小玩意，一眨眼就会在草地上奔跑了。万岁，我的小乖乖！我忘记了河坡潮湿，抱着脖儿连来了两个前滚翻。这时，我多么希望来福和长毛能从河坡西头的柳林里出现啊！

谁知道来福和长毛已从哪儿打听到我的小野兔的消息了，他们托埫里的鼻涕大王捎来了口信，说他们不愿意提过去的事了。如我还愿意参加射箭比赛，弓箭他们可以替我做好。

嗨，圈套！还不是想夺我的小野兔！哼，你们不是咒我的野兔有一天会跑光么！

我给我的小野兔设想了种种有趣的训练活动：钻圈、拉车、立正、稍息……总而言之，我要让它俩为我争光。

可是（偏偏又是个可是），小野兔自从那次从河边回家后，一直是副心神不宁的样子。有时，会突然停止吃草，竖起耳朵谛听着什么，甚至是天上刮过一阵风，檐前飞来了几只麻雀，它们也要跳到门边望老半天。

它们在想什么呢？是眷恋那高高的花岭、那奔跑的松鼠、美丽的山鸡？……嗯，不会的，那时候，它们的眼睛还没睁开哩！

谁料到，几天后，一件意外的事情终于发生了。

这天，我从学校放学回家，一进门，就看见花兔窝里光秃秃的。我找遍了屋里的角角落落，也没瞧见它俩的影子。坏了，我的小野兔呢？难道说它俩逃走了不成！

这时，外面传来虎子的吠叫声。我飞跑出去，只见门前不远的田野上，虎子正纵开四蹄，旋风一般追赶一只狡猾的野猫。野猫东窜西拐，企图朝一棵高大的乌桕树上爬。虎子疯了一般吼叫着截住了野猫的进路。野猫许是看势头不妙，停了一停，折转身钻进了一条水沟。

虎子这时却呆呆地站在树下，昂着头朝我叫了两声。

我飞似的奔过去。天啦！地下原来躺着我的两只小野兔！我蹲下身去，趴在它们身边，怎么办？野兔身上有血。呜呜，十有八九是你们溜出屋子时，闯上野猫了。野兔，我的小野兔，今儿要不是虎子，你们有多危险！一霎时，我的泪珠竟"扑簌簌"地滚了下来……

回到家里，我首先堵住了可能通向外面的所有洞口，又在院子出口处用木条钉了一个栅栏门。另外，我还用旧木箱给野兔做了个带楼的房子，每天去野外采回那些极难觅的鹭鸶毛、黄瓜头、猪蹄菜……我想：尽它们住好吃饱玩够，它们该安心了吧！

也许它们真的被我的热情款待感动了，也许是它们吸取了教训，在养伤的一段时间里，小野兔们没有过什么非分的举动。不过，当它们有滋有味地吃完我费尽力气带回的野菜后，依偎在小楼房里，头靠着头，眯缝着眼，琉璃球一般的眼珠里却流露出一种怅惘的神色。

天渐渐暖和了。四月的风，带着花岭温馨芬芳的气息，叩响了垸子里人家的门环。一天，我突然发现，我的一只小野兔肚子特别鼓，我害怕了，它准是患了什么病。我问妈妈，妈妈端详了一会，笑嘻嘻地告诉我：小野兔有"喜"了。

喔，我的小野兔要做爸爸妈妈了。啊啊，太妙了！这不就是说，两只可以变三只、四只了吗？

我搂着虎子和它摔跤、拥抱；我找遍村前村后，采回喂兔子最有营养价值的龙须草；当然，我还有意让垸里的鼻涕大王知道了这回事儿。

谁知有一天，院门的栅栏却差点送了那一只即将当"爸爸"的小野兔的命。

那天夜里，我在梦中被一种"呦呦呦"的叫声惊醒，我按亮电筒，翻身下床，循声一看，哟，那只公野兔头夹在栅栏门中，四只腿乱踢乱动，那只要做妈妈的小东西在一旁焦急地用蹄子扒栅栏……

……折腾了半夜，直到那只要做爸爸的野兔脱离了危险，我才放心上床。不过，我一直纳闷，就要当爸爸的野兔，为什么偏要半夜里把头朝那两个小木柱的缝隙里钻呢？莫非它俩也像人一样，生了气、吵了架？……嗯，明早头一件事，就是要用篾子把栅栏门编起来，千万千万，不能再出这样的事故了。

第二天清早，黎明鸟在屋后竹林里才叫头一声，我就一骨碌爬起来了。我用竹篾子编好了栅栏门，习惯性地又拐到小楼房前瞧瞧小野兔。奇怪，野兔不在！我用手背试了试窝，凉冰冰的。

我的心提到了嗓子眼，弯着腰找遍了院里院外每一个角落。但是，始终没有看见野兔的一根毫毛。天那！难道说它们又让野猫抓去了？顿时，各种可怕的念头潮水一样涌进了我的大脑，我拖着哭腔大声嚷道："妈，野兔没了——"

我这时才悟起：昨夜公野兔的头被夹在木栅栏中，原来是在逃跑哟！唉呀，我怎么一点也没想到，受了重伤的野兔，也还会携着自己怀孕的妻子，不顾一切危险地逃跑呢！

　　我噙着眼泪，找遍了屋前屋后的竹林田野和每一道沟壑；我爬上花岭，又找到那丛霸王草，找到霸王草后那个浅浅的小土洞；甚至在半夜里，我还痴痴呆呆地又去瞧一眼野兔们休息的小楼房，——可是，始终没有寻觅到小野兔们的一丝踪迹。小野兔，我的小野兔，你们为什么要离开我呢？为了给你们采龙须草，我摔破了膝盖，也没有吭一声；为了给你们钉小楼房，锤子砸烂了我的手指甲，我也没有叫一声痛……可你们为什么还要离开我呢？你们真的像门前的九曲河水，一去不回头了吗？

　　在一种不可名状的痛苦和懊恼中，我突然想起来福和长毛的话。哦，我的小野兔三番五次地逃走，原来，是他们早就咒坏了的呀！

　　可是，垮里的鼻涕大王说，来福和长毛已经知道了我的小野兔逃跑的事。他俩对我的不幸十分同情，曾两次带着四眼狗上花岭帮我找那两只逃走的小野兔。

　　这叫我还怎么说呢？何况，他们还送来了弹力蛮强的箭弓……

　　当然，这都是十九年前的事。不用说，我现在已经明白：小野兔们的祖祖辈辈，本是在山野里住惯了。它们怎能不眷恋清泉？怎能不眷恋绿林呢！何况，它俩还是马上要做爸爸妈妈的啊！

　　后来，我听来福和长毛说：他们曾经看见小野兔又去过我家的屋后，不过，那已不止两只了。

　　我想：小野兔，如果你们还活着的话，一定已经是兔爷爷的爷爷、兔奶奶的奶奶了！

（原载《东海》1982 年第 6 期）

特混舰队

看了这个题目，肯定有人会说：这不是写英国与阿根廷打仗的事儿么？不不！我说的这个"舰队"，是从清河镇初一（2）班开出的。

一　事情是从一个书包引起的

"瘟神不来上学啦！"

"怎么？……"

"你瞧，他的书包——"

顺着卢健的手指，我们果然看见最后一张桌子上，一绺西斜的阳光下，孤零零地卧着个粗布书包。

"邹老师能不去找他吗？"

"去啦！邹老师去了两次，他仍然没来……"

"哎哟，那你说瘟神不来啦！"

班里人称"小钢炮"的胡二虎闻声嚷起来。

"啊——啊——啊——，瘟神不来上学啰！"

教室里还没走的同学，马上"呼啦"一下围过来。

"瘟神上天啰！"

"欸！"

"瘟神逃跑啰！"

"欸！"

瘟神的那个粗布书包，不知由谁带头，马上成为众矢之的，伴随着一次又一次忘情的欢呼，在一片森林般的小手上抛来抛去。后来，许是由于腾空的次数太多，里面不时泻下一本书或者一支铅笔，好像可怜巴巴地在向众人乞求。可是，为瘟神退学而激动得眼睛闪闪发光的同学们，哪里还顾得上这些，一阵一阵有节奏的欢呼声，几乎冲飞了教室的房顶。

同学们怎能不欢呼呢！谐音叫瘟神的温大盛，给我们班抹了多少黑呀！据说他上了三个五年级，最后以"老红军"的资格照顾到这里。上初中后，他还是三天打鱼，两天晒网，不是旷课，就是迟到早退。老师批评他，班干部帮助他，他总是"改正改正"，老师批评过后，他仍是外甥打灯笼——照舅（旧）。学校纪律循环红旗在校园里转了两三个来回，也没踏我们班的门槛。害得我们在别班同学面前，几乎矮了一截。就是这，你在温大盛面前还不能抱怨。记得有一回，他又迟到了，一只鞋穿在脚上，另一只鞋提在手上——带子耷拉着，头发像个鸡窝，脸上有一块黄泥。课间操时，校长又点了我们班的名。你说，我这个生活委员该有多丢人！放学时，我想气气他，故意背着脸冲他叫："老红军，掉队了！"啊！他红着脸，攥起拳头，来了，"我又不是喊你。"我说。"不是，也不准这样叫！"乖乖，好厉害。我知道，全班掰手腕子数他第一，干起义务劳动他一人顶仨，我只好表示不再叫，等他离得远远的时候，我邀几个伙伴一齐喊："老红军——温大盛，温大盛——老红军！"他像个要斗的公鸡，气喘吁吁地奔将过来——我们全跑了。

"让瘟神就这么白白地走了，有点太便宜他了。"肖云摸了摸被瘟神揪过的耳朵。

有人叹息了一声。

是呀！欢呼的声浪渐渐静下来了。这么让瘟神走……走了，有点，有点太憋气了。这是一个原则性的错误啊！

"有了！"人称小军师的卢健眉毛一扬，叫道，"我们也派一个特混舰队！"

沉默。但同学们马上明白了，就是像英国打阿根廷那样，派出一个"特混舰队"，去毛竹畈，去找瘟神算账。

"他……他拳头可不小哇！"肖云低声地说。

"老师……同意么？"

"胆小鬼！"我"腾"地站到板凳上，"咱们又不是在学校里打，怕老师看见。咱派出一个舰队，以多胜少嘛！"

谁知我这一说，大伙儿一致推选我当"舰长"了，谁叫我是班里的生活委员呢！好，用老师的话说，这就叫"不能辜负大家的期望"。

二　舰队驰向"马尔维纳斯群岛"

星期天，学校右面石桥边，大家来得特别早，又特别齐。我跳到桥墩下面的水泥台子上便发布命令：

"前方，马尔维纳斯群岛——出发！"

因为那一段英阿战争刚结束，我不解释，大伙儿都明白。只有肖云，跟在屁股后叮问："李宁……噢，舰长，这仗怎么个打法？"

军机不可泄露。还不到时候嘛！我严肃地瞅了肖云一眼，肖云搔搔脑袋，悻悻地退回了。

怎么个打法，我和智多星卢健早已商量了几个方案：如果瘟神在家里，咱们就在他家对面唱山歌把他骂出来；如果他在野外，咱们"诱敌深入"，使绊绳。当然，根据战况随时变化，只要他瘟神向我们认输就行了。

"啾啾！啾啾！"小鸟在翠绿的林子里奏着晨曲；丁冬！丁冬！山泉在曲曲弯弯的山溪里弹着七弦琴；香得醉人的百合花，像个小星星向我们眨眼。小钢炮二虎朝林子里望了几眼，拔腿跑去，被我吓了回来。这还像个军人么！

不知什么时候，林子里漫出了湿漉漉的雾气，山路被裹得严严实实的。

"舰长，这——"担任向导的卢健拧着手回来向我报告。

我用两手放在眼前——这望远镜仍不济事。雾！雾！我诅咒着鬼天气。

"这……别碰见了'山撞子'，迷了路……"肖云小声嘀咕。

"草包！"卢健和小钢炮讨好地望着我，又回头嚷肖云。这个肖云，前天举手表决舰队成员时，本来没有他的分，可他表示要给我当警卫员，我才批准他的。

不过，我也有点害怕。听姥姥说：那专门把人领迷路的"山撞子"妖精，就是趁雾天出来的。

这时，小路前边忽然传来了说话声。

有人！我们一齐藏进了路边的林子里。

是一个女孩，单薄的小身子上，驮着一床大大的红花被子，纤细的小手，拎着一个黑瓦罐。她只顾望着前面，没留神脚下，"扑通"一声，跌在地上。

"哎哟！"

我们七手八脚地扶起小女孩，捡起滚了好远的瓦罐，还好，才打了个豁。里边，露出了发霉的菜。

"小女孩，你去哪儿？"

别看小钢炮平时说话像炮弹出膛，这会儿，却格外的温柔，简直变成了细心的大姐姐。

女孩怯怯地望着我们，一双手紧紧地护着被子。

我们笑了笑，为了缓和气氛。

"小妹妹，你知道去毛竹畈从哪儿走吗？我们是清河学校的。"我解释道。

"……哦，你们……你们也是清河学校的，我，我是从毛竹畈来的……"

女孩儿絮絮地说。从她的口中，我们才得知，她姓李，爸爸前年被人家崩石头砸伤死了，妈妈现在正病在医院里，家里还有个哥哥。刚才，她哥哥送她到岔路口又返回了。因为家里正晒着小麦。

"你这去哪儿呀？"

"送给娘，她在镇上医院里。"

女孩儿说着便要走。几步之外，她身上的被子又滚了下来。

我们对望了一眼。意思是：怎么办？

"卢健，送她一程。"我命令道。因为卢健的爸爸是小镇上的医生。

"舰长，这——"卢健不解地问。

见死不救，还像个军人吗？嗨，军令如山倒，"去——"

卢健走了几步后，又回来把绊马绳递给我。"我去去就来。"他抢过女孩儿的被子跑了。

"舰长，不去毛竹畈啦？"

"什么？谁说不去！这是临时任务。"

三 还没交上火，枪声就哑了

等到卢健转回的时候，林子里的雾已经散了。这时，我们才看见天上起了云，乌黑的云。

"是不是要下雨了？"肖云小声问我。

我将手一挥："下……下雨又怎么！"

"胆小鬼，舰队还怕下雨么？"二虎跟着说。

没走多远，雨点儿却真的"扑嗒、扑嗒"落下来。我们三人只好朝打谷场边的一个小棚子跑去。

"啊嚏——"我们拂了拂脸上的水，望着外面越来越密的雨丝。

忽然，我看见场上晒着小麦，密密的雨丝正汇成一条小河，一会儿——

"能眼看着谁家的小麦让雨冲走么？"我吆喝了一声，带头冲了出去。

我们刚开始搂麦子，雨幕里又冲进了一个人。嗬，真巧！是他——瘟神，我们特混舰队正寻找的目标。

瘟神也看见了我们。他愣了愣，想转回去，可是，场上的小麦……

多好的机会呀！瘟神送上了门，只要一声嗯哨……不过，这太不是时候了。场上的小麦、雨！……

瘟神装着没看见我们，低着头，一个劲儿拼命地搂小麦。

"哎哟，快些搂呀！"

小钢炮故意斜腔斜调地边跑边吆喝。一不小心，和瘟神撞了个满怀。

要在平时，一场冲突会马上爆发。可今天，我们是专门来找茬儿、出气的，不知为啥，这样好的时机，还没交上火，枪声却哑了。

我碰上了瘟神的手，他触电般地缩了回去。我盯了他一眼，哟，他那紧缩的眉头下，是雨水，还是泪水。

不！决不能就这么轻易地放过他。等这阵雨过去，我们要好好地教训他。让他服输，自认憋气。要不然，等我们舰队返航，班上同学会说："瞧，他们准是让瘟神镇住了！"

谁知小麦一搂完，瘟神脚底抹油——溜了！

溜！走了和尚走不了庙，我命令道："雨就要停了，准备战斗！"

四　杏子，黄澄澄的杏子

六月天，孩子的脸，暴雨眨眼便停了。我们正准备出发，棚外边有两个人过来了，边走边说。

"哟，大盛家的麦子怎么这么快就收了！"

"唉！这孩子真可怜。亲爹死了，养父又死了。这里里外外，全靠他一个了。"

"大盛他养父昧良心呀！大盛跟着他，连个学都不让上。要不然，石头从天上飞，咋会刚巧落到他头上？这是报应呀！……"

养父……学不让上……是么？嗨，我们还想听个明白，那两人又走了。

"舰……舰长，你看，刚才路上碰见的那个小女孩又回来了。

是那个小女孩，光着脚丫儿，头上顶着水珠儿，气喘吁吁地跑到晒场上。

她许是刚跑回来的吧！

"哦……哦，你们在这里，"女孩儿，眉眼舒展，好像就是来找我们。她望着场上堆在一起已经盖好的麦子，轻轻地说："我听哥哥讲了，多亏了你们……"

"怎么？……你哥哥！"

我们全明白了，温大盛和眼前这个小女娃，是同母异父的兄妹。

"给……我哥哥让我送来……"

她仿佛知道了我们和他哥哥的事，挺不好意思地从怀里掏出一捧澄黄的杏子。

我们不约而同地吞了口贪婪的唾沫，但是你望着我，我望着你，谁都没有伸手接。

"吃呀！大哥哥，我哥说，他挺惦记你们的，过去……"

"你哥呢？"我急急地问。

"在……在家里。"女孩子痴痴地望着我，片刻，低下头，"他挺后悔的。"

"舰长！这杏子？"小钢炮在提醒我，不能要这些东西。

"去去去！"我的手差点儿戳到他的鼻子上。

傻瓜，看什么时候，"老红军"他……该有多不幸呀！能……能怪他吗？

"去，去……去帮帮他……"我带头接过杏子，宣布道，"舰队……出发吧！"

我们四个人跟着温大盛的妹妹出发了。天上，云彩儿全散了，蓝蓝的天空，多么高，多么广阔呀！

（原载《故事世界》1985 年第 2 期）

金 桂

一 门儿，紧紧地关着

1983 年冬天的一个夜晚，大别山里张家花园生产队一幢新盖的四合院外，贴着"福"字的红漆大门边，立着一个叫金桂的小姑娘。小姑娘踮着脚尖，可着劲儿冲院里"大伯大娘"地喊。但是，除了田野上唿哨的寒风，院里没一个人应。

金桂纳闷了：半小时前，她和堂弟毛毛去村东管老师家看电视时，大伯还在家里，怎么一会儿就没人啦？

别看金桂今年才 13 岁，她可有心计呢！九月里，一个漆黑的雨夜，一个越狱犯潜到这里，拿着凶器威胁她和大伯一家人，抢了钱还叫做饭吃，是金桂从后面用箩筐套住了那家伙，大伯拥上去才将他按倒的。眼下，难道又有什么意外？……

她正想弄个究竟，忽然，村东头隐隐传来了堂弟拖着哭腔的喊叫声。这个毛毛，是你要吃糖馍，逼着我回家取的，怎么人一离开就哭呢？

金桂只好折转身，往村东跑去。大伯四十岁上才有了这么个独生儿子，平时顶在头上怕跌了，含在嘴里怕化了，可不能有个一差二错！

跑到管老师家一看，原来看电视时，毛毛霸强，将凳子立了起来，挡住了后面的孩子，两人争吵起来。金桂抱起堂弟，左哄右哄，说："走，毛毛，咱们让你爸爸也买一台比这还大的。"毛毛高兴了，用手比划着："哼，恁大恁大的。"

其实，金桂大伯虽算个种花专业户，盖了青砖上顶的四合院，又攒下了万儿八千的票子，可添根针也要划算一早晨，生怕吃了一文钱的亏。他认为买电视机费电费功夫，邻居有人来，赔烟又赔茶，是个顶不上算的事儿。所以，每当儿子要看时，他就让金桂领到村东管老师家去。这管老师待娃儿们特有缘分，去年退休后，专门买了台"飞跃"搁在家里，每晚收给孩子们瞧。

金桂回到家里，哟！门大开着，电灯瓦亮瓦亮，大娘正在扫院子，大伯蹲在走廊上拾掇一堆用泥团包着根儿的珍珠梅花。

"爸，明儿去卖花？"毛毛跑过去问。

"嗯，爸爸去卖花。人家开了大汽车来，等着要可多可多的花呢！"

"爸——卖了花买电视机，买可大可大的电视机！"毛毛在爸爸的怀里撒娇。

怎么？大伯才从胡楼队买了二百株珍珠梅，就要卖么？金桂不解地问道："大伯，你这梅花……"

"小孩子家，大人事少问！"

金桂下半截话只好又咽回去了。

她没趣地走开，关鸡圈门，给老水牛添草，又想起老师布置的一篇作文还没写完，就急忙朝厨房边自己的小屋走去。

大伯大娘已经领着毛毛回屋去了，厨房里黑洞洞的。电灯的开关就在门边，金桂没有伸手拉。大伯从安灯的那一天就说过：电就是钱，不许随便用。

金桂习惯性地依着墙根走，"扑——"绊倒了什么东西。

她慌忙俯下身子，伸出双手，哟，是一捆珍珠梅。坏了，这是大伯刚从走廊上搬进来的，根部的泥团儿踢碎了不少。

回到小屋，金桂的心口儿还"嗵嗵"地跳。她害怕泥团儿踢碎后，花儿不好栽活，那样，人家老远的买去，花了钱不说，还误了季节。她决定等大伯睡着后，再开灯，把泥团儿重新包好，不能误了明天早晨卖花。

二　梅花的根呢？

半夜里，金桂溜下床，踮着脚尖，悄悄地开了厨房的灯。橘黄的灯光下，她低头一看，哟，梅花的根呢？

这可是怪事！金桂把泥团踢碎了的几株梅花挑出来，就着灯光仔细看了看，怎么？像是剪刀剪的一样呢！

她端详了片刻，一个念头忽然跳了出来——莫不是大伯错把剪下的枝丫包了起来。她不解地掰开了一个泥团又一个泥团，怪，都是没有根的！

她想起大伯晚上的话。莫不是人家开来了汽车等着要梅花，大伯要用这没有根的花去骗人，去赚钱吗？

这是多么怕人的事啊！你想想，花钱买来的梅花，种在院子里，花园中，街道旁，停不了几天，花苞儿枯萎了，掘出来一瞧……

金桂像是自己做了什么错事，脸蛋儿发烧，太阳穴上的筋"扑扑"跳。她没有忘啊！亲娘不止一次地说，爹那年害病时，喝了一个走江湖人的药，耽误了治病，结果送了命。娘改嫁出门时，曾搂着她说："桂呀！你爹死得屈呀！"爹是上了那人的当，受了骗，金桂这一辈子也忘不了。她越是惦记爹娘，越是恨那个卖假药的……那么，大伯的做法不也像那个卖假药的人么？

金桂倏地站起身，她想马上去敲开大伯的房门，劝他不要这样做。可是，大伯会不会听她的呢？弄不好，会骂她、打她，甚至赶她走。她是娘改嫁时，大伯可怜她，硬给留下的……

金桂拧起了细细的小眉毛，洁白的糯米牙紧咬着。忽然，一个念头跳了出来——

三　桥头边，金桂绊了一跤

第二天清早，金桂早早地起了床。她一边煮猪食，一边看大伯收拾地上的梅花。

大伯眯着眼睛，嘴里不停地嘀咕着什么。他用笋叶把一棵棵梅花根部的泥团包住，用细麻线紧紧地扎住。一会儿，面前的一堆就扎完了。

金桂好像闲不住，她不等大伯吩咐，便将旁边的另一堆抱到锅台边，照大伯的样子也包起来。

金桂大伯一见，眼睛顿时亮了，他夸奖了金桂几句，便找个竹篮开始装。可是，两只篮子只能装二百棵。金桂大伯噙着竹根烟袋，盯着金桂脚下的上百棵梅花，"吧嗒吧嗒"吸个没完。一棵一块五，一百棵的票子就是个大数目呵！他转身便朝外走——

"大伯，这些花……我去送吧！"金桂自告奋勇。

"好！金桂，今儿……你就耽误半天学吧！买花的人一再说，上午要赶路。过了这个村，怕没这个店了。"

金桂顺从地应答着。早饭后，她和大伯一前一后，小扁担"吱呀吱呀"，响声撒遍了山村小路。

"金桂，快点走！"

金桂大伯今儿步子迈得特别快，他不时回头催促落在后面的侄女。

"金桂，等卖了梅花，你去百货商店挑一对好看的发夹。"

是的，金桂早就羡慕同学们头上那一对对蝴蝶形发夹了，可今儿，她心事重重，大伯的许诺好像没有听见。

大伯叹了口气，放下肩上的挑子，准备转身去接金桂一程。

一座拱形的砖桥头边，一个趔趄，金桂肩上的担子"叭"的一下摔了好远。那对盛梅花的篮子，骨碌碌从大伯脚前滑到了桥头下。

大伯的脸色霎时一下变了。他看见梅花根部的泥团、笋叶摔得七零八落，露出了剪刀的痕迹。他正想狠狠地教训金桂几句，谁知桥头上拥来了不少人，其中还有管老师，就慌忙将散乱的梅花拢到一起，胡乱塞进了金桂的篮子，气急败坏地低声嚷道："快！快挑回去！"然后，他低着头，挑起自己的篮子，一阵烟溜了。

（原载《故事世界》1985 年第 1 期）

高高扬起的船桨

哗，哗，哗！桨声起落，小舢板扎进了浓浓的雾霭。湿漉漉、黏糊糊的潮气，报复似的，一个劲向达达的衣领、鼻孔里钻。达达缩着脖子，半倚船帮，睁大两眼环顾四周。昨儿那绿莹莹的万顷碧波，雄伟的水库大坝，两岸五彩缤纷的群山都不见了。他的眼前，只有表叔一上一下，划着圈儿的手。……表叔不是说就在水库里逮鱼么？这会儿，怎么还一个劲向远处扎？"呃乌哇！呃乌哇！——"浓雾深处有什么在叫，一声高，一声低，达达侧耳倾听着。

这次，跟表叔一道抓鱼，是他缠了奶奶三个夜晚才争取到的。现在就装熊，表叔一定会说，那你回去吧！这责任我可担不起。等明儿回到城里，用什么向大毛、李强去谝呢！

到表叔这乡下来，是他早就梦寐以求的。他听表叔不止一次夸过，他这里有个挺大挺大的水库。水库中，有草鱼、鲢鱼、鲤鱼、马口鱼、黄翅膀、橄鱼、蛤儿钉、稀饭皮……还有一条几丈长的大鲤鱼。那鲤鱼原被镇在山下，修水库时，放炮给赶出来了。它跃出山后，尾巴一甩，"呼"的一下，平地起了七尺深的水。眼下天晴的时候，人们还能看见那鲤鱼在水里游哇游。浮到水面后，鲤鱼便像一条小火轮……为什么不将那鲤鱼抓起来呢？他曾问过表叔。谁知表叔嘴一咧，耸耸肩头："嗨，你找死呀！那鱼成了精，别说去抓，你烧香，它也不一定朝你望哩！"

"噗喇喇——"不远处，有什么重重地跌了下来。达达小身子不由自主地向下缩了缩，但他很快感觉到：脚尖儿将舱底的瓶子踢倒了一个……

瓶子里装的是什么？达达至今还不清楚。昨天，表叔将一只铁锅拿到屋后山坡上，坐在一个被烟火熏得漆黑的灶坑里。然后升上火，扛来一个装化肥的口袋，将口袋里白色的粉末倒进锅里。炒了一阵后，又端上来冷却，拌进锯末、硫磺，装在一个个玻璃瓶里。那样儿，好像孩子办"家家"。表叔是二三十岁的人了，还办什么家家呢？他问这是干什么？表叔却扮了个鬼脸："赶明儿你就知道了。"

这一夜，达达害怕表叔将他扔了。临睡时，趁表叔不留神，他将船桨悄悄塞到床底下。然后，用一根小绳子，将船桨和自己系在一起。这一招果然奏了效，上船后，表叔还夸他不愧是个城里人。

不过，在达达的心目中，表叔才是个了不起的英雄。据说，他抓鱼从来不用网。不用网就能抓到鱼，达达可是破天荒听说。漫说达达不信，连大毛、李强也挺着脖颈，嚷嚷天底下没那号人，除非去花果山水帘洞找齐天大圣。看样子，表叔家真没一张网。邪乎！表叔真快成了齐天大圣了。要不然，他前些年还穿个小破棉袄，一进城便赖在达达家混饭吃，把达达妈气得眼珠子快凸出来了。这两年，他不光穿得阔，还买了辆什么"哈"的摩托车呢！嗨，那车子开起来一阵风，一眨眼便不见了。每次去达达家，后面架子上总绑个小蒲包，里面少不了一条两条大鱼。表叔大大咧咧地朝地上一丢，连顿饭也不吃，"呼"一下便走了。有好几次害得达达妈妈追在后面喊。

有一次，达达在奶奶的监护下，搂着表叔后腰也坐了一次摩托车。乖乖，跟腾云差不多。所以，上一周老师布置作文，题目是"我最敬佩的人"。别的同学都咕哝题目老掉了牙，胡乱从什么地方抄一篇搪塞。嗬，达达可得心应手极了。他写表叔如何如何会抓鱼，如何如何由穷变富，盖起了楼房，买上了摩托车。老师用朱笔批阅：有真情实感，写出了农村的巨大变化。还史无前例地当作范文在全班宣读……

"哟，大清早就去抓票子？"有人在问。

"嗨，那碗饭我早就没吃了……你没看，我送城里一个表侄回去。"

"呵呵！鬼日的……你真刁！"

达达见表叔和一个人搭讪。那人隔得不远，小船隐隐约约可以看见。两条船并排走了一程，不知为什么，达达表叔渐渐落在后面了。

那人骂了句什么"刁"，是骂表叔的么？哼！狗嘴里吐不出象牙。表叔要是"刁"，大毛他姐姐能看得中么！达达听妈对别人说，大毛姐搂着表叔后腰，坐那个什么"哈"，出去过好几次，据说叫"兜风"。表叔还没结婚，是不是要娶大毛姐做媳妇？大毛姐瓜子脸，一头披肩黑发，一对会说话的大眼睛，可美哩！大毛姐要是嫁了表叔，那是再般配不过了。谁个不知道，表叔特会抓鱼，表叔有钱，说是"万元户"还太小了。有好几次，他带达达到大毛姐商店去。达达点什么，他给买什么，票子一掏一大沓。嗨，全不像达达爸爸，东西买了还会说："尽糟蹋钱。"

"嗡嗡嗡——"

达达忽然听见好像有一架飞机正向他们飞来。那响声开始又细又小，渐渐地，大得耳膜都在颤动。达达表叔看样子怕被飞机撞上了，下劲儿扳动双桨。哗！哗！哗！小船飞一般朝斜刺里穿。一会儿，小船便靠近了一个山脚下。达达表叔将船儿趸进一片半淹在水中的树林子里，侧过身捕捉着响声。

达达这才看见，那"飞机"是在水上开的。平静的水面上犁出了一道雪白的浪花。

"狗日的！"

表叔在恶狠狠地骂。达达回过头，不解地问："飞机落水里去了？"

"是巡逻艇，水库派出所的巡逻艇。"

达达的表叔个子很小，看上去给人一种孱弱的样子，可虬龙眉下那双滴溜溜转的眼睛很有神。巡逻艇消失后，他眨了眨眼皮，说："咱们先把这瓶子拿到岸上去。"

大约走了几丈远，在一块大石头后，达达的表叔说："坐一会吧。"

达达的表叔就势一躺，用那只缺了两个指头的手，从口袋里摸出一支烟。达达忽然发现，雾什么时候已散了。他们现在正处在一个小水汊子里。四面山谷，树林长得很密。因为是秋天，树叶儿像用五彩涂过。一片一片，映着莹莹的水，美极了。这景致，达达好像在一幅什么画里见过。哦，大概是日历牌上那幅东山魁夷的画。那幅画让人看上去总觉得心里安安静静，好像秋天的傍晚一个人从一片树林间穿过。好像那山、那水、那树原本就是自自然然生长的，容不得任何人去添上一笔，或者抹掉一点什么。

突然，达达表叔猛一下坐了起来。

原来，那"嗡嗡"声又响了起来。渐渐地，由远及近，由小到大。达达表叔伸着脖颈，盯着巡逻艇从山脚下一掠而过。然后，他扔掉半截烟蒂，叫道："好！"顺手拎起了放在草丛中的瓶子。

"这是谁的船？"

山脚下，忽然有人大声地问。

达达的表叔怔住了。他探头听了听，好像巡逻艇依旧在山脚下响。他咕哝了一句，将瓶子又放下，骂骂咧咧地走了过去。一丈开外，他又扭回头。

"达达，你不要过来。"

达达不知发生了什么事，十分好奇地向树林那边移了移。

"这是你的船么？"

"嗯嗯。"

"唐运兴，大清早你又到水库偷鱼？"

"哎哎，李所长，玩笑可不能这样开。偷鱼的事我可是早就洗手没干了。不信你瞧，我这船里一无网，二无炸药……嗨嗨，真谢谢你们，早晨我送一个表侄进城，到岸上撒了泡尿，没想到船会漂走……"

"……那好。你要再偷水库里的鱼，破坏水产资源，可别怪我们不客气！"

表叔"诺诺"应着，态度挺诚恳。谁知等巡逻艇一开动，他便又低声骂开了。

达达奇了：表叔明明告诉他，水库是大伙修的，谁想逮便逮，怎么那人说他"破坏水产资源"呢？如果是光明正大，为什么表叔见他们又躲呢？唉唉！

"达达！"

达达听见表叔叫了，他弓着腰又跑回了老地方。

达达的表叔像个机灵的猴子，三蹦两窜过来了。他喜滋滋的，眼睛乐得直放光。

"走，看我逮鱼去！"他抓起草丛中的玻璃瓶，又得意地做了个鬼脸，一溜烟儿向水库走去。

达达盯着表叔手中的玻璃瓶儿，疑心是在开玩笑。玻璃瓶儿怎么会抓住鱼呢？那里莫非有什么魔法。是不是像普希金的《渔夫和金鱼的故事》里写的一样，里边也装了一个千年妖魔呢！

不知为什么，他的步子不知不觉挪得慢了。渐渐地，那亮点儿在他面前消失了，表叔那缺了指头的手已看不清了。

"达达，你看吧！"表叔将小船儿摇到水汊子里，大声说："你一会儿就知道你表叔是怎么逮鱼的了——不过，你写作文可不准将这写进去。这是保密工程！"

表叔很得意，大声地笑，船帮儿磕得"嘭嘭"响。树林里，有几只白翅鸟儿惊飞了。

达达眼前亮了一下，表叔好像是撳开了那只漂亮的打火机。之后，是一条美丽的弧线，玻璃瓶瞬即溅在深蓝色的水库上，激起了一团白色的浪花。浪花消失后，如镜的水面上荡起了一圈又一圈绿色的涟漪。

涟漪还没消失，达达表叔骂骂咧咧地复又抓起另一个瓶儿。

一条美丽的弧线，一丝淡蓝的硝烟，一声震耳欲聋的轰鸣。顿时，蔚蓝的水面被撕开了一个硕大的口子。雪也似的浪花，被抛向了空中。四周的山谷里，腾起了无数白色的鸟儿。

达达的表叔快活地叫了一声，身子似鸡啄米，小船飞也似扑向了那个露出伤痕的水面。

"达达，你看见了吧！你表叔就是这么抓鱼的。哈哈哈！……"

他用一个扑蝴蝶一样的绿色兜网，飞快地从水中捞起了一条又一条鱼。

玻璃瓶里的魔力终于得逞了！刚才还十分宁静的水面上浮出了雨点般的鱼头。鱼儿有大有小，一尺的、半尺的，更多的，是一拃多长的小鱼苗儿。它们像长途跋涉后又饥又渴的行人，大张着嘴，两腮有气无力地翕动着。有一些，大概已经耐不住煎熬，无可奈何地袒露出白白的肚皮。还有一些，昂着头，飞也似的在水里兜着圈儿，似乎要摆脱魔力的笼罩。

达达这才悟出了：表叔瓶子里装的是炸药，是那种催死送生的炸药。它不仅能毁灭手无寸铁的小鱼，还能够毁灭世上的一切。一时里，达达怜惜起水下那无数个可怜巴巴的小生命了。说不定，它们从娘肚子里才刚刚爬出不久呢！

达达的表叔在水里兜了几个圈后，又上了岸。他叹了口气，骂道："娘的，今早真晦气！尽是些小须溜子。走，咱们再换个地方——"

在山嘴子拐弯的地方，达达表叔咧着嘴笑了："这儿有大鱼。上一回，我一炮撂了个八十多斤的。嗨嗨！达达，你表叔是好样的吧！"

达达没吱声。表叔那断了两个指头的手，又伸向了玻璃瓶。不知为什么，达达觉得那只手攥住的是自己的心。他眼前，立即展现出了那无数个企求生存的小生灵，那无数向人类发出呼救声的小伙伴。

船上，橘黄色的火苗又吐了出来。达达本能地后退几步。

"轰！"一声巨响，一团硝烟。达达没有看见那美丽而忧伤的弧线，没有看见那苍白的浪花，他只发现表叔忽然扑倒在船里。

一刹那，达达明白了，表叔还未来得及将瓶子扔掉，魔鬼便跳出来了。

血，殷红的血，从表叔手上、脸上往外涌，凶恶的魔鬼，已咬断了他那残存的指头，撕开了他的外衣，炸掉了他的右耳……

"娘呀，唉哟我的娘呀！——"

他含混地、痛苦地趴在船上呻吟、呼喊，那滴溜溜转的眼睛，射出一种绝望、乞求的目光。

"达……达，达……达，快……快到医院去……大毛姐……怕不要我了……"

一时里，十二岁的达达吓得腿直抖。表叔那血肉模糊的身子，被痛苦扭曲的五官，绝望哀怜的目光，刺得他的心在颤抖。未来之前无数美好的向往，表叔那英雄的形象，连同这幅宁静安谧的山水画一齐消失了。

表叔身上的血从衣服里渗下来，很快染红了船帮，又渐渐汇成了细细的血流，慢慢浸润着丢在船底的几条鱼。那鱼是刚才捞上来的，个个睁大着眼睛，似在望着青天，倾诉人类的不平；又似在审视着刚刚发生的这场悲剧，诧异人类为什么也会遭致和它们同样的命运。最后，血水从被震破的船底渗到水库中去了。蔚蓝的水面上，马上沤开了一朵艳丽的红花。有无数小鱼儿闻讯扑过来，争先恐后地抢食这美味的高营养食品。

达达战战兢兢地爬上了靠在岸边的小船，笨拙地摇动双桨。可怜这个十二岁的城里孩子，好半天才把小船驶出水汊。

举目是一望无际的水面，达达急得汗珠子成串往下流，像这种扭秧歌的速度，表叔他……

这时，下游传来了巡逻艇隆隆的轰鸣声。

达达急中生智，他摘下了一只船桨。

船桨如一个重重的惊叹号，高高扬起在水天一色的背景上。

（原载《少年世界》1988 年第 8 期）

三　月

布 告

　　兹有我泰枫乡柳团总荣返故里，六十花甲喜添小公子，值此大喜大庆之日，凡我乡人丁，均前去祝贺。违者，以通匪论处。

　　切切

　　此布！

商城县泰枫乡
乡 公 所
民 团 总 部
民国二十一年八月九日

　　一张墨迹未干的布告，贴在一堵烟火斑驳的残墙上。布告下，依稀可见白石灰刷的"绝不让敌人蹂躏苏区一寸土地！""坚决反对退却逃跑主义！"等大幅标语。

　　我暗吃一惊：这里分明还是商南苏区管辖的地方。前几天，中央分局在新集召开"庆祝粉碎第四次围剿"的祝捷大会，张国焘书记不是说由于坚持王明同志的正确路线，开展肃反斗争，清除了大批改组派，战斗力大大增加嘛？还说西到商南，东到麻城，鄂豫皖苏区金瓯一片！可这张布告，不是说明国民党反动派已经占领了这里?！我下意识地后退几步，拔出驳壳枪，顺着被风揭开的残雾四下扫视。糟糕！两个穿着便衣的团丁已发现了我，正弓着腰朝这边扑来。

　　"当当！"我一枪撂倒一个，拔腿就朝坡下的一片树林里跑。

　　"抓共匪呀！"

　　"逮活的，从右边跑了！"

　　枪声、脚步声、吆喝声紧追着我。林子里，成群的鸟雀扑打着翅膀惊叫着掠过林梢，雪花一般的树叶纷纷坠落。我踏着刺棵子、灌木丛，一个劲往树林深处钻。

突然，一条河横在眼前。河面虽不宽，水却很深。泛着泡沫的河水打着漩涡往下流。糟糕！我怎么走到这条绝路上来了呢？眼下，河上既没船，也没桥……我心一横，决定寻找一个有利地形，等敌人靠近后和他们拼。

蓦的，一棵大肚子柳树后闪出了一个小孩。没等我看清他的模样，小家伙就急急地问我："那些人是在追你吗？"看来，他早就发现了我。

我顾不上回答，连连点了点头。

"红军叔叔，跟我来！"孩子招了招手。这时，我才发现他怀里抱着一只正在扑腾的长尾野鸡。殷红的血滴，依着那美丽的羽毛往下落——这大概是刚才子弹误伤的。他指着一棵挺着大肚子的柳树，急急地说："上边有个洞。快！我不喊你，你千万不要出来。啊！"

四周，咋呼声越来越近。下游，两个戴着大檐帽的家伙正溯着河滩朝这里来。眼下，容不得我再迟疑……

等小家伙托着我爬上了树，我才看清这上边真有一个口儿朝天的洞。里面，铺有一层软绵绵的草。我摸了摸，还是热的……我又探出头，见小家伙捧着那只拼命挣扎的野鸡朝右边走去。地上，洒下了一串殷红的血滴。

这小孩究竟要干什么？昨天夜里，难道他在这洞里睡？这时，只见孩子手一扬，野鸡"扑簌簌"贴地往右边树林飞去。

……四周杂乱的脚步声和吆喝声越来越近，我想起这次执行的重要任务，心里忐忑不安。临行时，分局保卫局长谭远一再叮咛：要把抓邹大山的老婆和孩子从党性高度去认识。

三十二师的师长邹大山我只见过一面，究竟他有什么反革命活动，我还不清楚。只记得参军前听爹说：他是商南立夏节起义的领导人，虽说是个书生，打仗却十分勇敢。那一次他带领队伍从咱家门口过，要不是我正打摆子，兴许我还随他们一块走了呢！可现在，要到商南邹家冲抓他的妻儿，问题兴许很严重呗！

保卫局长可能见我回答不干脆，从一圈一圈凸肚子眼镜片后望着我，又随手递过来一摞材料。

我接过来一看，啊！他邹大山原来与国民党早有联系，还反对中央派来的领导……你看，材料里有一封国民党给邹大山的劝降书，还有他给张国焘书记写的意见信。

凸肚子眼镜里大概看出了我严肃起来的神色，保卫局长冷笑道："明白了吗？别看邹大山临处决前还那么死硬，咱就是要从他儿子和老婆那里再挖，把三十二师中的异己分子都找出来，明白吗？为了苏区的安全和党的更加布尔什维克化，张书记下了决心，要肃清混进革命队伍中的所有改组派、AB团、第三党，要从不正确的思想意识中发现反革命。张书记可是代表党啊，你这次就是去执行党交给你的任务，明白吗？不抓起邹大山的老婆和孩子，对商南地区反围剿可是不利呀！记住，不要感情用事，要站稳立场啊！"

可现在，离邹家冲还有一二十里，我却被敌人包围了。临出发时，我还向谭局长保证圆满完成任务……

树洞外的山歌声打断了我的思绪。我听出，是刚才那个小孩在唱：

> 恶雨刷不掉满天星哪，
> 乌云遮不住九峰尖啰；
> 金银花儿霜不死啊，
> 年年哟三月香满山哪。
> 哟……嗨哟嗬哟嗨……

"他妈的，你还在唱？这回跑不了啦！"

"快跟老子一块走吧！"

伴随着孩子那余音袅袅的山歌，响起了白匪的狂叫声。

虽然隔着树，但凭着听觉，我仿佛看见白匪那贼亮的刺刀尖此刻正对准孩子的胸膛，我握紧了驳壳枪把……

"班长，是个小崽子！"一个鸭公嗓失声叫道。

"啊——"十几种声音齐嚷。随后是枪托落地的声音。

"他妈的，真怪！长膀子飞了不成？小崽子，你刚才看见有一个人从这儿跑了吗？"

"人？有哇！"

"哗哗啦啦！"拉枪栓的声音。我的一颗心，马上蹦到了嗓子口。

"你、他、不算人吗？""他妈的，看我捶断你的腿！"公鸭嗓吼道。

"慢——"一个夜猫子声音嚷道，"小崽子，我实告诉你，那个人可是共匪探子，你今天要不说，我——"

"排副，血！血！打中了！"

一阵杂乱的脚步远去了。

啊！我想起了刚才那只受伤的野鸡，嗬！多机灵的孩子，没料到他竟摊派了恁大用场。

"叔叔，出来哟！"

这是一个挺俊俏的孩子：一字形浓眉，翘翘的嘴唇边漾着一丝调皮的微笑。他侧着头，黑白分明的大眼注视着我帽上的五星——我好像在哪里见过他。

我正准备问问他的身世，说几句感谢的话，突然，匪军的咋呼声在上游柳树林里又响了起来。显然，敌人循着血迹没找到我，又转回来了。他翘翘的嘴唇翕动了几下，急促地说："快！你从下面的鲢鱼嘴过河。"

敌人的噪叫声越来越近，此时此刻，容不得我再说什么。依照他的吩咐，我沿着一条干涸的小河槽，奔到鲢鱼嘴。果然，这里的河水只淹及大胯。曲曲弯弯的山势，恰巧挡住了上边的视线。我脱掉草鞋，一口气淌过了布满鹅卵石的河床。刚上岸，上游的枪声便"噼噼啪啪"爆豆一样响开了。我靠着一棵枝叶繁茂的大枫树，谛听着阵阵枪声，心跳一阵比一阵紧。我想："孩子他莫非……"

我正注视着对岸，忽听左边树林里又"呼呼啦啦"作响。我忙转身，举起枪，树丛里却又闪出那个小孩子——他喘着气，晶亮的汗珠大滴地滚下额头，小白褂的下摆，撕了个大口子。他兴奋地望着我，自豪地说："我把尾巴甩了。"

我迎上去，一把将他搂在怀里。一霎时，满腹的话都涌上心头。我不知说什么好，后来，只轻轻地说了一句：

"多亏你呀！"

孩子的脸，霎时红得像熟柿子，小头摇得像个拨浪鼓。

"你叫什么名字？"为了打破那种局促的气氛，我问道。

"三月。"

啊！三月！是那鹅黄的草芽儿钻出地皮的三月？是那春姑娘花枝招展的三月？我眼前立即出现了那解冻的小溪、苏醒的土地、浮着绿烟的杨柳。我赞叹道："多美的名字！谁给你取的？"

"爸，妈。他们说，革命就图个兴旺，就图个大家能过上舒心的日子。三月，正是花儿红、柳叶绿的时候。叔叔，你说这名字好吗？"

"好！好！"我脱口称赞道，"你爸妈都参加了革命？"

"爸爸和你一样，在红军里。妈妈……"突然，三月的小手紧紧地抓住我，他小声哭泣起来。我再三追问，他才告诉我。

"妈妈是区苏维埃主席。五天前，民团和白匪进攻咱那里，火力猛，赤卫队抗不住。妈妈派人请示上级，要求撤退。听说，妈为这挨了批评。有人说妈是怕死鬼，想退却逃跑。结果，下午敌人就打进了村子。妈妈为了掩护乡亲，负了重伤。我赶去时，妈妈……已不……不行了。她喘着气，要我去找爸爸。告诉上级，仗不能硬打……"

三月说完这段话，把头埋在我的怀里，痛苦地哭泣。我摩挲着他那乌黑蓬松的头发，不知用什么话来安慰他。

"三月，你家就在这儿吗？"我岔开话头。

"不。在邹……邹家冲。"

"那好哇！我就是去那儿执行任务。咱们同路！"我兴奋地托起他那挂满泪痕的小脸蛋。

"我……"三月皱起眉头，好像有些为难。后来，他点了点头，"好吧，回头我再去找爸爸……"

"怎么？你这就去找爸爸？那行呀！等任务完成后，我带你去。"

"真的，叔叔？"三月的眼睛亮晶晶的，眸子里闪动着渴望的光芒，"叔叔，红军里有小战士吗？"

"有！小号兵、小马倌、小演员、小通信员……"我一口气说了一大串。

"可多可多吧！"他调皮地笑了，眼睛里像有一粒小珍珠在闪光。

为了避开敌人，我们沿着陡峭的山岭出发了。这时，我才发现三月一走一瘸。

"三月，你——"

"没事儿，刚才让石头啃了一口。"

我赶上他，卷起他那小裤脚，呀！膝盖下，血肉模糊一大片。

"没事儿！你瞧——"他迈开了正步。一会儿，竟又小跑了起来。

蒙蒙的雾，又漫山遍野拉开了大幕。天苍苍，地茫茫，十几步外，就辨不清什么。幸亏三月，他在前面不时传来口令："向右走！""从下边拐！"我才跟上。可在一个三岔路口，三月自己也迷糊了。他抓着后脑勺，一字眉拧成个疙瘩，望着大雾发愣。后来，三月说："叔叔，我先到前面看看。"

三月也许走了几丈远，前面就传来吵嚷声。

"我从黄泥塆姥姥家来，走迷了路。"是三月的童音。

"……不行不行！不允再转回去了。"是一个男人粗野的呵斥声。

"中！——我下回再也不从你这里走了。"

三月拖长声音地吆喝，不是在暗示我吗？好险呀！幸亏有雾，不然敌人会早已发现了我。我急忙换了个隐蔽的地方，盼着三月早点转回来，可等呀等，足足待了两顿饭工夫，仍不见他的影子。

三月难道出了什么事？不！兴许是敌人封锁了路口，他正焦急地盼着我呢。嗳，眼下我既不能喊，又看不见他在哪儿，更不能随便走动，怎么办？虽说这里离邹家冲不会太远了，可我这身打扮，万一闯到敌人窝里，可就麻烦了。再说，三月还等我带他去找爸爸呢！……许久，我估摸天不早了，只好折向右边一条小路，摸索着往前走。

大约在浓雾中走了二三里地，身边突然响起了震耳的唢呐声。我抬头仔细一看：呀！前面是一座兽头高门楼。一对石狮子旁，八字形排列着两队人。

糟糕！我拔出枪，但还没来得及往后撤，黑糊糊的人影就扑了上来。由于寡不敌众——我被俘虏了。

哑了的唢呐又凄婉地吹了起来，一群人推推搡搡地把我拥进了一个方砖铺地的四合院。我环顾四周，见面门一个雕梁画栋的客厅，檐首四个红纱宫灯，杏黄色的流苏随风飘舞，紧挨客厅，是一座盘旋而上的六角骑楼，骑楼高踞院落之上，细细望去，面西木匾上还镌着苍劲潇洒的"鉴月楼"三个大字。随着缕缕扑鼻的芳香，不知从什么地方漫出轻缓的鼓乐之声，我暗自思量：这究竟是什么地方？

一眨眼，客厅里传来嚷叫声，一伙穿着长袍马褂的家伙簇拥着一个长马脸、大高个的秃顶走出来。一个斜戴着礼帽的大金牙急忙迎上去，低声咕哝了几句，那长马脸马上驴嚎一般狂笑起来。

我牙齿咬得"咯咯"响，要不是绑着，我真要冲上去咬死这老贼。

"八爷，你今儿是双喜临门。六十花甲添了个小公子，小公子满月时又抓了个送上门的共匪，是个好兆头呀！恭喜恭喜！"那群长袍马褂一齐附和。

"彼此彼此！"长马脸得意地应酬着，不时地捋着浓黑的八字胡。

我想起那堵残墙上的布告，原来，我闯到这个贼窝子里来了。这次，自己牺牲了事小，可那项重大的任务，由谁去完成呢？如果三月在，还能让他帮点忙，可现在……

"让我看看——"客厅里传出一个女人刺耳的叫声，押着我的团丁停住了脚步，长袍马褂也一齐回过头。话音没落，只见闪出一个打扮得妖妖艳艳的小眼睛女人，她挺着胸脯，扭动水蛇腰神气地走过来，半路上，又站定朝后喊："翠莲，把小少爷抱来。"

客厅屏风后急匆匆走出一个穿戴利索的姑娘。她怀里抱着一个红绿缎子裹成的圆球——大概就是那个刚满月的小子。

"心肝……宝贝……肉哟……"小眼睛女人用一种颤抖的声调有节奏地念叨着，张开两臂去抱那小子。"来，你看看这杀人放火的红毛贼，等你长大了……"

"啧啧！八姨太！还是八姨太……"那群长袍马褂交头接耳，一片赞叹声。

小眼睛女人更加神气，抱着圆球威风凛凛地朝我面前走来，高跟皮鞋在石板上发出"噔噔"的响声。也许，她被我怒目而视的神色镇住了，远远地站定，在赞叹声中扭着水蛇腰神气地转回了。

我被绑在客厅隔壁的房柱子上。也许是柳八忙着接待客人，他们没顾上盘问我，可这下我成了那群长袍马褂的谈论中心。听着从客厅飘过来的喧嚷声，我恨得牙齿咬得"咯咯"响，可是又有什么办法呢？我想起三月。

突然，客厅那边爆发出驴嚎一般得意的笑声："呵呵呵！呵呵呵！他邹大山杀我爹，分我田，把我赶到武汉，呵呵呵——没想到一封劝降书——呵呵呵——中了大用。"

"八爷，是柳家的洪福，考祖考妣的护佑。"

"不！我要感谢他们的张书记。只有他那种过激的方针，革命的口号，才能发挥我那封信的作用，才能让那些人借机干掉我的仇敌，呵呵呵——"

我的头像被谁猛地一击。原来那"劝降书"是敌人的阴谋！可是，可是分局为什么没分析清，就定了邹师长勾结国民党的罪名把他处决了呢？这，张书记真会那么草率吗？不！不！共产党不兴这样的，那一定是弄错了。我要能回去，哪怕是戴上"同情改组派"的罪名，也一定要把这些情况亲自告诉张书记。

"哇哇哇！哇哇哇！"

客厅里泛滥的笑声中，传来了婴儿的啼哭声。八姨太尖厉地叫起来，像铁皮在刮玻璃一样难听。

"哎哟，你这挨千刀的翠莲！心肝……宝贝……肉哟……莫怕莫怕！"

"八姨太，是不是把少爷请回屋去。"

"啊呀呀！你——你咋这样说？今儿是咱心肝、宝贝肉的大喜日子，诸位父老都来贺喜，小少爷能不赏光！"

"好！八姨太说的是！"一片欢呼声。

"诸位，等我剿尽了共匪，我柳八一定带着我的娇儿，坐上八抬大轿，巡视我的田园、山庄，让穷鬼们看看：我柳家没有绝后，香火正旺呢！"

"哼！等那一天？下午穷鬼们来送礼，我就要他们先认认小主子呢！"

"八姨太说的是！还是八姨太！"

极度的疲劳，加上麻绳把我勒得太紧，我突然觉得眼前金花飞舞、天旋地转……不知什么时候，我才从昏迷中苏醒。院子里，又传来乱七八糟的喧嚷声。

"你们听着——要不把抓来的那个红军给我放了，我就——"

"妈呀——"是八姨太死人一般的惊叫声。

院子里发生了什么事？

"小东西，你不要以为这还是今早在九曲河边的柳树林里，这是柳团总的大院子。放明白点，把小少爷送来，我保你不死！"是大金牙的公鸭嗓。

我觉得奇怪，难道说，是三月随着送礼的乡亲闯进来了?！

"站住！你再往前走一步，我就把这小崽子摔下去！"

不错，是三月，是他那还带有童音的语气。

"老爷……"八姨太拖着哭腔，"别……别打枪，把……他……放……了，心肝……宝贝……肉哟……"

"快一点！再不快一点，我可就——"

"啊呀！"又是八姨太死人一般的叫声。

"三月，你要放这个红军，何苦呢？你爹在红军里当了那么大官，又落了个……"

"别废话！柳八。我数十个数，你要再不把红军放出来，我可就不留情。一、二、三……"

两个团丁跑过来松开了我的绑。

到了院中，出现在我眼前的，是一个奇迹：三月，就是那个嘴角边挂着一丝调皮的微笑的三月，站在柳家小巧的"鉴月楼"上，怀中抱着那个红绿缎子裹成的圆球。一院子人，恐惧地仰望着他。

三月看见了我。他随即像指挥官一样大声命令：

"柳八，把通往后山的小门打开，让这位红军出去。屋里人，一个不准动。半点钟后，我给你这个——"

"团总，这——"大金牙提着枪，望着一副哭丧脸的柳八。

"老爷……心肝……宝贝……肉哟……"八姨太干嚎着，一双手连连拽动柳八的马褂下摆。

"快一点！"三月举起那个圆球，一副马上要朝下摔的样子。红绿缎子中的小东西，"哇哇"地乱叫。

"行，行。"柳八木然地点了点头。大金牙愣了几愣，无可奈何地跑去开了门。人群中闪开了一条缝。

一切都明白了：原来三月为了解救我，才冒着危险潜进柳家大院这个魔窟，他一定是趁乱从八姨太的房屋中抢出小东西，占据了这么个制高点。我满含泪花瞩望着骑楼上的三月，一种难言的滋味顷刻涌上心头。此刻，我只要进了后山那密密的丛林，就可以脱离危险。可三月他，敌人虽然暂时不敢开枪，也不会贸然靠近，但他也无法走脱呵！最后……

三月向我招了招手，大声说："叔叔，别惦着三月，你的任务要紧！你回去后，请转告我爹：妈牺牲了，三月不会给他抹黑。我爹叫：邹——大——山。"

啊——什么？！我不敢相信，世界上竟有这么不可思议的巧合。眼前这个出生入死掩护我的孩子，就是邹师长的儿子？就是我奉命要抓的"小改组派"？！我的心尖儿在颤抖：这样一个英勇顽强、爱憎分明的小英雄，怎么会是张书记推行布尔什维克化所要铲掉的绊脚石？怎么会是"反革命"？！他那水晶般纯洁的心灵里，不是通体充满着对党、对革命事业的无限忠诚吗？三月的母亲——我们的区苏维埃主席，不是为了保卫苏区而英勇献身的吗？

多么冷酷的悲剧啊！多么令人发指的一幕啊！今天，如果三月仍像往常一样依偎在妈妈身边，如果我不是中途遭遇上敌人，三月他，不是要被我当作"改组派"亲手抓到保卫局，然后，在冠冕堂皇的口号声中，在五角星的照耀下，在苏区的土地上，用枪、用棍、用扁担，结束他幼小的生命吗？

……犹如一道闪电划破了沉沉的夜空，我的大脑中豁然打下了无数问号。三月，三月的父母，英勇顽强，敢于斗争，敌人恨他们，怕他们，为什么我们党内却有人要干敌人无法实现的事情？使亲者痛、仇者快呢？为什么我们这些苦大仇深的红军战士会以"革命"的名义掂起枪对准自己的弟兄？张书记、张书记能代表党吗？……

我瞩望着骑楼上无所畏惧的三月，一种揪心的愧疚几乎使我晕厥过去。可亲可敬的三月啊，他来到这个世界上，还只有十二三个春秋呵！他还应当幸福地活在人世间，等待那理想的一天……我不能抛下三月，我要对得起含冤九泉的邹师长，我要用行动来赎下一个红军战士没有泯灭的良心……

泪水模糊了我的双眼，我极力在脑海中搜索着解救三月的措施……一刹那间，我想冲上去扼死柳八这个借我们人的手，杀害了邹师长而又要杀害三月的祸首。但理智告诉我，这是柳八的匪巢，我赤手空拳，动起武，我牺牲了事小，可三月依旧还是逃不出魔掌……

"叔叔，你的任务要紧！"三月不断催促我。

我拨开众人，走到骑楼下，仰望着三月，哽咽着说："三月，我不能走……"

屋里人骚动了。大金牙凑到柳八的耳根说了句什么，弓着腰要从人缝朝外溜。

三月拧着一字眉，焦急地望着我。突然，他大声叫道："柳八，我命令你：马上派两个人把这位红军叔叔送上对面山头。我看他到了后，你们人回来，我给你这个——"

屋里人面面相觑。

"三月，什么？"我感到太出乎意料，但很快就明白了：三月是为了救下我啊！我不能走，万不得已，死，我也要和他死在一块……

"柳八，快一点！"三月手上的小崽子死命啼叫。

不由我分说，两个团丁奔过来架住了虚弱的我，蛮横地朝外推。

我挣扎着扭回头——我似乎看见，凌空而上的"鉴月楼"顶，我们的三月正满含胜利的微笑目送着我。——那含泪的笑，让我的心都碎了……

可亲可敬的三月啊，一颗多么纯洁而又高尚的心灵。在生死关头，你把生的希望送给别人，把死的危险留给自己。你不愧是邹师长的儿子，不愧是大别山泉水养育的后代……

如狼似虎的团丁推搡着我，我一步一回头，眺望着渐渐远去的柳家大院。

山头上，团丁们猛地将我推倒在一个斜坡上，拔腿便朝山下跑。等我爬起来朝来路眺望，一会儿柳家大院竟响起了隐隐的枪声……三月他？！

我的眼前，又一次浮现了那一字形浓眉，翘翘的嘴唇边漾着一丝调皮的微笑的三月，我的耳畔，仿佛又响起了三月那大别山泉水一般甘甜滋润的山歌声：

金银那个花儿霜不死啊，
年年哟三月香满山哪。

......

一个新的愿望萌发在我的心中：为了死者，为了生者，回去后，我要以一个红军战士的生命告诉党：关于三月和他的父母。

（原载《中国故事》1986 年第 7 期）

长了翅膀的山葡萄

"叭勾儿——叭勾儿——轰！轰！"大别山苏区通往重镇商城的咽喉九节岭上，又响起了枪声。

随着一群惊叫着掠过树梢的花山雀，墨绿色的葡萄叶里伸出了一个毛茸茸的孩子头。他伸着脖子，大睁着一汪泉水似的双眼，眉毛拧成个疙瘩，朝响枪的地方望去。一会儿，他吧嗒吧嗒薄嘴唇，脸上现出焦急的神色；一会儿，攥起小拳头，在头顶上挥了挥。

他叫金泉，胖乎乎的胳膊，粗生生的小腿，个子不高，身板儿壮得像个小石碴。今儿个，赤卫队去拔九节岭上白匪军的炮楼，儿童团没捞上份儿。他想：天气真热，赤卫队叔叔够辛苦了。自己没上战场，采些山葡萄，送给叔叔们解渴，不也算帮上个小丁点儿忙了嘛！再说，一会儿借送山葡萄的当儿，兴许能捡几个子弹壳呢！

九节岭上的战斗，这里看得一清二楚：开始，赤卫队将敌人的炮楼围了个水泄不通，可是，敌人像乌龟一样缩在坚固的炮楼里，居高临下，凭借猛烈的火力，阻住了赤卫队的进攻。后来，赤卫队把土大炮架了起来，不过太远，打了两炮，只是扫了个边。傍晚，枪声渐渐稀了下来。

金泉知道：这九节岭上白匪新盖的炮楼，像个蝎钳子，伸进了苏区，钳制了进出山的道路。红军从白区搞到的物资，要绕好远才能运进来。就说金泉自己吧，有一回和下塆的长毛一块儿采山葡萄，从炮楼下过，也曾被那帮坏家伙抢了个一干二净。

金泉失望了。他回头望望林子，一嘟噜一嘟噜的山葡萄藏在树叶里摇来摇去，像是在揶揄自己。呸！金泉撇了撇嘴，没好气地冲着山葡萄说："有本事，你去让白狗子出窝呀！"说罢这话，他嗔着山葡萄，蓦地想起了什么……

这时，林子外响起了高腔亮嗓："哎！要是能把那龟孙子引出洞就好了！"

这不是赤卫队长立春叔吗？金泉抓起一嘟噜亮晶晶的山葡萄，猫着腰，飞快地冲出林子。

"任务交给俺吧！"他朝着一脸愁容的立春叔说。

"你?!"立春惊诧地打量着突然冒出来的金泉。

"俺去把白狗子引出洞，俺有这——"金泉举起那串玛瑙一般的山葡萄。一汪泉水似的双眼，亮晶晶的。

"……什么？胡扯！"金泉爹大老喜从后面赶上来，不等儿子把话说完，便不耐烦地摆着手，"去去去！大人还没法，别说你小毛娃子！这是真刀真枪，子弹'吱儿吱儿'乱咬人，像你用口袋装葫芦包蜂子，闹着玩?"

金泉爹说的是去年秋天里，村里李大爷唯一的一头小黄牛犊在后岭放牧，撞掉了葫芦包蜂巢。一群大野蜂团团围住小牛犊，牛犊跑呀跑，跑了两条岭，最后还是被蜇死在沟里。金泉知道后，为了给李大爷的小黄牛犊报仇，夜里约了个伙伴，用口袋一口气摘了四五挂大葫芦一样的蜂巢。村里人知道后，吓得直吐舌头。山里人谁不知道这葫芦包野蜂，一寸多长，成千累万聚在一起，不说惹怒一群，就是被蜇了三五口，也会头昏眼花，心跳得像敲小边鼓。金泉爹知道这事后，吓得将儿子反锁在屋子里关了两天。

"呵呵！白狗子吃你的山葡萄?"立春笑着问。

"嗯。吃！不信你去问张塆来福、下畈长毛。那回采的山葡萄，都被那'短脖子'、'蚂蚱腿'抢去吃了。那些挨千刀的，可馋，一见了葡萄，口水流呀，流这么长！"

他俩见金泉用手比划的样子，咧咧嘴相对一笑，点了点头。

金泉眉毛乐飞了。他瞅着立春叔和爹爹，禁不住转过身捂住嘴也"嘻嘻"笑了两声。

"不过——"立春摊开两手，微笑着说，"金泉，新来的白匪排长刁得像个猴，今儿咱们这一打，他会更狡猾。你送葡萄去，他们一定会躲进炮楼里面吃，你说咋办？"

"那——"金泉哑了，他压根儿没想到这么回事。

立春叔和金泉爹走了。金泉抓着后脑勺，眼巴巴地望着他们的身影隐进了一大片树林。

林子里，层层叠叠的葡萄叶簌簌作响，好像在笑；一只黑屁股大马蜂"日"的一声绕着金泉转了一圈，似乎在示威。

"马蜂！"金泉水汪汪的大眼一忽闪，眼前出现了李大爷那条被野蜂蜇死的小黄牛。他琢磨开了，把敌人赶出窝，不是可以……于是，他撒开脚丫子，沿着石阶路拼命追去。

"有了……有了！咱有……咱有长了翅膀的山葡萄！"金泉累得呼哧呼哧直喘气。他那敞开的柳条布褂子里，贴着肚皮的小红兜兜一上一下地蠕动着。

"呵呵呵——呵呵呵——"立春叔听罢金泉的"点子"，乐得笑了。

"嗯，不过，还得合计合计。"金泉爹一本正经地对立春和儿子说。

……

第二天傍晚，九节岭下弯弯曲曲的山路上，走来了个担着挑子的山里孩子。他不是别人，正是清河村的儿童团员金泉。这会儿，他肩上用栗树枝临时做的扁担，压得像个弯弓。一步三摇，三步五颤，"吱吱呀呀"唱着歌儿。挑子的一头是水竹挎篓，盛着亮晶晶的山葡萄；另一头呢，是一条倒扎住口的裤子，鼓囊囊，沉甸甸的。谁看了，不用问，也知道是山葡萄。金泉一边走，一边用脚尖踢起地上的小石子。石子儿在石板路上蹦着跳着，满林子都在响。那意思好像告诉谁：我金泉来了。

告诉谁呀？还不是告诉林子那边的立春叔和金泉爹。昨晚上，赤卫队召开了会议，专门讨论了金泉的小"点子"，决定智取九节岭上的敌人炮楼。这会儿，他们早已隐蔽在炮楼右边的黑松林里。金泉走动的声音，他们已听见了哩。

今年的秋老虎，真够热的。已是太阳快落山的光景，满山还像个大蒸笼。树叶儿蔫了翅，小草垂了头。爱唱的画眉，哑了喉咙；聒噪的知了，闭了嗓门。石子路上，冒着白气。连常年弹琴的山溪，也躲入地下。天气真热啊！可金泉想着赶敌人出窝的事，心窝凉嗖嗖的，像有股清风朝里吹。眼前，九节岭上白匪炮楼不远了，金泉端详了一番挑子，放开嗓门，却唱起了山歌：

> 七月杨桃八月楂，
> 九月葡萄满树挂。
> 你伸手摘下一嘟噜，
> 大牙不甜掉俩来也甜掉仨！
> 嘿哟哟，
> 口水儿流呀，流呀……

"站住！"老龙腰大槐树后，闪出了一个蚂蚱腿白狗子。

金泉像没听见一样，径直迎面走去，嘴里仍唱着山歌。

“干什么的!”蚂蚱腿扳动枪栓，厉声咋唬着。明晃晃的刺刀，闪闪发光。

“哟，采山葡萄呗!”金泉轻巧巧地答道，“山葡萄”三个字，故意拖得长长的。

“啊——过来过来!”蚂蚱腿一副冰脸化了一半，急忙招了招手，又回头看了看炮楼。

金泉暗自笑了两声。不过，他还装着老大不高兴的样子：小嘴噘得能挂住个半斤的油瓶，两条腿故意慢腾腾地朝前挪；嘴里还嘟哝道：“天这么热，人家要赶路。”

蚂蚱腿不等金泉到面前，就扑了过来，伸出毛茸茸的爪子抓起一串山葡萄就朝嘴里塞。一边“吧嗒吧嗒”地吃，一边还拽过挎篓，侧着屁股坐在青石板上。那架势，非吃个够不可。

金泉暗叫不好。这蚂蚱腿今儿要吃独食，压根儿不会再朝炮楼里送了。他眨了眨眼皮，突然朝蚂蚱腿奔去，拽住挎篓绳，张着嗓门嚷道：“老总，行行好，山葡萄……山葡萄……”

金泉的嚷嚷声惊动了炮楼里的白狗子，那个新调来的猫头鹰排长从楼门里伸出肥大的脑瓜，朝外面张望。

“俺找你当官的，俺找你当官的!俺的山葡萄、山葡萄……”

炮楼里众白匪热得喉咙里像烧了把火，一听有“山葡萄”，个个吞涎水，嚷叫着朝外拥。

“不行不行!”猫头鹰伸开双手拦住众人，“小心这是赤卫队的调虎离山计。”

“排长，是个毛孩子。”

“毛孩子——”猫头鹰耸了耸鼻子，也好像动了心。这时，有几个性急的白匪已把头伸到炮楼外面。

“哎!”猫头鹰叹了口长气，咬牙切齿地说，“这几天风声不好……”

“那——”众白匪你望我，我望你，一齐吧咂着嘴片子。

这时，一个短脖子白匪献媚：“排长，是不是把山葡萄索性都提进来，让你尝尝?”

猫头鹰本来早就受不住那又酸又甜、生津解渴的山葡萄诱惑，他犹犹豫豫地又伸头朝外面张望了一番，看来真有些动心了。

“蚂蚱腿!你他娘的吃独食。排长说了，你不快把山葡萄送进来，要你的命!”众白匪不等猫头鹰发话，便一齐探身从各个窗口朝外吆喝。

蚂蚱腿悻悻地从石板上站起来。

金泉拽住蚂蚱腿的衣襟，嚷嚷着不让提走。

蚂蚱腿幸灾乐祸地取笑金泉："小东西，还不是你自己瞎咋唬。过去！"说着，他一掌把金泉推了个大趔趄。

咋唬？嘻嘻！金泉早就盼着这哩！他暗暗叫道："蚂蚱腿呀蚂蚱腿，只要你敢把我的山葡萄提进去，管保你蹦跶不了几下啦！"

可是，蚂蚱腿提起鼓囊囊的裤子试了试，嫌太沉，扔在一边。毛茸茸的大手，抓住了挎篓绳子。

金泉的心，霎时间从热烘烘的炭火边跌到了冰窝里。裤子里的山葡萄不提进炮楼，戏就没法唱啦！他瞟了一眼右边山坡上密密麻麻的树林，仿佛看见立春叔、爹爹……多少双眼睛在焦急地注视着自己。金泉呀金泉，你是儿童团员。昨天，不是向立春叔保证，一定完成任务吗？立春叔不是嘱咐，遇事要冷静，要稳住气吗！

他盯着朝炮楼一走一蹦跶的蚂蚱腿，大眼忽闪开了。蓦的，他一个箭步追上去，劈手从后面拽下了蚂蚱腿手上的挎篓，扭头就跑。

"逮住他！逮住他！"炮楼里的白狗子一齐咋唬。他们想出去拦住逃跑的小金泉，又怕排长会不允；想开枪打，又怕误伤了蚂蚱腿。

金泉好像跑不动，绕着那棵老龙腰大槐树兜开了圈子。一会儿，挎篓中的山葡萄随着他那一踮一踮的姿势，都"嘀嘀嗒嗒"，接二连三地掉进草丛中、石缝里。

当蚂蚱腿气喘吁吁地撵上金泉，挎篓已经空了。金泉正蹲在地上，双手按住那条鼓囊囊的裤子口。

"啊嗬——"蚂蚱腿暗自庆幸还有这么一裤子山葡萄。这会儿他再也不提沉不沉的话了，扑过去就夺。

"嗯嗯嗯！谁吃烂……烂……舌……舌根。"金泉假意不松手，两人一拉扯，裤子口里亮晶晶的山葡萄成串地往下滚。蚂蚱腿急了，一脚踹倒了金泉。

蚂蚱腿侧着身子正洋洋得意地提着山葡萄朝炮楼里走，不料猫头鹰又从楼门里探出身子吆喝：

"蚂蚱腿，裤子里到底是啥玩艺？"

"排长，一色的山葡萄——"蚂蚱腿抓起一嘟噜朝上扬了扬。

"倒出来检查检查！你他娘的忘了前天水井里的死狗死猫！"猫头鹰想起那天放小孩子进炮楼后的倒霉事，有些发火了。

蚂蚱腿快快地站住，放下了沉甸甸的裤子……

就在这千钧一发的关键时刻，金泉趴在地上突然喊道："赤卫队来啰！赤卫队来啰！"

"叭——勾！"黑松林里，真的响起了枪声。原来，这是立春和金泉早就商量好的"撵狗进巷"的计策。

蚂蚱腿像个兔子，提着鼓囊囊的裤子一眨眼蹿进了炮楼。"砰砰啪啪！"岗楼里像冷水倒进了油锅，热闹开了。

枪声约摸响了袋把烟工夫，又渐渐停下来了。白匪见外面根本无人还击，以为又是一场虚惊，一齐骂骂咧咧地来寻蚂蚱腿要山葡萄。

惊魂未定的蚂蚱腿提着鼓囊囊的裤子还在墙角里摸脑袋。一窝蜂拥上来的白匪围住了他，七八双手一齐伸向了裤口。

不巧！下面竟还系有一条绳。

几十双贪婪的眼睛，盯着裤子，想到那马上可以到嘴的山葡萄，谁的涎水不往外流？

这条红丝布带也确实扎得紧。在里三层外三层白匪的叫骂声中，足足花了半袋烟工夫，才算解开。奇怪！裤子里的"山葡萄"不知何时长了翅膀，顺着敞开的裤子口先是往上爬，后来密密麻麻飞满了炮楼的下一层。这时，只听一个白匪绝望地叫道：

"野蜂——葫芦包野蜂——"

原来，这是立春昨夜帮助金泉去后山寻找到的大葫芦包野蜂。

野蜂在裤子里憋了半天，这会儿发了怒，满屋子横冲直撞，寻找报复的目标。一霎时，下层楼梯白匪没有一人幸免。在一片喊叫声中，野蜂又沿着楼梯口朝上飞。眨眼间，白匪耐不住了，一个个疯狗一般在炮楼里乱撞。猫头鹰开始用双手乱打，后来越打野蜂越多，疼痛难忍，哇哇叫着抱头朝炮楼外跑。众白匪紧紧跟随，只恨爹妈少生两条腿，只恨地上没有缝。

"叭勾儿——叭勾儿——"四周山上，响起了喊杀声。早就埋伏在树林里的赤卫队员个个扎住袖口、裤口，头上套着用鱼网结成的面罩，从树林里冲出来。

那些被野蜂蜇过的白匪，这时蜂毒渗皮，个个头重脚轻，跌跌撞撞，只顾逃命，谁还有力抵抗？不到两袋烟工夫，除了三个被击毙的外，两个排的白匪全部做了俘虏。

再说战斗一打响，赤卫队长立春和金泉爹就注意看金泉，可是，这会儿他们找遍了炮楼前后，也没见金泉的影子。

金泉哪里去了呢？

"金——泉——"立春焦急地朝着林子里呼唤。

"呃！"一个脆生生的声音却在不远响起。

立春循声找到一块青石后，见金泉蹲在那里。立春心里"怦怦"乱跳，急忙奔上前去："你……你挂花了？"

"我、我，"金泉好像很害羞，嗫嚅道，"我，我没裤带！"

啊！立春终于明白了刚才裤口敞着可野蜂飞不出来的原因。

啊！多巧的小心眼！

"泉！"立春一把将他搂在怀里，又举上头顶，亲热地呼唤着他的乳名，然后，将他抛到紧跟在身后的大老喜怀中。

（原载海燕出版社《不绝的琴声》）

神奇的乌龙洞

一　爱玩水的孩子

嗬，好美的一塘水！

塘水绿莹莹的，像一颗温润的珠子，嵌在巨石峥嵘、草木丛生的乌龙岭下。高大的乌桕树，伸着慈爱的手臂，为它遮挡着六月的毒日头。

"哦哦哦——"弯弯曲曲的山路上，由远及近飘来了叫喊声。

三个从学校归来的孩子，欢呼着，蹦跳着，将肩上的书包，身上的裤褂，边跑边抛在奔向塘边的山坎上。

你想，这阵儿，日头像个大火团儿，正挂在头顶上，大河瘦了，小溪藏了，树叶卷边了，野草打蔫了，地上趟一脚冒一股烟尘，有这样棒的一塘水，躺进去，不比三伏天吃冰棒还惬意么！再说，麦田要等水插秧，插了秧的田等着水浇黄棵，全村 36 亩田都等水用，这样一塘水过不了几天不就会光吗？唉唉！这阵儿不到塘里美一美，怕一个麦忙假都要后悔的。

"哦哦哦——"

狂奔到水塘边的三个孩子的身上已经是赤条条了。一个叫蔡二虎的四年级学生，爬到塘边一个高高的石门上，按照电影里跳水队员的姿势，小身子一纵，水塘里顿时溅起了几尺高的水花，平静的水面上，水浪一环套一环，向四周推着涌着。水面还没平静下来，咕嘟嘟、随着白色的水花，水里窜出一个湿漉漉的孩子头来。他这种勇敢的举动，马上得到了另一个小伙伴的响应，他也学二虎的模样，光着腚爬上了一丈多高的石门，不过他没敢纵身跳，而是顺着石头往下溜。

"大胆儿，下呀！"

二虎和另一个小伙伴蔡森冲着站在石门上的一个男孩叫。这男孩生来胆小：十一二岁了，夜里不敢下床撒尿，见了蚯蚓当长虫，村里伙伴却送他一个外号，叫"大胆儿"。

大胆儿伸着细长的颈脖，探头向塘里看："还深吗？"

"你看——你看——"。

二虎在水里，小身子一蹿一蹿的，大声叫："浅得很哩，浅得很哩。"

大胆儿总不放心。小时候娘给他洗澡时，脚盆里水深一点他就扯着嗓子哭。他这会儿，只好又爬下石门，绕到塘边放水的木桩前，把两条腿浸在水里，试着往水里蹚。

忽然，他失声惊叫起来——脚踝儿好像被什么抓住了，还一个劲地朝塘里拖。妈呀，这塘里莫非出了水鬼？他张大嘴巴嚷："有……鬼……"还没嚷完，他自个儿却掉在水里，咕嘟嘟咕嘟嘟，一连喝了几口水。

"蔡森，放下、放下！"

原来是蔡森从水里拉住了大胆儿的脚。二虎怕蔡森再闹下去吓坏了大胆儿，一连声地叫开了。

蔡森没有理睬，他见大胆儿的狼狈相，更是来了劲，"唰唰唰"一个劲向大胆儿脸上推水，水花飞溅，把个大胆儿吓得糊里糊涂地自己往水里跳。

二虎火了。他一个猛子钻进水里，从背后搂住了蔡森的腿杆。

这两个孩子你抱着我，我抱住你，在水里一上一下，一起一伏，打得不可开交……大胆儿呢，乘机弓着身子往岸边溜。

"唉——"岸上传来谁的叫声。

岸上跑得气喘吁吁的，是百战坪小学校五年级的学习委员严平儿，刚才，老师将班干部留下来，布置麦忙假中的任务，所以，他现在才赶来，他叫了几声，塘里两个孩子正打得不可开交，谁也没有听见，严平儿见状，小褂儿一掀，便扑向他俩。

小水塘中，三个孩子顿时搅在一起。水声、喊声，把个寂静的山谷震得嗡嗡响，后来，二虎和蔡森都累得筋疲力尽了。两人爬到塘边，大张着口儿一个劲喘气，你盯着我，我盯着你，小脸儿累得白森森的。

严平儿这下可乐了，他趁机用水回敬了二虎和蔡森一阵"机关枪"，然后蹿到塘中，一会儿来个蛙泳，一会儿来个狗刨、钻迷子，把个不大的水塘搅得开了花，把个坐在塘边的严大胆儿也看得呆了。

"你们干啥呀？"

塘右边的毛竹林里，传来了一个女孩儿细细的问讯声，不用猜，男孩儿们便知是本塆的蔡秀。他们立即触电般地将光溜溜的小身子往水里缩，露出个水淋淋的头，连大胆儿也缩在水里，只露了小肩膀儿。

"我们在洗澡呀!"男孩儿一齐叫。

这蔡秀和塘里的蔡森同父异母。别瞧她才十三岁，可说话办事儿像铜钱落在地上，有音有韵儿。前村后塆子的大人们，夸她的话儿不知说了几棉花篓子，那些梦想着和她家订个"娃娃亲"的外村人可是踢断了她家的门槛子。她打上一年级开始，便是班里的小干部，学习成绩，用同学们的话说，年年都是满堂红，可惜的是去年她退了学，为的是家里二亩责任田没人种。在镇上派出所里当所长的爹安慰她说："反正大些了在乡办企业里准能找个事干。"他本来也不情愿让这么灵巧的女儿退学的，可耐不住蔡秀娘儿在家里闹："你们爷儿伙想把我累死拆肉吃。""女孩儿家，早晚是人家的人……"蔡秀只能是个胳膊，怎么能拧过后娘的腿呢!她只好回家种田，放牛，打猪菜……可是，她还惦记着学校，惦记着小伙伴。要不然，她为啥躲在竹林里冲塘里的孩子叫呢?是为了给她家的老牛饮水，还是为了把自己汗湿的花褂洗一洗?不哩，她在为自己的小伙伴着想，她担心冷水激坏了这几个跑得热乎乎的男孩子，特别是严平儿，前年中暑差点丢了小命……

"你们上来不上来呀?"她又一次大声地询问。

塘里的孩子不敢吱声，连平时在家里是个小霸王的蔡森，这会儿也没敢冲姐姐嚷。

"你们要不上来，我可要收衣服了哩!"

蔡秀说着走出了竹林，向山坎上那片"天女散花"的衣服走去。

这一招果然很灵，水里的孩子相信蔡秀说得到做得到，便一齐嚷道："啊，啊!你别拿，你别拿。"

蔡秀退进了毛竹林，她这时才发现，自己啥时候已经拾起了严平儿的书包，书包里鼓囊囊的，散发着一种油墨的香味。

"你别怕，我每天抽空儿把老师讲的课文再告诉你。"

蔡秀还记得，退学后，自己伤心透了，是严平儿每天夜里去给自己讲新学的课文，讲学校的新鲜事儿，可是后来，后来，不知怎的，严平儿不大去了，隔三差五，见面还躲躲藏藏，是平儿厌烦了吗?是后娘说什么了吗?

蔡秀情不自禁地从书包里抽出一本书，哟，掉了一页什么?是一首歌，《龙的传人》。是塆子后乌龙岭那条秃尾巴老龙一样的龙吗?

　　　古老的东方有一条龙，

它的名字叫中国……

"唉！"可惜蔡秀没上学了，要不然，她一定会唱！记得上二年级时，她还代表百战坪小学去乡里比赛过唱歌呢！看来，这只能让平儿抽空教自己了。

"嘻！"

蔡秀正在出神，背后冷不丁一声叫。哟！四个男孩子啥时已经穿好衣服，笑嘻嘻地立在身后呢！

"看你们！……"蔡秀嗔怪道，她顺手从竹丫上取下一个用麦草编的小提篮。篮里，是她刚才放牛时摘的草莓。

"嘻嘻！嘻嘻！"男孩儿们正一齐伸手去抢，忽然，竹林后边传来了乱糟糟的争吵声，二虎飞跑到塘埂另一头看了看，大声嚷道：

"塆子里有一大阵人到这儿来啰！"

"来啰！"

二　大人们吵什么？

其余四个孩子闻声跑出了竹林，他们踮着脚尖儿终于看清了。来人有二虎的娘、蔡森的娘、大胆儿的爹、大胆儿的娘，稀稀拉拉地有一阵人。

怎么，他们还拿着刨锄、铁锨，急急忙忙吵吵嚷嚷，难道，乌龙岭上出了什么事？

……

"我就不信这个邪，这水你留着喝！"

"不准放，就是不准你放！"

"这合同上写得清清楚楚，你不讲理……"

孩子们终于听明白了，大人们是为这塘里的水在争吵。

这个葫芦塘，是"学大寨"那年修筑的。实行联产责任制那年，这口塘分给严平儿他们五家合伙使用。今年足足40多天没下雨，你想，正赶上用水插秧时节，这塘水要有多金贵便有多金贵。可眼下蔡森娘不准下面几户放水，他们怎能不急呢？

蔡森娘叫黄思敏，是15里外乡政府所在地柳镇上的人。她在镇上读过初中，所以嫁到龙背塆后，经常在人前讲她读书的大学堂如何如何，那时节，山里读书人像秃子头数毛——没几个。人们听她说得神乎其神，也不知那大学堂究竟是个啥样，便众口呼她"大学长"。开始，她也不好意思回答，久而久之，她习惯了。这会儿，大学长一反经常咬文嚼字的学究劲儿，气咻咻地说："这塘在俺家田上方，放水可以，你们搬过去，别叫水从俺家田里过……"

大学长识文断字，吵起嘴来没理也能找个理儿。平时，塆子里人不愿和她计较，也不敢和她计较。现在，塘埂上一群人虽然议论纷纷，可也没有谁真上前去和她来真格儿的。

"大胆儿家，去去去！你去问问她还讲不讲理。"有人怂恿大胆儿娘孙二姐。

这孙二姐平素在塆子里爱见风使舵，她对大学长这类人是既恨又不敢得罪，这会儿她装着一副怒不可遏的样子，挤到严平儿爹面前，撺掇道："你也是读过书的人，你看看，这不是不论个理么？你现在是社员，和她平起平坐，你去问问她，这是不是狗仗人势？"

平儿爹是有些气愤，水是大伙的，合同上写得清清楚楚，她蔡森娘为何这样使蛮呢？他想上去论论理。可一想到自己是个刚摘掉帽子的"富农"，万一人家又把这"挑"出来了呢！唉唉，和为贵，忍为上，大路不平众人踩，让她去吧。他对孙二姐说："话由大家说，菜由大家切，咱塆里解决不好，还有上级领导嘛！……"

只有二虎娘不管这一套。她家里秧没插一棵，秧田底已旱得咧着嘴，这火烧眉毛头上，她才不管你是大学长还是什么长呢！她两步并作一步跳到大学长面前："亏你还喝了那多墨水，说得出这种不讲理的话！你去俺田里瞧瞧……"

"去去去！"大学长不屑一顾地扭过脸，"别到我面前装穷叫苦，现在不是那年月了。"

大学长话里有音，她指的是二虎爹因"学大寨"修这口塘放炮炸断了双腿后，经常坐在一个特制的小木凳上，骂骂咧咧地去队里要东西的事。

二虎娘气得一蹦三尺高，吼道："你黄思敏不要仗势欺人！今儿这水你答应也要放，不答应也要放！我就不信，你让你男人带枪回来给俺一家崩了……"说着，她举着刨锄朝放水桩走去。

大学长不让放水，心里有她的小算盘。今年，她那在镇上当派出所所长的丈夫买了两袋进口尿素，大学长全撒到二亩麦田里去了，结果别人家的麦割了，她家田里的麦还没黄穗。她看天上这劲儿，十天八天也不会有云彩影儿，所以，找个不准水从她家田里过的理由，阻挠埫里人用葫芦塘水。这会儿，她见二虎娘真要硬来，便不顾一切扑了过去。

塘坡上，两个女人扭在一起，你扯我的衣服，我拽你的头发，你上三步，他进五尺。二虎娘这些年常犯癫痫病，身板儿弱，片刻就支持不住了。二虎急忙上前去扶，哪知脚底一滑，"扑通"跌到塘中，二虎娘一见失声惊叫，刚要伸手去拉儿子，没料她的癫痫病被激发了，她"嘭"的一声倒在水边，口吐白沫，手脚痉挛，人事不知，严平儿和蔡秀飞奔下去，和埫里人一起将她抬到塘埂上。

望着二虎娘痛苦的样子，蔡秀心里十分难受。她真不明白，为啥这两年田一分，后娘的私心恁多。去年因为一犁沟儿，和严平儿家吵得不可开交。照这样再发展下去，还不知弄成个什么样。她想上前阻止后娘，又怕后娘骂她吃里扒外，不去吧，还不知会闹到啥地步。她犹豫了一会儿，还是下决心去劝劝娘。

"这水……反正是大伙的，就……"

"啪！"

大学长正愁寻不到台阶下，扬手一巴掌骂道："臭妮子，要你管我！"

蔡秀被打傻了，白净的脸上印了五个紫红的指印，她呆呆地站在"大学长"面前，没有动弹。

"还不给我滚！"

蔡秀忍着即将夺眶而出的眼泪，站定了，一点儿也不动。

大学长又举起了手。

"不准打人！"严平儿高喊着冲了上来，与此同时，大学长也发疯似的扑向蔡秀，严平儿插在中间，用头顶着大学长，把大学长顶得连连后退。

"蔡秀，还不快走。"

"臭妮子，你别走，看我不撕了你！"

"蔡秀，走吧。"蔡秀被人们拉到了一边。

"臭妮……"大学长一句话还没骂完，右脚踩着软泥，被严平儿顶了个仰把叉。严平儿笑了起来，周围的人也笑了起来。大学长又羞又气，就势在地上撒起泼来，"你个臭婆娘，吃里扒外……哎哟哟，我不活了，你们大人孩子串通起来欺负我呀，这还是世道吗？气死我了……"

蔡秀捂着印有五个指印的脸庞，委屈地跑到竹林里。二虎娘被人们搀扶着回了埫子，大学长呢，也趁着有人劝解，就坡下驴哭哭啼啼沿原路回了家。

三　夜间行动

天，渐渐地降下了夜幕。龙背塆的人们，家家都在谈论着葫芦塘的事儿，有人咒，有人骂，特别是二虎家，更是热闹非凡。

"小狗熊，快把火递来！"

二虎爹自从双腿炸断以后，脾气变得十分坏。今儿后塘边的事，他知道后气得吼声如雷。刚才，他扯着嗓子骂蔡家，把大学长骂得狗血喷头，这会儿，他又把气儿撒到自己的儿子身上。

"没得水，也不能怨孩子……"

二虎娘被乡亲们搀回家后，正睡在里屋床上伤心地哭。她家本来就不幸：两个大人，一个残废一个有病；三个孩子，十二岁的二虎就当棒劳力用。这时，当她听见丈夫骂儿子，忙扶着墙来挡驾。

"Ｘ你娘，还要你管！我这条腿……"二虎爹红着两眼冲二虎娘骂，因为他腿被炸残废的那天早晨，本不愿去工地，硬是二虎娘劝去的。二虎娘说："塘修好了，咱龙井冲不就不缺水了么？再说，没听说人干活有累死的。"所以，二虎娘每当再劝他干什么，他便本能地想起那件终生悔恨的事儿。

"爹，你别骂……"二虎哽咽着，"这水……我现在去放，我不信！"

"虎儿，……你不能去。村里会有人来评这个理……"二虎娘拦着儿子央求道。

"……让他去！让他去！我要能走，非放炮把这个塘埂炸掉！"二虎爹拿着铁铲在地面上捣得"啪啪"响。

"虎儿，这黑天半夜的，说啥……你也不能去……"说着，二虎娘死死地抱着儿子，"呜呜"地又哭起来了。

二虎家的情形，一墙之隔的严平儿听得一清二楚。水，水！给全塆子人带来许多的烦恼，给二虎家带来了这么多的痛苦。严平儿想："我要能有动画片里龙王呼风唤雨的本领，给二虎家的田里灌得满满的，该有多好哇！"二虎家的争吵，提醒了严平儿，就是呀，要能悄悄地给二虎家放些水就好了。

于是，严平儿找了个借口，悄悄地从屋里溜出来。

夏日的夜晚，白天那热辣辣的暑气渐渐消散了。山风，从山间平川方向微微吹过来，空气里洋溢着麦秸和泥土的气息。一片浮云，从弯弯的月牙前走过，给错落的村庄增添了几分朦胧。往常这时候，家家户户会在门前泼上水，一家老小在月光下边吃边聊，谈塆子里冒尖事，话庄稼的收成，诉家里的烦心事，也扯扯村子邻里闲话儿……可今天，大枫树下，麦场边，只有隐隐绰绰的月光和四处游荡的狗。平儿匆匆走到村头，望着黑魆魆的山谷，忽然又犹豫了：那里有下山的狼吗？有传说中的水鬼吗？……他觉得头发正一根根竖起，"沙沙沙"，"嗤嗤嗤"！身后总像有什么东西在响，他吓得扭转身，一个劲朝塆子里跑。

"呜呜呜！呜呜呜！"

二虎家传出来的哭声，又"勾"住了他的脚步，真能就这样算了么？"胆小鬼！笨蛋！"他用手使劲拧自己的大腿，用头顶在硬硬的门框上，突然，他觉得应当去找找别的伙伴。

大胆儿家就在他家的东边，严平儿刚从山墙里穿过去，便碰见了大胆儿在撒尿。谁知严平儿把邀他去葫芦塘的打算一说，大胆儿便犹豫了，他支支吾吾，不敢正眼望着严平儿。他先是说娘不准他夜里出去，接着又嚷嚷肚子疼，说着，他便提着裤子，弓着腰溜了。

"怕死鬼！"严平儿冲着他的背影啐了口，转身便向蔡秀家走去。

蔡秀家在塆子东头。平时，除了遵照老师的吩咐，偶尔邀她姐弟俩上学外，严平儿一般是不到这儿来的。前些年，每逢"运动"来了，批斗他爹，上台发言的多半是大学长，因此，在严平儿的心理上，对这座一色红砖到顶的四合院，怀有一种恐惧和戒备心理。一直到爹爹摘去了"帽子"，他才隔三五天来走走，最近，因为辅导蔡秀学习，他来得多了些。

"汪，汪，汪！"

平儿一推蔡家红漆大门，一条"四眼狗"嗖地从院中扑过来，平儿从没听说蔡森啥时有了狗，他照大人们说的"狗怕一蹲"的办法，装着捡石头，吓得四眼狗夹着尾朝门里望。

"我看看是谁，欺负到家里来了！"

大学长听见狗叫，骂骂咧咧地出来了，她一见是严平儿，白天的气不打一处来：

"这黑天半夜的，来干什么？"

平儿被她一句话呛得几乎喘不过气来。转身想走，但又想，在这位不大论理的大人面前不能装哑巴："我找蔡森……怎么，不让找，不让找，我就走！"

"找蔡森？怎么，你不是和二虎穿一条裤子么？……"

平儿明白了她还在记恨着葫芦塘边的事，知道说好听的也没有用："就穿一条裤子，你没门。"说罢，扭头就走。

"你——"大学长气得直咬牙。

平儿气冲冲地沿着屋檐，低着头往前走，突然和一个人撞了个满怀。从声音中，他听出来是蔡秀。

"你？"

蔡秀扛着个小竹筐从菜园子刚回来，她一见严平儿冒冒失失的样子，判断是有什么事儿。

暗影里，严平儿把自己的想法一古脑儿兜给了蔡秀，"我不怕，就是，想找个伴儿！"他拐弯儿说。

"咯咯……胆小——鬼！走，我陪你去。"蔡秀笑弯了腰。

"那你……菜呢？"

"没事儿！"蔡秀从路上拢了一小抱散乱的青草，将筐儿伪装好。

两个人一前一后，蹦蹦跳跳地向垮后葫芦塘走去。

"唉哟！"

忽然，走在前面的蔡秀被什么绊了一跤。严平儿急忙伸手去拉，蔡秀却"咯"地笑了，"哄你的，哄你的！"

严平儿一见被骗了，便报复蔡秀，使劲捏她的小手，蔡秀痛得"叽叽"叫，严平儿松开了，她却又抓得紧紧的。

朦朦胧胧的大山近了，三三两两的灯火远了。有什么还在那山谷里叫，管它呢？平儿不怕了，有一双软软的手儿在拉着他呢！嘻，男子汉大丈夫，还说怕，多丢人。

到了葫芦塘边，严平儿将裤衩子一挽，便向波光映照下的放水桩走去。

平儿使劲地摇呀摇。

"哗哗，哗哗！"

"好像是流水声，你小心一些。"

"行哩！"

"哟——你怎么不晃了？"蔡秀冲着塘边的严平儿问。

"好像是水响了，不知水流出去没有？"

"我去看看。"

"小心点儿。"

"没有，还没见水出来。"

"再摇摇吧。"

"再摇摇！"四只小手抓住放水桩不停地摇呀摇。

严平儿说："再去瞧瞧，看水流出来没有？"

蔡秀爬上田埂，突然叫道："你看，好像有人来了。"

严平儿跑上岸，果然见几只手电筒的光柱向这边移来。

"不好，大人来了！"严平儿拉着蔡秀从塘埂下的小路往塆里溜。

"阚村长来了！阚村长来解决争水问题来了。"他俩经过打麦场时，听见大人们在议论。

严平儿说："蔡秀，你……你听……阚村长来了，这下二虎家就好了！"

蔡秀愣愣地望着葫芦塘方向一闪一闪的手电光，没有吱声。

四 阚村长来了

蔡秀迷迷糊糊不知怎么走回了屋，更不知和严平儿分的手，连进屋时后娘说了些什么也模糊了。她到了自己住的小西屋，还在想着村里人说"阚村长来了"的事。

阚大明村长是蔡秀亲娘改嫁后的丈夫。那一年，蔡秀三岁，刚刚懂得一些事儿，就觉得爹不好，一月两月不回来，回来了就摔盘子打碗，动不动还打人。蔡秀娘一向温顺惯了，任凭丈夫又打又骂，她也不往外说，也不喊痛。后来，蔡秀爹一连三个月没给家里一分钱，蔡秀娘去镇上找他，连顿饭都没吃上。爹回家一次，就掳一次东西，最后家里像大水洗过一般。没办法，蔡秀娘带着3岁的女儿回了娘家，当时，刚从部队里转业的阚大明心里气愤，写了封信告了蔡秀爹，谁知这封信又落到蔡秀爹手里，他反诬一口，说蔡秀娘早和阚大明有男女关系，凭着他的权力，硬是和蔡秀娘离了婚。阚大明同情孤儿寡母，一气之下，不顾别人反对，自己背着铺盖宣布和蔡秀娘结了婚。

那时，蔡秀判归了爹。三岁的孩子乍一离娘，整天泪涟涟的，每到晚上，她做梦都还在娘的怀里。

　　月佬佬，
　　黄巴巴，
　　爹织布，
　　娘绣花……

唱到高兴时，她用头向娘的怀里撞，"咚"的一声，醒来碰在墙上的头起了一个大包。有时，她一个人呆呆地坐在那里，一个劲儿回忆着娘的模样，不知怎的，越想越记不清，她只好咧个嘴巴"哇哇哇"。后娘进门后，很快就有了蔡森，这一来，蔡秀的处境更不好了。她穿的是破的，吃的是剩的，爹和娘领着蔡森在正屋里睡，蔡秀一个人在厨房支了个小床……

五岁那年，后娘让蔡秀去镇上喊爹，过竹竿河时，她望着水下打着漩儿的河水，在桥头走来走去不敢过，这时一个跟在她身后的女人牵起了她的小手。这个人手板儿颤颤的，脸一直没扭回来。过了桥，她又走了。迎面过来的一个人说：

"桂子娘，你刚才牵的是谁呀？"

"是……"

"哦，蔡秀，傻妮子，你还不喊娘，她是你亲娘呀！"

她就是日思夜想的亲娘吗？蔡秀痴痴地辨认着，迟疑着不敢叫。

"秀——"

娘扑过来，蹲下身子一把将蔡秀抱在怀里。蔡秀高兴极了，搂住了娘的脖子。她听不见河里哗哗的流水，听不见天空里南方飞回的大雁的叫声，只听见娘一声又一声地叫着自己。

"桂子娘，时候不早了，走吧！"

后边又赶来一个人，他推着自行车，车梁上坐着个胖乎乎的小男孩。那小男孩又叫爹又叫娘，秀儿估摸出，车上就是桂子弟。

"大明，她……就是秀……"

娘眼圈儿红了，桂子爹从口袋里掏出几粒糖豆，递给了秀儿。

秀儿不敢接，她死死地抱着娘，她担心娘会丢下她飞了。

后来，是桂子爹发了话："秀儿怪可怜的，她真要愿和我们一块，就让她来吧！明儿，我让人去问问老蔡的意思。"

蔡秀终于又有了温暖的母爱，有了咯咯的笑声，有了甜甜的歌声，那是一个整洁的家，一架绿茵茵的葡萄藤罩着一个小小的院落，终日里，垮里人来找阚叔（娘叫她这样喊的），问这问那，有时拉呱到半夜，娘呢？做饭，煮猪潲，给桂子弟洗澡，给秀儿洗澡……

谁知三天后，阚叔从外面回来，对娘说："人家要孩子呢！"

娘乱了神，语无伦次："孩子不愿……不愿跟那个没良心的……我不让，不让他拿孩子不当人。"

"可人家要人呀！"

"他不是要秀儿，他是要面子！"

"这个我清楚，可孩子是判给他的，俺们要留住蔡秀，就占不住理了……"

……从那以后，蔡秀就极少见到阚叔了，更不知道娘和桂子弟的情况。去年，阚叔当了村长，到龙背塆的机会多了，果然……

蔡秀想，阚叔来处理争水的事儿，明天自己找个僻静的地方，一定要好好问问桂子弟的事儿……可是，用什么捎给桂子弟呢？哦！哦！她想起来了，用废纸叠几个小狗小青蛙，让阚叔带回去……

五　水呢

"呼呼——喀嚓嚓——"

风婆婆撒了泼，雷公公发了怒，天空里，乌云吓得直打滚，一下子闪开了个口儿，哗哗哗！鞭杆子雨没头没脑地泼向大地。

"下雨啰，快出来插秧了！"

严平儿光着脚丫，光着头，在塆子里外跑来跑去。

奇怪！塆子里家家关门闭户，好像每一个人都还在被窝里做着美梦，怎么，没一个人理睬他的呼喊。

这么办怎么行！大家莫非都吃了什么妖魔的瞌睡虫！严平儿急了，攥起小拳头，在家家户户的门上擂起来。

"哗哗哗——"

一个花瓷坛砸在严平儿的身上，又骨骨碌碌滚到地下，——原来是一场梦。

坏了！严平儿睁开眼睛一看，娘心爱的釉瓷坛被自己用拳头砸掉了。这一回，屁股可免不了要挨打了，他索性将被单子往身上一拽，小身子整个儿都缩到了被单子里面。

可是，过了好一会儿，没听见屋里有人走动，天色已亮了，娘还没起床么？他用手将被单撑起一条缝，见对面床上早就没人。

"坏了，听说葫芦塘里的水全跑光了！"

"造孽呀，这又是谁造孽呀！"

"昨天还是大半塘水哩？"

…………

严平儿忽然听见外面人声嘈杂，匆匆忙忙地在议论着葫芦塘里发生了什么事，便一骨碌跳下床。

"是阚大叔清早来处理争水问题了！"

严平儿站在门口的旧碾盘上，果然看见后塘埂上立了不少人。他撒腿便向后跑，在半路碰上了大胆儿，大胆儿比比划划告诉他，"葫芦塘里的水昨夜全跑光了，是坏人偷偷搞的。"

"去去去！大清早说夜话！"严平儿想，水没了，除非是让什么妖魔给喝了。

等他快到葫芦塘边时，却真的听见有人在哭，有人在骂。严平儿的心跳得厉害，天啦，塘里果然只剩下一碟子水了。

他看见阚村长真的来了，阚村长站在坡上，正和大胆儿爹、平儿爹、二虎娘在说着什么。二虎娘说着说着，蹲在地上，"嗯嗯嗯"地哭开了。

"……这可叫我们一家今年怎么过啊！"

二虎娘双手朝大腿上使劲捶。

"别装样子，这一定是哪个坏种干的！"

大学长卷着袖子，冲着二虎娘这边指桑骂槐地嚷。

严平儿从人缝里挤到塘下看了看，见塘炉管被水吸了一个大洞，他估摸水是慢慢将这里冲开的。

人们在议论，有人骂，有人哭，有人叹气。

阚村长不停地吸着烟，他回到塘埂上，大声说："大伙儿不要互相猜疑，这水究竟是谁有意放开让跑的，还是出水口泥巴没筑紧自己吸开的，暂时还不能确定，大家不要再乱猜。水虽然放掉了，但大部分水流到最下面的田里，还可以救两户的庄稼。刘永广家不是有满满一田水吗？大伙互帮互助，用车抽水，用桶挑水，往上救两家。根据县气象站的预报，近期内还没有雨，大家要齐心协力，抗旱插秧抗旱保苗。如果确实插不上，也要保住田里的秧苗。"

阚村长说完这些，回头又对龙背垲生产队长嘱咐道："你要做好急用这塘水的人家的工作，有条件的话，我们村里还可以给予帮助。"

阚村长说完又去劝了劝大伙，刚准备走，忽然，他在人群里发现了蔡秀，便不由自主地多看了几眼。

严平儿也看到了蔡秀，奇怪！他看见蔡秀连头也没抬，好像不知道阚村长来了似的，手里捏着纸片站在一旁。严平儿挤过去，正想提醒蔡秀一下，却见蔡秀手里纸折的小狗、小青蛙被撕得七零八落，他轻轻喊了一声，也没听见应声。

"她怎么啦？"

六　哭泣的秧苗

天空像个大蒸笼，到了晌午，人们几乎连气儿都喘不过来，满世界里，白花花的太阳，空气被晒得好像划根火柴就能燃着。

天，热得让人透不过来气，龙背塆里享用葫芦塘水的六户人家，他们之间的关系比空气还紧张。

早晨从葫芦塘边回来后，龙背塆的女人们，在自家的门前又指鸡骂狗地互相攻击了一番，他们谁也闹不清楚，葫芦塘里的水是怎么悄悄地流走了。

"肯定是那些等着用水的贱坯子们放的！"

大学长比谁都愤愤不平，因为她家紧靠着葫芦塘的那块麦子被水冲走了一大片，她断言是有人撺掇二虎家干的。

"嘻！这女人，下辈子定下油锅！"

二虎爹听说了这件事，用棒槌敲着地，又大声诅咒大学长。

水，水！成了龙背塆人们的议论中心。俗话说："六月干黄棵，家家卖老婆！""迟插一天秧，少收一担粮。"这时节，水就是庄稼人的命根子呀！

可是，天上没有一线云彩儿，地上，连一阵清爽的风也没有。

傍晚时分，严平儿戴着草帽儿，去塆下边的水井挑水，路过二虎家的秧田底时，他看见秧苗儿已打了蔫，一棵棵像个没精打采的孩子低着头在哭泣。

再像这样下去，不要几天，这块秧苗便会旱死的，严平儿想起那枯黄的秧苗，心里像被谁揪了一样难受。特别是二虎家，本来就很困难，如果秋季稻子再插不上，明年可是怎么办啦！

严平儿想起放假时，王校长留他们班干部开会的情景。

"大家在假期里要开展学雷锋活动，要帮助烈军属、五保户，为困难户做好事，每个同学都要做一至两件好事。在家里还要好好劳动，帮助家长……"

当时，严平儿第一个表态，争取过一个名符其实的有意义的麦忙假，可现在，塆子里几户人乱成了一锅粥，还提做什么好事？

严平儿边走边想，等他担了水又路过二虎家秧田底时，望着那可怜巴巴的秧苗，心里很难受。他停住脚步，干脆将一担水全倒进了二虎的秧田里。

清亮亮的水，冒着泡儿流进了秧田里，秧苗滋滋地吸着，顿时有了生气。

田里干得太厉害了，一挑水才浸了屁股大一块，严平儿索性一股劲儿挑了三担，头上、小鼻子上冒出了星星点点的汗珠。

"是你呀？"

严平儿又回到井边的时候，碰见蔡秀牵牛来饮水。蔡秀眼睛亮亮的，盯着严平儿红红的肩膀。

严平儿"嘿嘿"笑了笑。

"来，我担！"蔡秀变了脸。

严平儿乖乖地将水桶交给了蔡秀。蔡秀往二虎家田里挑了一担水，蔡秀还要挑第二担的时候，严平儿上前拦着，可蔡秀高低不给水桶：

"就你能担，我不能担？"

严平儿想了想，顺便找了个理由："学校里让我们学生干的。"

蔡秀没有吱声，她又走了几步，回头说："俺下秋还去上学！"

"真的！"严平儿侧着头问蔡秀。去年蔡秀停学后，老师让严平儿多次邀她去上学，都是因为她娘不允。

"你娘……答应了么？"严平儿还是有点不相信，便追问道。

蔡秀用手背抹了把脸上的汗水，说："明儿你要去放牛的话，我再跟你商量商量。"

严平儿点点头。不过，他还是不答应让蔡秀替自己挑水，蔡秀想上学，眼下却不能算学生啦，再说，她每天在家里忙，够累的了。

"唉哟！我的牛——"蔡秀失口叫了一声。

严平儿以为蔡秀家的牛去吃秧苗了，忙扭头去找，但他发现大黄牛还在一个劲地喝水，又看见蔡秀小跑步去井里打水，知道是蔡秀变着法儿支走他。严平儿知道自己受"骗"了，等蔡秀返回来的时候，他夺过水桶，还硬逼着蔡秀学了两声小狗叫。

两人闹了一会儿，严平儿忽然想起早晨葫芦塘边蔡秀的表情，忙问道：

"今早上你……你咋啦？"

蔡秀脸上霎地没了笑意，她说：

"我看塘里水快没了，就想起咱俩昨晚去水塘放水……我怕——"

"那——"严平儿也猛地想起来了，昨晚上自己是晃过塘炉桩的，是不是？……万一，天啦——

"平儿——平儿——"

塆子头边，严平儿娘在喊严平儿，儿子去挑水走了这么长时间，还没回家，她担心出了差错。-

"一定是我干的！"严平儿一屁股坐在地上，眼泪珠快挤出来了。

"也许是……水自己跑的！"

"也许是……"平儿自言自语，"不……是……我放的。"

"平儿，你不急，……别……别急！"蔡秀见平儿哭了，自己也急了，掏出小手绢走上来。

"平儿，平儿！"严平儿娘的喊声近了。

"我放的，我放的……"严平儿匆匆担了一挑水，自言自语往回走。

蔡秀目送着平儿走进塆子头边的竹林，转去牵牛时，奇怪！牛却不见了。

她跑到一个较高的田埂，手搭凉棚四下瞧了瞧，也没见牛影儿，黄牛莫非顺原路回去了？

这下蔡秀急了，她顺着田埂飞快地向家里跑。

蔡秀气喘吁吁地推开自家的栅栏门，见老黄牛已安闲地在院里杏子树上擦痒，她冲过去照着牛屁股拍了一巴掌，嗔怪道："该死的，把我吓了一大跳！"

"怎么？还不该回么？"后娘不知啥时已站在厨房门槛上，手里拼命地摇着蒲扇，"这么大个妮子，出去和人家唧唧呱呱说个没完没了，你不怕人家笑话，我还怕人家笑话呢！"

蔡秀想说自己帮二虎家浇秧苗去了，可话到唇边又停住了，娘正恨塆子里人呢！……她索性不理睬。扭头向自个儿小屋走去。

"啊！学雷锋做好事还不吱声！你当我不知道你这会儿干啥去了。"

蔡秀后娘提高了嗓门，冲着蔡秀背影继续嚷："你吃了饭不得饿，你要有这份心，为啥不朝俺家田里挑两挑！……"

她嚷了一阵，见蔡秀始终没吭声，觉得不解气，大蒲扇朝屁股上一拍："从明儿起，天天给我上山放牛。"

上山放牛，这正是蔡秀和平儿约好了的，她偷偷地一笑！

七　有龙就有水，是不

夜晚，天上的星星真多，一颗颗，都不停地眨着眼睛。真是，怪不得这些天太阳亮亮的，那么晒人，瞧，天上这么多星星，没有一丝云彩影儿，明天，一定是个大晴天，这个死老天爷！平儿想着走着。

严平儿又来葫芦塘了。为什么要来这里，他自己也不知道，昨天夜晚是为了给二虎家田里放水才来的，今天来是为了……平儿想到这里，小鼻子酸酸的，两滴眼泪从眼角滚了出来：

"都是怪我！"严平儿用小拳头在自己的腿上捶着。

平儿当然伤心了，刚放麦忙假，好事还没做一件，就捅了一个大娄子。开学后，怎么向老师交代，怎么向少先队报告，自己是班委，又是少先队的中队长。我这个头是怎么带的。这还是次要的，我错了以后可以改正，庄稼怎么办？二虎家怎么办，大胆儿家、狗儿家、蔡森家……都怎么办？没有庄稼就没有粮食，没有粮食就不能吃饭！这样的大旱，这么热的天，严平儿好像看见二虎在哭，二虎娘在哭，全村人都在哭。仿佛看见秧苗一棵棵干卷了叶，干倒了棵……秧苗、树苗、青草、野菜都蔫了……平儿越想越伤心，眼泪不断线地滚落下来，打湿了棉背心。

严平儿奔向葫芦塘，扑向还剩下的一锅底水，捧起一捧水，捂在自己的脸上，一捧、两捧……满脸是水，是泪，水和眼泪流在了一块，流到嘴里，咽了；溅在身上，不管它。捧水累了，眼泪也流干了，平儿坐在长石板上，盯住塘里的一点水愣神。

平儿想起了电影上的故事，老龙王能呼风唤雨，能舀来长江黄河水，我要是有一个长水瓢该多好，一定趁今晚把长江水舀来，把葫芦塘装得满满的，等明天埝子里大人起来一看："嗬，有水了，满满的一塘！"

平儿又想起了老师讲的神话故事，磨盘山上的仙姑洒下眼泪，落下山，满地都是雨水，我的眼泪要是也能变……平儿不由自主地看看刚才自己洒过眼泪的葫芦塘，水还是那么多，水面上闪动着星星点点的光，一闪一闪，挺耀眼的……

"平儿！"

"谁？"平儿矍地从石板上站起来。

"我！"

平儿听出来了，是蔡秀。

平儿又坐在青石板上。

蔡秀轻轻地走过来，坐在平儿身边的小石板上。

天上有星星，很多很多，一眨眼一眨眼的；不远处有高山，黑糊糊的，把天空咬掉了许多缺口；乌桕树真老实，站在那里一动也不动。微微的风送来了青草的香味，葫芦塘里，映出两个小小的身影。

"平儿，你也别难过。"

"我……"平儿又想哭。

"我也有责任！"蔡秀怯怯地说。

"我要是会变，一定要变一场大雨。"

"我会变，也变雨！"

"我要能追，就把水追回来。"

"我也追回来。"

"可是，怎么能变成呢？"平儿又沮丧了。

蔡秀抬头看天，自个儿数着："一、二、三、四……，平儿，你看看天上的星星，真多呀，要是一颗星星就是一个雨点点，也够咱塆子用了。"

平儿抬头傻傻地看天，看着看着，自言自语地说起来：

"星星呢？"

"天接了。"蔡秀接口道。

"天呢？"

"地收了。"

"地呢？"

"水打了。"

"水呢？"

"龙喝了。"

"龙呢？"

"上天了。"

"天呢？"

"那呸啰——"

两个孩子笑了起来。

平儿认真地对蔡秀说："咱们要能造一个大水瓢，用飞机把长江水运来就好了，咱们能造吗？"

蔡秀摇摇头。

"电影上有洒水车，咱们要有，也好了！"

"汽车上不来。"

"咱们要有水仙子，能降水，就好了！"

"可，水仙子呢——"

突然，蔡秀提高了嗓门："咱们不是住在乌龙岭吗！山里头一定有一条乌龙。"

"是吗?!"

"是的!"

"有龙就有水，是不?"平儿有点痴。

"是，有水!"

平儿和蔡秀同时向着夜幕下的乌龙岭望去。

龙，在两个孩子的心中播下了希望的种子。希望的种子又变成了一串金色的光环，每个光环都是一幅美丽的图画：有一条乌龙扬翅飞上蓝天，呼雷唤电，频频布雨，飘飘洒洒的雨，亮晶晶的水，无数条欢畅的小溪，唱着歌跑进了干裂的田里。田野泛绿了，大山挂翠了，庄稼丰收了，二虎家的人笑了，全塆子的人都笑了……

"平儿，你教我那首歌吧。"

"好!"

> 古老的东方有一条江，
> 它的名字就叫长江。
> 古老的东方有一条河，
> 它的名字就叫黄河!
> …………

歌声带着追寻和希冀，从两个纯洁而幼稚的心灵中飞出，在水塘上空回荡，在山间树林里环绕……

八　牛铃响丁当

第二天清早，蔡秀早早地吃了饭，便给黄牛颈项系上一个"丁丁"作响的小铜铃，拿着自己编的草帽，背上沉甸甸的竹筒水壶，向塆后走去。

"姐姐，你去哪儿?"

蔡森刚起床，他推开窗户，揉了揉屎巴巴的眼睛，盯着蔡秀问。

"放牛呗！"

蔡森闻声"哧溜"下了床，穿着小裤衩，光着脊梁奔到门口，拦住了蔡秀的去路。

"我也去放牛，我也去放牛！"

正从菜园里出来的大学长老远看见儿子这个模样，吓得拼命往回跑。她一迭声地吆喝："傻孩子，傻孩子，你不怕又感冒了！"到了近前拉着蔡森朝屋里走。

"俺也去放牛，俺也去放牛！"

蔡森一边挣脱娘的手，一边争辩着。

"小乖乖，天这么热，你不怕晒得又长包么？"她附声在儿子耳朵边说了一句。

"俺不吃冰糖白木耳！俺不吃……"

大学长一下恼了，她丢开儿子，用弓起的手指在儿子头上"嘣嘣"磕了几下，厉声喝道："不行，今儿偏不让你去！蔡秀，要走你快走。"

"丁当……"

黄牛猛地迈开步子，扬起了一串铃声。

"丁丁当当"的铃声在龙背塆的上空响着。它像云中的一只小鸟儿，唤醒了早就约好上山的小伙伴。

"走，蔡秀的牛上山了！"

"咿咿呀呀！"平儿家、严大胆儿家、二虎家的牛棚门都开了，"丁丁当当"的铃声汇成了一条音乐的小溪。

昨天平儿答应蔡秀一块上山放牛，他想：塆里几个伙伴不团结，还能学雷锋，做好事吗？干脆趁放牛这个机会，把大伙儿心上的疙瘩都解开。这不是两全其美么！

在村后新盖的龙王庙前，四个孩子见面了，四头牛也都聚集在一起。

以前塆里搞集体制时，这四头牛都拴在一个棚里。平时为了一把草，或者亲疏远近，曾抵过角，撂过蹶子。塆里实行生产责任制后，各随着各的主人，很少在一块相聚，平时，顶多隔着田埂，昂头叫一声，表示彼此的亲热和眷恋。这会儿，它们撒开蹄子向一处靠拢，你抵着我的头，我顶着你的屁股，互相亲昵。它们颈上的铜铃，丁丁作响，同奏一支小曲儿。

四个孩子被这群牛相嬉相亲的情景吸引住了，那没有规律的却又响着一种声音的铃声使他们想起了什么，又忘却了什么。孩子们不由自主地向一块靠拢。

"瞧你家的白尾巴尖!"

"嘻嘻,俺那大力士变乖了!"……

孩子们谈笑着,又蹦又跳,看着"花皇后"领着三条牛沿着小汊沟寻草吃去了,他们才回过头来。

"你们……准笑渴了吧! 来喝点水。"

蔡秀主动对几个小伙伴扬了扬沉甸甸的竹筒。

"我喝!"

"我我我……"

几个孩子争先恐后,蔡秀最先递给平儿,严平儿在龙王庙前绕了两圈,终于抛掉了"尾巴"。他坐在一块大石头上,将竹筒的小口对准自己的嘴巴。

奇怪! 竹筒里一滴水也没流出,严平儿使劲摇了摇。

"是不是没水,蔡秀骗平儿的?"

下面的孩子得意地嘀咕着,一双双小眼斜视着蔡秀。

严平儿不服气,用力拧开了竹筒的盖子。啊! 他那双细长的眼睛霎时亮了,竹筒里,是黄澄澄的杏子。

他抓起一颗,有滋有味地向嘴里塞,嗬! 好甜! 好甜!

平儿吃杏子的场面,二虎和大胆儿全看见了。他们发现上当了,嗷嗷地叫着向大石头上跑,严平儿一见,掏出杏子,天女散花一般朝下抛,忙得二虎和大胆儿屁滚尿流,蔡秀笑得前仰后合。

四个孩子吃完了杏子,笑够了,乐够了,一齐坐在龙王庙前的石阶上凉风儿。

这龙王庙是去年才修的。领头的,是埪东头的候忘。他当上了种天麻专业户,家里盖起了这方圆五十里才有的两层楼,退掉了责任田,成了富裕户。为了表示慈善,他一个人掏钱修复了龙王庙。这庙身虽然没有往年那么雄伟,可样式还是过去那个势儿。庙里还没来得及塑龙王爷像,也只供了个牌儿。去年,山里风调雨顺,没人到这里烧香供奉;今年,却已有人在龙王爷牌位前置了个瓦香炉,烧了堆纸灰。

孩子们看这个样儿,"哈哈"一笑,谁都觉得这怪好玩的。二虎爬进去,又作揖又磕头,逗得大伙儿尽乐。

"唉,你们说,这有龙没有呢?"蔡秀问。

"老师说,很久以前,地球上是有一种在水里会游,在天上会飞的动物。"

严平儿说。

"嘻，没有龙，咱这岭为啥叫乌龙岭，咱塆叫龙背塆呢?"二虎自信地说。

"啊啊!"蔡秀似懂非懂。她没上学了，可对啥事都想弄清楚，问村里大人吧，他们有些也不懂，有的还不愿和小孩啰唆，蔡秀所以一碰见小伙伴便问长问短。

"你们都会唱那首龙的歌吗?"她问道。

"那还用说。"大胆儿偏着头回答。

"你会吗?"

"我会!"

"你知道是啥意思?"

"这指的咱中国，"严平儿帮蔡秀解释，"是台湾那边人写的。"说着，他念了起来。

> 遥远的东方有一条江，
> 它的名字就叫长江；
> 遥远的东方有一条河，
> 它的名字就叫黄河。

孩子们一个接一个地唱起来，蔡秀也跟着大伙轻轻唱，一会儿，她那婉转的女高音便压住了男孩子们的声音。

"坏了，咱们的牛呢?"严平儿突然打断了大伙的歌声。

对呀! 牛呢? 孩子们四下张望，怎么连铜铃的响声都听不见了呢?

"哞——哞——"

他们扮牛犊的呼声引诱牛儿。可好一阵儿，还是不见牛儿回来。

于是，孩子们分头找开了。一会儿大伙都回来，连个牛毛儿都没看见。

牛可是庄稼人的命根子，这要是有个三长两短，或去邻塆地里害庄稼，被别人牵走了，他们回去都没法交代。

二虎攥着小拳头只啧嘴，他在龙王庙的台阶上走来走去，突然一下跪在地上，口中喃喃有词："龙王爷保佑……"

"去去去!"严平儿拽起二虎，"快找，龙王爷也不会讲话……"

于是，他们顶着日头，一条沟一道岭地四下张望。

快晌午时，在仰天窝的方向，蔡秀终于发现了他们的四条牛。

这仰天窝好像一个大天井，四周高，中间凹，下首有一个深深的洞，传说是乌龙落地时，踩下的一个脚印，平时因路难走，人们一般不来这儿。

一会儿，孩子们闻声气喘吁吁地跑来了。他们看见四条牛都头挨头地躺在凹地中间，个个气得瞪着眼。大胆儿捡起一块石头便向下面扔。

石头不偏不斜正打在"白尾巴尖"的头上，奇怪，牛群还依旧伏在凹地上根本没准备动身。

大胆儿还要捡石头，被蔡秀制止了，她担心石头会打伤了牛。

"走，咱们下去撵。"

她带头，三个男孩儿跟着，攀着杂乱的树丛向下走，到了凹地上，他们才发现，别处草棵儿都干黄了，这儿还绿油油的，长得十分茂盛。真怪！等他们好不容易吆喝起牛儿来，才发现，地上牛卧的地方，都汪着一凼水呢！怪不得牛儿往这边跑，怪不得这里青草茂盛。

"有了！"

严平儿望着凼里由浑变清的水，蓦然脱口叫道。

正要往上面爬的几个孩子愣住了，他们停住步子，回过头一齐望着严平儿。

"这里一定有水源！咱们用力儿挖个池塘，想办法把水儿引下山，不就好了么！"

对对！孩子们又一齐奔回来，望着牛倒卧的地方不断外涌的泉水咧着嘴笑。

"俺们回去找锄头来，把这个小塘挖大些。"

严平儿郑重地吩咐。

九 不，俺偏不！

仰天窝发现了泉水，这条"头号新闻"震动了龙背埼。

大胆儿爹说，这一定是乌龙吐出的涎水，因为仰天窝就在乌龙洞下。

二虎娘说：这是乌龙显灵，给龙背埼人洒下的救命水。

也有人说：这是乌龙的圣水，万万不能动，否则老天发怒，龙背埼还会大旱三年。

孩子们可不管这一套，他们采取丢石子儿的方法决定：泉水先引到最困难的二虎家的秧田里。

可是，从仰天窝到山下，到处是张着嘴的沟呀壕呀！那一小股水，怎能下得了山呢！

这可是个大问题，眼看到嘴的果子，还能让雀子口衔去不成？

后来，还是严平儿从一本连环画书上得到启发——将竹筒凿通引水。

他的办法得到了大伙儿的拥护，孩子们纷纷从家里找来放干了的竹筒，二虎从家里翻出了一根钢筋棍，他们忙活了一天，捣通了全部竹节。下一步，只要将竹筒儿接起来就可以了。

这天傍晚，蔡秀身披晚霞，赶着牛儿进了自家的院子。

"秀啦！饿了吧？"她后娘大学长出乎意料地老远迎了过来，接过蔡秀手上的牛绳。

蔡秀感到有点意外，她不解地望着后娘那热情的神态，不知所措地"喏喏"应着。

一会儿，大学长从厨房里端出绿茵茵的脆黄瓜，白白的甜粽子，一迭连声地招呼蔡秀吃。

蔡秀望着桌上诱人的食物，就不客气地端了起来。

"秀啦！仰天窝的水引下来了吗？"

"没……没有。"蔡秀一边吃一边回答。

"听人家说，那儿水挺旺的呢？"

"嗯。"

"这可是个稀罕事儿，……哎蔡秀，我听垮里人说，这水还是牛先发现的呢？"

"对，牛在仰天窝里，怎么唤它也不走，我们下去一看，啊，原来地下水旺，草长得格外壮。……"

"哦，后来，在牛卧的坑里看见了泉水，对不对？……"

蔡秀奇怪后娘今儿怎么这爱说话，她抬头望了望，见后娘正用一种攫取的目光盯着她，便暗自笑了笑，随口答道：

"是的。"

"秀，你是好孩子，怪不得你爸在我面前那样夸你。对不对？仰天窝的水是俺那大黄牛最先发现的，垮里人也都这样讲。"

蔡秀吃惊地盯着后娘，望着她那一张一合的嘴唇，那不停眨动的双眼，她明白了后娘刚才亲热的原因。"你真自私！"她真想这样指责她。不过，她压住了心头的愤怒，只装着若无其事的样子，"牛多，谁知道是哪家牛踏的呢？"

"唉哟！"大学长将凳子朝蔡秀身边挪了挪，"小傻子，谁叫你这样说呢！明儿，水引下山了后，我去把队里的治安主任——你表叔找来，你只要当面哼一声就行了。"

"不！"蔡秀再也忍不住了。

"好蔡秀，听娘一句，咱家秧还没插一棵，秋后用啥吃呀！哦，听娘一句，等明年，我还让你爸送你上学……"

"不，我偏不！"

"什么？"大学长把声音提高了八度，"你偏不？你反了！臭妮子，今儿你要再和我犟嘴看我不撕了你！……"说着，她一巴掌将石桌上的两个碟子扫在地上。

蔡秀不愿理睬她，挂着泪花花起身向外走，大学长担心蔡秀会把她的计划嚷出去了，急忙伸手去拉。

蔡秀不愿待在屋里听后娘骂，用力想挣脱后娘的手，谁知"嘶啦"一声，身上的一件花格子褂从前衿撕到后衿，半截身子露在外面，蔡秀又羞又气，不由"哇"的一声哭了。

蔡秀的哭声惊动了塆里的人，大学长恼羞成怒，"呼"地关上门，骂道："臭Ｘ妮子，今儿你死在外面莫回来了。"

十　金钥匙的故事

蔡秀一边哭一边向塆外走去，蒙蒙的眼睛里，她仿佛看见娘从小路那头走来了。"小白菜，黄又黄……"娘在教她唱歌哩！她不停地走着。走呀走呀！直到闯上了一棵树，她才明白自己是幻想，现在是到塆后的黑松林里来了。

松树里边，正升起一个铜盘样的大月亮，一棵棵黑松树，像从牛乳里刚捞出来一样，散发着松节油淡淡的清香。花花搭搭的月光，筛落在松软的土地上，活脱脱像一幅有声有色的剪纸，把松树的干呀，枝呀，都给润活了。蔡秀望着这一幅幅美丽的图景，脚步儿再也不愿往前移了，刚才的气呀，恨呀，全给丢到脑后了。她一个人静静地欣赏着眼前的月下松林。

"蔡秀！"

她回过头，见严平儿站在身后，他手里掂着两张油饼。不知怎的，她的嗓子好像被什么东西给塞住了，一句话也说不出来了。

"蔡秀，你……你吃吧！"严平儿伸出了手。

"平儿，谢谢……"她想说，可泪水却"扑扑嗒嗒"先流了出来。她接过了平儿手上的油饼，却一口也不想吃。

"哇！"

忽然，林子里又跳出了两个孩子，是二虎和严大胆儿，一个人掂着黄瓜，一个人拿着熟鸡蛋，朝蔡秀走来。

"我们……听塆里人说了。给！别气，也别怕。"他们一齐递过了手里的东西。

"先吃吧！你怕她，哼！还有我们哩！"二虎补充道。

蔡秀迟疑着没有接。

"蔡……蔡秀，你娘打你的事，我们都知道了，俺娘说，这水……俺家也不要。"二虎说。

"不行，"蔡秀叫道，"那是俺们扔过石蛋蛋定的。"

"可这会儿，为这点水塆里人家再闹起来，俺家里人心里头多不安呀！"

"嘻，你怕啥！这是咱们发现的，又不是队里的大水塘，咱想给谁家就给谁家。"蔡秀担心二虎家真的不愿要了，她越说越激动。

"好啰好啰！"

大胆儿插进来咋呼开了："你蔡秀既然不怕，为啥饭都不吃了呢？给！"说着，大胆儿将脆黄瓜撂在蔡秀手里。

蔡秀一只手拿着严平儿带来的油饼，另一只手别在后面，二虎看这样子也急了，伸出手就去拽蔡秀后面那只手，蔡秀忙不迭地躲闪着。这一下，孩子们才看见，蔡秀的小褂子撕了，她用手紧紧地按着呢！

"好，我们将东西搁在这树叉叉上，你吃了我们再来。"

男孩们明白了：蔡秀是怕羞，便笑嘻嘻地纷纷向后面撤。

"林子里是谁？"

松树林外边的小路上，传来了瓮声瓮气的问话声。

孩子们趴在地上，一声没吱。

"再不答应我就要扔石头了！"

路上的人说着便朝林子里走来，渐渐地，孩子们看清了：是阚村长。

男孩子们腾地从地上跃起来，一齐叫着扑向阚大明。

阚大明以为有人在偷树，几个孩子一扑过去，他吓得连忙躲向树后。

"你们这些孩子！"

别看阚大明快四十岁了，可还像个孩子王，平时不管见了哪墕的"小把戏"，不是抱起来疯一阵，就是扔个石头，开个玩笑，弄得他走到哪墕，总是孩子们最先围上来。这会儿，平儿、二虎和严大胆儿像猴子上树，一个个趴在他的身上。

阚大明等到和孩子们乐够了，疯够了，才问："你们怎么夜里上这儿来了？"

"嗨！"二虎拍拍脑瓜，"你看，我们光顾着疯。"他把他们找到了一股泉水的事，蔡秀挨打的事，一古脑儿倒了出来。

"唉，"阚大明叹了口气，"那蔡秀呢？"

"我……在这儿。"

蔡秀不知什么时候已经站在他们身后的一棵树边了。

"秀，"阚大明抚摸着蔡秀蓬松的头发，"你娘，你桂子弟都惦记你呢！有空去看看吧！你墕里争水的事我已经知道了。你做得对，责任制以后，田地虽然分了，可人心不能散，只顾自己不管大伙的利益，这是不对的。"

孩子们静静地听着，他们觉得阚叔说出了他们心里的话。

"这天空要是老不下雨，大伙怕还会互相闹矛盾呢！"

"是的，"阚大明说，"根据县气象站预报，旱情还会继续下去，眼下，最要紧的是插上秧，不然过了季节，就是下雨，庄稼也会减产。唉！这天旱，对咱们责任制是一个考验，有人正在说风凉话呢！"

"要是能变条龙就好了！让山里下场透雨，咱龙背墕人就不会争争吵吵了。"严平儿说。

"变条龙？不是说后山下压着条龙吗？这是真的么？"二虎问。

"啊啊！你们学生能不知道？对不对？"阚大明问严平儿。

"古时候，传说沼泽里确实有一种会飞翔的龙，也有人把咱们中国比喻为龙的故乡。台湾有一首校园歌曲就叫《龙的传人》，不过不知道是不是这种龙？"

"是龙么！能不一样？"二虎接着嚷。

"一样就好，咱们把它请出来不就得了。"蔡秀说。

"不行，"阚大明抽出一支烟，燃上后望着树林上空疾速行走的月亮，自言自语，"不行啰！这龙，听说被锁在山洞里呢！"

"怎么？"三个孩子异口同声地问。

"走吧！到林子外边去，我讲给你们听。"

树林外边，是一条深幽的山涧，下暴雨时山涧里混浊的洪水像一条黄龙在翻身，这时候长时间无雨，山涧早就干得见了底。月光下，山涧半明半暗，月光好像缕缕蒸气，袅袅上升，阚大明带着他们五个人沐浴着湿润的月光，坐在涧边——

"快说呀！"孩子们等不及了。

"大家坐好，我开始了……"

"不知是多少年以前，在我们这丛丛莽莽的大别山里，一连干旱了三年，黎民百姓离乡背井，逃荒要饭，道路两旁尸骨横野，百里不见炊烟。灌河中的小乌龙动了怜悯之心，一天深夜跃上云头布云行雨。谁料玉皇闻知后，以违犯天条论罪，斩去了它漂亮的龙尾。

"乌龙虽然受了酷刑，但它见旱情仍未解除，心中日夜不安，为了拯救黎民百姓，秃尾龙趁玉皇南巡之际，又悄悄为山里降了三天三夜滂沱大雨。

"山青了，水绿了，田野上终于又有了播种的农夫。玉皇闻讯勃然大怒，一气之下，命手下将领搬来一座山，将乌龙终身囚禁于此。

"大别山里，人们怀念乌龙，崇敬乌龙，在山前山后，建了九九八十一座龙王庙。每逢乌龙被大山镇住的忌日，男女老幼，带着香、蜡纸、炮，来乌龙岭下祭奉。这一年，有几个年轻后生好奇，烧香行礼后，攀山越岭，进了乌龙洞。这洞里幽深黑暗，洞洞相连。乌龙洞内三四一十二里，有'葫芦洞'、'白虎洞'、'通天洞'、'鸡鸣洞'。稍不小心，便会走失方向，这几个后生进去后，因为没有火把照明，一会儿便迷了路，他们没办法，只好胡摸乱撞，也不知走了多长时间，一个个精疲力尽，正在绝望的时候，忽然从一个洞里传出耀眼的光亮。他们以为到了洞口处，一个个惊喜若狂，拼命向前奔去，到了亮光附近，才看清洞里卧着一条数十丈长的庞然大物。他们一下想起了，这莫非就是被玉皇镇在洞中的乌龙。其中有一个人感叹道：'我们灌河两岸要不是乌龙降雨，恐怕现在连个人影也没有了！''是呀，'有一个人接着说：'咱们可不能忘了乌龙的恩德。''那怎么把乌龙从苦海中救出来呢？'几个人说着就向那霞光闪闪的地方走去，他们唤醒了乌龙，告诉了自己的意图，乌龙感激不尽。这时，有一个后生正动手要解乌龙身上的锁链时，'咔嚓'一声，一道巨大的石门从天而降，除了一个青年人外，其余全被关在洞中，原来玉皇接到镇守乌龙的兵将报告后传旨降下石门石锁。"

"这乌龙后来被救出来了没有？"

二虎嘴快，抢先问道。

阚大明指了指月光下隐隐约约的乌龙山，缓缓地说："传说没有被救出来，人们讲，这乌龙洞口的石锁，没有那把独一无二的金钥匙，是打不开的。"

"金钥匙？"三个孩子一齐问。

"是的。这把金钥匙据说由洞里一个纺棉线的老太婆看守着。这老太婆一年到头，从早到晚，昼夜不停地纺线，她的纺车只要旋转，不管谁走进，都会碰得粉身碎骨。不过，每天天黑时，老太婆疲劳了，她要眨一下眼，休息片刻。如果这时候有谁念着'石门石门开开，乌龙乌龙出来'，这把金钥匙就会大放光芒，你就能拿走它打开石门。不过，那老太婆万一醒过来了就不行了。"

"严平儿……"

塆子里，传来了严平儿娘急急的呼唤声。

阚大明探出手腕望了望手表，叫道："哎哟，时间不早了。"

于是，几个孩子簇拥着他，踏着月光向村里走去。

十一　心愿

阚大明月夜的一席话，像童话中的魔棒，拨乱了孩子们思索的时钟。

金钥匙！金钥匙！几天来，蔡秀的眼前，总是闪现着那把金光闪闪的钥匙，"要是能找到那把钥匙有多好啊！"她总是这样想。

她记得上学时仿佛听老师讲过"幼女斩蛇"的故事，她总是忘不了那个勇敢的小姑娘身佩利剑，手捧拌有药饵的馒头走向蛇窟的形象。那个形象好像活在她的心里，她一遍又一遍用记忆去擦亮这个故事。现在，金钥匙的故事和幼女斩蛇的故事好像融和在一起了。她觉得幼女不是举着利剑，而是举着金钥匙走向黑暗的山洞。"我要能像她那样多好啊！"夜里睡在床上，蔡秀总是这样自言自语着。

"蔡秀，走！"

蒙蒙眬眬的睡眠中，蔡秀听见有人喊，她一骨碌跳下床，趿拉着鞋跑到门外，原来，门外有人喊她去取金钥匙。蔡秀高兴极了，跟着那几个人往前走。奇怪，她的腿像被什么拴住了，软绵绵的，像是一根棉花条。她气坏了，拼命追呀追，累得出了一身大汗……谁知是一场梦。

她醒了后，还后悔为什么没有追上去看看金钥匙究竟放在什么地方呢！严平儿要是知道了，会笑自己的呢！

第二天，蔡秀起了个大早，去看从仰天窝引下的水管。经过村头竹林时，她听见严平儿和二虎也在议论"金钥匙"的事儿。

"唉！咱们要有那把金钥匙就好了。"

"是呀！要有了那条乌龙，你看吧，喀嚓嚓！在天空上行云布雨，要有多美有多美！"

"平儿，我说，咱们去把那龙找出来好不好？"

"找？恐怕，压在山底，就是有，怕也不会活了。"

"嗨，有人说，千年的古莲子又开了花，四百年前的甲鱼还能在水里游，这龙要真出了洞，见了空气和阳光，说不定，还能上天呢？……对了，到处都旱得厉害，仰天窝上却还有一汪水，说不定，那是乌龙的眼泪！"

"这……"

蔡秀听得入了迷，他们竟想到一块去了。她不由高兴地叫了一声。

严平儿和二虎闻声跑过来，一看是蔡秀，忙告诉说：

"水……又不多了。"

果然，从仰天窝引下的那竹管水，变得像一条细线了，二虎家的秧田，仅仅有铜钱那么厚的一层水。

"咋办呢？"严平儿眯着两眼摊开双手。

"你们，不是要去找龙么？"蔡秀问。

"是呀！"二虎应道。

"我看——"严平儿学电影里大人物思考问题的样子，双手别在背后，"……最好，去学校问一下教常识的方老师，这事儿科学吗？"

"去去去！"二虎火了，"你这个人呀！干啥都是前怕狼后怕虎。你这一问，老师会让你去么？世界上干大事情的，都是出其不意，有谁没开始就咋呼！"

严平儿张了张嘴，想找条理由反驳二虎，可又找不出恰当的词儿。

"那——"二虎为了表示决心，吐了口唾沫在地上，"谁后悔谁将它舔起来，死了变王八！"

三个孩子互相望了一眼，他们都发现，他们每一个人的眼瞳里都好像有一团火苗在燃烧。

"走，我们都回去准备东西，注意保密，除了我们仨，谁也不能告诉。"

严平儿挥了挥手。

"对，也不能让大胆儿，还有你弟蔡森知道。"

三个孩子一路议论着回了垮里。

要想进洞，平儿首先想到了要有干葵花杆，他知道那东西好烧，夏天在河里照鱼就用这玩艺儿。

他家里葵花杆堆在屋檐下，平儿正在捡，爹爹从外边回来了。

"平儿，把葵花杆抱到锅屋里烧掉算了，放在外面日晒夜露的也烂丢了。"

平儿嘴里应着，可就是不动身。他爹进了屋见儿子没动手，又转回来嚷开了。

"快点，抱回来！"

严平儿悻悻地将葵花杆抱进了屋，他本想趁爹爹不注意再抱走。谁知他娘正愁煮猪潲没柴火，掂起就往锅膛里填。一霎时，严平儿的希望，全化成了那一簇簇橘黄的火苗。

他暗暗叫糟糕。乌龙洞里黑洞洞的，人进去怎么办呢？他想去找二虎商量。

经过蔡秀围墙外时，严平儿忽然想起蔡秀家里有一把三节电池的电筒。去年有一天夜晚蔡秀的弟弟病了，急等着去岭那边请医生，平儿陪着她，穿过一片黑压压的松林，走过一道乱坟岗，就是电筒里的光芒，给他们带来了勇气，驱走了黑暗，还吓跑了两条大灰狼……现在，要是能有那样一把大手电筒就好了。

他决定去问问蔡秀，看手电筒是不是在家。

可是刚走进蔡秀家的门口时，平儿又没有这个勇气了。要让蔡秀后娘碰见，她保准又没好脸，说不定还会说一些难听的风凉话。

怎么办呢？树上的知了声嘶力竭地鸣叫着，严平儿恨不得将两个耳朵全塞起来。

忽然，他叫道："有了！"原来，蔡秀还上学时，严平儿每次来约她，都学知了的叫声呼唤。

"知了——知了——"。

严平儿双手拢在嘴巴上，冲蔡秀家院里一个劲儿叫，果然，没一会儿，门轴儿"吱呀"一声响，蔡秀出来了。

"还是——你！"蔡秀东张西望，终于发现了严平儿。她将手上的一截黄瓜塞了过来。

严平儿把自己的打算还没说完，蔡秀就嗔怪道："人家早就想好了呢！"

"那……我代表二虎，谢谢你！"严平儿弯腰鞠了个躬。

"嘻嘻！"蔡秀不住笑。

"哦哦哦！——"

严平儿和蔡秀正在乐，他们头上忽然有人嚷，他俩抬头一看，原来是蔡森。

"我都听见了！我都听见了！"

蔡秀瞪了弟弟一眼，责怪道："你叫啥？你听见了什么？"

"手电筒！手电筒！我听见了，你们要手电筒！"

严平儿害怕大学长听见了，转身一溜烟跑了。

十二 "上山啰！"

"嗬哟哟——"五个孩子立在岩石嶙峋的山头上，冲着对面山头一轮金光四射的太阳欢呼。

"嗬哟哟——"山谷调皮地呼应着。这一下，引得五个孩子越发大声呼唤。那叫得特别响的是粗嗓门的二虎。

石岩下首山坡上的五六条牛，被山头上几个孩子的叫声惊呆了，纷纷昂首四望，闹得脖上的铜铃个个丁丁作响。

今天大清早，按照昨晚的约定：上乌龙山上"放牛"。严平儿乐得鸡叫头遍就醒了。他以为天大亮了，跳下床往外跑，才知外面天还是黑的。他咕哝着又朝被窝钻，却咋也睡不着了，他一会想着爬山的情景，一会想着在洞里摸索的味儿。他还仿佛看见了关在石门中的乌龙，乌龙睁大哀怨愤懑的两眼，可怜巴巴地望着外面。"我来了！"严平儿脱口而出。

"你……你和谁说话了？"娘在隔壁轻轻地问。

严平儿支吾着，他昂起头，见窗口成了个亮团团，便抓起身边一个鼓鼓囊囊的小口袋，翻身跳下床。

"娘，我赶早去放牛。"

他不等娘回答，就一溜烟出了门。按照昨晚的约定，他把牛牵到村东的老榆树下。

天渐渐地明了，乌龙山，一层层的梯田，稀稀落落的房屋，像投在显影液中的底片，渐渐地清晰了，明朗了。可二虎和蔡秀还没有来，严平儿再也没有心思欣赏这美丽的初夏清晨了，他急得不停地探头四顾。

忽然，有谁从后面蒙住了他的眼睛，"二虎二虎！别胡闹！"严平儿用劲儿掰脸上的一双手，又急中生智，用手掌儿去搔二虎的胳肢窝，不对！……当他刚意识到什么，眼睛上的那双手掌霎地撤掉了。

是蔡秀，她的脸蛋儿臊成了个红苹果。严平儿的那只手，像被火烫了一般，简直不知放哪儿才好。

"汪汪，汪汪！"

两人正窘在那里，大榆树边忽然响起了狗叫声。

是二虎，他牵着自家的大黄尖来了。旁边还有低着头的严大胆儿，汪汪叫着的花围脖。

二虎并不知刚才的事儿，他嗫嚅着对二人说："我想……得带条狗，电影里探险时都有条狗……所以，严大胆儿……"

二虎怕严平儿责怪他不该违背诺言，带来了胆小怕事的严大胆儿，所以忙不迭地声明，他是为了狗才允严大胆儿来的。

严大胆儿以为严平儿不让他带狗，忙不迭地声明，"我，我什么都听你们的。"说着，讨好地望着大家。

严平儿和蔡秀都被严大胆儿的表情逗笑了，四个孩子牵着牛儿鱼贯向塆后走去。

"站住，留下买路钱！"

塆后竹林里，突然跃出了蔡森。

"哼，当我不知道你们去乌龙洞。"蔡森两手叉腰，拦在路心。昨天，严平儿找蔡秀借电筒，他便估摸出了是干什么去。

"我们去放牛，你这个宝贝蛋子也愿受这个罪么？"二虎故意说。

"好！蔡秀，他要愿去放牛你就让他去。"严平儿也附和道。

蔡森一听乐了，伸手要去牵他姐姐手上的牛绳。

"慢——"蔡秀挡住蔡森的手问，"去，可以，但你首先要保证，上山了听我们大伙的指挥。"

蔡森见大伙儿全用戒备的目光盯着自己，明白了姐姐今儿腰杆硬的原因，平时他那股盛气凌人的劲全没了，只好低声下气地表白："我……我……听大伙的！"

……

孩子们的叫声还未停息，忽然，从对面乌龙洞里拥出无数黑翅膀鸟儿，漫天空里向他们站立的石梁子飞来。站在前面的严大胆儿吓得后退两步，一迭声地乱嚷嚷。

二虎用手掌儿卷了个望远镜，朝着黑鸟群望了一会儿，不以为然地说："嘿，蝙蝠，爱偷盐的蝙蝠！"他转身嘲笑严大胆儿："你看，不让你来，你偏要来当跟屁虫，看把你吓的，没魂了吧！"

大胆儿被二虎一激，不服气地皱了皱鼻子，第一个拔腿向乌龙洞跑去。

乌龙洞口坐落在一片乱石丛中，远远望去，如牛、虎、鹰、猴，还有一块叫和尚帽的，叠放在一块巨石上，山风吹来，铿锵有声，远看近看，就像平地上放着个圆球，快要滚落下来似的。可是星移斗转、日月轮换，爸爸说："爷爷的爷爷，……爷爷的爷爷……以前，这里就有块和尚石。"大胆儿家的花围脖，好像也被这森森然的气氛镇住了，从队伍前头退到大胆儿身边，大胆儿正窝着一肚子气，一见小狗这个样子，觉得丢了他的人，气得踢了一脚，花围脖"嗷嗷"叫着跑上前去。

等五个孩子跑到洞口时，一个个累得气喘吁吁，大伙儿忙不迭地寻块石头，有的坐着，有的趴下，有的干脆仰八叉地躺着。

"哟，你们看那是什么？"

蔡秀一眼看见了洞口的一堆纸灰。

"有人来求过雨。"

"还有没烧尽的！"捣蛋二虎用木树棍把纸灰挑得高高的，没烧尽的纸片被山风吹起来，飘下山谷。

"准备动身吧！"

严平儿发布命令，又宣布了注意事项。但是，当决定由谁留在外面时，谁也不吱声——谁愿当着大伙承认自己落后呢？当然，这个任务是应该留给严大胆儿的。

"我……我……我不在外面。"严大胆怯怯地望着大伙儿一齐扫向他的眼光，红着脸蛋争辩着。

"那——谁愿留下，举手！"

没一个人举手。

"好，都去吧！让'花围脖'守在外面吧！"

"花围脖"好像领会了大伙儿的意思，摇了摇尾巴，严平儿从身后小篓子里掏出一个小粽子扔给了"花围脖"。

"哦，粽子！"

二虎的小喉头动了动，他伸出舌尖在嘴唇边咂了咂。

"不行，等到了里面再吃。"严平儿用手捂住了篓口。

"怪累赘的，大伙要吃就先吃吧，反正晌午咱们就出来了。"蔡秀轻声说。

大伙全拥了上来，你一个，我一个，一眨眼便吃了个精光。

"我这里还有——"

粽子刚吃完，蔡森又从口袋里掏出了黄澄澄的杏子。

村子里，只有蔡森家有棵杏子树，平日，蔡森娘挺厉害，她家的杏子熟得歇了顶，也没人敢去摸，这会儿大家便不客气了。

"好，出发！"

大伙儿还在回味着杏子又甜又酸的味儿，严平儿便下了命令，五个孩子一个接一个，连走带爬进了乌龙洞。

十三　神奇的乌龙洞

乌龙洞口像一个平放的葫芦，肚儿朝外，口儿朝里。洞口处，可以容下二三十人，但越往里走，洞口就越狭窄，光线越暗，一会儿，孩子们只能弓着腰向里面走了。

"唉哟！"不知谁的头碰在洞顶的石头上，怪声怪气地叫了声。

"摸摸，起包了没有？"

"起了，鸡蛋大！"

"哎哟，又碰上了。"

"鹅蛋大了吧！"

"哈哈哈…………"

洞里回荡着孩子们的笑声。

越向里走，光线越暗，眼快看不见了，"严平儿，手电！"

严平儿没回答，也没有揿亮手电。严平儿没听见吗？听见了，他想，还不知洞会有多深呢，先节省着点。

洞里完全看不清了，漆黑一团。

"平儿，手电！"蔡秀提醒严平儿。

手电筒雪白的光柱驱走了黑暗，显现在孩子们眼前的是犬牙交错的石块：有的像猫头，有的似象牙，还有一团团悬在洞顶，摇摇欲坠。洞壁上，沁出丝丝寒气，潮湿的气味一个劲儿朝鼻孔里钻，不知谁叹了口气，洞里竟"嗡嗡"震响。

他们的目光循着手电筒的光柱四下搜索：洞顶、地面，忽然，"扑啦啦——"一声，好像有一团东西迎面打来。

"大家靠在一起！"没等严平儿喊完，五个孩子就像鱼儿撒网时一样，下意识地扑在一起，连个气儿也不敢出，而严平儿呢也吓得忘记了打开手电筒。

大伙聚在一块，没有吭声：乌龙莫非知道真的有人来了。

"滴哒哒，滴哒哒——"

"是流水声？"

严平儿打开手电筒，发现洞壁上的滴水一串串地像打在孩子们的耳膜上，足有一根烟的功夫，大家才吐出一口气。

"唉，全是自己吓自己。"二虎直起腰，好像三年早知道。

孩子们也都随着昂起了头。

"忽啦啦啦——"

又有一团黑东西夹着风打过来了。孩子们的脸上感觉到有软乎乎的东西扫过。奇怪！手电一熄，那东西即刻又不见了，严平儿想，要是乌龙的话，为啥它非要惧光——害怕光亮呢？龙不是可以呼风唤雨，腾云驾雾么？再说，它被锁在洞里呀！

他想了个办法，将手电横搁在洞边的一个石槽子里，揿亮手电后马上闪过身子，这次，他终于看清楚了，在右边的石缝里，伏着一个个碗大的蝙蝠，原来是它们捣的鬼。

"快，快起来，是蝙蝠。"

孩子们一个一个慢慢地立起来："他奶奶的，让我们虚惊一场。"二虎咬牙切齿地骂。

"不能再打手电了，不然，它又会扑过来。"蔡秀提醒道。

"大家手拉手，我和蔡秀在前，蔡森在中间，大胆儿和二虎在后面，一般不打手电。"

"对，不到关键时刻，咱们不亮手电，到了里面，也许就没有这该死的蝙蝠了。"

几个孩子鸡一嘴，鸭一嘴，最后，还是二虎，挤到前面带路。

严平儿要二虎到后面去，二虎后退了几步，闷声跟着队伍，拉着大胆儿前进。

黑沉沉的山洞，龇牙咧嘴的怪石，像一个没有天日的世界，像一个无底的深渊，大胆儿虽然走在二虎的前面，但心里扑扑腾腾像打鼓，他害怕了，想退出去，悄悄从蔡森手里缩回自己的手，又想从二虎手里抽回另一只手。

"你——"二虎说。

"我鞋掉了。"大胆儿蹲在地面上。

"快拔上，跟着我们。"二虎越过了大胆儿。

大胆儿拔脚想往回走，可又怕同伴讥笑。再说，回去的方向漆黑一团，只有向前，才有严平儿手上忽闪忽灭的手电灯光，没办法，他只好硬着头皮，借着一闪一闪的手电光向前慢慢摸。

"大胆儿，快些呀！"走在前面的二虎不停地喊他。

'快点，大胆儿，你是不是想往回溜呀！"蔡森也在前面喊大胆儿。进洞后，蔡森心里虽然也有点怵，但他总想争口气。要不然，上山时大伙儿就瞒着他，到时，大家会说他，"看，叫你别来，你偏要来。"

这支五个人的小队伍，一个个弓着腰向洞中前进，足足走了有好十几米，山洞仍没什么变化。黑暗中，有谁在小声地嘀咕："这龙在哪儿啦？"

队伍里没人应声。但这声音却像电波马上传到了大胆儿的心里。"是呀，万一没有龙，这苦不是白受了么？再说，洞里是不是还藏着狼和豹子呀，就是跳出来个狐狸也吓坏人，还别说妖怪出来了。"越想，大胆儿就越觉得气儿出不匀。在石洞的一个拐角处，他干脆靠着石壁喘气。

他想着洞外面的"花围脖"，想着家中锅里冒着热气的馒头，想到洞外那白亮白亮的天地，他真有些后悔，他仿佛觉得：自己和那些东西永远分别了。他不由又起了回去的念头，他回过头，朝来的方向望去，还是一丝儿光亮也没有，眼前似乎立了一堵黑色的墙。

等严大胆儿从遐想中转回时，前面的伙伴的脚步声已经消失了。大胆儿惊了，他急忙弓着腰往里摸。

"吧嗒，吧嗒！"大胆儿觉得前边有人在走路。他不顾洞里磕磕绊绊的石头，加快步子往里走。可好大一会儿，大胆儿仍没有赶上。他壮着胆子叫了一声："喂——'

除了山洞"嗡——"的回音，除了嘀嗒的水声，大胆儿什么也没听见。大胆儿慌了，他觉得洞里的空气都快耗完了。

"严平儿——"他惶惶地叫。

"蔡秀——"他拖着哭腔儿喊。

"二虎——"

当大胆儿自己的声音消失后，山洞里仍是那死一样的寂静。

大胆儿知道发生了什么，知道自己到了什么境地，他不由"哇——"一声哭开了。

十四　回荡在山谷的呼声

晌午的时候，太阳像掺上了辣椒面，晒一会，皮肤发疼。龙背塆中，这会儿就是最爱干活的，也缩进了屋。

大学长的丈夫从派出所回来了，她特意炒了盘黄松松的鸡蛋，把最后一块透明滴油的过冬腊肉摆上了桌，碗筷都放好了，儿子还没归屋，她骂了句，倚在门边喊道：

"森唻——森唻——"。

她叫了十几声儿子，又喊了几声蔡秀，仍没听到应声。她只好用巴掌挡住刺眼的日光，边喊边向塆里走去——她掂量儿子野到别家去了。

枝繁叶茂的老枫树下，二虎娘也在拖声拉调地喊儿子。黄思敏自从那次和二虎娘争水后，就一直没和她讲过半句话，她噘着嘴，扭头从枫树下走过去。可还没走上十步，在一家的墙角边又碰上了严平儿娘。她过去常骂严平儿娘是"富农婆"，为这事两人还大吵过一架。现在，她不愿，也不好意思去问，便装着没看见，侧着身子走过去。忽然，她听见严大胆儿妈也在打听儿子，一时间，三个女人，三张嘴巴，都在呼唤自己的儿子。

"平儿——"

"二虎——"

"森啦——"

龙背塆的上空，响起了一曲母爱的颂歌。

呼喊声惊动了蔡森的父亲——派出所所长，出于职业的习惯，他从塆子上空此起彼伏的叫喊声中感觉到了不妙。他赶去拦住气咻咻的妻子，"全塆的孩子都不在家？"

大学长眉梢一挑，抢白道："谁管他全塆不全塆，我自己儿子还没找见呢！"

派出所所长挺有耐心地追问："蔡森是不是和他们一起走了。"

大学长愣住了。

"你快去打听一下，看他们知道孩子的下落呗？有一个材料上说，一个地方的坏人报复，一下杀了四个孩子。"

大学长本不想去理那些"冤家对头"，自己是找丈夫回来出气的。气没出，又去和他们一锅搅，这不太憋气了吗？可是，儿子蔡森不见了，并且外地有坏人杀害孩子的事，要是蔡森碰见坏人怎么办？……

你想：大学长能不急吗？

她内心矛盾重重，但还是转身去了。大枫树下，她听见严平儿娘正和二虎娘指手划脚地说着什么。

"我真低声下气先开这个口么？"她暗自想，"这多魔人！"

她假装没看见枫树下的两个人，手巴掌拢在嘴边，兀自"森啦森啦"叫个不停，二虎和严平儿娘脸本来是朝着这个方向的，这下也扭过头去了。她们正心急火燎，本来也想从大学长这儿问个口信，但一见大学长那副样子，干脆将脸转过去了。不过，她俩还是暗暗地侧耳想从大学长嘴里听到点音信。

派出所所长等得不耐烦了，他向这边走来，老远便问："喂，你打听到二虎他们的下落了么？"

一听有人提"二虎"，二虎娘和严平儿娘急忙转回了头，四对目光，缓缓相碰了。

大学长当着丈夫的面，只好低声问："二虎？……"

"二虎……也是一上午就没见人影。"

二虎娘情不自禁地脱口而出，以至于话出口后竟有些后悔。

"俺家蔡森蔡秀姊弟俩也是一大早就出去的，你们有谁看见了吗？"派出所所长也十分焦急。

"是呀，一大早就出去的……"大学长的话拖出了哭腔。

"这些孩子……"另外两个女人也全慌了神儿。

派出所所长简单地询问了情况后，断然说："快去问问另外两家，不行就赶紧派人上山去寻找。"

三个"冤家对头"相对一望，沿着一个方向，匆匆地挨家打听，为了儿女，好像那全部的隔阂已冰消雪融了。

一会儿，埠前埠后，到处响起了急促的呼唤声。派出所所长赶紧派人去找村长，大学长一把鼻子一把泪地喊："森儿，森……蔡秀……"

二虎妈也拖着哭腔："二虎，你这个赖小子，死到哪里去了。"

二虎爹也从屋里赶出来，一蹲一拐地用拐棍捣在地上，发出"咚咚"的声音。

大胆儿娘捧着两道黄表纸，虔诚地献给了垮后的龙王庙。淡蓝的纸烟伴着嗡嗡的祈祷声，在火辣辣的阳光下袅袅升腾。

更多的人，则站在山梁上、田埂上、沟边、崖旁，合拢手掌，高声呼叫——

"严平儿——"

大山报以回音："严——平——儿——"

"二虎——"

…………

"孩子们，快回来……"

山谷回荡着人们此起彼伏的呼叫：

"回来——"

十五　绝望之中

严平儿和三个伙伴提着神儿在洞里跌跌撞撞摸了一程，后来，不知谁嚷道："累了，歇歇吧。"

紧张、恐惧开始降临在每一个孩子头上，他们只顾紧张地往前走，现在他们感觉累了，一个个歪歪斜斜地倚在石壁上。

"这乌龙不知藏在哪块石旯旮里？"

"听说龙会变的，咱们来，它会变跑的。"

"是呀，万一找不到，我们可是……"

"你怎能这么说呢？我们已经进来，是会……会……找到的。"蔡秀记得一本写探险的小书上曾说过，中途退却是胜利的大敌。

"对，我们要下定决心，只要能把乌龙请出来，受点累也算不了什么。"二虎像个小大人似的接着说。

大家正你一言我一语地议论，忽然，蔡森惊叫道："大胆儿呢？"

严平儿揿亮手电，果然没看见严大胆儿的一根毛。

"大胆儿，出来吧！"

二虎冲着后面叫了一声，他估摸大胆儿是故意躲在后面什么地方。

"出来吧，不出来我们可要开枪了。"二虎和蔡森一齐咋呼。

过了一大会儿时间，洞里仍没听见大胆儿的声音。严平儿感觉不好，他沿着来路边走边喊，约摸走了三米开外，仍未见大胆儿的影子，严平儿慌了，大胆儿莫非迷了路。

"不哩！他准是怕死独自个溜出去了。"蔡森认准严大胆儿那阵儿磨磨蹭蹭不走，是早打算临阵逃脱。

"坏了，他可别出去向大人透了信儿，误了咱们请乌龙的事儿。"众人议论纷纷。

严平儿沉吟半晌才说："进了山洞后好一截子大胆儿还在队伍中，后来他一个人，敢摸黑向外溜么？他是有名的'大胆儿'，一个人在这黑呼呼的山洞里敢独自行动吗？不会的，很可能，他是迷了路。"

大伙儿一听严平儿这么分析，也觉得有些道理。万一严大胆儿走失了，迷路了，这进洞的每个人不是都有责任么！于是，大家紧跟着严平儿，在山洞里搜索。

刚才，大伙儿只顾躲避蝙蝠的袭击，谁也没有细细端详洞里的情形。这会儿，在手电灯光下，他们才发现这个山洞迂回曲折，可以通往不同的方向。洞两边，溶岩形成了奇形怪状的动物和植物，那石龟栩栩如生，石虎跃跃欲试，石桌、石椅简直俯拾皆是，这些如果是在平常，他们一定会爬上去乐个够，玩个够。可今儿……大胆儿不见了，谁还有这个心思呢？

他们喊呀叫呀，山洞里呼应声此伏彼起，但久久没听人应。

"算了吧！咱们别费这个心思。他一定在外面和花围脖儿做伴呢！"二虎懊丧得一屁股坐在洞边的石椅上。

几个人走着喊着……

"……不对呀，我们已经走了好一会儿，怎么还没见洞口呢？"蔡秀提醒道。

是啊，按刚才进洞时的速度，这阵儿早该走到洞口了，孩子们顿时警觉起来，探着头四下寻找出口，原来，山洞里纵横交错，有许许多多的小洞口，但都通不到外边，这一下，大家着急了。

"我们……真的迷了路。"

"摸不出去了。"

"妈呀——我们可别完了，出不去怎么办……呜呜——"蔡森吓得哭起来。

"别嚎！"严平儿不由大吼一声，这时候哭哭啼啼，分明是扰乱军心嘛！

他这一吼真见效，哭声立即断了"电"，山洞里一片沉寂。

"我们当真迷路了？"严平儿想起了老师讲过的四川有几个学生游峨眉山

误入山洞的事，脊梁沟儿顿时变得冰冷的，眼角里不知不觉滚下两滴热乎乎的泪珠："这可是我把他们领进来的呀！"他想，蔡森在家是宝贝蛋，二虎是家里的大劳力，蔡秀是个女孩子；万一迷了路，出不去，更让人焦急的是严大胆儿找不到了，这责任不都在我身上么？

"大……大家都别急！"黑暗的山洞里，响起了蔡秀颤抖但却是坚强的声音。蔡秀在家是老大，平素又受后娘歧视，在痛苦、磨难和家务的重压下，逐渐养成了一种在困难面前坚韧不屈的毅力。她顿了顿，缓缓地说："现在我们虽然迷了路，但我们还有手电筒。我们只要动动脑筋，就一定能走出去，说不定还能找到金钥匙，请出乌龙呢，大家说是不是？"

话虽然是蔡秀说出来的，但却起了很大的镇静作用。男孩子们想：女孩子都不怕，我们还能装熊吗！

蔡秀接着说："大家不要急，平儿是咱们的头，在关键时刻，我们要听平儿的，你看看，平儿就不急呢！"

蔡秀的话，与其说是表扬严平儿，倒不如说是鼓励严平儿。严平儿不怕吗？他怕！他不急吗？他一样急，可他是几个人中的高年级学生，又是少先队干部，还是这次行动的组织者，这样的时候，大家都看着他呢！

严平儿好像被蔡秀的话提醒了，变得冷静起来："同学们，大家想想，乌龙在山底下不知压了几千年，就没听吱一声，它能不痛苦？它能不想出去么？我们应当向乌龙学习……"

"乌龙大老爷，你保佑我们平安无事……"二虎突然喃喃祈求开了。

二虎那演戏一样的声调，把大伙儿逗笑了，笑声过后，每个人心里都隐隐滋生了一种大无畏的勇气，蔡秀抹抹眼泪，鼓励大伙："我们继续前进吧。"

他们吸取了刚才的教训，一边前进一边在路上用石头划痕迹，终于，他们又发现了刚才进洞时的道路。

"你听——"

走在前边的严平儿，隐隐听见前边有谁啜泣，他熄灭了手电筒，大伙儿立定一齐侧耳细听。

"是乌龙吧！"蔡秀附在严平儿耳边说。

"去，去！乌龙那么勇敢，它肯哭吗？"二虎嚷道。

哭声愈来愈响，蔡秀叫道："可别是大胆儿呢？"

一句话提醒了大伙，他们弓着腰一齐向前摸去。

"谁——"从哭声处传来一个少气无力的声音。

"大胆儿——"严平儿率先扑了过去。

十六　洞中的歌

孩子们终于找到了哭天嚎地的严大胆儿。

这一次，他们谁也没有互相抱怨。连平时好说怪话的二虎，也伸出手细心地抚摸着严大胆儿，看他是不是跌伤了，碰坏了，关切地询问他迷路的事儿。

"好，我们总算又聚到一块了。"严平儿高兴地说。

"我们……我们还怎么办？"大胆儿用手一边擦泪，一边问。

"前进，不找到乌龙决不罢休。"二虎说罢，推着大胆儿，顺着山洞向里进。

时间长了，手电筒的光线已没有开始那般明亮了。阴暗、潮湿的山洞，变幻着奇形怪状的面孔，孩子们屏声静气，穿过宽敞的大厅，侧身爬过仅容一人的走廊。孩子们时而笑语喧哗，时而鸦雀无声，在他们的胸中和眼前，总是飞腾着那乌龙，幻想着乌龙带来的甘霖和丰收……

"你听，有什么东西在响？"有谁惊叫道。

孩子们开始没有吱声，后来，听见这响声越来越大："哈——哈——哈！"好像有人在笑。笑声时大时小，时强时弱。

孩子们的脚步渐渐放慢了，他们不由往一团挤。

"是乌龙在笑么？"孩子们都在心里问。

"哈哈哈——"

响声刚落，刚才掉队迷路时还没有完全振作起来的大胆儿，被这阴阳怪气的笑声吓得毛骨悚然，他下意识地往大伙怀里挤。与此同时，不幸发生了——

"哐啷——"

严平儿高叫一声："手电筒——"大胆儿往人群里钻时，把严平儿手上的手电筒挤掉了。

黑暗深邃的山洞里，手电筒"哐啷"地滚动着……

山洞里片刻出现了死一样的沉寂，除了漆黑一团，还是一团漆黑，孩子好像吓傻了，没人言语、没人说话。

"还不快找！"蔡秀尖叫一声。

　　五个孩子自动伏下身子，在洞里乱摸一气。

　　很快，五个孩子又聚拢在一块，他们手拉着手往前摸。但找了许久，也没有电筒的影子。

　　黑暗，吞噬了一切。孩子们都明白电筒没法找到了。大家没有人说什么，不由自主地靠着洞壁停了下来。失望像个小猫的爪子，一下一下地挠着他们的心；恐惧也像个影子，前脚搭着后脚赶来了。那金光闪闪的钥匙，那神力无比的乌龙，仿佛变得十分遥远了。

　　叹息声像传染病一样，一个接着一个。终于，有人叫了："我们……还怎么办啦？"

　　这叫声像一瓢凉水，浇透了孩子们本已冷却的心。没有手电，就看不清路，看不清路，就出不了山洞，那就……

　　大胆儿第一个哭了，这次，他不是胆怯，而是懊悔自己过去太缺乏生活的勇气，以至于这阵儿给大家带来了不幸。

　　严平儿也在黑暗里自怨自艾："主要是怪我，没拿稳手电……"

　　蔡森也嘀嘀咕咕说起自己的不是，他从自己不该向着妈妈、不该在屋里咒骂伙伴们，到这次出发时还在想方设法破坏姐姐行动计划的事儿一古脑儿兜了出来。连二虎也接腔检讨自己脾气不好，甚至把有一次偷蔡森家黄瓜的事儿也一古脑儿兜了出来。他们没有约定来开什么周末班会，却异口同声地在山洞里审视过去做过的一切。他们仿佛已经预感到了某种难言的不幸。

　　"大家静一静，"严平儿说话了，他的话音一落，山洞里悄无声息，一片黑暗，一片宁静，伙伴们静等着。

　　"同学们，我们都是少先队员，现在我们到了最困难的时刻，手电没有了，洞里什么也看不见，要怪还是怪我，我是高年级学生，又是少先队中队长，还是我们龙背垭的路队长。这次进洞是我没组织好，开始就把大胆儿弄掉了队，刚才又把手电筒弄丢了。而且事前准备用的向日葵杆，也没带来。但事情到了现在，我们都不要自怪自了，眼下最重要的是要树立信心，我想，村里人，爸爸，妈妈不会忘记我们，阚大叔也不会忘记我们的，我们是……"

　　"我们是少先队员，要坚强。"

　　"对，要坚强！"

　　"大家把手伸出来，我在前，二虎在后，谁也不许松手，我们一块儿向前摸，大家要小心，好不好！"

　　"好！"

孩子们手拉手，组成了一支无声无影的队伍，在黑暗里向前摸索，前边的人摔倒了，后边的孩子用力把他拉起，后面的人碰撞了，前面的孩子叫"小心"。严平儿不停地提醒着："这儿有个坎。""这里靠着斜洞，要小心。""头低些，防止别碰着。"

五个孩子提着精神向前一节儿一节儿摸，那让人恐怖的笑声也越来越大。

"会不会是水？"蔡秀惊叫了一声。

"水？！"孩子们不约而同地叫起来。

十七 机灵的"花围脖"

龙背埫的女人们正哭成一团时，大胆儿家的花围脖回来了。

前年，这里流行"狂犬病"，县里下了文件，不论谁家狗都一律打死。大胆儿娘不管这一套，无论下地、上山，去哪儿她都把花围脖带在身后，扬言谁打她家的狗，她就和谁拼命。不过，等她听到乡里的打狗队要来的消息后，还是连夜将狗送到娘家红薯窖里藏起来，结果全埫子就只剩下这一条狗，碰到"发情"时，没有伴儿来安抚它，能急得它四下乱窜。这一阵儿，它发情的日子已过去了，却大清早就上了山，女人们立即判断出它八成是跟孩子们一块走的。

"花围脖，你看见大胆儿了吗？"

"嗷……你就会叫，你看见俺蔡森了吗？"

"……"

女人们仿佛忘记了花围脖是一个不会说话的畜牲，七嘴八舌，纷纷冲小狗"问话"，吓得花围脖以为出了什么意外，夹着尾巴从女人的腿杆中钻来钻去，拼命向孙二姐屋里跑。

还是派出所所长有主见，他拦住追赶花围脖的女人说：

"让狗的主人想想办法，兴许它能带路呢？"

于是，孙二姐一边用手背擦眼泪，一边回到自己的屋里。孙二姐从锅里盛了一碗白米干饭，铲了两铲有油有盐的苋菜，把小狗唤到面前，她遵照派出所长的指示，拿出儿子的衣服、鞋等衣物让小狗嗅。

"你知道俺大胆儿去哪里了吗？你知道呗？花围脖，狗乖乖，你知道呗？……"

花围脖吃完了白米干饭，按老习惯和孙二姐闹了一番。突然，打了个喷噎向外跑去。

孙二姐鞋带刚才被花围脖踩散了，她顾不上系，趿拉着一只鞋，紧跟着小狗向外跑。一路上她不停地嚷："俺家花围脖去找人啰，快来哟，快来哟！"

埫子里，凡是能走得动的，都向乌龙岭上跑。连二虎爹，也用双手撑着地面向门外场子上挪。他看见了，在那绿色的山岭上，奔跑着一只黄色的狗，狗的后面，有一支由男人和女人组成的队伍。

在奔向乌龙岭的这支队伍里，每个人，不管是男人还是女人，都只有一个念头："快找到孩子们！"十几天来那人与人之间的隔膜、争吵和怨气，仿佛被这突如其来的事件冲消了，父爱、母爱代替了人与人之间不应有的磨擦和龃龉。

大学长因为争水的事，这两天夜夜失眠，白天蔫不唧的，刚才这么一紧张、一折腾，她浑身又来了劲儿。她紧跟在孙二姐后面，虽然自己气喘吁吁，却还不时地关照着二虎娘。二虎娘身体不好，常爱犯病，刚才上山，有人劝她不要来，可她惦记着孩子，这会儿什么也不顾了，大喘着粗气拼命向岭上爬。谁知道，她在向上迈脚的时候，被一个裸露的树根一绊，她竟向地上倒去……

正巧，被追上来的大学长看见了，大学长加快步伐赶上去，一把抱住了即将坠地的二虎娘："二虎娘，小心！"

二虎娘在大学长的怀里睁开了眼睛，她看见了大学长，充满了感激的泪光："劳你……"

大学长躲过二虎娘的眼光，很不好意思，"没……没什么……"

十八 希望，从山顶透出

"是水！"孩子们找到了水，都兴奋得要跳起来，他们循着"笑"声摸去，终于弄清了：刚才的笑声实际上就是洞里的流水声。

水，沁凉润滑的泉水，幽幽咽咽的泉水，今天，孩子们就是为了你，才来这奇险的山洞中解救"乌龙"，寻找那能打开枷锁的金钥匙。一霎时，他们忘记了恐惧，忘记了忧愁，忘记了疲劳，一个个捧起清亮亮看得见的泉水，忘情地喝着。

"这山顶怎么还有条暗河呢？"

"是呀，真奇怪？"

"莫不是乌龙吐出来的啊?"

短暂的沉默后,大伙一齐欢呼起来,对了,这条暗河一定与乌龙有关。

"走,顺水走!"

五个孩子卷起裤脚,提着鞋子,手牵着手依着山洞壁往前蹿。他们已经饿了,也十分疲劳,但他们此时只有一个念头,快快找到那驱除旱魔的乌龙。

走了一会,洞里的浓黑似乎变淡了,前面隐隐出现了几丝光亮。

"看,金钥匙!"有人失声叫道。

孩子们兴奋地向前快步走去,金钥匙,金钥匙!龙背垴人谈了多少代人的金钥匙终于被这群孩子找到了。

他们欢呼着,争先恐后地向金钥匙——那道白光跑去。那白光越来越亮,越来越明,也越来越近。山洞里响彻着孩子们胜利的欢呼声。

在山洞狭窄的拐弯处,他们终于看清了:那道白光竟是通向山外的一个出口,那白光是洞外的亮光。他们从洞口里看见了蓝蓝的天,棉絮一般的白云,白云边上镶嵌着五彩云霞。

"啊!多美丽的天空呀!"

这时候,孩子们才觉得,天空是这样的美丽和壮观,是这样的富有和充实,那缕曾让他们充满希望的光芒变得更加辉煌诱人。

"哟,怕是日头往西落了吧!"

一句话提醒了大伙,他们才发现变幻多姿的云彩向西的一面都镶上了金边。突然,他们都升起了归家的念头,都真真切切地觉得肚子叽叽咕咕地在造反。

"我们……"

终于有人吱声了。那意思是说,是继续找金钥匙,还是从这儿爬出去。

这次,大伙儿没有争执,他们都明白,天已经黑了,"我们……明儿再来吧!"

二虎自告奋勇上前带路,沿着龇牙咧嘴的山石向洞外爬去,严大胆儿不甘示弱,紧紧地跟在他后面。

不料,二虎才爬了一人多高时,脚下一滑,"哧溜"一声,连严大胆儿一起滚了下来。

洞口的岩石湿漉漉的长满了青苔,严平儿、蔡秀都试了试,也无济于事。

"叠人梯试试吧!"

在下面急得直咂嘴的蔡秀,突然想起了这个办法。

几个垂头丧气的孩子顿时又来了劲儿，气喘吁吁的二虎往地上一蹲，嚷道："来，踩在我的肩上。"

严平儿上去了，大胆儿也上去了，二虎咬紧牙，整个小身子靠在石壁上。一天没吃饭，这会儿二虎感到特别饿，肩上的三个人像一块石板压得他喘不过气。他想催肩上的伙伴快些爬，可嗓子又像被什么堵住了。站在一旁的蔡秀见二虎受不住了，急得用手托着严平儿的一双脚板。

"快……快……"二虎简直撑不住了，他用劲儿吼了两声，两腿一软，上面三个伙伴便惊叫着倒了下来。

幸好，他们是依着岩石溜下来的，只有大胆儿身上划了几道伤痕，几个孩子你怪我，我怪你，霎时乱成一锅粥。

孩子们的争吵声，刚巧惊动了洞口无数的蝙蝠，它们惊恐地一齐向天空飞去，密密麻麻，像黑色的雨点。

乌龙岭上，派出所所长最先发现了山半腰一道山崖上飞出的无数的蝙蝠，他一声吆喝，满山的人一齐向那儿奔去。

十九　泉水清粼粼

"轰！轰！"

两声震天动地的炮声过后，乌龙岭上响起了人们的欢呼声。

几个年轻小伙子举起铁杠、镢头，移开碎石块，顿时，一股泉水涌了出来。

"水，水！"

泉水由浑变清，由小到大，猛烈地冲击着泥土碎石，冲开了杂草树枝，带着人们的希望，向山下奔去。

这股泉水，就是昨天严平儿他们在洞中发现的。

昨天，在蝙蝠四窜的洞口里，龙背塆的乡亲们终于发现了寻找乌龙的孩子。大学长、二虎娘、大裤兜、平儿妈，四个女人哭作一团，急得派出所所长高声吆喝："哭顶屁用！"他派人去山下取来了长长的绳子和竹篮。

女人们一刻也不愿耽误，他们催着男人们快系篮子。等着篮子朝洞里放时，她们又七嘴八舌地祈祷，这个怕孩子吓蒙了不会坐篮子，那个怕绳子拔到半腰会断掉。还有的女人想自己先下去看看自己的心肝宝贝。

"女人见识！"

这时候，男人们也不愿多说。可这就把女人们吓住了，她们自认头发长见识短，不敢违拗男人的意志。她们只好挤成一团，一双双眼睛紧盯着系篮子的绳子。随着不断下滑的绳子，她们的心也全拔到嗓子眼了，当第一个孩子的头刚露出山洞口时，她们便一齐饱含深情地喊道：

蔡秀！

平儿！

森吧！

大胆儿！

……

第一个上来的是蔡秀，因为洞里的"男子汉"们认为蔡秀是女孩，这份特权自然她优先享受。

蔡秀还没立稳，四五双手一齐伸向她，有的问怎么进的洞，有的问伤着没有。一霎时，七嘴八舌，谁也听不清是谁在问什么。

这天夜晚，在二虎家的麦场上，严平儿等五个孩子向龙背垴的父老乡亲们进行了一次"寻找金钥匙行动"的集体汇报。

在女人们半是心疼半是好笑的唏嘘声里，男人们判断洞里是一条暗河。于是，他们集体决定：想办法将泉水引出来。

人们的愿望终于实现了，水，清粼粼的泉水，穿沟过壑，沿着一条干涸的山溪向龙背垴流去。龙背垴的男人和女人们欢呼跳跃，又匆匆忙忙，向各自急待用水的田野奔去。

严平儿和一群伙伴们却没有动身，他们共同遵守着一个"秘密"，期待着乌龙能从洞里出来。

他们的行动，让闻讯来看望孩子的村长阚大明发现了，他弄清孩子们的目的后，嗬嗬笑着：

"那……是传说。龙这种会飞的大型动物，现在不会有了，那仅仅是人们崇拜的图腾。"

"啥，'头疼'？"

大胆儿从小便有"头疼"的毛病，他马上接上话茬。

"是这么回事，图腾，就是一种象征。咱们中华民族，就是用龙来象征咱们的情操和精神，表达一种理想和寄托，你们在学校里不是唱过那首《龙的传人》么？"

"唱过。"孩子们异口同声地说。

"大家唱唱！"

> 遥远的东方有一条龙，
> 它的名字就叫中国，
> 古老的东方有一群人，
> 他们都是龙的传人。

孩子们正在轻轻地吟唱，山下忽然又传来争吵声。

孩子们怔住了，连阚大明也弄得迷惑不解，他们一齐拔腿向山下跑去。

原来，是垮里人在推让最先享用泉水的权利。

清粼粼的泉水终于按着大家的意愿，欢快地流进了二虎家的秧田，流进了严平儿家的麦田，也流进了蔡森家的田……龟裂的田底，响起了滋滋的吸水声。

阚大明跳过哗哗奔流的小溪，举目向正在恢复生机的田野望去。忽然，他大声招呼孩子们："快来！"

孩子们蜂拥而至，他们顺着阚大明的手指看去，许久也没看出个名堂。

"你们不是要找龙吗？你看，在田野里奔流的像什么？"

"啊，是龙，乌龙回来了！"

"回来了！"

他们簇拥着阚大明，沿着奔腾向前的泉水，欢笑着向前跑去，不知是谁，又带头唱起了《龙的传人》：

> 古老的东方有一条龙，
> ……

（原载湖北少年儿童出版社《山野的呼唤》）

第一卷 散 文

山　忆

　　哥哥从遥远的家乡来信，抱怨妈妈不听劝阻，执意又只身回到了她过去教书的大别山里。六十多岁的人了，万一路上有个三长两短，做儿子的怎么交待！

　　我领会哥哥的赤子之心，更体谅妈妈此番旧地重游的拳拳之情。回到昔日教书的山村走走看看，这是妈妈退休之后的积愫。近年来妈妈随着年岁增高，腿脚一日不如一日，这念头便愈来愈炽。妈妈此番远行，是去重温三十余年青春的梦，是去寻找暮年的慰藉，是去偿还她那一笔心债。

　　妈妈的一生，是与那重重叠叠的大山分不开的。

　　三十年前，妈妈是揣着手榴弹闯进那云封雾障的大别山的。妈妈后来告诉我们，那时，新中国虽已宣告成立，但这大山里还有很多土匪残余。他们认为教师便是共产党，逮住一个杀一个。妈妈进山的前几天，土匪夜里便杀害了这个区的两个年轻教师。

　　那时妈妈还很年轻，从她那时留下的一张唯一的照片来看，人虽不算太漂亮，但正是青春年华。眉宇眼角之间，皆透着一股朝气。就是凭着这股朝气，妈妈带着幼小的儿女毅然决然离开县城里的大家族，去到了偏僻、穷困、落后的山区。

　　那是 1950 年元月，新中国刚刚成立两个月。妈妈二十五岁。

　　那里山大石多：金刚台、菊花尖、飞旗山、余家山、雷打石……；那里学校的名字也很富有特色：吕祠堂、炮楼、牌坊、里罗城、余子店……

　　不过，到退休之年，妈妈竟也怅然：她教了大半辈子书，竟还没越出两个乡的范围；她从这个山沟到那个山沟，从这个垮子到那个小镇，却还没有在一间合乎规范的砖瓦教室或教学楼里上过一堂课。她居住或上课的校舍，大多是收缴人家的祠堂、庙宇，或是从古墓里挖出的泛着磷光的砖头砌成的茅舍。当然，也还有战争年代留下的岗楼。从洞开的射击孔里，可以看出云起云落，听秋雨秋风……妈妈和她的学生没有使用过红漆桌凳，几块白板钉在一起，便算是"高消费"了。大多时候，妈妈和她的学生是在"晴天一身灰，雨天一身泥"的泥课桌泥凳子之间度过的。这种简陋的校舍和设备，不少还是妈妈领着她的学生"自力更生"修建的。有一次修理茅草房时，屋顶上一个尖尖的木条扎了下来，恰恰落在妈妈的脚背上。妈妈拔掉扎了寸余的木条，初时并无疼痛之感，但片刻大叫一声，血如泉涌。至今，每逢天气变化，妈妈脚背便成了一个晴雨表。

妈妈是小学教师，而且一直是教低年级，很多时候是教刚入学的毛娃子。这种年纪的孩子，即使以后上初中、高中，或者读大学，老师一个又一个，在他们记忆之中的，是关键时刻的那几位。譬如毕业班老师。像妈妈这种启蒙老师，随着岁月的流逝，出于可以理解的原因，他们都遗忘了。

但是，只有一个例外。这里有一个故事。

妈妈的外孙上初中时，他的班主任偶然得知她的学生的姥姥是她的启蒙老师，便备了一份丰厚的礼物来拜望她的老师。这位四十多岁的女老师十分恭敬，还有些与她的身份不符的拘谨。她诚恳地叫了一声老师，便规规矩矩地坐在一边。

女老师走后，妈妈自豪地打开礼物，让我们品尝她的学生孝敬老师的点心。妈妈很兴奋，脸上洋溢着压抑不住的喜悦。她告诉我们，她的这个学生过去是个苦孩子，家里让她放牛，是妈妈一次又一次登门动员，做家长工作，这个女孩才得以上学，才得以当上中学教师的。

像这样学有成就的学生并不多。可惜那些山里的孩子，最多读到小学毕业便回去钻山沟了。他们的儿子甚至孙子上学后，回家谈起老师时，这时他们或许才依稀记起：噢，那还是我们的老师呢！

妈妈登门动员、或亲自教授的学生究竟有多少？有没有谁后来又飞黄腾达？好在妈妈记不清了。她认为那是应该教的，记那些做什么？

妈妈教了三十年书，1981年退休时，工资七五折，每月可领四十三元五角。

妈妈当时并不想退，尽管年纪大了，中气不足，不能再担任更多的课，但她惧怕回家后的寂寥。可是，当时上边允许教师子女顶班，我们兄妹三人皆已谋到了职业，妈妈如果退了，名额可以由其他人的孩子顶上，于是……

物价上涨，妈妈有时也发发牢骚。如果晚两年退，她的工资也会多提几级。但大多时候，妈妈聊以自慰。说你们兄妹仨都有了工作、比过去强。

过去妈妈每月 29 元工资，却要养活我们兄妹仨和一个姥姥。每月初，妈妈领了工资，先把全家的柴米油盐买齐，至于吃菜穿衣，则视手头剩余工资而定。如果碰上每学期开学初，兄妹仨同时要交学费，全家只好勒紧裤带，或者寅时吃了卯时粮，妈妈去会计那儿预支下月工资。妈妈的衣服，由长改短，由短改给哥哥，哥哥不能穿了又下放给我……有一年大雪封山，妈妈要出去巡回教学，山风刺骨，妈妈袄子破了几处，她只好在腰间加上一条草绳……不过，妈妈向我们讲这些时，都是笑着说的。她这人，一生很"糊涂"。什么个人荣辱得失，似乎都很淡。

我的妈妈叫陈佩芳，是年六十五岁。其发苍苍、其牙松松、老矣。妈妈是很普通的一个山区女教师。因为"家庭出身"问题，一生很少当模范，其名外人也很少知。幸而今天有朋友来约，我给她写下了片断文字。我想，一是尽不孝子滴水之情，以报慈母含辛茹苦养育之恩；二是仅以此文献给无数和妈妈一起奋战在山区，把一生都献给大山的无数教师。

（原载《河南教育》1984 年 7、8 合刊）

小石步儿

客居他乡，琐事缠身。随着岁月的流逝，许多往情往景渐渐地淡忘了，只有故乡河面上的小石步儿，还一次又一次带着那熟稔的足音闯进我的梦乡……

本来，我们大别山里，有一道岭就有一条冲，有一条冲就有一条小溪。这小溪上供人们行走的小石步儿，平凡得到处都可以见到。可是，学校门前流花溪上的小石步儿，却由两代人的脚步踏响了一曲人生的歌。

二十年前，我在流花溪边由山神庙改建的小学校读书。教我们的是爹爹上夜校时的秦老师，一个刚解放时志愿从城里到桃花山来的女老师。开学的第一课——过小石步儿。我个矮，站在排头。第一个过小石步儿的，喊到了我。小时我很胆小，加上当着这么多人的面，我心里怦怦跳，目光盯着脚尖，不敢动窝儿。秦老师没有批评我，自个儿却"咯咯咯"地笑了。笑声中，秦老师突然跃上了小石步儿，嘴里唱着自编的歌：

> 高高的桃花山，长长的流花溪，
> 流花溪上的小石步儿，排得密又密。
> ……

秦老师张开两手，像蝴蝶儿扇起了翅膀，轻盈地从小石步儿上来回走动。我们乱了队形，呼啦一下涌到溪边，探头望着那亮晶晶的溪水上秦老师苗条活泼的身影，望着粉红色的桃花瓣儿恋恋不舍地绕着小石步儿打圈圈。这哪是过小石步儿呀！这简直是白玩儿，和演戏差不多。我的心里"扑啦啦"像飞出了一只小喜鹊，马上也想落到小石步儿上去。这时，秦老师好似钻到我的心窝里发现了那只小喜鹊一样，点我过河了。"好，好！不要紧张，眼朝前望。过，过！好，好！"一步，二步，三步……我看见，当我过完最后一步时，秦老师欣慰地笑了。那笑声，就像娘看见幼儿迈出第一步时那样自豪和荣幸。

这一课，全班同学都得了个"满分"。

可是放学时，秦老师仍到流花溪边来了。

同学们为了让秦老师放心，一个个鼓着劲儿跃过了小石步儿。我们想：秦老师这一下子不再来了吧！

第二天，霞光刚燃红桃花山尖，淡淡的雾气还笼罩着流花溪。我们竟又听见了从桃树林的枝叶间流出的熟悉的歌声。

一天，二天，三天……

清晨，秦老师披着峪谷里乳白色的轻纱，站在哗哗歌唱的小溪边把我们眺望。

傍晚，秦老师迎着灿烂的晚霞，在百鸟返林的呼唤声中送我们归家。

是小石步儿难走吗？不哩！石步儿秦老师走得稳稳当当，正合脚步哩！是谁曾跌倒过流花溪里吗？没有哩！当小石步儿被山洪淹没了时，秦老师就迎来了。你瞧，秦老师挽起裤脚，一个一个地背来，一个一个地背走。同学们不肯趴在她那单薄的肩膀上，她却打趣地说："怎么？我这肩膀还比不上小石步儿！"要过石步儿了，望着下面打着漩的流水，有些女孩子怕。秦老师笑了，"从前，有一个海的女儿……"小溪里的水流呀流，一个又一个小石步儿被扔在身后了，我们的记忆里却珍藏了一个美丽的童话。

望着秦老师憔悴的面容，我们都有一个共同的愿望：秦老师应当好好休息一阵。

这一天终于盼来了！秦老师快做母亲了。这个让孩子们感到神秘和羞涩的话题，竟在我们学生中间偷偷传开了。知道了的都暗暗庆幸：秦老师这一下会好好休息了。

秦老师还没下山休息。每天放学上学，她仍然坚持走到流花溪边，用热切的目光清点着每一块小石步儿。

听人说，同班几个同学的妈妈来劝秦老师了。她们说，山里条件差，秦老师结婚晚，担心生孩子时有什么差错。可是秦老师一直没动身，一次又一次推迟着下山的日期。

可怕的事情终于发生了。当秦老师这天晚上从流花溪边回到学校时，她便觉得下山晚了。一天一夜，她那固执的小宝宝一直不愿下地。

山前山后，学生的家长都来了。他们烧香许愿，用最落后的方式表白着桃花山人的心愿。但后来，还只是保住了秦老师一个人。

我们都明白，秦老师是为了我们这些学生，而舍弃了一次做母亲的机会。当后来人为她惋惜这件事时，她却说："有啥后悔的！学生哪一个不像我的孩子！"

是的，秦老师是把我们当作孩子一般的关怀。但她不仅给予了我们慈母的温暖，而且用知识的甘泉滋润了我们那些稚嫩的心扉。

走着小石步儿，我们懂得了大雁为什么往南飞，知道了月亮离开太阳就不会发出光辉，知道了祖国是火药、活字印刷术的故乡，更懂得了学习文化科学知识的意义。

走着小石步儿，我们在这些桃花山的孩子读完了一年级，二年级……终于再有半年，我们就要从小石步儿走向县城中学，走向新的天地了。

可是这一年，"史无前例"的这一天，那一场席卷中国大地的浩劫开始了。我们那些幼稚无知的孩子在别有用心的人的怂恿下，在批斗秦老师的会上，揭发了她用"资产阶级母爱"腐蚀我们，用"封资修文化"毒害我们的"罪行"。在流花溪边召开的批斗会上，我们当着秦老师的面，推翻了那体现着"资产阶级母爱"的一长溜密密的小石步儿。后来听人说，这天晚上，她一个人在流花溪边徘徊了很久很久……

半年后，上边号召"复课闹革命"。一个月白风清的夜晚，我经过流花溪回家。听见哗哗的水声，我才想起河边上的小石步儿早已不存在了。我正坐在桃树林下准备脱鞋，忽听溪里"扑通"一声作响。

啊！月光下波光粼粼的流花溪上，又摆上了一溜小石步儿。有一个人，正弓着腰用石片塞那最后一块石步儿……

那是一个多么熟悉的身影啊！我的灵魂在颤惊。一霎时，震惊、羞愧、悔恨……各种各样复杂的感情绞结着。过去，我曾多少次心安理得地从秦老师支起的小石块上走过，这一次，我是再也没有勇气踏在那上面了。

月光冷冷地铺在流花溪上，冷冷地铺进了我的心里。我怯怯地折转身到下流绕道。过流花溪时，我一脚踩翻了鹅卵石，跌进了冰冷的溪水里，也跌歪了那一双脚。

第二天，我孤独地躺在床上，眼前总是秦老师责备的目光，耳畔总是她严厉的声音。门轴儿"吱呀"一响，秦老师却来了。她从山下买书回来，绕道儿来看我了。她二话没说，蹲在地上，背起我就走。趴在秦老师瘦削的背上，我隐隐地感受到了她那博大的胸房的跳动。我哭了，悔恨的泪水滴在那密密的小石步儿上，滴进那清清的流花溪里……

小石步儿的事，秦老师似乎全忘了。她一开口便说："学习这事儿不能丢了……"她痛心地告诉我，她没有站好这最后一班岗……

时光像流花溪里的水，分别的日子是那么不情愿地来到了。一个月光皎洁的晚上，我们簇拥着秦老师，经过缀满了成熟的果实的桃树林下，走向流花溪边。大家都有满腔的话儿要向秦老师倾诉，但大家谁也没有说话，轻轻的足音在熟稔的山道颤动。在桃花汛期刚刚退去的小石步儿边，我们师生席地而坐。大家心里都很压抑，久久的沉默后，还是秦老师先说话。

"我第一次教你们过小石步儿，就盼着你们能有从小石步儿上走出桃花山的这一天。这一天终于盼来了。我舍不得你们，可又希望着你们能离开我……"

这时，同学中不知是谁轻轻地哼起了秦老师自编的那首歌：

> 高高的桃花山，长长的流花溪，
> 流花溪上的小石步儿，排得密又密。

我一闭眼就想起了清清流花溪的小石步儿，想起了月光下那个弓着腰的背影。秦老师就像那小石步儿一样，一步一步将我们引向知识的海洋，一步一步领我们走上了人生的道路。

（原载《中岳》1983 年第 3 期）

故乡的银杏树哟

这就是我梦中日日思念的银杏树么？这就是以那绿色的乐章时时呼唤我回归故乡的银杏树么？在我的记忆中，你是洋溢着青春，勃发着生机、给人以遐想的树呵！你以你沉甸甸的果实，曾给予儿时的我多少次盼望和欢乐；你以你九死一生的经历，曾给了故乡多少谈话的资料。可此刻，我故乡的银杏树，已这般老态龙钟，四人搂不过来的树身，镂空得可以容进个人了。薄薄的树壁，仿佛顷刻就支撑不住那庞大的冠盖。

我可怜的银杏树呵！小日本的刀枪，没能使你倒下；大跃进的斧钺，没能使你屈服；文化大革命的飓风，没能把你摧残。今朝难道就因为一场不幸的雷火，竟使你缩短了生命的历程？

环绕着银杏树，仰望着绮丽的云霞下那盘曲如虬的剪影，我不由慨叹起自然界生老病死的无情了。顿时，一股淡淡的惆怅在眼前弥漫开来……

"叽呦——"树上有鸟儿在叫了。依着杏叶筛下的光柱，我瞥见三两只洁白如雪的鸟儿在枝上嬉戏。它们柔婉地叫着，敏捷地跳来跳去。忽然，雪鸟儿驻足的地方，向我的眼帘射来了一片异样的光彩。它绿意葱茏，蓬蓬勃勃，其叶狭长多姿，无拘无束……是什么呢？雪鸟儿，呵！那是一棵香椿！一棵寄养在银杏树枝丫间的香椿。它是那样的年轻、美丽，煞像光泽翠绿的叶片，正举起一面生命的旗帜；煞像光润如玉的树干，正镌刻着一首新生的诗……

我故乡的银杏树哟！难道你不知已至垂暮之年，还将这鸟儿衔来的、风儿吹来的种子揽在怀中孕育！你是做过母亲的，为何还恋着少女的梦！你是从冰川世纪走过来的，早已领尝过无数世态炎凉，为何还这般坚定执著！你，莫非是精灵的化身，要向后人昭示着什么?！

呵呵，我故乡的银杏树哟！远方的游子，今生今世在心中将永远依偎着你。

（原载 1985 年 8 月 8 日《郑州晚报》）

秋天里的春天

　　清晨，坐在窗前，给远方的妻写信。忽然一片树叶颤悠悠地落在素白的信笺上。啊，是秋天了！我这才悟起，为什么这几天的愁绪浓得划不开。原来除了离乡思亲的惆怅，还有这如年龄一般的秋天如期而至了。迎送了二十九次秋来秋去的人，只有这一次心灵强烈地感应了秋之韵味。怪不得古人一味咏秋叹秋，说什么"秋风秋雨愁煞人"，怪不得散文家丰子恺说，"年龄告了立秋，心情与秋最容易调和和融合"，怪不得日本的作家夏目漱石会说，"至于三十的今日，更知明多之处暗亦多，欢浓之时愁亦重。"三十而立，当立之年却一无所"立"，怎不令人感叹这知秋一叶呵！我们步入青春的殿堂时，何尝没有宏伟抱负，只可惜一场烈日炎天，大好时光化为灰烬白白抛掷。眼下，夏已向秋告辞，秋已为冬先行，茫茫天地间，大自然一定没有春夏那种热烈和喧嚣了。不用说，泛着冷色的高寂的秋空下，是收割完庄稼后空旷的田野，满缀着露痕的枯草，小径上重重叠叠的树叶，山溪中瘦得如线的流水……

　　呵呵，节日与年龄，自然与人吻合了，融汇了，即令不是多愁善感的人，也要思考和回味了，何况我们正是世人所公认的"思考的一代"呢！要到镇上的小邮电所给妻寄信了，我兀自且思且走，穿一片新植的果树林间的小道，任思绪在秋色秋光中飞扬。刚近果树林，忽闻一种嗡嗡嗡的声音，犹丝弦的和鸣在耳畔回响。循声望去，哦，眼前一片绯红，一片淡若彩云的绯红缭绕在已脱掉老叶的桃树枝上。我揉了揉眼睛，近前两步，分明看见斜出的枝条上零零星星地缀着小桃花儿。粉红色的花儿像初生婴儿的眼，有的睁开了，一点鹅黄笼在蕊间；有的还蒙蒙眬眬地瞌睡着。花朵间，三五片新叶，嫩绿欲滴，似爱抚不尽的手。但我还不敢相信，分明已到了立秋，园子里的桃子已经罢市，哪里又会冒出这娇小玲珑的花儿，招来这无数小蜜蜂前来采花？难道说树也会像神话里的人一样，又返老还童不成?！……

　　我从一棵树下走到另一棵树下，观赏这大自然的杰作，像是歆享着一支柔曼的春之曲，像读着一首歌唱生命的诗。我舒了口气，不禁问那团团吻着花儿的小生灵，你们是在采蜜，还是在舞蹈，还是在重温春天那场甜蜜的梦？……嚓！嚓！林子里，新花嫩叶丛中，有一个人正举起锄头给树根松土。他听见了我的脚步声，蓦地直起腰，扭过头来了。啊，是一个鬓发斑白的老人！他用一只手拄着锄把，微笑着瞧我。眼珠泛黄了，瞳仁里却仍射出一种清明的光。脸上的皱纹，像一朵多瓣的山菊花。

　　"老大爷，你这是在给果园松土呀？"

　　"嗯嗯！"

　　"这园子是队上包给你的还是你自家的？"

　　"……"

　　他顾盼着果园，笑了笑，却没有回答。

　　"这果树为什么现在又开了花呢？"

　　"……特异功能……返老还童！"我随便乱猜。

　　"不！"老人眉梢一跳，兴致突然来了。"这既不是返老还童，也不是特异功能。植物吗？就是这样不懈地努力。它们并不因为过去的使命已经完成，就准备休息。你看，这时的温度湿度和春天差不多，它们就又要孕育新成果，不失时机地开了花……"

　　我眼前一亮，没想这个看果园的老头竟有这么深邃的见解。

　　"这花儿还赶得上趟吗？"我又问。

　　"不行呀！秋天毕竟是冬天的前夜，自然规律不可抗拒。"

　　说到这里，老人的脸上掠过了一丝淡淡的几乎不能让人察觉的哀伤。

　　"但果树是不畏惧的。它们并没有觉得季节不饶人，就不再展示生命的璀璨。它们一生的愿望就是向人类献出花和果实。"

　　"嗬，照你这么说，果树在做着春的繁荣的梦哩。"

　　"不、不是梦！这是实实在在的。你看，他们的生命虽然不太长了，可还是抓住时机再一次把自己的青春献给为人类酿造甜蜜的小生灵。"

　　顺着他的手指，我明白了，小生灵指的是蜜蜂。我的心境豁然开朗了。

　　"嘎！嘎！——"

　　从繁花密枝间，一行大雁，组成一个巨大的"人"字，掠过高朗的秋空。

　　我望着这秋天里匆匆开放的花儿，不禁有些羞怯了。多么让人尊敬的无私无虑的秋之花哟！它们并不是不知道秋风秋雨就要主宰世界了，并不是不知道冬咬着秋的尾巴也要降临了。它们在为人类贡献了自己的力量后，又抓紧生命的一瞬间，点缀和美化着生活……

这当儿，老人又弯腰给果树松土去了。

回到学校，和别人谈起果园，我才听人说，那看果园的老人原是省林学院的副院长，四〇年参加革命的老干部。"文化革命"中，无辜地坐了四年牢，粉碎"四人帮"恢复他职务后，又主动让贤，和老伴一起回到家乡，用自己补发的工资给家乡修桥补路，还买下了一千多棵桃苗，亲手栽培在这片荒山坡上。今年，桃子第一次收获，他将全部收入捐给了附近的小学校。

多么感人的精神呵！那老人名叫钟扬清，今年七十岁，年龄是我的两倍还多。

我想再写一封信给妻，告诉她有关老人和我。

（原载 1985 年《专业户报》）

教　鞭

桌子对面的墙上，悬着一根透明的教鞭。教鞭是有机玻璃制成的，下端刻有花纹，上端渐细，顶部是一个小小的圆球。这圆球不大，可极像一粒能洞察一切的眼珠，时时顾盼着我，唤起我对故乡母校无尽的眷恋……

故乡在大别山里，母校在山溪边新篁中。尽管山也朗水也秀，孩子娃也极清明，那些年可就是缺识文断字的教书先生。这一年从山下自愿来了个教书先生。在老虎岭上，我们候呀候，候来了一个人过中年的女老师——李如云。

大伙儿争先恐后地去搬行李，她恁都愿给，就是手上一根小树棍儿不肯松。

有什么稀罕的呢？不就是一根上了漆的小木棍么？再说，俺山里合抱搂的大树到处都是呢！当时，空着手的我一个劲在琢磨。

等到李老师给我们上课时，我们才知道，小棍棍是做教鞭用的。"m—i—ao"教鞭上圆形的小红球移到哪里，我们全班同学就读到哪里。"山里的孩子心爱山……一二唱！"教鞭在挥动，我们的心潮也在起伏。"疙瘩，志艺，醒醒、醒醒！"李老师轻轻地用教鞭碰了碰，我们霎地坐起身……伴随着小木棍，我们送走了无知和愚昧。

这一天，李老师不知怎么将教鞭遗忘在黑板的小槽上了。我第一个发现并占有了它。我模仿李老师的样子，用教鞭指点黑板上的字，命令疙瘩念。疙瘩扭过了头，不屑一顾！我装着怒不可遏的样子，将教鞭朝桌子上重重地一拍……结果可想而知。李老师闻讯赶来了。她捧起断成几截的教鞭，凝望许久，惋惜地摇了摇头。

次日，李老师神思恍惚，上课时，她总是念错字。看到李老师的样子，我心里很难受。中午，我决心去向她赔个不是。

她正在屋里用胶布和铁丝捆那根教鞭。一次、两次，教鞭毕竟碎得太狠了。

"李老师！……"进门后，我哭了。我流着泪说，长大后，一定用自己的收入做一个最漂亮的教鞭送给她。

记得李老师当时欣慰地笑了，并把这根教鞭的来历告诉了我。这是她过去的一位学生在走上工作岗位后送给她的纪念品。这位学生是一名地质勘探队的队员。他在人迹从未到过的原始森林中，用一根银杏树的枝条削成这根精致的教鞭，送给了老师。不久，这位学生在一次执行任务中牺牲了。我终于明白了李老师为什么珍爱这根教鞭的缘由。

尔后，我小学毕业、初中毕业、参军。粉碎"四人帮"后，考入了大学。其间，历经了无数的人和事。故乡母校的往事虽难以忘却，但毕竟被时间冲刷得淡漠了。可前年，我忽然收到了来自母校的信。信是李老师写的。她说，半年前，在修理学校房子时，一根未放稳的屋檩子滚下来，打折了她的双腿。在医院治疗时，不巧又让粗心的医生接错了位。年事已高，第二次手术会受不了，她只好落下了个半残废。前不久，领导劝她办了病退手续。信的末尾她说：

"志艺同学，这辈子我怕再也不能上讲台了。教鞭，你就不用再做了……"

顷刻，我凝固在这一行字上了。往昔，如山风掠过苍翠的林梢，搅动了我心之湖久久不息的波涛，老师，我的老师，您爱河中放漂的竟是您的学生的浅薄和背叛呵！

我怕我的良心承受不了那失望的许诺，便从朋友手中讨来材料，用两个晚上的时间精心制作了这根迟到的教鞭，日日夜夜悬在眼前，任那明澈如水的眼珠，审视我的灵魂，指引我生命的前方！

（原载《中原民兵》）1985 年第 10 期）

往　事

摸　天

不知从啥时起，我发现头顶上的天空里有一块顶大顶大的蓝玻璃。玻璃上，映着五彩的云霞，堆着一团一团的棉絮。有时，还跑过一群羊，一队骆驼，一阵气势汹汹的牛……

这一年，我家搬到大别山中一个小盆地里去了。这时我才发现，那蓝玻璃原来是搁在四周的山尖尖上。那山儿你挨着我，我挨着你，用肩膀儿扛着那块大玻璃。

望着山里人每天顺着小路走到那块蓝玻璃里，我羡慕得心里发慌。我啥时也能到那山顶上去，哪怕是摸一摸，也是够荣耀的呀！

妈妈是不会允许我一个人去的。怎么办呢？我只好悄悄地准备着：盛水的竹筒，够吃三天的馒头，一把用竹片儿削成的长剑，一把可以打火炮的"手枪"……

这一天，我给妈妈留下了一张小小的纸条：

——我要去摸天了！

这是一个静悄悄的黎明，我踏着毛茸茸的小草上亮晶晶的露珠，顺着山谷向那块不断在眼前闪耀的蓝玻璃走去。

山谷里，有一条带子般的小路在马尾松林里缠来缠去，在大块的云团里飘呀飘。小路两边，夜丁丁、蒲公英、山桔梗……讨好似的仰着小脸冲着我笑；瓦屋檐、黄嘴角、叫天子……歌声热情得让你发腻。我才不看哩，我才不听哩！我要去摸天，我要去摸天，我要让镇上的小把戏们敬佩得五体投地。

蓝玻璃在我的眼前闪耀着，我登上了一个又一个山头。荆棘划破了衣服，石尖儿硌痛了双脚，那把长剑舞得只剩下半截，竹筒里的茶水也喝光了。蓝玻璃，那耀眼的蓝玻璃呢？我不由慌了神。

"云儿……回来哟……"

山谷中，隐隐传来了妈妈的呼声。

我好疲倦哟。倚着路边的石头，我歇了口气。

……一睁开眼，我却躲在妈妈的怀抱里，旁边站着外祖母，还有镇上的小把戏。

"妈妈……我的蓝玻璃……"

后来，我才知道，妈妈看见我留下的纸条后，全镇上下人都出动了，是打猎的常山爷最先发现了我。他用那只秃铳，朝天上放了三枪。

现在，我年过而立，尽管对这个世界已知之不少，但我多希望还像儿时一样，仍去摸一摸头上的那块蓝玻璃。

我下水了

那时的一切都还很朦胧，小小的村庄，围着篱笆的菜园，塘埂上引吭高歌的大白鹅……只有那个像一口倒扣的锅的水塘，给我留下了明丽的记忆。

那时妈妈在那所乡村小学里教书，不知为什么，我还没有父亲的印象，家里日子很困窘，在我的印象中，整天就想吃东西，吃好东西。

春天来了，远远近近的山坡都爬上了一层若有若无的绿毛毛，姥姥提着小竹篮，崴着小脚到野地里去了。快晌午的时候，她提着一篮翠生生的地米菜回来了。傍晚，家里的小厨房里，便飘出了扑鼻的香味。姥姥说：她要用地米菜包一顿饺子吃。

姥姥的决定，使我和姐姐都很兴奋。饺子的滋味，顿时顺着口水流进了漫长的喉管。听着刀和砧板碰击的声音，我们的每一个毛孔都张开了想象的翅膀。

> 地米菜，菜地米，
> 一碗一碗又一碗，
> ……

我哼着自己即兴创作的歌谣，在屋子里跳来跳去。

后来，我从窗户里看见一群小把戏在村外塘沿跳"屋子"，我便用一条腿，飞快地朝那里蹦去。

有人喊我去玩，我不屑一顾地老远瞄了一眼：我家要吃饺子了，在我的感觉中，我不愿再和他们混同在一起。

地米菜，菜地米，
一碗一碗又一碗，
……

这是一个春天的傍晚，空气中，弥漫着暖风吹来的青草的气息。远处不知是什么鸟儿在叫，怎么叫得那样悦耳呢？村外的竹篱笆上，落下了一只鹭鸶鸟儿，它莫非也知道我家今天有好吃的东西嘛！我离开了那群小把戏，一个人幸福地眯着双眼，一边哼着歌谣，一边转着圈儿，顺着塘埂，漫无目的地朝前面走。

忽然，像腾云一般，我脚下一空，小身子沿着塘沿往下面水里滚。我看见，几只大白鹅拍着翅膀，没命地朝远处逃。

"啊……啊！"

我听见塘埂上的小把戏们一齐在叫。塘对面洗衣服的人提着棒槌，没命地朝这边跑。

我当时不知是清醒还是一种本能，尽管我从来没有学过游泳，两只手也是一对一下地划，等着来救我的大人们跑来后，我竟然已经爬上了岸。

不过，姥姥包的饺子我还是吃到了，是坐在床上，由妈妈一口一口喂我的。那种用春天的地米菜包的饺子，不知有多香，到了今天，我的嘴角里似乎还留有清新怡人的余味。当然，在那个小村庄的其他事我都忘了。那时，我只有六岁。

（原载《少年世界》1993 年第 3 期）

碧湖片忆

你常常躲在我的梦中——母校的湖。那一切真实地如在昨天：平滑的水面，披拂的绿柳，你像一面谁不经意丢在那里的琉璃镜，自自然然地搁在参差错落的房屋之中。

说是湖，其实你并不宽阔，没有映日荷花，画舫游船，也没有白帆点点，渔歌唱和，但在我那个从山里走出来的年轻人的眼中，你是浩瀚的，浩瀚得如同母校那一架架书组成的海。晨昏暮晚，我们在堤岸上轻吟缓唱；课余饭后，我们三三两两在湖畔林中姗姗而行。三个春秋，你伴着我，我伴着你，风风雨雨，走过了生命的那段历程。

如果说，世界上万物之间有某种不可破译的密码的话，我和你，也许是有缘分。在我投入你的怀抱的前一年，为了看望一个在那儿读书的乡友，我第一次踏近了你的身边。白墙红瓦，绿柳碧湖，对于一个渴望读书而时势又不允许读书的年轻人而言，你是一个多么诱惑人的去处——我曾想：如果今生今世能到这儿来念书，该是多么幸福呵！一年后，历史发生了巨大转折，在高考后填报入学志愿一栏时，我毫不犹豫选择了你。我不仅坐在你的身边读书，而且曾拿着讲义夹走上了讲台……

但我终于离你而去了，离开了这给了我知识、荣誉和遗憾的母校。那天上午九点钟光景，当一位小学友用架子车帮我拉着简单的行李，沿着鹅卵石甬道向喧嚣的市镇走去时，我缓缓地回过了头。那一瞥，如一幅烙笔画，深深地、深深地烙在了我的心上。

我尽管离你而去，我尽管又游历了不少湖泊，但我仍时时惦念着你——母校的湖。在游子的心中，洞庭湖的浩瀚，东湖的澄澈，滇池的壮美，都无法和你比拟。在我人生的历程中，你给了我温馨、教诲，给了我诸多生命的体验。如果没有你，对于我而言，便没有这奔腾的长江，秀丽的东湖，便没有这梦中一缕缕美丽的记忆。

母校的湖——我心中的湖。愿你的容颜青春常在，愿我思念的梦永远永远。

（原载《潢川师范》校刊）

搬　家　乐

　　人一生，难免要搬几次家。但像我这样在一年半的时间里连续搬 5 次家的，恐怕还不多。

　　头一次搬家是在 1987 年。那一年，大学毕业后，仍分配在武汉这座我读书的城市里。只是学校在江南，单位在江北。一辆三轮机动车，装着我很少的日常用具和书籍到了繁华的汉口。因为家属在外地，我和尚是单身的李君和陈君同居在 7 层楼上的一间房子里。大楼没电梯，楼梯窄且陡，这爬楼梯便成了精神负担。往往是人到了楼下，畏难情绪便上来了。想家乡里一溜平房、抬步便进了门的好处。待近了楼梯，看别人如履平地，心下便想：下放农村时几十里的大山都爬了，这几层楼又算什么。憋足劲儿，一个劲儿往上冲，一楼、二楼，但到了三楼，腿不由又软了。这样一步一步地挪，等到了六楼时，想想胜利在望，便又来了个最后冲刺。到了门口，先不慌掏钥匙，喘口气儿，慢慢品味胜利的滋味。待进了门，先朝阳台上一站，顿觉天也高地也阔，刚才登楼时的烦恼一扫而空。特别是晚上，看万千灯火勾勒出高高低低建筑物的雄伟，聆听着都市的喧嚣在夜霭中升腾，我常常产生一种走进家乡大森林的幻觉。

　　在七层楼上仅住了三四个月，李君要结婚，我和陈君只好发扬风格。我请了单位的几位同志，两辆人拉三轮车便将我送到了单位办公楼下的摄影冲洗房里。冲洗暗房大约有四五平方米，呈丁字形。里面原已堆满了聚光灯、印相机之类的冲相洗相器材，空气中，还弥漫着一股浓浓的化学药水味儿。我打开门窗，将那些东西一股脑儿收拾到了一边，在丁字的一端嵌入了一张单人床。次日清晨，我尚在梦中——李君便敲起了门——他一夜都在担心我会被那药水味儿熏死。不过，有了这么一个小天地，我可以安心地写我的东西了，况且，这还是我找了有关方面反复交涉才争取来的。没多久，妻携着刚刚学步的儿子要来探亲。妻来前，我心里很矛盾。过了而立之年的我，抛妻别子，来到他乡异地，为的是觅个理想职业，殊不知眼下连个存放家庭之舟的泊地也找不到。如果妻子来了，会不会生出"悔教夫婿觅封侯"的念头呢？我去信大谈困难，意在劝妻不要来。谁知妻知难而进，信没回便带着两岁半的儿子和大大小小的尿片来了。房小，床便窄，儿子是保护对象，睡里边，我只能睡在外边，将半截腿悬空处理。房子没有活动空间，妻怕儿子下地惹事，天阴时，只好让他整天在床上玩。小家伙不料常颠倒乾坤，时常将屎尿抛撒在床上。尽管如此，我给妻子早打了预防针，妻才没什么怨言。将妻携子，丁字间里，还满溢着天伦之乐。倒是姨老表从武汉过，看了我们的蜗居后，回家乡讲了我在这边的情况，说：那房子小得连脚也插不进去。这便惹得姐姐见面便抱怨我，说我放着家乡的官不当，房不住，去那儿干啥。我只好笑着告诉姐姐：牛奶会有的，面包也会有的。

　　大约三个月后，我和"分居"的陈君在西郊外又租得了一处民房。房子仍然只有一间，但却宽敞，遗憾的是四周遍是垃圾，不远处还有一片污水池。房主是过去的菜农，现在是一家工厂的工人。刚去时，谈妥每月房租是50元，水电费包括在内。但过了两月后，他却又找我们索要。又过了两个月，他又提出房租太低。更有意思的是，有一次，妻因公从家乡来，房主睃见了，晚饭后，他垂着眼睑踱进了门。平时，我和他们没有什么来往，对房主的光临不免感到突然，忙搬凳子请他坐。谁料他吞吞吐吐说：按这儿的规矩，要写个条。说话间，他挺不好意思地抬头瞟了妻一眼。我以为他把我们当做露水鸳鸯，急忙解释。他对此却不感兴趣，又重申了一句刚才的话。我便又怀疑他是怕派出所查户口，会给他带来麻烦。经我反复追问，他再三解释，我才明白他让我给"菩萨"递个保证书，要"睡责自负"，同时，不要菩萨降罪给他们。我读了多年书，也写了上百万字的作品，但创作这种神人共用的作品还是头次。好在我的智商不算太低，略加思忖，便"援笔成书"：菩萨保佑，我妻来此居住，不要连累房主。保证书送房主——那个矮小的工人，他眨眨眼，又如此这般哼哼叽叽一阵后，又声明：须交现金作抵押，以示心诚。至于钱多钱少，由自己定，但最少不得少于2元。到这时，我连笑的劲儿也没有了，心底忽然生出厌恶的情绪。我恶作剧一般从口袋里摸出一张被揉得皱巴巴的2元钞票——那种印有工农兵的浅蓝色的纸票。按他的指示，我用一张红纸包好，连同"保证书"双手捧到他家。据说"保证书"要压在一个地方，但他是否供奉我便未可知了。这夜，我和妻很尽兴——大约是交过赎金的缘故。

　　之后天气日渐热，这儿蚊蝇出奇得多，污水池释放的气味日趋浓烈，加之我对那位矮个工人生不出好感，我们便托人在东边——汉水之滨找了处房子。房子是房主给未成年的儿子占的，在那个寸土如金的地方居然还有这么一个去处，实在让人感谢房主的远见。房子在三楼，干燥且宽敞。岂料室内无卫生间，方圆好大一片人家，唯一的一个公共厕所还在商贾云集的汉正街畔。那儿流动人口多，厕所日日爆满，下厕的队伍常常排出长蛇阵。我这人肠胃有点毛病，清早便捂着肚子穿过两三条街道朝那儿奔。

　　入夏后，气温反常，广播里常常报温度逾 40 摄氏度。白日热浪炙人，夜里亦然。逢妻联系调动携幼子在此，房子里无法住，晚饭后，我们一家三口人"胜利大逃亡"，去到不远的汉江边。江岸上长满了经年的青草，青草上，横一条竖一条摆着各式席子，席子上皆躺着贪凉的男男女女。我们惊喜这么个伟大的发现，妻立即要我仿效。于是，在微斜的江岸上，我们觅一块尚无人占领的草地，将一家三口安置其间。是时江风徐徐，夹带着腥味和泥土味儿的潮湿空气正沿着江岸弥散开来。不一会儿，皮肤渐觉滋润，一天的暑热悄然消失，我们便悄然入得梦中。待到有过往船只鸣笛，惊醒我们夫妻时，往往已是夜半。于是，揉揉惺忪睡眼，抱着仍在梦中的儿子，迷迷糊糊，穿街过巷。待推开房门时，才觉热浪依旧。这时又后悔不迭，叫道：还是江边好。

　　这年九月底，单位便嚷嚷着要分房子，并且真的让填了表，签了名。我大喜过望，和已调来的妻子商量怎么把还丢在家乡的家具搬来，儿子接来，妻并且根据实地考察结果，画了张家具陈设图。岂料过了两个多月，原房主不走，而汉江边的房主又催着要房，说是准备娶媳妇。一时里，我几乎走投无路。租房吧，附近没有；到郊区吧，居留时间短，不一定有人愿意出租。我找单位头头，提出要住办公室，头头不答应，说有碍观瞻，况且办公室里已有两个毛头小伙子在住。四处相求相告，皆不得结果。当时我便想，先祖有穴居之例，但这是文明都市，无穴可居；有巢氏教人筑巢，现在大树砍伐殆尽，何处可承受得了我与妻与子这两三百多斤？身为工部的诗人杜甫千年前便疾呼"安得广厦千万间"，我这人微言轻的异乡人，该往何处呼告呢？

　　天无绝人之路，没多久，我们单位的上级下发了限令原房主搬家的文件，并且，我很不友好地和分给我名下的原房主理论了一番。新年将临之际，房门钥匙到了我的手中。待到真的要搬进时，我却有点踌躇：这搬家虽非情愿，但从东到西，走一处，一处风景，住一地，一地感慨，这不正像那个失马的塞翁一样吗？想古人乐山乐水，我这一介文人，无乐可乐，这搬家且也算一乐吧！可这一次住进了单位的房子，说不定，再也难得挪窝儿，生活中还到哪儿去找这份情趣呢！想一想还真有点怀念那搬家的好处了。于是，我写下了上述文字。是为记。

（原载《长江文艺》1993 年第 4 期）

涂鸦伊始

　　有人的处女作即是成名作、代表作，我的处女作是一首不值一提的小诗，一首带有深深的时代痕迹的小诗《女夯队》。但这首一二十行的小诗，揭开了我一生和文字结缘的序幕。

　　忆及这首小诗的写作前后，二十二年的山地生活，那贯注着艰辛、屈辱、挣扎、奋斗的眼泪和汗水的日子又如浮雕般凸现在眼前。我生在大别山里，长在大别山里，小学毕业后，因为"出身"不好，读了两年农中即辍学了。之后，随当教师的母亲下放到农村，十五六岁的我，不仅要和男劳力一样干各种农活，还要经常去和所谓的"五类分子"一道做不给报酬的义务工：修路、建学校，到遥远的大山里抬树……后来，在母亲的四处奔走下，我去到余子店学校当代课教师。一连三个夏天，我没有睡过午觉，我如饥似渴，四处寻找可以找来读的书籍。我从同校的一位女教师手中借了两卷《红楼梦》，自己订了两个本子，抄下了书中的诗词、生字，总结了每一回的中心思想、艺术特色。一本《江畔朝阳》，我像拆机器零件似的，归类分析，那书中的细节现在我还记忆犹新。我用一个小本本专门记我读书时碰到的每一个生字，然后查字典，弄清读音、涵义，再抄到一张纸上，贴在屋子显眼的墙壁上。知识的逐步增多，环境条件的改善，我又重温起读小学时便萌生的文学梦。先是在日记本上涂鸦，（刚才为写这篇短文，我又重翻阅了七三年以来的近十本日记，人生如梦，感慨良多，不由热泪盈眶）接着为应付各种节日在墙报上试笔，其间偷偷给《河南文艺》、《河南日报》投过稿，但都给退回来了。后来，我小学时的老师涂白玉听人说我爱好文学，便谈到地区拟出治淮诗集之事。我写了两首小诗，《女夯队》选上了。先是在县文化馆油印刊物上登了，后来地区《文艺作品选》又登了。小诗当时可能他们认为还像回事，以至于有人怀疑我是从哪儿抄的。

　　此后，我断断续续发表了一些有用和无用的文字，现在回头看看，这既不是像康德所说的是一种"游戏"，也不是黑格尔提出的"理念的感性显现"，我创作是为了表明我的存在、人生的价值，是为了"宣泄"我心中的爱和恨。这有点近似于弗洛伊德的"升华说"和厨川白村的"苦闷的象征说"。我今生的创作道路也许和我的处女作有什么神秘的联系，我至今仍像我家乡打石夯的女子一样，艰难地一下一下地在短暂的人生之旅中夯下我的痕迹。我只希望，当我命归黄泉之后，亲人们能将我平生涂鸦之作焚一份于我墓前，告慰那个不甘寂寞的"打夯人"。

（原载 1989 年《南阳日报》）

求学小记

我这一生，与上学有缘，又没有缘。说有缘，终于读到大学毕业；说没缘，从小学到大学，几经周折，历经坎坷。

我是在层层叠叠的大别山里读的小学。上小学时，在班里当了五年学习委员，一年班长，其成绩可想而知。参加升学考试，出考场后和老师对卷子，语算两门几乎满分，可是发榜时，我名落孙山。那是 1965 年，当时正在大谈"阶级斗争年年讲，月月讲，天天讲"。我家用一位叫黄毛的同学的话说：是双料的——父亲是右派，家庭又是地主出身。当时，我并未认识到这一点，而是这位也是地主出身的同学提醒了我。这位同学与我为一件小事发生了龃龉，他搬出了这句足以使我无地自容的话，以此证明他比我还有几分优越。

但当时妈妈也在我读书的学校里当教师，我家是吃商品粮的，我才十一岁，不读书又去做什么呢？这一年，我学得仍然很认真，考完后感觉也不错，可是，发了榜后，我榜上无名。那是一个炎热苦闷的夏天，两次落榜的打击，已使少年的我感到有几分羞愧。开学前的那一段，记得妈妈总是安慰我：说不了有候补的呢。于是我就天天盼着邮递员，盼着那个靠步行进山的瘦个子。姐姐也少不了编着法儿安慰我，弄得我一天三惊，一天三喜，连夜里也总是在做上学的梦。

新学年开始后，我又进了队办的农业中学读书。教我们的开始是一位大队会计，后来是小学一位很有私塾底子的张老师。但当时已经不兴读书了，何况我们又是农业中学呢？课程主要是上山开荒、打柴、挖药……到第二年，"文化大革命"开始了，学校停了学，我们也在那儿瞎闹闹搞了几天"革命"，这样，我的"中学"生涯就宣告结束了。1969 年的冬天，我随当教师的母亲，还有外祖母一块下放到了农村。

过了几年，开始招"工农兵"学员，我催促妈妈四处周旋，队里也就答应让我去试一试。当时，招生采取"三结合"方式，其中有教师、贫下中农代表、学校三方，经过生产队、大队、公社三级推荐才行。因为妈妈原来一直在这儿教书，所以各方还算照顾。最后到了公社这一关时，一般而言是比较重要的，往往要由招生的学校面试一下，我往往是鼓足勇气，第一个上台发言。内容不外乎大批判之类的，以期博得招生学校的重视。但不知为什么，读书总与我无缘。一连三年，我都在做这个没有结果的梦。

没想到，过了一年，"四人帮"被粉碎了，十月份，报纸上登载了各级学校重新恢复考试的消息，我那已经死寂的心又在蠢蠢欲动。当时，我在一所乡村小学当代课教师，每周22节课，十分忙，但求学的欲望十分强烈。我本来没有学过数学，可也每天找来数学书演题，而地理这一门，我连地图也没有看一眼，心想，考大学还会看地图！就这样，每天上完课，或者带着学生上山打柴归来，我拖着疲惫的身子，满怀希望地在油灯下做着大学梦。用我当时写的一首"诗"形容，是"一席春风来，得尔复苏燃。长烛夜专夜，冥思天连天"。

高考后回到学校，我便焦急地等待着消息，真是望穿秋水，可谓"盼之又惧之，不知是何缘"。我不断地用各种招数来预测我这次考试的结果。

后来，人人见了我，都谈我考试之事。不少好心的人甚至传说我被北京大学敲锣打鼓接去了，可是，体检后，日复一日，又是泥牛入海。二月中旬，一个下雪天，我独坐窗前，信笔写道："三餐不香语无端，夜夜卧床难熟眠。阅书不知书何处，掭笔不知起笔点。人生一跃学门事，竟如此日飞雪天。"接着，又不断传来我认识的一些好友被高等学校录取的消息，我的心于是整日被一块沉重的铅坠着。一天下午，涂老师带我到郊外去散心，尽管他说了许多宽心话，可我苦闷的心仍旧黯淡忧郁。到了三月下旬，涂老师从郑州给我来了一信，说我录取在潢川师范学校。我松了一口气，虽然是中专，我也知足了。这是我一生的前二十几年苦苦追索才得来的报偿。

当然，虽然读了中专，我又作为高材生留在学校教了一年书，但我总觉天下之大，这么多人都上了大学，我连这几十万分之一也不如么？心里总把这作为此生憾事，很快，我就报名读了教育学院中文大专函授，之后，安家，在一个县委宣传部干了两年，又到县文联当了主席，家庭、职业，都算不错的，一度我也十分满足这种生活了。可有一天，工作之余，翻报纸，偶然在答读者问这一栏中，发现武汉大学招插班生，不知为什么，我那深藏在心底的大学梦又一度复苏了。经过努力，县上的领导终于同意我去参加考试，我按报上的要求，给武大寄去了我出版的第一本小说集。很快，他们回了信，复习、应考、艰难的等待，终于，在一个炎热的下午，我收到了整整迟到了十四年的大学录取通知书，上下求索，我终于有了这一天，坐上了几乎是最后的一班车。

　　现在，我读武大期间生的儿子又开始读小学一年级了，望着他背着书包蹦蹦跳跳的身影，我总是在心里说：孩子，祝福你！那一页已经翻过去了。

　　　　　　　　　　　（原载 1993 年 4 月 12 日《湖北教育报》）

家乡记忆

走南到北，游历了不少名山大川，但回头来觉得还是大别山中的家乡亲。大别山南依万里长江，北临九曲淮河，莽莽苍苍，在鄂豫皖大地上左盘右旋，到了我的家乡商城县，巍巍然拔地而起一座云缠雾绕的高山。这山奇峰攒聚，怪石耸立，林木翁郁，诸秀荟萃，因其峻峭陡拔，连绵数十座千米奇峰，犹如一座巨幅的屏风，端端地放在县城东南方，古即称之为"金刚台"。其主峰1584米，比五岳之首的泰山玉皇顶还要高。山顶曾有古寨，宋、元、明时或据险举兵，或开衙建府，给我们留下了许多永远值得回味的历史。山间多洞，女人洞、朝阳洞、水帘洞、观音洞、蜜蜂洞，洞洞均幽深莫测，其间皆有红军踏下的足迹。遍山多奇石，猫耳石、秤砣石、稻仓石、婆婆石、朝天石、老鹰石，鬼斧神工，天公造化，石石皆有灵性，有自得的怡然。峰与峰遥遥相望，亿万斯年，把理解默默地留在心中，只有怀中的山涧，春夏秋冬，或低吟浅唱，或引吭高歌，把快乐从峰顶抒发到山脚。尤其豪雨初歇之时，山涧尽显其壮士本色，争先恐后，义不容辞，将万千豪情一吐为快，是时，浮云淡掩，绿树镶衬，条条银练从天而落，咆哮之声不绝于耳……

与金刚台齐名的是县南的黄柏山。如果将黄柏山与金刚台相较而言的话，那金刚台铁骨铮铮，直插云霄，酷似一个男子汉，而黄柏山茂林修竹，流泉飞瀑，恰似一个柔女子，徘徊在楚头豫尾，尽展其秀丽之美。黄柏山多松，多竹，多茶，也不乏奇石奇树，但更多的是文化底蕴。山中有寺名法眼，始建于明万历年间，开山祖师为无念禅师，寺盛时有僧99人，房百余间，思想家、文学家李贽寄寓于此，与无念禅师说法论经，讲学撰文，其评点《西厢记》、《水浒》均作于此。去寺二里有塔群，其间最为醒目者为息影塔。塔八方四层，高8米有余，状似楼阁，均系坚石所垒。全塔有32角，角角有石鸟相嵌。鸟嘴衔环，环上有铃；风摇铃动，松涛和鸣，极具风韵——此系无念祖师墓塔。塔上有联，一曰"雾幛风光烟水紧临湖北北，幢幡峻岭云山静居汝南南"，二曰"三十里隔断红尘看茂竹深林别有风情殊世事，五百年重开绿野听飞泉鸣鸟另出境界异人寰"。这两副对联，可称是对黄柏山最真切的写照。

黄柏山下，有汤泉一池。日夜喷涌，源源不竭，历今已亿万斯年。泉四围皆山，惟东南出口与碧波荡漾的万顷人工湖相连。传共工与祝融大战，共工怒触不周山，结果天塌地陷。女娲炼五彩石补天，五彩石液滴落形成雷山，滴入水下形成温泉。当然，这只是一个美丽的猜测。明代思想家、文学家李贽从黄柏山来此，沐浴后曾赋诗赞曰："洗心千涧水，濯足温泉宫。老矣无余弃，愿师卫武公。"李公恋恋不舍之情溢于诗行，可见温泉之美。如今汤泉池已开发成旅游区，屋宇栉比，亭台相映，湖光山色，灿若明珠。

古人云："山之骨在石，石之趣在水，水之态在树，山之精神在峭，在秀，在高，有一于此，方足著称"，而我的家乡商城，则是般般皆具：峭壁、异峰、怪石、秀水、奇树、趣云，移步换景，不可胜数。除了金刚台、黄柏山、汤泉池三处名胜之外，整个商城都是一块有待开凿的璞玉。如果你踏进这片土地，不仅可识大别山的雄伟秀丽，还可以看到这里恬静的田园之美，质朴的山野情趣，纯真的民风民俗，而且可以探究商城悠久的文化底蕴和红色苏区的历程。这里四季景色迥异：孟春，万木争荣，繁花似锦；盛夏，飞瀑点翠，云环雾绕；深秋，枫叶似火，硕果满枝；严冬，千岩琉璃，银装素裹，身临其境，让人恍然沉浸在一种"望不断青山隐隐，遮不断流水悠悠"的遐思妙想中。

现在，这些自然美景，均被一位业余摄影爱好者李正先生留驻在他的这本摄影集中。李君嘱我为其作序，我欣然应允。因为看了他历经多年拍摄的照片，我仿佛又一次开始了故园之游，近距离地又一次领略家乡的山水之美。我在 22 岁离开家乡之前，就一直生活在金刚台下的一个小镇周围。他这本摄影集中的作品，很多取之于小镇那四季变化的美景。他所拍摄的金刚台，我曾无数次地登临；他镜头下的汤泉池，我也曾多次惬意地享受其温泉的爱抚。离开家乡已经 20 多年了，多少次梦回萦绕的家乡，今天就这样又活泼泼地呈现在我的眼前了！感谢家乡的灵山秀水，更感谢李正先生的辛勤创作：他在工作之余，翻山越岭，忠实记录下了家乡四时变化的胜景，赋予了我的家乡山水以灵性，以生命。这本集子，对于家乡而言，是一位赤子的拳拳之情；对于想了解这片土地的人而言，则是一次艺术的徜徉，一本形象的导游手册。

仁者乐山，智者乐水，愿商城的山山水水能给每位欣赏到这本集子的人一份圣洁，一份快乐。

（本文为李正先生摄影集《商城风光》序）

永远的珞珈山

　　我常常想，如果在而立之年没能到美丽的珞珈山上读书，我此生的轨迹又将指向何处呢？

　　这一切，至今忆及都像是一场梦。

　　这场梦，始终与一个叫刘道玉的人有关。

一

　　大山，连绵的大山，我生于斯长于斯的大别山。夕阳西下时，我拖着疲倦的身子，卧在树丛里，眺望着树梢上镶着金边的云彩，一遍又一遍地在心里追问自己：我就这样度过一生？

　　小学毕业，因为家庭出身，因为父亲的右派身份，我即随在小学当教师的母亲下放到农村。繁重的劳动，被人歧视的"黑五类"身份，让我小小的年龄心灵里就蒙上了阴影。也许，十六岁还是一个幻想的年龄，我不甘心命运对自己这样残酷，不时地在笔记本上涂抹着自己要读书、要写作的愿望。

　　推荐工农兵学员，我以"可教育好的子女"的身份去报了名，结果可想而知，但我没有死心，当下一次报名来临时，我鼓足勇气又去了公社，结果仍是名落孙山。命运对我就如此不公，此生此世我就老死在那几分贫瘠的土地上吗？我不止一次地思索这个问题。

　　母亲的再三努力，1973 年，我终于去了我就读的余子店小学当代课教师。这里，我有了一间属于自己的房子，有了一张可以摆放油灯的书桌。我夜以继日、如饥似渴地寻找一切可以找到的图书阅读。在书桌的旁边，贴着我不认识的注有拼音的生字。每一周，我都会更换新的内容。书桌两边墙上，我贴着马克思与鲁迅的两句话：时间就是生命、天才在于勤奋。

　　1977 年，大学招生的消息传到了我所在的乡村小学，深藏在心底的读书的愿望又蠢蠢欲动。大约周围的人都认为我这个小学学历的青年人在做不切实际的梦，但远在外地当工人的哥哥支持我的打算，并为我寄来了一些复习资料。他是 1966 年的高中毕业生，此时，他也在准备重温大学梦。可是，小学校里没有一个曾经考过大学的同事，也没有人告诉我应当如何复习，我搂着数学书一个劲地计算什么正数与负数，对于什么是鸦片战争、什么从昆明到北京走哪条铁路我皆置之一旁。何况那时我每周要给学生上 22 节课，还要带学生到深山里去打一次柴，对于一个连初中都没有读过的我来说，不好意思也不愿让人知道我在复习"考大学"。

高考报名时，公社文教办的负责人提到我的学历，一个小学毕业生也考大学？幸好曾在我隔壁住过的一位老师这时也到了公社文教办，他为我说了一句话，我得以与其他考生一起走进了考场。

试卷改完后，我的作文在全地区得了个最高分。作文被改卷的老师刻印后带到了各县，关于我被清华、北大录取的消息不胫而走。我在希望与失望之间煎熬了几个月，当熟悉的人一个个被录取后，我还是只被录到了一所中等师范学校。后来，我才得知，我的数学得了零分，这还不算，我的政治做掉了一道题——为了显示我的能力，当时我只忙着去做参考题了，但参考题并不算分数。

就这样，我与大学失之交臂，尽管我对能够上师范也是三呼万岁。

之后我留在这所师范教书，在一所乡村高中教书，在县委宣传部当新闻干事，但大学的梦仍然时时萦绕在心，此生此世，如此多的莘莘学子都能进高等学府读书，我却连这样一次机会也没有吗？

那是我在河南潢川县委宣传部工作时，一天下班后，我随手翻阅当天的《河南日报》。在第四版右下角处，发现了武汉大学招生办答读者问的一则消息。

这件事虽然对我有所触动，但我对武大如何招收插班生仍知之甚少，在单位一忙乎，就把这件事给忘了。春节时，去县医院张医生家拜年，突然看见她在武大读书的儿子李伟，于是又与他谈起武大招生之事，他允诺回校后给问问。没多久，我收到了他寄来的招生简章。其实，我当时也是说说而已。

我为什么在这儿繁琐地提起这些细节，是因为我觉得我的命运在某种程度上与李伟这个热心的孩子——我后来的校友有关。如果不是他信守承诺为我寄来了招生的简章，偏居一隅的我此生可能与武汉大学擦肩而过。

当我走进掩映在绿树丛中的武汉大学赴考时，我立马被那依山傍水的百年老校征服了：此生能到这里读几年书真是三生有幸呵！当晚，住在招待所里，后山的草木清香伴我沉沉入梦，一觉醒来，自觉神清气爽，走进考场，感觉良好。不过，同屋的诸君可能没有我如此"举重若轻"，据他们说大多一夜难眠。

但回到河南后我心里又没了底，日思夜想，结果夜夜做梦总是与武大有关。在希望与失望中苦苦等了两个多月，终于盼来了录取通知书。

妻子腆着已经怀孕的身子，送我登上了开往武汉的客车。这是一九八五年的九月。

二

清晨，我还没睁开眼，便听见了窗外的啾啾鸟鸣，我猛然想起，我现在已经到了珞珈山，已经成为武汉大学中文系的一名插班生了。

31 岁又走进大学读书，一切都是新鲜的。走在飘荡着浓郁的桂花香气的校园里，我整个身心都陶醉其中。我觉得我是这个世界上最幸福的人了。我抓紧给我的师长朋友写信，描述这里美妙的一切。

这一届插班生每个系都有，中文系最多，分为两个班。一个班是由中国作协推荐的，他们住在湖滨客舍，其中不乏在中国文坛已经名声鹊起的袁厚春、李斌奎、邵振国、陈世旭、严婷婷等。我们这个班 13 个人，年龄均在 35 岁以下，主要来自湖北和河南，大家都有一段创作经历，大多是省级作协会员。虽然在家时个个自命不凡，但对进大学门，则是平生第一次。

我们班的第一次全体会议是在系总支办公室召开的。主要议题是选举班委会，张法德提名，大家附议，班长是周元镐，一个大大咧咧并无太多城府的江汉平原的汉子，后来读他的小说《襄河一片月》，才知他其实是柔情似水的。我呢？因为来之前当过县文联主席，大家选举我当了学习委员，但在选举文体委员和生活委员时，大家互相谦让，系总支副书记郑传寅生了气，最后才定下由年龄最小的吕新琼和与我同室的来自襄樊的王伟举担任。

我们班的导师是国内研究现当代长篇小说成果卓著的陈美兰老师，尽管当时她与我们年龄相差并不大，但在我的心目中，她像一个慈母，对我们呵护有加。当时我并没有想到，我这个河南人后来会留在湖北，是我们这个班与陈老师交往最多的一个人之一。

我们这些迟到学子终于挤上了末班车，大家如饥似渴，除了学习知识，还包括各种新鲜的事物。大家去看戏，去听音乐，去学跳舞，华尔兹、伦巴、探戈、迪斯科。我悟性太差，前学后忘。后来反思，自己从下边来，多少有些自卑。看见比自己年轻许多的女同学，更觉时不我待，平时练习不够，结果大学毕业了跳舞还是小学水平，算是辜负了班长的一片苦心。

班里要办个文学社，这也是学校及系里的意见。但选举社长时，却闹出了一些矛盾。先是社名，"红烛"，取闻一多先生在武大中文系教过书的缘故，彭兴国君指出闻一多家乡浠水县已经办了个同名刊物；有人建议用"野土"，又有人提出排列不美而放弃。不知是谁说应叫"白校徽"文学社，大家略一怔，然后皆称妙。因为学校里老师的校徽是红色的，学生的是白色的。不过，一会儿大家把话题扯到生活作风上去了，同室的王君特别激动，他用愤世嫉俗的语气疾呼插班生应当为本科生做个样子。为了强调自己的态度，他几乎是吼一般地说："我是农民的儿子！"结果大家吵成了一锅粥。

上世纪八十年代中期，中国正处在一个思想大解放的前奏期，武汉大学被称为是中国高等学校的"深圳"。除了我们这届插班生制度本身就是改革产物外，学校革除一切不符合教育发展规律的羁绊。学分制、主辅修制、导师制，这些在全国许多高校很多年后才推行的改革举措，当时在武汉大学已全面推行。我除了按要求学习中文系的必修课、选修课外，还选修了哲学系的《当代西方哲学思潮》、《中国哲学史》、《西方哲学史》、《伦理学》等。由于武大的教室散布在珞珈山的岭南岭北，相距比较远，每上完一个老师的课后，大家便提着书包，随着洋溢着青春气息的师弟师妹，从这座教学楼匆匆赶往另一个教学楼。现在回忆起来，武大两年时间里读过的几十门课，至今还受用不尽，但就是《英语》课我们学了一阵子，因为学校对我们网开一面，不作为必修课对待，我与大多数同学一样，坚持了一年就放弃了。所以至今让我也在读武大的儿子笑我这个校友是个"英盲"。

那时学校经常请很多专家、学者到武大讲学。印象比较深的是温元凯讲的《中国改革的不可逆转性和不平衡性》。学子皆关心国家大事，听者踊跃，室内室外人头攒动，教室后边的人看不见，干脆跳上桌子一睹温君风采。当天下着雨，室外有人还冒雨仰首聆听。我拼命朝里挤，鞋子被人踩掉几次。后来，美籍华人教授陈鼓应、聂华苓等都曾来校讲过学。萧军、冯牧也来谈过创作。我们都从中获益匪浅。

武大两年的学习时间是愉快的，也是轻松的。可对于我而言，创作上的压力却十分大。尽管入学时我已经出过一本儿童短篇小说集，入学评定成果时我排在第一，但我心里有数，知道自己还有很大的差距。不和湖滨作家班的同学比，就是本班的同学，也有不少发表过反映成人生活的中短篇小说，获过这样那样的奖，我自觉与他们也有一些差距。过去我写的作品，主要是反映山区少年生活，被人当作小儿科，所以我急着要写点成人的东西，以便早日摘掉这个儿童文学作家的帽子。

稿子我送给很多同学看，也朝各地的刊物寄送，但开始的一年里，事倍功半，我写了一篇又一篇，多数是不成功。也许是功夫不负有心人，到了第二年，我写的以自己熟悉的家乡生活为素材的几十篇小说，陆续在《上海文学》等刊物上相继发表。

<h2 style="text-align:center">三</h2>

我拉拉杂杂写下了上面的文字，意在说明我对两年大学生活的无限怀念与感激。但我清楚，这一切，正如开头我说的，没有刘道玉校长，就没有这一切。可以说，是他的锐意改革精神，给我们这些被各种因素留在大学校门外的青年人，有了一次深造的机会。

在武大读书的两年时间里，作为一个学生，能见到校长的机会并不多。但每一次见刘校长的情景，我都记在日记上，所以至今读来仍历历在目。

第一次是刚入校不久的开学典礼上，一个穿着灰色衣服、佩着红校徽的瘦削的长者走到麦克风前。会场响起了热烈的掌声。主持人介绍说，他就是刘道玉校长。校长按惯例介绍了学校的历史沿革，历年的成就，今年的招生情况。他特别强调，今年入学的新生除了八五级新生外，还有专科生、进修生、插班生、少年班、留学生、研究生。尔后是化学系教授讲话，老生、新生代表讲话。他们的话我没有听清，印象中只记得刘校长那抑扬顿挫的口音。那语调我听上去就像我的家乡话，后来因为编辑他写的《一个大学校长的自白》一书，我才知他是襄樊人，距河南很近的鄂西北地区。

第二次是十月九日，在学校的行政大楼里，学校专门给我们全体插班生召开了一次会议。刘道玉校长最后讲了话，他谈了为什么要招插班生，招插班生的经过。当他提到要"集天下英才而教之"时，声音变得沉重许多，其中也不乏几分悲壮。因为当时招插班生的报告送到国家计委教育局时，局长虽已同意，但具体办理的处长却不同意，是刘校长据理力争才获批准的。当时，对插班生制度社会上也有一些非议，上海的《新民晚报》曾发表文章，戏称武大的插班生是"嫁接生"。

也许后来当刘校长离开了校长的位置，我们才理解他的"集天下英才而教之"的教育理想和人生追求。当时，他曾告诉我们，学校为了满足一位希望插班就读的考生的愿望，特地到广州军区总医院的病房中，为一位后来录取到病毒系的女生举行了一场特殊的考试。当时我们也就是感动了一会儿，但今天当刘校长因为莫须有的原因而离开了他为之献身的岗位时，我们才知道，如果我们这个时代缺少一个像刘校长这样的教育家，我们的民族，也许会少了许多社会的栋梁之才。

再见到刘校长已是1986年的12月7日，这一阵儿，躁动不安的学生纷纷上街游行，要求民主与自由。这天，刘校长要与学生对话，讨论自由与民主的话题。地点原拟放在教3楼201教室的，后来参加者太多，临时改在放电影的小操场。等我赶到时，操场上已有上千人，不少学生站在讲台上，围着刘校长。刘校长对着麦克风，一一回答学生的提问，他那样子，如同飘在汪洋中的一只孤舟，被他挚爱着的学生包围着。他没能阻止住狂热的学生的冲动，"一二·九"这天，不少学生走上了街头。学生们并没有想到，他们的此举为刘校长离开校长岗位迈出了关键的不可挽回的一步。

最后一次见到刘校长，是次年的3月3日夜晚，仍在学校的小操场，他主持召开全校学生党员大会。在这次会上，他讲了一个多小时的话，主旨是在高校学生中反资产阶级自由化。在当晚的日记中，我评价我们校长的讲话：缺少逻辑力量，理论很贫乏。因为他努力寻找什么来说服学生，但他可能没有寻找到自己熟悉的语言。现在我终于明白，他说到底是一个教育家，一个中国的教育改革家，一个被人称之为"武汉大学的蔡元培"的人。

2004年，还在长江文艺出版社社长任上的我，突然接到老校长的电话，要来与我商谈他的图书的出版事宜。尽管我也感觉到他的自传事涉许多尚在的当事人，出版后可能会带来一些麻烦，但我想，古人曾讲，滴水之恩涌泉相报，今天是我报答刘校长的时候了。我要将刘校长的人生道路展现在所有关心着他，怀念着他的人的面前，要将他的教育理念，告诉天下所有的教书人和读书人。

武大的两年，对于我的一生而言，其重要性不言而喻。那些帮助过我的老师，那些曾经有些许矛盾但又释然的同学，都与美丽的珞珈山一起，永远地留在我的心底。如果说我有什么值得宽慰的话，那就是作为学生，在卸掉社长职务之前，能够向世人介绍一个真实的刘道玉校长，则是我感到庆幸的。

（原载《长江文艺》2008年第8期）

校　友

与妻一道送儿子走进珞珈山的那一刻，我在心里忍不住说，儿子，从今天开始，我们就要成为校友了。

不过，儿子走进武大是顺风顺水，今年刚过 18 岁的生日；而我，走进武大读书时已 32 岁了。

我们这一代人说不幸又是幸运者，"文革"开始我只读到小学毕业，上山下乡，粉碎"四人帮"后考了个中等师范。毕业参加工作，业余舞文弄墨，忽一日得知武汉大学招收插班生，便生出再圆大学梦的幻想了。

复习报考武大时我尚不知妻已怀着未出生的儿子。我与妻结婚 3 年了，让父母都盼到准备让我们去领养一个孩子的地步了，但不知何时，儿子已经来到我们的身边，等到妻呕吐不止、我们明白时，小家伙已在妈妈的肚子里 3 个月了。我让妻给我当陪练手，她提问，我背诵。文学的典型性，小说的三要素，老舍巴金伤痕文学意识流文学，妻子腆着肚子在一旁当老师当提问者，我在一旁大声回答力图加深记忆。大约那时儿子就在妈妈的肚子里得到了胎教，他读高中二年级时坚决要求转文科班，把我读武大期间买的弗洛伊德、黑格尔、卢梭、莫泊桑、巴尔扎克等都读了个遍。儿子是希望能读北大，读不上北大哪儿都不去就读武大。儿子高考分数出来后，毫不犹豫第一志愿就报了武大中文系。

当初我去武大报名是 1985 年的秋天，那时妻子怀着的儿子已经 7 个月了。大清早，我用自行车带着装衣服的木箱子、棉被，往县城汽车站赶，妻子腆着肚子，一直将我送上通往武汉的汽车，一路上，妻子说，小家伙在里面乱动呢！说不准他知道爸爸要去武大读书，要欢送爸爸了。汽车开动了，32 岁的我看着车窗外渐行渐远腆着肚子的妻，依依不舍但也心知责任重大：这不仅是我一人，而是全家走出小县城的重要时刻，也是我为未来的孩子奠下基础的关键一步。来到珞珈山，无心领略校园的美丽与东湖的湖光山色，一头扎进知识的海洋里，忽一日收到家里的电报：妻已生男。等我乘车回到家，儿子出生已三天了。妻子没有抱怨她分娩的生死时刻我没有守在身边，而是用母性的幸福眼光引导我看着她身边的来之不易的孩子。

今天，当我用小车将儿子送到武大校门口，看到"国立武汉大学"那六个字，我眼睛不由湿润了。这是我的母校，也是我儿子的母校了。在学校小操场与宋卿体育馆之间奔走为儿子办理入学手续时，我仿佛感到 18 年时光奔跑的速度。我第一眼瞥见的像小老鼠一样蜷缩在母亲怀中的儿子已经成为一个高大英俊的小伙子了。儿子像所有刚进校的孩子一样，迈着大步，在浓阴遮盖的悬铃木下疾走，眉宇间洋溢着自信与向往。

我在心里对儿子说，孩子，我们走到同一所大学了，当年，父亲为了这一时刻，32 年的道路是何等曲曲折折。对于那个时代，很多事情你已经难得弄明白了，你没有因家庭出身而名落孙山的痛苦，没有上山下乡的曲折，没有一次又一次运动的冲击，你是在从小学到中学的道路上尽管辛苦但还算顺顺利利地考进大学的。

交完学费，领到盖了钢印的武大学生证，一直跟在后面的妻子对儿子说：这一下你们父子俩才算真的成了校友了。

儿子回头看了一眼母亲，突然说：你好伟大，把两个男人都送进武大了！

一刹那，我看见妻子的眼睛里闪出异样的光芒。

（原载 2004 年 10 月 5 日《长江日报》）

堂弟媳年玉

认识年玉，是三十年前。

那时年玉还是个扎着羊角辫的小姑娘，眼睛虽说不大，但闪着黑葡萄一样的光。她看见我这个从山外来的大哥哥，就一个劲缠着，"你见过会跑的大车吗？""你知道会吃鱼的鱼吗？"不等我话说完，她便拿出从山上摘来的刺猬一样的板栗，放在地上，用鞋一踩，便绽出油亮亮的果实。

年玉是我六婶的侄女，住在重重叠叠的大别山里。

后来我读书到了大城市，再听到年玉的消息时，她已经成了我堂弟的媳妇。

堂弟初中毕业后在部队里当过两年兵，一米七三的个子，人长得白白净净，虽说退了伍，但还喜欢穿那身草绿色的军服、洗得一尘不染的衬衣。退伍后第一次到我家来，看见有什么活就抢着帮干，乐得妻一个劲地夸他有出息，说将来谁当他的媳妇一定会跟着享福。

果然堂弟很快当了村里的干部，为村里的事经常四处忙碌。我有些同学在县里乡里也当了不大不小的官，堂弟有时就借我的名去找他们帮忙。也许六婶与我一样喜欢堂弟的能干，她竟然自己作伐，将娘家侄女年玉嫁给了婆婆家的侄子，这算是亲上加亲。年玉与堂弟结婚我没有参加，等我见到她时，她已是一个女孩的母亲。初为人妻又为人母，刚刚二十出头的年玉满脸洋溢着青春的幸福。还在她家的房外，我就听见了她与尚在襁褓中的婴儿嬉戏的笑声。

堂弟后来由村长又当了支书，干了五六年，突然说不干了，要到南方去打工。我再三劝他慎重考虑，他说当支书太累，农村的计划生育，摊粮派款，十分得罪人，加上为完成各种任务，先后借了十几万的债。这其中有银行的，也有私人的。这笔钱还不上，他要到南方打工挣钱来还这笔债。

这是 1998 年的事，后来断断续续听到堂弟的消息，说他自从到南方后就一直没有回家，年玉也去找过他，两人在一家酒店打过工，但堂弟家上有老下有小，年玉为了照顾年迈的婆婆和两个孩子，后来只好回家当"留守妇女"。前年，听说三婶不幸落水身亡，年玉一个人忙里忙外，将三婶安葬；去年，堂弟初中毕业后打工的大女儿出嫁，年玉一手操办，堂弟也没有回来。堂弟在我的印象中，是一个忠厚勤劳的年轻人，他如此抛家不顾，是不是另有隐情。为此，我和哥哥托在南方的侄女寻找过堂弟，但开始还能联系上，后来他换了手机，就音讯全无了。找他原来打工的那家酒店，同事说他与一个湖北的女子好上了。

今年清明，我与哥哥去给祖父母扫墓。因为祖父母葬在堂弟家附近，我们还没到，远远就看见一个瘦小的女人带着一个孩子站在路边。到了近前，才知是年玉。她从六婶的儿子那里知道我们要来的消息。

扫完墓，我们去了堂弟家，不，是年玉的家。瓦房虽然已经略显陈旧，但泥土地面扫得十分干净。堂屋的墙上，仍然挂着堂弟当支书时的各种镜框和牌匾。面对着年玉，我们不知如何安慰是好。是世道的变化，还是人性的使然，那样一个让人喜欢的堂弟，居然抛却了肩上的一切责任，暗夜扪心，他能够安然入眠吗？

"有人让我登寻人启事，把他的照片也放上，我觉得那不妥，他还要做人，万一有一天回心转意，他还怎么在世上混。再说，说不定他真是遇到什么难了。"年玉低着头，悠悠地对我们说。

说这些话时，年玉好像在讲别人的故事，全然没有一丝的表情。告别时，她指着屋子边盖着塑料薄膜的地垄，说那是她今年新育的旱秧苗。"儿子要读初中了，我哪儿也不能去打工。如果今年年成好，二亩田够我们娘俩的口粮了。"

我走近看了看，白色的薄膜下果然秧苗已经泛绿，与外面的春寒料峭相比，里面一片春的气息。

（原载《环球人物》2011 年第 13 期）

养鱼小记

　　在武昌买了新房，已装修完毕，去广东购家具，见朋友家在阳台上修了水池养鱼，颇有些情趣，回后在北阳台上也兴起土木，将已经铺上的石块掘起，建了一个小型的带有假山喷泉的水池。

　　有假山喷泉不可无鱼，我便去花鸟市场。别人告诉我，锦鲤最好养。只见店主用一个塑料袋盛水，将鱼放进，然后用一根大塑料管伸进去，一头接着氧气瓶，一头给小鱼儿输氧，然后将口子扎起来递给我。

　　于是，瀑布有了，喷泉有了，小鱼儿也有了。整个新房里便充满了生命的气息。但当时我还没有入住新房，只好每天专程从单位跑去喂食。也许是鱼儿知道我是他的主人，只要我在池子前一站，它们就争先恐后地出来迎接我。可有一天，正是 2008 年 5 月 12 日的下午，我丢了食，鱼儿却个个躲进了假山下面，我很诧异，今天是怎么了？这时，我接到单位电话，说集团大楼晃得十分厉害。可能是黄石一带地震了。我这才明白小鱼儿原来是通灵性的，它们大约已经感觉到地磁的变化，所以出现异常。实际上，这是震惊中外的汶川大地震所致。

　　遗憾的是，有一天天气很热，可能缺氧，小鱼儿在一天里突然都死去了。这让我沮丧了好一阵儿。直到我搬进了新居，才又去买了十几条鱼儿。

　　有了这些小鱼儿，家里多了一道风景，我也多了一项功课。每天早晨起来，或者下班回家，第一等事，便是看看这些小鱼儿。有时怕惊动它们，便隔着玻璃门，看它们在水里嬉戏。鱼儿有红色的、黑色的，还有一条白身子头顶红太阳的。儿子从美国回来，说，这在日本叫"国旗鱼"。这条鱼是这个池子里最名贵的。但不知为什么，看见"国旗鱼"，我眼前就闪过电影里的一些镜头。当然，这只是一刹那。池中有一株水浮莲，小鱼儿绕着水浮莲游来游去，"鱼戏莲叶东，鱼戏莲叶南"，我眼前浮现出古人的那首诗那幅画。

　　小鱼儿一天天长大了，我与妻焦急，将来鱼儿再长大了，这池子太小怎么办。我说送去放生，反正不忍心吃掉它们的。孔子说，君子远庖厨。这话看来是有一定道理的。我还感到为难的是，万一我们两人都要出差，这鱼儿交给谁来照顾呢？

有一天，一个在武汉工作的学生，不知是不是知道我爱鱼，忽然给我送来了一个不大不小的玻璃鱼缸，随同来的工人，还带来了水草、砂子、石头之类的。这样，我的家里就有了两拨鱼儿。

鱼缸是透明的，用灯一照，绿色的水草，游来游去的小鱼儿，客厅里仿佛有了一幅流动的具有生命的画。鱼儿刚刚放进去时，还有些小心翼翼，不到半天时间，它们就成了主人，满世界里跑。有趣的是，它们仿佛是一群永远吃不饱的小馋猫，只要人到了鱼缸前，它们就全部跑来冲着你摇头摆尾。有一条小花鱼，小嘴儿一张一合，做出讨好人的媚态，让人生出几分怜香惜玉的感觉。也许人类都有这种不健康的心态，看着小鱼儿的殷勤样，我便不顾妻的告诫，偷偷地多喂鱼儿一些食儿。结果有一天，有几条小鱼儿无情打采地在砂石上盘旋，到了第二天，便不治而殁。从鱼缸里捞小鱼儿时，我有种痛彻心肺的感觉。

更为可怕的还在后面，按照工人的交待，我给鱼儿换水。第一次没有什么异常，第二次，为了让鱼儿有一个干净的环境，我将鱼缸里的水都抽干净换成了新水。结果当天晚上，有些小鱼身上就溢出了白色的物质，后来成片的鳞片掉落，鱼儿再也不争着抢着觅食，再接着，鱼儿一条条地死去。我去花鸟市场请教，才知鱼儿患了感冒，换水时一定不能超过二分之一。叮嘱我购买了两种药水，倒进水里，但也无济于事，最后，鱼缸里空空荡荡，只剩下我倒进的红色药水。鱼缸像 60 年前遭遇一场大屠杀后的南京，让人目不忍睹。

鱼缸里没有了鱼儿，好一阵儿，看着冷冷清清的鱼缸，心里就空落落的，有种失去亲人的感觉在心里游走。大约半个月后，妻说，再去买些鱼儿吧！

于是，我客厅里又充满了生气。这样，每天我有两拨任务：看看北阳台上愈来愈大的鱼儿，给它们加加水，喂喂食，再到客厅里看看那幅流动的画儿，隔着玻璃，与它们说说话，不知不觉，一天的烦杂没了踪影，愉悦悄悄地从心头升起。

捉鱼记趣

上次写到养鱼，这次写写捉鱼的故事。

捉鱼主要在少年时节。那时，我住在大别山中的一个小镇上。小镇不大，弯弯曲曲卧在一个四围皆山的小盆地里。盆地方圆三四公里，东边，是一排高达千米锯齿状的群山，最高处曰"平顶铺"，1584 公尺，那儿是大别山金刚台的主峰之一。南边，是连绵的飞旗山，山那边就是邻省安徽。西边，是庄家山。从千山万壑泻下的雨水，从小镇边的一条无名小河流向远方。

小河并不宽，约十丈余。平时，多是裸露的石头。石头千形万状，大如磐石，如碾盘，如屋宇，如巨轮，小如群兽：如猴，如狼，如狮，如虎。石头不动，动的是潺潺的流水。水清澈见底，时见游鱼嬉戏。等到夏日雷雨时节，四围群山银练倒悬，眨眼功夫，小河便吼声如雷，水石相激，里余皆可闻其响声。从山间冲下的树枝杂草，和着混浊的河水，无遮无挡地漫天里走去。但河水来得急也走得快，只要雨稍歇，小河便安静下来，三二日，便温驯如初。这样，小河又成了我们捉鱼的好去处。

在石头遍布的小河里捉鱼，比不得别处。最简单的办法是，从河里抱起石头，朝另一块躺在河水里的石头砸去。如果这块石头下有鱼儿，就会被剧烈的撞击震得昏昏然，然后我们就可以用手去捉。用我们当地的话，这叫"梃鱼"。这种办法简便易行，但要注意的是防止撞击时产生的石屑伤人。还有一种办法，是用长柄的钢锤，沿着河流，朝每一块石头砸去。在夏日的中午，人在镇上，河槽里传出"叮叮"的响声，这就是有人在用钢锤梃鱼了。

还有一种办法是，选取可以截断的径流，等河水渐渐变小变少时，摘取河边一种具有特殊气味的柳叶，放在石头上砸碎砸乱，让柳叶的汁液渗出，沿径流撒去，这时，躺在暗处的小鱼便会呛得朝清水地方跑。由于鱼儿喝了少许柳叶汁，行动不便，用小网或手都可以捉住。

还有一种办法是用钻丝网捉。用钻丝网需在水深的地方才可发挥作用。

小河尽管石头裸露，但由于河水的冲刷，有些特殊地段会出现一些或大或小的水潭。水潭一般阔约丈余，深可及人。如天气晴朗，日光直射潭中，潭底悉数可见。大大小小的鹅卵石，闪闪烁烁的砂子，不同颜色的鱼儿在其间穿梭往来，一副优哉游哉的样子。这时，悄悄地将网儿撒到潭中，人退到大柳树荫下，吸支烟，或跷腿眯刻把钟眼，便会有鱼儿撞到了网上。那时这种丝网我家并没有，记得曾找人借得捉过几次。

当然，让我印象最深的一次捉鱼是我随母亲下放农村后的一次经历。

说是下乡，实际上是从小镇搬到附近一个叫蒋家塆的自然村里，唯一的区别就是家里从吃商品粮转为农村户口。村子很小，十余户人家，三十来人。说是蒋家塆，实际皆姓吴。一天，队长吴某找我，说带我一块去捉鱼。

这次捉鱼不是去小河，而是去山背后一个叫徐燕的村子的后塘里。只见他找出一个空酒瓶，拿出一节炸药和一个雷管，一截导火索，很快便制造出一个土手榴弹。

他说他不会游泳，便站在离塘很远的地方。我那时不知从何而来的勇气，用一支烟点燃导火索，等待了约半秒钟，将手中的瓶子扔进了塘里。一条闪光的弧线，一声沉闷的响声，塘里腾起丈余水花，接着有震昏的鱼儿蹿上水面。我跃入塘里，捉了约三五条鱼儿。

这种办法捉鱼的事儿大约有一两次，后来，徐燕人知道了，一群人找到塆里，我吓得躲了起来。因为有队长参加的缘故，他们嚷嚷一阵也就走了。

这一年，我 18 岁。

域外掠影（四章）

华盛顿大街上的中国女孩

走出华盛顿国会旁的航空博物馆，沿林荫道向对面的国家美术馆走去，突然，大家不约而同地发现树荫下的长椅上坐着一位正在读书的中国女孩。这女孩很专注，尽管四周人来人往，她仍旁若无人地在那儿一边看书一边还用笔在本子上记着什么。

这是去年 8 月的一天下午，华盛顿也还比较热，这条十分宽敞的大街上，有人在跑步，有人在散发着传单，也有情侣在树荫下相拥相抱，当然，还有松鼠和鸽子在林间悠闲地散步，这时，这位穿着一袭白衣的姑娘蓦然出现在我们这一行人的面前，大家眼睛都为之一亮。

这是在美国的首都最为著名的大街上，旁边有 21 个博物馆，不远处还分布着大大小小的各种景点，这位姑娘却独自一人专心致志地在异国的首都读书，让我们多了几分钦佩，也有了几分好奇。

姑娘是两年前从北外毕业的，目前在国家外经贸委工作，她是自费利用假期来美国实习的。临行前，她通过互联网在华盛顿订了一处房子，租金是800 美元。她说这话时，歪着头对我们笑了一下。她告诉我们，这是她工作几年的积蓄。我们问她实习的地方，问她是否还回去，她说已经联系好了实习地点；实习结束后，她还回到北京工作。

据了解，每年从国内到美国“考察学习”的人有好几万，大多数是公费。这些西服革履的衮衮诸公，以各种名目走遍了美利坚的名山大川，大包小包地带回了各种高科技产品，如我等虽然是到纽约大学受训，尽管也学些知识，开阔了眼界，但还是有不少时间从东到西穿越美利坚富饶辽阔的土地。

从美国回到中国已经几个月了，那位静若处子的年轻姑娘在华盛顿大街旁读书的情景一直浮现在眼前。上个世纪 80 年代以来，国内学习风气日浓，年轻人读书向学的情景随处可见，但在大洋彼岸，在异国首都繁华的大街上看见一位中国姑娘在潜心读书，我们不能不为之骄傲——为这位有志气的姑娘，也为我们正在崛起的中国。

时间已经过去几个月了，但华盛顿独立大道上中国姑娘的影像却越来越清晰。祝福这位并不知道姓名的姑娘能够摘取知识的桂冠，成为我们这个时代的佼佼者。

（原载 2005 年 8 月 31 日《武汉晨报》）

小小胸卡

我参加了无数次的会议，佩戴了无数次的胸卡，塑料的、金属的，戴也就戴了，大多数出了会场随手就扔了，也有少数的带回家放了一阵子，但最终还是扔了。但 2005 年 9 月，我赴日本东京参加第一次东亚出版研讨会，会议结束时，东道主竹中龙太却追着我们将所有的胸卡都收回了。我不解，后来才知道收回去是留着下次会议使用的。

我们一行七人这次赴日本参加东亚出版人会议，会议的赞助方是日本生产汽车的丰田株式会社。丰田出资，由日本资深的出版人邀约中国、日本、韩国的出版人，每年在三国间轮流召开一次出版研讨会。日方很慷慨，我们往返日本的旅费，在日本的食宿，包括从武汉飞往北京的费用，都由日方承担。除此之外，我们到达日本的当天，每人还收到了三万日元的零花钱——东道主的细心与大方程度可见一斑。我参加了很多会议，无论是国内还是国外的，还从没有收到过主办方发的零花钱呢。这次会议的饮食也很考究，主人带我们每天换一个酒店。四天下来，几乎吃遍了银座一带有特色的饭店。但是，我们发现，主人该花的钱毫不吝惜，而应当节约的地方也是丝毫不觉"寒碜"。如我们去日本的当天，年过七旬的加藤敬事，没有带什么小车之类，而是让我们乘机场的大交通车，从成田机场走了两个多小时赶到东京银座。我们住在银座三井城市饭店，进了饭店，总感觉气温有些高，好像空调质量不行，结果到了举行会议的大日本印刷的大楼内，还是有些热，估计温度不下于 25 度。与我一同前去的上海的巢老，也有同感。后来又去了几个地方，如书店、出版社里，也是感觉空调的温度调得比较高。这时，我们才明白这是日本人在节约能源。后来我到酒店里观察，除了这些方面，譬如拖鞋，也是用经久耐用的塑料编织的，既不厚重，也不像国内的沾上水就不行了，更不会每天不管是否还能使用就被服务员换了。连洗澡用的泡沫擦，从我第一天到最后离开就再也没有换过。沐浴露、洗发膏之类的，也是用大瓶装着，用多少挤多少，绝不会用半瓶就丢了。就像日本的饮食，品种多，但都用很小的碗盛着，一餐下来，几乎没有什么剩余。就像日本人送礼用的礼品，包装精美，但往往金玉其外，其实"内容"不多。回国后，我总在想，日本人富可敌国，但是整个民族是很注意节约与实用的。我们中国人经常讲"地大物博"，实际上，按十三亿人计算，无论是国土面积，还是资源，都不能夸这个海口。但中国人无论是请客吃饭还是做别的什么事，都讲无谓的排场，很多的资源白白地浪费了。我想，要建设节约型社会，我们是否学学日本人，每次开会结束时也收回胸卡呢！

（原载 2005 年《武汉晨报》）

反恐声声急

十年前，我曾去过一次美国，那一次是在洛杉矶市举行"湖北三峡书市"。今年，因率团到纽约大学接受图书市场营销培训，我再一次去了大洋彼岸。前后两次去美国，从有形的建筑物上我没有看出十年间美国有什么明显的变化，但这次时时处处可以感受得到的是，美国防止恐怖主义袭击的弦绷得很紧。

纽约大学出版中心坐落在纽约曼哈顿岛上，紧邻第五大道。教室临街，窗外总是传来警笛声声，仿佛是"9·11"重演。据统计，纽约市 700 万人口，而警察有 3.65 万人，是全美最大的警察局，所以街上随时可以看见警察，有警车声不绝于耳也就不奇怪了。我们到纽约是 7 月 25 日，距伦敦 7 月 7 日地铁大爆炸只有十几天，纽约害怕伦敦的悲剧会在本地上演，气氛骤然紧张。据纽约市警方发言人说，伦敦发生第一次爆炸后的两周内，纽约"9·11"共接到 1600 多个报警电话，其中 1476 个称发现可疑箱包，149 个电话报告发现疑似炸弹。他们宁信其有不信其无，对于地铁、灰狗巴士及街上背包的可疑人，随时要求开包检查。就在我们到达的这个周末，一位开双层游览巴士的司机看到 5 名中东男子背着大包，觉得他们可疑，便报了警。配备重型武器的警察立即出动，在街头上演了一场反恐"真人秀"。

当时，警笛呼啸，警灯闪烁，马路被封闭，身着防弹衣、端着自动步枪的警察把游览车团团围住。车上 60 名乘客被令将双手举在头上，一一慢慢下车，5 名被怀疑的对象则双手被铐，跪在路边。

警察后来才发现，这 5 个人都是英国游客，根本不是什么恐怖分子。纽约市长还向当事人和英国政府道了歉。

学习之余，我们一行去了世贸大厦遗址。昔日高耸入云的地标建筑只留下一个偌大的基坑，从铁护栏方形的格子望去，地坑犹如一只硕大的眼睛在瞪着天空，似乎在问，美国怎么了？

俯瞰高楼林立的曼哈顿的世贸大厦不见了，过去曾一度喧嚣但因世贸大厦而黯淡的帝国大厦再度受宠。这座大厦，过去游人可以自由出入，但眼前也是戒备森严。过安检门时，不仅行李要经过 X 光照射，连腰带、皮鞋都要脱下来放在传送带上经过 X 光检查。大家上楼时要经过一道风帘，据说这是防止衣服上沾有化学品之类的。等到大家排着长队经过一次次的检查，登上 108 层的观景台，连赏景的兴致几乎都没有了。后来，我们在美国国内乘坐飞机时，结果飞机上不提供免费的午餐，据说是因为反恐经费开支巨大，各航空公司只好从乘客头上挖潜。我们上飞机前被明确告知，任何行李箱都不能锁住，因为安检人员会随时开包抽查。有一次，同行的姜君开箱后发现里面多了一页黄色的纸片，果然是国土安全部的函件，说明抽查了他的箱包，请他谅解之类的。

美国第一大城市纽约如此，首都华盛顿的反恐气氛更浓。过去可以任游人参观的白宫、国会大厦、五角大楼已禁止游人进入。五角大楼外也不能拍照、录像，更不用说停下车来近距离观察了。市内通往重要办公场所的通道，都已被一重重新修的检查岗哨所阻断。一些有可能通行车辆的地方，皆错错落落地放置了硕大的水泥"花坛"阻挡汽车通行。花坛里，栽种着各色的矢车菊。花儿尽管很艳丽，但难掩美国人心中的忧虑。

纽约一位朋友告诉我，美国人要想消除与阿拉伯人的仇恨，需要两代人的努力。上世纪末，美国学者亨廷顿在《文明的冲突》一书中，谈到了二十一世纪的冲突是两个文明之间的冲突，即伊斯兰文明与基督教文明之间的冲突。他的话音刚落，美国人自二战以来在本土上发生的最大一场悲剧就降临了。是美国应当反思自己历届政府的外交政策，还是如亨廷顿所言两个文明之间不可避免的冲突呢？我想起旧金山唐人街一面墙上用油漆绘就的星条旗，旗旁边写着"天佑美国"四个大字。我想，一向骄横无比的美国人终于愿意低头反思了。

（原载 2005 年 10 月 5 日《武汉晨报》）

美国街头的小人物纪念

　　任何一个国家，都会对自己重要的历史人物或者做过重要贡献的英雄通过各种形式加以褒奖，如纪念馆、雕像、或者以人物的名字命名地名或街道、道路，目的不外乎通过这种形式让人们缅怀先贤，激励后人，形成民族的共识和价值观。这次访美，我印象深刻者，则是他们对普通小人物的纪念方式。

　　在美国的首都华盛顿，各种纪念建筑形态各异。以开国总统华盛顿为例，首都以他的名字命名，然后建立有他的直插云霄的纪念堂、各种姿势的塑像。然后有气势恢弘的林肯纪念堂、杰斐逊纪念堂。当然，他们更忘不了战死的"英雄"，如二战纪念碑、林徽因侄女设计的越战纪念碑、韩战纪念碑。但是在哥伦布市的街头和麻省理工学院里，我却看见了另一种形式的纪念。

　　在哥伦布市中的一条河流旁，绿树掩映中，有一个亭子，亭子上边燃烧着长明灯，一年四季，这束淡黄色的火苗似乎在无声地诉说什么。问儿子，他看了看碑铭，才知这座亭子是为当地牺牲的消防队员而建的纪念物。旁边，则雕刻着他们的一组群像及使用的灭火器材。

　　我当时感叹了一番，我想，这座城市因公死亡的消防队员是有，但肯定不会太多，但这座城市的主人却忘不了这些奋不顾身的小人物，我想，他们不仅仅是为了缅怀英雄，更多的是告诉这座城市的后人：为了公众的利益而捐躯的，人民永远不会忘记。

　　另一天，我在哥伦布市另一条街上散步时，看见十字路口有一个街头小花园，走近一看，原来是为这座城市牺牲的警察建的纪念物。一组人物雕塑，旁边的椅子上，地上，都刻着他们的名字，纪录着他们生前的事迹。

　　而在麻省理工学院庄严的大厅里，正面的墙上镌刻着无数的人名，一看，才知是在二战中牺牲的这所学院毕业的学生的名录。另一边，则是在韩战和越战中战死的这所学校的学生名录。在这所以科研和理论著称的学院里，以如此显赫的位置，表彰这些为国牺牲的学生，足见他们"思想政治工作"的无孔不入。什么叫爱国，在这里会找到答案。这会比到处写满领导的"语录"更加有效。

　　一个国家，一个民族，都应当有自己共同的价值观和道德规范，这些规范，不是法律，而是靠黑格尔所说的，是自省，道德的力量。这种价值判断，有时比严苛的法律还要有力。如何形成这种民族的共识，不是通过说教，或者通过威权强加给人民的。而是要靠人民的自觉行为。中国几千年封建社会，给有功的大臣绘像，建生祠，在各地树立雕刻精美的石牌坊，表彰各种符合民族或者当时统治者道德伦理规范的人物，这样，活着的人们在长久的浸润中，就形成了一个共同遵守的行为准则，化为民族优良的传统。而目前我们在信仰缺位、金钱至上，人与人关系十分冷漠的道德环境下，如何有效地重塑民族精神，接续民族美德，值得我们深思。美国街头这种给小人物树碑立传的做法，不失给我们以启迪。

（原载 2005 年 8 月 31 日《武汉晨报》）

坡州：一座散发着书香和智慧的城市

　　山不高，无奇峰异石，却有一个美丽的名字：寻鹤山。小山卧在延津江与汉江交汇之地，距汉城一个小时的车程，距三八线也只有 40 分钟的车程。小山与不远的汉江之间，是一片长满芦苇的湿地。因为南北关系之故，这儿曾是野兽、水鸟与鱼儿的天地。现在，这儿却成了韩国出版人心目中的一片"圣地"。紧挨着山之北麓，沿着一条摇曳着芦苇絮影的小河，一座座造型别致的建筑呈放射状散开，这就是在交通指示牌上称之为"Paju BOOKcity"（坡州出版城）的地方。初冬时节，受这座城市的主人的邀请，我来到了这个图书的故乡，下榻于一个命名为"纸之乡"的亚洲出版文化信息中心招待所。

　　世界上有很多的城市，有功能型的金融中心、钢城等，有占地理优势的威尼斯、拉斯维加斯，而以出版为中心而集聚在一起的并称之为城市的地方在全世界还是第一家。目前，这儿已经聚集了韩国 200 多家与出版有关的公司。其中包括出版社、印刷公司、装订公司、著作权中介公司、出版流通中心及设计公司等。在不久的将来，这儿将是韩国，也是世界最大的出版文化信息产业园。

　　这座城市的诞生缘于 20 世纪 80 年代末 7 位中青年出版人的梦。当年，他们登上首都附近的北汉山，讨论韩国出版的未来，希望以书为纽带，组建一个向上游和下游拓展的一站式服务的出版共同体。也许，有了梦想就有了未来，他们以繁荣韩国出版为己任，开始了这个伟大但十分曲折的行程。直到 1997 年，这座城市才真正开始实现梦想之旅。当机器的轰鸣休止之后，这片沉寂的湿地，终于生长出除了芦苇之外的一幢幢风格各异的建筑。

　　见证了这座书城孕育、生长与诞生全过程的出版城文化财团法人李起雄先生，当年是韩国一家大型出版社"悦话堂"的经理，当初那 7 位性情中人，将实现这个梦想的重任委托给了这位看似瘦弱但十分坚强的 48 岁的中年人。他们成立了以经济为纽带的事业合作社，募集了 360 家出版公司及印刷、发行、流通等服务公司的 36 亿韩元，要实现振兴韩国文化产业的伟大梦想。为了这个艰难的起飞，用董事长李起雄告诉我的话说，他用了"诸葛亮的智慧、曹操的策略"。他们通过发动市民签名，向当时的总统金泳三陈情，与负责土地管理的韩国土地开发公社斗争，与所在地军事当局协调，一笔一笔描绘着这座出版社的雏形。他们的初衷从表面上来看，是为了将出版社及其这个产业链的上下游简单地集中在一起，继而形成规模效应，形成产业优势，但他们是有着梦想与远大理想的出版人。他们是想把这儿建成一座在空气中都散发着书香、洋溢着智慧的城市，一座像博物馆一样的有悠久传统而又具有田园风光的城市，一个为全亚洲提供精神食粮的出版信息中心。他们要在世界上创造一个奇迹，这儿既不同于莱比锡的古书小镇，也不同于里昂一样的出版集中地，而是一座与书有关的精神家园。这座城市不仅能影响着 4600 万韩国人，还能影响 30 亿亚洲人的精神生活。所以，他们每一年都在这儿召集一次出版论坛，由他们支付费用，请全世界的出版人，主要是亚洲的出版人，来这儿畅谈亚洲出版的现状与未来。

坡州是这儿的大名，实际上，这儿属于坡州交河邑一个叫"文发里"的地方。顾名思义，这儿与"文化"有关。公元 4 世纪至 6 世纪中叶，这儿涌现了无数的学者、文人和政治家。其中影响巨大的畿湖学派就发源于此。在韩国被人看作是智慧化身的黄喜丞相就出生在这里，韩国的文宗大王为了表彰这位丞相，特将他出生之地命名为文智里。所以，这儿的地名都与这些文人有关。用今天建设坡州出版城的人来说，这些似乎很早就预示了这座出版城市的今天。

建设这座城市，并不是简单地将许多出版社、发行公司、流通公司、印刷厂搬在一起，建成一幢幢的高楼大厦就行了。这座城市的建设者多次考察了欧洲许多文化城市，对于这儿的建筑风格、使用材料，包括地面、桥梁、水路都有明确的规划。为此，他们请了全世界一流的设计师，为他们规划一座具有美学价值的小城，一座像博物馆一样的城市，一座能够供人们旅游的城市。今天，当我们透过下榻的宾馆硕大的玻璃窗，眺望汉江的晚霞和窗外摇曳的苇絮，我就明白这座没有篱笆，没有院墙，没有灯红酒绿标志的城市的灵魂。

"竞争中的合作——亚洲出版的未来"为主题的会议一共开了 3 天。3 天时间我们哪儿都没有去——连夜晚我们几乎都用在了讨论上。董事长李起雄先生、执行董事李斗瑛先生一直与我们一起参加会议。来自美国、澳大利亚、日本、菲律宾、越南、奥地利、中国台湾、香港和内地的我们，与东道主一起热烈讨论着亚洲出版的现状与未来，大家那热烈的劲头好像天下出版舍我其谁，会议结束时，还发表了一个庄严的声明。似乎这个叫做坡州的地方就是指挥亚洲出版的前沿阵地。实际上，这儿属于朝鲜半岛的非军事区，距南北分界线只有半个小时的车程，我们来到这儿的前几天，朝鲜方面宣布停止南北陆路来往。如果南北发生战争，坡州实际上就是最最前沿的阵地了。不过，他们今天谋划的却是人类精神寄托之大事，他们坚信人类的自由与和平永存，所以他们要建造一座随书一起留在历史记忆中的出版之城。

坡州之行只有三天，回到国内，别人问起韩国，我就说起坡州出版城。那里没有车水马龙，没有灯红酒绿，没有过度现代化的痕迹，但却让人永远记住了韩国，记住了韩国出版人的深谋远虑。

（原载 2008 年 12 月 20 日《中华读书报》）

怀念喀纳斯

丙戌年夏，去乌鲁木齐参加 16 届全国书市。会后，友人说，到了新疆，一定要看看边塞风光。如达坂城的风力发电、吐鲁番的坎儿井，火山造就的天池，最后他说，如果只看一个地方，一定要去喀纳斯。那儿才是神的世界，人类的天堂。

从乌鲁木齐到喀纳斯，需要一天多的车程。刚出城时，看见高大的胡杨，连绵的棉田，一排排由白杨组成的防风林，我们都会生出几分兴奋，但时间一长，就出现审美疲劳。我们寻了个话题，与同车的小司机聊起来。小司机只有二十来岁，长得十分帅气，一看就知道是少数民族。后来我们才弄清他是维吾尔人，叫阿坚。于是，我们一路上"阿坚阿坚"地叫个不停。从出城开始，他就总在播放一首民歌，歌的旋律十分低沉，舒缓，歌词我记不清了，但歌曲的内容是一位年轻的小伙子在向一位姑娘表白爱情。看见阿坚陶醉其中的神情，同行的就问起他，是不是在想念女朋友。阿坚一听就打开了话匣子，向我们描述他的未婚妻，眉眼间洋溢着幸福。我从他的讲述中可以感觉到他是十分喜欢这位心上人的。最后，我们才知道他的未婚妻是汉族姑娘。维吾尔人与汉人通婚近年来并不少见，但传统的维吾尔人家庭还是有阻力的。汉族的姑娘嫁过去后，大多要尊重男方家的习俗，但维吾尔的姑娘要嫁给汉族人，特别是在南疆，阻力就更大了。曾经有一位维吾尔的姑娘与一位汉族小伙子私奔，结果引起了一场不大不小的冲突。但阿坚对汉族的未婚妻看来十分满意，从他精心挑选的歌曲，从他反复播放这首爱情歌曲来看，小伙子与姑娘感情已经很深。同行的打趣道，阿坚可以当民族团结的典范了。

爱情的力量是无穷的，由于有了阿坚的影响，有人提议每个人都谈谈自己的爱情经历。车上五六个人，就这样一路上讲去，大家谁也没有感觉路程的遥远。这天晚上，我们住在一个被白杨包围的小县城里。县城旁边有一条水流湍急的河，有人告诉我，这是从喀纳斯泻下的湖水。

来喀纳斯之前，我们对这个高山湖泊的了解，印象中仅限于那则水怪的故事。汽车走过雪线，就看见了碧绿的高山草场，公路两侧的松树就渐次多了起来，越往前走，树木就越多，很多是从没人砍伐过的原始森林。在新疆这样一个让人与大戈壁联系在一起的地方，能有这样一片保护得十分完整的森林，让人感到惊奇。后来我们从导游处得知，这儿住的主要是哈萨克人。在哈萨克人的传统中，一棵树就是一个神灵，他们珍惜森林就是在坚守自己的信仰。

等我们到了喀纳斯，这儿才真正地让人赞叹不已了。远处，阳光照耀下的是洁白的雪山，映衬雪山的是无边的森林，森林环绕的是个狭长的湖泊。湖水清澈，微风吹来，满湖碎玉。湖畔游客如织，不同肤色，不同民族，聚集在这里享受天籁。我们沿着湖边用木板搭起的小路朝树林深处走去，各种青苔攀附的不知多少年的古树或卧或躺，记录着这里的沧桑。据说，这里原是一片沧海，造山运动将高原最北端隆起了气势磅礴的阿尔泰山脉。第四纪冰川时，冰蚀的作用，将巨大的石块移到山口，弯弯曲曲的峡谷中形成了一个硕大的湖泊。湖泊南北长约 24 公里，东西宽 2 公里左右，最大水深达 188 米，是我国最深的高山湖泊。在湖泊的下端，湖水不满这远古的巨石的束缚，吼叫着，奔涌着，向干涸的大戈壁奔去。

离开喀纳斯，第二天，我们又去了与哈萨克斯坦接壤的边界，去了天池，去了吐鲁番，看了火焰山，在著名的大风口领略了飓风的威力，新疆之行一切都值得怀念，但不知为什么，我对喀纳斯始终情有独钟。那块碧玉一般的湖泊，那些透彻心肺的充满潮湿气息的空气，还有我们几个同行者在一棵横跨小河的枯树上竞走时无拘无束的笑声，永远像清晨的天空，像初恋时的久别重逢，久久地留在我的记忆中。我觉得，那不是一次简单的旅游，是上帝赐给我的一次精神享受。今生今世，我也可能不会再有机会去到喀纳斯，但今生今世我都不会忘记喀纳斯给我的震撼。

但近日，在那个人们向往的边疆土地上，发生了骇人听闻的暴力事件。184 个无辜的生命，在良知丧失的野蛮攻击中丧生。这场冲突失去的不仅仅是财产和生命，重要的是失去了民族之间的信任。从外电得知，我们曾去过的大巴扎，那个游客云集的最具新疆特色的高空钢丝的表演，已少有人再敢去光临。我不知道，曾为我们开车的年轻的阿坚，与那位心爱的汉族姑娘，是不是已喜结良缘，他们之间会不会因此也产生隔阂呢？眼下正是新疆旅游的黄金季节，报载却有几千人退团。我在美国留学回国的儿子，最初的计划是与同学一块去新疆旅游，结果也是望而却步。我想，那个美丽的喀纳斯，是不是真有了传说中的水怪出现，才会出现几十年来最为血腥的暴力袭击。

　　喀纳斯，美丽而神秘的湖，我心中的圣湖，数万年的风风雨雨，地球的沧桑巨变，也没有改变你的妩媚和纯洁，你不仅是属于新疆，属于哈萨克，属于维吾尔，你也是属于全中国五十六个民族的。我想，笼罩在你身上的阴云终会散去，时间会抚平这一切伤疤，笑声属于我们曾经的游客，笑声也永远属于喀纳斯。

　　　　　　　　　　　　（原载 2009 年 7 月 29 日《中华读书报》）

飞过喜马拉雅山

我们见到了尼泊尔政要

2009 年 9 月 11 日至 16 日，受尼泊尔编辑学会邀请，我作为中国编辑代表团的团长，率领"四朵金花"访问尼泊尔。这"四朵金花"分别是新闻出版总署外事司的吴琳、人民教育出版社的陈涓、中国编辑学会的石宝菊、《中国图书年鉴》编辑部的龙敏贤。时间虽然只有六天五夜，但尼泊尔政府和人民的重视与热情让我们难以忘却。以志纪念，我将陆续介绍这次出访的一些感受。

我去过很多国家参加书展，也去过一些国家参加出版研讨会，但这次出访尼泊尔，却出乎意料地见到了很多政要。

出国之前，我只知道我作为团长，要带四个人到尼泊尔去进行学术交流。在中国编辑学会的办公室里，常务副会长袁良喜、副会长陈绍沛与我交谈，说是上次会长桂晓风访问尼泊尔时，尼泊尔编辑学会与中国编辑学会达成一个协议，双方每年互访一次。在新闻出版署外事司，赵处长也交待我们要注意一些事项。至于去了见谁，做什么，我一点也不知道。

到了尼泊尔的第二天，尼泊尔编辑学会的会长等一行早早地来到了我们下榻的"牦牛与雪"宾馆，大家说要去见一位政党领导人。同行的署外事司漂亮的吴琳小姐是我们的翻译，在京时她与这边已多次沟通。她很细心，在北京时就给我们每人一份资料，其中包括从外交部网站上下载的尼泊尔最新情况的介绍。由于日程安排是英文的，一切行动只能听小吴的吩咐。这位要见的政党领导人，她译了几遍，我也没明白是哪一位。后来我想起她给的资料，讨论后才明白是 2009 年 5 月卸任的前总理普南昌达。

关于普南昌达，我们在国内已经知道一些他的情况。他是尼泊尔共产党其中一个派别的领导人，1996 年，尼共（毛主义）宣布退出议会，开展人民战争，走农村包围城市的道路。毛派游击队与政府军展开了十年的游击战争，据我手头的一本尼泊尔旅游指南介绍，政府军与游击队的冲突中有1.3万人死亡（见三联书店2008年3月第二次印刷的旅游指南《尼泊尔》一书，作者托尼·惠勒。此书是同行的团员陈涓小姐送给我的）。2006年4月，尼主要政党组成的"七党联盟"与尼共（毛主义）联合发起反国王街头运动。国王妥协，宣布恢复议会，还政于政党。（在此之前的2005年2月1日，国王宣布解散政府，自己亲自控制行政。）大会党主席柯伊拉腊出任首相。2008年制宪会议选举顺利举行，普南昌达领导的尼共（毛主义）成为议会的第一大党。在议会的601席中，尼共（毛主义）占有227席。2008年8月，制宪会议选举普南昌达成为尼泊尔联邦民主共和国首任总理。十年前被政府悬赏捉拿的"游击队长"成为总理府的新主人。

但是，普南昌达在执政七个月后的2009年5月4日，黯然辞职，又成为最大的在野党的领袖。他辞职距我们这次访问只有3个多月的时间。（他这次辞职的原因，是因为他解除了不配合政府的尼泊尔陆军参谋长而引起的。2009年5月3日，尼共（毛主义）在尼共（联合马列）等主要盟党抵制的情况下，在内阁会议上决定解除只有三个月任期的参谋长卡特瓦尔职务，引发各方强烈反应。尼共（联合马列）宣布退出政府，不少政府机关运转处于瘫痪状态。亚达夫总统在其余党派联合递交的请愿书上表示同意留任被政府解职的参谋长。迫于内外的压力，4日，普南昌达只好递交辞呈。）

丰田面包车在加德满都狭窄而凸凹不平的街道上行驶了约十几分钟，我们在邻近郊区的一幢四层高的小楼前停下。虽然有人在等待我们，但小院的铁门紧关着。有穿迷彩服的士兵与警察在把守，有一个很小的窗户对外（可能平时有什么要求从小窗户递进去）。在并不高的院墙上，有一个小岗亭，沙袋后面露出一杆乌黑的枪口。

有人迎接我们，双手合揖，口中轻轻念出"沙依罗拉"（尼泊尔语"你好"）。我们先上了三楼，但我们人多，只好又换到二楼。房间很小，大约只有20平米。中间放了三个木质茶几，对面是一幅让人眼熟的红底镰刀锤子旗帜。

我们坐定后，一位留有胡子戴着眼镜表情严肃的男子从楼上下来。我估计他就是我们要见的那位前任总理。

握手寒暄后，我先开口，说中国人民都了解他，他是一位传奇人物。到了尼泊尔，我们哪儿没有去，第一个拜访的就是他。说到这里，他严肃的表情略有放松，然后告诉我们，他去年参加中国的奥运会闭幕仪式时，曾经见到了中国领导人胡锦涛与温家宝。他感谢中国政府和人民对他的支持。他谈到了他辞职的背景，当前尼泊尔政局的复杂，他希望尼泊尔新宪法能尽快制定出来，希望能组织联合政府重新执政。我引用中国最流行的术语告诉他，只要他代表人民群众的最根本利益，人民会拥护他的。我希望如果我下一次再访问尼泊尔，他能够在总理府接见我们。说到这里，他笑了起来，说你的观点是最科学的。

我们交谈了大约只有五六分钟，然后，我们向他赠送礼物。礼物是吴琳小姐从署里带来的，是一幅仿制的中国画，画上是几枝荷花。普南昌达很高兴，他说他的乳名就是荷花的意思，是不是我们知道。我说，这是天意。我们事先并不知道，这大约是心有灵犀一点通吧。闻此他笑得十分开心。同时，我们也向他赠送了一幅丝绸的披巾，请他转送给他的夫人。

晚上六点，按照事先的安排，我们又驱车到总理官邸。因为是周六，总理今天在家休息。

进了一道紧闭的门，是一个空旷的院落，停着一些车子。后来我们才知道来的是媒体的记者，其中有一位是 ABC 电视台的。里边还有一道门，有几个人在把守。进了这道门，一位年轻的小伙子迎上来，他是总理的新闻秘书。

在一个很宽敞的大会客厅里我们坐定后，总理马达夫·库马尔·尼帕尔从房间里走出来。他戴着一顶尼泊尔花帽，笑容可掬地与每位来宾握手后，会谈就开始了。我先表示感谢，总理能在百忙中接见中国编辑代表团，这对于中尼人民增进友谊，加强了解都是一件重要的事情。接着总理就谈了中尼人民的友谊。公元 602 年，尼泊尔历史上的李查维王朝时期，尼泊尔赤尊公主嫁给了藏王松赞干布。尼泊尔建筑师阿尼哥建造北京妙应寺白塔时做出了巨大的贡献。他在参观北京的世界公园时，却没有看见介绍尼泊尔的内容，那里介绍佛祖，还说是印度的。佛教始祖释迦牟尼实际上生于今尼泊尔境内的南毗尼，但中国的很多书籍、博物馆中却说释迦牟尼出生于印度。他还提到尼泊尔悠久的历史，丰富的旅游资源与自然资源，如加德满都是寺庙之都，南毗尼是佛祖的出生之地，很多信仰伊斯兰教的教徒一生最大的愿望是到麦加去一次，如果中国所有佛教徒也到南毗尼来一次，对尼泊尔就是很大的支持。他还介绍了尼泊尔丰富的水利资源，具有特色的自然风光，希望中国的旅游者到尼泊尔来旅游，中国的企业家到尼泊尔来投资。

与总理会谈时，我祝愿尼泊尔人民在新政府的领导下，能够政治稳定，经济发展，走向现代化的道路。同时也提到了佛教对中国文化，中国人精神世界的深远影响。希望回国后通过各种形式改变少数国人对佛祖出生地的误解，呼吁企业家到尼泊尔来投资。

我们向总理赠送了北京奥运会纪念品"福禄寿喜"，向他的夫人赠送了丝巾。总理向我们签名赠送了他执政后讲话的汇编本，并与我们合影留念。

最后，他送我们走出会客厅，并一一与我们握手告别。

总理接见时，很多媒体的记者都到场，当晚，尼泊尔的几家电视台播出了会见的消息，次日，尼泊尔政府的英文版《廓尔喀报》、私人办的尼泊尔语《尼泊尔晨报》等都刊出了会见的消息。

见到制宪会议主席是在次日的上午10时。本来计划上午8时去见大会党主席、前任首相和临时政府总理柯伊拉腊的。我们早早地就起来了，车走了二十多分钟，突然得了消息，86岁的柯伊拉腊身体不适，会见只能取消。我们只好返回，临时决定去工艺品市场看看。

制宪会议为尼泊尔最高立法机构，与总理府在同一个院落。门口的守卫可能没有得到通知，让我们等了五六分钟才放行。制宪会议的会客室从一个花园穿过，是一处平房，大约有二十几平米。室内的陈设一般，墙上挂有几幅画，柜子里陈列有工艺品之类的。我们坐定后，戴着一顶尼泊尔黑帽，裤子上罩有半截裙子的制宪会议主席苏巴斯·内姆旺从旁边的一间房子走出，一一握手后方坐定。

与前面几次会见一样，双方先回顾了中尼交往的友好历史，佛教与中尼两国人民的关系，最后，他谈到了新宪法制订的艰难。尼泊尔新宪法的制订需要各个政党的批准。而尼泊尔有70多个政党，其中三个大党的态度最为关键。尼泊尔制宪会议必须在其两年任期届满的2010年5月28日之前制定宪法；制宪会议宪法委员会必须在2009年9月17日至30日间完成宪法草案终稿并予以公布。但是由于各个党派之间的取向、诉求有差异，新宪法的制定十分困难，所以成为各方关注的焦点。

会谈完毕后，我们向主席赠送了礼物，然后合影留念。

10时30分左右，我们去了在同一个院子的信息与通讯部。部长的办公环境很一般，简陋的桌子和沙发。这是位戴着一副眼镜的中年人，我们简单回顾了一下中尼交往的历史，两国信息技术方面的情况，希望部长到中国访问之类的话后，我们一一合影留念。

那浓得化不开的情谊

　　见到德文迪拉·高塔姆先生，我是丝毫没有思想准备的。当时我们正下机排队准备接受检疫，突然有人找到翻译吴琳，把我们带到去贵宾室的通道。

　　刚进门，一群人围上来，照相机的闪光灯频频闪烁，一个大胡子、戴着花帽和眼镜的尼泊尔老人，将一个花环朝我的脖子上挂。原来，尼泊尔编辑家协会的重要成员和中尼友好协会、中国驻尼大使馆政治文化宣传处的单义铎主任、王理心随员都来到了机场迎接我们。

　　给我戴花环的这位老人是尼泊尔编辑家协会的会长，后来我才知道他叫德文迪拉·高塔姆先生——一个资深的尼泊尔老报人，一个为中尼友好而孜孜不倦努力的友人。我们在尼泊尔的六天中，除了休息，这位老人一直在陪伴着我们。

　　遗憾的是在尼泊尔的几天中，我对老人没有专门的采访。但从他的儿子兰姆·高塔姆那儿，我断断续续了解了这位从业40年的老报人的一些事迹。

　　1972年，完成学业的高塔姆先生进入了新闻界，他创办了《尼泊尔日报》，坚持正义的道德观和新闻的独立性。他的报纸发行量蒸蒸日上，但由于得罪了当局和某些权贵，他被以莫须有的罪名关进了监狱。这一关就是9个月，他及家庭不仅在心理上受到了极大的压力，事业上也受到了重创。报纸因为他的离去而发行下降，以至于被迫停止。但是，他在狱中接受调查的同时却对监狱展开了反调查。当我们临别时，老人送我们每人一本他的英文版的《反调查》一书。这是他9个月监狱生活的另一收获。目前，老人还办着《尼泊尔邮报》这份刊物，在新中国成立六十周年之际，这本红色封面的刊物，就成了庆祝中华人民共和国六十周年的特刊。

　　老人任职的尼泊尔编辑家协会与中国的编辑协会在职能上有一些区别。尼泊尔的编辑家协会不仅包括出版社的编辑，还包括报纸、期刊、电台、电视台的编辑记者。这些编辑记者都是尼泊尔知识分子中的精英，他们参加编辑家协会并不是从事业务交流，而主要是作为非政府组织，对社会生活的方方面面，包括对政府进行监督。所以，由于有高塔姆先生的威望与影响，才得以安排会见了尼泊尔的主要政要和尼泊尔的重要媒体。会见政要的情况我在上面一篇文章中已经提到，此文不再提及。

　　我们先去的是尼泊尔电视台。尼泊尔电视台也在政府大院中。13日上午当我们从尼泊尔信息与通讯部会谈出来后，便拐向了这儿。

台长显然已知道我们来。在一个简陋的办公桌后，站起一个满脸胡茬子的中年汉子。随后，总编辑与分管技术的副总经理也来了。双方寒暄后，谈到中国中央电视台对尼泊尔电视台的支持，节目的交换，双方技术人员的交流，希望今后加强联系，希望中国多支持之类的话。之后，我们向台长和总编辑、副总经理赠送了礼物。接着，副总经理就带我们去参观由中国政府三年前援建的播出机房。

机房是座五层高的楼房。在大楼的入口处，镶嵌着一块铜牌，上面写着："中华人民共和国援建"中英文对照的铭牌。走进由中国施工人员建设的这座大楼，看着门上依然留着的中文指示牌，我们心中升起一种自豪感。

副总经理带我们从配电房走到播出机房，走进演播厅，走进播出带的存放室，再看看昂然而立的播出天线，院子里的一草一木，我们像走进家里一样感到亲切。

拜访尼泊尔通讯社是我们从巴克塔布尔市返回的一天中午，我仍在车上收拾东西，同行的女士就催我快下来。原来已经有人在门口迎候。

送给我的是一束最大的用绿叶衬托的鲜花。在这个充满阳光和雨水的山谷里，到处都可以看见盛开的鲜花。这是用野菊花和冰川时代遗留的蕨扎在一起的花束，充满了清香和远古的气息。接着，迎上来的是巴尔克利斯纳·查巴干主席，一个眼睛里充满着渴望的人。他给我们每人都献上了一条金黄色的哈达。

会议室不大，一张原色的长方形会议桌，上面裸露着树的纹理。我坐在靠墙的地方，紧挨着主席。有司仪介绍并主持会议，先是由一位资深的记者介绍尼通社的历史，然后由主席致欢迎辞。欢迎辞早已写好，他拿着打印的尼泊尔语的讲稿，很认真并充满感情地讲述着。中文的翻译是曾在中国读过书的哈利仕医生，他的妻弟、女儿都在中国读过书，目前都在中国工作。主席讲到了与中国新华社的友谊，回忆着新华社对他们的支持。他一条条地列举，仿佛这样还不能倾诉完对中国的感激之情。主席话讲完，他说再正式举行一次欢迎仪式。一位女士再次向我们每人献上一条金黄色的哈达。

再后来是互赠礼物。很可惜，我们这时因为已经去过很多地方，手头已没有什么像样的礼物了。一小盒茶叶，我说，千里送鹅毛，礼轻情义重。翻译小吴说我都准确地给你翻译过去了。尼通社主席拿出一个扎得很紧的黑塑料袋，一层层地解开，是一个纸盒，最后露出一个玻璃盒，里面闪烁着金色的光芒。

主席十分虔诚地捧出一个佛像，他说，这是我们让人从释迦牟尼出生地南毗尼请来的。后来，我把这尊佛像也捧上了飞机。因为这不仅仅是释迦牟尼的化身，也是尼通社几百员工的心意。

我们参观了尼通社的办公室，说实在的，办公条件与中国的任何新闻机构都无法比拟。但他们的脸上都洋溢着工作的幸福与快乐。也正如中国驻尼使馆的同志不止一次地告诉我，这个国家不要看生活条件比较差，但幸福指数还是很高的。我想，尼通社人脸上的幸福指数就足以说明问题。

午饭仍在编辑家协会第一次招待我们时的拉纳家族旧居里。这是一个统治尼泊尔一百多年的家族，财产早已收归国有，里面除了墙上悬挂着显示着那个时代主人昔日威风的油画外，只有熙熙攘攘的游客。

饭仍是尼泊尔的传统套餐：米饭、面条，外加土豆、黄瓜、青菜、西红柿，三二块煎炸的鱼块，有些像中国的盒饭。有红酒、啤酒，但很少白酒。过一会儿，有侍应生问你还否需要添加饭菜。餐桌的后面，仍是表演尼泊尔节目的姑娘。姑娘们赤脚表演一种尼泊尔节目，有二人舞，也有三人舞，棍棒舞。姑娘们很单纯，清澈的目光像刚摘下的樱桃，闪烁着晶润的光芒。

吃饭时，巴尔克利斯纳·查巴干主席不停地询问一些关于中国的发展与未来，对尼泊尔的看法之类的问题。主席只会讲尼泊尔语，翻译将他的话翻译成英语，小吴再译给我听。

最后一个参观的新闻媒体是尼泊尔政府机关报，相当于我们国内《人民日报》的机构。这是一个报业集团，办有尼泊尔语的《廓尔喀报》和英文版的《新兴的尼泊尔》，同时还办有三份期刊。尽管是报业集团，他们并没有像样的会议室，会谈是在报社主席维扎卡·查和兹的办公室里。房子比较大，报社的主要负责人都来了。欢迎仪式上，主席的稿子是事先已经准备好的，显得很庄重。

简短的仪式后，我们一行去参加他们的印刷车间和编辑记者办公室。一台主要的四色印刷机是十几年前北京印刷机械厂制造的，还有就是印度生产的机器。办公室很狭小也很旧，但主人仍很耐心地带我们参观完了所有的楼层。晚上，在招待晚宴上，报社主席曾问我参观后的感受，我有些犹豫，不知是否如实告诉他。但我用了一个外交辞令，我说，设备尽管不够现代化，但员工们都很敬业。他听后很高兴。

出乎我们的意料，这天晚上仍是在博根·格里豪的酒店。拐进狭窄的街道，我们就知道又来到了这家具有尼泊尔特色的旅游酒店。刚来的第二天晚上，尼泊尔旅游协会曾经请我们来这儿品尝过尼泊尔大餐和欣赏乡间的舞蹈。

脱了鞋，走进一大通间，围绕着一个可以任意延长的条形餐桌，人们席地而坐。首先是一小盏尼泊尔人乡间自酿的粮食酒，侍应生将铜壶高高地举起，一道白色的银练倾泻而下。浓烈的酒香顿时扑鼻而来。

一个温热的大铜盘，米饭、面条，外加土豆、野猪肉、鱼块、青菜，由侍应生一一分送。我估计这是尼泊尔招待客人最为隆重而也最为昂贵的，与中国人的肥吃海喝相比，似乎有些逊色，但这是健康的，也是合理的。饭后，一般会送一份用奶酪拌的水果沙拉。

席间也有尼泊尔乡间的各种舞蹈表演。尽管我们听不懂尼泊尔语，但小伙子与姑娘们的姿势与神态，可以看出这是在表达爱情的追求与友谊的忠贞。还有一种舞蹈是姑娘们头顶着一盏灯，婀娜的腰肢做着各种优美的姿态。但无论身体怎么舞动，那盏灯始终顶在头上。后来，几位姑娘邀请我们共同跳舞。我和小吴走上席中的空地，与尼泊尔姑娘跳起当地的民族舞。这时，所有的朋友都站了起来，大家一同拍手，一同唱着同一首尼泊尔民歌，全场洋溢着友谊的旋律。

舞毕，主席拿出一个用礼品纸包装的一个小礼品。为了一睹礼品，我们解了好一阵儿才打开，原来，是一面用两个三角形拼成的尼泊尔国旗。我告诉主席维扎卡·查和兹先生，我会将这面旗帜放在我的家里，当我看见这面旗，就会想起尼泊尔朋友，想起主席先生与他的同事对中国人民的深厚情谊。

几天来，无论是在城市还是在乡村，尼泊尔朋友都用最诚挚的方式在接待我们，有时，热情得让我们不知所措。

我们曾经离开加德满都，来到另一个古都巴克塔布尔。这儿曾是马拉王朝时期的首都，有众多的寺庙和王宫遗迹。这些古迹我在下篇文章中再提及，让我难忘的，是这座城市主人的热情。

还在加德满都时，这儿的记者协会主席曾专程赶到首都，送交了一份正式的邀请函，欢迎我们去访问。这天，高原的阳光十分热烈，主人的热情比这儿的阳光更要热烈。

在杜巴广场，紧邻着神庙，市政府一位官员先向我献了用柏枝和鲜花扎在一起的花束，还给了顶尼泊尔人常戴的黑色帽子，给了每个随行的女士一人一个绣花的钱包，里面装着一个挽头发的竹簪。我们参观了五层庙、湿婆神庙、王宫遗址等等，时间已 12 时多了。面包车载着我们向一个建筑驰去，门口有很多人迎上来。我以为中午在这儿吃饭。结果走进建筑，才发现阶梯会议室里已经坐满了人。会议室的上方，悬挂着欢迎我们的标语。

我们坐在主席台上，市记者协会主席讲话，尼泊尔农工党国际部主任讲话，没有同声翻译，小吴不时地告诉我，他们表示坚决支持中国关于西藏的政策，反对少数国家干涉中国内政。我虽不能完全听懂，但从台下的鼓掌声里，我可以感知听众的热情程度。

轮到我讲了，虽然事先没有准备，好在这不是专题的演讲，我从尼中人民的友谊，讲到中国的发展，从佛教对中国文化的影响，谈到中国人的精神追求，我希望尼中人民共同发展，建设现代化的社会。前前后后，都仰仗小吴给我翻译。会上我们又互赠礼品，我们送给主人的是一幅山水画，主人送给我们的是尼泊尔人精致玲珑的木制小工艺窗户。我想，他们一定希望这扇窗户是中尼人民心灵的窗口。大家互相了解，互相关照，让中尼人民世代友好继续传承下去。

我们这次访问尼泊尔，尼泊尔的主要媒体给予了跟踪报道。在我们到达尼泊尔的第二天，英文版的《尼泊尔晨报》就刊载了我们到达的消息，以至于当天会见总理时，总理说他在报上已经看到了这个消息。我们会见总理，见议长，见信息与通讯部长，包括我们参观电视台、通讯社和报社，当地的媒体与刊物都进行了连续报道。连我们到巴克塔布尔之前，当地的尼泊尔语报纸已经提前给予了报道。

离开尼泊尔已经有几天了，但尼泊尔编辑学会，尼泊尔人民对我们的热情接待，还一幕幕闪现在我的眼前。老报人高塔姆那双慈祥的眼睛，浓密的胡子，还一直印在我的脑海中。在这位执着地追求民主与和平的老人身上，我们看到了尼泊尔人的坚毅与善良。我知道，无论是我们去，还是别的中国出版界的朋友去，他都会一如既往地倾注满腔的热情，因为翻过喜马拉雅山，就是我们正在日益强大的祖国。

寺庙与青山

尼泊尔总人口官方统计数字是 2700 万人，据说实际上已有 3000 万人。在尼泊尔，基本上是全民信教，居民中 86.2% 的人信奉印度教，7.8% 的人信奉佛教，3.8% 的人信奉伊斯兰教，当然还有人信奉其它宗教。全民信教，寺庙之多就可想而知。据统计，仅加德满都城内大小寺庙达 22700 多所，素称"寺庙之都"。占地 7 平方公里的市中心，庙宇、佛堂、经塔有 250 多座，形成庙宇多如住宅，佛像多如居民的景象。就连街道和通往乡村的道路两旁，也不时可见形态基本相同的小庙。这些小庙旁边都有三五铜铃，大约在供奉时要用铃声告诉神灵或表达某种心声。

去尼泊尔的第一天上午，我们在拜会普南昌达后，高达姆先生一行带我们去了山谷西边一座小山顶上的猴庙。

这座小山像是一朵莲花，在加德满都山谷中升起。据说加德满都山谷曾是一个大湖，有佛祖在这儿一指，湖水退却，小山就显露出来。庙前的碑铭显示，这座寺庙是公元前 460 年马纳德瓦国王下令修建的。站在山顶，可以俯瞰加德满都城市的风貌和附近山谷的风光。

猴庙当然以猴为主，调皮的猴子注视着前来朝圣的香客或者如我等的游客。它们在围栏或佛塔的上下攀缘，做出各种可爱的动作，使人忘记这是一个严肃的宗教场所。但令人感到亲切的是这里的狗，它们悠闲地躺在人群来来往往的地上，旁若无人地做着自己香甜的梦。

这里最为宏伟的是一座用巨石砌成的白色佛塔。佛塔上方是一座金色的方形建筑，四周绘有佛眼，注视着谷地的四周。在两眼的上方绘有第三只眼，象征着佛能够洞察一切。

塔底部周围有一连串的转经筒，信徒和游客在一起转动着已经锃亮的铜质经筒。经筒上都刻有神圣的曼陀罗祷文。一排排的经幡随风飘扬，从塔尖牵向四方。

在佛塔的北面，是一座宝塔式的神庙，其中供奉着印度教执掌人们生育大权的天花女神。在佛塔西边还有一座萨瓦提神殿。这座神殿里供奉的是知识女神。这天，很多信徒在点燃油灯，信奉印度教和信奉佛教的信徒都在这座寺庙中寻求自己的慰藉。这种不同宗教在同一庙宇祭祀的现象在世界上并不多，这也是为什么尼泊尔没有宗教冲突的原因之一。高达姆先生告诉我们，在尼泊尔，无论是信奉印度教还是佛教，无论是信奉萨满教还是伊斯兰教，都能和谐相处。

在佛塔的平台上，有一位挑着鸟笼的年轻人吸引了我们。喳喳叫的鸟儿原来是等着施主将它们放归大自然。小吴动了恻隐之心，买下一笼雏鸟，打开笼门，一霎时，小鸟已飞得无影无踪。我想，尼泊尔的这群小鸟一定记得，这是一位中国姑娘赎下了它们的自由身。

当天中午，是尼泊尔编辑家协会的欢迎宴会，午饭后，我们没有休息，即去了市中心的杜巴广场。杜巴即宫殿的意思，曾经是历任城邦国王加冕并宣布其具有合法地位的地方，这里是加德满都老建筑最为辉煌的地方，也是联合国教科文组织 1979 年认定为世界遗产的地方。在 1934 年的大地震中，这里建筑曾遭到破坏，但很多后来都重新修缮。

广场的中心是一座三重屋檐的木亭。据说加德满都的名字就源于此。这座木亭式建筑建于 12 世纪，是从一棵婆罗双树上取材建成的。亭子中供着乔罗迦陀的神像，据说他是 13 世纪的一位苦行者。木亭的北侧不远处，矗立着一座小型的金色的神殿，里面供奉着象神。人们在这里顶礼膜拜，然后摇响铜铃，祈求象神保佑平安。广场上有普达拉普·马拉国王的石柱。国王坐在上面，他的两个妻子与五个儿子簇拥着，旁边有眼镜蛇在保护着他。他面朝着自己寺院三层私人祈祷室，据说窗户始终开着，等待国王随时回家。

在这座广场上，还有一座湿婆-帕尔瓦蒂庙。这是 18 世纪修建的，时间虽然不久远，但它矗立在一座两层平台上，人们喜欢与这座性启蒙教育的女神合影。在它的廊柱上，刻上了象征生命力量的性的场面。据说这是瑜伽元素，这与藏传佛教与印度教在尼泊尔的融合有关。在尼泊尔的其它神庙中，都可以见到这种色情艺术的木雕。

库玛丽神庙是尼泊尔一座最具有特色的神庙，它就是杜巴广场与另一广场的结合部。

神庙是一座三层红砖建筑，阳台和窗户上的木质雕刻十分精美，其复杂程度令人难以置信。这里的庭院环境十分优雅，绿色的植物、高大的树木，给人一种生机盎然的感觉。院子中有一座微型佛塔，上面刻着知识女神萨拉瓦提的象征符号。活女神——库玛丽及一家就住在这里。据说这种传统源自加德满都最后一任马拉国王。为什么要选一位童女为活女神，传说很多，但没人能说清这种习俗的由来。

库玛丽必须是 4 岁开始到青春期前的女孩。选拔的程序很复杂，仅身体检查就有 32 道，最后的程序有些类似选拔达赖转世灵童的方法，入选的女孩要从很多衣服中挑出她的前一位库玛丽穿过的衣服和佩戴过的首饰。一旦入选，她及全家都会住进库玛丽女神庙中，成为人们顶礼膜拜的活神仙。不过，库玛丽女神一年只在六次正式庆典中才会出现在公众场合，我们无缘得见这位女神的尊容。据说，过去这位美丽的少女会出现在神庙窗户的后面，但现在由于门票价格的原因与广场的管理方不配合，她与监护人决定不再出现在精美的窗户后面供游客观瞻。

晚上因为要去拜会总理，5时左右，我们就依依不舍地离开了这座称为加德满都灵魂的杜巴广场。我们离开时，阳光仍很灿烂，大大小小寺庙的顶上，一片烁目的光彩。

再进入寺庙是在巴克塔普尔市。这座只有75000人的小市距加德满都不到一个小时的车程。进入高大的城门，有一位事先联系好的工作人员迎了上来。

巴克塔普尔市杜巴广场是王宫和寺庙的奇妙组合，更是世俗生活与神灵世界，过去与现在有机结合的典范。马拉国王全盛时期，这里有172座寺庙，由于战争与地震，很多建筑都遭到破坏。我们去到的第一个王宫旧址，只留下一个水坑。据说在这个水坑的上面，当年曾是一个华美的宫殿，宫殿下面，有运兵通道，当年曾屯集着待命的军队。隔壁，有持枪警察守卫的院落，院落里除一座印度教徒才能进去的庙宇外，则是国王与王妃洗澡的一座皇家浴池。铜铸的高大的眼镜蛇，盘旋在池子四周的眼镜蛇，团团围定当年水池中嬉戏的国王和王妃。贵妃出浴，那该是多么的香艳与浪漫，但现在这儿只有一池泛着铜绿的死水和荒芜的残垣断壁，历史留给我们的只有无尽的遐想与深思。

好在布彭德拉·马拉国王还坐在广场的大珉石圆柱上，如加德满都那尊圆柱，二个妻子与五个孩子团团簇拥，双手抱在胸前，凝视着对面王宫金碧辉煌的大门。这座大门是通往宫殿内院，是加德满都中最为珍贵的一件艺术品，上方刻有四头十臂的女神像。为了建这座华丽的金门和雕饰繁复的55扇窗户，几任国王前后接续才完成这项壮举。

国王雕像的旁边，是维特萨拉·杜加女神庙，这座石砌神庙的旁边，是著名的 Taleju 大钟，它是贾亚·兰吉特·马拉国王于1737年铸造的。每当清晨和傍晚钟声敲响时，城里的男女都会前往神庙祈祷。在大钟的右边，还有一口小钟，称之为"犬吠钟"。据说是为了抵消国王所做的一个梦而造。现在钟声响起时，城市中的狗也还会伴着钟声一起吠叫。

杜巴广场上，有无数座神庙，最高的，也最壮观的，是尼亚塔波拉神庙。这是一座五层30米高的神庙，当地也叫它五层庙。据说，它是尼泊尔最高的神庙。这座建于1702年的神庙，1934年的大地震只对它造成了很小的破坏。在通往寺庙台阶的两侧，分列着五对雕像，每层塔基上都有一对。位于塔基底层的是传说中的金刚力士加亚，第二层是一对大象，第三层是一对狮子，第四层是狮身鹫首的怪兽，最高处是两位女神。掌管这一切的是密宗女神，她隐藏在寺庙之内，可惜我们无缘得见这位女神的尊容。

在五尊雕像的台阶上，四朵金花簇拥着我，手持市领导欢迎我们时刚献上的鲜花，做出了众星捧月状，忆及至今我还陶醉其中。沿着台阶登上神庙，可见城市的全貌。几只硕大无比的木车轮子和车身躺在寺庙后面中午的阳光下，据说每年的 4 月中旬时，这些巴伊拉布大战车将被装配起来，在全城巡游。此时，神和人融会在一起，尽情欢庆一年春节的到来。

寺庙是尼泊尔人的灵魂所在，但青山则是尼泊尔人的灵性的体现。尼泊尔 147181 平方公里的土地，40% 被森林覆盖，尽管是高原地区，但由于印度洋季风的爱抚，加德满都山谷和附近的喜马拉雅山一带，郁郁葱葱，满眼的生机。无论是在距西藏边境仅四个小时车程的杜里凯勒市，还是在 2900 米的那嘎拉固山，森林成了这里的主旋律。9 月 14 日晚，我们住在杜里凯勒市前任市长贝尔·普兰萨德家的旅游宾馆中。宾馆房间硕大的玻璃窗户后面，就是绵延起伏的喜马拉雅山。这天夜里，我们面朝青山，头顶星光，聆听着高原的天籁，享受自然的赐与。次日，我们参观了这儿的医院，眺望附近新建的大学，绿色的原野，红色的砖瓦建筑，毫无悬念地镶嵌在一起，我们几乎不相信这儿仍是比较贫困的尼泊尔，仿佛去到了富裕的欧洲北部。（当然，富裕的是这儿人民的心灵，我在下一篇中将写到医院里那位留学欧洲十五年的兰姆院长。）

当然，登那嘎拉固山主要是希望欣赏日出。这天我们离开巴克塔普尔市就来到了这座 2000 多米的高山。上山的下午这儿还是阳光普照，但夜里下起了雨，后来雨变成了雪粒，打得硕大的窗户沙沙啦啦地响。为了欣赏日出，这天夜里住在顶层的我没有拉上窗帘，于是整个房间仿佛置身在苍天之下青山之中。夜里我几次起床透过硕大的落地窗眺望远近朦胧的苍山，听着屋顶和窗户上沙沙的雪粒声，惴惴中有几分刺激，不安中有几许期待。次日，由于有雾，日出的那一刻没有欣赏到，但在喜马拉雅山上与尼泊尔的同行共度的这个良宵，却让我们感到兴奋异常。在太阳出来的刹那，我在阳台上留下了纪念。果然下山的路上，小吴用我的手机给她远在北京的先生发了个短信：柱子，想着山的背后就是祖国，突然有了念家的感觉。如果有机会，我一定陪你再来这儿森林宾馆的阳台上喝咖啡，欣赏喜马拉雅山的雪景。我想，我们同行的每一个人，也都会有她这种念想。

如果说大自然让人留连忘返，那么尼泊尔国家植物园中众多的珍稀植物，更让我们难以忘怀。不过，难以忘怀的不光是这儿繁茂的植物，还有主人精心安排的植树活动。

离开尼泊尔的最后一天，主人带我们来到了这个距加德满都有一个小时车程的植物园。这儿参天大树掩映，珍稀植物荟萃，不过，让我们十分激动的是，主人早就做好了准备，在一块绿草茵茵的山坡上，让我们每人栽下了一棵象征着中尼友谊的树。主人还告诉我们，来这儿栽树的，还有中国人民尊敬的邓小平先生、李先念主席、林佳楣女士。后来，在伟人栽下的那些已经茁壮成长的紫杉树旁，我们每人郑重地留影，以纪念已经逝去的先贤。

与这些伟人相比，我们几位太微不足道了，但我们也想像得到，在主人的心目中，我们都是尼泊尔人民的朋友，我们不是某一个具象的人，我们代表的是中国的编辑，代表着每一个中国人。

给小树培土，浇水，挂上每一个人用英文、尼泊尔语写就的铭牌，这一切对于我们太陌生了，但在尼泊尔，他们却给了我们这样的礼遇。今生今世，且不说在尼泊尔访问难忘的六天五夜，就冲着这几棵我们亲手栽下的树苗，我们能不再来一次尼泊尔，再看一眼自己亲手栽下的树吗？如果我不能来，也一定要让我的孩子，让我的朋友，代我们来喜马拉雅山的南麓，看看在尼泊尔青山之中的中尼友谊树。

栽完树，我们以青山和友谊树为背景，与尼泊尔的同行一起合影留念。

青山常在，绿树长存，历史与现在共存的尼泊尔，我们来了，我们又走了，但留在我们脑海中的，永远也忘却不了。

有这样一个乡村医生

清早，在杜里凯勒市前市长家的"太阳与雪"宾馆的后花园里用过早餐，老市长贝尔·普兰萨德先生陪我们去了市里。说是市，实际上是一个散落的乡镇，这个镇也只有4万人，只相当于中国的一个乡。

昨天已经听说，老市长在任期间，在这个偏远的地区，建起了一座颇具规模的医院，开办了一所大学。所以，在民主选举中连续三届被辖区的居民选为市长，如果不是任期所限，他还会继续干下去。

老市长是一个有点绅士风度的尼泊尔人，眼镜、西服，没有传统的尼泊尔帽子之类的。他三个儿子，有两个在美国学习与工作。其中昨天接待我们的，是他从美国临时回家的老二。

到了医院，我们去了会议室，结果会议室里正在召开晨会，我们退了出来，然后在医院里四处走走。病房很宽大，病床的下面都有轮子，是可以移动的。其中不少是面黄肌瘦的农民。

这所医院的设计有些特色，依山而建，下面一层楼房的屋顶是上面一层的阳台，病人可以在上面散步。不远处红砖黄瓦建筑，是这所医院的护士培训学校，再远处，绿树掩映中的楼房，老市长告诉我们，是他们新办的大学。

谈到这所医院和大学，老市长有些自豪。他说，这所医院不是公立的，也不是私立的，属于社团性质的医院。一切都靠自己，在这个偏僻的乡村，当初没人相信会做好。现在，这所医院有 300 个床位，聘用了 500 个员工，其中医生有 50 多名。大学也有几千个学生，这所医院和大学，都是用五年的时间建起来的。

后来，我们又回到了会议室，穿着白大褂的院长夹着本子匆匆地走来。这是一个中年的汉子，头发已有些花白，神色有些严肃，目光中透露出沉稳和坚毅。

这里是喜马拉雅山的南麓，距中国边境只有四个小时的车程，周围没有工业，没有大的城市，只有相对贫困的乡村，这样一所医院，它们该如何运营，如何维持医院的生存呢？

面对我们的提问，院长给我们画了一张图。院长告诉我们，这儿每年有400 万人就医，10 万人在这里手术。但由于这里很多农民十分困难，有 19% 的患者无力支付医药费。收取的费用，加上开办护士培训学校的收入，只够维持医院的开支，医疗设备，包括会议室的桌子，都是靠社团和慈善机构捐助。对于无力支付医药费的农民，他们一律先收治，用最好的服务为他们治病。后来，他强调说明，只是最好的服务而不是最好的医药。

后来我问起院长个人的一些情况，才知道他曾经在欧洲留学十五年，妻子是澳大利亚人，一个十五岁的女儿，十分漂亮聪明。十五年前，他来到这里行医，可以说是一无所有。今天，刚好是他在这儿工作十五年的纪念日，我们来之前，他正在日志上写下这行字，就来了中国朋友。在他十五年的纪念日里，来了中国人，何况我们是访问这所医院的第一批中国人，他十分高兴。正说话间，他的一位助手进来了，他告诉我们，这位助手在英国留学八年，英国的医院给了他很高的报酬，希望他留在英国，但他还是回来了。

留学、乡村、清贫的生活，我问院长，是什么信仰在支撑着他放弃舒适的生活和更为优越的工作条件，而自愿来到乡村医院，并且在这儿工作了十五年。他说，也有人这样问他，他过去研究过伊斯兰教，伊斯兰教里有好人也有坏人，他也研究过基督教，基督教里有好人也有坏人，现在他有些信佛，佛教里没有坏人，总是教人行善。

我终于明白为什么3000年前印度的王子会放弃舒适的生活而在菩提树下悟出真理！在这块充满灵性的土地上，是会诞生一位又一位大慈大悲的善者。而兰姆医生，正是这位普度众生的南无阿弥陀佛。

我想，我们的经济在飞速发展，社会生活发生了很大的变化，但拜金、拜物主义却泛滥成灾，人与人之间，金钱成了润滑剂，我们的社会缺少兰姆医生这种甘于奉献，不求索取的精神。尽管回到祖国很多天了，但兰姆院长还一直在我的眼前闪现。我们不是要常怀律己之心吗？那就想想生活、工作在贫困乡村的兰姆医生吧，那一霎时，我们的幸福指数肯定会得到空前的提升！

（原载《长江文艺》2010年第3期）

登麻城龟峰山赏杜鹃花记

龟峰山，形似龟而得名。山在麻城之东，距武汉百余公里，离麻城20余公里。近年龟峰山古杜鹃名声大噪，人皆传颂。壬辰春，携妻及三五友人到此一游。

杜鹃是动物名，也是植物名。望帝杜宇化身为鸟，传说美丽而凄美，那鸟便是杜鹃；杜鹃花遍布环宇，得宠春风，娇艳可人，芳名不输牡丹。此种亦花亦鸟之品类，为世所仅见。李白诗云：蜀国曾闻子规鸟，宣城还见杜鹃花。子规亦杜鹃，也称布谷鸟，杜鹃花又叫山石榴、映山红等。一种名字囊括了鸟与花，用来寄兴比附，实乃诗人的奇思妙想。

是夜，我们驱车先至半山一宾馆休憩。至时已近夜半，春雨稍歇，浓云渐去，但见山势陡峭，危崖咫尺，入室未憩，便闻室外风声嘹唳，便思如此明日大雨滂沱，杜鹃芳容恐无法得见了。

次晨推窗，却见艳阳高照，东侧高耸巨石便是山因其名的龟首。龟首傲视苍穹，以沧海桑田的豪迈，赋予人无限的遐想。宾馆四周翠竹环绕，兀立不动，便思昨夜风雨之声，约是这竹林在布阵疑兵，故有山雨欲来风满林之势——思之不觉哑然。

登龟峰山有两条路，一是登566级台阶爬山，一是乘新修的缆车登临。我们希望二者兼而有之。主人倪君于是率我们一行盘旋至缆车处。此时游人甚少，缆车尚空。刚入座行于群山之上，便听到头顶传来悠扬的歌声：不是天上的霞，不是画家画，它比霞美，胜似画，那是家乡的杜鹃花。同行的麻城人阳君自豪地告诉我，这是当地作家专为家乡的杜鹃花而创作的。

果然，在缆车行经处，悬崖上，树木中，便见零星杜鹃绽放，下了缆车，扑面而来的是成片的杜鹃林。不过由于气候原因，今年此处的杜鹃尚在含苞待放之时，没有我印象中的漫天云锦，如火如荼之势——心中不免有了几分失望。但细里一想，花团锦簇是人间一美，这花开未开恰恰就像一个个妙龄少女，正以处女之身待字闺中，更给人以青春之美。你看，这杜鹃列队道旁，身姿婀娜，娉娉婷婷，仪态万千；那矗立枝头的花骨朵更像少女噘着的小嘴，粉中透红，晶莹欲滴，虽缺少丰满妖娆之处，但给人无限的想像空间。于是，我们皆作怜香惜玉状，弓下身子，在杜鹃花丛中沿木栈道向山下右侧迂回，小心翼翼，唯恐惊醒了杜鹃仙子的春梦。

行百余步，是数株苍松，松下有一木质平台，抬首远眺，但见远处层峦叠嶂，云雾缭绕，山风掠过，云与山变幻不定。一会儿如万马奔腾，一会儿似游龙嬉戏，一会儿如顽童藏身，一会儿若处子亭立。正让人眼花缭乱，忽一阵山风，金灿灿的阳光从云隙泄下，满山杜鹃若有谁泼上了一层浓墨重彩，顿时如烈火烹油，呼啦啦燃烧起来。

这时，有人惊叫，杜鹃王！我们闻声而去，果见一簇硕大的杜鹃树鹤立鸡群一般，在如海的杜鹃花海中挺身而出。此杜鹃簇拥在一起，树干高约两三米，曲若虬龙，苍劲古雅，冠约五六米，漫铺开来，如一把巨伞，占地三十平方有余。这每一株树相依相偎，从一棵树根繁衍而出，整整五十六株。这每一株杜鹃树上，花团锦簇，如繁星满天，无以计数。同行的倪君告诉我们，此杜鹃有三百余年树龄，是龟峰山上的“花王”。

这五十余株杜鹃树团团环绕，象征着五十六个民族的团结兴旺。也许是光照的原因，这花王众子女尽管同宗同祖，同一父母所生，但有些已经笑靥绽放，有些仍羞羞答答，欲言又止。于是，这一丛花便层次丰富，色彩斑斓，平添了别样的风姿。人说这儿的杜鹃以红为主色调，但在一丛花中，在一枝花上，深红，浅红，粉红，仿佛时时在变化着的。你细细端详去，这红是肉眼无法分辨出行踪的，就好像谁用一支毛笔，蘸上色彩，在宣纸上一抹，这红渐渐地洇开了来，从浅红到深红，再从深红到浅红。你从不同的角度，都能读出别样的美感。

依依不舍作别杜鹃王，循人行栈道，我们来到了人称花海的杜鹃亭前。这儿是古杜鹃的欢乐谷，漫山遍野，一眼望不到边。人一进入杜鹃林，就像潜入了花的海洋。只有站在高处，才能看见游人在花海中畅游的姿势。古人有“人面桃花相映红”之句，在这儿，不仅是姑娘、心仪的人，就连白发苍苍的老人，笑脸和盛开的杜鹃花也融在了一起。如果说，刚走下缆车，那些列队欢迎的花之少女，是这首乐曲的序幕，这儿，因为阳光雨露特别眷顾的杜鹃，已经次第开放，纷纷奏响了春之舞曲。在春天的交响乐声中，一簇簇，一枝枝盛开的杜鹃花，就像丰润的少妇，在向游人展示女性的美丽和华贵。

这让我不由想起了唐人的《夜宴图》，那种大气、自信、雍容、高雅，让人追慕，陶醉，而今天，在这里，杜鹃花则展示了一个飞速发展时代的全部辉煌。

实际上，在我家乡的山坡上，也盛开着无数的杜鹃花——那儿是大别山的另一座主峰金刚台。但是，那儿的杜鹃花是寂寞的，少有人问津的。只有这儿，因为主人的慧眼，将杜鹃的美丽传遍天下。而这个主人，眼下则是我的同事，麻城曾经的市委书记，也许是这层缘故，我对龟峰山的杜鹃情有独钟。看着这花海、人海，眼前不断闪现出他当年构思这个风景区时指点江山的英姿。同行的倪君，也不断地告诉我开发时的种种艰难。杜鹃花是无价之宝，无论它的花朵，还是树干和树根，除了供人观赏，还有实用价值。但更重要的，是开发这座山和古杜鹃潜在的价值而给我们的启迪。

下山时，我们沿人行步道而去，尽管道旁的奇石和石刻也有其惟妙惟肖之处，但我眼前仍是那无边无际如火一样燃烧的古杜鹃：那是一片让人沉醉的树和人的历史，它将鼓舞我们不断地去发现美和创造美。

（原载 2012 年 5 月 11 日《湖北日报》）

镜泊湖之游

我到访过鄱阳湖、太湖、洞庭湖，这是中国最大的湖泊；我也曾经到访过纳木措湖、羊卓雍湖，那是中国海拔最高的湖泊。何况我身处千湖之省，仅一个武汉市，就有东湖、南湖、北湖、汤逊湖、沙湖、莲花湖、墨水湖、龙阳湖、三角湖等大小湖泊 166 个。万顷碧波，水天一色，云蒸霞蔚，浮光掠金，渔歌互答，鸥鹭齐飞——大多数文人都是这样来描述其观感的。

有湖往往就有山，湖光山色，山因水而秀媚，水因山而灵动，大自然造化无穷。鄱阳湖边有石钟山，山因苏轼而名于世。青年时曾从大别山中挑银耳到九江售卖，余暇游石钟山。口诵苏文，"元丰七年六月丁丑，余自齐安舟行适临汝，"踊跃于山上山下，近湖聆听苏大学士笔下天籁之音，果听湖水拍石，有"款坎镗嗒之声"。洞庭湖中有君山，君山多胜迹。湘妃竹、秦皇印、柳毅井、飞来钟，一步一奇景，一步一传说。是时尚年轻，刚入出版社不久，翠竹一枝千滴泪，便感慨娥皇、女英的飘逸。吾也作深思状，在遗迹前搔首弄姿，留下若干青春的记忆。

前日黑龙江召开书博会，书业不振，加之信息化，书展已无多大意义，偌大展场成了业内诸友互相慰藉的 party。

会后安排游览，有漠河、佳木斯等诸条线路，我毫不犹豫，选择了去牡丹江游镜泊湖。

对于镜泊湖我既熟悉又有些陌生。熟悉是因为三十郎当岁时，在《当代作家》杂志做编辑，有一位尚在读大学的女作者，曾在连绵如缕的信中描绘过镜泊湖之美丽。春天，满山花香；夏天，绿荫如盖；秋天，果甜鱼肥；冬天，万树银花。她曾自告奋勇要带我去游镜泊湖，在冬天的湖上溜冰。可惜，她早已去了喧嚣的都市，青春的梦成了人生美好的记忆。

29 日早，我们一行十人分乘两辆旅行车。车行四个半小时方至镜泊湖景区。到了湖边，导游却说，先去游"地下森林"。来之前我没有做功课，初以为"地下森林"是洞穴中的钟乳石之类，到之后才知这些森林是在昔山的火山口中，因地势低而名之。

4800 年前，张广才岭一带火山喷发，熔岩流出后，火山口塌陷，形成大小不等的十个火山坑。火山坑表现不一，有陡峭如削，寸草不生者，但也有如三号、四号火山坑者，树木参天，红松、紫椴、黄菠萝、水曲柳、黄花松、鱼鳞松和落叶松，杂陈其间，从谷底争先恐后直指云天。我们沿着三号坑右边人工台阶小心翼翼地下到谷底，但见巨木耸立、藤萝缠绕，绿苔浮生，枯木横陈，杂花如茵，清香馥郁，当年暴烈如虎气吞山河的火山，被时间演化成了生命的竞技场。各种动植物在这里繁衍生息，年复一年，谱写着自然的礼赞。

火山口并不深，仅 200 米，我们一行游人按指示从右边下而又从左边攀缘而上。幸福之门、升官发财路，参天的大树被人为地演义成了世俗的追求。爬至山半腰，见一洞穴，人折而入之，几步即见岩石下有冰块沁出。洞口绿荫如盖，洞下尚留着冬的记忆。

冰火两重天，于斯可见也。再往上十几米，是一火山熔岩隧洞。洞口一巨石，仿一只虎蹲于此。洞高约 3 至 4 米，拾阶而上，行不过百步，豁然又一重天。洞口有一椴树横于上，若巨蟒凌空，人称"迎客椴"。穿过树下，十余步外即是四号火山坑。坑深不见底，但见蓊蓊郁郁，万千绿树涌出。此时夕阳西照，有淡淡雾霭袅袅升起。有人作虎啸，顿时地下森林中若有群虎应答，吼声不绝。

看了火山口，游过地下森林，镜泊湖的前世今生也就知其一二了。

当火山喷发，炽热的岩浆顺万千沟壑涌入牡丹江，江水顿时被阻断，岩浆流到五十公里开外，就逐渐冷却，形成了中国最大的高山堰塞湖。这天晚上，我们虽然临湖而眠，可以看见远山的剪影和对岸星星点点的灯火，但天已向晚，无从得见镜泊湖的风采。

半夜里醒来，曾禁不住想一瞥镜泊湖的芳容，但窗帘外，镜泊湖像一个沉睡的处子，无声无息。只有不知名的鸟儿，偶尔发出一二声悠长的啼鸣；只有窗外盛开的丁香花，送来一阵阵浓郁的、充满着蜜意的芳香气息。等我再一觉醒来，窗外却已大亮。看看手机显示的时间，只有四时半。

这就是镜泊湖，是那个姑娘用笔反复向我描述的镜泊湖！我站在临湖的阳台上，迫不急待地，睁大两眼眺望着拥我入眠的镜泊湖。此时，湖水静静的，像谁不经意在这儿丢下的一面大镜子，偌大一个湖面，淡淡的，没有留下任何一处痕迹。此时，太阳还没有从东边的山峦间探出头，但光影却将湖面勾勒出了或明或暗的层次。这时，你从高处端详，湖面又像一幅刚刚裁出的写意水彩画，明的是天空的倒影，暗的是重重叠叠的山。但这山不像人们想像中的北方汉子，个性鲜明，而似南方的小男人，圆润而没有棱角。湖依着山，山靠着湖，似一对情深意笃、相濡以沫的老夫妻。这时，忽然有一只早起的游船闯进了湖中，那幅水墨画被揉碎了，湖面上荡起了无数的涟漪。

饭后，我们乘坐一只游艇，驰进了向往已久的镜泊湖。从地图上看，镜泊湖状似蝴蝶，翩翩而落在丛山之间。湖南北长约 45 公里，最宽处也只有 6 公里。湖南浅北深，北部最深处达 60 米，而南部最浅处只有 1 米左右。此时我们正处在蝴蝶的翅膀上，不远处就是著名的吊水楼瀑布，那儿是镜泊湖的主要出口之一。

关于吊水楼瀑布，有一个动人的传说。据说当地有一位多才多艺而又美丽迷人的少女叫红罗女，她经常躲在大瀑布的后面，对来向她求婚的勇士、书生、商人，乃至国王提出同一个问题——"什么才是人间最宝贵的？"勇士回答："人间最宝贵的是武力。"书生回答："人间最宝贵的是诗书。"商人回答："人间最宝贵的是金钱。"而国王却回答："人间最宝贵的是权势。"红罗女不满意他们的回答。于是勇士、书生含羞而去；商人将带来的财宝倾倒于湖中，他们都知难而退不再提亲。唯有国王死乞百赖地呆立在"吊水楼"前不肯离去，最终老死在悬崖上葬身于乌鸦腹中。

吊水楼瀑布高约 25 米，雨季瀑布宽约 200 多米，平时也有 40 余米。距瀑布尚远，隔着一片树林，便闻如雷的响声隆隆传来。转过八角亭，一排白练倏然跃入眼帘。那白练上接镜泊湖，下接黑龙潭，从从容容，似一条永远也抽不尽的丝帛。再往上行，响声愈发震耳，白练似万千斛珍珠从天而泻。黑龙潭上水雾缭绕，平静的潭面上堆雪嗽玉。时至下午 2 时，有一汉子裸着上身，着红裤衩从瀑布上悠然走过，然后又折返回瀑布中，先做俯仰状，突然一个猛子，竟然从瀑布上跃下。好一会儿，人才从水中蹿出。那汉子没有游向下游，而是顶着瀑布，攀着峥嵘的岩石，又不紧不慢爬到岩顶。

我曾瞻仰过美国的尼亚加拉大瀑布，那瀑布从天而降的惊心动魄至今难以释怀。不过那是游人乘船深入瀑布下端之故。镜泊湖尽管没有尼亚加拉那么高大，但一个从上往下窥，一个从下往上看，角度不同，感受也就难以相同了。不过我想，尼亚加拉也罢，镜泊湖也罢，都是大自然的造化，那地球亿万年的沧桑，不是我们人类可以参透的。

镜泊湖，北方的高山湖，我们昨天匆匆地来，我们今天又匆匆地走了。愿你和那美好的记忆，永远留在时间之中。

（原载 2011 年 6 月 20 日《中国新闻出版报》）

俄罗斯纪行

提起俄罗斯，中国人感情复杂。一是俄罗斯对中国的近代发展影响深远，从近百年前阿芙乐尔号巡洋舰上的一声炮响开始，中国就注定与这个北方的国度联系在一起了。流血、革命，天翻地覆。今天，红色的俄罗斯尽管已经改弦更张，但在这片土地上产生的领袖和理论仍在它的邻国被奉为圭臬。二是苏俄文学对中国知识分子精神世界的潜移默化影响甚巨，至今仍被奉为经典。三是俄罗斯因其地缘关系与中国一百多年来的恩恩怨怨。所以，我一直希望在工作期间能访问一次俄罗斯。

今年九月，我终于借俄罗斯国际书展的机会，来到了这个神往的国度。

民谣声中的俄罗斯

飞机降落在莫斯科时是当地的四点，足足飞了八个小时。飞机落地，我的睡意顿时无影无踪。坐上大巴，两眼紧盯着窗外，急切地希望知道这片黑土地上的一切。

天气阴沉，有淅沥小雨，因为有国内机场的印象，感觉这儿的机场比较陈旧，机场外也比较杂乱。出了机场，没有笔直的高速公路和整洁的花圃，公路两边是森林和无序的杂草。导游是中国在莫斯科的留学生，小伙很精干，但显得有些油。甫上车，他就迫不急待地进入正题，用四句顺口溜，介绍他眼中的俄罗斯。后来在彼得堡，另一个女导游也是中国的留学生。她也多次提到概括俄罗斯人现状的这个经典版本的顺口溜。

> 青草地上白雪盖，
> 拉达比奔驰跑得快，
> 姑娘大腿露在外，

干活都是老太太。

　　第一句讲的是俄罗斯的气候，每年十月底开始下雪，到第二年四月方冰化雪消。由于雪下得急，青草尚是葱绿一片，漫天飞扬的大雪已急切落下。青草来不及枯萎，或者比较耐寒，雪被厚厚地盖上，就形成了这样一种"白雪青草"的景观。第二句说的是俄罗斯出产的"拉达"轿车便宜，加之俄罗斯对车速没有限制，这种火柴盒似的轿车在马路上肆无忌惮地狂奔，速度比奔驰都跑得快。后来我特意留意这种霸王车，果然领略了驾车人的风采。一次是在克里姆林宫的入口处库塔菲亚塔楼前，一辆拉达的左车灯坏了，用黑色塑料布加胶带粘上。第二次是在一个小区里，拉达车的后半部被撞坏了，也是用黑色的塑料布绑上仍在使用。

　　第三句说的是俄罗斯的少女们爱美，尽管俄罗斯冬天常常冷到零下 30 多度，但姑娘们仍然穿着超短裙，露着硕长的大腿——结果是俄罗斯的妇女大多患有关节炎。第四句是说俄罗斯的男人酗酒成性，平均寿命只有 59 岁，男人死了，老太太孤单只好用工作来打发时光。但一种说法是俄罗斯的青年人不爱工作，也有不少是啃老族，老太太挣钱是用来补贴家用的。我后来在博物馆、纪念馆、火车站，果然看见不少老太太晃着臃肿的身子，仍"坚持"在工作岗位上。这种老太太饱经沧桑，大约看透了人世，服务意识往往比较差。我们在彼得堡回莫斯科的火车车厢上，就碰上一位老太太服务员。她板着脸，一副拒人于千里之外的神情，那样子恰似中国监狱里管教犯人的警察。

红场与克里姆林宫

　　到俄罗斯必到红场。

　　红场是全世界知名广场之一。它和威尼斯的圣马可广场，罗马的圣彼得教堂前广场及巴黎的协和广场媲美。1812 年，拿破仑在此举行了阅兵大典，1945 年，前苏联在这里举行了卫国战争胜利大检阅。但作为我们这一代人，提到红场，眼前就会呈现克里姆林宫塔楼上那颗照亮了全世界的五角星，就会呈现红场上阅兵的场景。昂首挺胸的士兵，隆隆驰过的坦克，挥手的领袖。特别是二次世界大战中，当德国法西斯围困莫斯科时，红场上高昂的军乐声，久久地回荡在莫斯科的上空，也鼓舞了全世界反法西斯阵线的军民。未到红场时，我不由想到中国的天安门广场，宽阔、恢弘，一眼望不到边，但红场实际上不到天安门广场的十分之一。由黑色花岗岩地砖铺就的红场，略显凸凹不平，其一边是国家博物馆，一边是圣瓦西里大教堂，红墙下是列宁墓，对面就是购物的古姆百货商店。

未进红场前，是一道铁栅栏，遵照导游的嘱咐，行人掏出相机和手机，通过安检，方可走近红墙脚下。走近红墙，我才发现这儿的墙上嵌着许多铭牌，铭牌前面是一束束鲜花。原来自 1924 年列宁墓建成后，这里就成为"克里姆林宫红场墓园"的中心。红墙边葬着苏联共产党及世界各国共产党政治或军事领袖、科学家与文化界人士，如文学家高尔基、列宁夫人克鲁普斯卡娅、二战英雄朱可夫、宇航员加加林等。紧靠列宁墓后有 12 位带半身塑像苏联领导人的纪念柱，地面上有他们的墓碑。他们是斯维尔德洛夫、伏龙芝、捷尔任斯基、加里宁、日丹诺夫、斯大林、伏罗希洛夫、布琼尼、苏斯洛夫、勃列日涅夫、安德罗波夫和契尔年科等。

列宁墓是一个半地下建筑，墓顶是检阅台，向下走几步台阶右转，就是列宁安息的地方。这里光线较暗，四目相视，是守卫幽幽的目光，到了水晶棺前，只见一束白光从上而下照到列宁的面部上，依然是那个在电影里翘着下巴思考问题的老头形象。他左手微微地伸着，还仿佛在倾诉着什么。我打算靠近水晶棺前仔细瞻仰领袖的尊容，但被和蔼的警卫示意不可逗留。

红场上正在搭建舞台，还有很多的帐篷，据说不久要在这里举行世界军乐队表演。其中，有三色旗的俄罗斯士兵，要从列宁的墓前走过，我希望这一切变化不会惊扰伴着镰刀斧头安睡的伟人。

告别列宁墓，我与中青社师东兄一起，由九座洋葱头组成的圣瓦西里教堂往前，沿着涅格林卡河与克里姆林宫城墙之间的人行道，一睹雄伟的塔楼和高大的城墙。

克里姆林宫是中世纪俄罗斯公国时期修建的一座城堡，随着俄罗斯的统一，逐渐发展成为俄罗斯宗教、经济、文化的中心。整个城墙长约 2235 米，拥有 18 座塔楼。城墙用特别烧制的大块石砖砌成，墙堞是欧洲城堡才有的形制，远看犹如中国古制的刀币。行若一个小时，我们来到了红场边无名烈士纪念碑。纪念碑是一口放在地上的棺材，上面饰以军旗和头盔。这儿站岗的军人换岗是一道风景，他们昂首挺胸，略显夸张地迈开正步，互致军礼后笔直地持枪屹立在墓旁。这些战士都很年轻，他们虽然没有经历过血与火的岁月，但他们知道墓里是卫国战争中牺牲的 2700 万亡灵，从不熄灭的圣火象征了他们不死的精神。

克里姆林宫是前苏联和俄罗斯领导人办公的地方，也是游历莫斯科游客必到的地方。

进入克里姆林宫，最引人注目的是圣母安息大教堂、圣母报喜大教堂、耶稣解袍大教堂、大天使教堂等由欧洲建筑大师们修建的皇家教堂。金碧辉煌的洋葱头式尖顶，造型各异的设计，白色花岗岩的外墙，内部墙壁上庄严肃穆、精美绝伦的宗教绘画，展示着俄罗斯悠久的宗教历史和宫廷信仰。除了这些曾统摄着俄罗斯人精神的教堂，这里最有影响的当数克里姆林大宫殿。那里过去是沙皇办公和一家人居住的地方，现在是俄罗斯最高权力机关及普京办公所在。但大宫殿正在修葺，我们只能从画册中去领略里边无尽的奢华。当然，还有远从十四世纪沙皇时期就修建的兵器陈列馆，现在里边陈列着四世纪到二十世纪的工艺饰品，包括珍贵的莫纳麻赫皇冠。当然，这里还有苏联时期修建的与这儿风格很不协调的大会堂。

站在克里姆林宫一侧的花园，可以眺望涅格林卡河和莫斯科城市的风光。河上，有自在的船，路上是川流的车，天上是变幻无穷的云，云下是栉比的高楼和一代又一代生生不息的俄罗斯人民。

游克里姆林宫，普京办公的克里姆林大宫殿正在维修，虽然我们无从得见总统本人，但我们在这里看见并体验了一个民主国家领导人、政府与民同在的情景。

新圣女公墓

新圣女公墓是莫斯科的另一个景点。

旅游去看坟墓，未出国门的中国人也许不解，但到了国外，就会发现公墓不仅是人死后安葬之处，而且也是一个通过艺术的方式净化心灵，追求崇高，向往永恒的圣地。国外很多墓地在城市中央，靠近坟墓的房子比有山有水的豪宅还要讨人喜欢。

这就是文化的差异。

新圣女公墓在莫斯科的西北角，过去是彼得大帝囚禁姐姐索菲亚公主并埋葬她的地方，后来有一些教会上层人物和贵族也安葬在这里，19世纪，俄罗斯一些精英死后相继安葬在这儿。他们都是为不同时期俄罗斯发展做出重要贡献的人物，所以，新圣女公墓不仅是俄罗斯雕塑艺术的一个缩影，更是俄罗斯历史教科书的重要一页。

新圣女公墓占地 7．6 公顷，但已经安葬了 2．6 万个亡灵。政治精英、文化名流、科学巨匠、战斗英雄相聚在一起，在风格各异，大小不等的墓地里诉说着人类的终极话题。

普希金、果戈理、契诃夫、小托尔斯泰、奥斯特洛夫斯基、法捷耶夫、戏剧理论家斯坦尼斯拉夫斯基，因为工作的缘故，我对这儿作家的坟墓印象特别深刻。

果戈理的坟墓上方是一个十字架，十字架下是一个没有头骨的作家。据说，果戈理死后，一个极其崇拜他的著名戏剧家巴赫鲁申说服了守墓的修士，割下了他的头颅供奉在家中。后来这位粉丝虽然交出了心中偶像的头骨，但在另一次迁徙过程中作家头颅又不知所终。与果戈理相邻的是批判现实主义作家契诃夫，这位作家以精巧的短篇小说而使中国读者倾倒，他的代表作品是他的《变色龙》和《套中人》。小托尔斯泰坟墓的墓碑上雕刻的是他作品中的故事，健康的村妇、飘飘的裙裾，还有《狼和小羊》的故事。当然，最让我们熟悉并鼓舞了无数中国青年人的还是创作了《钢铁是怎样炼成的》一书作者奥斯特洛夫斯基。他的一只手放在书稿上，饱受疾病折磨的身体微微抬起，眼睛凝视着远方。墓碑下方雕刻着伴随了他大半生的军帽和马刀。墓碑上的雕刻逼真地再现了他临终前的时光。

当然，这里还躺着国人熟悉的政治家赫鲁晓夫、叶利钦以及共产国际的宠儿王明。

赫鲁晓夫的墓碑是用黑白相间的大理石设计而成。在三米高二米宽犬牙交错的几何形状中，赫鲁晓夫圆圆的脑袋嵌在其中，微笑着仿佛正倾听着过往行人的评价。很显然，雕塑家伊兹维斯内用黑白相间的对比，形象地表现出了赫鲁晓夫一生的功过和是非。其实，赫鲁晓夫生前对雕塑家伊兹维斯内并不友好，他曾用轻蔑的口吻，指责雕塑家"吃的是人民的血汗钱，拉出来的却是臭狗屎；尾巴甩出来的东西，也比涅伊兹维斯内的作品强"。但当赫鲁晓夫去世后，宽容的雕塑家对其家人的央求并没有推托。他用艺术形式恰当地表现并评价了墓中主人公功过参半的一生。

赫鲁晓夫是苏共领导人，按说应当安葬在红场列宁墓边而不是新圣女公墓，原因至今仍无权威解释。一说赫鲁晓夫本人不愿与斯大林葬在一起，一说勃列日涅夫不愿将赫鲁晓夫安葬在那儿，理由是赫鲁晓夫死时已经退休，不再是苏共领导人。于是，赫鲁晓夫与将他赶下台的政治敌人波德格尔内一同安葬在同一个墓地。

　　叶利钦是俄罗斯的第一任总统，他死后也来到了新圣女公墓。他的坟墓的造型是一面俄罗斯三色旗。这面类似俄罗斯国旗的坟墓毫不起眼地放置在一片空地上，没有墓碑，也没有他本人的雕塑。正如他生前的平民作风一样，叶利钦死后依然保持低调和俭朴。距他的墓地不远，是前苏联总统戈尔巴乔夫夫人赖莎的墓地。据说戈尔巴乔夫也已将他自己的墓地选在夫人旁边，如此两位政见截然相反的宿敌将会在这里殊途同归。

　　当然，在这座异域的名人公墓中，最让我惊讶的是看见了前中国共产党领导人王明的雕塑以及他的妻女。

　　这个黄皮肤、戴眼镜的革命者被当下的中国历史定格成了一个左倾机会主义者和冒险主义家。他在新中国成立后就来到苏联养病，但从此没有回到自己的祖国。我不明白，是他自己生前决定死后留在异邦，还是俄罗斯人决定在新圣女公墓安葬这个游荡的孤魂。当然，也许他生前早就知道，按照中国的政治生态，假如他回到故园，不容置疑，他的尸骨早就灰飞烟灭了。

　　新圣女公墓只有 7.6 公顷，面积并不大，但这里是一部浓缩的俄罗斯历史，是一部俄罗斯人的精神成长史。"人生自古谁无死，留取丹心照汗青"。在这儿，凡是为俄罗斯历史做出过贡献的人死后都会受到尊敬，包括籍籍无名的卓娅和舒拉，包括俄罗斯首任马戏团团长和他的狗，包括芭蕾舞演员乌兰诺娃。这就是俄罗斯人的高明之处，这就是传统的东正教熏陶出的俄罗斯人民。尊重历史、宽容异己，和平共处，社会才会健康地发展。沙皇能够容忍列宁、斯大林，俄国革命才会成功；戈尔巴乔夫能够容忍叶利钦，俄罗斯才会带来民主；普京能够容忍列宁和苏共领导人继续安睡在红墙脚下，俄罗斯才会出现安定。这对于我们当代中国人来说，应当有借鉴之处。从这个角度看，莫斯科新圣女公墓对于来访的中国人而言，就绝不仅仅是一个旅游景点了。

圣彼得堡，俄罗斯帝国的皇冠

　　了解圣彼得堡，俄罗斯作家安齐费罗夫说，最好是从空中鸟瞰，整齐划一的街道、建筑，波光粼粼的大小运河，连接着 40 多个小岛的 500 多座桥梁，圣彼得堡犹如一个能工巧匠雕塑出的巨大的艺术品，被放置在地球的一端。这里有美轮美奂的宫殿，有金碧辉煌的教堂，有造型各异的桥梁，还有那日夜流淌着歌声和音乐的涅瓦河。如果说，莫斯科是俄罗斯的心脏，这里就是俄罗斯的皇冠，它代表着这个昔日帝国曾经的自豪和荣光。

我们来到彼得堡时值初秋的清晨，空气中弥漫着潮湿的凉意，整个城市都还在睡梦中，只有橙黄色的路灯和各式建筑上的装饰灯，勾勒着彼得堡的历史和艺术。我们沿着空旷的涅瓦大街，驰过一座又一座横跨城市的河流和桥梁。早餐后，导游将我们带到涅瓦河畔的大学滨河街美术大楼前，聆听这条英雄的河流不舍昼夜的心声。这时，还是黎明与黑夜难舍难分的时刻。城市的轮廓正被一层轻纱笼罩着，渐渐地，东方透出了黎明的曙光，河对岸的建筑与远处橘红色的海神柱显露出了全部的神韵，近处的涅瓦河水从深黑变成浅蓝，湍急的波光和岸边狮身人面像的倒影，一齐向我们诉说和展示着这座城市的魅力。

与地球上所有的城市发展不一样的是，这座城市的肇始是主人按照自己的设计蓝图建造而成的，尽管后来物换星移，岁月沧桑，但也没有改变城市的布局和结构。

这座城市与俄罗斯历史上一位伟大的君主彼得大帝紧紧地联系在一起。彼得年轻时，曾化装到欧洲游历和做工。他深深地迷恋上了欧洲的文明和科学技术，即位后，积极地向欧洲敞开大门学习。1703 年，通过北方战争，他从瑞典人手中夺得这片出海口，为了让俄罗斯全面融入欧洲，他决心在这片沼泽地上建设一座融汇着欧洲文明与俄罗斯文化的全新的城市。无论是街道、建筑还是河流、桥梁，所有的工程都是按照主人设计的蓝图建设，有些重要的工程，是彼得大帝亲自指导设计、修建的。就连这座城市房屋的高度，除了教堂和重要的纪念物，都规定一般不得超过五层楼。从空中鸟瞰，整座城市如一座浮雕，镶嵌在大自然优美的胸膛上。

因为建在沼泽地上，这座城市的一个重要特点就是河流多。穿行在城市中的除了涅瓦河，还有喷泉河、格里博耶多夫河、莫伊卡河和众多渠道。有河就有桥，这些河渠上的桥是彼得堡的特色之一。它们有的笔直，有的成拱形；有的庞大，有的小巧；有的简洁明快，有的繁复精致。这些桥有石头的，有水泥的，也有钢铁的。它们都有自己独特的结构、形式及装饰性的雕塑。如阿尼奇科夫桥上装饰着四组雕塑群，它们都是同一个主题——驯马。更多的桥上装饰的是狮子。这些狮子有石制、铜制和铁制的。一般在狮子桥的两端各摆放着两个狮子的雕塑，"狮子"嘴里衔着铁索，托起桥梁，象征着力量、强盛和王权。当然，彼得堡还有一种可以开合的桥——涅瓦河上一座座用钢铁架起的桥梁。白天，这些桥梁从河中间合上供行人通过，到了夜晚，这些钢铁桥梁会用绞索拉起，像一匹匹骏马扬蹄奋鬃。从施密特中尉桥开始，按照从下游往上游的顺序次第开启，"三位一体"桥、宫廷桥，直到大奥赫特桥。一艘艘轮船从骏马的蹄子下穿过，从芬兰湾驰进市内，又有一艘艘轮船擦肩而过驰向大海，驰向欧洲。这些桥连同花岗岩的堤岸，铸铁的雕栏，造型精美的路灯，一起构成了彼得堡特有的景观。

彼得堡的另一个特色是用桥梁连接起来的广场和广场上的雕塑。

当我们跨过一座座风格各异的桥梁，穿过一道道用欧洲特有的黑色花岗岩铺砌的街道，匆匆从一座座教堂或者某一位名人的故居门前走过时，你不经意，就会进入一个广场。在彼得堡，这种广场犹如一串串绿色的宝石，镶嵌在城市的中心。它们是奥斯特罗夫斯基广场，艺术广场，皇宫广场，十二月党人广场，伊萨克广场等。这些广场除了冬宫前的皇宫广场外，一般都算不上宽阔。但所有的广场上，一定都会有一组雕塑。这些雕塑的主题，一定是在俄罗斯历史上产生重要影响的人物。

也是一天清晨，穿过花园中的丛林，踏着露水，迎着朝阳，我们来到了十二月党人广场。广场虽然为纪念俄罗斯历史上因起义被枪杀的十二月党人命名，但在广场中央，一块巨石上，屹立着彼得大帝的骑马塑像。彼得横跨马背，目光注视前方，挥手向前。马的前蹄腾空，后蹄踩着一条大蛇。这尊由叶卡捷琳娜二世于 1782 年下令修建，法国雕塑师法利科内制作的彼得塑像，栩栩如生地刻划出了彼得大帝这个新都开拓者、改革者、立法者的雄心和百折不挠的坚强意志。

彼得的改革并非一帆风顺，不仅是贵族、保守派，就连他的亲生儿子阿列克谢，都不理解他强硬的改革措施。他要求贵族从 15 岁起就要服兵役；要求俄罗斯人剪掉视为命根子的胡子，否则要交重税；要求剪短传统长袍，推行欧洲人的服饰；要求改变俄罗斯旧历使用公元纪事；他在圣彼得堡开设科学院、大学，要求各省设立技术学校，并且全面翻译欧洲的教材供学生使用；他建立博物馆和图书馆供市民阅读，并不惜拿出自己的薪酬。他一手描绘着建设的蓝图，一手挥舞着鞭子，不管保守派和反对者如何阻挠，他也不改变自己要将落后的俄罗斯带向世界强国的决心。为了推行改革，他不惜将亲生儿子阿列克谢及政变者一起关进彼得要塞监狱直至杀掉。所以任何的历史学家都不否认，如果没有彼得这些近似疯狂的举动，俄罗斯今天不会拥有这样广袤的土地，强盛的国力，悠久的文化，统一的信仰。

与十二月党人广场相距只有几个街区的国立俄罗斯博物馆前的艺术广场

上，是一尊挥着右手的普希金塑像。彼得堡是普希金读书求学的城市，也是他施展才华的舞台，还是他结束生命的驿站。在这座城市，有很多座关于普希金的雕塑，还有他的纪念馆和研究院。普希金是这座城市的灵魂，也是俄罗斯文学的奠基人。这位伟大的天才诗人、作家一生向往自由，同情十二月党人，但他对同是沙皇的彼得却从内心里生出景仰之情。他在观看了彼得的青铜雕像之后，曾写出了著名诗篇《青铜骑士》。他写道：呵你命运的有力的主宰，不正是这样一手握着铁缰，你勒住俄罗斯在悬崖上面，使她扬起前蹄站在高岗。所以，圣彼得堡这个波罗的海畔的明珠，是彼得大帝统治时期勇气、意志与国力的象征。

当然，这座城市还有无数恢弘的宫殿和教堂，那里不仅展示了沙皇时代的奢靡，也留存了俄罗斯民族包容开放的建筑艺术。大理石宫、尤苏波夫宫、玛丽娅宫、叶卡捷琳娜宫、康斯坦丁宫、彼得宫和紧倚着涅瓦河和那艘阿芙乐尔号巡洋舰的冬宫。这些宫殿中不仅演绎了一幕幕宫廷权谋与专制，也记录了这个分裂的民族如何演变为一个世界强国的历程。伊萨克教堂、圣血教堂、喀山教堂，教堂里不仅只有圣像和圣画，还有俄罗斯人从宗教中获得的宽容与尊重。所以，在圣彼得堡，你通过任何一座桥梁，都可以抵达这个城市的历史褶皱与灵魂深处。

圣彼得堡的创意是属于彼得大帝的，但完成这个构思，赋予这座城市以荣耀和永恒的，实际上是叶卡捷琳娜二世女皇，那个继承了彼得大帝改革开放的意志，使俄罗斯真正融于欧洲并征服了欧洲的人。

叶卡捷琳娜二世的登基我们且不管历史学家如何评价了，但对于混乱的俄罗斯而言，她的开明果敢，谦虚好学，励精图治，却给这个民族，给圣彼得堡带来了福音。在那个弱肉强食的时代，她领导的俄罗斯军队东征西讨，拓展了 67 万平方公里的国土。她推行新经济政策，俄罗斯的人口数量、经济总量和财政收入大幅增加。彼得大帝在世时，制订了圣彼得堡发展的宏伟蓝图，并修建了城市中的部分重要建筑。但是一场大火，曾经让圣彼得堡大部分的建筑毁于一旦，她重新请人设计这座城市，让城市的布局更加科学和美观。她不再用木材修建这里的房屋，代之以坚硬的石头。为避免芬兰湾的海水倒灌，她下令在城市中开辟众多的运河，并将原来寿命很短的木桥改成石桥和铜桥、铁桥。她酷爱读书，与欧洲重要的哲学家、科学家、文学家探讨关于国家治理和哲学、文学、科学的重要命题。鉴于她治下的俄罗斯日益强大，鉴于她对科学与艺术的眷顾，哲学家伏尔泰写诗赞美她："呵叶卡捷琳娜，能目睹您的丰功伟绩，聆听您的谆谆教诲，是三生有幸！"狄德罗在写给她的信中说："尊敬的公主，我匍匐在您的面前！"这个领导了俄罗斯 35 年的女人辞世后，俄罗斯人怀念她的功绩，将她与彼得一起尊称为"大帝"。

告别圣彼得堡的前夜，我们穿过涅瓦河上一座正在维修的桥梁，来到河对面的玛林剧院，观看被称之为俄罗斯国粹的芭蕾舞《天鹅湖》。这座历史悠久的剧院，在俄罗斯艺术发展史上曾有着重要的地位，中国人熟悉的柴可夫斯基等巨匠，在这里表演并完善了他的理论。《天鹅湖》是这座剧院的保留剧目，近百年来上演不衰，尽管我们只是这座城市中的一员过客，但当音乐响起，无论是演员还是观众，都沉浸在那如梦幻般的圣洁天使的命运之上了。我相信所有来到圣彼得堡的人，任何时候，当他或她脑海中浮现这座城市时，耳畔一定会响起《天鹅湖》那优美的旋律。

演出结束，正是圣彼得堡华灯璀璨的时分。整座城市，在灯光的烘托下，如同晶莹的夜明珠在深蓝的天际大放光明。涅瓦河上的一座座桥梁，连同那迷离的灯光，如长虹卧波，将两岸瑰丽的建筑，将俄罗斯的过去与现在，辉煌与荣耀，牢牢地焊接在一起。

圣彼得堡，俄罗斯的皇冠，如果有机会再来到这个被人称为"北方威尼斯"的城市，我们一定要走遍这个城市中的每一条河流，走过这些河流上的每一座桥梁。也许，我们会更加明白，一个国家的强大，一个民族的崛起，只有与世界架起更多这样的桥梁，我们的心灵才会更加辽阔，我们的生命才会更加顽强。

（原载 2013 年 2 月 1 日《中国新闻出版报》）

一棵树和一座寺庙

这是一棵树，一棵生长在寺庙中的树。

树在寺庙的东端，虬居在一个高高的山坡上。树身很硕壮，要三五人方能合围；树冠遮天蔽日，显得有些张扬。无论是香客还是游人，到寺庙中来，一定要寻这棵树，那投过的目光是十万分的虔诚。来人仰视良久，还会小心翼翼地绕树一周，时不时口中念念有声。带了相机的，一定会与大树合上个影。然后，踽踽离开。离开时，定会回头再看几眼，这时，心中方有几分释然。

这棵树叫菩提树——树在湖北黄梅五祖寺印心堂畔。

这棵树，与佛教有关。二千五百年前，叫悉达多·乔答摩的释迦族净饭王的太子放弃了锦衣玉食和娇妻美妾，在一棵高大的菩提树下苦苦思索人生，找到了人痛苦的根源和解脱、升华的方法，佛教因此得以确立。二千年后，有一个叫慧能的中国僧人，也因对这棵树的理解而得到五祖的认可，接过了禅宗的传衣——佛教中国化的序幕由此拉开。因此，这棵树，与佛教，与禅宗，有了不解之缘。

菩提树为桑科榕属植物，树皮为灰色。树冠为波状圆形，具有悬垂气根。它本名叫沙罗双树、阿摩洛珈、阿里多罗等等。是这棵树给了身为太子的悉达多·乔答摩以灵感，还是太子赋予了这棵树以神性，因此，人们忘记了它的本名，按照梵语的读音，称它为"菩提树"——觉悟之树。太子从此也不叫太子了，他是觉悟了的释迦族的圣人释迦牟尼，这棵树也不叫沙罗双树、阿摩洛珈、阿里多罗等等了，它成了佛门的一道符号。但是，对于这棵树的理解，一千年后，在湖北黄梅县城十六公里外的东山，却引起了佛门的一场公案。

这是唐高宗龙朔元年，时年63岁的五祖弘忍自觉将不久于世，于是，他要在众多的弟子中选拔一个承接其衣钵的人。因此，他要弟子们各写一个偈子，看谁悟性强，就把衣钵传给谁。是时，已年过五旬的弟子神秀是上千弟子中的佼佼者，身为教授师，他经常为其余学弟讲经说法。他内外兼修，为人谦虚，平时很受五祖的器重和众人的敬仰，他知道从学问上看非他莫属，但也不愿让人家认为自己是为了继承衣钵而做这个偈子。于是，他趁夜里僧众都入睡后，一个人悄悄溜出僧寮，举着蜡烛，在南廊的照壁上写了一首偈子：

　　　　身是菩提树，
　　　　心亦明镜台；
　　　　时时勤拂拭，
　　　　勿使惹尘埃。

　　神秀在这里也提到了菩提树，单从字面理解，他认为，众生的身体就是一棵觉悟的智慧树，众生的心灵就像一座明亮的台镜，要时时不断地将它掸拂擦拭，不让它被尘垢污染障蔽了光明的本性。

　　据《六祖坛经》记载，五祖弘忍见此偈后，就改变了请卢供奉在这块墙壁绘《楞伽经》变相壁画的打算，他招来众弟子，命门人"炷香礼敬，尽诵此偈，即得见性"。众门人平时对神秀就敬畏几分，见师傅对神秀的偈子如此重视，皆以为六祖的衣钵非神秀莫属了。但是夜三更，五祖弘忍召神秀到禅堂，却告诉他，这个偈子对于禅宗佛法的理解："未见本性，只到门外，未入门内"，要他再作一首诗偈送来。

　　神秀在照壁上写诗偈的消息两天后传到正在槽厂舂米的慧能耳中，慧能一听便知"此偈未见本性"。于是央求唱诵神秀偈子的童子带他来到照壁前，便想也写一首表达自己学佛的心得。可惜慧能虽然慧根很深，但无奈幼小因家境贫寒打柴为生未曾读过书，这时恰好江州别驾、一个叫张日用的官员从这儿过，慧能便口诵一偈请其代为写在神秀偈子的一边。

　　　　菩提本无树，
　　　　明镜亦非台；
　　　　本来无一物，
　　　　何处惹尘埃。

慧能三十多岁才从岭南广东千里迢迢来黄梅双茂山拜弘忍学习佛法，因其相貌矮陋，并不为人看重，弘忍虽然通过对话知其根器不浅，但仍让他到基层锻炼，结果他在碓房里舂米劈柴一直干了八个月。他个子矮，身材瘦弱，压不下舂米的石碓，只好在腰上拴一块石头增加重量。可慧能无怨无悔，在这里勤奋劳作。

这个被时人称为"獦獠"的广东居士也写了一首偈的消息立刻传遍了整个寺庙，弘忍读后，认为慧能悟性很强，他就是自己要找的接班人。于是，亲到碓房看望慧能，又半夜三更将慧能叫到禅堂，把《金刚经》大致讲一遍，慧能立刻理解了里面的大意。弘忍更加坚定了自己要传灯于他的决心，便取出从历代禅祖那儿传下的袈裟，郑重交到慧能手里。

这样，慧能成了禅宗的第六代传人。佛教中国化的道路，经过他的发扬光大，从此影响更加广泛和深远。

一棵菩提树，经过神秀和慧能的解读，从有到无，体现了禅宗不同派别认识事物和自身的途径和方法。神秀讲的是"渐悟"，后来他成了北宗的领袖；慧能讲的是"顿悟"，他成了南宗的领袖。其实，无论南宗北宗，都"顿"中有"渐"，"渐"中有"顿"。

天下的佛寺，规制相差无几。建筑无非殿堂多少，装饰简繁如何，法物是否贵重，但只有五祖寺，在佛教的发展史上，具有举足轻重的地位。五祖弘忍在这里不仅奠定了佛教中国化的理论基础，而且通过慧能，将禅宗衣钵传承并发扬光大。无可否认，没有五祖寺，就没有禅宗一枝五叶的盛景，没有菩提树，就没有禅法认识上的高下之分。

那天，当我们一行来到五祖寺这株神圣的菩提树前时，狂风大作，浓云密布，树冠虽然俯仰上下，但躯干岿然不动，仿佛一位禅定的老僧，以其超然的姿态，静观自然的无常。

离开五祖寺已经一月有余，这些天，菩提树，连同那座神圣的五祖寺，一直浮现在我的眼前。关于五祖、关于六祖，还有那个神秀尊僧，毫无疑问，他们关于这个世界和人自身的理解，值得我们思索和领悟。

爷爷的故事

　　爷爷是哑巴，于家族而言，是不幸，也是有幸。

　　县城里有四大姓：周、熊、杨、黄。爷爷出生的时候，周家在整个县城，与其他三家比较，算是十分显赫。显赫是因为从爷爷的高祖周作渊起，"文风大振，人才鹊起"，族中中举者近百，进士及第先后就有九人。特别是嘉庆二十二年己卯科，已任顺天府丞的周钺两个儿子祖植、祖培同时金榜题名。一个从庶吉士一个劲儿做到体仁阁大学士——县里人称的周宰相。一个由部曹官至浙江按察使司。望族之家，添丁进口，本是大喜事，特别是个男丁，更是让主人高兴。但婴儿周岁时高烧不退，延医治疗，结果病虽好了，但却发现孩子失聪。这失聪的孩子十之八九会失语，后来孩子的父亲给孩子起名时，用"歧鸣"称之。这孩子就是我的爷爷——己卯科进士周祖植的第四代传人。

　　爷爷既聋又哑，到了读书年龄，不能与族中其它孩子一样拜师发蒙，但家里延师授徒，他却爱去凑个热闹。久而久之，耳濡目染，他虽然不会抑扬顿挫念出声，但却也认了不少字，描红摹帖，比别的同族孩子倒认真几分。少年的爷爷虽然也喜欢上树逮鸟，下河捉鱼，但与同龄子弟比，就显得文静许多——自卑的浪潮经常会淹没少年孤傲的心。当别人交朋结友四处游荡，爷爷就在自己的书房中如痴如醉地临帖，先是王羲之，后是柳公权，再是颜真卿。久而久之，爷爷的书法有了颜体的魂，王体的潇洒，还有少年不羁的心。春节时分，家里上百道门，上百幅门联，爷爷在曾祖父的鼓励下承担了这个光荣的任务。正月里，家家户户要互致新年问候，拜年的客人上门，曾祖父就会指着春联，夸奖哑巴儿子几句。爷爷是听不见的，但看见客人投来赞许的目光，他知道其中的含义，于是少年低下头去，羞涩中有几分自许。爷爷有个妹妹会画画，梅竹菊兰画得栩栩如生。爷爷一看就着了迷，觅了本《芥子园画谱》，先是偷偷自个儿在家里描，后来正式拜姑姑为师。岁月流逝，院中的红梅一度度冬至春去，爷爷少年而青年，在那个四世同堂的重重大院中，与书画为伴，享受着生命的欢愉。

也许是书香门第的熏陶，或者是爷爷习字绘画的结果，青年爷爷身材颀长，一袭长衫，举手投足，倒也有几分儒雅风流。平时如果不与人交流，从外形看，丝毫看不出与常人有异。与人交流，手笔并用，也没有障碍。但到了婚娶年龄，却显出了障碍——要讲门当户对，这大家族的千金，有谁愿嫁给一个失聪者呢？最后，经人撮合，父母为他挑选了县城中一个家道中落的黄姓大家族女子——这就是我的奶奶。奶奶虽说并不情愿地嫁给一个无法用语言交流的丈夫，但娘家家境如此，加上失聪的丈夫也不会像别的公子一样再娶个三妻四妾，她也就自己说服了自己。过门后，奶奶一个劲给爷爷生了六个儿子。这六个儿子最后存活下了四个，我的父亲，是这四个儿子中的长子。

爷爷兄弟本来六人，因他少时失聪，父母格外眷顾，分家时多给了几十亩上好水田。爷爷自立门户，不便理事，奶奶就将弟弟聘来当了管家。舅舅当管家，既管了财产也管了四个活蹦乱跳的外甥，相处就十分和睦。爷爷的另外五个长兄，每人也早都娶妻生子，开牙建府，单门独户过自己的小日子。却说这官宦地主家庭的子弟，到了民国，皇帝被赶下了龙廷，读书做官走科举的路子没了、经商，嫌商人整天为蝇头小利，做工，又放不下架子。只好守着自己的那份田地，收收租子过日子。没事时，泡戏园子，逛青楼争风吃醋，更严重者染了吸鸦片的瘾，落得个家破人亡，妻离子散。爷爷的二哥五哥，本来也是满腹经纶，但那个时代，有钱人赶时髦，图时尚，时尚就是吸"大烟"。三五公子到一起，吟诗作赋，互邀到大烟馆里品尝。这初时觉精神焕发乾坤颠倒，后来才知上了瘾就放不下。这舶来的鸦片开支大，先是把家里的活钱花光，再偷着把家里的细软当掉，再不顾妻儿父母的苦劝把名下的田地卖光。爷爷一个失聪者，有七情六欲，却没有招蜂引蝶的本领，加上奶奶知道穷人家日子的滋味，让舅爷严加管教，爷爷也就乐陶陶地守着四个儿子和几百亩田过日子。两个兄长家道中落，不能看着不管，他就把侄子侄女接到家里来，视若己出。

人一生，往往应了老子的那句话，祸福相依。到了共产党进城坐了天下，舅爷识时务，把账本整理得清清楚楚，先把田地交出，再把浮财交出，人家看爷爷一个哑巴，就没让他受什么皮肉之苦。加上奶奶是穷人家出身，平时又周济左邻右舍的穷人，没有落下什么怨恨，那些土改根子再说对过去的"恩人"也下不了手。房子变小了，长工短工都辞了，爷爷的四个儿子也早都读书成人了。十五岁的四儿子看出共产党这次是成了气候，先报名参加了共产党的工作队，接着把大哥大嫂也动员出来参加了"革命"。爷爷和奶奶就守在城里土改后留下的几间房子过日子。这日子与过去的丰衣足食没法比，清贫归清贫，奶奶就常拿自己娘家来教育家人，习惯成自然，一家人也就心安理得。

共产党坐天下没多久，乡下就组织农业合作社、城里公私合营，反右倾，接着大跃进，人民公社，爷爷对那些耸人听闻的口号弄不明白，更不知道"左右"为何物，后来大儿子四儿子不再给家里寄钱，他才知道两个儿子都成了"右派"。儿子不给钱，老两口在城里没法过了，只好各奔东西，一个相跟着三儿子到了三十里外的双椿铺，一个相跟着六儿子到了六十里外的达权店。

爷爷虽说失聪，但毕竟是官宦人家子弟，对吃有个讲究，讲究得几乎到了食不厌精的地步。譬如商城人都喜欢吃"筒鲜鱼"，就是将鱼剖洗干净后，切块后放上少许盐放在瓦罐里封上口。但爷爷对这种鱼的挑选有要求，养鱼的水塘要干净，四周不能有人家，而且鱼不能大也不能小，三斤以下二斤以上为宜。腌鱼的季节也要选择在立冬前后，太早了温度太高，太低了也会不进味。鱼要腌得微醺，食用时分成一瓣瓣的，有些许的臭味。再说这商城人喜欢的臭豆渣，远近闻名。爷爷指名道姓要南关蔡二家的，别的拿来了充数，他一到嘴就知道是真是假。这样半个美食家，到了1959年冬，他才明白了这吃的学问。

爷爷到了三叔家，三叔在双椿铺一个叫大岗的生产队里。这队里原有一个公共食堂，每到开饭，公社社员就会拿着各自的碗或桶到食堂去领。开始孩子们还很新鲜，排着队嚷嚷着去"打饭"，队里几十号人在一起边吃边聊。到了1959年的秋天，队里食堂的粮食越来越少，先是干饭变成了稀饭，过几天稀饭变成了能照见人的米汤，再后来米汤也没有了。公社集体食堂没有粮食了，用当地人的集体记忆，就是"砍大锅"了。

"砍大锅"是家乡方言——就是把锅盖上，实际上是队里没粮，不再做饭供应社员了。

据史料记载，1959年，信阳地区出现了持续百天的干旱，农业收成受了部分损失，但在庐山会议反右倾的精神指导下，粮食征收仍然按1958年大丰收时16亿斤的数字上缴公粮。如果有人提出异议，就被扣上右倾的帽子，或者被拔白旗。轻则做检查，重则批斗至死。结果不少队里口粮和种子粮都被缴完，到了1959年冬天，饥饿就开始在乡村蔓延。

爷爷开始并不知道饥饿将要降临，三叔从队里领回能照见人的米汤时，爷爷还发了一次很大的火。失语的爷爷发火是骂不出脏字的，他只会嗷嗷叫，伸出手去要打人。他觉得儿子是嫌他，是糊弄这个爹。三叔比划了许久，爷爷才明白。第二天三叔再领回米汤时，爷爷却说身体不舒服，要三叔自己喝了。再后来爷爷只好学队里人，到秋收后的田野里寻找极少极少丢失的谷穗，到地里寻找可能遗失的红薯藤红薯梗，但村里人太多，被深翻一遍又一遍的土地里空无一物。人们这时充分发挥了自己的聪明才智，先是找可以食用的树皮，再后来，有人发现一种白色的观音土可以食用。于是，人们悄悄交流吃的经验，但恶果很快显现，观音土吃进去排泄不出来，我那斯斯文文的爷爷，咬着牙，任由儿子用木棍在肛门里深掘。

再这样下去爷爷必死无疑了，三叔决定领着爷爷投奔六十里外的六叔。六叔这时在几十里外的山区学校教书，奶奶正好也在那里。出门时，三叔担心被人怀疑当成盲流捉起来了，去大队办了通行证。（当时，四处的路口都由民兵和公安把守，说的是堵截盲流，实则担心泄露这儿大批饿死人的事儿。）三叔牵着爷爷，走几步就坐一阵儿，坐一阵儿再挪几步。过度饥饿的人，由于缺少营养，四肢浮肿，如果一旦倒地，就再也爬不起来了。

这样挪了两天走了将近三十里路，前面出现了一条小河，三叔知道对面有一家卖东西的小铺子，如果这个样子爷爷是过不了河的。他要过河去买点东西给父亲吃。

大约不到一个小时三叔就回来了，回来了三叔再也没有看见哑巴爹了。他沿路寻找，看见几具饿得皮包骨头倒毙路边的人，但没一个是自己的亲爹。他亲眼见过有人专门寻找刚死去的人，割下他们屁股上的肉回家煮食。对过于消瘦的死者，有人则剖开胸膛挖出心肝，以解饥馋。这类"破坏尸体罪"的案子，县里不止判过一例。盖着鲜红大印的布告，沿途皆可看见。

三叔又沿着小河寻找，河上有漂浮的尸体，但也都不是爷爷。三叔慌了，忙给爷爷的另外三个儿子报信。我的母亲、六叔当时都加入了寻找的行列，但仍然是活不见人，死不见尸。

哑巴爷爷就这样从这个世界消失了。他是跌落河中没有爬起来，还是被人果以饿腹而不得知。他此生没有语言的能力，不知在另一个世界，能否恢复语言功能，以他的亲身体会，用真话讲述这场至今被掩盖的以信阳地区107万人生命为代价的惨剧。

2007年的春天，尚在人世的父亲、三叔、四叔给亡去的奶奶迁坟立碑，这时，大家想到了不知魂归何处的哑巴爷爷。没人提议，爷爷的三个儿子几乎不约而同地说，就在母亲的碑上把父亲的名字也刻上吧！就算他们二老合坟了。

爷爷往生时，奶奶在六叔处，她是在饥荒过后次年因暴食暴饮而故去的。她与爷爷生前不能用语言交流，这一次，哪怕是一个空穴，是一个名分，或许上天有眼，让这对在饥饿中相继离开的人能够团聚交流。我想，在另一个世界，奶奶会用加倍的细心，给美食家的丈夫续写关于吃的故事。

（原载《黄河文学》2013 年第 5 期）

地主分子刘绪贞

刘绪贞是谁？是我的姥姥。

知道姥姥的名字是因为姥姥的胸前别了个白布条，上面用毛笔写着："地主分子刘绪贞"七个字。否则，今天我可能仍不知道姥姥姓甚名谁。

姥姥是母亲生下我后来到我们家的。姥姥来我们家的情景我肯定没有记忆，在我的印象中，姥姥不是来我们家，而是天生的属于我们家的一员。因为在 50 年代一个冬天的傍晚，当母亲在大别山中那个叫吕氏祠的小学校上完课，感觉到我在她的肚子里挣扎着要出来时，姥姥就是我们家的保姆兼姥姥了。

姥姥是一个个子不高，弓着背，脚属于"三寸金莲"那种旧时代的女性。弓着背是姥姥随我下乡的印象，所以我闭上眼睛，就看见姥姥在那个叫蒋家塆的小山村高低不平的山坡上走来走去的样子。我相信姥姥这个属于地主分子的大家闺秀，50 年代还属于"风韵犹存"一类的。

姥姥一直跟着我们一家是因为她早就没有了别的亲人——另一个小女儿也早就出嫁了。姥姥年轻时就守了寡，我的姥爷，一个英俊的年青后生，被一群造反的农民，所谓的"革命党"，在 1927 年的秋天用梭镖捅死了。姥爷给姥姥留下了两个年幼的女儿和一个尚在襁褓中的儿子。所以，姥姥在我们家时，每当她与母亲生了气或者她想起了自己的儿子，就会哭喊着："我的秃儿子呀！——"我那未曾谋面的舅舅十三岁时因为百日咳而夭折了，这是姥姥后来告诉我的。她会一遍又一遍地描述我那个舅舅咳嗽的情景，是怎样不治而亡的情景。

母亲在学校教书，她是 1950 年就到了大别山中的小学校教书。母亲教书的地点平均每三年就会调动一个地方，所以我们就随着母亲像养蜂人一样四处迁徙。这时，姥姥就会像一个护窝的老母鸡，抱着我或是牵着我和哥哥姐姐，从一个小山村去到另一个小山村。

在我最初朦胧的记忆中，总是姥姥给我们做好吃的片断。如用从野外采回的香椿煎鸡蛋，用从地里剜回的地菜做的春卷，或者用韭菜加鸡蛋包的饺子。当然，这些好吃的能留下深刻的印象，是因为家里经济条件不好，此类好吃的太少的缘故。等我懂事后，我才知道家里是经常寅吃卯粮。母亲只有二十几元工资，要养活三个孩子和姥姥共五口人。每逢三个孩子开学时，母亲就会操心这笔学费，总是东拼西借。等我已经上小学四年级左右，我才知道父亲在外地工作。再大些，与同学争吵时我才知道，我是属于地主加右派的子弟。说这话的是一个"地主羔子"，他比我要感到自豪的是他只是"地主羔子"，而我还是双料的。其实父亲在没有划右派时，是希望另寻新人，后来落难才罢了此念。所以他很少回家，也没有给家里寄钱的印象。还有就是我们惹母亲生气，母亲打我们时，姥姥总是护着我们。姥姥先是批评我们，"还不承认错了！"接着就会责怪母亲，"小孩子，下手这么重！"有时，她们娘儿俩会为了我们争吵几句。母亲要是说，"我的孩子不要你管！"这时，姥姥就会气得不行，说："好，好，我是多余的！"掉几滴眼泪，或者装着要走的样子。

母亲每天忙，我们与姥姥待在一起的时间要多些。姥姥的主要职责是给我们做饭和洗衣服，补衣服。闲时，她也会背几句《千家诗》里的诗文，如什么"云淡风轻近午天"，什么"清明时节雨纷纷"。姥姥的家在河南新县，与姥爷家门当户对，也属于有产阶级一类的。姥姥念诗时会微眯着双眼，用抑扬顿挫的语调背诵属于儿时的记忆："云——淡——风清——近午天——"当然，没事的时候，姥姥也会摊开一副纸牌，在桌子上将牌移来移去，不知是打发时间，自己与自己打牌，还是在算命。

姥姥挂着那幅白布条是在文革中。当时我小学毕业因成分问题没能读上初中，在村里的农业中学读书。小镇与全国一样，革命形势一浪高过一浪。街头的大字报，小学校内的大字报连成一片。其中有我们红小兵写校长王某的，也有不少是针对母亲的。有大字报列举了母亲十大罪状，其中就有不该包庇地主分子刘绪贞的内容。姥姥挂着白布条，无论是在家里还是在外面，都保持着随时准备接受批斗的姿态。后来，文革不断深入，有造反派提出母亲必须将姥姥送回原籍接受人民群众监督。母亲无奈只好将孤身一人的姥姥送回了她的老家——几十公里以外的一个乡村。我后来曾去过一次，说是姥姥一人住在稻场边的一个小茅屋里。我不知那段时间里姥姥一人是怎么度过的。这是她作为一个姑娘出嫁的地方，是她作为一个母亲生儿育女的地方。

　　我想她眼前一定会浮现那些为人妻为人母曾经美好的，无限幸福的时光。当然，也一定会有刻骨铭心的痛苦与怀念。这里是埋葬她亲人的地方。她的丈夫的尸骨，几十年都寄放在村头的一片树林里；她的小儿子的坟墓已经被人铲平种上了庄稼。在一个风烛残年的老人的目光里，未来该是多么的暗淡。

　　不知姥姥一人过了多久，母亲又将她接了回来与我们一起住。这是姥姥与我们最后几年的时光了。

　　1969 年，山东"侯王建议"，要求将教师都下放到农村去。母亲便按照要求，将我与姥姥户口转到她教书的余子店大队蒋垮生产队。没多久，姐姐也从她下放的另一个公社转回了与我们在一起。这样，我们一家四口人就住在生产队为我们腾开的一个牛棚里。

　　母亲在一年后又恢复了教师职务去了七八里外的一个大队教书，姐姐在两年后也出嫁了。家里就我与姥姥在一起相依为命。姥姥这时已有七十开外，做饭、洗衣、种菜，就落在姥姥的身上。姥姥经常提着一个小木桶，到村口的水井打水。姥姥没有力气，不能将水桶像别人一样放进去将水满满一桶提起来。她只好跪在井口的石板上，用瓢一点点舀。洗衣服时，她也不能像别人一样蹲在伸向水塘中的石条上，而是跪在石条上面，用棒槌撩起塘里的水，一下下地杵衣报。姥姥背本来很驼，个子又小，跪在那里，像一个瘦小的孩子。队里人总说："当心你姥姥掉下去！"那时我每天要在队里劳动，从早到晚，累得筋疲力尽，回来就想吃饭，至今思之仍心头隐隐作痛。

　　那时姥姥其实已患了病，不过我那时无知，加上乡下医疗条件差，好像只请了大队的医生来看过。医生是我家在镇上的邻居，因为背药箱的缘故，每天侧着身子走路。从我今天的判断，姥姥是肝腹水之类的。有一次，已经将姥姥从床上移到了牛棚的地下稻草铺上，姥姥又奇迹般地活了。姥姥这时大概知道自己将不久于人世，一直要求我们在她死后将她送回老家"龙井冲"。她要和丈夫、儿子厮守在一起。这样又拖了几个月，终于在 1971 年秋天的一个上午离开了我们。

　　大约姥姥放心不下我的缘故，她昏迷之中，总是念叨着我的名字，说"小义"如何如何。当时，我正在三里外的街上买盐。等我回来，姥姥已经闭上了眼睛。这一年，姥姥七十三岁。

　　姥姥死后没有送回她的故土，因为那儿已没有了她的亲人。当时，我与母亲大约都估计到我会在这个小山村长期地生活下去的，就向邻居寻了块地，将姥姥葬在村口的山坡上。这是片十分贫瘠的土地，但没有想到，我们栽下的柏树，后来竟生长得郁郁葱葱。村里人都说，这是块风水宝地，因为我在几年后离开了这里，读书、成了城里人，尔后我与哥哥都相继做了芝麻官。不管是不是姥姥荫庇的缘故，但我身上，毫无疑问，遗传着姥姥这个大家闺秀的基因。姥姥在九泉之下不知对我们是否放心、满意，但我要说一声："姥姥，安息吧，外孙此生已尽力矣！"

（原载《黄河文学》2013 年第 5 期）

我的父亲母亲

15 年前，母亲去世了，去年岁末，父亲也去世了。他们二老生不能同日，但却都是在公历的 12 月 1 日午时离开这个人间的。

母亲去世后，我几次提笔想写些文字纪念母亲，但心里总有些不忍。我不相信母亲离开了我们，我怕提起她死去的字眼。每当我提起笔写到"母亲"二字，我就想哭，想为母亲而哭。几次开了头，几次又放下了笔。

母亲和天下绝大多数的母亲一样，生儿育女，养家糊口，慈爱，善良，忍让，勤劳。她本是个"地主"家的千金，幼时丧父，初师毕业后嫁给了我的父亲——她的远房表哥。在上个世纪五十年代的中国巨变后，她到大别山中当了小学教师，是时她 28 岁，两个孩子的母亲。而这时我的父亲则去了百里外的一个小城，当时是专署所在地的潢川做了税务局的干事。

在那个历史的大转折时期，母亲为什么选择走上"革命"道路，而母亲的妹妹——我的小姨则成了农民，这一切皆因了我的父亲。我的外祖母后来告诉我，父亲家也是"革命"的对象（父亲的高祖曾是清代咸同时期江苏、浙江的布政使），家里的所有祖传财产交出去后，父亲远走高飞。母亲虽然学历并不高，但可能为了生计为了孩子，或者受"革命"形势鼓舞，也去县政府报名当了教师。母亲第一次参加工作是到伏山乡，三十年后退休也还是在这个山沟里。当时尚有残匪，母亲拎着上级发的手榴弹进了重重叠叠的大山。之后的三十年里，她从一个山沟的小学校调到另一个山沟中的小学校。郑河、吕祠堂、牌坊、韩冲、扬桥、余子店、里罗城、燕塆、王楼……母亲的青春、理想、还有那短暂的生命，就这样在一个个地名的更换中，一点一滴，随着时光抛洒在那一道道被流水冲刷出的山沟里。三十年后，她顶着花白的头发，佝偻着伤痛的腰，带着几个磨损得不成样子的笔记本才回到父亲的身边。

母亲一生到底教了多少学生，恐怕她自己生前也不知道，她也没有打算记住这些事儿。她教了一群孩子，然后一纸调令，她又要到另一个更偏僻的大山里去了，结果转来转去，若干年后她又回到了当初教书的小学校。那些在她面前启蒙的孩子们长大了，做了父亲，父亲们又牵着自己稚嫩的孩子，口口声声喊着"陈老师"，又把孩子送到母亲的身边。不光是山里的孩子，包括我们兄妹三人，母亲都是我们的启蒙老师。在我的印象中，母亲不仅是慈爱的，也是严厉的，大约是一年级的时候，我到外边玩忘了上课时间，母亲罚我当着全班同学的面，在教室外站了一堂课的时间。

山村小学校里老师少，学生也少。在偏僻的村小里，往往是几个班在一个教室里上课。这时，母亲往往是先教一个年级的课，布置作业后再给另一个年级的学生上课。她不仅教语文，但凡是需要开的课都是她一个人上。语文、算术、音乐、美术、体育，母亲成了全能人才。山里的孩子穷，特别是女孩子，家里往往让她们早早地辍学。这时母亲就一次又一次地登门做家访。有一个女孩，因为母亲的劝说，她复学又回到了学堂，后来师范毕业当了中学教师。她曾经写了一篇文章，谈及"陈老师"苦口婆心地劝说她母亲再送她上学的情景。山里的孩子住得分散，学生们放学时，老师都要负责送孩子一程，特别是下雨天，山洪暴发后，老师要背年纪最小的孩子过山涧。母亲虽然个子并不高，这时就显出了她的勇敢。孩子趴在她单薄的肩膀上，闭着眼睛，听着洪水的怒吼声，缓慢地渡过混浊的不断上涨的河水。

"文化大革命"中，母亲正在一个小镇上教书，这时，我在这所学校已经读到了六年级。学校的墙上贴着母亲的十大罪状，造反派们要母亲回答红卫兵的提问，母亲不知所措。这时，我发挥了写作的能力，帮助母亲诚恳地写检查。从家庭根源写到思想认识不足。母亲的检查足足写了两张纸，贴在学校醒目的土墙上，直到有一天风雨发挥作用才洗刷掉母亲的惶恐。

我是母亲在一个叫吕氏祠的小学校里生下的。我长大后，母亲曾领我来到这个有着巨大廊柱的祠堂里，指着一间并不宽敞的房子告诉我，她是在学生放学后的一个黄昏里，生下了我。按时间推算，母亲当时只有 32 岁。小时的事情我肯定不记得了，印象中母亲带着我的哥哥、姐姐还有后来来到我家的外祖母，像追逐花期的蜂农，在一个学期结束后，从一个学校搬到几里或者十几里的另一个学校。学校往往没有职工宿舍，我们就租住在邻居的家里。在我的幼小的记忆中，始终没有出现父亲。我也一直没有问父亲的下落。仿佛一直到了小学四五年级，父亲才又出现在我们的眼前。

父亲重新走进我们家庭的第一幕是很尴尬的。当时我家还租住一个张姓人家的房子里，已经读初中的哥哥将父亲与母亲的被子扔到院子里，叫嚷着要父亲滚出去。少年的哥哥大约受了别人的挑唆，或者他对父亲多年来对家庭的不管不问十分生气，所以才做出让母亲十分难堪的举动。

父亲在 1957 年被划为"右派"，虽然降了工资，但没有丢掉公职。据说，划为右派前，他正与母亲闹离婚，打算再找一个情投意合的年轻人，但这场运动让他的一切都泡了汤。大约很长一段时间，他没有回家，更没有尽一个丈夫与父亲的责任。于是，养家糊口，包括教育几个孩子的事情，就都落在母亲的肩上。

母亲的工资只有二十几元，要养活三个孩子和外祖母，还要接济乡下的妹妹一家，可想而知是多么的捉襟见肘。家里往往是寅吃卯粮，到了月底还没有发工资的那几天，母亲只好找学校先借几块钱。那时没有储蓄之说，学校里老师们有个互助会，工资到手时每个人拿出五块钱，让最急用的一个人先使用。等到我们兄妹三人上学时，大家就让母亲享受这份特权。

就这样，母亲的工资最多只能保证全家的口粮可以买回来，至于添置衣物，则是十分奢侈的事情。我的衣服往往是哥哥下放的，外祖母改了又改，补了又补。冬天了，母亲没有棉衣，只好将破布塞到内衣中。家里除了支竹床的四张凳子，就是一个破木箱子。搬家时，用绳子扎的竹床卷成一捆朝肩上一扛，就到了另一个山村。至于家里烧的柴火，都是母亲带着我们上山砍的。

母亲为什么三十年没有和父亲调到一起，母亲一直没有说。哥哥后来告诉我，"文化大革命"前，母亲曾有一次机会可以调到父亲所在的信阳市，当时一所小学同意接受了，父亲却又变卦了。就这样，直到母亲退休，他们才走到一起。

老夫老妻终于团圆了，按照常理，老两口应当相濡以沫，弥补三十年的缺憾，可是父亲依然对母亲左右都不满意。争吵是家常便饭。争吵的原因从炒菜油盐多少开始，到买菜钱的支出，甚至是走路的快慢，两人都会发生冲突。

说实在的，父亲与母亲的婚姻，可能父亲一生都不太满意。他一表人才，年轻时英俊潇洒。（去世这一年八十九岁了，还眼不花耳不聋，腰板笔直。）当初家中虽然不算特别富有，但他是长子，爷爷又是个哑巴，所以长子在家中的地位就突显出来。父亲是高级师范毕业，上世纪四十年代曾经在县城当过中学老师。他六十多岁时，一个满天繁星的夜晚，我们在一起乘凉，他晃着脑袋，一口气背诵出王勃《滕王阁序》的上半截。"豫章故郡，洪都新府。

星分翼轸，地接衡庐。"而母亲只是初师毕业，据说小时读书头就会疼。父亲是媒妁之言娶了母亲，听外祖母说，母亲出嫁时，嫁妆排了足足有一里路。外祖母小儿子早夭，视女婿为己出，曾陪嫁母亲十几亩良田。

但母亲养育了我们兄妹三人，不管家里条件多么艰难，母亲没有抱怨，没有放弃。哥哥读书早，文革前在全县唯一的高中毕业，姐姐也读过县里最好的一中，而我虽然只有小学毕业，但由于母亲在学校的缘故，我小时就读了学校图书馆里所有的图书。"文革"结束后，我和哥哥分别又都读了大学。我们兄妹三人曾经多次说，如果母亲也像父亲这样缺少责任感，我们不知又是个什么样子。所以母亲退休后，熟人见了父亲，总会说，亏了陈老师，给你养了这么三个有出息的孩子。

当母亲退休时，我们兄妹三人都有了工作，并且也都有了自己的下一代。按说，母亲应当颐养天年，与父亲一起享受人生的最后时光。但母亲天生地闲不住。她先是给哥哥带孩子，后来又给我们带孩子。我的儿子出生后，我还在武汉大学读插班生，妻子在外地工作。母亲先是跟着媳妇在县城里带孙子，后来干脆将孙子接到信阳市。儿子小时爱喝牛奶，那种 2．4 元钱一袋的林梅奶粉。儿子白天喝，夜里也要喝；夏天喝，冬天也在喝。白天好办，夜里喝了就尿，尿了又喝，如此往复，母亲几乎睡不成囫囵觉。夏天不怕，母亲事先冲好牛奶，用纱布盖上，儿子一哭，她就将奶瓶送上。冬天则不行，她将牛奶先调得很浓，然后兑上热水。她怕奶太热烫了孙子，兑好后滴一滴到手背上，直到认为无误才送到孙子的嘴边。冬天家里没有暖气，母亲穿着衣服睡，方便照顾孙子。父亲看见母亲对待孙子"鞠躬尽瘁"的样子，十分生气，不止一次地呵斥母亲，"他是你爹！你供着他，看他将来……"母亲则听而不闻，依旧做自己认为该做的事，或者嘀咕几声，"你这死老头子……"

自从我有了孩子，母亲就一直和我们在一起了。儿子先交给他们放在信阳，后来我在单位分了三十多平米的房子，母亲就带着孙子来了武汉。妻子在学校里忙，我则一心扑在工作上。儿子当时只有三岁，他们要照料，还要负责一家的生活。父亲大多时是跟着母亲与我们在一起，但只要住上一个多月，父亲就急了，他一个人要回去住一阵。母亲有高血压，腰也不断地佝偻。父亲走了，开始母亲一个人还能应付，但随着岁月推移，她说，义呀，我一个人再也干不动了。

1995 年的夏天，妻子学校放了假，母亲与父亲回了信阳。但开学后，母亲也没有来。这时，我已经从武昌调到了汉口，妻子学校也在汉口，但我们的儿子正在武昌读三年级，一时不能迁到汉口来。儿子每天脖子上挂着一个钥匙，中午回家吃我们给他留的剩饭。我们希望父母来，但父亲说这儿像牢房一样，不习惯，我们也就不好再勉强。母亲知道后坐卧不安。夜夜做梦，说她的孙子出了这事那事。她背着父亲给我们写信，问孙子的情况。可是也怪，过了三个月，我最后才收到她的一封信。她责怪我们为什么不给她回信，是不是嫌她老了，不中用了。我急忙给她电话，说她的几封信都没收到。后来才知道那一年信封要求统一尺寸，哥哥单位的信封不符合要求，邮局将信都退了回去。

母亲准备来我们这儿了，她打算买些秋冬穿的衣服，就要父亲陪她一起上街。父亲身体好，一个人在前面急急忙忙地走，母亲就在后面急急忙忙地赶。第二天，母亲就准备坐火车到武汉来了，但在这天夜里，心脏病突发，被嫂子找人送进了医院。母亲虽然抢救过来了，可后来又转成了肾衰竭，在医院住了一阵，就回到了家中。

母亲生病期间，我过一阵就回去看看，家里的亲戚轮流来照顾她，父亲则成了家里的顶梁柱。每逢父亲要上街买食物了，就将手一伸，"给，给！"这时，母亲艰难地转过身，从枕头下面摸出一个用手帕包着的一叠钱，抽出几张，父亲才悻悻地走去。父母虽然已经团聚在一起，但钱还是各拿各的。母亲的退休工资相对比在一个集体单位工作的父亲还多一些。不过，也还不足一千元钱。父亲上街后，往往是看见喜欢的东西自己就买一点吃，回家吃饭时，他总说，我今天不想吃，就吃一点吧。其实，母亲知道他一定在外面吃过了。有时，他们二人一起上街，父亲也是独自吃零食，好像母亲不在身边。

母亲辗转病榻，父亲有时不耐烦了，就抱怨母亲，"你咋不死，你死了我就好了。"我们有时听见了，责怪父亲不应该这样讲，父亲这时会抢白，"我死了你们把我扔到外面去，头朝下我也不管！"母亲一声不吭，瞪着眼睛看父亲几下也就算了。这样母亲撑了一年多，1996年11月2日，我接到哥哥的电话，说母亲病情加剧，脸已浮肿，心跳加快，虽然抓紧治疗，但未见好转。闻讯我心情沉痛，想回但无法抽身。这时，我到出版社负责不久，正在筹备举行一次笔会。等到笔会结束，我匆匆乘火车回到了信阳。父亲知道我回家后，给母亲的嘴里先塞了一颗速效救心丸。我到了母亲的床边，母亲拉着我的手，"儿呀，想死我了！"但母亲只挤出了几滴眼泪，她说："我眼泪都哭干了。"第二天，母亲注射了若干药物，尚能自主下床，但到了夜里2时30分左右，父亲叫醒我们，说母亲缠得他受不了了。我和哥哥闻声赶去，见母亲大汗淋漓，蜷缩在床上。我们急忙递上氧气袋，母亲迫不及待地朝鼻孔里塞。但她还是气喘吁吁，喉咙里发出嘶嘶的声音。我和哥哥一左一右陪着母亲躺在她的床上，我想，母亲一定能够感觉得到他最亲近的儿子现在都在她的身边了。

次日清晨我们叫来了医生，医生将听诊器放在母亲的胸部，说肺部已感染，赶紧挂上了吊针。但坚持到了中午 12 时，母亲还是离开了我们。

这天，是 1996 年 12 月 1 日。距父亲去世，整整一十五年。

母亲去世不久，父亲就和我们谈，他要找一个老伴。谈起这个人时，父亲还像年轻人一样，容光焕发。我们估计，这人十有八九是父亲过去的相好——不然这么快父亲就能找到合适的人。但我们没有表态说同意还是不同意。从内心讲，我们不希望母亲尸骨未寒，父亲就领回一个与我们素不相识的人。过了一阵，父亲也不再提了，他将母亲的遗像放在床前的案上，每天用手帕擦一擦，然后在像前燃上一炷香，嘴里念念有声。

也许父亲独自一个人生活习惯了，母亲去世后，我让他到我们家来，他不愿来，来了也就住上十天半月，就嚷嚷着要回去。后来哥哥添了外孙女儿，父亲去照顾重外孙女儿，一住住了四年。在南方期间，他给小重孙找了个保姆。保姆是家乡人，父亲和她相处习惯了，最后几年，保姆回家了，他干脆搬到保姆家住，他说在保姆家那个大杂院里他觉得自在，那儿有人和他聊天，有人陪他打打牌。他想吃什么，到街上去就可以买得到。

2011 年，父亲虚岁九十了。哥哥张罗着给父亲办九十大寿。该请的人都请了，席间父亲很高兴，合影、敬酒，但回到哥哥家，闲聊时，说到母亲的早逝，哥哥半开玩笑地提到父亲当年对待母亲的不恭，结果父亲甚为光火，和哥哥大吵了一架，次日他就回到了保姆家。但不到两个月，保姆电话我们，说父亲检查肝部有阴影，要到地区医院复查。我和哥哥急忙将父亲送到地区医院，结果和第一次检查的一样，肝癌晚期。医生叮嘱，这大年纪了，治也没用。

11 月下旬，我和哥哥、姐姐一起去了保姆家。一是看望父亲，二是商量父亲的后事。其间，我坐在父亲的床前，拉着他枯瘦的手，安慰他明天就要将他送去住院。父亲没有说什么，只叹了口气，说："人生太短了！"后来，他将手头的存折交给了哥哥。存折上共有 10 万元钱，这是父亲一生的积蓄。

父亲住院后，我就赶到北京治疗眼疾。因为是事先预约的，11 月 31 日做了全麻的手术，但次日，我就接到哥哥的电话，说父亲于 12 月 1 日上午去世了。父亲去世时，哥哥没有在身边，我也没有在身边，保姆陪着他在医院里走完了一生。听说，最后他还在叫着我的名字。

父亲的坟墓，在母亲去世时就已经买好了。他们是一个合墓，在家乡的龟山上。

父亲的病在今天的医疗条件下是无法治愈的，但为什么他会选择同一天与母亲相会于天堂之上呢？他们因媒妁之言成为夫妻，生育了三个儿女，但他们在人生最富有活力的三十年间，却天各一方。他们不停地争吵又始终相伴着白头偕老，在地没有成为"连理枝"，最后，在天却又成为"比翼鸟"。是父亲感觉到一生的歉疚才做出这样的决定，还是冥冥中的注定。

父亲出殡时，我辗转病榻，没能赶回去为他送行。

人生像一本书，翻着翻着，这本书就翻完了。正像八十九岁的父亲所说，人生太短了。母亲是七十四岁时去世的，父亲比她多活了十五年，但父亲还是感觉只有一瞬间。

对于父亲，我们理解他在那个非常时代的困顿，但我始终认为他确实没有尽到做父亲的责任。那些年，他虽然不能给予我们物质上的帮助，但可以给予孩子们精神上的支持。不过，母亲去世后，看着他孤独的身影，清癯的面庞，我们心头也常常升起无限的怜悯。特别是当他逝去后，过去的一切立刻都化成了永远的思念。思念那个苦难的时代，思念年轻的父母天各一方的日子，思念我们长大后与父母相处的幸福时光。时间能够冲淡一切，何况我们的生身父亲！

但我更永远记得 12 月 1 日，我的父母又相约相会的日子。天长地久若有尽，此"情"绵绵无绝期。我的父亲母亲，愿二老这一次在上天比翼双飞吧！那里，将是儿女永远的精神故乡。

（原载《黄河文学》2012 年第 6 期）

京剧票友四叔

　　刚刚进入初冬，辗转病榻多年的四叔去世了。三叔、六叔和父亲已先他而去，直系亲属中，四叔是父辈这棵大树上的最后一片树叶。

　　四叔一生没有多的爱好，唯一的癖好是喜欢京剧。他的一生，因京剧而喜，因京剧而悲，起起伏伏，坎坎坷坷，好像一曲回肠荡气的大戏。

　　我父亲这一辈朝上数，家族中在朝为官者不在少数。堂高祖是咸同时期的体仁阁大学士，正一品的衔儿。高祖是江浙的布政使、按察使，虽然是一个从二品，但也置办了不少田地。有了田地是好事，虽不是八旗子弟，但在那个时代，官宦人家的，虽说中落，却如小说《红楼梦》里那群公子哥儿一样，强撑着面子，不工不商，不稼不穑，捧园子里的小旦，到风流巷中寻一红颜知己，也是常有的事。不过我四叔那时还小，1934 年人，小胡子虽有了，还是毛茸茸的。小归小，他对京剧却是情有独钟。

　　四叔喜欢京剧是因为我家的老宅与县城里一个仅有的戏园子只隔着两条街。四叔从母亲手里讨来的几块钱，都让他踮着脚送进了戏园子门口的小窗户里了。

　　十四五岁的四叔那时一定是青春萌动，荷尔蒙正在澎湃，戏园子里的京胡一响，他就兴奋异常。不过四叔并不喜欢园子里那个把水袖甩得如彩云飞的青衣，也不喜欢脸上涂着白粉的丑角，而是喜欢唱老生，那种字正腔圆、步子迈得稳稳当当的唱功老生。

　　《空城计》《捉放曹》《文昭关》，县里的几出戏他看完了，里面的词儿也都会唱会背了，家里来了客，他也常常在人前有板有眼地唱一段博得几声夸奖，高兴时连哑巴爹也在一边跟着客人鼓几下掌。谁谁的唱功好，谁谁的手法、掌式如何，他也常能说个一二三四。有一年，元宵节刚过，县里来了个新戏班子，他背着学校和家里连轴转看了几天几夜。他被里边一个演诸葛亮的须生迷住了，对此人的一招一式、唱腔做派推崇备至，但这个戏班子演了几场又要换地了，他瞒着家里人，准备跟着戏班子到外地去学艺，结果收拾行李时被哑巴父亲发现了这个秘密。

四叔的结局是在祖宗牌位前跪了一天一夜，但这次打击并没有让他对京剧失去信心，反而觉得光会唱戏不行，还要会伴奏。他哄着母亲讨钱买来一把京胡，从早到晚，拉得家里人从掩耳而过到引人驻足。

也许是四叔的天分高，一个初中毕业生，在那个改朝换代之际，族中很多人都以为共产党不会成事，像过去很多次进城又出了城一样，但他却看出共产党这一次真要坐龙廷了。在家族中，他第一个参加了共产党的培训班，第一个参加了土改工作队，并且动员自己的哥哥、嫂嫂——我的父母亲也参加了"革命工作"。

四叔的第一份工作是到乡下组织土改，然后到双铺信用社当会计。那是一个鲜花盛开的时代，在青年四叔的眼里，天是蓝的，水是清的，他每天工作之余，就是抱着心爱的京胡，自拉自唱，抒发对生活的热爱。他很快结了婚，四婶是县城里的姑娘，也在这个乡当小学老师。新婚的生活充满了甜蜜，他很快做了父亲，为人夫为人父，他认为，人生的画卷应当是这样绚丽多彩。

1957年的反右斗争也波及了这个乡村，昔日的熟人不少被划成了右派，他了解这些人，知道这些人并不是对共产党不满，而是给单位的领导提提意见而已，但他天性谨慎，仿佛知道共产党会这样引蛇出洞，于是自己除了工作，从不谈论政治，也不给单位领导提什么意见。每到晚上，他就缩在自己的小屋子里，侍弄自己的京剧和二胡。有行家认为，他唱京剧很有周信芳的韵味，咬字、音色、唱法形成了自己的特点。转眼到了1958年，反右倾眼看到了尾声，这一天单位领导忽然找他谈话，说群众检举揭发他，周时祥不积极参加反右倾斗争，有时间就躲在住室里唱戏，"还拉《窦娥冤》的曲子，明显是为被打成右派的人鸣不平！"

无论四叔怎么辩解，这候补右派的帽子还是给他戴上了。当初他以为当右派只不过是检讨检讨，谁知很快工资停发，每月只给一点生活费，然后和其他右派分子一起集中到县城边修铁佛寺水库。

修水库就修水库，四叔脱胎换骨，每天一干十几个小时，挑土拉车打夯，人累得变了形。这正是大跃进的时代，各行各业都在放卫星，嵖岈山小麦亩产万斤，本县小高炉日产钢铁6000吨，这修水库也必须破除小脚女人的做派，不分白天夜晚，整个工地红旗招展、歌声嘹亮，大土坝一截截往上长——眼看就要胜利竣工了。很多与四叔同住在坝下工棚的右派，营养不良加上过度劳累，不少一命呜呼。这天夜里，四叔白天刚做完工，夜里该休息的，但同屋一个人生了病，四叔闭闭眼睛只好代他又上了大坝。这是个暴风雨之夜，风大雨狂，上游金刚台几十平方公里范围的洪水如巨龙一般冲向刚刚合龙的坝基。水库很快就蓄满了水，不知是泄洪道太小还是泥土筑就的坝基不够牢靠，大坝很快溃决，几丈高的浪头冲向紧挨着的密密麻麻的工棚，将那些住在里面的"牛鬼蛇神"一扫而空，又轰轰隆隆冲向下游两公里外的县城。

水库没了，县城被冲去大半，土改后留下的几间老宅也冲没了，好在四叔的父母——我的爷爷奶奶下乡到六叔三叔家去了。阴差阳错逃过一劫的四叔只好又回到当初工作的乡下，继续领他的生活费，接受灵与肉的洗礼。那些熟悉的京剧和京胡，只有到夜深人静时，他才能一个人悄悄地哼上几句。

转眼就到了 1966 年，他这个右派义不容辞地成了红卫兵批斗的对象，检讨、戴高帽子，没日没夜地游街，正在这时，四婶到了临产期，在医院里待产。但四叔不能去，红卫兵不让去，四婶虽然已经生过三个孩子，但这次她竟然难产，她在产床上呼天抢地，希望丈夫能给她力量。结果是孩子没有保住，她本人也得了产后风，直到她闭上眼睛，也没能看到与自己生活了十二年的丈夫。

四叔得知四婶去世时，四婶已经下葬，没能为爱妻送别，四叔的痛可想而知。直到有一天，四叔到县城外的河边劳动，他听人说四婶的坟墓就在河的对岸，四叔向看守要求，要去发妻坟前看看，结果看守不允，担心他会趁机逃去。四叔这次再也不能忍受，他挣脱看守的控制，不顾一切地冲到河的对面，跪在一个新垒的坟墓前，嚎啕大哭，连追上来的看守也怔在一边不知所措。

"文革"深入进行，右派扫地出门，交给街道监督改造。生活费没了，住的地方也没了，他枯坐一夜，千思百虑，也曾冒出生不如死的念头，但想到亡妻，想到与亡妻生下的三个幼小的二儿一女，牙一咬，昂着头走出银行的宿舍，到西街租下两间破旧的茅房，从孩子姥姥家领回三个孩子，置办一个两轮的人力架子车和一头毛驴，和几个同病相怜的人一块拉山货挣养命钱。

家乡商城是山区，山路起起伏伏，不是上坡就是下坡。架子车上堆着山一样高的木柴或者木炭之类的，上坡时，偌大一个车子全靠肩上一条皮带拽，人全身往前耸，毛驴四蹄紧蹬，亦步亦趋；下坡时，毛驴发挥不了作用，就靠人全身往后倾，双脚蹬地，全力顶住车上几千斤的重量，缓缓下移。如此周而复始，挣一点运费钱，也仅够养家糊口。如果是晴天也罢，碰上刮风下雨，拉车人就十分凄苦了。特别是出长途，到信阳或者武汉送货，需要几天几夜，风里雨里也不停下。到了夜晚，没钱住店，人只好钻到车下，垫一层油布，和衣而卧。如果运气好，找到一个棚子或者养路人的歇脚屋，那就是拉车人的天堂。这时，每个人架起自带的小锅，拾柴生火做饭，饭毕，喂过驴，如果碰上四叔心情好，同行的"牛鬼蛇神"们便会央四叔唱一段京剧给他们解乏。《空城计》之类的不敢唱了，《林海雪原》《沙家浜》之类样板戏四叔无师自通，在半明半暗的余火中，四叔那略带忧郁的中音在夜空中荡漾：

穿林海，跨雪原，气冲霄汉。抒豪情，寄壮志，面对群山。愿红旗五洲四海齐招展，哪怕是火海刀山也扑上前！我恨不得，急令飞雪化春水，迎来春色换人间。

四婶去时，四叔尚35岁，正当壮年，于是，老友间也曾劝四叔续弦，四叔看看三个半大的孩子，摇摇头，一声谢过。鳏夫四叔就这样住在两间茅草棚中，伴着一头老驴，拉车度日，直到给右派改正的一天到来。

穿过20年黑暗的时间隧道，四叔又回到了他当初参加革命工作的地方。上班没多久，出差省会郑州，事情办完，他找到乐器商店，用补发的钱买回一把上好的京胡。那时传统的京剧剧目还没开禁，他凭记忆，将过去熟悉的《打渔杀家》《文昭关》曲目整理出来，工作之余，他就沉浸在自己的天地里。没想到，京胡一响，几个票友找上了门，开始还怕有人说他们搞什么地下活动，找个偏僻的地方自娱自乐，后来单位知道了，春节联欢让他把票友带来，上台一唱，成了银行里一道风景。

再后来姑娘嫁了，儿子娶了，票友中有人给他张罗介绍了一个大姑娘。这姑娘过了适婚年龄，但比四叔要小上十几岁，四叔有些犹豫，可是人家一看四叔仪表堂堂，能拉会唱，二话没说，这姑娘后来就成了我的新四婶。

再后来四叔退休了，退休了的四叔除了养花种草，其余的时间全部交给了京剧事业。他是在信阳市退休的，退休后市里的几十位票友物以类聚，组成了一个松散的班子，每天在一起吹拉弹唱，切磋探讨，不知晨昏暮晚，如痴如醉。

按说人的情绪好，不会生什么病的，但四叔几年前还是查出患了膀胱癌。据说，是憋尿太久的缘故。憋尿太久是因为京剧事业太忙，拉起来唱起来忘乎所以，不知尿已早至。当然，此说不能作为科学依据。

　　四叔去世时已经望八十数了，灵棚搭在银行的院子里，票友们一个个来告别，叹班子里又少了一个伙计。有个与四叔平时配合很默契的女票友提议，老周生前喜欢京剧，我们来给他唱一个送行吧。一人提议，众人响应，于是一天下午，几十个票友相约而至，在灵前站成一排。

　　　　我主爷起义在芒砀，拔剑斩蛇天下扬。怀王也曾把旨降，两路分兵
　　定咸阳。先进咸阳为皇上，后进咸阳扶保在朝纲。

　　众人唱的是西皮慢流水《萧何月下追韩信》。四叔在时，喜欢的是这一出。

　　四叔出殡时，灵车刚启动，四婶从屋里追出来，递上一把京胡，说，老周喜欢这个，让他带上，免得在那边寂寞。

（原载《黄河文学》2013 年第 5 期）